M. R. C. Kasasian

DER FLUCH DES HAUSES FOSKETT

Kriminalroman

Aus dem Englischen von
Johannes Sabinski
und Alexander Weber

Atlantik

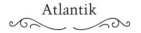

Die Originalausgabe erschien 2014 unter dem Titel
The Curse of the House of Foskett im Verlag Head of Zeus, London.

*Atlantik Bücher erscheinen im
Hoffmann und Campe Verlag, Hamburg.*

1. Auflage 2017
Copyright © 2014 by M. R. C. Kasasian
Für die deutschsprachige Ausgabe
Copyright © by Hoffmann und Campe Verlag, Hamburg
www.hoca.de   www.atlantik-verlag.de
Einbandgestaltung: Jim Tierney
Satz: Dörlemann Satz, Lemförde
Gesetzt aus der Trump Mediäval
Druck und Bindung: Friedrich Pustet, Regensburg
Printed in Germany
ISBN 978-3-455-00064-1

Ein Unternehmen der
GANSKE VERLAGSGRUPPE

Für Robert, in Liebe

EINLEITUNG

Vor bald einem Jahr schrieb ich die Einleitung zu *Mord in der Mangle Street*, dem ersten Band meiner Erinnerungen an meinen Vormund Sidney Grice. Dessen beachtlicher Erfolg trotz der gegenwärtigen Papierknappheit hat mich ermutigt, von unserem nächsten großen Fall zu berichten, der Kette furchtbarer Ereignisse im Herbst 1882.

Zuletzt schrieb ich im Schutz des Kellers von Gower Street Nummer 125, während London von Hitlers Bomben in Schutt und Asche gelegt wurde. Der Luftkrieg über England dauert an, wenn auch mit verminderter Schärfe. Die Nazis haben erkannt, welche Torheit es war, Angriffe bei Tageslicht zu fliegen. Doch sind wir noch immer von einer Invasion bedroht, und der Anblick alter Männer und abgemagerter Jugendlicher, die für den Heimatschutz üben, ist uns bewegende Mahnung daran, jedem Eroberungsversuch entschlossen zu trotzen.

Der Fall, den ich hier darlege, kostete meinen Vormund beinahe das Leben, aber er brachte auch eine wesentliche Verschiebung in unserem Verhältnis mit sich. Als Sidney Grice diese Ermittlungen aufnahm, kamen wir stillschweigend überein, dass ich an seiner Seite sein würde. Und das war ich, abgesehen von unserem großen Zerwürfnis, bis an den Tag seines Todes.

M. M., 3. September 1942

DER FLUCH DER FOSKETTS

Man munkelte, ein Fluch laste auf dem Hause Foskett. Giles, der erste Baron Foskett, so hieß es, habe zur Zeit der Rosenkriege bei der Belagerung von Bowfield im Jahre 1417 mitgekämpft und die zweite Angriffswelle durch die erstürmten Festungsmauern angeführt. Die Verteidiger, so die Legende weiter, hatten ihre Frauen und Kinder in der Kirche St. Oswald in Sicherheit gebracht, doch die Angreifer waren in einen Blutrausch geraten, drangen mit Gewalt in das Gotteshaus ein und metzelten alle nieder, die dort Schutz gesucht hatten.

Doch nicht genug des Frevels: Als Baron Giles eine junge Nonne entdeckte, die sich in einer der Jungfrau Maria geweihten Kapelle versteckt hielt, schändete und meuchelte er sie auf dem Seitenaltar. Mit ihrem letzten Atemzug verfluchte die Nonne ihn und seine Nachkommen, und just in dem Moment, als Baron Giles die Kirche verließ, fiel ihn eine Meute tollwütiger Hunde an und riss ihn in Stücke.

Baron Giles' Sohn und Stammhalter war dem Vernehmen nach ein guter Mensch. Er spendete großzügig für die Armen, ließ St. Oswald wieder aufbauen und eine Gedenkstätte für die Opfer seines Vaters errichten. Doch sein frommes Leben vermochte ihn nicht zu retten. Kaum war die Kapelle neu geweiht, stürzte die Statue der heiligen Jungfrau auf ihn herab und spaltete ihm den Schädel. Zehn Tage später starb er unter Höllenqualen.

Und auf diese Weise – mit Hinrichtungen, Pfählungen, Ausweidungen – setzte sich die Geschichte fort, in der zahlreiche Fosketts ein unzeitiges und gewaltsames Ende fanden. Zuweilen übersprang der Fluch ein paar Generationen, doch früher oder später brach er sich wieder Bahn. Und er traf keineswegs nur die männliche Seite der Familie. So ertrank Baronesse Agatha im Alter von fünfundneunzig Jahren in einer Zisterne, und Lady Mathilda, die Tochter Baron Alfreds, wurde am Strand von Brighton enthauptet.

Im Jahr 1724, nach der unbeabsichtigten Selbsteinäscherung Baron Colins' im Vesuv, war der Titel verwaist, und so blieb es bis 1861, als Reginald, entfernter Abkomme eines Neffen von Baron Giles, erfolgreich darum ersuchte, ihn anzunehmen. Wenig Gutes sollte daraus erwachsen. Keine sechs Jahre nach seiner Erhebung in den Adelsstand traf ihn eine Treppenstange ins Auge und bohrte sich bis in sein Hirn. Die Wunde eiterte und er schied, rasend vor Schmerz, dahin.

Kurz darauf berichtete die *Times*, dass ihm sein Erbe Rupert auf einer Südseeinsel mit dem Ableben zuvorgekommen sei, womit der Fluch nun drohend über dem Haupt von Reginalds Witwe schwebte, Lady Parthena Foskett.

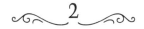

DER STAUB UND DER TRAUM

Der Fall Ashby hatte noch keinen Staub angesetzt, und man war der Auffassung, Sidney Grice habe einen seiner eigenen Klienten, noch dazu einen unschuldigen Mann, an den Galgen gebracht. Das war schlecht fürs Geschäft und zwar dermaßen, dass nicht Sidney Grice zur Wiederauffindung des Siegelrings bestellt wurde, den der Prinz von Wales in einem Freudenhaus verloren hatte, sondern Charlemagne Cochran. Dass der Ring im Nu gefunden wurde, vertiefte nur noch die Niedergeschlagenheit meines Vormunds.

Ein paar Fälle fielen ihm zwar zu – die Rettung der Tochter eines reichen Industriellen aus dem Norden, die von rätselhaften blauen Furunkeln befallen war, und die Aufdeckung eines betrügerischen Vereins für Männer mit rotbraunem Haar –, doch lastete in jenem Sommer nur wenig Arbeit auf meinem Vormund, und als die Tage kürzer wurden und die Blätter in den windzerzausten Londoner Parks zu Boden fielen, versiegte sie beinahe vollends.

Stundenlang lag Sidney Grice nun in seiner Badewanne, kletterte abends auf etwas trockenen Toast und reichlich Tee heraus, um bald wortlos treppauf zu humpeln und sich in seinem Schlafzimmer einzuschließen. Er machte sich nicht die Mühe, sein Glasauge einzusetzen, sondern trug immerzu eine schwarze Augenklappe. Gewöhnlich ein unersättlicher

Leser, schlug er kein einziges Buch auf und nahm nicht einmal mehr eine seiner fünf Tageszeitungen zur Hand, was vermutlich zu seinem Besten war. Anfechtungen stießen meinem Vormund stets übel auf, und daran herrschte kein Mangel in der Presse und den Schmähbriefen, die mehrmals täglich zugestellt wurden.

Meine Mutter war bei meiner Geburt gestorben. Mein Vater war ihr im Sommer '81 gefolgt und hatte mir das Grange hinterlassen, unser Familienanwesen in Parbold, nicht aber die Mittel zu dessen Unterhalt. Von meinem Patenonkel Sidney Grice hatte ich bis dato nichts gehört, doch meine Anwälte versicherten mir, er sei ein Gentleman von untadeligem Ruf, sodass sein Anerbieten, mich unter seine Fittiche zu nehmen, ein Geschenk des Himmels zu sein schien. Inzwischen, sechs Monate später, fragte ich mich jedoch, ob ich mein Zuhause nicht leichtfertig aufgegeben hatte.

An vielen Abenden speiste ich allein, schob mit der Gabel einen aufgewärmten Gemüsebrei auf meinem Teller herum und knabberte an kreidigem Brot. Hinterher ging ich in den winzigen Garten, um zwei türkische Zigaretten unter dem knorrigen Kirschbaum zu rauchen, und dann nach oben zum Tagebuchschreiben. Ich nahm mein Schreibkästchen und drückte auf den Knopf unter dem Tintenfass, um das Geheimfach zu öffnen und die Schleife um mein kostbares Bündel aufzuziehen.

Deiner Briefe sind so wenige, und ich kenne einen jeden auswendig, aber deine lieben Hände hielten sie, wie meine sie jetzt halten.

Ich träumte von dir in jener Nacht. Wir trieben in einem Ruderboot einen palmgrünen Fluss hinunter, die Sonne gleißend am indigoblauen Himmel, die Fischreiher flogen in loser Folge über uns hinweg. Wir hatten einen Picknickkorb zu unseren Füßen, eine Flasche Champagner im Wasser hängen und lagen ausgestreckt da, hielten uns bei den Händen

und waren glücklich. Alles war so schön bis zum Schluss.
Daran werde ich nie etwas ändern können.
Ich habe deinen letzten Brief vernichtet.

Dann, am ersten Dienstag im September, kam mein Vormund zum Frühstück herunter. Zur Begrüßung beehrte er mich mit einem Grunzen. Wir saßen an entgegengesetzten Enden des Tisches, und ich betrachtete ihn mitsamt seiner unaufgeschlagenen Ausgabe von Simpkins *Erkrankungen des menschlichen Fußes.*

»Ich brauche einen großen Fall«, sagte er auf einmal, »sonst wird mein Gehirn noch so träge wie Ihres.«

»Wird sich schon was finden«, sagte ich, aber er schüttelte den Kopf.

»Wer würde noch um meine Dienste nachsuchen? Kaum zeige ich mich auf der Straße, werde ich verspottet und beschimpft.«

Ich klopfte mein Ei auf und schob es hastig beiseite. Der Schwefelgeruch war abscheulich. »Vielleicht sollten Sie für eine Weile verreisen.«

»Wozu?« Er nahm sich einen Toast, ohne Rinde und verkohlt, so war es ihm am liebsten.

»Machen wir doch Ferien.«

»Welch absurder Einfall. Können Sie sich vorstellen, wie ich in einem gestreiften Blazer über kunterbunte Strandpromenaden flaniere und Muscheln aus einem Papierhörnchen esse?«

Zugegeben, das konnte ich nicht, war aber erfreut, ihn so lebhaft zu sehen. Er beugte sich vor, streckte einen Arm aus, um meinen Eierbecher mittels der ausziehbaren original Grice'schen Fliegenklatsche zu sich zu ziehen, und schnüffelte leicht verschnupft – er war erkältet gewesen –, aber sehr genüsslich daran.

»Wir könnten einen Freund besuchen«, schlug ich vor.

»Einen Freund?« Er zuckte angewidert zusammen. »Ich habe

keinen Freund, und wozu in aller Welt sollte ich einen haben
wollen?« Ihn schauderte. »Es ist wahrlich schlimm genug,
March, Ihr schrilles Gequassel Woche für Woche, tagein, tag-
aus zu ertragen.« Sidney Grice löffelte begierig sein Ei aus.

Ich warf meine Serviette hin. »Ich habe mich unter Menschen bewegt, die die meisten Engländer als unwissende Wilde
bezeichnen würden, und bin dabei größerer Höflichkeit begegnet, als Sie aufbringen können.«

»Was heißt das schon – Höflichkeit?« Mein Vormund tupfte
sich die Lippen. »Falschheit, die vor Lüge strotzt. Wäre ich
höflich, müsste ich Ihnen sagen, Sie sähen hübsch aus, obwohl
das meines Wissens nie der Fall war und vermutlich auch nicht
sein wird.«

»Sie sind der größte Rüpel, der mir je untergekommen ist.«

»Das hoffe ich um Ihretwillen«, gab er zurück. »Ein größerer Rüpel könnte seiner Meinung über Ihre geringe Intelligenz
oder Ihre plumpe Haltung Ausdruck verleihen.«

*»Die meisten Mädchen gleiten dahin wie Standbilder auf
Rollen«, meintest du zu mir, »doch du wiegst und bewegst
dich wie eine Frau. In deinen Adern fließt Blut und kein
dünner Tee.«*

Ich spielte mit dem Gedanken, meinen Teller nach ihm zu
werfen, hatte aber Hunger, und in seinem Haus gab es wenig
genug zu essen.

»Ich glaube, Ihr Schweigen war mir lieber.«

»Mir auch.« Sidney Grice zermahlte seinen verbrannten
Toast zu Pulver und streute es in seinen Pflaumensaft.

In der Ferne schellte die Türglocke.

»Molly hat etwas vergessen.« Er legte seine zerknüllte Serviette auf die Tischdecke.

»Wie kommen Sie darauf?«

»Indem ich tue, wozu ich Sie nicht bewegen kann – meine
Ohren gebrauchen. Sie geht in ihren schweren Straßenstiefeln

zur Tür. Folglich muss sie eine dringende Besorgung vorhaben.«

Ich lauschte, hörte aber nichts, bis das Dienstmädchen die Treppe zum Speisezimmer im ersten Stock heraufkam.

»Sie haben Besuch, Sir, ein Herr.« Fuchsrote Strähnen lösten sich zu beiden Seiten ihres gestärkten Häubchens. »Er sagte, er müsse Sie in …«, sie verzog das Gesicht vor lauter Anstrengung, sich zu entsinnen, »… einer äußerst wichtigen Angelegenheit sprechen.«

»Hat er dir seine Karte gegeben?«

»Ja, Sir.« Molly trug ihre Straßenstiefel, ganz wie mein Vormund gefolgt hatte.

»Wo ist sie?«

»In meiner Tasche.«

»Warum nicht auf einem Tablett? Na schön. Gib sie mir.«

Molly reichte ihm die Visitenkarte, und ihr Dienstherr schnappte sie sich.

»Mr Horatio Green.« Er schüttelte sich. »Welch ein abstoßend bäurischer Zuname. Wo ist er jetzt?«

»Draußen, Sir. Sie haben gesagt, ohne Ihre Erlaubnis soll ich niemanden reinlassen.«

Sidney Grice erhob sich. »Dann führ ihn umgehend in mein Studierzimmer.« Er nahm seine Augenklappe ab. »Dämliches Ding. Nie befolgst du meine Anweisungen.« Er fischte ein stahlblaues Glasauge aus dem Samtbeutel in seiner Westentasche, zog seine Lider auseinander und drückte es in seine rechte Augenhöhle, richtete seine Krawatte im Spiegel über dem Kaminsims und strich mit der Hand sein dichtes schwarzes Haar zurück. »Sie kommen besser mit, March. Vom vielen Trübsalblasen sind Sie noch verdrießlicher und unleidlicher geworden.«

3

EIN GAST UND EIN PAAR KUNSTSTÜCKE

Ich folgte ihm die Treppe hinab in sein Studierzimmer. Mit jedem Schritt seines linken Fußes senkte sich ruckartig seine Schulter. Ein fülliger Herr mittleren Alters in marineblauem Jackett und dunkelgrauen Hosen hatte bereits rechts vom Kamin Platz genommen und hielt sich die Wange. Für gewöhnlich war dies mein Platz, doch Molly hätte sich niemals erdreistet, einem Besucher den Sessel ihres Brotherrn anzubieten. Kaum waren wir eingetreten, sprang unser Gast auf und ergriff Sidney Grice' Hand.

»Mr Grice. Wie aufregend! Ich habe schon so viel über Sie in der Zeitung gelesen.«

»Dann werden Sie schwerlich auch nur ein Jota Wahrheit erfahren haben«, entgegnete Sidney Grice.

»Und Sie müssen Miss Middleton sein.« Mr Green begrub meine Hand in seiner und drückte beherzt zu. »Wenn ich mich recht entsinne, haben Sie Mr Grice bei der Aufklärung der Ashby-Morde geholfen.«

Mein Vormund rückte sein Auge zurecht. »Sie mag an meiner Seite gewesen sein, aber ich darf Ihnen versichern, dass sie mir kaum dienlicher war als ein Klotz an meinem Bein. Läuten Sie nach Tee, Miss Middleton.«

»Ich werde all meine Dummheit darauf verwenden.« Ich

zog zweimal an der Klingelschnur, während die beiden Herren einander gegenüber Platz nahmen, und zog vom Tisch in der Zimmermitte einen Stuhl für mich heran.

»Nur zu.« Mr Green errötete vor Erregung, und Sidney Grice kniff die Augen zusammen.

»Wie bitte?«

»Los, stellen Sie genialische Beobachtungen über mich an.«

Mein Vormund rekelte sich. »Ich führe keine Kunststücke zur allgemeinen Belustigung auf.«

Unser Gast beugte sich vor »Ach, kommen Sie schon. Erzählen Sie mir etwas über mich.«

Sidney Grice winkte gelangweilt ab. »Ungeachtet der Tatsache, dass Sie Apotheker sind …«

Mr Green fuhr sich an die rechte Wange. »Wie zum Teufel … Das grenzt ja ans Übersinnliche. Habe ich etwa noch Spuren von Chemikalien an den Händen?« Er begutachtete seine Finger. »Nichts zu sehen.«

»Es steht auf Ihrer Visitenkarte«, erwiderte mein Vormund.

»Nun ja, dann ist das wohl kein Kunststück, oder? Versuchen Sie's noch einmal.«

»Sie leiden an Ohrenschmerzen«, beschied ihn Sidney Grice, »wenngleich weniger schwer, als ich es Ihnen wünschte.«

Mr Green strich sich bestätigend übers linke Ohr. »Diese Geißel plagt mich seit meinem vierzehnten Lebensjahr, als mir ein Ohrenkneifer das Trommelfell zerstach.«

Ich lachte auf. »Dass Ohrenkneifer tatsächlich in Ohren kriechen, ist doch gewiss ein Ammenmärchen?«

Mr Green blickte bekümmert drein. »Ich bin der lebende Beweis, dass dem nicht so ist.« Er legte die Fingerspitzen an seine linke Schläfe. »Jedes Kind hätte das aus der Watte in meinem Ohr schließen können. Sagen Sie etwas Schlaueres.«

Sidney Grice kratzte sich erzürnt am Kopf. »Wie könnte ich wohl wissen, was einem Mann von Ihrer beschränkten Geisteskraft offensichtlich erscheint, wenn für mich alles an Ihnen offensichtlich ist? Zum Beispiel, dass Sie Junggeselle sind.«

Mr Green sann kurz darüber nach, um schließlich zu entgegnen: »Nun gut. Ich gebe mich geschlagen. Wie haben Sie das herausbekommen?«

»Drei Gründe«, erläuterte mein Vormund. »Erstens: Die Knopfsteppung Ihrer Weste ist seit mindestens vier Jahren außer Mode – fünf, falls Sie in einer gehobenen Gegend residieren, was Sie nicht tun –, und keine Frau der Welt würde ihren Mann derart gekleidet vor die Tür lassen. Zweitens ...«

»Ja, aber was, wenn ich mir nichts aus der neuesten Mode mache und meine Frau nicht wagt, mich daran zu hindern?«

Sidney Grice lachte schneidend. »Was abermals belegt, dass Sie nicht verheiratet sind. Anscheinend haben Sie Mr Dickens' kleingeistiges Geschreibsel gelesen, da Sie glauben, jenseits der Buchdeckel seiner rührseligen Romane existiere so etwas wie eine untertänige Gattin. Zweitens also tragen Sie keinen Ehering – was zwar für viele verheiratete Männer gilt –, da Sie aber Katholik sind ...«

»Rieche ich nach Weihrauch?«

»Ich rieche da wirklich etwas«, sagte ich, man schenkte mir aber keine Beachtung.

»Ein Rosenkranz hängt aus Ihrer Jackentasche«, stellte Sidney Grice fest. »Und der dritte, wohl schlüssigste Grund lautet, dass Sie ein derart unerträglicher Mensch sind, dass sich keine zurechnungsfähige Frau mit Ihnen vermählen würde – und geisteskranken Damen ist die Eheschließung von Rechts wegen verboten.«

Mr Greens Miene verhärtete sich, und er erhob sich aus seinem Sessel. Mit mahlenden Kiefern rang er verzweifelt nach Widerworten. Dann trat ein breites Lächeln auf sein Gesicht, und herzhaft lachend ließ er sich zurückfallen. »Herrlich. Herrlich. Ihre Grobheiten sind ebenso berühmt wie Sie selbst, Mr Grice, und nun kann ich all meinen Kunden berichten, dass auch ich in ihren Genuss gekommen bin.«

»Ich habe noch einiges mehr auf Lager, was Sie herumerzählen können«, schnaubte mein Vormund. »Ich könnte mich zum Beispiel in aller Ausführlichkeit über Ihr schwachsinniges Grinsen auslassen.«

Mr Green errötete abermals. »Ich verstehe ja eine Menge Spaß, aber …«

»Nun, wie war Ihr Besuch beim Zahnarzt?«, fragte ich, und mein Vormund sah mich irritiert an.

»Aber …«, sagte Mr Green erneut.

»Ich kann es riechen«, erklärte ich, »außerdem fassen Sie sich ständig an die rechte Wange.«

Mr Green klatschte in die Hände. »Nicht schlecht. Da werden Sie Ihren Vormund wohl bald arbeitslos machen. Ich …«

»Könnten Sie mir vielleicht sagen, wieso Sie meine Zeit in Anspruch nehmen?«, fiel ihm Sidney Grice ins Wort, worauf das Lächeln unseres Gastes jäh erlosch.

»Eine schlimme Angelegenheit, Mr Grice«, begann er, während Molly hustend mit dem Tee hereinkam.

DER NARRENVEREIN

Eine ganz üble Geschichte«, fuhr Mr Green fort, als Molly das Zimmer verlassen hatte. »Haben Sie schon einmal von Finalen-Sterbefall-Vereinen gehört, Mr Grice?«

»In meinen Akten finden sich drei derartige Klubs«, sagte Sidney Grice, »und in einem jeden wurden Mitglieder ermordet oder starben unter höchst dubiosen Umständen. Da ich jedoch nicht hinzugezogen wurde, blieben diese Fälle ungelöst.«

Ich schenkte uns Tee ein. »Was genau ist ein Finaler-Sterbefall-Verein?«

»Ein Verbund von Narren«, sagte mein Vormund, »mit großem Vermögen und mikroskopisch kleinen Spuren gesunden Menschenverstands.«

Unser Gast richtete sich ungehalten auf. »Lassen Sie es mich weniger gefühlsbetont beschreiben«, setzte er an.

Nun war es an Sidney Grice zu stutzen. »Alle Welt weiß, dass ich keine Gefühle habe außer meiner zwiefachen Liebe – zu Besitztümern und zur Wahrheit.«

»Milch und Zucker?«, fragte ich, und Mr Green nickte.

»Solche Vereine sind meist reine Männerbünde«, erläuterte er, »wenngleich dem unseren auch zwei Damen angehören –, deren Mitglieder entweder keine Erben haben oder solche, an denen ihnen nichts liegt. Ihre Testamente sehen nun einen Geldbetrag vor, der gewöhnlich auf dem Gesamtvermögen des ärmsten Mitglieds fußt, wobei alle einer unabhängigen Buchprüfung unterzogen werden. Diese Testamente werden einem gemeinsam bestellten Advokaten ausgehändigt, der dann jeweils im Todesfall den Nachlass einziehen und verwalten wird, um das vereinte Kapital an das letzte überlebende Mitglied auszuschütten. Für seine Dienste erhält der Advokat einen Anteil von zwanzig Prozent an jeglicher Mehrung des Vermögenswerts. Das …«

»Mit anderen Worten«, unterbrach ihn Sidney Grice, »es liegt im ureigenen Interesse jedes Mitglieds, ein vorgängiges Ableben seiner Gefährten sicherzustellen.«

»Und deshalb trete ich an Sie heran.« Horatio Green hob mit beiden Händen vorsichtig seine Teetasse. »Schauen Sie, zu siebt haben wir den Verein gegründet und dem Fonds je elftausend Pfund zugesichert, sodass dem letzten Mitglied ganze siebzigtausend Pfund zuzüglich Zinsen zufallen.«

»Und wer bekommt die verbleibenden siebentausend Pfund?«, erkundigte sich mein Vormund.

»Na Sie, Mr Grice.«

Sidney Grice sah auf seine Taschenuhr. »Erklären Sie.«

Mr Green nippte an seinem Tee. »Wir sind nicht so leichtsinnig, wie Sie vermuten, Mr Grice. Zunächst einmal haben wir nur den charakterlich Höchststehenden Beitritt zu unserem Verein gestattet, außerdem sind wir auf die List verfallen, den Tod jedes Mitglieds zu untersuchen, ganz gleich, wie natürlich sein Verscheiden wirken mag. Zu diesem Zweck kamen wir überein, den fähigsten unabhängigen Ermittler im ganzen Empire zu engagieren.«

»Dann sind Sie an der richtigen Adresse«, sagte mein Vormund.

»Allerdings«, fuhr Mr Green fort, »war Mr Cochran unwillens, diese Herausforderung anzunehmen. Also bin ich zu Ihnen gekommen.«

Sidney Grice fasste sich an sein Auge. »Bin ich eine Taube, die Brosamen dieses eitlen Hochstaplers aufzupicken?«

Mr Green stellte glucksend seine Tasse ab. »Reingelegt, Mr Grice. Wie Sie sehen, sind Sie nicht der Einzige, der grob sein kann. Sie sind selbstverständlich unsere erste und alleinige Wahl.«

»Ich betrachte es weiterhin als ein Unding, dass man mich nicht eher aufgesucht hat.« Mein Vormund schenkte Mr Green einen eisigen Blick. »Sollte ich das Mandat annehmen, Mr Green« – er pochte auf seine Uhr und stellte den Minutenzeiger vor –, »so nur deshalb, weil mir die Aussicht auf eine Untersuchung Ihres Todes grenzenloses Vergnügen bereiten dürfte. Hoffen wir, dass ich nicht allzu lange darauf warten muss.«

Mr Green hakte beide Daumen in seine Westentaschen und ließ die Finger darauf tänzeln. »Tja, was auch kommen mag, ich werde nicht der Erste sein. Wir haben uns erst vor einer Woche gegründet und schon ein Mitglied verloren.«

»Es tut mir zutiefst leid«, sagte mein Vormund.

»Vielen Dank, aber …«

»Dass ich diesen nutzlosen Trampel eingestellt habe«, fuhr Sidney Grice fort. »Dieser Tee ist so lasch wie ein Franzose, und was treibt sie da eigentlich in der Diele?«

»Ich höre nichts«, sagte ich.

Mr Green legte den Kopf schräg. »Ich auch nicht.«

»Stumpfe Geister haben stumpfe Sinne«, beschied uns mein Vormund und zog zweimal scharf an der Klingelschnur. »Dann sollten Sie mich wohl mit den Einzelheiten vertraut machen.«

»Er hieß Edwin Slab«, setzte Mr Green an, doch mein Vormund brachte ihn mit erhobener Hand zum Schweigen.

»Sie werden mir dann Auskunft geben, wenn ich darum bitte. Alsdann …« Er nahm einen kleinen Ledereinband vom Tisch neben seinem Sessel und zog seinen versilberten mechanischen Bleistift Marke Mordan aus der Innentasche seiner Jacke. »Welchen Namen trägt Ihr alberner Verein?«

»Wir haben ihn ›Klub des letzten Todes‹ getauft.«

»Wie originell«, murmelte mein Vormund. »Und wer sind die übrigen Mitglieder?«

»Ich habe eine Liste mit Namen, Anschrift, Beruf und Alter aufgestellt.« Mr Green hielt ihm einen gefalteten Bogen Papier hin. Sidney Grice lehnte sich zurück, schloss die Augen und sagte: »Lesen Sie vor. Fürs Erste bloß Namen und Alter.«

Unser Besucher faltete den Bogen auseinander, hängte sich eine Hornbrille um die Ohren und begann: »Edwin Slab, einundachtzig Jahre.«

Mein Vormund hob eine Braue. »Kein wahrscheinlicher Sieger also.« Mr Green widersprach.

»Wir haben darauf geachtet, dass sämtliche Mitglieder ähnliche Lebenserwartungen haben. Die Slabs blicken auf Generationen von Hundertjährigen zurück, und bis gestern war Edwin bei bester Gesundheit.«

»Sie waren befreundet?«

»Herzlichst. Ich habe ihn in den Verein eingeführt.«

»Und wie ist Mr Slab nun auf Platz eins gelandet?«

Es schepperte laut, und Sidney Grice schnellte herum. »Dreckige Gassenlümmel. Haben diese Bengel nichts Besseres zu tun, als Steine gegen meine Fenster zu werfen? An rostigen Röhren, die man sie runterschicken könnte, mangelt es ja nicht.«

»Und nicht an Ratten und Krankheiten, die sie da unten befallen würden«, wandte ich ein. Mein Vormund blieb ungerührt.

»Es ist kein Schaden entstanden«, bemerkte Mr Green. »Sie hätten mal sehen sollen, was die gestern Abend in meiner Apotheke angerichtet haben. Als ich gerade schließen wollte, stürmte eine ganze Horde rein und fing an, Ware von den Regalen zu fegen. Ich wollte die Burschen aufhalten und wurde zu allem Ärger noch umgerissen. Ich wage nicht, daran zu denken, was noch hätte geschehen können, wäre nicht ein Pfarrer mit seiner Tochter aufgetaucht und hätte sie verscheucht.«

»Haben sie etwas gestohlen?«, fragte ich.

»Dazu hatten sie keine Gelegenheit. Ein paar Dinge gingen zu Bruch, mehr nicht. Der Pfarrer hob das meiste auf, und ich stellte es zurück in die Regale, während seine Tochter um Fassung rang. Damen tun sich schwer mit Erregung.«

»Sie erleben so selten welche«, teilte ich den beiden mit.

Sidney Grice, der sich erneut mit geschlossenen Lidern zurückgelehnt hatte, schlug die Augen auf und fragte: »Wie viele?«

»Sechs oder sieben.«

»Was denn nun?«

»Spielt es eine Rolle?«

»Käme es zur Verhandlung, würde es für den siebten Bengel eine ungeheure Rolle spielen. Sind Sie diesem Pfarrer vorher schon einmal begegnet?«

Mr Green zuckte zusammen und fuhr sich ins Gesicht. »Ich kenne ihn von einem vorherigen Besuch – ein Pastor Golding von der Sankt-Agatha-Kirche. Er hat selber ein Ohrenleiden und bat mich um Rat.«

»Das bemerkenswerteste Bagatellvergehen, das mir in den vergangenen vier Jahren untergekommen ist.« Mein Vormund wedelte mit einer Hand. »Fahren Sie fort.«

»Nun, ich riet ihm, nach dem Frühstück …«

»Nicht mit diesem Gewäsch. Erzählen Sie mir von Mr Slab.«

Mr Green plusterte sich auf, aber nur für einen Augenblick. »Der Arzt geht von einem Anfall aus.«

»Sie zweifeln daran?«

Mr Green breitete die Arme aus, als wollte er zeigen, dass seine Hände leer waren. »Ich habe keine eigene Meinung in der Sache, Mr Grice, aber die Vereinsregeln verpflichten mich, Sie um eine Untersuchung zu bitten.«

Mein Vormund gähnte. »Ich kann mich derzeit kaum vor Arbeit retten.«

»Es gibt jedes Mal eintausend Pfund, Mr Grice, und noch einen Bonus von zweitausend Pfund, sollten Sie beweisen können, dass ein Mitglied von einem anderen ermordet wurde.«

»Wann fällig?«

»Nach dem Tod des letzten Mitglieds.«

»Und wenn ich vorher sterbe? Bleibt das Geld dann im Vereinsvermögen? Falls ja, setze ich mich derselben Gefahr aus, wie Sie es dämlicherweise tun.«

»Das haben wir bedacht. Sollten Sie vor uns allen sterben, wird das Geld für jeden von Ihnen untersuchten Fall derjenigen Person hinterlassen, die Sie als Erben eingesetzt haben.«

»Es gibt aber niemanden, dem ich Geld hinterlassen wollte. Vom Kinderfluch bin ich verschont geblieben.«

»Sie haben eine Mutter«, sagte ich. Er zuckte mit den Schultern.

»Ein paar tausend Pfund würden ihr nichts bedeuten. So viel gibt sie vermutlich jeden Monat aus, um bröcklige Steinklumpen von diesem alten Tempel in Athen mitgehen zu lassen.«

»Jemand anderes im Kreis Ihrer Verwandten und Freunde, an dem Ihnen liegt«, schlug Mr Green vor, doch mein Vormund blickte finster drein.

»Da gibt es niemanden.«

»Was ist mit Miss Middleton?«

»Sie fällt unter keine dieser Kategorien.«

Molly kam mit einer Kanne frisch aufgebrühten Tees herein.

»Vielleicht könnten Sie das Geld mit ins Grab nehmen.« Ich schenkte uns ein und freute mich, es ausnahmsweise dampfen zu sehen, während Molly sich an einem kunstvollen Knicks versuchte und zur Tür hinausstolperte.

»Endlich etwas Vernünftiges aus Ihrem Munde, zumal ich mich verbrennen lassen will.«

Mr Green lachte unsicher, doch Sidney Grice streckte nur die Hand aus und sagte: »Geben Sie mir die Liste.«

Mr Green überreichte das Papier, und mein Vormund klemmte sich seinen Zwicker auf den langen schmalen Nasenrücken.

»Horatio Green«, las er laut vor, als hätte der Name neue Bedeutung für ihn gewonnen. »Edwin Slab, Gentleman; Primrose

McKay – eine abscheuliche junge Dame, falls nur etwas an den Geschichten über sie dran sein sollte.«

»Hat sie etwas mit McKays Wurstwaren zu tun?«, fragte ich. Er nickte.

»Einem Bericht zufolge nahm ihr Vater sie an ihrem zehnten Geburtstag zum Schlachthof mit, und sie amüsierte sich prächtig. Größtes Vergnügen bereitete es ihr, einer Sau die Kehle durchschneiden zu dürfen.«

»Wie grauenhaft.« Ich kämpfte gegen die Übelkeit an.

Sidney Grice schnäuzte sich die Nase. »Und keineswegs das Schlimmste, was ich über sie gehört habe.« Er kratzte sich am vernarbten Ohr. »Sie ist sehr jung.«

»Neunundzwanzig«, bestätigte Mr Green, »aber seit es Aufzeichnungen darüber gibt, ist keiner ihrer weiblichen Vorfahren älter als fünfunddreißig geworden. Vielmehr –«

»Der ungemein equestrisch klingende Warrington Gallop, Inhaber von Gallops Schnupftabakgroßhandel«, fuhr mein Vormund fort. »Pastor Enoch Jackaman, Pfarrer an der Sankt-Hieronymus-Kirche – ich bin seinem Bruder einmal auf der Überfahrt nach Calais begegnet; der Träger des verschrobenen Namens Prometheus Piggety, ein selbsternannter Unternehmer.« Seine Stimme war wohltuend gesunken, hob sich nun aber jäh. »Baronin Foskett«, sagte er laut, und Mr Green setzte sich auf. »Sie kennen die Baronin?«

»Seit nunmehr anderthalb Jahrzehnten hat niemand etwas von ihr gehört. Mein Vater war ein enger Freund des seligen Barons Reginald, und als Kind habe ich oft in Mordent House, dem Stammsitz in Kew, mit ihrem seligen Sohn gespielt, dem Ehrenwerten Rupert. Was gibt es da zu lachen, Miss Middleton?«

Ich verbarg meinen Mund. »Tut mir leid. Aber die Vorstellung, dass Sie spielen ...«

Mein Vormund runzelte die Stirn. »Ich war ein vollkommen normaler Junge und Rupert nur dreizehn Jahre älter. Welch ungestüme Freude doch darin lag ...«, ein wehmütiger Ausdruck huschte über sein Gesicht, »… spielten wir Schach; und war uns alberner zumute, gaben wir uns mathematische oder syllogistische Rätsel auf.«

Mr Green zwinkerte mir zu. »Ein rechter Rotzlöffel also.«

Sidney Grice grunzte. »Mich verblüfft, dass Baronin Foskett sich an solch einem leichtfertigen und törichten Unterfangen beteiligt.«

»Sie ist ganz begeistert davon.« Mr Green nahm sich etwas Zucker, und ich goss Milch hinzu. »Das hat sie mir selbst gesagt.«

»Ich glaubte, sie sei noch in tiefer Trauer und empfange niemanden.« Mein Vormund beugte sich vor. »Sie haben sie getroffen?«

Mr Green trank einen Schluck. »Nun, sozusagen«, sagte er und verzog das Gesicht. »Dieser Tee schmeckt eigenartig.«

Mein Vormund probierte seinen. »Etwas blumig vielleicht. Eine neue Mischung von den unteren Osthängen des Himalaja.«

»Eigenartig«, wiederholte Mr Green und nahm einen weiteren Schluck. Er zuckte zusammen. »So heiß.«

Sidney Grice zog die Nase kraus, schaute kurz verdutzt, dann warf er im Hochschnellen seine Tasse und Untertasse hin. »Halt!« Er warf den Tisch um, zertrümmerte dabei das Porzellan und bespritzte mein Kleid mit heißem Tee. »Spucken Sie's aus, Mann. Spucken Sie's aus.«

Unser Besucher blickte in die Runde.

»Irgendwohin! Auf den Boden!«, rief mein Vormund.

Mr Green schluckte. »Das könnte ich nicht.« Er leckte sich die Lippen und verzog das Gesicht. »Liebe Güte, wie das brennt.«

»Sie Dummkopf! Das war …«

»Blausäure«, flüsterte Mr Green verwirrt und ließ die leere Tasse in seinen Schoß fallen. Er wurde blass, und zahllose kleine Schweißperlen traten ihm auf die Stirn. Sein Kopf fiel ruckartig zurück, er riss den Mund auf, verkrallte sich in den

Sessellehnen, hob die Schultern und wölbte die Brust, um tief durchzuatmen.

Ich stürzte zu ihm, löste seine Krawatte und knöpfte ihm den Hemdkragen auf. Der Schweiß rann nun seine Schläfen hinunter. Mr Green atmete schwer aus und holte neuerlich bebend Luft, sein Gesicht blutrot angelaufen, die Augen vor Schreck geweitet.

»Helfen Sie mir.« Die Stimme versagte ihm. »Bitte.«

»Tun Sie was«, bellte mein Vormund. »Sie sind diejenige mit medizinischer Erfahrung.«

Mr Green umklammerte seinen Hals. Er hechelte, und ich konnte hören, wie sich seine Lunge mit Wasser füllte. Seine Haut färbte sich dunkelblau.

»Beugen Sie sich vor.« Ich fühlte mich, als würde eine andere die Anweisungen geben. »Und versuchen Sie, langsam zu atmen.« Doch ich wusste, dass vergebens war, was immer ich sagte.

Horatio Greens Gesicht war nun schwarz, während er um Luft rang.

»Sterben Sie ja nicht in meinem Haus«, sagte Sidney Grice. »Ich untersage es Ihnen nachdrücklich.«

Horatio Green knickte ein, und Flüssigkeit gurgelte in seiner Brust. Mit ungeheurer Anstrengung kämpfte er sich noch einmal auf die Beine. Seine linke Hand fuhr nach unten, verfehlte aber die Sessellehne, und er rutschte seitlich weg. Ich bekam seinen Arm zu fassen, und er packte den Ärmel meines Kleides und kniff mir so fest in die Haut, dass ich aufschrie.

»Bleiben Sie bei Bewusstsein«, befahl mein Vormund.

»Ist schon gut«, sagte ich. Ich fand mein Gleichgewicht wieder. »Ist schon gut«, sagte ich noch einmal langsam. »Ich halte Sie und werde Sie nicht loslassen.«

Sein verzweifelter Blick. Ich kannte diesen Blick und hatte gehofft, ihn nie wieder zu sehen.

»Gott segne Sie«, sagte ich, als seine Beine wegsackten. Er war zu schwer für mich.

Mein Vormund packte ihn unter den Achseln, und wir gerieten alle drei aus dem Gleichgewicht. Horatio Green sog ein letztes Mal flach und gurgelnd Luft ein, ehe sie ein letztes Mal aus ihm herausströmte und er rückwärts in seinen Sessel kippte. Ich fühlte ihm den Puls. Nichts. Ich hielt ein Ohr an seine Nase und horchte nach etwas, das zu hören ich keine Hoffnung hatte.

»Verflixt und zugenäht.« Sidney Grice fuhr sich an die Stirn. »Nun habe ich schon wieder einen Klienten verloren.«

5

DER TANZENDE TOTENSCHÄDEL

Ich trat einen Schritt zurück, atmete tief ein und langsam wieder aus, um mich zu beruhigen. »Sie haben einen Klienten verloren? Ist das alles?«

»Für mich schon.«

»Es geht Ihnen also nur ums Geld?«

Sidney Grice sah mich kühl an. »In finanzieller Hinsicht gilt – wie Sie ja wissen – die Devise: Je früher alle sterben, desto besser«, sagte er. »Aber mein Ruf ist äußerst ramponiert, und das hier wird ihm den Rest geben.«

Ich bahnte mir einen Weg um den umgestürzten Tisch und die Scherben unseres Teeservice herum und zog an der Klingelschnur. Der elfenbeinerne Totenschädel vollführte ein makabres Tänzchen. »Was tun Sie da?«

»Ich rufe Molly.« Irgendetwas Scharfes hakte in meiner Brust. »Wir müssen die Polizei rufen.«

»Nein.« Sidney Grice strich sich das Haar zurück und zögerte. »Ja, gewiss.« Er hockte sich hin, um Horatio Greens hervorquellende Augen zu betrachten. »Aber wie haben Sie das Gift zu sich genommen?«, fragte er. »In der Teekanne war es nicht, und Sie haben nichts gegessen.« Er hüstelte.

Der Geruch von Bittermandeln erfüllte den Raum. Ich trat ans Schiebefenster. Es ließ sich kaum bewegen. Womöglich war es seit Jahren nicht mehr geöffnet worden. Plötzlich drang der Tumult der Gower Street, das Klappern der Hufe und Rattern der Räder, lärmend zu uns herein.

»Die Milch oder der Zucker können es ebenso wenig gewesen sein. Davon hatte ich ebenfalls«, entsann ich mich. »Und Pillen waren es auch keine, es sei denn, er hat sie sich in den Mund gesteckt, als wir gerade wegschauten.«

»Das hätte ich bemerkt.«

Molly kam hereinspaziert, ihren Staubwedel wie einen Sonnenschirm über die Schulter geworfen. Dann blieb sie jäh stehen und öffnete den Mund. Sidney Grice zeigte mit dem Finger auf sie. »*Nicht* schreien!«

Sie schloss den Mund, machte nervös einen Schritt nach vorn und blickte zu Boden. »Ist er« – sie schob sich eine Haarlocke zurück unter die Haube –, »tot?«

»Ich fürchte, das ist er«, sagte ich, woraufhin sie sich nach der Zuckerschale bückte, die in die Mitte des Zimmers gerollt war.

Sidney Grice hob die zerschmetterte Tasse unseres Gastes auf und hielt sie sich unter die Nase. »Keine Spur von Blausäure.« Er stellte sie wieder hin und inspizierte die Sohlen von Mr Greens Stiefeln.

Molly starrte ihn fragend an. »Hätten Sie gern welche, Sir?«

»Nein, Molly«, erklärte ich. »Das ist ein Gift.«

»Oh, Sir« – wieder entwischte eine Strähne ihrer Haube – »als ich ganz zufällig an der Tür stand und hörte, wie Sie zu Ihrem Gast sagten, dass Sie hoffen, er würde bald sterben, da hätt ich nicht gedacht, dass Sie ihn gleich auf der Stelle ermorden.«

Worauf ihrem Dienstherrn just das Auge herausfiel. Behände fing er es auf und verstaute es in seiner Westentasche. »Ich habe Mr Green nicht umgebracht.«

Anschließend nahm er Horatio Greens rechte Hand, drehte die Handfläche erst nach oben, dann wieder zurück und inspizierte die Fingernägel. Er hielt sie sich unter die Nase, als wollte er den Duft einer wohlriechenden Blume aufsaugen, und ließ sie dann wieder zurück auf das Bein des Toten fallen.

»Wie Sie meinen, Sir.«

Sidney Grice richtete sich auf. »Wieso bin ich eigentlich nur von Toten und Schwachsinnigen umgeben?« Er stiefelte zu seinem Schreibtisch.

»Tote gehören nun mal zu Ihrem Beruf, und wenn es irgendwelche Schwachsinnigen in diesem Zimmer gibt, dann haben Sie sie hergebracht.«

Aber mein Vormund hörte mir nicht mehr zu. Er hatte den patentierten selbstfüllenden Füllfederhalter gezückt, saß vornübergebeugt da und schrieb einen Brief.

»Nun, Molly, vielleicht ist das zu viel verlangt, aber hör gut zu.« Er löschte die Tinte, faltete das Schreiben und schraubte die Feder wieder in den Schaft. »Du wirst jetzt in die Diele gehen und die Flagge hissen. Sobald ein Hansom anhält, lässt du dich auf direktem Weg zur Polizeiwache von Marylebone bringen.« Er ließ den Brief in einen weißen Umschlag gleiten, tunkte einen Pinsel in den Leimtopf und verklebte die Lasche. »Halt nicht an, um in Schaufenster zu glotzen oder mit deinen speckigen Tellerwäscherfreunden zu schwatzen. Frag am Tresen nach Inspektor Pound. Unter keinen Umständen darfst du diesen Brief jemand anderem geben. Hast du das verstanden?«

»Und was mach ich, wenn er nich da is?«

»Dann kommst du schnurstracks nach Hause zurück und sagst es mir. Hier hast du zwei Schillinge und vier Pennys. Das sind ein Schilling für die Fahrt und je zwei Pennys für das Trinkgeld pro Strecke.« Er ließ die Münzen in die Zuckerschale fallen. »Los!«

»Die sind nicht speckig«, raunte Molly im Gehen vor sich hin. »Na ja, nicht sehr.«

Ich richtete den Tisch auf. »Und wenn das Gift schon in seinem Mund war?«, mutmaßte ich. »Vielleicht hat er irgendetwas gegen die Zahnschmerzen gelutscht.«

Sidney Grice schnippte mit den Fingern. »Baumgartner«, stieß er hervor.

»Was ist das?«

Mein Vormund marschierte an seinem Schreibtisch vorbei hinüber zu den Aktenschränken, die rechterhand an der Wand standen, und zog die unterste Schublade eines Schranks halb heraus. Während seine Lippen stumm die Schlagwörter aufsagten, flogen seine Finger behände über die Ränder der eng gestapelten braunen Umschläge hinweg.

»Hier haben wir's.« Er fischte eine Akte heraus, öffnete sie und brachte ein Bündel handschriftlicher Notizen und Zeitungsauschnitte zum Vorschein. »Nicht *was*, sondern *wer*.« Er reichte mir die vergilbte Ausgabe einer Gazette – *Wiener Zeitung* stand dort zu lesen. »Otto Baumgartner war ein österreichischer Zahnarzt, dessen Klientel auch zahlreiche Mitglieder des Habsburger Königshauses umfasste. Im Sommer '54 kam es unter seinen Patienten zu rätselhaften Todesfällen, nur wenige Tage, Stunden oder, in einem Fall, gar Minuten nach der Behandlung. Nachdem auch der Erzbischof von Wien vor dem Hauptaltar seiner Kathedrale tot umgefallen war, orderte Kaiser Franz Joseph höchstpersönlich eine Untersuchung an.« Die Zeitung war staubtrocken und knisterte beim Umblättern. »Doch erst Monate – und weitere Todesfälle – später gelang es der Polizei, einen Zusammenhang zu den Zahnarztbesuchen herzustellen«, fuhr Sidney Grice fort. »Bei der Durchsuchung von Baumgartners Praxis fand man eine Flasche Strychninpulver – genug, um die halbe Stadt auszulöschen. Baumgartner legte ein umfassendes Geständnis ab. Er hatte die Löcher in den Zähnen seiner Patienten mit dem Pulver gefüllt und dann die Plomben darüber so gelockert, dass sie herausfielen, sobald der Patient eine Mahlzeit oder auch nur ein heißes Getränk zu sich nahm.« Ich begutachtete eine Skizze, die ein Künstler von dem Mörder gemacht hatte, ein rundlicher, vergnügt aussehender Bursche mit Backenbart. »Man schätzt, dass Otto Baumgartner über vierzig seiner Patienten getötet hat.« Sidney Grice nahm die Zeitung wieder an sich. »Doch die tatsächliche Opferzahl wie auch sein Motiv wird man wohl nie eruieren, da es ihm vor seiner Festnahme gelungen war, sämtliche

Aufzeichnungen zu vernichten, und er sich mitten im Prozess seine eigene Medizin verabreichte.« Sidney Grice ließ die Akte auf den Schreibtisch fallen. »Helfen Sie mir, ihn auf den Boden zu legen, March.«

»Sollten wir das nicht lieber der Polizei überlassen?«

»Wo immer das Verbrechen begangen wurde, hier war es nicht. Also, ich packe die Leiche unter den Armen ...«

»Er hatte einen Namen.«

»... und hebe sie an, dann können Sie ...«

Ich zog den Sessel weg. Für seine Größe war Sidney Grice überraschend kräftig. Er ließ Horatio Green nahezu geräuschlos zu Boden sinken. »Drehen Sie das Gas auf.«

Die weißen Flammen hoch oben an der Wand änderten kaum etwas am mittäglichen Dämmer. Mein Vormund setzte seinen Zwicker auf, kniete sich neben den leblosen Körper, öffnete Mr Greens Kinnlade und bewegte den Kopf des Toten hin und her, um das Licht einzufangen. Anschließend zog er ein weißes Taschentuch hervor, wischte über den offenen Mund und begutachtete den blutigen Stoff, bevor er ihn in den kalten Kamin schleuderte.

»Was halten Sie davon, March?«

Ich hockte mich auf der anderen Seite hin und schaute mir Horatio Green genauer an, der beißende Geruch brannte mir in den Augen und machte mich benommen.

»Er hat sich böse auf die Zunge gebissen, und seine Kehle ist vereitert. In seinem Gebiss« – ich zählte nach –, »fehlen sieben Zähne. Die beiden großen Backenzähne unten links sind erst kürzlich mit Silberamalgam gefüllt worden, und oben stecken ebenfalls drei Plomben, aber die sehen allesamt unversehrt aus.« Ich beugte mich vor, um ihn von der anderen Seite zu betrachten. »An der Rückseite seines oberen rechten Eckzahns ist ein großes Loch. Vielleicht war dort eine Füllung.«

»Möglich.« Mein Vormund klang wenig überzeugt. »Sehen wir mal in seiner Jacke nach.«

In der linken Innentasche steckte eine Brille und in der rechten eine kalbslederne Brieftasche mit zwei Fächern. Das eine enthielt drei säuberlich gefaltete Ein-Pfund-Noten sowie sechs von Mr Greens Visitenkarten. Die andere Seite war prall gefüllt mit diversen anderen Karten, und Sidney Grice las sie laut vor, während er eine nach der anderen zu Boden fallen ließ.

»Auktionator. Weinhändler und – na also – Mr Silas Braithwaite, Zahnarzt, Tavistock Square 4. Ich denke, es könnte sich lohnen, Mr Braithwaite einen Besuch abzustatten.« Er stopfte die Karten zurück in die Brieftasche und ließ sie wieder in der Jackentasche des Toten verschwinden. Dann rappelte er sich auf und klopfte sich die Hosen ab. »Vorher benötige ich aber etwas Ruhe zum Nachdenken.«

Mein Vormund ging zurück zu seinem Sessel, setzte sich vorn auf die Kante, den Blick unverwandt auf die Leiche zu seinen Füßen gerichtet. Er fischte zwei Halfpence aus seiner Westentasche und schnippte sie zwischen den Fingern seiner Linken hin und her. Ich hörte jemanden Banjo spielen und trat ans Fenster. Auf dem Gehsteig stand ein junger Mann. In einem hellen Tenor sang er zur Melodie von *My Bonny*:

Am Montag hatt' ich Scherereien,
zu Sidney Grice ging ich sodann.
»Zahl nur«, sprach er, »kein Bang'«.
»Bald wirst du baumeln am Strang«.

Ein paar Passanten blieben stehen, während er schunkelnd den Refrain anstimmte:

»Baumeln, baumeln, bald wirst du baumeln am Strang,
am Strang.«

Zwei junge Damen hielten sich kichernd die weiß behandschuhten Hände vor den Mund, und das kleine Mädchen an ihrer Seite fing an, Walzer zu tanzen. Und alldieweil klimperten die Münzen, und Sidney Grice saß reglos da, mit stierem

Blick, ohne auch nur das Geringste davon mitzubekommen, wie es schien.

»*Baumeln, baumeln, bald wirst du baumeln am Strang.*«

Ich zog das Fenster wieder herunter, ließ die Straße verstummen und dachte, wie seltsam es war, dass eine simple Glasscheibe uns die Welt vom Leibe halten kann.

Dann hörte ich, wie die Haustür geöffnet wurde und das Getöse des Verkehrs kurz anschwoll, bevor es jäh erstarb. Mein Vormund blickte auf, als wäre er gerade aus einem angenehmen Traum erwacht, und erhob sich aus dem Sessel.

»Vertrauen Sie mir, March?«, fragte er, zupfte seine Manschetten zurecht und fuhr sich mit den Fingern durchs Haar.

»Manchmal«, antwortete ich.

»Dann würde ich Sie darum ersuchen, es auch bei dieser Gelegenheit zu tun.«

»Inspektor Pound«, verkündete Molly, »is nich …«

»Ein Schilling Lohnabzug!«, bellte Sidney Grice. »Wie oft habe ich dir schon verboten, *is nich* zu sagen?«

»Aber das is nich gerecht. Ich hab nix falsch gemacht.« Molly fingerte verlegen an ihrer Schürze. »Ich wollte Ihnen nur sagen, dass …«

»Zwei Schillinge.«

»Aber …«

»Kein *aber.*« Er hieb in die Luft. »Wäre ich nicht bekannt für meine Herzensgüte, würde ich dich umgehend und ohne Empfehlungsschreiben entlassen«, sagte er. »Ich bin gleich draußen … Verschwinde.« Dann wandte er sich mir zu. Leise und eindringlich gemahnte er mich: »Das ist jetzt sehr wichtig, March. Es gibt keinen Grund, den Zahnarzt zu erwähnen. Wir haben keinerlei Beweise, das alles sind reine Vermutungen. Wir müssen Pound seine eigenen Schlüsse ziehen lassen. Verstehen Sie das?«

»Ja, aber …«

»Ich lüge niemals und fordere auch Sie nicht dazu auf; ich bitte Sie lediglich, ihm nicht zu widersprechen.« Mein Vormund schob das Glasauge wieder in seine Höhle. »Bitte, March.« Ich hatte ihn nie zuvor *bitte* sagen hören, und in der Art, wie er mich ansah, lag etwas beinahe Kindliches.

Ich versuchte, mein Kleid wieder ein wenig herzurichten. Vorne und an den Seiten war es voller Teeflecken.

»Also gut.«

Ein *Danke schön* wäre nett gewesen, aber Sidney Grice hatte sich nie große Mühe gegeben, nett zu sein. Ohne ein weiteres Wort zu verlieren, marschierte er schnurstracks zur Tür und riss sie auf.

6

DIE SPINNER VON WAPPING

Der Mann in der Diele war nicht Inspektor Pound. Er war kleiner, älter, frisch rasiert, müffelte aber leicht.

»Wollt's Ihnen ja sagen.« Molly schlich sich davon.

»Sind Sie eine Bedienstete?«, fragte der Fremde.

»Nein«, erwiderte ich. »Und Sie?«

Er warf sich in die Brust. »Nein, Miss. Ich bin Ermittler.«

»Das bin ich auch.«

»Aber Sie sind ein Mädchen.« Er sprach leise, aber mit klarer Stimme. Seine Fingernägel waren abgekaut.

»Dass Ihnen das auffällt ... Sie müssen ein exzellenter Ermittler sein«, sagte ich, als mein Vormund dazwischentrat und die Hand ausstreckte.

»Inspektor Quigley. Kümmern Sie sich nicht um Miss Middleton. Sie hat Sinn für Humor.«

»Konnte selber nie einen Nutzen drin sehen«, sagte der Inspektor beim Händeschütteln, und Sidney Grice grunzte.

»Ein vorübergehendes Phänomen wie das Fahrrad oder das Telefon. Inspektor Pound ist unabkömmlich?«

»Seine Mutter ist krank.«

»Aber seine ...«, setzte ich an, doch mein Vormund legte den Zeigefinger auf die Lippen.

»Danke, dass Sie an seiner statt gekommen sind.«

Inspektor Quigley holte ein Notizbuch hervor. »Wenn man

Ihrem Dienstmädchen Glauben schenken darf, haben Sie Ihrem Klienten gedroht und ihn ermordet. Immerhin haben Sie diesmal dem Henker die Arbeit abgenommen.«

»Als ich Ashby an den Galgen brachte«, Sidney Grice legte einen Finger an sein Glasauge, »geschah das unter eifriger Mitwirkung Ihrer Leute, Inspektor. Zu unser beider Glück war ich zweimal zu beweisen imstande, dass er schuldig war wie Kain.«

»Ich wollte nur, die Öffentlichkeit würde Ihre Meinung teilen«, sagte Inspektor Quigley. »Allerdings habe ich derzeit wahrlich Wichtigeres zu tun. Vielleicht könnten Sie mir mitteilen, was hier im Argen liegt.«

Sidney Grice ging voran ins Studierzimmer, wo Horatio Green derangiert neben dem Sessel auf dem Rücken lag. Der Inspektor trat an den Leichnam.

»Tja, mausetot ist er.« Er stieß mit der Schuhspitze eine umgedrehte Untertasse an.

»Ja.« Mein Vormund schnäuzte sich die Nase.

»Blausäure«, sagte der Inspektor. »Ich kann sie noch immer riechen. Aber wo hat er sie herbekommen?«

»Er war Chemiker«, sagte ich, und der Inspektor drehte sich nach mir um.

»Haben Sie gesehen, wie er sie geschluckt hat?«

»Nein. Und falls es Sie interessiert, sein Name lautet Mr Horatio Green.«

Inspektor Quigley ging in die Hocke, um an der zerbrochenen Tasse zu riechen. »Nun, in seinem Tee war sie nicht. Hat er etwas gegessen?«

»Nichts.«

Er legte die Tasse wieder hin und kam auf die Beine.

»Sieht doch eindeutig genug aus«, verkündete er. »Ein Mann stirbt an Gift. Sie haben es ihm weder absichtlich noch versehentlich verabreicht. Niemand sonst war hier. Folglich hat er es selbst genommen.« Er musterte sich im Spiegel über dem Kaminsims. »Gar kein Zweifel. Selbstmord.«

Ich öffnete die Lippen, zwang mich aber zu schweigen.

»In Ihrer Notiz war die Rede von einem Verein.«

»Einer dieser Finalen-Sterbefall-Vereine«, sagte Sidney Grice. »Er kam zu mir, weil er fürchtete, die Mitglieder könnten sich gegenseitig ermorden.«

Erneut wandte sich der Inspektor mir zu. »War er sehr erregt?«

»Nein«, sagte ich. Inspektor Quigley neigte weise den Kopf.

»Sehen Sie!« Er schnippte mit den Fingern. »Neun von zehn solcher Selbstmorde treffen die Angehörigen und Freunde völlig unvorbereitet. Der Straftäter …«

»Straftäter?«, unterbrach ich den Inspektor. Er runzelte die Stirn.

»Selbstmord, wie Sie wahrscheinlich wissen, Miss Middleton, verstößt gegen das Gesetz.«

»Wie ist er zu ahnden?«, fragte ich. »Durch eine Geldbuße? Gefängnis und Zwangsarbeit? Den Tod?«

Inspektor Quigley belächelte meine Einfalt. »Durch das Stigma, das er auf dem Toten und seiner Familie hinterlässt, und durch den Ausschluss von einem christlichen Begräbnis.«

»Warum sollte jemand, der um sein Leben bangt, sich selbst umbringen?«

Mein Vormund warf mir einen Blick zu.

»Die Männer, die den Tod am meisten fürchten, sind oft jene, die ihm zuvorzukommen trachten«, erläuterte der Inspektor geduldig. »Ich habe aufgegeben zu zählen, wie viele Männer sich das Leben nehmen, wenn ihnen der Galgen droht.«

»Gewöhnlich, indem sie sich aufknüpfen«, bemerkte Sidney Grice, und der Inspektor gackerte.

»Ganz recht. Dieser Mr Green war dermaßen beunruhigt, dass ihm etwas zustoßen könnte, dass er beschloss, hier und jetzt ein Ende zu machen, statt eines schaurigeren Schicksals zu harren.«

»Mir war bislang nicht klar, wie absonderlich Männer doch sein können«, sagte ich, und Inspektor Quigley tätschelte die

Luft, und zwar dort, wo eben noch meine Schulter gewesen war.

»Nicht alle Männer sind so weise wie ich und Mr Grice. Wobei mir im Zuge meiner Arbeit tatsächlich weit mehr weibliche als männliche Suizidfälle untergekommen sind – leichte Mädchen zumeist, die gutgläubige Männer verführt haben und dann nicht einzuwickeln vermochten. Tut mir leid, wenn ich Sie damit schockiere, Miss Middleton.«

»Die Scheinheiligkeit von Männern wird mir immer ein Graus sein«, sagte ich. »Haben Sie nie davon gehört, dass Männer Frauen verführen oder sich ihnen gar aufdrängen?«

»Mal langsam.« Vielleicht lag es am Schattenspiel, aber ich hätte schwören können, dass der Inspektor rot wurde. Er rieb sich den Nacken. »Eine Leichenschau wird unvermeidlich sein«, sagte er.

»Zweifellos.« Sidney Grice geleitete ihn zurück in die Diele, ich folgte ihnen. »Aber das können Sie mir überlassen.«

»Das hoffe ich. Ich habe augenblicklich genug zu schaffen mit diesen verdammten – verzeihen Sie meine Ausdrucksweise, Miss – sogenannten Neuen Chartisten.«

»Aber der Chartismus ist doch schon vor dreißig Jahren ausgestorben«, warf ich ein.

»Als Massenbewegung«, stimmte der Inspektor mir zu und nahm seinen langen Überwurf vom Ständer. »Ein fanatischer Kern ist immer noch sehr umtriebig.«

»Was haben sie denn getan?«, fragte ich.

Mein Vormund schnäuzte sich und teilte mir mit: »Ihre bloße Existenz ist ein Angriff auf die Zivilisation.«

»Was ist verkehrt daran, das allgemeine Wahlrecht für Männer zu fordern?«

Sidney Grice lief rot an vor Entrüstung. »Das Wort *allgemein* ist verkehrt daran.« Er mache eine Geste hin zur Gower Street. »Folgte man dieser Auffassung bis an ihr wahnwitziges Ende, na, dann hätte die Stimme jedes Kellners und noch selbst die des Kerls, der Plunder aus Kloaken fischt, das gleiche Gewicht wie meine bei der Wahl der Regierung Ihrer Majestät. Ein Minister der Krone müsste sich beim Landstreicher und Lumpensammler beliebt machen. Unvorstellbar. Das gesamte gesellschaftliche Gefüge, die Monarchie, das Empire selbst würden zusammenfallen zu einem abscheulichen Haufen ...«, seine Lippen kräuselten sich, »*Demokratie*«.

»Ist es nicht auch deren Land?«, fragte ich, und Sidney Grice verdrehte sein Auge.

»Das Vorrecht zu wählen muss verdient sein. Man kann es nicht verteilen wie altbackenes Brot in einer Suppenküche.«

»Und ehe man sich's versieht, würden wir den *Frauen* ein Stimmrecht geben.« Quigley gluckste, mein Vormund stöhnte.

»Setzen Sie ihr keine Flausen in den Kopf«, ermahnte ihn Sidney Grice. »Miss Middleton hat auch so schon genug verschrobene Einfälle.«

»Was soll daran falsch sein, wenn einige Frauen ein Stimmrecht haben«, sagte ich. »Nicht alle natürlich. Aber ich sehe noch immer nicht das eigentliche Problem.«

»Das bleibt jetzt unbedingt unter uns.« Der Inspektor setzte seine Melone auf. »Jüngste Erkenntnisse legen nahe, dass die Chartisten ein Attentat auf Ihre Majestät planen und einen Revolutionsrat in Wapping einsetzen wollen. Spinner, selbstverständlich, aber ich bin einstweilen dazu abgestellt worden, Verdächtige in Gewahrsam zu nehmen.«

»Dann werden wir Sie nicht länger aufhalten.« Mein Vormund öffnete die Haustür und schloss sie hinter dem Inspektor. »Sie wollten ihm doch nicht widersprechen.«

»Ich wollte Inspektor *Pound* nicht widersprechen«, entgegnete ich.

»So wie Sie sich verhalten haben, wäre er vermutlich misstrauisch geworden, hätten Sie ihm *nicht* widersprochen.« Er hob die Stimme. »Komm raus, Molly.« Sie tauchte hinter der Treppe auf und sagte kleinlaut:

»Ich wollte gerade ...«

»Öde mich nicht mit weiteren Lügen an. Du hast gelauscht.«

»Ich …«

Er tilgte mit der Handfläche den Rest des Satzes. »Warum hast du diesen Brief Inspektor Quigley gegeben entgegen meiner strikten Anweisung?«

Molly verknotete ihre Finger. »Oh, ach, Sir, es ging nich anders.«

»Hat er dich bewusstlos geschlagen und ihn dir aus der blutenden Hand gerissen? Dann bist du wahrlich bemerkenswert schnell genesen. Wenn nicht, hättest du mir den Brief zurückbringen müssen.«

»Nein, Sir. Es war ja viel schlimmer. Weil, er wollt' Ihnen von meinem abscheuwerten Vorleben erzählen, wenn ich ihm den Brief nich' gebe. Da konnt' ich nich' anders.«

Ihr Dienstherr stöhnte. »Molly, ist dein Hirn komplett vulkanisiert worden?«

Molly sann über die Frage nach. »Möchte ich mal vermuten, Sir.«

»Inspektor Quigley weiß über dein Vorleben einzig, dass du wie alle eines hast, während ich mehr darüber weiß als du selbst.« Er wies in die Richtung, aus der sie gekommen war. »Geh runter und bitte die Köchin, dein trauriges Haupt zu rösten.«

»Trösten, Sir?«

»Rösten.«

»Vielen Dank, Sir.« Molly knickte schief ein.

»Und lass das Knicksen sein, das habe ich dir schon einmal gesagt.« Er besah sich sein Haar im Spiegel. »Sonst ersetze ich dich durch die Hupfdohle.«

»Sehr wohl, Sir.« Sie tippelte davon.

Sidney Grice ordnete seine Gehstöcke – acht an der Zahl – im Ständer in der Diele. Für mich sah einer aus wie der andere.

»Jedenfalls«, sagte ich, »sind Inspektor Pounds Eltern beide tot. Hat er mir selber gesagt.«

»Ich weiß.« Er fuhr mit einem Finger über den Dielentisch. »Wenn er der Arbeit fernbleibt, muss er einen sehr guten

Grund dafür haben.« Er hob den staubigen Finger. »Jetzt muss ich den Bestatter anschreiben, damit sie den Leichnam abholen kommen. Danach kann Molly aufräumen, und alles wird wieder normal sein.«

»Normal?«, echote ich. »Ein Mann ist gerade gestorben.«

»Ja.« Sidney Grice nahm einen Gehstock aus dem Ständer. »Und was wäre normaler als das?«

Ich ging auf mein Zimmer, um mich umzuziehen, setzte mich an meine Frisierkommode und machte mein Haar zurecht, indes ich für Horatio Greens Seele betete und für die Kraft zum Weitermachen. *Und ich fragte mich, ob mich diese Kraft hässlich machte und ob du die Frau im Spiegel erkennen würdest.*

DER ZAHNARZT UND DIE MÜLLERSTOCHTER

Zum Tavistock Square hätten wir laufen können, doch mein Vormund mied, so es irgend ging, die Nähe seiner Mitmenschen. Hätte er sich bereit erklärt, zu Fuß zu gehen, wären wir erheblich schneller gewesen, da der Byng Place wegen einer geborstenen Abwasserleitung gesperrt war und der Verkehr von Bloomsbury umgeleitet wurde.

Im großen Park am Russell Square hatte sich eine beachtliche Menschenmenge versammelt, und als unsere Droschke einmal mehr zum Stehen kam, erhob ich mich, um besser sehen zu können. Mitten im Getümmel stand ein Mann, der einen Schwarzbär an einer Kette hielt. Der Mann wollte das Tier dazu zu bringen, auf eine umgedrehte Wanne zu steigen, doch der Bär schmiss sie mit seiner riesigen Pranke um und hockte sich stattdessen auf die Wiese. Die Zuschauer johlten, worauf der Mann begann, mit einem Besenstiel auf das Tier einzudreschen. Ein halbes Dutzend Mal ging der Stock nieder, unter dem Grölen und Klatschen der Menge, und ich sah, wie der Bär zu brüllen versuchte, hörte aber nur ein ohnmächtiges Wimmern aus seinem zahnlosen Maul.

»Wir sollten dazwischen gehen«, sagte ich. Mein Vormund sah grimmig drein.

»Ich habe einmal einen Mann verdroschen, mit derselben

Knute, mit der er vorher einen Esel ausgepeitscht hatte. Ich dachte, ich hätte das Tier von seinen Leiden befreit. Später erfuhr ich, dass der Kerl den Esel wenig später aus Rache verstümmelt und dann an den Schlachthof verkauft hatte.«

»Wir sollten die Polizei ...« Doch während ich noch sprach, sah ich, wie zwei Konstabler sich durchs Gewühl nach vorn drängten. Dort angekommen, blieben sie stehen und applaudierten freudig, als der Bär benommen auf die Wanne zutaumelte. Mit einem Ruck setzte sich die Kutsche wieder in Bewegung, und ich fiel zurück auf meinen Sitz. Als wir in den Bedford Way einbogen, öffnete sich die Luke. »Das tut man nich, 'nen Bär mit 'nem Stock verdreschen!«, rief der Kutscher zu uns herab.

»Es freut mich, dass auch Sie so denken«, gab ich zurück.

»Na, is doch sonnenklar.« Er schien irgendetwas in seiner Achselhöhle zu suchen. »Für 'ne wilde Bestie wie den braucht man 'ne Eisenstange.«

»Die einzige wilde Bestie, die ich gesehen habe, hatte einen Stock in der Hand«, rief ich ihm zu.

»Frauen«, brummte er und schob die Luke zu.

Auf der rechten Seite des Platzes stiegen wir vor einer Reihe georgianischer Gebäude aus und gingen bis zu einem Haus mit einer angelaufenen Messingtafel:

S. G. BRATHWAITE ESQ
LIZENSIAT DER ZAHNHEILKUNDE
KÖNIGLICHES COLLEGE DER SCHIRURGEN
ZAHNARTST UND SCHIRURG

»Ich hoffe, um seine zahnärztliche Kompetenz ist es besser bestellt als um seine orthographische«, merkte ich an, während Sidney Grice die Klingel betätigte.

»Kein kultivierter Mensch würde auf die Idee verfallen, Schildermaler zu werden.« Er schnäuzte sich die Nase. »Sie würden nicht glauben, auf wie viele verschiedene Arten es um Kundschaft buhlenden Kartenmachern gelingt, das Wort *Gower* zu schreiben.«

Eine äußerst adrette junge Frau erschien an der Tür, und Sidney Grice reichte ihr seine Karte. Ihr blondes Haar war akkurat unter eine frisch gestärkte Haube gesteckt, und über ihrem schlichten schwarzen Kleid trug sie eine makellos weiße Schürze.

Als sie uns in die Diele bat, fragte Sidney Grice: »Wie ist die Kornmühle Ihres verstorbenen Vaters denn zerstört worden?«, und das Dienstmädchen fuhr verdutzt zusammen.

»Nun, sie ist abgebrannt, Sir. Aber woher wissen Sie das?« Sie nahm uns unsere Hüte und Mäntel ab.

»Müllersleute prüfen ihre Steine jeden Morgen mit einer Prise Korn, nicht wahr?«

»Ja, Sir, aber …«

»Die tägliche Abschürfung führt zur Verdickung der *dermis digitalis*«, dozierte er, »ein Krankheitsbild, das auch unter dem phantasievollen Namen ›Müllersdaumen‹ bekannt ist.«

Sie betrachtete ihre rechte Hand, als sähe sie den harten Knubbel zum ersten Mal.

»Oh, Sir«, entfuhr es ihr, »damit könnten Sie auftreten.« Sie geleitete uns ins Wartezimmer – fünf sackartig gepolsterte Sessel und ein Mahagonitisch, übersät mit alten Ausgaben von *Household Management* und weiteren Illustrierten. »Ich werde Mr Braithwaite umgehend mitteilen, dass Sie da sind.«

»Ich dachte, Sie würden keine Kunststücke aufführen«, sagte ich, als sie gegangen war. Sidney Grice schob die Gardinen beiseite, um aus dem Fenster zu sehen.

»Wohl wahr, aber das Mädchen könnte eine Zeugin sein, und ich musste mich ihrer Glaubwürdigkeit versichern. Wenn sie, wie das Geschmeiß von der Fleet Street gern sagt, *auf der Flucht* wäre, hätte sie jedwede Enthüllung ihrer Vergangenheit aus der Fassung gebracht.«

Eine Wespe krabbelte über den Kaminsims, und ich streckte sie mit einem Exemplar des *Strand Magazine* nieder.

»Wie unbekümmert Frauen doch töten«, stellte mein Vormund fest.

»Aber woher wussten Sie, dass es die Mühle ihres Vaters war?«

»Getreidemühlen sind ausnahmslos in Familienhand«, erklärte er, »und sie muss viele Jahre dort gearbeitet haben, um dieses Leiden auszubilden, konnte also nicht erst unlängst in den Betrieb eingeheiratet haben.«

Ich nahm eine weitere Zeitschrift vom Tisch, woraufhin der mittlere Bogen herausfiel. »Und Sie wussten, dass er tot ist, weil …«

»… kein vermögender Vater seiner Tochter zu Lebzeiten gestatten würde, als Dienstmädchen zu arbeiten.«

»Und wie kommen Sie darauf, dass die Mühle florierte?«

Er stupste mit seinem Stock einen Zigarrenstummel auf dem Boden beiseite. »Kubanisch«, erklärte er, bevor er zu einer Antwort ansetzte. »Für ein Mädchen aus dem Südwesten Shropshires drückt sie sich überaus gewählt aus. Sie hat also Sprechunterricht genossen, was nicht billig ist. Ein minderbegüterter Müller würde sich mit so etwas kaum abgeben.«

»Und das Ende der Mühle?«

»Wäre die Mühle noch rentabel, würde sie das Unternehmen weiterführen. Sie gebärdet sich derart stolz und würdevoll, dass Sie sich daran wahrlich ein Beispiel nehmen können, March.«

Ich pfefferte die zerfledderte Zeitschrift auf den Tisch. »Sind Sie es eigentlich nie leid, ständig recht zu behalten?« Sidney Grice hob zu einer Erwiderung an, ehe ich anfügte: »Antworten Sie jetzt nichts.«

»Vernehmen Sie den Geruch von Distickstoffmonoxid?«

»Der *mir* bereits an Mr Green aufgefallen war«, betonte ich.

»Ich habe mich wohl bei Molly angesteckt«, sagte er eben hüstelnd, als sich Schritte näherten.

»Mr Braithwaite wird Sie jetzt empfangen.« Das Hausmädchen machte kehrt und geleitete uns in ein Zimmer im hinteren Teil des Hauses.

Der Behandlungsraum war klein und vollgestellt. Am Kopfende eines lederbezogenen, mit Fußpumpe und Kopfstütze versehenen Eisenstuhls stand ein komplizierter Betäubungsapparat mitsamt Doppelgaszylinder, Skalenblatt, Hahn und allerhand Gummischläuchen. Sämtliche Arbeitsflächen waren von Glasfläschchen und Keramikschalen übersät. Auf einem Stahltablett lagen mehrere Zangen. Ein kleiner Mann mit unnatürlich schwarzem Haar, das er in fettigen Strähnen über die schorfige Glatze gekämmt hatte, hockte krumm auf einem hölzernen Schemel und blätterte in einem Katalog. Er sah weder auf, noch reichte er uns die Hand, und als mir einfiel, dass er den ganzen Tag im Geifer seiner Patienten herumfuhrwerkte, ließ ich es dabei bewenden.

»Nehmen Sie Platz, Mr Grease«, sagte er und wies auf den Stuhl.

»Grice … und ich bin in einer geschäftlichen Angelegenheit hier.«

»Aber gewiss doch, aber wo Sie schon mal hier sind, können wir doch gleich einen raschen Blick auf die alten Hauerchen werfen.« Er zeigte abermals auf den Stuhl, doch Sidney Grice blieb beharrlich stehen.

»Ich komme wegen eines gewissen Mr Horatio Green.«

»Ach wirklich? Er hat mich Ihnen wohl empfohlen, was? Nun, keine Bange, Mr Grease, ich sehe von hier aus, wo das Problem liegt. Sie haben weibische Zähne.«

»Der Name lautet *Grice*, und ganz gewiss …«

»Und schämen sich, sie zu zeigen«, fuhr unser Gastgeber unbeirrt fort. Seine Schultern waren übersat mit Schuppen. »Haben Sie Ihren Gatten jemals lächeln sehen, Madam?«

»Nicht, dass ich wüsste.«

Sidney Grice schnaubte. »Wenn Sie tatsächlich meine Frau wären, hätte ich fürwahr kaum Grund zu lächeln.«

Silas Braithwaite schloss eine Schublade. »Wie sieht es mit Lachen aus?«

»Niemals«, gab ich zurück.

Der Zahnarzt erhob sich auf seltsam mechanische Weise, als wäre er mit Scharnieren versehen.

»Das ist gewiss alles überaus amüsant«, sagte Sidney Grice, »aber um auf Mr Green zurückzukommen …«

»Ihre Zähne sind zu klein, Mr Grice, aber machen Sie sich keine Sorgen.« Er fischte einen Mundspiegel aus der Brusttasche. »Mit ein bisschen Lachgas haben wir die im Handumdrehen gezogen, und dann verpassen wir Ihnen ein hübsches Gebiss aus Walrosszahn, täuschend echt. Niemand wird etwas bemerken.«

»Außer vielleicht ein anderes Walross«, warf ich ein, und Mr Braithwaite kicherte verlegen. Seine eigenen Zähne waren schwarz und brüchig, und ich fragte mich, wieso er sich nicht selbst geschnitzte Stoßzähne verpasst hatte.

»Mr Horatio Green«, insistierte Sidney Grice. »Wie lange ist er schon Ihr Patient?«

Silas Braithwaite fuhr sich mit dem Mittelfinger ins rechte Ohr. »Derartige Informationen sind streng vertraulich.« Dann pulte er in der Ohrmuschel herum.

»Hätten Sie das geistige Vermögen, die lateinischen Zeichen auf meiner Visitenkarte zu entziffern, wüssten Sie, dass ich ein persönlicher Ermittler bin«, sagte Sidney Grice. »Jegliche Informationen werden mit äußerster Diskretion behandelt.«

»Wieso fragen Sie ihn nicht selbst?«, erwiderte er und beäugte seine Fingerkuppe. »Oder ist er in irgendwelchen Schwierigkeiten?«

»Wieso sollte er das sein?«, wollte ich wissen.

Silas Braithwaite begann zu kichern. »Ein alter Spaßvogel, unser Horatio. Immer zu Streichen aufgelegt. Hat einmal im Bahnhof Kings Cross so getan, als wäre er blind und sich von jemandem bis St. Pancras führen lassen. Und dann hat er sich jemand anderen gesucht, der ihn wieder zurückbrachte. Auf dem Rückweg sind sie dann zufällig dem ersten Herrn begegnet, und Horatio musste sich als seinen« – er konnte vor La-

50

chen den Satz kaum beenden – »seinen ... seinen ... Zwilling ausgeben.«

»Wie überaus ärgerlich«, merkte Sidney Grice an.

»Eine Schar ist ihm in einiger Entfernung gefolgt, um den Schabernack mit anzusehen. Wir konnten uns kaum halten vor Lachen.«

»Das tut mir leid«, entgegnete Sidney Grice. »Nun aber ...«

»Ein echtes Original«, gluckste Silas Braithwaite. »Aber uns war immer klar, dass er irgendwann in Schwierigkeiten geraten würde. Was hat er sich nun schon wieder geleistet?«

»Er ...«, setzte ich an.

»Gar nichts«, unterbrach mich Sidney Grice.

»Will er, dass Sie die Rechnung anfechten? Das hat er schon einmal gemacht, um seinen Arzt bloßzustellen. Ich weiß, dass meine Honorare am oberen Ende der Skala angesiedelt sind, angesichts meiner Fixkosten sind sie jedoch keineswegs überzogen. Wieso blättern Sie in meinem Terminkalender, Madam?«

Ich schloss das Buch. Es befanden sich nur wenige Einträge darin. »Um zu sehen, ob Lady Constance schon einen Termin gemacht hat.«

Silas Braithwaite fiel der Spiegel aus der Hand. »Lady Constance?«

»Sie sind zu schlau für uns, Mr Braithwaite«, sagte ich.

»Ich bin schlaueren Leichen begegnet«, brummte Sidney Grice, doch ich fuhr unbeirrt fort. »Sie haben unsere Finte durchschaut.«

»Aber gewiss doch«, Mr Braithwaite trat von einem Bein aufs andere.

»Mr Green hat Sie nicht *uns* empfohlen, sondern Lady Constance, die uns bat, Ihre Gerätschaften in Augenschein zu nehmen. Lady Constance' Zähne bedürfen einer überaus aufwändigen und kostspieligen Behandlung.«

Sidney Grice legte den Kopf schief, als hätte er etwas anderes gehört, und holte seine Uhr heraus.

Silas Braithwaite beförderte den Spiegel mit dem Fuß unter einen der Schränke. »Dann ist sie hier ganz richtig. Meine Ausstattung ist, wie Sie sehen können« – mit ausgebreiteten Armen umspannte er das Chaos ringsum – »vom Allerfeinsten.«

Mein Vormund hockte sich mit knirschenden Knien hin. »Die Kotspur einer *Mus Musculus*«, verkündete er und setzte sich seinen Zwicker auf. »Mäuseköttel.«

»Lady Constance sorgt sich um ihre Privatsphäre«, sagte ich, derweil Sidney Grice immer weiter hinabsank. »Ihre erste Sorge, nämlich die, Sie könnten Ihr Wissen über einen Patienten Dritten preisgeben, haben Sie bereits zerstreut.«

Nun schnüffelte mein Vormund wie ein Beagle auf dem Boden herum. »Sie haben aufsteigende Feuchte«, sagte er, »und *lepisma saccharina.*« Er nahm eine Art goldenes Zigarettenetui aus seiner Innentasche und klappte es auf, doch anstatt amerikanischer Tabakwaren befand sich darin ein ganzes Sortiment von Schlüsseln und Dietrichen. »Silberfische würden Sie wohl dazu sagen.« Mit einem dünnen Dietrich schabte er am Hosenbein des Zahnarztes und kippte dann die Bröckchen in die Schatulle.

Silas Braithwaite zog sein Bein weg. »Was tun Sie da?«

»Meine Arbeit. Halten Sie still.« Er schabte noch zwei Mal und steckte den Dietrich wieder weg.

Ich fuhr fort. »Ihre zweite Sorge ist, dass Sie in den Patientenakten womöglich Informationen privater Natur festhalten könnten. Vor allem aber fürchtet sie, dass, wenn sie Sie ihren wohlhabenden blaublütigen Freunden empfiehlt, jene anhand Ihrer Aufzeichnungen Einblicke in ihr Leben erlangen könnten.«

Silas Braithwaite kratzte sich die Nase und fuhr empört in die Höhe.

»Mein Interesse an meinen Patienten ist ausschließlich medizinischer und finanzieller Natur.« Er stieg über das Bein meines Vormunds und ging zu seinem Aktenschrank, der so gut wie leer war. »Horatio wird gewiss nichts dagegen haben. Hier haben wir's – nur Grundsätzliches.« Er drückte mir eine weiße Karte in die Hand.

»Lady Constance wird erfreut sein, dass Sie eine Geheimschrift verwenden«, sagte ich, worauf Sidney Grice mich entgeistert anstarrte.

Er schloss das Etui, stand auf, legte es auf ein Regal und schaute mir über die Schulter. »Ich habe einen noch unveröffentlichten Aufsatz über die Handschrift von Zahnärzten, Hausärzten, Chirurgen und Tiermedizinern verfasst«, sagte er. »Lassen Sie mal sehen. Ah ja. Zwei Füllungen. Zwei Guineen. Auf heute datiert.« Er ließ die Karte auf den Tisch fallen. »Welche Gifte halten Sie vorrätig?«

»Verschiedene.« Silas Braithwaite öffnete eine Schublade voll verkorkter Fläschchen, die klebrige Ringe auf dem braunen Schrankpapier hinterlassen hatten. »Wir verwenden Arsen, um die Nerven abzutöten, und Schwefelsäure, um die Zähne zu bleichen – besonders beliebt bei Damen vor der Hochzeit. Eisenhut-Tinktur – die tatsächlich hochgiftig ist – setzen wir nur bei Entzündungen an den Weisheitszähnen ein. Lassen Sie mich nachdenken …«

»Dass ich das noch erleben werde, glaube ich kaum«, brummte Sidney Grice.

»Wie steht es mit Blausäure?«, wollte ich wissen, und Silas Braithwaite reckte mir einen vergilbten Finger entgegen.

»Oh, davon würde ich abraten.« Er fuhr sich mit einem sichelförmigen Instrument unter den Daumennagel. »Ihr Gatte würde es sogleich riechen. An Ihrer Stelle würde ich beim Eisenhut bleiben. Der bittere Geschmack ist zwar kaum zu kaschieren, dafür wirkt er unmittelbar und irreversibel.«

»Haben Sie Blausäure im Haus?«, fragte ich.

Sidney Grice griff sich ein Glas voll gezogener Zähne, hob den Deckel, nur um ihn schleunigst wieder zu schließen.

»Ich habe keine Verwendung dafür.« Silas Braithwaite pfefferte das Instrument zurück in die Schublade. »Wieso reden wir eigentlich über Gifte?«

Mein Vormund wischte sich die Hände an einem weißen Taschentuch ab. »Pflegen Sie Ihre Patienten zu ermorden, Mr Braithwaite?« Dann griff er sich den Katalog und blätterte darin.

Silas Braithwaite begann erneut zu kichern. »Bei all dem Buhei, das manche von ihnen veranstalten, könnte man das meinen ... Oh, Sie meinen es ernst ... Aber warum denken Sie ...«

»Weil Horatio Green heute Morgen vergiftet wurde«, antwortete ich.

»Oh.« Silas Braithwaite sank schwer auf die Armlehne des Stuhls, rieb sich den Hinterkopf und seufzte: »Der arme Horatio. Ist er sehr krank?«

»Nein, tot«, versetzte Sidney Grice kühl und knallte den Katalog auf den Stuhl.

»Oh.« Silas Braithwaite blinzelte mehrmals heftig. »Ein missglückter Streich?«

»Wohl kaum«, sagte ich.

Silas Braithwaite kniff sich in die Nasenspitze. »Wie es scheint, habe ich auf einen Schlag einen Freund und einen Patienten verloren. Schwer zu sagen, was ich mehr bedauere.«

Mein Vormund funkelte ihn an. »Ein Mensch ist gestorben, Mr Braithwaite. Nimmermehr wird er die Sonne emporsteigen sehen oder einem Kind den Kopf streicheln. Ist das alles, worum Sie sich sorgen – Ihren Profit?«

Das Wort *Heuchler* schoss mir durch den Kopf, während Mr Braithwaite erschrocken zurückfuhr. »Nein«, flüsterte er. »Aber bei meinen mageren Einnahmen fällt es mir schwer, mich nicht darum zu sorgen. All meine Bediensteten sind fort, außer Jenny, das Hausmädchen. Und auch sie habe ich seit drei Monaten nicht entlohnen können.«

»Was erklären würde, wieso sie« – Sidney Grice holte seine Uhr hervor – »vor exakt sechseinhalb Minuten das Haus verlassen hat.«

Silas Braithwaites Augen flackerten. »Wahrscheinlich macht sie nur ein paar Besorgungen.«

»Sie schleppte einen Lederkoffer.«

»Woher wissen Sie, dass er aus Leder war?«

»Ich habe ihn knarren hören, und ich bin in der Lage, vierundzwanzig Knarrgeräusche mit hundertprozentiger Sicherheit zu unterscheiden – mit neunundneunzigprozentiger Wahrscheinlichkeit sind es über hundert.«

»Sie untersuchen also den Mord an Horatio Green?«, fragte Silas Braithwaite.

Mein Vormund tat einen Schritt auf ihn zu. »Wer hat gesagt, dass es Mord war?«

»Na, Sie.«

»Ich habe lediglich gesagt, dass er vergiftet wurde.«

»Dann habe ich wohl voreilig daraus geschlossen, dass er ermordet wurde.« Silas Braithwaite wand sich einen Katgutfaden um den Zeigefinger.

»Was wissen Sie über den Klub des letzten Todes?«, wollte Sidney Grice von ihm wissen.

»Nichts.« Eine Haarsträhne fiel Silas Braithwaite übers Auge. »Was ist das?«

»Sie verheimlichen mir etwas.« Mein Vormund kletterte auf einen Holzstuhl und klopfte mit dem Knauf seines Stocks an die Decke. Etwas Putz segelte hinab.

Silas Braithwaite wickelte sich den Faden um die Hand. »Ich hoffe, Sie haben nicht vor, in meinen Steuerpapieren herumzuschnüffeln – nicht, dass mit meiner Buchhaltung etwas nicht stimmen würde. Es ist nur so, dass ich mit den Erklärungen ein oder zwei Jahre im Rückstand bin.«

»Seien Sie still.« Sidney Grice stieg herunter, nahm erneut das Etui zur Hand, befeuchtete seinen Zeigefinger und pfriemelte etwas heraus. »Was ist das?«

Der Zahnarzt kniff die Augen zusammen. »Sieht aus wie ein Hundehaar.«

»Haben Sie einen Hund?«, fragte ich.

»Nein, ich hasse Hunde.«

»Das möchte ich Ihnen zugutehalten.« Sidney Grice ließ Silas Braithwaite nicht aus den Augen. »Was glauben Sie, Miss Middleton?«

»Ich weiß nicht. Es ist sehr rau und gescheckt, wie eine Borste.«

Mein Vormund zog einen Umschlag hervor. »Ich habe es auf Ihrem rechten Hosenbein gefunden, in Knöchelhöhe, und Sie scheinen mir keinerlei zufriedenstellende Erklärung liefern zu können, um was es sich handelt, oder wo, wie und wann es dorthin gekommen ist.« Er ließ die Borste in einen Umschlag fallen.

»Es ist doch nur ein Haar.«

»Nichts ist *nur* ein Haar«, blaffte Sidney Grice ihn an und schloss den Umschlag. »Seien Sie unbesorgt, Mr Silas Joseph Anthony Braithwaite. Ich werde die Antworten auf all diese Fragen finden, und ich hege wenig Zweifel und jede Hoffnung, dass ich Sie überführen werde, wessen auch immer.«

Der Zahnarzt wandte sich zu mir. »Was redet er da?«

»Ich habe keine Ahnung.«

»Ich ebenso wenig«, räumte mein Vormund unbekümmert ein. »Aber ich erkenne ein Indiz, wenn ich eines sehe, selbst wenn etwas völlig Belangloses dahintersteckt.« Er zurrte seinen Ranzen zu und fing laut zu summen an.

»Lady Constance war also nur ein Vorwand, um mich auszuhorchen«, sagte Silas Braithwaite.

»Ich fürchte, ja«, bestätigte ich.

»Sie wird kaum erfreut sein, wenn sie erfährt, was Sie in ihrem Namen treiben.«

Die Enttäuschung stand ihm ins Gesicht geschrieben. »Ich bedaure, Ihnen sagen zu müssen, dass sie eine Erfindung ist.«

Mit gekränkter Miene schnürte er sich Daumen, Zeige-, und Mittelfinger zusammen. »Es war nicht nett von Ihnen, mir falsche Hoffnungen zu machen.«

»Es tut mir leid. Ich hatte ja keine Ahnung, wie schlimm es um Sie steht.« Mir war zumute, als hätte ich ein verirrtes Kind getreten. »Ich denke, wir sollten langsam aufbrechen.«

Mein Vormund hörte endlich auf zu summen. »Das denke ich auch. Es ist fast drei Stunden her, seit ich die letzte anständige Tasse Tee hatte.«

Wir ließen Silas Braithwaite allein mit seinem Faden.

Als wir unsere Hüte und Mäntel vom Ständer nahmen, lagen Haube und Schürze des Dienstmädchens sorgsam gefaltet auf dem Tischchen in der Diele.

Draußen auf der Straße rumpelte ein Omnibus vorüber. Die fünf Passagiere auf dem Dach stellten die Krägen hoch und zogen ihre Hüte tief ins Gesicht. Der Wind pfiff eisig.

ROSINENSCHNECKEN UND HERRENSCHUHSOHLEN

Gleich um die Ecke lag ein gemütliches Café, an dem ich schon einmal vorbeigegangen war und es kaum wahrgenommen hatte. Sidney Grice aber war offensichtlich Stammkunde. In Erwiderung seiner wie zum päpstlichen Segen erhobenen Hand brachte die Kellnerin ein Tablett mit einer großen dampfenden Kanne Tee, kaum dass wir uns an einem quadratischen Tisch beim Fenster niedergelassen hatten.

»Werden Sie heute sündigen, Sir?«, erkundigte sie sich.

»Wir beide werden sündigen.«

»Wobei?«, fragte ich, und mein Vormund blickte beinahe verlegen drein.

»Ich habe ein geheimes Laster«, sagte er. Mir schwirrte der Kopf. War dies, was Molly einmal angedeutet hatte? Gab es eine Opiumhöhle im hinteren Gebäudeteil? Ich konnte es nur hoffen. Er fuhr fort. »Eine Schwäche für Rosinenschnecken.«

»Wie dekadent.«

»Ich bilde mir nichts darauf ein, aber manchmal übermannt mich das Verlangen, zumal wenn ich aufgewühlt bin. Und der Hergang von Mr Greens Tod hat mir stärker zugesetzt, als ich zugeben mag.«

»Es *war* schrecklich«, pflichtete ich ihm bei. Er verzog das Gesicht.

»Der Teppich stammt aus Marie Antoinettes Vorzimmer in Versailles und war ein Geschenk an mich von Kaiser Napoleon III. höchstselbst. Ich fürchte, er ist für immer ruiniert.«

Die Kellnerin kam mit zwei weißen Tellern zurückgeeilt. Auf jedem lag eine rosinengespickte eckige Teigspirale mit Zuckerguss.

»Mein Vater hat mich einmal mit hierher genommen«, sagte er versonnen.

»Und hat er Ihnen eine Schnecke spendiert?«

Sidney Grice blinzelte, und sein Blick verschleierte sich. »Natürlich nicht. Damals hatte hier eine Hausverwaltung ihr Büro. Er war gekommen, um säumige Mieter räumen zu lassen.«

Ich goss uns Tee ein.

»Lebt Ihr Vater noch?«

»Leider …«, seine Miene verfinsterte sich, »ja.« Sorgfältig schnitt er seine Schnecke in zehn gleichgroße Stücke. »Was sagen Sie denn nun zu unserem Zahnarzt?«

»Ich mochte ihn nicht. Trotzdem glaube ich nicht, dass er Horatio Green getötet hat.«

»Ausnahmsweise«, mein Vormund hob ein verirrtes Stück auf und schwenkte es unter der Nase, als wäre das Schneckenstück eine Trüffel und er selbst ein französischer Meisterkoch, »stimmen wir völlig überein. Worauf fußt Ihre Unschuldsannahme?«

»Nun, die Nachricht von Mr Greens Tod hat ihn augenscheinlich bestürzt.«

Sorgfältig setzte Sidney Grice die Schnecke wieder zusammen.

»Ach, March«, sagte er müde, »March, March, March. Wann werden Sie endlich diesen Klumpen Knorpel in Ihrem Kopf in Gang setzen? In der kurzen Zeit, da ich Sie so selbstlos aufgepäppelt habe, kamen Ihnen schon ganze Mörderpaare so unbescholten vor wie Säuglinge, weil sie nett zu sein *schienen*. Ich könnte Sie ins Drury Lane mitnehmen und Ihnen auf der

Bühne einen Mann zeigen, der an sieben Abenden die Woche, und samstags dazu noch mittags, Hunderten weiszumachen vermag, er sei Othello, und ich versichere Ihnen, er ist es nicht. Niemand ist *jemals* eindeutig *irgendetwas* aufgrund seines Verhaltens.«

Ich legte mein Messer hin und sagte: »Na schön. Und woran machen Sie seine Unschuld fest?«

»Der Beweis«, mein Vormund rollte mit dem Zeigefinger eine Rosine auf dem Teller hin und her, »lag gleich unter Ihrer Nase. Warum war ich wohl an Mr Braithwaites Fußboden interessiert?«

Ich verbarg meinen Mund und das große Stück, das ich gerade hineingeschoben hatte. »Weil Sie exzentrisch sind.«

»Das kann ich nur hoffen.« Er schnäuzte sich. »Ein zentrischer Verstand dreht sich auf der Stelle und bewirkt nicht mehr als ein Schwindelgefühl. Der exzentrische geht auf unvorhersehbare, doch häufig genug beflügelte Wanderschaft. Nein, March, ich habe mich auf den Boden gehockt, um daran zu riechen. Der Raum ist schlecht belüftet – so erklärt sich die von mir bemerkte Feuchtigkeit. Und Zyanwasserstoff, um Blausäure bei ihrem chemischen Namen zu nennen, ist schwerer als Luft. Hätte Silas Braithwaite ihn heute Morgen in seiner Praxis verwendet, hätte sich der Gasgeruch auf oder knapp über dem Boden gehalten, und das Linoleum hätte das Gas daran gehindert, zwischen den Dielen zu versickern. Selbst mit meiner verstopften Nase hätte ich es aufgespürt. Aber ich habe nichts dergleichen gerochen. Und da Mr Braithwaite den ganzen Tag lang seine Praxis nicht verlassen hat ...«

Ich schluckte den Kuchen hinunter. Er war sehr gut, süß und saftig. »Wie in aller Welt können Sie das wissen?«

»Durch eingehende Prüfung«, Sidney Grice hatte einen Krümel an der Oberlippe, »seiner Schuhsohlen.« Seine Zungenspitze schnellte hervor, um den Krümel fortzulecken.

Ich wartete ab, bis er ein weiteres Stück gegessen hatte. »Ich bitte um Erläuterung, lieber Vormund.«

Er griff nach seiner Serviette. »Ich verfasse derzeit eine Studie mit dem Titel *Eine kurze Einführung in die Grundbegriffe der Untersuchung von Unterseiten europäischen Schuhwerks.* Sie wird in drei Bänden über die nächsten fünf Jahre hinweg erscheinen.«

»Wünscht sich doch jedes Kind zu Weihnachten.«

»Mein Werk richtet sich nicht in erster Linie an die Jugend«, sagte Sidney Grice, »wobei die Lektüre gewiss nicht zu ihrem Schaden wäre. Es herrscht ernstlicher Mangel an erbaulichen Inhalten unter dem Unsinn, der heutzutage von den Verlagen feilgeboten wird.«

»Und was haben Sie unter Mr Braithwaites Stiefeln gefunden?«

»Der Fußboden, wie selbst Ihr ungeübtes Auge bemerkt haben wird, war reichlich …?« Er sah mich über seine Teetasse hinweg an.

»Verschmutzt.«

»Welche Art Schmutz?«

»Einfach Schmutz.« Ich aß ein weiteres Stück Zuckergebäck.

»So etwas wie ›einfach Schmutz‹ gibt es nicht. Ich habe diesem Thema einen ganzen Band gewidmet. Schmutz hat unzählige Bestandteile: Diverse Arten Schlamm, menschliche wie tierische Haare, Ausscheidungen, zerquetschte Insekten mit und ohne Flügel, Nahrungspartikel und so weiter und so fort. Der Schmutz am Boden einer Zahnarztpraxis – dem ich ein besonders unterhaltsames Kapitel vorbehalten habe – ist einmalig. Er beinhaltet Stoffe in Mischungen und Mengenverhältnissen, wie sie nirgends sonst zu finden sind – Verbandgips, Zahnsplitter, Blut, Quecksilber und dessen Verbindungen, Porzellan und vieles mehr. Ebonitstaub findet neuerdings zunehmend Verbreitung.«

Mein Vormund nieste. Ich ergriff die Gelegenheit beim Schopf. »Und was hat all das mit Ihrer Schlussfolgerung zu tun?«

»Da Silas Braithwaites Sohlen stark von diesem und keinem anderen Schmutz behaftet und zwar schwache Schuhabdrücke im Flur zu finden waren, keiner jedoch zu seinen Stiefeln passte, hat er folglich seine Praxis nicht verlassen. Da aber keine Blausäure in der Praxis verwendet wurde, hat er Horatio Green nicht umgebracht. Und so müssen wir unsere dekadente Mahlzeit ohne die Vorfreude darauf genießen, ihn an den Galgen zu bringen.«

»Was also werden wir als Nächstes tun?«, fragte ich. Sidney Grice ließ seine Serviette fallen.

»Selbst das einfachste Verbrechen ist ein Labyrinth. Ungemein viele Wege führen ins Abseits, und wir müssen uns davor hüten, zu vielen von ihnen zu folgen. Wir werden heimfahren, und ich werde meine Akten durchsehen. Es gibt in diesem Fall Aspekte, die ich für einmalig halte.«

»Und was soll ich tun?«

»Sie können mir eine unschätzbare Hilfe sein.«

Ein Metzgerlehrling lief vorbei und schwenkte einen Hockeyschläger; seine blauweiß gestreifte Schürze flatterte ihm um die Beine.

»Indem Sie den Mund halten und in Abständen nach Tee läuten.« Er fuhr hoch wie ein Springteufel. »Kommen Sie, March. Wir haben zu arbeiten.«

»Allein die Vorstellung erschöpft mich«, murmelte ich, während er die Rechnung bezahlte.

*

Am Byng Place war ein hölzerner Gehsteig errichtet worden und der Verkehr so schlimm wie zuvor, also beschlossen wir, zu Fuß zu gehen. Doch kaum waren wir wieder am Tavistock Square, kam eine junge Frau aus der Zahnarztpraxis geradewegs auf uns zu gestürzt. Selbst ohne ihre Tracht war sie unschwer als Mr Braithwaites Dienstmädchen zu erkennen, das uns keine zwei Stunden zuvor eingelassen hatte. Jenny trug

ein schlichtes schwarzes Kleid und das Haar noch immer zurückgebunden.

»O Sir, wie gut, dass Sie da sind.« Sie war rot im Gesicht und
keuchte. »Kommen Sie bitte schnell. Etwas Schreckliches ist
geschehen.«

»Ihrem Dienstherrn hoffentlich«, sagte mein Vormund.

Erregt zupfte sie an ihren Ärmeln. »Bitte, Sir.«

Die Haustür stand weit offen, und Sidney Grice blieb stehen,
um den Querbalken zu untersuchen.

»Es riecht stark nach Lachgas«, bemerkte ich.

»Hoppla, March«, er klopfte mit seinem Gehstock gegen die
Täfelung, »Sie entwickeln sich ja zu einer richtigen Schnüff-
lerin.«

»O Miss, bitte sorgen Sie dafür, dass er rasch hereinkommt.«

»Falls Ihr Dienstherr tot ist, was ich vermute, besteht kein
Grund zur Eile«, gab er zurück, während er durch die Diele
schlenderte. Er hielt inne, ging in die Hocke und fuhr mit den
Fingern über das Parkett.

»Bitte!«, flehte sie.

»Interessant.« Er schnellte hoch, um den erloschenen Gas-
glühstrumpf zu betrachten, ehe er der aufgelösten Jenny in die
Praxis folgte.

Der Gasgeruch war beinahe überwältigend. Silas Braithwaite
saß zusammengesunken in seinem Behandlungsstuhl. Die
Narkosemaske lag umgedreht in seiner linken Hand auf seinem Schoß. Ich fühlte seinen Puls.

»So hab ich ihn gefunden, Sir«, sagte Jenny. Mein Vormund
wandte sich mir zu.

»Für mich sieht er tot aus. Was meinen Sie?«

»Ich meine, wir sollten das Fenster öffnen«, entgegnete ich,
und Jenny eilte hinüber, um Selbiges zu tun. Ein erfrischen-
der Schwall kalter Luft drang ein, allerdings verwehrte ein mit
Kletterpflanzen durchwirkter Maulbeerbusch jedwede Aussicht.

Sidney Grice besah sich eine sepiafarbene Fotografie.

Ich klopfte mit einem Spiegelgriff an den Gaszylinder und befühlte ihn mit den Fingerrücken. »Eiskalt und leer«, sagte ich, um dann den anderen Zylinder zu untersuchen. »Aber der Sauerstofftank ist warm und fast voll.«

Sidney Grice ging zur anderen Seite des Stuhls. »Denn wer das Gas nimmt ...« Er hob Silas Braithwaites rechte Hand und hielt sie wie eine Wahrsagerin, ruckelte an den Fingern und legte sie auf die Stuhllehne zurück. »Ein dummer Mann.« Und nach einer Weile sagte er zu sich selbst: »Bloß, wer tut mir so was an?«

9

ADLERSCHNÄBEL UND OPIUM

Jenny wurde nach einem Polizisten geschickt und rasch fündig – ein grobschlächtiger Mann mittleren Alters, den ich kurz zuvor dabei beobachtet hatte, wie er Landstreicher vom Platz verscheuchte. Nachts draußen zu schlafen war strafbar, weshalb die armen Seelen gezwungen waren, im Finstern durch die Straßen zu ziehen und tagsüber zu schlafen.

Der Konstabler warf einen Blick auf die Leiche und stiefelte postwendend wieder von dannen, um Verstärkung zu holen.

»Nun, Miss Middleton, wir können ebenso gut im Wartezimmer Platz nehmen«, sagte mein Vormund.

»Wollen Sie ihn denn nicht untersuchen?«

Sidney Grice sah mich an, als wäre ich geistig zurückgeblieben. »Wieso in aller Welt?«

»Um herauszufinden, wie er gestorben ist?«

»Ich weiß, wie er gestorben ist, und Sie wissen es auch, es sei denn, Sie verfolgen wieder eine Ihrer bizarren Theorien.«

»Wer hat ihn denn Ihrer Meinung nach umgebracht?«, fragte ich.

Mein Vormund kniff die Augen zusammen. »Ich weiß, dass ich es nicht war und dass auch Sie ihn nicht getötet haben. Vielleicht war es ja dieses Dienstmädchen hier?«

Jenny schrak zusammen. »Ich war's nicht, Sir, ganz ehrlich. Ich habe ihn nur so gefunden.«

Sidney Grice winkte desinteressiert ab.

»Mr Grice erhebt keinerlei Anschuldigungen gegen Sie, Jenny«, beruhigte ich sie. »Aber warum sind Sie zurückgekommen?«

Jennys Blick schoss umher, als suchte sie einen Fluchtweg. »Er schuldete mir vier Monate Lohn, und ich bin zurückgekommen, um ihn darum zu bitten. Ich dachte, wenn ihm bewusst würde, dass er überhaupt keine Bediensteten mehr hat, würde er vielleicht zur Vernunft kommen. Und ich wollte ihm drohen …«

Mein Vormund setzte seinen Zwicker auf und studierte eine Zange, die wie ein Adlerschnabel geformt war.

»Würden Sie bitte davon absehen, ein Geständnis abzulegen«, sagte er. »Ich habe Besseres zu tun, als in Ihrem Prozess als Zeuge aufzutreten.«

»In welchem Prozess?« Jenny errötete. »Warum suchen Sie denn nicht nach Hinweisen? Ich dachte, Sie wären so was wie ein Detektiv?« Sidney Grice blies ein wenig Luft durch die Lippen.

»Ich bin nicht *so was wie ein* Detektiv. Ich bin der führende Detektiv des Empire. Allerdings bin ich ein persönlicher Ermittler und kein Lakai des Staates. Ihr verblichener Dienstherr war nicht mein Klient, weshalb sein Tod für mich kaum mehr darstellt als eine missliche Unannehmlichkeit.«

»Haben Sie denn kein Herz?«, fragte sie.

»Aber gewiss doch.« Er stieß sich mit der Zange gegen die Brust. »Es pumpt Blut zu meinem einzigartigen Gehirn, aber es beherrscht mich nicht.«

Ich fasste sie an der Schulter. »Womit wollten Sie ihm denn drohen, Jenny?«

Sie begann zu schniefen. »Dass ich ihn bei den Stellenvermittlungen anschwärzen würde. Mehr nicht. Man kann ja kaum erwarten, dass ein Mädchen für nichts arbeitet und diese Spielchen mitmacht.«

»Hören Sie, wie sie wieder in ihren Heimatdialekt verfällt,

wenn sie aufgewühlt ist? Die gedehnten Vokale und das rollende R. Ich würde sie irgendwo zwischen Craven Arms und Clun verorten.«

»Wollen Sie sie dafür hängen lassen?«, fragte ich, während mein Vormund auf ein Barometer an der Wand klopfte.

»Nein, es ist ein Detail, das zu ihren Gunsten spricht«, sagte er.

»Wieso?«, wollte ich wissen. »Ermordet man in diesem Teil Shropshires etwa keine Leute? Findet sich dazu nichts in Ihren Akten?«

Sidney Grice fuhr mit dem Finger über die Unterseite eines Regals, untersuchte es aber nicht eingehend.

»Oh doch, darunter ein herrlich schillernder Fall um einen serbischen Ingenieur.« Er wischte sich die Hände an seinem Taschentuch ab. »Meiner Erfahrung nach achten Menschen, wenn sie lügen, allerdings mehr – und nicht weniger – auf ihre Ausdrucksweise.«

Jenny war mittlerweile in Tränen aufgelöst. »Ich hab doch niemandem nichts getan.«

»*Etwas* getan«, korrigierte er sie abwesend und ließ die Zange auf- und zuschnappen.

»Konnte er Sie nicht bezahlen, oder war er bloß knauserig?«, erkundigte ich mich.

»Er konnte niemanden bezahlen, weil er niemals keine – irgendwelche – Patienten hatte.« Sie schnäuzte sich. »Beim Metzger bekam er kein Fleisch mehr. Und die Wäscherei wollte ihm seine Kleidung nich mehr zurückgeben, weil er ihnen das Geld für sechs Monate schuldete.«

»Diese Zange wurde in gänzlicher Unkenntnis von Mechanik und menschlicher Anatomie konstruiert«, dozierte Sidney Grice. »Der Angelpunkt ist zu hoch, und die Enden sind so geformt, dass sie eher den Kieferknochen zermalmen, als sauber einen Zahn zu ziehen. Wenn ich die Zeit dazu erübrigen kann, werde ich eine bessere entwerfen. Sie …«, sagte er zu Jenny, »nehmen jetzt in der Diele Platz.« Behutsam legte er die Zange wieder zurück und drehte sie exakt so hin, wie er sie vorgefunden hatte. »Kommen Sie, March.«

Ich betrachtete Silas Braithwaite. Seine Haut war blau.

»Da ist ein roter Fleck auf seinem Handgelenk«, bemerkte ich.

»Falsch, March«, wandte mein Vormund über die Schulter hinweg ein. »Da sind drei solcher Flecken, und keiner davon geht Sie auch nur das Geringste an.«

Ich saß im Wartezimmer, in einem der zerschlissenen Sessel, während Sidney Grice am Fenster stand und hinausblickte. Dabei summte er unentwegt unmelodisch vor sich hin und hämmerte mit seinem Stock einen unkenntlichen Rhythmus auf die Dielen. Ich konnte Jennys Füße sehen.

»Bleiben Sie, wo Sie sind«, blaffte er, ohne sich umzudrehen. »Sie arbeiten hier nicht mehr.«

Es schellte an der Tür. »Kümmern Sie sich darum, Miss Middleton«, sagte er.

Ich wollte ihn auffordern, es doch gefälligst selbst zu tun, fand es aber nicht angemessen, mit ihm zu zanken. Schließlich lag ein Toter nebenan.

»Wie ich sehe, verdingen sich junge Detektivinnen auch als Empfangsdamen.« Inspektor Quigley trat ein und ließ seinen Konstabler am Eingang zurück, um die Treppe zu bewachen.

»Und wie *ich* sehe, haben Sie Ihre scharfe Beobachtungsgabe nicht eingebüßt – noch nicht«, erwiderte ich, während mein Vormund in die Diele kam.

»Nun, Mr Grice«, begann der Inspektor, »so langsam glaube ich, die Zeitungen haben recht. Der Tod folgt Ihnen tatsächlich wie ein Schatten, wenn man der gestrigen *Evening Post* glauben mag.«

»Wenn man der Presse Glauben schenken darf, werden Menschen eines Tages in maschinengetriebenen Apparaten durch die Luft fliegen«, entgegnete mein Vormund. »Nein, Inspektor, *ich* folge dem Tod. Ich ergründe seine Geheimnisse; zuweilen gelingt es mir, ihm zuvorzukommen, doch selbst meine überragenden Fähigkeiten vermögen ihn nicht auf ewig zu bannen.«

»Was ist hier geschehen?«

»Wir wurden von diesem Dienstmädchen herbeigerufen.« Sidney Grice deutete auf Jenny, die aufgestanden war und sich das Kleid glatt strich. »Als wir eintraten, fanden wir ihren einstigen Brotherrn, Mr Silas Braithwaite, tot in seinem Zahnarztstuhl, das Behandlungszimmer randvoll mit Distickstoffmonoxid.«

»Lachgas?«, fragte Inspektor Quigley.

»Ganz recht.«

»Nun denn, lassen Sie uns mal schauen.« Der Inspektor hob abwehrend die Hand, um Jenny, die noch immer neben dem Stuhl stand, Einhalt zu gebieten. »Sie warten hier.«

»Ich habe nichts Unrechtes getan«, protestierte sie.

»Wenn ich sage, dass Sie etwas getan haben, dann haben Sie es getan. Wenn ich sage, dass Sie nichts getan haben, haben Sie nichts getan«, sagte der Inspektor mit einem grimmigen Lächeln. »Bleiben Sie in der Zwischenzeit einfach hier sitzen.« Quigley marschierte an mir vorbei. Der Geruch von Distickstoffmonoxid hatte etwas nachgelassen »Ich hasse Zahnärzte«, sagte er und betrat den Behandlungsraum.

»Jetzt gibt es einen weniger, den Sie verabscheuen müssen«, bemerkte mein Vormund.

»Irgendeine Theorie, Mr Grice?«

Mein Vormund öffnete den Aktenschrank und stöberte darin herum.

»Nicht die geringste.« Er klaubte eine tote Spinne heraus und hielt sie an einem Bein in die Höhe. »*Pardosa amentata* oder Dunkle Wolfspinne, so genannt, weil sie kein Netz spinnt, sondern ihre Beute auf der Jagd erlegt.« Er ließ das Tier fallen. »Ich bin mir sicher, dass Sie die Lösung bereits gefunden haben.«

»Das habe ich in der Tat«, sagte Quigley. »Kein Grund herumzugrübeln. Unfalltod.«

»Wie sind Sie darauf gekommen?«, fragte ich. Sidney Grice stöhnte auf.

»Ich werde es ganz einfach machen«, versprach der Inspektor.

»Und bemühen Sie sich bitte, langsam zu sprechen«, ersuchte ich ihn, woraufhin er mich ansah, als wäre ich ein totes Nagetier.

»Haben Sie jemals von Lachgasfesten gehört?«

Ich hatte in Kabul sogar an einem teilgenommen, erwiderte aber: »Mag sein.« Also erläuterte Inspektor Quigley: »Verkommene Subjekte, insbesondere Studenten, Künstler, die nicht malen und Dichter, die nicht reimen können, rotten sich heimlich zusammen, um Distickstoffmonoxid zu inhalieren, welches dem Vernehmen nach eine anregende und berauschende Wirkung besitzt.«

Ich widerstand dem Drang, ihn zu fragen, was genau er mit *berauschend* meinte und sagte stattdessen: »Ah, verstehe.«

»Was diese vermeintlich intelligenten Menschen nicht begreifen: Sämtliche Drogen können einen unwiderstehlichen Hunger nach mehr entfachen – wir Fachleute sprechen in solchen Fällen von *Sucht*.«

»Gehört dazu etwa auch Opium?«, fragte ich.

»Ja, auch Opium«, gab der Inspektor zurück. »Selbst um dieses scheinbar harmlose Hausmittelchen rankt sich eine schaurige Halbwelt, derer Sie hoffentlich nie ansichtig werden. Um wieder auf Lachgas zurückzukommen: Bald schon sind diese fehlgeleiteten jungen Menschen nicht mehr imstande, der Versuchung zu widerstehen. Sie verzehren sich danach, doch dieser Hunger kann niemals gestillt werden. Der Mann hier könnte solche Feste besucht haben, wahrscheinlicher jedoch ist, dass ihn die in Ausübung seines Berufs inhalierte Menge süchtig gemacht hat. Er hat sich das Gas selbst verabreicht und in seiner Umnachtung vergessen, den Sauerstoff aufzudrehen. Das Gas ist ihm so lange in die Lunge geströmt, bis er erstickt ist.«

»Einen hübsche Theorie.« Sidney Grice klatschte in die

Hände. »Nun, Inspektor, falls Sie uns nicht mehr brauchen, werden wir uns wieder um unsere eigenen Angelegenheiten kümmern.« Als wir zurück in die Diele kamen, hob Jenny bang den Blick.

»Machen Sie sich bereit, vor Ihren Schöpfer zu treten«, raunte mein Vormund ihr im Vorübergehen zu.

Ich wollte mich eben umdrehen, um sie zu beruhigen, da lag sie bereits ohnmächtig auf dem Boden.

»Sie halten das wohl für komisch«, sagte ich, während ich Jenny meine blaue Phiole mit Hirschhornsalz unter die Nase hielt. Ihre Lider zuckten

Sidney Grice sann darüber nach. »Wissen Sie, March«, sagte er, »ich denke, da irren Sie sich.«

10

SCHELLACKPOLITUR UND DIE ZWEITBESTE TEEKANNE

Das Studierzimmer in Gower Street 125 war während unserer Abwesenheit aufgeräumt und Horatio Greens Leiche weggeschafft worden, ebenso der Teppich. Der Sessel, in dem er gestorben war – mein Lieblingssessel –, war an seinen Stammplatz zurückgeschoben worden. Das zerbrochene Geschirr war fort und der Tisch abgewischt.

Mein Vormund seufzte. »Er wird Schellackpolitur brauchen.«

Er zog an der Klingelschnur und setzte sich. Ich zögerte.

»Ich finde es falsch, diesen Sessel zu benutzen, nach allem, was passiert ist.«

»Molly denkt offensichtlich wie Sie. Weibliche Gehirne sind schlicht konstruiert und einander oft erstaunlich ähnlich. Sie hat die Sessel vertauscht.«

»Sind Sie sicher?«

»Meinen Sie, ich würde meinen eigenen Sessel nicht erkennen?«

Ich nahm behutsam Platz. »Inspektor Quigley scheint seine Schlüsse sehr schnell zu ziehen.«

Er nahm eine Ausgabe des *Lancet* vom Beistelltisch aus Satinholz. »Einer der besten Köpfe im Polizeidienst«, sagte er. »Nicht dass er viel Konkurrenz hätte.«

»Nur ist er heute in beiden Fällen zum falschen Schluss gekommen.«

Sidney Grice blätterte in der Zeitschrift. »In sieben Wochen wird Oberinspektor Newburgh pensioniert. Dann will er im trostlosen Hinterland von Surrey Rinder züchten. Sein Posten wird frei, und unser Freund Quigley gilt als Favorit für die Nachfolge. Nur dürfte aus seiner Beförderung nichts werden, sollte man eine Reihe ungelöster Morde mit ihm verbinden.«

Molly kam mit einem Tablett herein. »Die Köchin bittet um Verzeihung, Sir, aber das hier ist ihre zweitbeste Teekanne, und Sie möchten sie doch bitte nicht zerbrechen.«

»Sag der Köchin, ich will versuchen, mich zu zügeln.« Er wandte sich wieder seiner Zeitschrift zu, doch ich konnte die Sache nicht auf sich beruhen lassen.

»Demnach wird jeder Verbrecher in den nächsten zwei Monaten straffrei ausgehen, wenn Inspektor Quigley auf den Fall angesetzt ist«, sagte ich.

»Sofern er ihn nicht auf frischer Tat verhaftet.« Er schlug ungeduldig eine Seite um. »Natürlich verbessern sich durch sofort gelöste Fälle seine Karriereaussichten.«

»Selbst wenn es den Falschen erwischt?«

»Solange er eine Verurteilung erreicht ...« Sidney Grice wedelte mit der Hand und setzte seine Lektüre fort.

Ich goss den Tee ein. »Was ist mit Inspektor Pound?« Es war ein wunderschönes Regency-Teeservice – zartes weißes Porzellan mit rosigem Immergründekor und dunkelrosa Zierbögen an den Rändern.

Mein Vormund legte ermattet die Zeitschrift zusammen. »Freitagmorgens auf dem Fischmarkt in Billingsgate hätte ein Mann mehr Frieden. Falls Sie wissen wollen, ob Pound einen Schuldigen ziehen oder den Falschen verurteilen lassen würde, um seine Aufstiegschancen zu verbessern, lautet die Antwort nein. Pound hat so viel Grips wie Quigley, wenn nicht mehr, aber ihm fehlt der gnadenlose Zug, der den Abschaum vom Bodensatz trennt.«

»Wie zynisch Sie sind.«

»Wenn das heißen soll, ich sei argwöhnisch gegenüber den Beweggründen anderer Leute – alles andere wäre töricht in meinem Beruf.«

Er wandte sich erneut seiner Zeitschrift zu, doch ich blieb beharrlich. »Haben Sie andere Theorien, wie Horatio Green vergiftet wurde?«

Mein Vormund prüfte mit seinen Fingerrücken die Teekanne, und ein nahezu beifälliger Ausdruck huschte über sein Antlitz. »Noch nicht, und bitte belästigen Sie mich nicht mit Ihren eigenen.«

»Mir geht da etwas durch den Kopf«, sagte ich, und er ließ den *Lancet* in seinen Schoß fallen. »Wenn Mr Green nun eine Pastille gelutscht hat?«

»Hat er nicht. Ich hätte es an seiner Aussprache gemerkt.«

»Sie könnte in seiner Backentasche gesteckt haben.«

»Blausäure, wie der Name selbst Ihrem trägen Verstand eingeben könnte, ist eine Säure. Sie hätte seinen Mund verätzt. Ein dem Rachenraum vorgelagertes Geschwür habe ich nicht festgestellt, und wenn ich nichts feststelle, gibt es nichts festzustellen.«

Mein Vormund drückte sein Auge heraus und knetete die Haut rings um die Höhle kräftig.

»Schmerzt Ihr Auge?«

»Mein Auge ist auf dem Charlottenburger Friedhof beigesetzt.«

Ich stellte den Stuhl mit der geraden Lehne zurück an den runden Tisch in der Mitte des Raums. »Sie haben Ihr Auge bestatten lassen?«

Er zog eine Schublade auf und holte einen Kasten aus Rosenholz hervor. »Das Auge steckte im Schlund eines preußischen Offiziers. Er erstickte daran.« Mein Vormund förderte eine grüne Flasche zutage. Offensichtlich wollte er dieses Thema nicht vertiefen.

»Was vermuten Sie, ist Inspektor Pound etwas zugestoßen?«

»Ich vermute nicht, dass ihm irgendetwas zugestoßen ist, das für uns von Belang ist.« Sidney Grice zog den Korken heraus. »Andernfalls hätte er es mir gesagt.« Er träufelte etwas Flüssigkeit auf einen Wattebausch.

»Vielleicht kann er das ja nicht. Vielleicht ist er verletzt oder …«

»Was? Oder er wurde von Feen entführt oder von Piraten schanghait?« Er drückte den Bausch auf seine Augenhöhle und zuckte zusammen. »Wahrlich, March, Sie sollten Groschenromane schreiben. Würden weggehen wie Heiligenfinger auf einem römischen Basar.«

»Aber er ist Ihr Freund. Sind Sie denn gar kein bisschen besorgt?«

»Wie wir bereits geklärt haben, habe ich keine Freunde.« Der Wattebausch war blau getränkt. »Und ich bezweifle, dass er welche hat.« An den Rändern färbte er sich jetzt rot. »Kriminalisten führen ein einsames Leben – Gott sei Dank.« Sidney Grice warf die Watte in seinen Papierkorb. »Hoffentlich haben Sie ein präsentableres Kleid als die, in denen ich Sie bisher sehen durfte.« Er verkorkte die Flasche. »Morgen Vormittag haben wir eine Verabredung in Kew.«

»Baronin Foskett?«

Er wischte sich die Hände an einem fleckigen Tuch ab. »Keine andere.«

Von irgendwoher im Haus drang ein Schrei. Einen Augenblick lang hoffte ich, mich getäuscht zu haben, doch dann ertönte lauter, länger und spitzer ein zweiter Schrei.

»Sollte soeben eine der Bediensteten ermordet werden, möge es bitte die Köchin sein«, sagte mein Vormund.

Aus weiter Ferne kam ein Krachen, gefolgt von eiligen Schritten. Ich griff nach der Kohlenzange und hob sie über den Kopf, als die Tür aufflog. Molly – ohne Häubchen, ohne Schürze, das Haar gelöst und wirr, blankes Entsetzen ins Gesicht gemalt.

»O Sir, kommen Sie schnell!« Sie rang nach Luft. »Is' furchtbar.« Sie nahm all ihren Mut zusammen. »Diese verflixte

Katze von Nummer 123 hat eine lebende Ratte reingetragen.«
Ich hielt noch immer die Kohlenzange in der Hand. »O Miss,
wenn Sie wollten, dass ich Feuer mache, hätten Sie klingeln
sollen.«

»Warum werde ich mit derlei häuslichen Belangen belästigt?
Hol sofort den Rattenfänger.« Sidney Grice fasste sich an die
Wange, und ein violettes Tränchen rann aus seinem leeren
Auge.

*

Ich sprach an jenem Abend wie immer meine Gebete, führte
mein Tagebuch fort und öffnete mein Schreibkästchen. Der
Duft der Sandelholzauskleidung trug mich einmal mehr davon.

*Wir fuhren nur selten in die Stadt, doch als sich mein Vater
bevorraten gehen musste, galt es, die günstige Gelegenheit
zu nutzen. Nachdem er seine dienstlichen Obliegenheiten
erledigt hatte, blieben uns noch zwei Stunden bis zur Ab-
fahrt des Zuges. Mein Vater nahm mich mit ins Café Cal-
debank's – ein Stückchen England, versteckt in einer Seitenstraße – auf ein frühes Abendbrot: vier Sorten Sandwich,
zwei verschiedene Kuchen, Milchbrötchen mit Butter und
Erdbeermarmelade, wobei wir uns vor dem Streichrahm hü-
teten. Dann bummelten wir durch die Läden. Es war ein un-
beschwerter Tag. Ich bewunderte die Stoffe in den Auslagen,
und mein Vater legte sich eine neue Meerschaumpfeife zu.
Und dann sah ich sie – eine Schreibschatulle. Wir traten ein.
Das Kästchen war herrlich gearbeitet, hochglanzpolierte
Eiche, wunderschön gemasert, Beschläge und Einlagen aus
Messing, und öffnete sich auf Fächer für Briefe, Schreib-
papier und Federhalter. Es hatte eine ausklappbare, schräg
stehende Schreibfläche aus grünem Leder mit scharfkan-
tiger goldfarbener Einfassung und natürlich ein »geheimes«
Fach.*

Der Ladeninhaber war ein kleiner Franzose mit dichtem Schnurrbart. Er hob höflich die Brauen, als ich darauf hinwies, wie leicht das Fach zu finden war. »Nun, dann finden Sie das andere«, forderte er mich auf. Ich drückte überall herum. Auch mein Vater versuchte sich daran, hielt das Kästchen kopfüber und klopfte es ab – vergebens. Der Inhaber schmunzelte. »Soll isch zeigen Mademoiselle?« Er drückte das Tintenfass nieder und drehte es um neunzig Grad, als etwas klickte und seitlich eine Schublade herausglitt.

Ich lachte. »Das nehme ich.«

»Du hast doch bereits eins«, machte mein Vater geltend.

»So wie du ein Dutzend Meerschaumpfeifen«, entgegnete ich. »Und sie ist ja nicht für mich. Edward hat nächsten Monat Geburtstag.«

Mein Vater runzelte die Stirn. »Kannst du es dir denn leisten?«

»Gewiss doch.« Ich hakte mich bei ihm unter. »Mit ein wenig Unterstützung.«

DER DORN UND DER DICKWANST

Die schmale Brücke über die Themse war dermaßen überfüllt, dass ich kaum mehr erhaschen konnte als einen kurzen Blick auf die Eisenbahnbrücke auf der einen Seite und die sanft wiegenden Masten eines Klippers auf der anderen, ehe sich die Schornsteine eines Raddampfers davor schoben. Hier und da sah ich rot getakelte Lastkähne, die wie Rosenblätter das Wasser sprenkelten. Wir waren früh aufgebrochen und hatten eine lange Reise hinter uns.

Der Prinz von Wales besuchte gerade die Königlichen Botanischen Gärten in Kew, und die Karossen des niederen Adels verstopften die Straßen. Landauer und Kaleschen strömten herbei, derweil sich Schaulustige um den Haupteingang drängten, vor Kaffeeständen anstanden oder auf Schinkensandwiches herumkauten, während ihnen Scharen zerlumpter Kinder spöttische Bemerkungen zuwarfen.

Auf der Lichfield Road stiegen wir aus und schoben uns durch die Massen. Auf dem Gelände entdeckte ich die königliche Kutsche.

»Oh nein, wir haben ihn verpasst.«

»Wir haben gar nichts verpasst«, versetzte Sidney Grice, »außer einem stumpfsinnigen, dickleibigen, mürrischen Schürzenjäger.«

»Sie halten nichts von ihm?«

»Ich hasse ihn.« Mein Vormund pflügte durch eine Gruppe Waschweiber, während ich in seinem Kielwasser folgte und mich mühte, ihre empörten Blicke an mir abprallen zu lassen. »Und mich behandelt er zuweilen, als wäre ich ein königlicher Fußabtreter. Allerdings wird er einmal einen vortrefflichen König abgeben, sollte er seine einfältige Mutter überleben. Halten Sie Ihre unpraktische Tasche fest, March. Wo Getümmel ist, sind Diebe nicht weit.«

Die Menschenmenge lichtete sich, und wir sahen einen kleinen Jungen in einer gelben Jacke, der einem prächtig gewandeten jungen Herrn in Gehrock und mit glänzend aufgebürstetem Biberfellzylinder seine Mütze hinhielt. Der junge Mann schenkte dem Kind keinerlei Beachtung, als es sich ihm jedoch in den Weg stellte, hob er ohne Vorwarnung seinen Stock und schlug zu. Der Junge jaulte auf und fiel auf die Knie. Ich lief hin und hockte mich neben ihn. Ein roter Striemen zog sich vom Mund bis zu seinem linken Auge. Ich blickte auf.

»Wenn Sie ein Mann wären, würde ich Sie dafür verprügeln«, schimpfte ich, doch der Kerl verzog nur spöttisch den Mund.

»Ich *bin* ein Mann.« Seine Stimme war ebenso hoch und dünn wie seine aristokratische Nase. »Ein Gentleman.«

»Nein«, erwiderte ich und fuhr hoch. »Ungeziefer, das sind Sie.«

Er klemmte sich ein Monokel ins Auge, um mich eingehend zu studieren. »Haben Sie die geringste Ahnung, wen Sie vor sich haben?«

»Ja«, sagte ich. »Einen aufgetakelten Geck mit dem Gebaren einer Stranze. Ich hoffe, dass Ihrer Mutter nie zu Ohren kommt, wie Sie sich hier aufführen.«

Der Mann musterte mich mit abgrundtiefer Verachtung. »Meine Mutter würde Ihnen nicht einmal gestatten, ihr die Bettpfanne zu leeren. Sie ...« Plötzlich hielt er inne, seine Miene verzog sich, das Monokel fiel herunter, und ihm entfuhr ein Schrei.

»Sie werden sich bei der Dame entschuldigen«, sagte mein Vormund.

»Ich sehe hier keine Dame«, keuchte der Mann mit schmerzverzerrtem Gesicht.

»Augenblicklich würde reichen.«

Ich sah, dass Sidney Grice die Spitze seines Stocks in den hochglanzpolierten Schuh des jungen Mannes gebohrt hatte.

»Es tut mir leid.« Tränen rannen ihm aus den Augen.

»Sind Sie damit zufrieden?«, fragte mich mein Vormund.

»Ich nehme Ihre Entschuldigung an«, sagte ich. »Aber nur unter der Bedingung, dass Sie dem Kind einen Sovereign geben.«

»Alles, was Sie wollen.« Er griff in seine Hosentasche. »Aber hörcn Sic bitte auf.« Sein Schuh färbte sich rot.

»Das mit dem Geld hat sich erübrigt«, sagte Sidney Grice. »Der verlauste Bengel hat sich vor einer Minute mit Ihrer Geldbörse aus dem Staub gemacht.«

Ich musste lachen.

»Und mit Ihrer Brieftasche«, ergänzte Sidney Grice, an mich gewandt, und als ich in meiner Tasche nachschaute, war sie in der Tat verschwunden.

Mein Vormund hob seinen Stock, und ich sah, dass unten eine messerscharfe Metallspitze hervorstand. Mit einer flinken Drehung des Griffs fuhr er sie wieder ein. »Grice' Original Dornengespickter Gehstock«, erklärte er, während der junge Mann zu einer Platane hinkte, um sich daran festzuhalten und seinen Fuß in Augenschein zu nehmen.

»Der Junge kann das Geld besser gebrauchen als ich«, sagte ich, worauf mein Vormund die Stirn krauszog.

»Zwischen dieser Haltung und der Guillotine auf dem Trafalgar Square liegt kaum mehr als eine kurze Karrenfahrt, Miss Middleton.«

Wir gingen weiter.

»Sie werde ich mir merken«, schrie der junge Mann. »Sie beide.«

»Sollte es tatsächlich zu einer Revolution kommen, werden es Leute wie er sein, an denen sie sich entzündet«, sagte ich.

»Mir schaudert vor Ihren Malapropismen.«

Als wir in eine ruhige Seitenstraße bogen, verebbte der Menschenstrom. »Wir haben uns heute einen mächtigen Feind gemacht.«

»Zum Freund möchte ich ihn auch nicht haben«, sagte ich, was mein Vormund mit einem leichten Zucken seines Mundes quittierte.

»Ich ebenso wenig, aber Sie müssen lernen, sich nicht einzumischen.«

»Was hätte Jesus wohl getan?«, fragte ich.

»Daran wage ich gar nicht zu denken.« Er wies auf ein Straßenschild. »Es ist nicht mehr weit.«

Die Straßen von Kew waren breit und grün, und der Gestank der Fabrikabgase verflüchtigte sich allmählich. Sidney Grice hielt an und wies mit seinem Gehstock geradeaus. Durch die Baumwipfel hindurch, in rund hundert Metern Entfernung, konnte ich eine Wetterfahne und die Spitze eines bleigedeckten Türmchens ausmachen.

»Da ist es«, stieß er hervor, das Gesicht rot vor Erregung.

12

CUTTERIDGE UND DER SCHLÜSSEL

Mordent House lag an einer Straßenecke, von einer hohen Ziegelmauer umfriedet. Wir liefen an einem ehedem massiven, nun aber modrigen hölzernen Tor vorbei.

»Das war für die Gärtner gedacht, aber Rupert und ich haben es einmal unerlaubt benutzt«, teilte mir mein Vormund mit.

»Sie Teufel.«

»Jetzt ist es verschlossen. Ein Gitter wurde dahinter angebracht, nachdem Ruperts Großvater beinahe entkommen war.«

»Entkommen?«

Doch Sidney Grice schaute bloß hinauf zu den rostigen gekreuzten Eisendornen, die die Mauer krönten. Er blieb stehen und zeigte auf eine große Kastanie.

»Die hab ich mal erklommen, um unsere trigonometrischen Berechnungen ihrer Höhe zu überprüfen.«

»Streiche sind das.«

Wir gingen weiter, und er schnippte mit seinem Stock einen Zweig auf die Straße. »Sie war gut anderthalb Zentimeter höher, als wir gedacht hatten.«

Die Mauer erstreckte sich um eine weitere Ecke.

»Die zusätzliche Kletterei muss mühselig gewesen sein«, sagte ich. Jäh blieb er stehen.

»Warum müssen Sie immerzu Witze machen?«

Ich ging weiter und rief über die Schulter: »Warum muss immerzu alles so ernst sein?« Das Gemäuer bauchte hier ziemlich bedrohlich aus und wurde von fünf S-förmigen Armiereisen gestützt. »Ich versuche doch nur, das Leben etwas leichter zu machen.«

Mein Vormund schloss zu mir auf. »Sie können versuchen, den Geschmack einer Zitrone zu kaschieren«, er nieste, »aber sie wird immer sauer sein.« Wir kamen zu einem schmiedeeisernen Tor. Auf den Pfeilern rechts und links davon saßen steinerne Tiere, die aber so verwittert waren, dass ich sie keiner Gattung zuordnen konnte. »Das Wappen der Familie«, erläutete mein Vormund, als er an einer Glockenkette zog.

»Wie reizend«, murmelte ich.

Zu beiden Seiten des Tores standen Pförtnerhäuschen. Beide schienen verlassen zu sein. Das Dach des einen war eingestürzt; dem des anderen fehlten mehrere Schindeln, und ein Ahorn reckte sich durch das Loch.

Wir warteten. Ein Rotkehlchen hüpfte über die Pfeilspitzen des Tores. Durch die Eisenstäbe konnte ich eine geschotterte Auffahrt ausmachen, dicht mit Gras und Löwenzahn bewachsen. Mein Vormund schnalzte mit der Zunge. »Diese Anlage wurde von Simeon Gunwale gestaltet.«

»Hab schon aufgeräumtere Urwälder gesehen.« Ein grauweiß gestreiftes Katzengeripe humpelte über den Weg, drei Kätzchen in seinem Gefolge. »Soll ich noch mal läuten? Vielleicht schellt die Glocke nicht?«

»Sie hat geschellt.« Er berührte mit dem Daumen eine korrodierte Zacke. »Jemand wird kommen.« Er streckte einen Arm aus, um mich zurückzuhalten. »Bemerkenswert.«

»Was denn?«

»Der Zustand des Blattwerks.«

»Fesselnd.«

Die Sonne stand hoch am Himmel, warf aber kein Licht in den Garten. Blutbuchen und Weißbirken standen zu dicht.

Fünf Minuten vergingen.

»Schauen Sie.« Er wies ins Unterholz, doch ich konnte nichts sehen. »Folgen Sie meinem Finger.«

»Ich versuch's ja.«

»Gebrauchen Sie Ihre tabakbetäubten Sinne.«

Ich blinzelte angestrengt. Weit entfernt bewegte sich etwas durchs grüne Dickicht.

»Was ist das?«

Eine Amsel sang.

»Cutteridge«, sagte Sidney Grice, »der Majordomus.«

Ich spähte aufmerksam, und die schwarze Gestalt wuchs an und wurde zu einem Mann, der langsam, aber stetig auf uns zukam. Er verschwand hinter einem Busch, um einen Augenblick später wieder aufzutauchen, ein großer Mann, die Schultern von der Last der Jahre gerundet, sein weißer Haarschopf hinter die Ohren gekämmt, mit frisch rasiertem länglichem Gesicht. Er trat mit einem Schlüsselreif in der Hand ans Tor.

»Mr Grice.« Seine Stimme rasselte. »Wie schön, Sie wiederzusehen.« Sein Auftreten war würdevoll und imposant, doch seine Augenfältchen bezeugten Güte.

»Sie haben die Hunde im Griff, will ich hoffen.«

»Darauf können Sie sich verlassen, Sir.« Cutteridge wählte einen großen, vielzackigen Schlüssel und drehte ihn im knirschenden Schloss. Er legte Hand an die achtkantige Klinke, drückte sie nieder und wuchtete das hohe Tor unter Rucken und Quietschen auf.

13

THOMAS VON AQUIN UND DIE NATTER

Als wir den einstigen Vorgarten betraten, wandelte sich der Gesang der Amsel zu einem wütenden Keifen.

»Die Katzen oder wir?«, fragte ich.

»Weder noch.« Sidney Grice lenkte meinen Blick zu einer grünbraunen Linie, die sich am Stamm einer umgestürzten Esche entlangschlängelte. Als die Zunge aus dem erhobenen Maul hervorschoss, erkannte ich das schwarze Zickzackmuster.

»Eine Natter.«

»Heute Morgen habe ich ein verletztes Amselweibchen gesehen«, berichtete Cutteridge. »Womöglich hat es die Schlange darauf abgesehen, Miss.«

Ich schaute gebannt zu, wie das Tier mühelos über den Stamm glitt, während die Warnungen des Männchens immer dringlicher wurden und aus dem Unterholz ein schwacher Hilferuf erklang.

»*Natur, rot an Zahn und Klaue*«, zitierte ich.

»Oh, March« – mein Vormund streifte sich ein Blatt von der Schulter – »das war ja nahezu poetisch.«

Wir arbeiteten uns durch ein Gestrüpp aus wucherndem Rhododendron, Cutteridge zuvorderst und Sidney Grice hinterdrein, wobei Letzterer einige Brennnesseln niederhieb, um mir den Weg zu bahnen.

»Unter diesem Maulbeerbaum habe ich einst jeden einzelnen der fünf Gottesbeweise des Thomas von Aquin widerlegt«, entsann sich mein Vormund nicht ohne Stolz.

»Und Master Rupert wurde ausgeschimpft, weil er Sie dazu ermutigt hatte«, warf Cutteridge ein.

»Mit zweiundzwanzig?« Niemand nahm von meiner Verwunderung Notiz.

Die Rufe der Amseln schrillten immer verzweifelter, bis sie plötzlich verstummten und ein Schwarm Krähen sich aus dem Gehölz erhob, um düster flatternd unseren Weg zu kreuzen. Sidney Grice riss die Hände über den Kopf und schwang seinen Stock wie ein Schwert. Derart bewaffnet preschte er auf den Maulbeerbaum los, die Krähen suchten das Weite.

»Sie werden Ihnen nichts zuleide tun, Sir.« Cutteridge hielt einen langen Dornenzweig zur Seite, um uns passieren zu lassen.

»Ihre schiere Existenz ist eine Zumutung.« Mein Vormund griff sich ans rechte Auge und erschauerte. »Kein Wunder, dass sie als Todesboten gelten.«

Wir umrundeten ein riesiges Büschel Bambus, die Halme fast so dick wie Kiefernstämme, und fanden uns auf einer Lichtung wieder. Der Schotter war noch immer von Kriechpflanzen und Disteln durchzogen.

Vor uns stand ein kolossales Gebäude aus grauem Stein. Im Gewirr aufragender Bergfriede und kantiger Türmchen prangte eine Vielzahl von Kuppeln und Spitzen, hervorspringenden Stürzen, von Zinnen gekrönten Mauern sowie Fenstern jeder nur erdenklichen Form – mit Rund- und Spitzbögen, kreisförmig und oval, quadratisch und rechteckig, etliche mit buntem und manche ganz ohne Glas, einige mit zerschmetterten Scheiben. Die Mauern waren von Efeu überrankt und viele Öffnungen kaum mehr auszumachen.

Zu unserer Rechten ragte ein schiefer Uhrenturm empor. Das Ziffernblatt zeigte elf Uhr neunundfünfzig.

»Eine Minute vor Mitternacht«, merkte Sidney Grice an.

»Oder Mittag«, sagte ich.

»Mitternacht«, beharrte er.

Unter einem Ampferblatt lag eine tote Taube, die Brust berstend vor drahtig-rotem Gewürm.

»Die Einheimischen nennen es das Irrenhaus«, erklärte Cutteridge. »Man sagt, der Architekt habe den Verstand verloren, als er es vollendet hatte.«

»Wie? Erst danach?«, fragte ich. Cutteridge lächelte schief.

»Ein Teil des Problems liegt darin, dass jeder Baron Foskett seine sehr eigenen Vorstellungen von der Gestaltung des Hauses hatte, alle jedoch starben, bevor sie ihre Pläne in die Tat umsetzen konnten. Wenn Sie mir bitte folgen wollen, Sir, Miss.«

Wir erklommen die breiten Marmorstufen – schief, gesprungen und rutschig vom grünen Algenwuchs –, die zu einer massiven Tür aus gebleichter Eiche führten, deren rechter Flügel offen stand, und traten in einen düsteren geräumigen Saal. Die Fenster waren mit Vorhängen verhangen, und der mittige Laternenturm von außen mit Brettern vernagelt.

»Ich werde der Baronin melden, dass Sie hier sind«, sagte Cutteridge und eilte die Freitreppe empor, erstaunlich behände für einen Mann seines Alters, während wir unter der hohen Rippendecke mit ihrem Blasen werfenden Putz stehenblieben. Die Wände waren grau, und in verschiedenen Höhen ließen sich Gezeitenmarken erkennen. Feuchtigkeit und Schimmel raubten mir fast den Atem. Ich wies auf den Boden – breite, nur mit einem abgewetzten Läufer bedeckte Bohlen vor einem gewaltigen, von Spinnweben überzogenen Kamin, alles übersät mit Tierköteln.

»Ratten?«, riet ich.

»Und Fledermäuse.« Das verbliebene Auge meines Vormunds trübte sich. »Ich sehe sie noch vor mir: die livrierten Diener, die Tag und Nacht bereitstanden; die Stallburschen, die mit prachtvollen schwarzen Pferden in der Auffahrt warteten; die goldenen und grünen Karossen und die Kutscher mit den dazu passenden Uniformen; die französischen Zimmermädchen, die die Spiegel abstaubten; und die emsig mit der Garderobe ihrer Herrschaften umhereilenden Kammerdiener. Der Saal quoll über vor Blumen – im Sommer Rosen aus dem Garten, im Winter seltene Orchideen aus dem Gewächshaus. Zur Weihnachtszeit stand in jedem Zimmer ein geschmückter Tannenbaum.«

Noch nie hatte ich ihn so schwärmen hören, nicht einmal über einen Mordfall.

»Und was ist geschehen?«

»Tod und Fäulnis«, sagte er. »Wenn die Gesellschaft verrottet, so geschieht es vom Kopf aus. Die großartigsten Geschlechter unseres Landes sind heute im Niedergang begriffen – verlieren stetig an Land und Einfluss, haben ihr Vermögen verprasst, ihr Blut verunreinigt durch die Heirat mit Bauern und Amerikanern, was so ziemlich auf dasselbe hinausläuft.« Er zog einen Vorhang beiseite, und eine stumpfe Raute Tageslicht fiel über Wand und Boden. »Schauen Sie.« Die Fenster waren zerkratzt, jede der Scheiben bedeckt mit Zahlenkolonnen – Abertausende kleiner fein säuberlich aufgereihter Ziffern, die sich hinter Spinnweben verbargen. »Rupert liebte Zahlen. Er füllte seine Tagebücher damit. Manchmal sprach er ausschließlich in Gleichungen.«

»Sehr amüsant«, sagte ich.

»In der Tat.« Er setzte seinen Zwicker auf und sagte erregt: »Was für ein ungewöhnliches Netz. Zweifellos hat diese Spinne eine Verletzung am rechten Vorderbein.« Er zückte sein Notizbuch, um umgehend eine Skizze anzufertigen.

»Welch ein nützlicher Hinweis« – ich warf einen Blick darauf –, »falls Sie vorhaben, den Mörder dieser Florfliege zu überführen.«

Er ließ den Vorhang wieder zurückfallen, und das Tageslicht huschte hinauf zur Decke und verschwand.

Auf der rechten Seite des Saales entdeckte ich eine getäfelte Flügeltür, die einen Spaltbreit offen stand. Als ich sie aufdrückte, schälte sich der cremefarbene Lack wie Birkenrinde unter meinen Fingern. Dahinter lag eine ausladende Galerie. Zerfranste Seidenvorhänge verhüllten die bodentiefen Fenster, an den Wänden hingen verblichene Gobelins. Die prächtigen Lüster waren in Baumwolltücher gepackt, und auf dem Boden hatten Schnecken ihre Spuren hinterlassen.

An der linken Wand befand sich ein hoher Rahmen mit einem sauberen weißen Tuch darüber. Ich zog den Stoff beiseite und erblickte ein Bildnis – eine schlanke Frau in einem elfenbeinfarbenen, mit Silber durchwirkten Abendkleid, die Hand sachte auf dem Kopf eines Afghanen ruhend.

Daneben hing ein von mattgoldenen Farnen gesäumter Spiegel, der vom Boden bis zur Decke reichte, fingerdick mit Staub bedeckt. Durch einen dreieckigen Schlitz im Stoff wischte ich darüber und sah verschwommen, wie sich in der dreckig-trüben Tiefe des Raumes hinter mir etwas bewegte, einem Geist gleich.

»Ist sie nicht entzückend?«, hörte ich Cutteridge sagen und fuhr zusammen.

»Wirklich reizend«, antwortete ich. »Ist das Baronin Foskett?«

»Im ersten Jahr ihrer Ehe.« Er räusperte sich. »Ach, die Bälle, die hier stattfanden, die glanzvollen Damen, die adligen Herren, die vor Witz nur so sprühenden Unterhaltungen. Wannen mit eisgekühltem Champagner, Musik, Gelächter ... Oh, Miss, wenn Sie es nur hätten sehen können ...« Einen Augenblick verlor er sich in seinen Erinnerungen. »Doch das ist alles schrecklich lange her.«

»Was ist geschehen?«, fragte ich.

»Alles Leben ist Staub, Miss.« Cutteridge schnaufte lange und ermattet. »Staub und Nattern.« Er zupfte sich die Manschetten zurecht. »Ihre Ladyschaft wird Sie nun empfangen.«

Zu dritt stiegen wir die Treppe empor. Ich verkniff mir die Bemerkung, dass der Großteil des Staubes dieses Lebens sich wohl in ebendiesem Haus niedergelassen hatte.

»Geben Sie auf das Geländer acht.« Mein Vormund langte hinüber und zeigte mir, wie stark es wackelte. Ich hielt mich eng an der Wand, derweil die Stufen unter unseren Schritten nachgaben und ächzten.

»Ich wette, die sind Sie früher runtergerutscht«, sagte ich zu meinem Vormund.

»Das wäre leichtsinnig gewesen«, versetzte er.

»Ich habe es einmal getan«, erklärte Cutteridge. »Als ich noch Hilfsbutler war, wettete der verblichene Baron Reginald mit mir, dass es mir nicht gelingen würde, ein Tablett Sherrygläser unversehrt nach unten zu schaffen. Ich setzte einen Monatslohn, er hundert Guineen. Schon bei der ersten Biegung bin ich abgerutscht und habe mir beide Arme gebrochen. Das hat mich dann ohnehin sechs Monate Lohn gekostet.« Seine Schultern bebten vor Lachen.

»Wie drollig«, sagte ich.

»Glückliche Zeiten«, pflichtete Cutteridge mir bei, als wir auf einem Treppenabsatz haltmachten. »Master Rupert hat auch einen Versuch unternommen, doch er war im Nachteil wegen seines Daumens.«

»Die Foskett-Männer hatten alle einen zusätzlichen Sporn am Daumen ...«, erläuterte Sidney Grice.

»Und damit hat er dann das Fenster eingeritzt?«, flüsterte ich.

»... der es ihnen erschwerte, Gegenstände fest zu greifen«, fuhr mein Vormund unbeirrt fort.

»Master Rupert brach sich den Knöchel, der nie wieder richtig verheilte«, ergänzte Cutteridge. »Das Spiel wurde daraufhin verboten.«

»Wie schade«, merkte ich an. »Wie viele Bedienstete arbeiten heute hier?«

»Ich fürchte, ich bin der letzte.«

Sidney Grice schwieg. Er schien noch immer zutiefst ergriffen von seiner Umgebung. Ein Bildnis hing schief an der Wand. Es war dunkel verfärbt, und ich erkannte lediglich den Teil eines Ohrs sowie zwei Augen, die mich durch eine Schmutz-schicht angafften. Behutsam wagte ich einen Blick über das Geländer. Wir mussten schon fast zehn Meter über dem Boden sein, als wir den ersten Stock erreichten.

Die Treppe wand sich weiter empor bis zu einem Gang, der sich zu beiden Seiten in der Finsternis verlor. Sämtliche Fens-ter waren vernagelt, nur durch einige verzogene Bretter kroch etwas Licht schwach und gräulich über die blanken Dielen. Selbst die unzähligen, wie silbrige Sterne schwebenden Staub-körner machten die Atmosphäre nur noch trostloser.

Mein Vormund schniefte. »*Serpula lacrymans*«, sagte er. »Hausschwamm.«

»Dieser Tage ist das ganze Haus Foskett morsch, Sir.« Er führte uns noch ein paar Schritte weiter. »Hier wären wir.« Cutteridge legte meinem Vormund auf seltsam vertrauliche Weise die Hand auf den Arm, woran dieser, ebenso seltsam, keinen Anstoß nahm. »Ich muss Sie darauf hinweisen, Sir, dass die Baronin sich sehr verändert hat. Seit vielen Jahren schon geht es ihr nicht gut, und sie ist Besuch kaum noch gewohnt. Auch ich bekomme sie nur selten zu Gesicht. Außerdem er-müdet sie rasch, und ich muss an Ihre Redlichkeit appellieren, sie nicht zu überanstrengen.«

»Sie können sich darauf verlassen.« Sidney Grice fasste sich ans Auge, fuhr mit der Hand durchs Haar, richtete seine Kra-watte und polierte sich die Schuhe an der Rückseite seines Hosenbeines, während Cutteridge die Tür aufstieß.

14

FLÜSTERN IM DUNKELN

Wir betraten einen Raum, der in völliger Finsternis lag. Cutteridge aber schritt beherzt durch die Tür und verschwand beinahe umgehend in der Dunkelheit. »Mr Sidney Grice und Miss March Middleton«, vermeldete er von nirgendwo nach nirgendwo.

Es folgten Schweigen, das entfernte Ächzen von Dielenbrettern, ein dünnes Krächzen: »Zünde die Kerze an, Cutteridge« – ein Flüstern, aber lauter, als jedes Flüstern sein sollte, und eigentümlich metallisch. Ich sah meinen Vormund an. Er starrte angestrengt in die Richtung, aus der das Geräusch kam, und schien mir von einem Schauder erfasst zu werden.

Dann ein Zischen und jähes Aufflammen, als Cutteridge ein Zündholz anstrich und an den Docht einer Kerze in einer mattierten Glaskugel auf einem ovalen Tisch hielt. Er blies das Streichholz aus, und nur die gelbe Flamme blieb zurück, schwand erst, hob sich dann zuckend, flackerte in der Kugel, ein trüber Heiligenschein, der sich im Nichts verlor. Wir gingen darauf zu, und Cutteridge wies auf zwei niedrige Sessel.

Allmählich machten meine Augen den Umriss eines Kastens am anderen Ende des Zimmers aus. Er hatte die Größe eines Himmelbetts und war von etwas verhüllt, das mich zwar an ein Moskitonetz erinnerte, aber eher ein schwerer, schwarzer

Gazestoff war, der bis zum Boden reichte und keinen Blick auf die Person dahinter erlaubte.

»Guten Tag, Lady Foskett«, sagte Sidney Grice. »Ich hoffe, Sie sind wohlauf.«

Wieder dieses metallische Krächzen: »Das werde ich nimmermehr sein, Sidney. Wie viel Zeit ist bis an diesen Tag verstrichen?«

»Neunundzwanzig Jahre, zehn Monate und vier Tage.«

»So kurz ist die Spanne? Sie schien die Ewigkeit zu berühren.« Die Worte röchelten aus ihr hervor. »Sie müssen die Dunkelheit verzeihen. Selbst das Lohen dieser Wachskerze versengt mir nun die Augenlider. Vermutlich brennt die Sonne weiterhin vom fehlgetauften Himmel, nur habe ich mich ihr in all den Jahren nicht ausgesetzt. Dies ist das Reich der endlosen mondlosen Nacht.«

»Haben Sie keine Gäste?«, fragte ich.

»Sie werden sprechen, wenn man Sie dazu auffordert.«

»Täte ich das, wäre ich fast stumm.«

Mein Vormund raunte: »March.«

Die Stimme aber fuhr ausdruckslos fort: »Sie sind seit den großen menschlichen Verlusten die Ersten, denen ich Einlass gewähre.«

»Dann kennen Sie keinen Apotheker namens Mr Horatio Green?«, fragte Sidney Grice.

»Ich kenne niemanden mehr und spreche mit keiner Menschenseele, wenn ich nicht Cutteridge Anweisungen gebe. Meine Stimme ist so schwach, dass ich diesen Sprechtrichter aus Messing brauche, der in meinen Sessel eingebaut ist. Mr Green ließ ich Nachrichten am Tor zukommen.«

Weihrauch lag in der Luft, aber ich fühlte mich weniger an den Geruch erinnert, den ich aus Römisch-Katholischen Kirchen kannte, als vielmehr an das Masala Indiens – es roch nach Zedernholz und nach Krankheit.

»Wie gütig von Ihnen, uns einzulassen«, sagte ich spöttisch, und sie hustete hastig drei Mal, vielleicht lachte sie aber auch.

»Güte besitze *ich* keine, junge Dame, und ich bin schon jetzt enerviert. Was also führt Sie zu mir?«

»Ich bin gekommen, um Sie nach einem Verein zu fragen, dem Sie beigetreten sein sollen«, sagte Sidney Grice.

»Dem Klub des letzten Todes? Ich bin nicht beigetreten. Ich zeugte, gebar und nährte ihn. Er ist der Bankert meiner unglücklichen Launen, den ich nun hinaus in die Welt geschickt habe.«

Mein Vormund reckte den Hals. »Und darf ich fragen, warum, Lady Foskett?«

»Ich habe von Ihrem Beruf gehört, und er verschlägt mir mitnichten die Sprache. Sie waren schon immer ein unerträglich neugieriges Kind.«

»Ich will nicht unverschämt erscheinen.«

»Sie waren es, der meinem Großvetter Mr Hemingway die Liebesbriefe seiner Frau an seinen Vater zeigte. Er erschoss beide und sich selbst, wenn ich mich recht entsinne.«

»Hätte ich ihm die Schriftstücke vorenthalten, wäre ich der Beihilfe zu ihrem Betrug schuldig geworden.«

»Sie waren schon immer ein unsäglicher Schnösel, Sidney Grice.«

»Meine Liebe gilt der Wahrheit, Lady Foskett.«

»Der Wahrheit?« Die Stimme verzerrte sich. »Sie mögen kreuz und quer auf dieser widerlichen Welt umherstiefeln, bis das letzte Feuer darauf erkaltet, und doch nie etwas Derartiges finden.« Unhörbar sagte sie etwas zu mir und dann: »Ich gab dem Verein Gestalt, weil es mich erheitert. Ich lese nicht – wozu sich von geistlosen Abschweifungen stören lassen, wenn ich mich im bodenlosen Morast meiner eigenen Sterblichkeit suhlen kann? Cutteridge durchforstet für mich die Zeitungen, schneidet die Nachrufe aus und liefert sie mir auf einem kupfernen Präsentierteller. Welch größeres Vergnügen könnte ich haben, als Nachrufe auf meine einstigen Bekannten zu entdecken, all diese schillernden parfümierten Damen mit ihren hinreißenden, mächtigen Ehemännern und ihren bildhübschen, altklugen Kindern. Diese aufgeplusterten, pomadisierten, glatthäutigen, prächtigen Pfauen und ihre liebedienerischen Lakaien – was sind sie jetzt noch?« Es rasselte in ihrer Kehle. »Verwesende Masse in Marmorgruften.« Sie hustete scheppernd. »Faulendes Fleisch an bröselnden Knochen in prunkvollen Sarkophagen.« Die Baronin rang nach Luft. »Nur herrscht in diesem Zeitalter der Dampfkraft, Kanalisation und Telegrafie großer Mangel an Todesfällen, die mich hämisch freuen, sodass ich auf einige mehr sinnen muss: von Menschen, deren vollendete physische Nekrose mir die zusätzliche Genugtuung steuerlichen Vorteils eintragen wird.«

»Aber, Lady Foskett«, sagte Sidney Grice, »Sie müssen einsehen, dass diesen Menschen Ihr Tod ebenso zum Vorteil gereicht.«

Etwas schlug dumpf auf, und die Baronin atmete heftig aus.

»Ich kann nicht sterben«, flüsterte sie. »Mich dürstet nach dem Tod, schon lange Zeit, und diesen Durst versuchte ich mit Vitriolöl zu löschen, das zwar meine Stimme zerfraß, mich aber nicht umbrachte und nun durch meine Adern fließt. Zwei Jahre lang nahm ich weder Nahrung noch Wasser zu mir. Mutwillig zerstörte ich meine Lebenskräfte, doch wie schwach dieser elende Leib auch wurde, all meine Mühen waren vergebens. Ich konnte nicht sterben.«

»Aber das ist unmöglich«, sagte ich und vernahm eine Weile nur ihre verstärkten Atemgeräusche.

»Mein Hass nährt mich«, sagte sie. »Magere Kost zwar, doch dafür rein.«

»Aber was ist mit Ihren Freunden?«

»Jeder Mann mit pulsenden Adern, jede Frau mit ungestocktem Blut, jeder Säugling mit zuckendem Herzen – sie alle sind mir ein Gräuel und unwiderruflich meine Feinde.«

»Aber ich bin nicht Ihr Feind, Lady Foskett«, sagte Sidney Grice, tanzende Schatten auf seinen Wangen.

»Fortan sind Sie es.« Und zum ersten Mal, seit ich ihn kannte, sah ich Bestürzung in seinem Gesicht.

Er hob eine Hand an die Stirn und dann an sein vernarbtes Ohr. »Sie wissen, dass Mr Edwin Slab gestorben ist?«

»Ich nahm es mit herzerfrischender Eiseskälte auf.«

»Und Horatio Green?«, fragte ich.

»Meine seelische Zersetzung selbst frohlockt. Wie und wann ist er gestorben?«

»Gestern an einer Vergiftung in meinem Haus.«

»Sie sollten besser achtgeben auf Ihre Klienten, Sidney«, das Flüstern verlor sich, »sonst haben Sie bald keine mehr.«

»Ich möchte gern auf Sie achtgeben, Lady Foskett.«

Luft rauschte aus dem Sprechrohr, und als meine Augen mehr Licht einzufangen begannen, konnte ich die Umrisse einer Gestalt hinter dem schwarzen Netzvorhang ausmachen, eine kleine Frau, die reglos auf einem hohen Thron saß. »Genug ...« Ein langes Seufzen und noch längeres Schweigen. »Genug ... genug.«

»Es tut mir leid, Sir, Miss.« Zum zweiten Mal an diesem Tag ließ Cutteridge mich aufschrecken. Ich hatte ihn ganz vergessen.

»Natürlich«, sagte Sidney Grice. »Ich danke Ihnen, dass Sie uns empfangen haben, Lady Foskett. Wir werden Sie nicht länger ermüden.«

»Wie schal, ekel und flach und unersprießlich scheint mir das ganze Treiben dieser Welt. Es gibt keine Rast für die Verdammten in dieser Welt oder in der nächsten. Ich werde immer müde sein, noch über das Ende aller Tage hinaus.«

Cutteridge löschte die Kerze, und wir folgten seinem Schattenriss. Er schloss die Tür und führte uns die knarrende Treppe hinunter.

»Sie werden Ihre Ladyschaft zu retten versuchen, Sir?« Seine alten Augen blinzelten besorgt, als wir die Halle betraten.

»Ich werde alles mir Mögliche tun, um sie zu beschützen«, versprach mein Vormund.

»Darf ich Ihnen die Hand schütteln, Sir?«

»Es wäre mir eine Ehre.«

Cutteridges Hand war riesig. Sie legte sich um die meines Vormunds und hielt sie fest. »Wir hängen von Ihnen ab, Sir.«

»Eine unumgängliche Frage noch, ehe wir aufbrechen«, erwiderte Sidney Grice. »Wo ist die nächste Teestube?«

Cutteridge lächelte. »Wie ich sehe, haben Sie diese Neigung nicht verloren, Sir. Darf ich Ihnen Trivet's Tea House vorschlagen, rechter Hand, ein kleines Stück die Straße hinunter? Man reicht dort ein gutes Schmalzfleischsandwich, wenn ich mich recht entsinne.«

Geblendet vom grauen Licht traten wir ins Freie, und Cutteridge folgte uns, um das Tor abzuschließen. Ich hörte das Schloss knirschen, als wir die Straße überquerten, doch als ich mich umsah, war er verschwunden.

»Er hat da etwas Merkwürdiges gesagt – als er Sie darum bat, die Baronin zu retten«, meinte ich. Sidney Grice kaute auf seiner Unterlippe.

»Etwas stimmte überhaupt nicht in diesem Zimmer«, gab er zurück.

Die Menge vor den Gartenanlagen zerstreute sich, Droschken warteten auf Fahrgäste.

»Nur etwas?«, fragte ich. Er schnippte mit seinem Gehstock einen Pfirsichkern in die Gosse.

»Abgesehen von allen offenkundigen Eigentümlichkeiten, die selbst Ihnen aufgefallen wären, war da etwas, das ich gehört habe. Aber mir kommt nicht in den Sinn, was es war. Das eine aber weiß ich genau, dass nämlich Lady Foskett bei nächster Gelegenheit diesem schauerlichen Verein entzogen werden muss.«

Eine junge Frau eierte auf einem Hochrad vorbei.

»Wie unschicklich«, bemerkte Sidney Grice.

»Sieht doch recht vergnüglich aus.«

»Früher oder später werden Sie einsehen, wie unweiblich alles Vergnügen ist.«

»Je später, desto besser. Im Übrigen glaube ich nicht, dass Lady Foskett dem Verein entzogen werden will.«

Sidney Grice streifte seine Handschuhe über. »Lady Foskett ist eine Frau von höchster Bildung und Verstandeskraft«, entgegnete er, »aber wenn alles gesagt und getan ist, bleibt sie doch ganz – eine Frau.«

»Da ist er wieder.«

Der Junge in der gelben Jacke hastete uns entgegen.

»Hab's mir schon gedacht, dasse denselben Weg zurückkommen.« Er schaute mit den Augen eines weltmüden großen Kindes zu mir auf. »Kann's nich behalten.« Er langte in sein Hemd. »Nich, wose so gut zu mir warn.«

Er hielt mir meine Börse hin.

»Möchte wetten, dass sie leer ist«, sagte Sidney Grice, als der Junge davonrannte.

»Alles drin, bis auf den letzten Penny.«

»Dieser dreckige Wicht«, schimpfte mein Vormund. »Er hat mein Taschentuch gestohlen.«

»Gedränge nur dem Dieb gefällt ...«, erinnerte ich ihn.

*

Eben waren wir heimgekehrt, da hielt draußen eine schwarze Kutsche mit verhängten Fenstern und einer stumpfen Stelle im Lack, an der ein Wappen entfernt worden sein musste.

Der Pferdeknecht sprang ab und klappte den Tritt aus. Ein groß gewachsener Mann stieg ab. Mit seinen vorquellenden Augen, den schmalen, straffen Lippen und dem schlaffen Doppelkinn erinnerte er mich an einen Frosch, doch seine Bewegungen waren würdevoll, bedacht und akkurat, als er kerzengerade über den Gehsteig auf das Haus zuschritt.

Sidney Grice stöhnte. »Was zum Henker führt er jetzt im Schilde?«

»Wer?«

Lange musste ich nicht auf eine Antwort warten. Molly wischte in der Diele Staub und ging auf das Klingeln hin beinahe umgehend an die Tür.

»Ist wieder dieser Ehrenwerte Sir Soundso, Sir.« Sie überreichte seine Visitenkarte auf einem Tablett, doch Sidney Grice winkte ab.

»Schick ihn herein.« Widerwillig rappelte er sich auf, fuhr sich mit der Hand durchs Haar und prüfte den Sitz von Krawatte und Augenklappe.

»Mr Grice, herzlichen Dank, dass Sie mich so kurzfristig empfangen.«

Mein Vormund knurrte und deutete auf einen Sessel, aber beide Männer blieben stehen.

»Was ist es diesmal?«, fragte er, und unser Besucher warf mir einen vielsagenden Blick zu. »Sie können auf Miss Middletons Verschwiegenheit bauen.«

»Miss Middleton, mein Dienstherr drückte den Wunsch aus, Sie kennenzulernen, auf die Zeitungsberichte über Ihren letzten Fall hin.«

»Es war nicht mein *letzter* Fall«, beschied ihn Sidney Grice, »und eine solche Begegnung wird nicht stattfinden, solange sie unter meiner Obhut steht.«

Unser Besucher musterte mich eingehend und rümpfte die adlige Nase. »Eine Enttäuschung weniger.«

»Ja«, sagte ich. »Ich hasse es, enttäuscht zu werden.«

Seine Lippen bebten vor unausgesprochenen Erwiderungen. »Wenn Sie meinen …«

»Sie haben mein Wort darauf«, sagte mein Vormund, und der Besucher kniff die Augen zusammen.

»Mein Dienstherr befindet sich in einer peinlichen Lage.«

»Das ist nichts Neues.«

Der Mann wurde feuerrot im Gesicht. »Mein Dienstherr unterhielt einen, wie man wohl sagen darf, freizügigen Briefwechsel mit einer bekannten Schauspielerin. Als ihre … *Freundschaft* endete, forderte die Dame einen großen Geldbetrag ein und gab nach dessen Auszahlung sämtliche Briefe meines Dienstherrn und eine Fotografie zurück, die er ihr mit unschicklichen Wendungen gewidmet hatte. Die Briefe wurden verbrannt, die Fotografie aber scheint verschwunden zu sein. Fiele sie in die falschen Hände …«

Sidney Grice warf beide Arme hoch. »Wann wird er sich endlich wie ein erwachsener Mann benehmen?«

Unser Besucher brauste auf. »Ich kann es wirklich nicht zulassen, dass Sie dergestalt von Seiner … von meinem Dienstherrn …«

Sidney Grice warf den Kopf zurück. »Ich habe keine Zeit für dieses Geschwätz. Richten Sie ihm aus, er soll unter dem falschen Schubladenboden seines Sekretärs nachsehen.«

Der Mann wirkte verdutzt. »Ist das die Nachricht, die Sie mir zu übermitteln geben?«

»Übermitteln Sie, was Ihnen beliebt«, sagte mein Vormund. »Und richten Sie ihm aus, er soll sich besser vorsehen und nicht länger meine Zeit verschwenden.«

Unser Besucher straffte seine schmalen Lippen. »Nun gut, Mr Grice. Bitte klingeln Sie. Ich gedenke aufzubrechen.«

»Nicht eben Ihr Lieblingsklient?«, fragte ich, als er gegangen war.

»Ich bin es satt, die Amme für Kinder mittleren Alters zu spielen.« Sidney Grice ließ sich wieder in seinen Sessel fallen.

Ich klingelte nach Tee – und fragte meinen Vormund nicht nach den Straußenfedern des Prince of Wales auf der Krawattennadel des Besuchers.

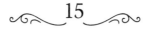

DER DOKTOR
UND DIE BEEREN

Die Bryanston Street war der Gower Street durchaus ähnlich – mit ihren weißen Fassaden im Parterre, dem roten Backstein der oberen Stockwerke, den gusseisernen Geländern und den Kellergräben vor den langgezogenen georgianischen Häuserzeilen. Nach knapp fünfzig Metern bogen wir rechts in eine schmale Seitenstraße, die linkerhand von Stallungen gesäumt war und auf deren rechter Seite hohe, baufällige Häuser standen. Mein Vormund klopfte ans Dach unseres Hansoms, und der Wagen hielt. Er entlohnte den Kutscher und versah ihn mit einem großzügigen Trinkgeld.

»Sie bekommen das Gleiche noch einmal, wenn Sie auf uns warten.«

Der Kutscher ließ nicht erkennen, ob er ihm zugehört hatte, senkte aber den Kopf und gestattete seinem Pferd, dasselbe zu tun.

Dr. Berrys Praxis lag im Erdgeschoss. Ein hemdsärmeliges Hausmädchen mittleren Alters mit schiefem, lückenhaftem Gebiss führte uns geradewegs hinein. Hinter einem Schreibtisch saß eine dunkel gekleidete Frau, etwa zehn Jahre älter als ich, und machte sich Notizen. Sie erhob sich und reichte Sidney Grice die Hand, der sie argwöhnisch annahm.

»Sind Sie die Frau des Arztes?«

»Ich habe keinen Gatten«, sagte sie.

»Sie tragen einen Ring.«

»Der bewahrt mich vor unerwünschten Annäherungsversuchen«, entgegnete die Dame lächelnd. »Ich will keine Spielchen mit Ihnen treiben, Mr Grice, dazu ist mir die Verwirrung, die ich stifte, nur allzu vertraut. Ich bin Dr. Berry.«

»Eine Frau.« Mein Vormund nahm die Hand vor den Mund. »Wie abscheulich.«

Dr. Berry lächelte abermals. »Wenn Sie mich wegen Ihres Abscheus Frauen gegenüber aufgesucht haben, werde ich nichts für Sie tun können.«

»Das ist keine Krankheit.«

»Darüber ließe sich streiten.«

Sidney Grice erlangte nur mit großer Mühe seine Fassung zurück. »Ich komme wegen eines gewissen Mr Edwin Slab, der sich, wie ich annehme, bei« – er konnte seine Ungläubigkeit nicht verbergen – »*Ihnen* in Behandlung befand.«

»Mr Horatio Green hat mir Ihren Besuch angekündigt«, sagte Dr. Berry. »Ich habe von diesem lächerlichen Klub gehört.«

»Als Todesursache haben Sie einen Anfall beurkundet«, sagte mein Vormund.

»Vorläufig.« Sie trug ihr schwarzes Haar kurz und streng zurückgekämmt, was ihr sanftes Wesen jedoch nicht zu verschleiern vermochte. »Ich war nicht zugegen, als Mr Slab starb, und seine Angehörigen lehnten mein Gesuch nach einer Obduktion ab. Bedauerlicherweise pflegt der Leichenbeschauer dieselben irrigen Ansichten Frauen gegenüber wie Sie, Mr Grice, und gab ihren Wünschen Vorrang.«

»Ich irre mich niemals«, entgegnete Sidney Grice gereizt.

»Und schon wieder irren Sie«, konterte die Ärztin, und ich musste lachen. Sie sprach mit einem leichten Akzent, den ich nicht einzuordnen wusste.

»Dürfte ich fragen, woher Sie stammen?«, erkundige ich mich.

»Von überall und nirgends«, antwortete sie. »Ich habe nie

lange genug an einem Ort gelebt, um mich irgendwo verwurzelt zu fühlen. Meine Eltern waren Schausteller.«

»Zigeuner«, sagte Sidney Grice.

»Noch ein Irrtum«, erwiderte Dr. Berry, und Sidney Grice musterte sie eingehend. Ich erwartete, dass er sich über ihre Vermessenheit empören würde, doch er wirkte, wenn überhaupt, nur milde amüsiert.

»Gut gesagt«, entgegnete er leise auf Deutsch.

»Sie führten eine kleine Theaterkompanie, in der sie auch selbst auftraten«, fuhr sie fort. »Ich ging dort zur Schule, wo sie auftraten. Man schnappt rasch eine Menge Sprachen auf, wenn man dazu gezwungen ist. Da keine britische Universität einer Angehörigen des überlegenen Geschlechts einen Abschluss geben würde, studierte ich Medizin in Paris und Chirurgie in Bern.«

»Zwei der hässlichsten Städte in den hässlichsten Ländern Europas«, stellte mein Vormund fest. Dr. Berry lachte.

»Wenn wir Ihre Vorurteile einen Moment lang beiseitelassen könnten …«

»Der Geist eines Menschen ohne Vorurteile ist wie ein Zug ohne Brennstoff«, warf Sidney Grice ein. »Er mag auf dem richtigen Gleis sein, gelangt aber nirgendwo hin. Wie Sie gewiss feststellen werden, beruht ein jedes meiner Vorurteile auf logischen Schlussfolgerungen.«

»Dann sind womöglich die Prämissen falsch«, konstatierte sie. »Aber lassen wir das: Wie kann ich Ihnen helfen?«

Sidney Grice nahm ihren Federhalter in die Hand.

»Wie lange war Mr Edwin Slab schon Ihr Patient?«, fragte ich.

»Erst seit ein paar Wochen«, erzählte sie. »Ich habe ihn zwei Mal besucht. Er glaubte, an Scharlach zu leiden, aber es war bloß eine leichte Kehlkopfentzündung. Ich verschrieb ihm ein Fläschchen Laudanum, vor allem wegen seiner überreizten Nerven. Sollte es ihm eine Woche später nicht besser gehen, würde ich abermals vorbeikommen. Fünf Tage später rief mich seine Haushälterin herbei und meinte, er habe *einen Schub* gehabt. Als ich eintraf, war er bereits gestorben.«

»Im Bett?«

»Nein. In seiner Werkstatt. Mr Slab war eine Art Hobby-präparator, und es schien, als hätte er einen Anfall erlitten. Er war in ein Becken mit Formalin gestürzt. Seine Haushälterin und das Zimmermädchen waren nicht in der Lage, ihn herauszuhieven. Der Gärtner und sein Sohn haben ihnen dabei geholfen.«

»War er ein kräftiger Mann?«, wollte Sidney Grice wissen.

»Durchaus. Die ausgeprägte Leichenstarre machte es noch schwerer.«

Sidney Grice legte den Federhalter zurück auf das Messing-tablett. »Fahren Sie fort.«

Dr. Berry begann im Zimmer auf- und abzugehen. »Die Haushälterin berichtete, dass Mr Slab sich vor vielen Jahren bei einem Kutschunfall eine Kopfverletzung zugezogen habe und seither gelegentlich unter epileptischen Anfällen leide. Dabei sei er von heftigen Krämpfen geschüttelt worden und habe Schaum vor dem Mund gehabt. Es schien offensichtlich, dass er auch diesmal eine Art Anfall erlitten haben musste. Auf dem Boden fand sich eine erhebliche Menge Erbrochenes; er war zyanotisch, die Augen quollen hervor, die Pupillen waren geweitet, doch ...« Dr. Berry machte neben einem ausladenden Gummibaum halt und blickte aus dem Fenster.

Mein Vormund schnippte mit den Fingern und sagte: »Sie befürchten, der Anfall könnte vorsätzlich herbeigeführt worden sein?«

Sie drehte sich um und sah uns an. »Da sind vor allem zwei Dinge, die mich stutzig machten. Die Leichenstarre war sehr weit fortgeschritten, seltsam, so kurz nach dem Tod, und noch nie ist mir ein derart drastischer Fall von *Opisthotonus* begegnet ...«

»Was bedeutet?«

»Dass sich ein krampfender Körper so stark verkrümmt, dass

nur noch Hinterkopf und Fersen den Boden berühren«, warf ich ein. »Ich habe etwas Vergleichbares bei einem tödlichen Fall von Tetanus beobachtet.«

Dr. Berry musterte mich neugierig. »Und wo haben Sie Ihre medizinischen Kenntnisse erworben?«

»In Indien hauptsächlich, und in Afghanistan. Mein Vater war Heeresarzt und hatte so wenig Vertrauen in die Krankenschwestern, dass nur ich ihm assistieren durfte.«

Dr. Berry lächelte. »Das verstehe ich gut.« Dann wurde sie wieder bitterernst. »Und aufgrund dieser Umstände musste ich zumindest in Betracht ziehen, dass es sich um eine Vergiftung handeln könnte. Und zwar mit …«

»Natürlich«, fiel ihr Sidney Grice ins Wort, »Strychnin.«

»Mir ist zu Ohren gekommen, dass auch andere Alkaloide und chemische Farbstoffe diese Reaktion hervorrufen können. Gesehen habe ich es aber noch nie.«

Mein Vormund kramte zwei Halfpennys aus seiner Westentasche. »Und wie lautet Ihr zweiter Vorbehalt?«

Sie saugte an ihrer Oberlippe. »Als ich Mr Slab abklopfte, klang seine Brust hohl.«

»Das war äußerst umsichtig von Ihnen.« Sidney Grice ließ die Münzen in seiner Linken klimpern. »Was darauf hindeuten würde …?«, fragte er an mich gewandt.

»Dass er schon tot war, bevor er in das Becken fiel.«

Er warf die Münzen in die Luft und fing sie wieder auf. »Oder aber, dass die Flüssigkeit seine Lungen wieder verlassen hat, als man ihn herausgewuchtet hat.«

Dr. Berry nickte. »Ich habe den Leichenbeschauer darauf aufmerksam gemacht. Er meinte bloß, ich solle meine Phantasie zügeln.«

»Womöglich waren Sie überspannt.« Mein Vormund schenkte ihrem empörten Blick keine Beachtung. »Zum Glück bin ich mit Vernon Harcourt, dem Innenminister, bekannt. Er schuldet mir ganze neun Gefallen. Ich werde den Leichnam exhumieren lassen.«

»Damit sollten Sie noch ein, zwei Tage warten«, sagte Dr. Berry. »Meine Bedenken waren so stark, dass ich eine Probe von Mr Slabs Erbrochenem genommen und zur Untersuchung an die Pathologie des University College geschickt habe. Die Ergebnisse sollten morgen eintreffen.«

Sidney Grice kniete sich hin, um Dr. Berrys Doktortasche zu untersuchen, die vor dem Schreibtisch auf dem Boden stand. »Welch ungewöhnliche Konstruktion.« Er hob die schwarze Ledertasche an. An der Unterseite waren vier Füße von rund zweieinhalb Zentimetern Länge angebracht.

»Ja«, bestätigte Dr. Berry. »Die habe ich mir in einer Nebenstraße der Charing Cross Road anfertigen lassen. Ich bin in Häusern unterwegs, wo das Kloakenwasser ungeklärt über den Boden rinnt, und meine letzte Tasche war völlig ruiniert.«

»Wieso sind da drei Kugeln an jedem Fuß?«, fragte ich.

Sie schmunzelte. »Das sollen Beeren sein – nur so zum Spaß.«

»Spaß?«, wiederholte Sidney Grice.

»Ist Ihnen das Wort denn gänzlich unbekannt?«

»Nein. Nur die Empfindung«, sagte ich.

*

»Was für eine geistreiche Person«, bemerkte mein Vormund, als wir das Haus verließen, »und welch vorzüglicher analytischer Verstand. Schade nur, dass er an eine Frau verschwendet wurde. Und was wollten Sie mit Ihrer Bemerkung andeuten? Neulich erst habe ich Sie dazu gebracht, ein paar Gleichungen mittels Gauß'schem Eliminationsverfahren zu lösen. Das war doch amüsant.«

»Hochkomisch«, versetzte ich.

»Ja. Besonders, als Sie teilerfremde Zahlen mit Primzahlen verwechselt haben. Ich … oh, dieser verfluchte Kerl!« Unsere Droschke war verschwunden. »Wir werden wohl bis zum Oxford Circus zu Fuß gehen müssen.«

»Was haben wir morgen vor?«, fragte ich, als wir wieder auf der Seitenstraße waren.

Mein Vormund knöpfte seinen Ulster zu. »Sie haben überhaupt nichts vor. Sie wirken in letzter Zeit auf eine bäurische Weise reizlos, und ich hoffe, ein Morgen gepflegten Nichtstuns wird Ihrem Gesicht seine vornehme Blässe zurückgeben. Ich …« – er zupfte seine Krawatte zurecht und fuhr sich durchs Haar – »werde morgen früh wiederkommen.«

»Um Dr. Berry zu sehen?«

»Um nach den Laborergebnissen zu sehen.«

»Und Dr. Berry zu sehen.«

Sidney Grice nestelte nervös an seinem Gehstock herum. »Nun, ich werde wohl einige Aspekte des Falls mit ihr besprechen müssen, in der Tat.«

Und es schien mir, als wäre ich nicht die Einzige, deren Wangen Farbe bekommen hatten.

Das Erste, was mir an Indien auffiel, bevor die Eindrücke mich überwältigten, waren die Farben. Vom Deck des Schiffes erblickte ich die Kulis, nur mit bauschigen Pyjamahosen bekleidet, ihre schwarzen Leiber bis zur Hüfte entblößt. Vor allem aber bannte mich der Anblick der Frauen. Sie trugen Saris – etliche Meter Stoff, eng um den Körper geschlungen und in mannigfachen Tönen gefärbt: hellem Safran, leuchtendem Gold, blendendem Karmesin, lebhaftem Grün jedweder Schattierung –, manche umsäumt von kunstvollen Stickereien, andere verziert mit Silber oder glänzenden kleinen Spiegeln.

Als wir angelegt hatten, herrschte schieres Chaos, ein Wirrsal von Gebrüll und Geschiebe, das Betteln der Obdachlosen, die Schreie der Kinder, das Geklapper der Rikschas, der Gestank von Menschenmassen, Tiermist und Kloaken, die unerbittliche Mittagssonne, die Schwere der Luft, die meine Kleidung und mein Haar tränkte und mich niederdrückte.

Farbe war auch das Erste, was dich zu mir hinzog, sagtest

du, die Art, wie ich errötete, wenn ich zornig wurde – und in Indien gab es so viel, das einen erzürnen konnte – die Lebensverhältnisse, die Korruption, die Arroganz und du. Immer warst du optimistisch, wohlmeinend. Damals trieb es mich zur Raserei, doch ... Oh, wie ich wünschte, jetzt auf dich zornig sein zu können. Wie gern würde ich dich schütteln, bis deine Knöpfe fortflögen und dann mein Gesicht in deiner Uniformjacke vergraben, wenn du um Verzeihung bitten würdest. Wir haben uns stets wieder vertragen, und jetzt können wir einander nichts mehr verzeihen. Nie wieder.

Ich hielt meine Handschuhe in den Fingern. Ich habe es immer gehasst, Handschuhe zu tragen, doch mein Vormund bestand darauf, dass ich sie mitnahm. Das Sonnenlicht drang endlich durch den Dunst, die Dächer funkelten noch feucht von den letzten Regentropfen, doch die Menschen waren bleich und ihre Kleider schwarz und braun und grau wie Asche.

16

BRANNTKALK UND SAMT

Mehrere Dutzend Erdhügel bedeckten das Gräberfeld, die meisten davon überwuchert und sehr wenige mit Gedenksteinen versehen.

Die Luft war noch immer kalt und satt von Nieselregen. Mein Schirm konnte ihn so wenig abhalten, wie die Kapuze des Umhangs mein Haar daran hinderte, mir feucht im Gesicht zu kleben. Ich wartete auf den Leichenwagen.

Er fuhr mit höherer Geschwindigkeit vor, als gemeinhin für schicklich befunden wird – eine niedrige schwarze Karosse hinter einem schwarzen Pferd mit Scheuklappen, das den Kopf unruhig hochwarf. Der Wagen hielt an, vier Bestatter kletterten herab. Gleich darauf kam eine Kutsche mit geschlossenem Verdeck, aus der eine groß gewachsene, kräftige Frau in Trauerkleidung stieg.

»Ist dies die Beisetzung von Mr Horatio Green?«, fragte ich einen der Männer, der die Tropfen von seinem Mantel abschüttelte.

»Kann man so sagen.«

Sie wuchteten den Sarg heraus und trugen ihn fort, hoben ihn aber nicht auf die Schultern, sondern hielten ihn unten an den Griffen. Es war ein teurer Eichensarg mit Messingbeschlägen und Namensschild auf dem Deckel. Die Frau folgte mit trotzig erhobenem Kopf. Ihre Miene war ausdruckslos, ihre umschatteten Augen aber zeugten von tiefer Trauer. Sie hatte wenig Ähnlichkeit mit ihrem kurzbeinigen, feisten Bruder. Meine Stiefel sanken mit jedem Schritt schmatzend in den morastigen Boden ein.

Gleich hinter dem Tor lag eine Plane über einem länglichen Erdhaufen neben einem exakt rechteckigen Loch. Die Träger stellten den Sarg darauf ab, zogen Seile aus ihren Samtjacken und durch die Griffe, hielten kurz inne, um fest zuzupacken, traten dann zu beiden Seiten des Grabes, schwangen den Sarg darüber und senkten ihn rasch ab. Die Seile wurden eingeholt, und der älteste Sargträger klatschte zweimal in seine behandschuhten Hände. Zwei Männer mit Schaufeln tauchten hinter einer Eibenhecke auf und machten sich umstandslos daran, den Erdhaufen abzutragen.

Ein leiser Schrei entfuhr der Frau, und sie presste sich eine Hand vor den Mund, als wollte sie einen weiteren unterbinden. »Was, ganz ohne Worte?«, fragte ich. Sie blickte über die Grube hinweg, die sich langsam wieder füllte. »Keine Worte, kein Pfarrer und keine geweihte Erde für den Selbstmörder«, antwortete sie.

»Möge Gott seinen Diener Horatio Green erretten und seiner Seele gnädig sein«, sagte ich. Die Frau starrte zu Boden und erwiderte: »Es gibt keine Gnade für jene, die diese Welt auf dem Weg der Todsünde verlassen.« Ein Rotkehlchen landete auf einem Erdklumpen und pickte darin herum. »Er hatte Vögel so gern.« Sie schluckte heftig und wandte sich ab. Ich ging ihr nach. Unvermittelt blieb sie stehen. »Wer sind Sie, und was waren Sie für meinen Bruder? Muss ich an seinem Grab noch einen Skandal erdulden?«

»Mein Name ist March Middleton. Ich ...«, setzte ich an, doch sie unterbrach mich: »Sie waren dort. Haben Sie gesehen, wie er sich das Leben nahm?« Sie hielt meinen Umhang umklammert. »Haben Sie?«

»Nein.«

»Dann hat es vielleicht Ihr hinterhältiger Detektiv getan,

oder Sie waren es gar selbst.« Sie schlang ihren Schal fest um sich.

»Nein, ich …«

Ihr schwarzer Spitzenhandschuh schnellte vor und schnappte nach meinem Handgelenk. »Warum sind Sie hergekommen?« Sie zog mich wieder zurück durch das Eingangstor, und ich versuchte, mich loszureißen, wollte mich aber auf der Beerdigung ihres Bruders nicht mit ihr anlegen.

»Um ihm die letzte Ehre zu erweisen.«

»Ehre? Doch wohl eher Häme.« Sie zerrte mich an den Rand des Grabes. »Sie gehören da rein, nicht er.« Sie drehte mich herum. Ich stand direkt auf der Kante und packte sie beim Arm, um nicht hinunterzufallen.

»Bitte. Ich weiß nicht, wer Ihren Bruder umgebracht hat. Ich habe versucht, ihn zu retten.« Mein rechter Fuß glitt ins Leere.

»Miss Green, kommen Sie mit.« Der Bestatter berührte ihre Hand, und sie ließ mich los. Der jüngere der beiden Totengräber erwischte mich in letzter Sekunde beim Ärmel.

Einer der Sargträger führte Horatio Greens Schwester fort. Als sie den Kopf drehte, lag Hass in ihren Augen, wie ich ihn glühender nie gesehen hatte. »Dafür kommen Sie mit Branntkalk unter die Erde«, rief sie, »und ich werde auf Ihr Grab spucken.«

Ich sah zu, wie sie zu ihrer Kutsche geführt wurde, die Sargträger wieder auf den Leichenwagen stiegen, die Wagenlenker nach den Zügeln griffen und die Auffahrt zurückfuhren, langsamer, würdiger als bei der Ankunft, und ich fragte mich, wie Miss Green wohl darauf reagieren würde, enterbt worden zu sein.

»Alles in Ordnung, Miss?« Es war der Totengräber, der mich gerettet hatte.

»Ja.« Ich nestelte in meiner Handtasche herum und gab ihm zwei Schillingstücke. »Vielen Dank.«

»Krieg nur Lohn dafür, sie einzeln zu verbuddeln.« Er grinste mich an.

Dein Begräbnis hätte dir sehr gefallen – der Paradeschritt, das Lob deiner Tapferkeit unter Feuer. Du hast einen Kameraden gerettet, als du dich zwischen ihn und den Feind stelltest, hieß es. Sie verliehen dir einen Orden und schickten ihn deiner Mutter. Wie stolz du gewesen wärst. Wie stolz ich sein müsse, meinten sie zu mir. Sie waren von meinem Gleichmut beeindruckt. Sie wussten nicht, dass Schuld uns alle zu Helden macht.

Ich hätte bereitwillig das Grab mir dir geteilt oder deinen Platz eingenommen, hätte ich es gekonnt, doch das Leben ist keinen Deut gerechter als der Tod. So stand ich da und sah zu, wie mein Herz unter Salutschüssen hinabsank. Der Union Jack flatterte auf Halbmast, ein Rechteck in den Farben der drei Kreuze. Und ein schwitzender Feldgeistlicher sagte, dass du und deine Kameraden zu ihrem Schutz gestorben seien.

Alles klang so edel für jene, die weder das Messer des Feldschers sahen noch die Schreie von Jungen hörten, die nicht einmal vorgaben, Männer zu sein.

Sie wussten nicht, dass du meinetwegen gestorben bist. Hätten sie doch nur mein Wissen darum so feierlich begraben können.

17

DER MANN OHNE ARME

Ich wartete, bis der Leichenwagen und die Kutsche außer Sichtweite waren und zündete mir eine Zigarette an. Meine Hände waren ruhig, mein Herz aber pochte noch immer wie wild. Es war ein stolzer Fußmarsch zurück nach Bloomsbury. Ich hatte ihn bitter nötig.

Ein Mann kam angelaufen. »Hamse 'n bisschen Kleingeld übrig für 'nen Kriegsversehrten, Miss?« Er hatte keine Arme.

Ich ging einfach weiter, wusste ich doch, dass ich belagert werden würde, sobald ich stehenblieb. Der Bettler zockelte neben mir her. »Wo sind Sie denn verletzt worden?«

»Waterloo, Miss.«

Ich betrachtete sein Gesicht. »Dafür sind Sie vierzig Jahre zu jung.«

»Die meisten Ausländer wissen das nich«, sagte er. »Aber von Waterloo hamse alle gehört.«

Ich lachte. »Wie kommen Sie darauf, dass ich Ausländerin bin?«

»Sie wohnen nich hier in der Gegend. Also sind Se Ausländerin.«

»Und wie haben Sie Ihre Arme wirklich verloren?«

»Druckerpresse. Habse grade drinnen zurückgesetzt, als sie angeworfen wurde. Bamm!, kommtse runter und klatsch, landen meine platten Arme auf der Titelseite.«

113

»Hat Ihr Arbeitgeber Sie entschädigt?«

»Oh ja.« Er wackelte energisch mit dem Kopf. »War furchtbar großzügig. Zwanzig Kröten hat er mir gegeben – fünf Wochen Lohn, weil ich so erfahren war, wissense.«

Ich zog einen Schilling hervor. »Aber wie soll ich Ihnen das Geld denn geben?« Seine schäbige Kleidung hatte keinerlei Taschen.

»Schmeißen Sie's einfach in die Luft, Miss.«

Ich tat, wie mir geheißen, und er fing die Münze mit dem Mund auf.

»Gott segne Sie, Miss.«

Das Geldstück lugte zwischen seinen braunen Zähnen hervor. »Da isses wirklich sicher.« Woraufhin der Schilling erneut verschwand. »Sie sollten hier nicht so ganz alleine rumlaufen.«

»Ich war schon in übleren Gegenden.« Ich ging weiter, und er fiel zurück.

An der nächsten Ecke war ein Wirtshaus – *The Boars Head* –, und ich brauchte dringend etwas zu trinken, doch als ich das Gezänk darin hörte, traute ich mich nicht hinein. Ich überlegte, den Bettler zu fragen, aber wie hätte der mich beschützen können? Eben wollte ich weitergehen, da sah ich einen Mann auf den Eingang zuwanken. Er trug einen abgewetzten Anzug, seine Schuhe waren nicht geschnürt. Obwohl sein Kopf mir abgewandt und tief gesenkt war, kam er mir seltsam vertraut vor. Ich eilte zu ihm.

»Inspektor Pound?«

Der Mann drehte sich um. »Sie!« Sein Gesicht war von dunklen Bartstoppeln übersät, der Kragen gelöst, die Hose schmutzgesprenkelt. »Scher dich fort!«, polterte er und schlug, einen Schritt zurücktretend, mit der Hand um sich, als wollte er einen lästigen Straßenköter verscheuchen.

»Aber ich habe mir solche Sorgen um Sie …«

»Schieb dir deine Sorgen sonst wohin …« Seine Stimme war heiser, seine Augen blutunterlaufen. »Und halts Maul.«

114

Zwei Betrunkene zwängten sich gemeinsam durch die Tür, halb aufeinander gestützt, halb den anderen hinabzerrend. »Ärger mit deiner Stranze, was?«, lallte der eine.

»Nichts, womit ich nicht allein fertig würde.«

»Hast ihr wohl 'nen Braten in die Röhre geschoben, was?«

Der mir vertraute Inspektor Pound hätte jeden, der so über mich sprach, zurechtgewiesen. Doch er ließ nur ein derbes Lachen hören und entgegnete: »Die alte Vettel würd ich nich mal im Dunkeln anfassen. Kannste Gift drauf nehmen.«

Schallend lachten die beiden los, woraufhin sich der Kleinere über sein Hemd erbrach.

»Wie können Sie sich nur erdreisten ...«

»Ich erdreiste mich so viel ich will«, fauchte Inspektor Pound. »Und halts Maul, wenn du nicht hiervon kosten willst.« Drohend reckte er seine Faust.

Ich schluckte. »Wie Sie wollen, Inspektor. Dann werde ich ...«

»Inspektor?«, stieß der Größere hervor, und Inspektor Pound zuckte zusammen.

»Früher habe ich Omnibusse inspiziert«, erklärte er, »bevor mir klargeworden ist, dass ich viel lieber Flaschen inspiziere.« Alle drei brachen in Gelächter aus. »Kommt mit rein, Freunde, wir inspizieren jetzt ein paar zusammen.«

Die beiden anderen machten wankend und mit sichtlicher Mühe wieder kehrt, als ich hinter mir eine weitere Stimme vernahm: »Busse, dass ich nicht lache. Wusst ich doch, dass mit dir irgendwas nicht stimmt.« Ein groß gewachsener Kerl mit schwarzen Bartstoppeln, rasiertem Schädel und vergoldetem Gebiss marschierte auf uns zu. Aus einem Halfter in seiner Jacke zog er ein langes dünnes Schlachtermesser. »Schon als ich dich zum ersten Mal gesehen habe, wusst' ich, dass du 'n Spitzel bist. Man kriegt ja 'n Gespür für Polypen, wenn man so oft fertig gemacht und hopsgenommen wird.«

»Was redest du da, Smith?«, fragte ihn der Inspektor. »Komm und trink einen mit uns.«

»Ich trink nicht mit Ratten.« Er prüfte seinen Griff am Messer und hielt es nun auf Hüfthöhe.

Inspektor Pound streckte unschuldig die Arme von sich. »Was, ich? Das ist doch lächerlich. Ich …«

»Du kommst jetzt auf der Stelle mit nach Hause«, keifte ich. »Die Kinder vermissen dich, und ich soll dir sagen, dass du deine Stelle im Depot wiederhaben kannst, wenn du am Montag nüchtern zur Arbeit erscheinst.«

Smith grinste spöttisch. »Netter Versuch, Lady, aber ich hab noch nie 'ne Alte gesehen, die ihren Kerl *Inspektor* genannt hat.« Und mit dem letzten Wort schnellte sein Arm vor, das Messer blitzte auf, die Klinge durchstach Inspektor Pounds Hemd und Jacke und bohrte sich pfeilgerade bis zum Heft in seinen Bauch. Ich konnte hören, wie es in sein Fleisch glitt, raspelnd wie ein Spaten in der Erde.

Alle erstarrten. Smith stand vornübergebeugt da, den beinernen Messergriff umklammert, Aug in Aug mit dem Inspektor. Plötzlich erschien ein Fleck auf dem Hemd des Inspektors, er stöhnte auf, blickte hinab und griff nach dem Messer, doch Smith drehte es herum und zog es fast so rasch, wie er es hineingestoßen hatte, wieder heraus. Ein Schwall Blut schoss hinterdrein. Der Inspektor legte die Hand auf die Wunde und beugte sich vor. Als Smith ausholte, um erneut zuzustechen, holte ich mit meinem Regenschirm aus. Wie ein Preisboxer zuckte er mit dem Kopf zurück, sodass ich nur mit dem Griff seine Wange erwischte. Grimmig knurrend schwang er seinen linken Arm und traf mich am Hals mit einem Haken, der mich der Länge nach auf den Gehweg niederstreckte.

Die beiden Säufer schlurften hastig zurück in die Schenke. Inspektor Pound krümmte sich, und als ich sah, wie seine Knie nachgaben, rappelte ich mich auf und drosch mit meiner Handtasche heftig auf Smiths Schultern ein, der mich aber einfach zur Seite stieß. »Willste noch mehr?«, herrschte er mich an. »Gleich bist du wieder an der Reihe.«

Er hob das Messer, um auf den am Boden kauernden Pound

einzustechen. Der Inspektor sah mich an, seine Hände voller Blut, das ihm wie sein Leben durch die Finger rann. »Renn weg, March«, ächzte er. »Lauf, meine Liebste.«

Ich stieß Smith meinen Sonnenschirm in die Seite. »Verdammtes Biest!«, zischte er und riss ihn mir aus der Hand. »Kannst es wohl nicht erwarten, was?« Dann schleuderte er den Schirm auf die Straße und drehte sich zu mir um. Der Inspektor wollte dazwischengehen, stürzte aber hilflos aufs Pflaster. Smith machte einen Schritt auf mich zu, das Messer fuhr abermals zurück, die Klinge triefend vor Blut.

»Lass sie in Frieden.« Ein Stiefel schoss durch die Luft. Ganz deutlich sah ich ihn – ein alter Schuh ohne Schnürsenkel, mit abgetretener Sohle. Die Spitze traf Smith empfindlich in die Leiste. Er jaulte auf und fasste sich zwischen die Beine, das Messer hielt er noch immer fest umschlossen. Dann sah ich den Besitzer des Schuhs. Es war der Mann ohne Arme. Als Smith schließlich wutentbrannt auf ihn zu preschte, rammte der Bettler ihm den Kopf mit voller Wucht ins Gesicht. Smith kniff die Augen zusammen, stürzte wie ein gefällter Baum zu Boden und schlug mit dem Hinterkopf auf der Bordsteinkante auf.

»Laufen Sie weg, Miss, bevor der wieder zu sich kommt.«

»Einen Teufel werd' ich tun.«

»Gehen Sie«, hauchte Inspektor Pound, während ich sein Hemd aufriss. Es war eine heftig blutende Wunde. Ich nahm mein Halstuch, presste es auf den klaffenden Riss. Der Inspektor stöhnte und wand sich zur Seite.

»Es tut mir leid.« Ich ergriff seine Hände und drückte sie auf das Tuch.

Er biss sich auf die Zähne und schloss die Augen.

»Wir brauchen Hilfe hier draußen«, brüllte der Armlose in die Wirtsstube, doch keiner der Männer rührte sich.

»Wenn Smith mit 'nem Brummschädel aufwacht, werdet auch ihr 'ne Menge Hilfe brauchen. Wenn der stirbt, geht's euch allen an den Kragen – wegen Beihilfe zum Mord.«

»Wo ist das nächste Krankenhaus?«

»Das London Hospital«, antwortete der Mann ohne Arme. »Zehn Minuten zu Fuß, und 'ne Droschke kriegen Sie hier nie im Leben.«

Hinter dem Tresen stand ein bulliger rothaariger Kerl mit struppigen Koteletten.

»Sind Sie nüchtern?«, fragte ich ihn.

»Trinke nicht, Miss«, gab er zurück. »Kann's mir in dem Beruf nicht leisten. Sonst hör ich nie mehr auf.«

Ich sah auf meine Uhr. »Es ist jetzt sieben Minuten vor zwölf. Ich geben Ihnen zehn Pfund, wenn Sie diesen Mann lebend vor zwölf im Krankenhaus abliefern.«

»Ich helf' euch!«, rief ein alter schwarzer Mann von seinem Stuhl in der Ecke, und plötzlich war das ganze Wirtshaus voller Freiwilliger.

»Nur er.« Ich zeigte auf den Rothaarigen, der prompt über die Theke sprang und zur Tür eilte. Rasch hockte er sich neben Inspektor Pound, legte ihm einen Arm um den Nacken, packte mit dem anderen seine Beine und wuchtete ihn hoch. Dann stand er mit dem Inspektor im Arm da wie ein Bräutigam auf der Türschwelle.

»Oh, mein Gott«, stieß der Mann ohne Arme hervor. »Da hab ich doch glatt mein Kleingeld verschluckt. Nich so schlimm. Morgen früh wird sich's wiederfinden.«

»Aus dem Weg«, brüllte der Rothaarige und stürmte davon.

Ich habe Männer vor einem brünstigen Elefantenbullen oder einem angeschossenen Tiger um ihr Leben rennen sehen, aber nie wieder habe ich jemanden so schnell laufen sehen wie diesen Kneipenwirt. Ich hatte nichts zu tragen und vermochte dennoch nicht, Schritt zu halten, als er erst den Gehweg entlang, dann durch einen Hof und weiter eine lange gerade Straße hinabpreschte. Ich sah ein gewaltiges Backsteingebäude, von dem ich hoffte, dass es das Krankhaus war, doch es schien noch sehr weit entfernt. Auf den Straßen drängten sich immer mehr

Menschen. Laut brüllend stob er unverdrossen voran. »Aus dem Weg. Sterbender Mann. Aus dem Weg.«

Wir gelangten auf einen Markt mit Ständen, an denen Lappen, Eimer und neu bezogene Stühle feilgeboten wurden, und der Mann schlängelte sich zwischen ihnen hindurch, wand sich um sie herum wie ein Rugbyspieler beim siegreichen Versuch. Ich krachte in ein Gestell mit zerbeulten Töpfen und hörte es scheppernd hinter mir zusammenbrechen.

»Gottverdammte Kuh«, keifte die Inhaberin, doch ich hatte keine Zeit anzuhalten und keine Puste, um mich zu entschuldigen.

Als wir links in die Turner Street einbogen, bekam ich Seitenstechen. Der Rothaarige hatte mittlerweile fast zwanzig Meter Vorsprung. Ich konnte nur seinen Rücken sehen, der, wie Inspektor Pounds Kopf und Füße, auf- und niederwippte, als sie am Haupttor ankamen.

»Sterbender Mann. Sterbender Mann«, brüllte der Rothaarige weiterhin, während er sich eine Schneise durch die lange Schlange auf der Eingangstreppe bahnte.

Als ich ihn endlich eingeholt hatte, war er bereits im Wartesaal – der gewaltigen Marmorhalle inmitten dieses Palasts der Leiden. Beide rangen wir nach Sauerstoff. Der Rothaarige ließ sich auf eine Bank sacken, und die Familie, die dort gesessen hatte, suchte eilig das Weite. Die Anstrengung war wohl doch zu viel für ihn gewesen, und er schien gerade noch in der Lage zu sein, auf die Uhr über dem Empfangstresen zu deuten.

»Eine Minute vor zwölf«, keuchte ich.

»In allerletzter Minute«, stieß er hervor und blickte hinab. »Ob's für ihn gereicht hat, weiß ich allerdings nicht.«

Inspektor Pound war bleich wie Wachs, und als ich seinen Arm hob, fühlte er sich schlaff und schwer an, die Haut feucht und kalt. Ich legte meine Fingerspitzen auf sein Handgelenk, fühlte nach seinem Puls.

»Oh, mein Gott.« Ich tastete umher, drückte immer fester

zu, verzweifelt bemüht, auch nur das geringste Pochen aufzu-
spüren, doch da war nichts als das dunkle Sickern aus seiner
Wunde.

18

DAS BLUT EINES LÖWEN

Eine Krankenschwester trat zu uns. Der Rothaarige kämpfte sich auf die Beine und legte seine Last auf die Bank.

Die Schwester beugte sich vor, und ich sah die vielen blutigen Schlieren auf ihrer Schürze. Mit dem Daumen zog sie Inspektor Pounds linkes Augenlid hoch. Die Pupille war winzig und starr zur Decke gerichtet. Sie ließ das Lid runterklappen und sah sich sein anderes Auge an.

»Er ist tot«, konstatierte sie. »Es tut mir leid. Jemand wird ihn abholen kommen.«

»Tot«, flüsterte ich, obgleich mich niemand hörte, mein Name in Blutströpfchen auf meinem Antlitz.

Die Schwester eilte davon, und ich legte ein Ohr an die Nase des Inspektors, doch das Fußgetrappel und Gejammer der Kranken war zu laut, als dass ich etwas zu hören hoffen konnte. Ich berührte ihn seitlich am Hals und glaubte, ein Pochen unter meinem Ringfinger zu spüren.

Ich hielt meinen Mund an sein Ohr. »Sie sind nicht tot«, sagte ich, »und Sie werden nicht sterben. Wäre Mr Grice hier, würde er es Ihnen strengstens untersagen.« Etwas kitzelte meine Wange. Es könnte ein Lufthauch gewesen sein oder vielleicht seine Wimpern, die nun flatterten.

»Schwester«, rief ich, doch sie kümmerte sich um einen Säugling. »Wir brauchen einen Arzt.«

»Sie und zweihundert andere vor euch«, sagte eine junge Frau. Sie hielt sich ein schmutziges Stück Stoff vors Auge.

»Ein Arzt«, brüllte der Rothaarige. Er hatte eine schöne, kräftige Stimme. Mehrere Leute funkelten ihn böse an. »Hier stirbt einer.«

»Und noch ein Dutzend mehr allein in diesem Raum«, rief die Schwester. »Geben Sie Ruhe. Warten Sie, bis Sie an der Reihe sind.«

»Er ist Polizist«, sagte ich, aber sie sah nur seine Landstreicherkluft.

»Und ich bin die Königin von Siam«, höhnte sie.

Der Mann ohne Arme kam keuchend in den Raum. Er sah sich um, warf den Kopf zurück und krähte wie ein Junghahn. Drei Mal hintereinander und ohrenbetäubend. Als hätte er nur darauf gewartet, betrat in diesem Augenblick ein Arzt in Hemdsärmeln den Wartesaal.

»Was in Gottes Namen ist das für ein entsetzlicher Krawall?«

Ich rannte zu ihm und packte ihn beim Arm. »Dieser Mann ist ein verdeckt arbeitender Polizeiinspektor. Er hat eine schlimme Stichverletzung.«

Der Arzt ging in die Knie. »Die hat er allerdings.« Er erhob sich. »Nehmt ihn bei den Armen und Beinen und tragt ihn nach hinten.« Vier Umstehende ergriffen seine Arme und Beine.

»Seien Sie vorsichtig«, bat ich. Sein Kopf baumelte haltlos herab. Ein Schwall Blut trat aus der Wunde.

»Hier hinein.« Der Arzt deutete auf einen Nebenraum. Die Männer warfen ihn rücklings auf einen langen Tisch und zogen ab.

»Warten Sie draußen, Miss.«

»Ich war Krankenschwester. Kann ich helfen?«

»Wir haben hier ordentliche Schwestern.«

Ich ging zurück zur Bank. Nun saßen dort fünf weinende

Mädchen. Der Mann ohne Arme hockte in Inspektor Pounds verschmiertem Blut und versuchte, sie zu beschwichtigen. Auf ihren Ohren und Hälsen blühte ein rosaroter Ausschlag.

Der Rothaarige stand nahebei. »Hoffentlich kommt er durch.«

»Sie haben Ihr Bestes getan.« Ich langte in meine Handtasche. »Hier ist meine Karte. Kommen Sie morgen vorbei, dann gebe ich Ihnen das Geld.«

Er nahm die Karte und ging. Der Armlose stand auf, nickte mir zu, sagte »Viel Glück, Miss« und wandte sich zum Gehen. Ich hastete ihm hinterher.

»Wie heißen Sie?«

»Charles Sawyer. Freunde nennen mich Chas.«

»Heute haben Sie vielleicht einem Mann das Leben gerettet, Chas, und ganz gewiss das meine. Ich danke Ihnen.«

Chas senkte verlegen den Blick. »Seh nich gern, wie 'ne Dame zerhauen wird, und Sie waren gut zu mir.«

»Nehmen Sie meine Karte. Und wenn Sie morgen vorbeikommen, werde ich Sie belohnen.«

»Ich erwart' keine …«

»Und ich habe nicht erwartet, gerettet zu werden.«

»Zeigen Sie mir die Karte.« Er schaute darauf. »Gower Street 125. Merk ich mir.«

Er ging hinaus. Während ich wartete, sah ich der Krankenschwester dabei zu, wie sie sich von Patient zu Patient schleppte, manche zum Bleiben aufforderte, andere zum Gehen. Ich fragte mich, ob ich selbst so gewesen war, zu erschöpft, um Mitgefühl zu zeigen. Ein Junge mit einem verletzten Mischlingshund wurde fortgescheucht. Die fünf Mädchen wurden hinausgeschoben, um sie zu isolieren. Der Arzt kehrte zurück. »Ich habe die Blutung gestillt, aber er ist sehr schwach. Er braucht mehr Blut.«

»Eine Transfusion?«

Er wischte sich die Hände an seinem Kittel ab. »Manchmal funktioniert das, in anderen Fällen aber beschleunigt es den

Tod des Patienten. Wir nehmen an, dass es unterschiedliche Typen von Blut gibt und einige keine gute Mischung ergeben, bloß können wir sie durch nichts auseinanderhalten.«

»Nehmen Sie mein Blut. Ich bin schuld, dass man ihn niedergestochen hat.«

Wir gingen in den Nebenraum, wo Inspektor Pound leichengrau dalag. Kaum merklich hob und senke sich sein Brustkorb. »Ich habe die Wunde mit Karbolsäure gereinigt«, erläuterte der Arzt. »Es spricht einiges dafür, dass sie Vereiterung vorbeugt, und wo ich konnte, habe ich genäht.«

Eine Krankenschwester schärfte eine Nadel an einem Schleifstein. Sie prüfte sie mit dem Finger, während ich meinen Ärmel hochkrempelte.

»Setzen Sie sich neben seinen Kopf.« Der Arzt wickelte mir eine Aderpresse schrecklich stramm um den Arm und rammte die Nadel in die Beuge meines Ellbogens. Er hatte einige Mühe, eine Vene im Arm des Inspektors zu finden, bis er schließlich eine zweite Nadel hineinschob, die Presse löste und ich mein Blut in ein abgedichtetes Glas rinnen sah, während der Arzt es mit einem Hebel in den Patienten pumpte.

»Dr. Lower hat schon vor zweihundert Jahren Transfusionen versucht«, erzählte er mir. »Er wollte das Blut eines Schafes an einen gewalttätigen Patienten übertragen und hoffte, ihn damit lammfromm zu machen.«

Die Nadel brannte in meinem Arm. »Und, hat es geklappt?«

»Augenzeugen zufolge wurde dem Patienten beim ersten Durchlauf so schlecht, dass er eine weitere Behandlung ablehnte.« Der Arzt kontrollierte die Verbindung zwischen seinen Schläuchen. »Anscheinend hatte Dr. Lower außerdem vor, Feiglingen das Blut von Löwen zu injizieren, um sie mutiger zu machen. Nur waren die Probanden«, sein müdes Gesicht zuckte, »allesamt zu ängstlich, um der Behandlung zuzustimmen.«

Ich lachte. »Vielleicht könnten Sie mir ja das Blut einer schönen Frau einflößen.«

Er nahm mich prüfend in den Blick. »Ob das helfen würde?« Es dauerte noch eine ganze Weile, bis der Arzt sich endlich wieder vorbeugte. »Sie dürften jetzt einen guten Liter gespendet haben.«

»Mir geht's gut. Sie können mehr nehmen.«

Er zog die Nadel heraus und gab mir einen Wattebausch, um ihn auf die Einstichstelle zu drücken. »Hab schon genug Patienten.«

Ich sah zu, wie der Inspektor auf eine Liege mit Rollen gehievt und fortgeschoben wurde. Und es mag Wunschdenken gewesen sein, doch er schien wieder etwas Farbe im Gesicht zu haben.

Ich stand auf und fühlte mich ziemlich benommen. Seltsamerweise wurde mir nach einem Schlückchen Gin aus meinem Flachmann noch unwohler. Es brauchte zwei weitere Schlückchen, um mich neu zu beleben.

19

LÖSCHPAPIER UND GOLDFISCHE

Ein alter Mann half mir in die Droschke. Ich wäre ihm noch dankbarer gewesen, hätte er mir nicht meine Brosche gestohlen. Glücklicherweise handelte es sich um keines meiner Lieblingsstücke, und ich war zu aufgewühlt, um mich darum zu scheren. Ich kauerte mich auf den Sitz, die Augen starr nach vorn gerichtet, doch alles, was ich sah, war das vorschnellende Messer, das widerstandslos in den Bauch des Inspektors glitt – und die Fassungslosigkeit in seinem Blick.

Kaum war ich zu Hause angekommen, trat auch schon mein Vormund in die Diele. Er geleitete mich zu meinem Sessel am Kamin und ging hinaus, um den Kutscher zu entlohnen.

»Lassen Sie mich Ihren Hals anschauen … Sie haben einen üblen Bluterguss, aber ein hoher Kragen dürfte ihn verbergen.«

»Inspektor Pound …«

»Still, March.« Er legte mir die Hand auf die Schulter. »Dachten Sie tatsächlich, dass ich keine Kenntnis davon erhalten würde? Inspektor Grant von der Wache in der Commercial Road hat es von einem Konstabler erfahren, der sich gerade in der Nähe aufhielt, um das Opfer einer versuchten Strangulierung zu befragen, und mich, im irrigen Glauben, der Inspektor sei mein Freund, umgehend benachrichtigt. Als Sie eintrafen, wollte ich gerade Molly zu Ihnen schicken.«

Auf einem Lacktablett auf dem Rundtisch stand eine Flasche. »Was in aller Welt hatten Sie in dieser Gegend verloren?«

Ich hatte Mühe, mich zu entsinnen. Es war erst wenige Stunden her, doch mir kam es vor wie eine Ewigkeit. »Ich war auf Horatio Greens Beerdigung.«

Er ging zum Tisch. »Das war sehr unklug, aber von Ihnen ist ja nichts anderes zu erwarten. Woher wussten Sie überhaupt, wo und wann die Beerdigung stattfindet?«

»Ich habe mir eines der Mädchen geschnappt, die Steine auf das Haus werfen, und demjenigen einen Sovereign versprochen, das mir sagen würde, zu welchem Bestatter man die Leiche gebracht hatte. Von Rayner and Sons erfuhr ich, dass Mr Greens Schwester als einzige Verwandte an der Beerdigung teilnehmen würde.«

»Worin sich erneut die besten und schlechtesten Seiten Ihres Charakters zeigen.« Sidney Grice nahm ein kleines Taschenmesser vom Tablett. »Entschlossenheit und Zügellosigkeit. Ein Schilling wäre mehr als ausreichend gewesen. Sie treiben die Bestechungsgelder in die Höhe, March. Außerdem hätten Sie einfach mich fragen können.«

»Hätten Sie es mir gesagt?«

»Nein.« Er entfernte das Glanzpapier von der Flasche. »Und sollten Sie vorhaben, wieder ins East End zu spazieren: Der Inspektor darf keinerlei Besuch empfangen, bis er an einen sicheren Ort verbracht worden ist. Wir werden die Angelegenheit morgen früh besprechen, wenn Sie genesen sind.« Er legte das Messer beiseite und zückte einen Korkenzieher. »Das beste Mittel gegen Anämie ist Rotwein, wenn ich Dr. Berry glauben darf. Also« – er stieß den Korkenzieher in die Flasche und drehte ihn, »kommen Sie nicht umhin, in den kommenden Tagen einige Gläser dieses edlen Bordeaux' zu sich zu nehmen.«

»Ich Arme«, seufzte ich.

»Sie müssen jetzt stark sein«, beschied er mich bar jeder Ironie, »sollte es mir gelingen, diesen widerspenstigen« – er klemmte sich die Flasche zwischen die Beine und zog – »Korken ...« – es machte ›Plopp‹, und der Wein ergoss sich über seine Hose –, »tatsächlich herauszubekommen.« Er schenkte ein und reichte mir das gut gefüllte Glas.

»Wie verlief denn Ihr Besuch heute Morgen?« Wein zählte zwar nicht zu meinen Lieblingsgetränken, doch der hier war nicht übel. Ich leerte das Glas in drei Zügen.

»Außerordentlich gut.« Mein Vormund griff sich an die Krawatte und schien beinahe zu grinsen. »Dr. Berry ist eine außergewöhnliche Frau. Wir hatten einen faszinierenden kleinen Plausch über euklidische Algorithmen. Und ihre geographischen Kenntnisse sind erstaunlich. Sie konnte mir die exakten Koordinaten von fast zweihundert Städten und Dörfern in England nennen.« Er schenkte mir erneut ein, allerdings weniger großzügig als zuvor.

»Klingt nach einem schrecklich amüsanten Morgen.« Der Wein zeigte bereits Wirkung. »Und wie viele können Sie nennen?«

»Oh, ich kenne alle«, beteuerte er mit einer abschätzigen Geste. »Wissen Sie, was sie mir gegeben hat? Ach, das können Sie gar nicht. Es ist ...«

»Bitte, lassen Sie mich raten«, bettelte ich. »Einen Goldfisch im Glas.«

»Nein, Sie ...«

»Eine Kokosnuss?«

»Seien Sie nicht albern.«

»Einen Kuss?«

»Jetzt werden Sie vulgär. Entsinnen Sie sich noch, dass ich mich für ihren Federhalter interessiert habe? Nein, natürlich tun Sie das nicht. Sie behalten ja nichts im Kopf außer Ihrer rührseligen Poesie. Nun, wie sich herausstellt, hat Dorna ...«

Das konnte ich nicht unkommentiert lassen. »Dorna?«

»Dr. Berry«, korrigierte er sich, »hat die Feder dieses Schreibgeräts selbst entworfen. Sie hat eine feine, biegsame Spitze, die es dem Benutzer erlaubt, flüssig und lesbar und dabei besonders schnell zu schreiben, und ich werde sehen, ob ich sie nicht mit meinem patentierten Federhalter kombinieren kann. Wir werden ihn den *Zum Patent angemeldeten Grice-Berry selbstfüllenden Federkiel mit elastischer Spitze* nennen.

»Ein ziemlich langer Federhalter, wenn Sie den vollen Namen aufdrucken wollen.«

Sidney Grice schürzte die Lippen: »Das haben wir bereits bedacht. Wir sind übereingekommen, dass ein dezent geprägtes ›G&B‹ völlig ausreicht. Stellen Sie sich das nur vor, March. Dieser Federhalter wird den Handel revolutionieren. Stellen Sie sich vor, wie es wäre, wenn jeder Kontorist seinen Ertrag um bis zu zwanzig Prozent am Tag steigern könnte.«

»Aber dafür wird gewiss bereits die Schreibmaschine sorgen, deren Erzeugnisse weitaus lesbarer sind«, wandte ich ein, worauf Sidney Grice wie zum Gebet die Hände rang.

»Ich will gern glauben, dass diese Erfindung von Nutzen ist, aber versuchen Sie einmal, sich eine davon in die Tasche zu stecken. Nein, die Zukunft der Schriftkunst liegt eindeutig im Grice-Berry-Federkiel.«

Ich schwenkte den Wein in meinem Glas. »Und was haben die Laboruntersuchungen ergeben?«

»Ach das. Die Ergebnisse liegen noch nicht vor. Ich werde Dr. Berry in den nächsten ein, zwei Tagen wohl einen weiteren Besuch abstatten müssen.«

»Wie ärgerlich.«

»In der Tat.«

»Soll ich Sie begleiten?«

»Ich werde Ihrer kaum bedürfen.«

»Sie werden also mit dieser abscheulichen Frau ganz allein sein?«, fragte ich mitfühlend.

»Ich werde es überstehen«, gab er steif zurück, während die Kaminuhr schlug. »Aber vergeuden wir unsere Zeit nicht mit geistlosem Geschwätz. Trinken Sie Ihren Wein, March. Sie müssen wieder zu Kräften kommen. Morgen haben wir eine Verabredung in …«

»Edwin Slabs Haus.«

Mein Vormund warf mir einen missbilligenden Blick zu. »Und wie, wenn ich fragen darf, haben Sie davon erfahren?«

»Nachdem Sie mit Ihrem wundersamen Federhalter ein Telegramm verfasst hatten«, erklärte ich, »haben Sie es abgelöscht. Wie Sie sicher wissen, lässt sich Löschpapier im Spiegel problemlos lesen.« Ich fühlte mich wieder benommen.

»Wie wissbegierig Sie doch sind«, entgegnete er beinahe anerkennend.

»Das muss ich wohl«, sagte ich, »wenn ich einmal persönliche Ermittlerin werden will.«

»Liebes Kind«, Sidney Grice griff nach einer Zeitschrift in dem Regal hinter ihm, »wenn Sie irgendetwas nie sein werden, dann das.« Ich war viel zu ermattet, um mit ihm zu streiten. Mein Hals schmerzte von dem Hieb, und mein Arm pochte von der Nadel. »In der diesmonatigen Ausgabe der *Anatomical News* findet sich ein faszinierender Aufsatz«, fuhr er fort. »Er belegt nicht nur, dass Frauen kleinere Gehirne als Männer haben, im Vergleich mit Letzteren verfügen sie auch nur über ein Viertel der Nervenzellen pro Unze. Offenbar sind große Teile des weiblichen Gehirns mit Flüssigkeit gefüllt – weniger mit grauen Zellen als mit grauem Wasser sozusagen. Oh, March, Sie haben mir Ihren Wein ins Gesicht geschüttet. Wie in aller Welt haben Sie das geschafft?«

»Das ist mir selbst schleierhaft.« Ich schloss die Augen und ließ mich vom Schwappen in meinem Kopf in den Schlaf wiegen.

Du warst nie sehr trinkfest, und ich bin mir nicht sicher, ob es dir überhaupt schmeckte, aber ein Offizier, der nicht trinkt, ist wie ein Pastor, der nicht betet. Ich habe schon immer eine Menge vertragen. Mein Vater meinte, ich sei bereits im Säuglingsalter abgehärtet worden, weil meine Amme mir zum Einschlafen Weinbrand in die Milch gegeben und, wenn ich nachts erwachte, wieder nachgeschenkt habe.

Einmal, bei einem albernen Streit, forderte ich dich zum

Wettzechen auf. Es hätte nichts zu bedeuten gehabt, doch ich war bei dir im Kasino, und rasch scharten sich deine Kameraden um uns. Nur ein Mann könne Whisky vertragen, sagtest du, und wir maßen einander Glas um Glas. Nach zehn Gläsern fühlte ich mich recht umnebelt, du aber lalltest bereits und gossest dir das elfte gänzlich über die Kleidung. Zur Strafe musstest du einen Doppelten trinken, und ich sah, dass du Mühe hattest, ihn hinunterzubekommen, also ließ ich mein Glas fallen und tat, als würde ich ohnmächtig werden, und das keinen Augenblick zu früh. Kaum war ich auf meinem Stuhl zusammengesunken, gingst du mit deinem zu Boden.

Am nächsten Morgen war ich krank, und mein Vater rasend vor Wut, als er den Grund erfuhr.

»Wie verantwortungslos«, tobte er, »einen unschuldigen jungen Menschen zu so etwas zu verleiten«. Woraufhin er sich seinen Stock griff, aus dem Haus stampfte und geradewegs hinüberging zu den Unterkünften der Nachwuchsoffiziere, um dir sein Mitgefühl zu bekunden.

20

DAS HAUS DER UNTIERE

Edwin Slab hatte in einem großen weißen Haus gewohnt, das weit zurückgesetzt an einer sauber gefegten Straße nahe der Prince Albert Road stand, in einem gepflegten Garten, den eine Mauer und eine hohe Ligusterhecke blickdicht abschirmten. Das Verkehrsgerumpel wurde von den stattlichen Bauten am Regent's Park gedämpft, blieb aber vernehmlich, als Sidney Grice den Türklopfer anschlug.

»Mich wundert nur«, er scharrte mit der Stiefelspitze über den Weg, »dass jemand walisischen Strandkiesel aus Llandudno verwendet, wo so viel heimischer Kies zu haben ist.«

»Ist das wichtig?«, fragte ich, und er hob eine Braue.

»Die Wahrheit ist immer wichtig, March. Wenn Sie damit meinen, ob es bedeutsam ist, lautet die Antwort nahezu sicher: nein.« Er schielte misstrauisch nach zwei in einem Fliederbaum landenden Tauben.

Uns empfing eine ältere Dame in einem grauen Kleid und mit einer üppigen schwarzen Perücke, ein Dickicht aus Locken mit langen Ringeln.

»Sind Sie hier, um mich vor die Tür zu setzen?« Ihre Stimme bebte.

»Nein«, sagte ich. »Wir wollen Sie nur sprechen.«

»Ah ja?« Sidney Grice klopfte mit seinem Gehstock an ein Einhorn aus Stein.

»Tja, sonst ist niemand hier, Sir«, gab sie zurück. »Der Eigentümer, Mr Slab, ist verblichen, und die übrigen Dienstboten sind auf und davon.« Mit dem Arm beschrieb sie einen großen Bogen, wie um ihre Kollegen vorzustellen. »Maissie und Daisy und Polly und Mrs Prendergast – alle haben sich aus dem Staub gemacht. Aber ich bin sechsundachtzig, wissen Sie. Wer würde mich noch einstellen?«

»Ich nicht«, sagte Sidney Grice. »Nicht einmal in der Blüte Ihrer Jahre – falls Sie je eine hatten.«

Die Frau hatte an der Kränkung zu schlucken.

Als ich »Ich heiße March Middleton« sagte, wurde sie munter.

»*Die* March Middleton?« Ihre Stimme hob sich. »Ich hab alles über Sie in der Zeitung gelesen. Sie arbeiten doch mit diesem grässlichen Sidney Grice zusammen, der wo jeden umbringt.«

Der wo jeden umbrachte machte eine finstere Miene, ich aber lachte und sagte: »Nicht ganz jeden. Das hier ist Mr Grice, wie er leibt und lebt, und wer sind Sie?«

»Miss Flower heiß ich. Bin sechsundachtzig. Meine Mutter nannte mich Rosie.«

»Dann werde ich das auch tun«, sagte ich. »Können wir eintreten, Rosie?«

»Natürlich können wir das.« Sidney Grice schob sich an ihr vorbei. »Welche Stellung haben Sie inne, alte Frau?«

»Haushälterin, wenigstens war ich das, bis ich zu alt wurde. Mr Slab hat mich aus Mitleid dabehalten.« Sie zog ein Taschentuch mit schwarzem Saum aus ihrem Ärmel und tupfte sich die Augenwinkel. »Die Güte selbst, das war er. So zu sterben, das hat er nicht verdient.«

»Seinem Geschmack nach zu urteilen, womöglich doch«, bemerkte mein Vormund. Auf dem Boden der Eingangshalle lagen Zebrafelle, und die kieferngetäfelten Wände waren damit behängt. »Wo ist Ihr Dienstherr gestorben?« Sidney Grice befingerte ihr Haarteil.

»In seinem Werkraum. Wenn Sie mir folgen möchten.«

»Das möchte ich keinesfalls. Stillhalten.« Er zupfte eine Fluse aus ihrer Perücke und legte sie in einen Umschlag. »Ich bin äußerst eigen darin, wem ich warum, wann und wohin folge, und lasse mir nicht von Zeugen vorschreiben, in welcher Reihenfolge ich Beweise zusammentrage. Ihr Vorschlag ist bestenfalls anmaßend. Schlimmstenfalls macht er Sie verdächtig.«

Rosie Flower blinzelte. »Verdächtig, Sir?«

»Doch da ich mit der Topographie dieses Gebäudes nicht vertraut bin ...« Er streifte seine Handschuhe ab und warf sie in seinen Hut. »Zeigen Sie mir sein Arbeitszimmer.«

»Arbeitszimmer, Sir?« Sie legte seinen Hut auf den Tisch der Eingangshalle und stellte meinen Sonnenschirm in einen Ständer, der aus dem Bein eines Tieres gefertigt war.

»Es will scheinen, als hätte Mr Slab nicht genug daran gehabt, Untiere auszustopfen, und einen Papagei in Dienst gestellt.«

»Papagei, Sir?«

»Arbeitszimmer«, blaffte er. »In England gibt es keinen Mann, der mehr als viertausend Pfund schwer ist und keines besitzt. Bringen Sie mich hin ... *jetzt.*«

Sie deutete nach links auf eine offene Tür, und wieder drängte Sidney Grice an ihr vorbei. »Mitkommen.« Worauf Miss Flower ihm hinterherwackelte. Ich folgte und musterte die Einrichtung.

Im Wintergarten hing ein Zebrakopf mit aufgesperrtem Maul an der Wand, als würde sich das Tier des bösen Schocks erinnern, den es erlitten haben musste. Die schweren schwarzweiß gestreiften Vorhänge wurden von Schwänzen mit Quasten gerafft.

»Er hat es das Hyänenzimmer genannt«, verkündete Rosie Flower bei unserem Eintreten.

»Warum nur?«, murmelte mein Vormund. Präparierte Hyänen standen überall in selbstbewusster Pose, ihr Fell scheckig gefleckt, die schwarzen Lefzen geschürzt, um orangerote

Zahnzacken und dunkle Zungen zu zeigen, merkwürdige Kreuzungen aus Bär und Wildhund, mit großen ovalen Ohren und hässlich kalten gelben Augen.

»Weil …«, setzte Rosie Flower an.

»War das sein Sessel?« Sidney Grice zeigte auf ein haariges Sitzmöbel mit einer geduckten Hyäne davor, die als grollender Fußschemel diente.

»Eben der, wo er jeden Abend saß«, sagte Miss Flower.

Er kniete sich hin und tastete das Sitzpolster ab. »Linkshänder.« Er tupfte mit der Zungenspitze an die Kuppe seines Mittelfingers. »Und ein Liebhaber von Schokoladeneclairs.« Er hob das Sitzkissen. »Sie haben nicht gelogen, als Sie ihn gütig nannten.«

Rosie Flower schien verwirrt. »Aber woran sehen Sie das bloß?«

»Die Unterseite dieses Polsters wurde zuletzt vor dem Jahr achtzehnhundertsiebenundsiebzig gereinigt. *Erisyphales Espanola* hat fünf deutliche Ringe hinterlassen – Spanischer Schimmel, auch als Eichenmoder bekannt, nicht weil der Pilz an Eichen wächst, sondern kranzförmig in Jahresschritten.«

»Ich verstehe nicht, Sir.«

»Ich zeige lediglich auf, dass nur ein weichherziger Trottel ein so liederliches Zimmermädchen beschäftigt hätte oder eine ganz und gar entkräftete Haushälterin, die solche Schlampereien duldet.«

Rosie Flowers Augen füllten sich mit Tränen. »Mr Slab hat unsere Arbeit immer sehr geschätzt.«

Sidney Grice schnaubte. »Deshalb nannte ich ihn einen Trottel. Warum stehen da Sandeimer in jeder Ecke?«

»Mr Slab hatte furchtbare Angst, ihn könnte ein Feuer überraschen, Sir. Er ließ an allen Fenstern im ersten Stock Seile anbringen, zum Runterklettern. Nur wär's mein Tod, wollte ich das versuchen.«

Ich trat auf eine ausgestreckte Pfote und machte einen Satz. »Hat er die alle selbst getötet?«

135

»Oh nein«, sagte Miss Flower. »Er hat wirklich gerne Viecher getötet, aber verreist ist er nie weiter als bis Winchester. Die hier sind aus dem Zoo. Der Mann, wo sie gebracht hat, hat mir versichert, dass sie alle an Altersschwäche gestorben sind.«

»Aber das hier ist ein Welpe.« Der Ständer einer Tischlampe ragte aus dem Kopf des Tieres.

»Ist an Jugendschwäche gestorben.«

»Wären Sie doch nur seinem Beispiel gefolgt«, klagte Sidney Grice. »Waren Sie bei Ihrem sorglosen Dienstherrn, als er starb?«

»Nein.« Miss Flower polierte mit dem Ärmel die Nasenspitze einer Hyäne.

»Haben Sie ihn gefunden?«, fragte ich.

»Ja.« Sie fuhr dem Tier liebevoll durch die abstehende Mähne.

Sidney Grice umrundete eine Tischplatte aus Onyx, die auf den Köpfen von vier sitzenden Hyänen ruhte. »Erzählen Sie.« Er schnipste mit den Fingern.

»Nun, ich aß unten zusammen mit Maissie und Daisy und Mrs Prendergast zu Abend, als …

»Wo war Polly?«, unterbrach sie mein Vormund.

»Es war ihr freier Nachmittag, Sir.« Miss Flower wrang ihr Taschentuch. »Sie wird mit ihrem Schatz in einem Lustgarten geschmust haben.«

»Sein Name lautet?«

»Richard Collins.«

»Was ist dann passiert?«

Sie errötete. »Das versuche ich Ihnen ja zu sagen, Sir.«

»Dann machen Sie zu.« Er holte eine kurze Pinzette aus seinem Ranzen.

Rosie Flowers rechte Hand rotierte vor Aufregung. »Ich bin sechsundachtzig«, besann sie sich. »Oder siebenundachtzig.«

Ich nahm sie beim Arm. »Bitte erzählen Sie uns, was mit Mr Slab geschehen ist.«

»Nun, ich aß unten zusammen mit Maissie und Daisy und Mrs Prendergast zu Abend«, setzte sie an, während Sidney

Grice ein Haarbüschel aus dem Kopf einer zähnefletschenden Hyäne rupfte, »als Mr Slab klingelte.«

»Woher wissen Sie, dass es Mr Slab war?« Mein Vormund ließ die Haare in einen Umschlag fallen.

»Das Klingeln kam aus seinem Werkraum, darum …«

»Darum kamen Sie zu dem unlogischen, aber möglicherweise zutreffenden Schluss, es müsse Ihr Dienstherr sein.« Sidney Grice kritzelte etwas auf den Umschlag und verschloss ihn mit einer Klammer.

»Aber sonst war niemand im Haus, Sir.«

»Dass Sie niemanden sonst im Haus wahrgenommen haben, bedeutet nicht, dass tatsächlich niemand da war.« Sidney Grice stocherte mit einem geraden Stück Draht im Ohr der Hyäne herum. »Setzen Sie Ihren Bericht fort, aber nehmen Sie bitte Ihren senilen Verstand zusammen.«

»Hören Sie einfach nicht hin, Rosie«, sagte ich.

Er grunzte, zog den Draht heraus und besah sich das Ende.

»Ich ging nachsehen, was er wollte.« Sie kitzelte eine andere Hyäne hinterm Ohr.

»Warum Sie?«, fragte er, während Miss Flower dem Tier den Kopf tätschelte.

»Maissie war das Küchenmädchen, Daisy aß gerade ihre Rinderbeinsülze, und Mrs Prendergast war die Köchin.«

»Weiter.« Sidney Grice setzte sich hinter den Schreibtisch in einen mit braunem Leder bezogenen Kapitänsstuhl und zog die oberste Schublade auf. Er holte ein Briefbündel hervor und zog die Schnur darum auf.

»Die sollten Sie sich nicht ansehen, Sir.«

»Und eben deshalb tue ich es.« Er faltete den obersten Brief auf. »Was geschah, als Sie dem Ruf folgten?«

Miss Flower wickelte ein Fellbüschel um ihren Finger. »Der arme Mr Slab lag in seinem Becken.«

»Was für ein Becken?«

»Sein Beizbecken. Ich kann es Ihnen zeigen …« Sie setzte sich Richtung Eingangshalle in Bewegung.

»Sie bleiben genau da stehen. Ich lasse nicht zu, dass Sie mich, ob mutwillig oder aus bloßer Dummheit, mit Ihren falschen Eindrücken in die Irre führen. War das Becken gefüllt?«

»Ja, Sir. Angefüllt mit Mr Slab und übervoll mit Beizwasser.«

»Lag er mit dem Gesicht nach unten drin?«

»Sozusagen.« Sie wickelte das Fellbüschel wieder ab. »Der Ärmste hatte ein Hohlkreuz gemacht, das sah sehr komisch aus – nur dass es eigentlich nicht komisch war –, und sich überallhin erbrochen.«

»Er kann sich schwerlich an die Decke erbrochen haben«, stellte mein Vormund richtig. »Seien Sie genauer, Frau.«

»Überallhin. Über den ganzen Boden. Da lag ein hübscher Teppich aus Eselsfell, der war ganz durchweicht. Wir mussten ihn wegwerfen.«

»Sie geben also zu, Beweismittel vernichtet zu haben?«

»Ich hab doch bloß reinegemacht, Sir, ich und …«

»Wohin hat er sich noch übergeben?«

»Über den Zerlegetisch und über Veronika.«

»Wer ist Veronika?«

»Eine Mangrove.« Miss Flowers tätschelte die Schnauze einer Hyäne. »Eine Art Otter, der Schlangen tötet.«

»Ich glaube, Sie meinen eine Manguste«, mutmaßte ich.

»Versuchen Sie nicht, der Zeugin Worte in den Mund zu legen«, schnauzte mein Vormund mich an.

»Hab den ganzen Vormittag gebraucht, sie zu säubern. Sie ist immer noch feucht. Sidney hat er fürchterlich eingesaut.« Sie zeigte auf einen räudigen Wolf neben einem Zeitschriftenständer. »Wir haben ihn zum Trocknen nach oben geholt.«

Ich lachte. »Ist das wirklich sein Name?«

»Jetzt schon.« Rosie Flower zwinkerte.

»Was haben Sie noch vom Tatort entfernt?«, blaffte Sidney Grice. »Eine Schusswaffe oder ein Messer vielleicht? Antworten Sie nicht. Fahren Sie mit Ihrem Geschwafel fort.«

Miss Flower zog die Mundwinkel herunter und straffte die Lippen. »Ich ging rüber zum Becken, und er sah gar nicht gut aus, Sir. Außer dass er tot war und krumm wie eine Buckelbrücke, traten seine Augen beinahe aus ihren Höhlen, wie Tennisbälle sahen die aus, so war das, aber am schlimmsten war, dass er so grässlich grinste, richtig wie ein Honigkuchenpferd, und er hatte so kräftig mit den Zähnen gemahlen, dass sie alle Bruch waren.« Sie schüttelte ihr Taschentuch aus. »O Miss, es war äußerst kummervoll.« Sie tupfte sich die Augen.

»Weiter«, herrschte mein Vormund sie an. Sie hob das Kinn.

»Verzeihen Sie mein Reden, aber Sie sind kein netter Mensch, Mr Grice«, sagte sie, während er um sie herumtrat. »Dann lief ich zur Treppe und rief runter zu Maissie: *Hol Dr. Berry.* Sie hat junge Beine. *Und das ein bisschen zack, du Transuse.* Aber da war er schon tot. Da bin ich sicher. Oh, der arme Mann. Er war ...« Rosie Flowers Gedanken schweiften ab. »Er war ...«, wiederholte sie zerstreut.

Mein Vormund ließ seine Finger knacken. »Hatte er Gäste an jenem Tag?«

Sie kehrte ruckartig zu uns zurück: »Weder arme noch reiche.«

»Und am Vortag?«

»Keinen Heiligen noch einen Sünder, auch nicht am Tag davor noch an sonst einem Tag vor oder nach welchem Tag auch immer, der Sie beschäftigt, Sir.«

»Warum nicht?«, fragte ich.

»Na, er hatte keine Zeit dafür, bei der ganzen Arbeit mit dem Ausweiden und Ausstopfen und all den Besuchern, um die er sich kümmern musste.«

Er betrachtete sie durch einen gläsernen Briefbeschwerer. »Sie sagten doch, er habe keine Besucher empfangen.«

»Keine *Gäste.*« Sie schob sich die Perücke aus der Stirn. »Gäste kommen vorn herein. Besucher nehmen die Hintertür, und von denen gab es mehr als genug – Leute mit Haustieren, die sie gemacht haben wollten. Vergangenen Monat hatten wir ein Pferd, aber sie haben es zu spät gebracht, und die Gase brachten es zum Platzen. Die ganzen Innereien hingen raus.«

»Hatte er an seinem Todestag irgendwelche Besucher?«, fragte ich.

»Vermutlich.« Sie zog die Perücke wieder herunter. »Aber wir wussten nie so recht, ob gerade jemand da war.«

Sidney Grice legte die Briefe zusammen und band die Schnur darum. »Wo ist der Werkraum?«

»Am Ende des Korridors links, Sir.«

Er winkte ihr mit dem Bündel zu – »Zeigen Sie ihn mir!« – und ließ es auf die Tischplatte fallen.

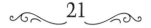

DAS KOSAKENREGIMENT

Wir gingen zurück zur Eingangshalle und dann durch einen gewölbten Säulengang. Unsere Tritte hallten klackend vom grünen Marmorboden wider. Die Wände zu beiden Seiten waren mit schrillen Urwaldszenen bemalt oder beklebt. Unförmige Tiger lugten hinter Palmen hervor, wenig überzeugende Löwen reckten ihre Köpfe durchs Bambusdickicht, und über die gesamte Gewölbedecke streckten und wanden sich seltsam grün schillernde Schlangen mit abstrus dolchartigen Fangzähnen. In einer Nische lauerte ein mürrisch dreinblickender Schwarzbär, ihm gegenüber stand ein ebenso missmutiger Braunbär. Mit ihren erhobenen Tatzen sollten die beiden Tiere bedrohlich wirken, aber sie schienen einander bloß schwermütig zuzuwinken.

Wir gelangten zum Ende des Gangs, und Rosie Flower schloss auf. »Da wären wir.« Hinter der Tür lag ein gigantischer Wintergarten. Für einen Augenblick glaubte ich, einen überdachten Zoo zu betreten.

Es gab kein mir bekanntes Tier, das hier nicht anwesend war. Mäuse trollten sich zwischen den Beinen von Katzen, die an Kettenhunden und Dänischen Doggen schnupperten, die wiederum zu Ponys, Kutschpferden, einem Elefanten und zwei Giraffen emporblickten. Panther, Leoparden und Wölfe standen friedlich beieinander, heiter beäugt von einem Dutzend

Eulen, die auf den kahlen Ästen eines knorrigen Olivenbaumes hockten.

Doch anders als in einem Zoo, waren weit und breit keine Käfige zu sehen, alle Kreaturen waren stumm erstarrt, und statt Tiergerüchen stieg uns der beißende Gestank von Formalin und der süßliche Hauch von Mottenkugeln in die Nase.

Wir durchquerten diese Tierschau des Todes und gelangten in einen fensterlosen, weiß getünchten Raum, der wie eine Leichenhalle anmutete. An einer Seite erstreckte sich ein riesiger Operationstisch, über dem ein niedrig hängendes Gestell mit Gaslampen angebracht war. Rosie Flower drehte die Flammen höher. An Haken entlang der Wand reihten sich funkelnde Knochensägen, wie auch eine ganze Garnitur von Schneidewerkzeugen, der Größe nach geordnet – von Skalpellen über Abhäutemesser, wie Metzger sie benutzten, bis zu Hackbeilen. Darunter, auf dem weißen Kachelboden, standen vier abgedeckte Tonnen. An der Wand lehnte eine Trittleiter. Rechter Hand befand sich ein großer Glasbehälter, etwa eins achtzig hoch und eins fünfzig breit, zu drei Vierteln mit einer trüben Flüssigkeit gefüllt. Es stank nach Formaldehyd.

Ich rüttelte am Griff der Hintertür. Sie war verschlossen. »Wo führt die hin?« Ich streifte einen großen Leinensack – weißer Puder legte sich auf mein Kleid.

Miss Flower schnäuzte sich. »Auf die Hatter Street. Seine Besucher gingen hier ein und aus.«

»Und Sie haben sie nie zu Gesicht bekommen?«

»Nicht, wenn Mr Slab mich nicht zu sich rief, was nicht oft genug vorkam, um es oft zu nennen.«

»Wo ist der Schlüssel?« Aus einer Holzkiste in einem der Regale nahm Sidney Grice einen gewaltigen Oberschenkelknochen.

»Dort an der Wand, Sir.«

Er nahm ihn und öffnete die Tür. Draußen war ein Messingschild angebracht. EDWIN SLAB, PRÄPARATOR FÜR DEN ADEL. BITTE LÄUTEN. Die Straße war menschenleer, und es goss in Strömen. Er trat hinaus und probierte die Klingel. »Die Verbindung ist gekappt.«

»Ständig haben Kinder geschellt und sind weggerannt, Sir. Die Kunden wussten, dass sie fünfmal klopfen mussten.«

Er schloss die Tür wieder und verriegelte sie. »Es riecht hier nach Bleichmittel.«

»Wir mussten doch reinemachen, Sir.«

»Und Beweismaterial vernichten.« Er strich sein nasses Haar zurück. »Vor Gericht könnte das einen sehr ungünstigen Eindruck hinterlassen.«

Miss Flowers Lippen bebten. »Vor Gericht, Sir?«

Er holte etwas aus einem Regal. »Diese Spritze ist zerbrochen, und die kleinen Schnitte an Ihrem rechten Daumen und Zeigefinger lassen darauf schließen, dass Sie den Schaden verursacht haben.«

Miss Flowers Lippen bebten. »Ich habe sie aufgehoben, Sir ... vom Boden da drüben.«

»Ihre Antwort auf die nächste Frage könnte furchtbare Folgen für Sie haben.« Sidney Grice trat dicht an sie heran und stierte ihr durch sein Monokel tief in die wässrigen Augen. »Haben Sie die Nadel absichtlich oder aus Versehen verbogen?«

»Weder das eine noch das andere, Sir. Sie war bereits ...«

»Wer hat den Boden gewischt?«, fragte er aufgebracht, während ich einen Schrank öffnete, in dem stapelweise Pelze lagerten, allesamt mit Kampfer getränkt.

»Nun, ich natürlich, zusammen mit Polly.«

Er legte die Spritze wieder zurück. »Wären Sie dann bitte so freundlich, mir jeden einzelnen Fußabdruck zu beschreiben, der darauf zu sehen war, die Größe und Form der Stiefel, die sie hinterließen, jedweden charakteristischen Defekt an Sohle oder Absatz, wie auch das Bewegungsmuster, das die Anordnung der Abdrücke verriet, aber womöglich« – Sidney Grice hieb seinen Stock krachend auf den Tisch – »sind Sie dazu gar nicht imstande. Ebenso wenig, wie Sie mir zu sagen vermögen, wo sich sämtliche Stofffasern befanden, welche Länge, Dicke und Farbe sie hatten, und ob sie auf, unter, oder nur zu Teilen in der Staubschicht verborgen lagen. Gewiss können Sie das nicht, weil Sie eine senile, einfältige und kurzsichtige alte ...«

Ich knallte die Schranktür zu. »Es reicht.«

Mein Vormund zog den Kopf ein, wie um einem Schlag auszuweichen. »Wären Sie so freundlich, die Befragung einer Verdächtigen nicht zu unterbrechen.«

Rosie Flower zitterte am ganzen Leib. »Einer Verdächtigen, Sir?«

»Sie ist eine gebrechliche alte Dame«, erwiderte ich. »Und machen Sie sich jetzt bitte nicht die Mühe, von der gebrechlichen alten Dame zu schwadronieren, die mit einem Käsedraht im Alleingang ein ganzes Kosakenregiment ausgelöscht hat.«

Er wirkte verdutzt. »Dieser Fall ist mir nicht bekannt.« Er steckte den Kopf in einen anderen Schrank, und Rosie Flower trat ängstlich einen Schritt zurück.

»Das wäre alles fürs Erste, vielen Dank, Rosie«, sagte ich, als der Kopf meines Vormunds wieder zum Vorschein kam.

»Die Befragung ist noch nicht zu Ende«, wandte er ein.

»Doch, das ist sie«, versetzte ich entschlossen. Zu meiner Überraschung fügte er sich, schloss ganz behutsam, als wäre sie zerbrechlich, die Schranktür und säuberte sich dann mit einem weißen Tuch aus seinem Ranzen die Hände. »Nun denn, meinen Glückwunsch, Miss Flower. Ihnen ist die fachmännischste Vernichtung von Beweismaterial gelungen, die ich je die Ehre hatte, miterleben zu dürfen. Und das, obwohl ich bereits mit den – oder gegen die – Polizeikräfte von acht verschiedenen Nationen gearbeitet habe. Wie schade für Ihren Dienstherrn, dass Sie Ihre Pflichten nicht ebenso gewissenhaft erfüllt haben.« Rosie Flower öffnete den Mund, besann sich dann aber eines Besseren. »Hier ist nichts mehr zu holen.«

Wir gingen zurück durch den Wintergarten und um ein großartiges Krokodil herum, das mir zuvor nicht aufgefallen war und in dessen aufgerissenem Maul ein friedlich schlummerndes Ziegenkitz lag.

Miss Flower rückte ihre Perücke zurecht. »Soll ich Sie hinausbegleiten, Sir?«

Sidney Grice scheuchte sie mit einer abfälligen Handbewegung fort. »Wir haben noch nicht vor zu gehen.« Er stiefelte zurück ins Arbeitszimmer. »Und versuchen Sie ja nicht zu fliehen.«

»Wo sollte ich denn hin, Sir?«

»Erbitten Sie etwa meinen Rat, wie man sich am besten dem Gesetz entzieht?«

»Nein, Sir. Ich hoffe doch auch, dass der Gerechtigkeit Genüge getan wird.«

Er wandte uns den Rücken zu.

»Lassen Sie sich nicht von ihm aus der Fassung bringen, Rosie«, tröstete ich sie. »Das ist nun mal seine Art.«

»Wenn er in meiner Obhut wäre, würde ich ihm Manieren beibringen.«

»Was wird nun aus Ihnen?«

»Ach, wenn ich das nur wüsste, Miss. Ich werde wohl hierbleiben, bis man mich hinauswirft. Bis dahin habe ich genug zu essen und ein Dach über dem Kopf. Und dann, was soll dann schon kommen für jemanden wie mich? Ich bin sechsundachtzig Jahre alt, wissen Sie, und habe keine nennenswerten Ersparnisse – gerade mal eine Handvoll Schillinge, von denen ich mir ein paar rosa Haarschleifen kaufen wollte – und ich werde nicht ins Armenhaus gehen, Miss. Ganz gewiss nicht.« Trotzig stampfte sie auf und wäre um ein Haar hingefallen.

»Haben Sie keine Familie?«

»All meine Brüder und Schwestern sind tot.« Sie fand ihr Gleichgewicht wieder und hielt sich an einem mit Zebrafell überzogenen Hocker fest. »Ihre Herrschaften waren nicht so gütig wie Mr Slab.«

»Gibt es denn keine wohltätigen Einrichtungen, die Ihnen helfen könnten?«

»Oh, Miss«, stieß sie hervor. »In dieser vornehmen Stadt herrscht herzlich wenig Wohltätigkeit und wenn, dann kommt sie gefallenen Frauen zugute. Und ich bin leider nie sehr tief gefallen.« Ein schüchternes Lächeln umspielte ihren Mund. »Jetzt wünschte ich, ich wär's.«

Ich lachte. »Dafür dürfte es nun etwas zu spät sein.«

Sie legte mir die Hand auf den Arm. »Dafür ist es nie zu spät, Miss.«

Ich erinnerte mich, dass Harriet Fitzpatrick von einem neuen Wohlfahrtsverein für greise Bedienstete erzählt hatte. »Ich werde mich einmal umhören«, versprach ich und verließ das Zimmer.

22

DAS SCHWEIGEN DER HYÄNEN

Ein Stapel Papiere lag auf dem Kapitänsstuhl im Arbeitszimmer. Mein Vormund hatte alle Schubladen aus dem Schreibtisch gezogen, hockte auf den Knien und linste in das leere Gehäuse.

»Wonach suchen Sie?«

Sidney Grice tauchte auf. Er sah etwas schmuddelig aus. »Ein Wissenschaftler zeichnet alle seine Beobachtungen auf, und ein guter Wissenschaftler beobachtet alles.« Er drehte die Schubladen um und klopfte das Holz ab. »Man mag kaum glauben, wie viele Leute diese Unterseiten für ein sicheres Versteck halten. Ich habe schon zwei Frauen ins Zuchthaus gebracht, einfach indem ich ihre Sekretäre durchforstete. Aber ein durchschnittlicher Polizist lässt sich nur mit Mühe dazu bringen, überhaupt etwas zu untersuchen, geschweige denn dessen Unterseite.« Er setzte die Schubladen wieder ein. »Schreibtische sind gewöhnlich wahre Füllhörner an Hinweisen. Da gibt es Tagebücher, in denen wichtige Rendezvous vermerkt sind, Briefe, die Liebesverhältnisse preisgeben, belastende Dokumente, verborgene Waffen, Haarlocken. Dieses Möbelstück allerdings ist das unergiebigste, das mir begegnet ist, seit ich letzte Woche Ihren Nachtschrank durchsucht habe.«

»Sie haben meinen Nachtschrank durchsucht?«

»Man könnte meinen, Miss Flowers Neigung ins Psittacine

147

sei ansteckend.« Als ich gerade dahintergekommen war, dass sich der Begriff auf Papageien bezog, fragte er: »Was fällt Ihnen zuallererst an diesem Raum auf?«

»Die Hyänen«, erwiderte ich und wartete auf eine sarkastische Entgegnung.

»Sehr gut. Grice' dritte Ermittlungsregel verlangt, das Offensichtliche nicht zu übersehen. Und sonst?«

Ich überlegte. »Es gibt nur einen Sessel.«

»Ganz genau. Also hat diese geistesschwache Haushälterin mutmaßlich die Wahrheit gesagt, nämlich dass ihr Dienstherr keine Gäste empfing, jedenfalls nicht in diesem Raum. Sehen Sie sich mal um, ob die anderen Räume gastfreundlicher eingerichtet sind, und versuchen Sie tunlichst, keine Spuren zu zerstören.«

»Alles ist eine Spur«, erinnerte ich ihn.

»Wollten Sie sich das bloß merken, dann wären Sie nicht gar so ein Störenfried.« Er kroch um den Schreibtisch herum. »Erst zum zweiten Mal sehe ich diese Sorte Firnis auf Walnussfurnier.« Er lag auf dem Rücken, die Arme dicht am Körper. »Wie lässt sich Gift am einfachsten verabreichen?«

»Ins Essen und in Getränke gemischt ... vorausgesetzt, der Geschmack lässt sich kaschieren.«

Er schlug die Füße übereinander. »Wie sieht es mit Likörpralinen aus?«

»Gut, denke ich.«

Sidney Grice streckte träge den Zeigefinger aus. Mein Blick fiel geradewegs auf eine Holzschachtel auf dem Kaminsims. »Öffnen Sie sie, aber nicht den Inhalt berühren.«

Fünf Pralinen lagen darin, es wäre noch Platz gewesen für eine sechste.

»Sie meinen also ...«

Mein Vormund legte den Zeigefinger an die Lippen.

»Versuchen Sie nicht, meine komplexen Gedankengänge vorwegzunehmen oder sie gar zu deuten.« Er schloss die Augen und summte laut vor sich hin, wie immer unmelodisch.

Ich überließ ihn sich selbst, durchquerte die Halle und betrat ein Speisezimmer, das mit Fischen dekoriert war – Seeforellen über dem Kamin, in einem Aquarium zwischen welkem Teichrohr aufgehängte Stichlinge und ein riesiger Thunfisch in einem kurzbeinigen Schaukasten. Ein rechteckiger, von zwölf Stühlen umstellter Tisch beherrschte den Raum. Bis auf einen am Kopfende waren sie allesamt in Staublaken gehüllt.

Dahinter lag ein Wohnzimmer. Hier waren Vögel das Leitmotiv – Sperlinge, Eulen, Habichte und Seemöwen, zwei Adler mit ausgebreiteten Schwingen, ein traurig blickendes Rotkehlchen auf einem Zweig und ein im Sturzflug erstarrter Eisvogel. Ein einziger Sessel stand in diesem Raum.

Irgendwo über mir vernahm ich ein Rumsen und Scharren. Unwahrscheinlich, dass Miss Flower so emsig umherwieseln würde. Ich ging rasch zurück ins Arbeitszimmer.

»Dieser Raum ist von jemand anderem durchsucht worden – und zwar kürzlich.«

Sidney Grice hatte einen kleinen Teppich gewendet und tupfte gerade die Unterseite mit einem gummierten Papierstreifen ab.

»Oben ist wer«, sagte ich. »Ich habe Schritte gehört.«

»Hat es überhaupt Sinn, Sie zum Hierbleiben aufzufordern?« Mein Vormund schnappte sich seinen Gehstock.

»Nein.« Wir eilten in die Halle und die breite Treppe hinauf. Sie beschrieb auf halber Höhe eine Kurve und mündete in eine helle, quadratische Diele.

»Es war über dem Wohnzimmer, also dort etwa.«

Die Tür stand angelehnt, doch nun konnte ich nichts mehr hören. Sidney Grice drehte am Knauf seines Gehstocks, bis dieser auf doppelte Länge hochschnellte, gab mir ein Zeichen beiseitezutreten und stupste die Tür an. Wir fanden uns in einem Zimmer wieder, das hell und verspielt eingerichtet war – an den Wänden eine geblümte Tapete, auf dem Boden ein rosaroter Perserteppich, ein Einzelbett mit roter Tagesdecke und eine gelackte Frisierkommode mit einem Drehspiegel.

Im geöffneten Kleiderschrank hing ein einzelnes schlichtes Kleid.

»Mr Slab hat seine Dienstboten tatsächlich gut behandelt«, bemerkte mein Vormund.

»Da ist das Seil, von dem sie sprach.« Ein dickes viersträngiges Tau war mit einer Schlinge an einem Haken unter dem Fensterbrett befestigt. Das andere Ende hing zum Fenster hinaus.

»Es ist straff.« Mein Vormund lief hin und ich ihm hinterher. Als Erstes entdeckte ich Rosie Flowers Perücke in der Krone des Fliederbaums. Ich lehnte mich weiter vor und sah gleich unter mir einen kahlen Hinterkopf und ein graues Kleid, das sich im Wind bauschte.

»Wir müssen sie nach unten schaffen«, sagte ich. »Hoffentlich hat sie sich nicht in den Ästen verfangen.«

»Da wird sie durchrutschen«, versicherte er mir, packte mit beiden Händen das Tau und zog daran. Ich löste die Schlinge vom Haken. Er stemmte einen Fuß gegen die Wand, lehnte sich zurück und ließ das Seil laufen. »Ich halte sie fest.« Sein Gesicht war puterrot vor Anstrengung. »Gehen Sie zu ihr, March – so rasch Sie können.«

Ich stürmte aus dem Zimmer, die Treppe hinunter, hinaus in den Vorgarten und prallte beinahe gegen das Einhorn. Miss Flower hing gut einen Meter über dem Boden dem Haus zugekehrt und knarrte langsam abwärts. Ich rannte unter den Baum, langte hoch und griff ihr unter die Arme.

»Hab sie«, rief ich hoch. Das Tau sauste herab, krachte durchs Gezweig, und auf einmal hatte ich ihr ganzes Gewicht in Händen. Sie war schwerer als erwartet, und ich stolperte rückwärts und ging beinahe mit ihr zu Boden, doch der Baumstamm hielt mich auf, während ich sie rücklings auf dem Kies ablegte.

Rosie Flowers Gesicht war schwärzlich aufgedunsen, ihre blutunterlaufenen Augen starrten ins Leere, und die zerbissene Zunge ragte aus dunkelrotem Schaum hervor. Ich zerrte am Tau um ihren Hals, aber es hatte sich in die krepppapierne Haut eingegraben. Sidney Grice tauchte atemlos auf. Er zückte ein Klappmesser und sägte los, doch das Tau war zäh, und es dauerte mehrere Minuten, ehe er die letzten Fasern durchtrennt hatte.

Ihr Körper war sehr warm, aber schlaff.

»Ich hab nicht begriffen ...« Ich hielt inne. »Sie hat vom Fallen geredet. Ich dachte, sie meinte ...«

Mein Vormund berührte mich an der Schulter. »Sollte es einen segensreichen Gott geben, dann ist sie glückselig, wenn nicht, ruht sie nun in Frieden.« Er reichte mir ein großes weißes Taschentuch mit eingestickten Initialen – DB. Ich brauchte keins, nahm es aber, weil ich wusste, dass er mich zu trösten versuchte.

Ich zupfte ein paar Zweige von ihrem Ärmel ab, und Sidney Grice hob die alte Haushälterin hoch, als wäre sie ein Kind, schob ihr seinen linken Arm unter die Schultern und seinen rechten unter die Kniekehlen und trug sie in ihr Zimmer zurück. Wir legten sie aufs Bett, und ich schloss ihr die Augen und legte ihre Arme über Kreuz, während er mit seinem Gehstock ihre Perücke aus dem Baum angelte. Ich hob ihren Kopf an, um sie ihr aufzusetzen, brachte aber nur ein Zerrbild der Frau zuwege, der wir vor wenig mehr als einer Stunde begegnet waren. Ich betete leise, und obgleich er respektvoll stillstand, bewegte mein Vormund seine Lippen nicht.

»Ich werde mich um einen Bestatter kümmern«, sagte er mit bleichem Gesicht. Später, in einem stetig schaukelnden Hansom, fragte er: »Wo haben Sie von der Frau gelesen, die ein Regiment getötet hat?«

»Wahrscheinlich war ich verwirrt.«

»Ja, wie so oft.« Er hustete und fuhr sich hastig ans Auge. »Vielleicht hatte Miss Flower recht, und ich bringe wirklich Leute um.«

»Das waren nicht Sie. Unser aller ach so christliche Welt hat sie umgebracht.«

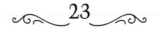

KALI UND DER ZAHNSTOCHER

Wir fuhren nach Hause. Sidney Grice zog sich in sein Studierzimmer zurück und ich mich auf meine Stube.

Ich las deinen Brief, jenen, den du mir schriebst, als man dich in die Berge schickte. Einige britische und indische Reisende waren in diesem Landstrich verschwunden, und es hielten sich Gerüchte, der Thuggee-Kult sei dort wieder aufgelebt. Die Thuggees, so erzähltest du mir, seien Straßenräuber, die ihre Taten aus fanatischer Hingabe zu Kali begingen, der Göttin der Finsternis und des Todes. Ihr Vorgehen sei stets das gleiche: Sie suchten die Freundschaft von Reisenden, gewannen ihr Vertrauen, um sie schließlich mit geknoteten Tüchern zu erdrosseln. Anschließend verstümmelten sie die Leichen und entledigten sich ihrer in Brunnen.

Du hattest Angst, sie nicht zu finden, ihnen nicht die Stirn bieten zu können. Ich fürchtete, dass es dir gelänge. Natürlich bangte ich, du könntest getötet werden, doch meine größte Angst war, du könntest jemanden töten. Ich mochte mir nicht vorstellen, dass du zu so etwas fähig wärst. Diese großen Hände, die mein Gesicht so zärtlich bargen, waren nicht die eines Mörders.

Zu Abend aßen wir wie immer zu zweit – kalte Kartoffeln und in Essig schwimmenden Salat. Mein Vormund hatte sich in einige seiner alten Fallnotizen vertieft, also wandte ich mich Tennysons *In Memoriam* zu. Zuweilen fand ich Trost darin, doch nicht heute Abend – die Zweifel und Hoffnungslosigkeit dieser Verse lasteten schwer auf meinem Herzen.

»Ha«, stieß Sidney Grice triumphierend hervor. »Wenngleich in unseren grünen, unerquicklichen Landen neun Todesfälle durch Distickstoffmonoxid verbürgt sind, gingen vier davon auf das Konto stümperhafter Zahnärzte, weitere vier waren versehentliche Überdosen bei Festivitäten und einer ereignete sich auf offener Bühne in Piccadilly. In Silas Braithwaites Fall könnte es sich um den ersten je dokumentierten Mord oder Selbstmord durch Lachgas handeln. Was mir durchaus zur Ehre gereichen würde, meinen Sie nicht auch?«

Besser geliebt und verloren als überhaupt nicht geliebt. Ich schloss das Buch. »Wie schön für Sie«, antwortete ich.

»Danke, March.« Er schlug sich auf die Knie.

»Und wie viele Fälle betagter Haushälterinnen, die sich aufhängen, sind Ihnen bislang untergekommen?«, fragte ich verbittert. Mein Vormund pustete etwas Luft durch die Lippen.

»Ach, die gibt's wie Sand am Meer.« Er pfriemelte sein Auge heraus. »Selbst die Lokalzeitungen geben sich mit Derartigem nur ab, wenn sonst nichts passiert.«

Meine Salatblätter waren löchrig vom Schneckenfraß.

»Was also« – er verstaute das Auge in seinem Samtbeutel – »lässt sich über Mr Slabs unerfreuliches Ableben sagen?«

»Dass er vermutlich mit Strychnin vergiftet und sehr wahrscheinlich in Formalin ertränkt wurde«, sagte ich.

»Es erfreut mich zu hören, dass Sie Ihre Mutmaßungen mit einem Vorbehalt versehen.« Er zog eine schwarze Augenklappe aus seinem Jackett. »Und wie ist er vergiftet worden?«

»Mit den Pralinen.« Ich tupfte mit der Ecke meiner Serviette etwas Graues von einem Blatt und fügte hastig hinzu: »Vermutlich.«

»Vermutlich nicht.« Flink band er sich die Klappe um den Kopf. »Ich habe eine davon zu Analysezwecken behalten und den Rest Molly geschenkt. Schon vor einer Stunde hat sie sie aufgesogen wie McGaffeys neue Vakuummaschine, und nach den schrill missglückten Versuchen kultivierter Sprachverwendung zu urteilen, die über den Schacht des Speiseaufzugs heraufdringen, ist sie putzmunter wie eh und je.«

Obgleich ich nichts im Mund hatte, musste ich schlucken. »Sie haben Molly als Versuchskaninchen benutzt?« Er winkte ab.

»Seit Molly hier arbeitet, hat sie, ohne es zu wissen – oder daran Schaden zu nehmen –, bereits fünf verdächtige Substanzen getestet. Allerdings war sie entsetzlich ausgelassen, nachdem ich ihr einen Extrakt der Blätter von *Cannabis indica* verabreicht hatte.«

Ich wusste um die Vergeblichkeit, mit ihm über Moral zu streiten, und ließ es also bleiben. »Und was denken Sie, wie er vergiftet wurde? Mit der Spritze?«

»Das scheint mir am wahrscheinlichsten.« Er richtete seine Augenklappe. »Wenn Sie aufgepasst haben, werden Sie sich vielleicht entsinnen, wie ich die verblichene Miss Flower über die Spritze befragt habe, woraufhin diese mir versicherte, sie nicht verbogen zu haben.«

»Sie kann sich auch beim Herunterfallen verbogen haben.« Ich schnitt eine schwarze Stelle aus meiner Kartoffel.

»Wir haben nicht bewiesen, *dass* sie überhaupt heruntergefallen ist.« Mein Vormund trommelte mit den Fingerspitzen auf seiner Stirn. »Und selbst wenn dem so war, wurde die Nadel S-förmig gekrümmt, was darauf schließen lässt, dass es während der Injektion zu einem heftigen Kampf kam. Und da wohl keines von Mr Slabs Präparaten zu aktivem Widerstand fähig gewesen wäre, ist zu vermuten, dass er selbst die Spritze verabreicht bekam.«

Ich schnitt eine weitere Kartoffel auf, die jedoch noch schlimmer aussah. »Aber wenn man ihm Strychnin gespritzt hat, wäre er doch in einer oder zwei Minuten gestorben. Warum ihn dann noch in das Becken hieven?«

Sidney Grice nahm die Karaffe und goss sich Wasser ein. »Damit wir sehen, dass man ihn ermordet hat. Einem gesunden Menschen wäre es schon nicht leicht gefallen, eine einen Meter achtzig hohe Glaswand zu erklimmen, und die Trittleiter stand mindestens drei Meter entfernt. Die qualvollen Muskelkontraktionen, die Strychnin hervorruft, machen es schlicht unmöglich. Es sei denn, wir zögen in Betracht, dass er ohne fremde Hilfe in den Behälter geklettert ist – und Mr Slab war einundachtzig Jahre alt, wohlgemerkt – und sich anschließend selbst das Gift injiziert hat.«

»Kaum wahrscheinlich.« Ich schob die Kartoffeln beiseite.

»Wieso, glauben Sie, hat Mr Slab seiner Bediensteten eine derart luxuriöse Unterkunft gewährt?«

Die Haut meiner Tomate war runzlig.

»Ich kann mir nicht vorstellen, dass hier etwas Ungehöriges vor sich ging«, antwortete ich.

»Ich ebenso wenig. Vermutlich war Mr Slab, wie Miss Flower gesagt hat, einfach nur ein netter Mensch, und nette Menschen sind oft dankbare Opfer.«

»Zu Tieren war er nicht sehr nett.«

»Der sanfteste Mensch, mit dem ich bekannt bin, reist jeden Sommer nach Spanien, um Männern mit albernen Hüten dabei zuzuschauen, wie sie Stiere aufspießen.« Er ballte die Faust. »Verflixt, March. Wieso scheint nichts zusammenzupassen? Was entgeht mir?«

»Eine gute Köchin«, erwiderte ich. »Mehr kann ich nicht dazu sagen. Wieso waren Sie so grob zu Rosie Flower?«

»Um herauszufinden, ob sie die Wahrheit sagte, als sie meinte, sie habe nur sauber machen wollen. Schuldige reagieren gereizt in solchen Situationen. Für gewöhnlich werden sie renitent, und beinahe immer versuchen sie, einen niederzustarren, oder blicken zu Boden. Miss Flower wirkte bekümmert und verwirrt, sagte aber nichts, was sie belastet hätte.«

Ich drehte den Teller, doch auch aus diesem neuen Winkel sah mein Essen nicht schmackhafter aus.

»Ich habe eine Nachricht von Dr. Berry erhalten«, ließ Sidney Grice mich wissen, während ich mich zwang, eine vertrocknete Gurkenscheibe zu essen. »Morgen in aller Frühe erwartet sie die Ergebnisse.« Mit einem theatralischen Schwung bohrte er seine Gabel in ein Radieschen. »Sie werden sich also tagsüber allein beschäftigen müssen.«

»Wird es denn den ganzen Tag dauern?«, fragte ich ihn, während er auf einer welken Selleriestange herumkaute.

»Nun«, gestand er, »ich habe ihr versprochen, sie zum Lunch auszuführen, um den Fall eingehend zu besprechen, und anschließend werde ich Mr White senior von White, Adams and White konsultieren. Vielleicht findet sich eine Klausel, die es Baronin Foskett gestattet, ihren Verein aufzulösen.«

»Aber Baronin Foskett möchte ihren Verein doch gar nicht auflösen.«

»Baron Foskett hat mir das Leben gerettet« – mein Vormund stach so vehement auf seine Tomate ein, dass der Saft auf seine Serviette spritzte –, »und ich habe die heilige Pflicht, das seiner Witwe zu retten.«

»Was ist geschehen?«

»Meine Tomate ist geplatzt.«

»Nein, ich meinte …«

»Davon abgesehen«, fiel er mir ins Wort, »bin ich mir recht sicher, dass Baronin Foskett in großer Angst lebt.«

»Warum statten Sie ihr dann nicht noch einen Besuch ab?«

Er nahm einen Schluck Wasser. »Heute Morgen habe ich ihr geschrieben und umgehend Antwort erhalten. Die Baronin hat sich bereit erklärt, mich übermorgen zu empfangen, allerdings nur unter der Bedingung, dass Sie mich begleiten.«

Ich knabberte an einem Stängel Brunnenkresse. »Sie möchte wohl über die neueste Mode aus Paris mit mir plaudern.«

Sidney Grice sah grübelnd drein. »Das halte ich für höchst unwahrscheinlich.«

»Ich Dummerchen.« Ich klapste mir selbst auf den Handrücken.

»Wie wahr«, bestätigte er.

Ich hätte ihm sagen können, dass er Tomatensaft an der Wange hatte.

»Apropos Besuche, wäre es nicht an der Zeit, dem anderen weiblichen Vereinsmitglied einen abzustatten?«

»Oh, ja.« Er blickte zur Decke empor. »Der angeblich so gnadenlosen und verstörend jungen Miss Primrose McKay.« Mein Vormund ließ seine Nägel klackernd über die Karaffe gleiten. »Vielleicht interessiert es Sie, dass ich Neuigkeiten von Pound erhalten habe, als Sie oben in Ihrem Zimmer weilten.«

»Aber gewiss tut es das.«

Bildete ich es mir nur ein, oder zögerte er und mied meinen Blick?

»Wie es scheint«, hob er an und glättete eine Falte im Tischtuch, »weilt der Inspektor nicht mehr unter …« – ich ließ mein Messer fallen, der Raum verschwamm vor meinen Augen, und seine Stimme tönte so dumpf, dass ich ihn kaum mehr verstehen konnte – »den Patienten des London Hospital, sondern ist ins University College Hospital verlegt worden.« Ich musste mich auf die Armlehnen meines Stuhls stützen. »Und da es eine höhere, aber widrige Macht offenbar so will, dass wir heute Abend über nichts anderes als Besuche reden, lasse ich Sie hiermit wissen, dass die Liston-Station allabendlich und an so manchem Morgen für den öffentlichen Ansturm freigegeben ist.«

»Vielen Dank«, flüsterte ich.

»Keine Ursache.«

»Ich habe zu Gott gesprochen«, raunte ich und griff wieder nach meinem Messer.

»Lassen Sie mich wissen, wenn er antwortet.« Er drehte ein Stück Gurke um.

»Er hat es bereits getan«, sagte ich.

24

DAS GEBURTSTAGSGEMETZEL

Das Pferd strauchelte in jeder Pflastersenke und konnte kaum die Beine über die Huckel heben.

»Ist Miss McKay sehr reich?«, fragte ich, während mein Vormund seine Versuche aufgab, sich Tee einzugießen.

»Vor acht Jahren«, er rammte mit dem Handballen den Korken in die Warmhalteflasche, »wurde Primrose McKay Alleinerbin eines beträchtlichen Vermögens. Die Säckel ihres verblichenen Vaters waren bis an die Grenze krankhafter Fettsucht aufgebläht, kein Wunder bei all den mit Schweinefleisch, Knorpel und Sägemehl gefüllten Därmen, die seine Fabrik ausstieß.«

»Mir läuft das Wasser im Mund zusammen«, sagte ich.

»Das war nicht meine Absicht.«

Unser Pferd stolperte, konnte aber gerade noch Tritt fassen. Beinahe wären wir über den Schlag geflogen.

Sidney Grice klopfte an die Decke. »Passen Sie doch auf, Mann.«

»Ihr Pferd hat eine Rast nötig«, rief ich, und die Luke flog auf.

»Hat ordentlich Senge nötig.« Der Kutscher knallte mit seiner Peitsche. »Fauler nutzloser Klepper, das.«

»Sie sollten es vielleicht mit Füttern probieren«, gab ich zurück. Er schlug die Luke zu.

»Glauben Sie an die Geschichte, dass sie an ihrem zehnten

158

Geburtstag eine Sau getötet hat?« Ich klammerte mich an meine Halteschlaufe, als wir um eine Ecke bogen.

»Als ich siebenundsechzig das Verschwinden von Canasta – Lord Merrows preisgekröntem Zuchtschwein – untersuchte, befragte ich einen Schlachter, und der erwähnte, er habe die Sau für die kleine Miss McKay festgehalten.«

»Was für ein widerliches Geschöpf.«

Er griff nach seinem Ranzen, der vom Sitz zu rutschen drohte. »Heuchler sind stets von anderer Leute Mangel an Heuchelei abgestoßen. Gegen das Töten von Schweinen zu Ihrem eigenen Nutzen haben Sie doch nichts einzuwenden.«

»Ja, aber eine solche Tat zu genießen und noch dazu als junges Mädchen …« Ich sprach nicht weiter, weil mich der Gedanke erschreckte.

Mein Vormund verstaute seine Flasche. »Kein liebenswürdiger Zug, das gebe ich gern zu, aber er macht sie nicht zur Mörderin.«

»Doch wahrscheinlich verdächtig.«

Er schnaubte. »Weniges ist so unwahrscheinlich wie wahrscheinlich Verdächtige.« Und während ich darüber nachdachte, blieben wir stehen, um einen Leichenzug vorbeizulassen.

Als wir schließlich den Fitzroy Square erreichten, war das Pferd so abgekämpft, dass der Kutscher an den Rand fahren und uns aussteigen lassen musste. Eine nasskalte Stille erfüllte die Luft.

»Bist Katzenfutter, eh der Tag rum ist, wennste nich' voranmachst.« Der Kutscher drosch sinnlos auf seine Stute ein. Das Tier sackte in die Knie.

»In der Hölle gibt es ein stinkendes Loch für Leute wie Sie.« Ich bebte vor Zorn, er aber lachte spöttisch.

»Da wohn ich doch längst, Schätzchen. Heißt Peckham.«

»Sollte ich Sie je wieder auf der Gower Street sehen, lass ich Ihre Lizenz einziehen.« Sidney Grice warf ihm sein Fahrgeld zu.

»Hatte eh nie eine«, rief uns der Mann hinterher. »Also

denkt bloß nich' ...«, doch seine Stimme ging im Krächzen eines Zeitungsverkäufers unter: »Unsere tapferen Jungs trotzen den Russen in Indien.«

Meinem Vormund schauderte. »Wusst ich's doch, dass ich den Zar hätte töten sollen, als ich dazu Gelegenheit hatte.«

Ich sah ihn skeptisch an, aber er schien nicht zu scherzen. »Glauben Sie, es wird wieder Krieg geben in Afghanistan?«

»Ohne jeden Zweifel. Und sobald wir ihn gewonnen haben, sollten wir nach Moskau durchmarschieren.«

Miss Primrose McKay wohnte in einem stattlichen Haus gleich hinter dem Platz, dem dritten in einer eleganten georgianischen Zeile, mit weißer Fassade und weinroter Eingangstür.

»Was sehen Sie?«, fragte Sidney Grice, und ich blickte mich um.

»Der Gehsteig ist uneben.«

»Gut. Und welchen Schluss ziehen Sie daraus?«

Ich zog meinen Umhang enger um mich. »Er muss ausgebessert werden.«

Er schnalzte mit der Zunge. »Erkennen Sie ein Muster?«

»Ich kann keines erkennen.« Mein Umhang war feucht und schwer.

Mein Vormund seufzte. »Alles hat ein Muster, und sei es willkürlich entstanden. In diesem Fall ist es das nicht. Die Platten sind nahe bei den Kohlenschütten, wo viele Jahre lang Brennstoffsäcke achtlos abgeworfen wurden, geneigt oder gar geborsten. Vor diesem Anwesen ist der Gehsteig unversehrt, was bedeutet ...«

Ich überlegte in Windeseile. »Entweder lassen sie sich keine Kohlen liefern – unwahrscheinlich bei einem so prächtigen Haus –, oder die Dienstboten sind sehr wachsam.«

»Und wie werden wir die wahrscheinlichere Folgerung untermauern?«

»Indem wir die Wachsamkeit der Dienstboten auf die Probe stellen.« Ich drehte an der Klingel und hatte kaum losgelassen, als ich zwei Riegel zurückgleiten hörte.

»Nachweis erbracht«, sagte ich, und mein Vormund legte den Gehstock an seine Schulter.

»Sofern man die Vielzahl anderer Interpretationen ausblendet, die einem sofort in den Sinn kommen sollten.«

Uns trat ein Diener in grün-goldener Livree entgegen – groß gewachsen und wuchtig gebaut mit pockennarbigem Gesicht.

»Thurston Gates.« Sidney Grice hob seinen Stock, wie darauf gefasst, ihn einzusetzen.

»Mr Grice.« Der Diener blickte uns eisig an. »Mir wurde gesagt, ich hätte mit Ihnen zu rechnen.«

Mein Vormund ließ seinen Stock sinken. »Bedauerlich nur, dass Sie nicht mit mir gerechnet haben, als ich Ihre Schutzgeldmasche auffliegen ließ.«

Thurston grinste schief. »Es war ein Versicherungsangebot. Man konnte mir nichts nachweisen.«

»Nur weil die Ladenbesitzer solche Angst vor Ihren Brüdern hatten.« Sidney Grice zog seine Stiefelsohle über den Fußabstreicher. »Leider können wir nicht den ganzen Tag in Erinnerungen schwelgen.«

Der Diener trat grummelnd zurück, um uns einzulassen.

25

TOTE HUNDE UND TANZENDE MANDARINE

Man führte uns in ein Musikzimmer mit hohen Decken, einer großen Fensterfront und zurückgezogenen, elfenbeinfarbenen Vorhängen. Durch den Voile sah ich ein Labyrinth aus quadratisch angelegten Buchsbaumhecken, in dem sich konzentrische Kreise wanden.

Auf dem Parkettboden waren Stühle aufgereiht, wie für eine Soiree, die auf ein leicht erhöhtes Podium ausgerichtet waren. Darauf saß, umringt von leeren Notenständern, Miss Primrose McKay an einem raumgreifenden Flügel mit Palisanderintarsien und übte stochernd mit einem Finger Tonleitern. Ihre Körperhaltung hatte etwas Gekünsteltes, wie sie den linken Ellbogen auf den geschlossenen Deckel stützte, die Stirn in einer Schmerzenspose in der gespreizten Hand hielt. Ihr altrosafarbenes Kleid war zu einem wallenden Bausch drapiert, wie für einen Porträtmaler. Als Thurston unsere Namen nannte, blieb sie einfach sitzen und hob noch nicht einmal den Kopf.

»Mr Grice«, sagte sie, als wäre ich nicht anwesend. »Ich dachte schon, Sie würden gar nicht mehr kommen.«

»Wir haben uns nur fünf Minuten verspätet«, gab ich zurück, während wir durch die Stuhlreihen auf sie zugingen.

Sie hieb dreimal auf das eingestrichene C ein. »Versuchen

Sie mal, fünf Minuten die Luft anzuhalten, und dann sagen Sie mir, ob das keine lange Zeit ist.«

»Warten Sie, bis man Ihnen sagt, Sie hätten noch fünf Minuten zu leben, und dann sagen Sie mir, ob das eine lange Zeit ist«, entgegnete ich, und aus ihrem rechten Auge traf mich ein offen feindseliger Blick.

Auf einem ovalen Tisch an ihrer Seite stand eine gefüllte Champagnerschale aus Ätzglas, daneben lag ein Fächer.

»Die wenigsten Frauen sind mit Verstand *und* Schönheit gesegnet.« Ihre Stimme war rau und spröde. »Mir scheint, Sie verfügen weder über das eine noch über das andere.«

»Wahre Schönheit bedeutet viel mehr als gutes Aussehen«, sagte ich.

»Wer hat Ihnen denn das erzählt?«

Mein Vater, und auch Edward, doch ich würde die beiden ihrem Spott nicht preisgeben.

»Ich sehe hier nur einen hässlichen Menschen«, erklärte ich, als wir wenige Meter vor ihr stehen blieben.

»Sie müssen nur in den Spiegel blicken.« Sie musterte mich von oben bis unten. »Haben Sie dieses Kleid selbst genäht?«

»Sie …«, hob ich an, doch Sidney Grice ergriff mein Handgelenk.

»Das Ableben Ihres Hundes tut mir leid«, sagte er. Sie ließ einen misstönenden Akkord erklingen.

»Woher wissen Sie …«

»Ihr Medaillon. Niemand trägt das Bild eines lebenden Haustiers zur Schau, und die Haare darin sind nicht ausgeblichen, was bedeutet, dass Sie ihn erst jüngst verloren haben. Überdies betrauern die wenigsten ein Tier länger als fünf Monate.«

Primrose McKay neigte den Kopf eine winzige Spur zur Seite. »Sie sind sehr aufmerksam.«

»Das ist mein Beruf«, sagte er.

»Ach ja, fast wäre es mir entfallen. Sie *arbeiten*, wie unsäglich ordinär«, erwiderte sie und nahm einen Schluck Champagner.

»Sie meinen wohl, dass ein müßiges und maßloses Leben Sie in irgendeiner Weise adeln würde«, versetzte ich. Mein Vormund fuhr sich ans Auge, um es geradezurücken.

»Ich gebe mich nicht nur der Muße hin.« Sie warf den Kopf zurück, auf eine seltsam bedächtige Art. »Ich bin Eigentümerin einer beträchtlichen Zahl von Rennpferden und eines Gestüts in Suffolk, oder wie auch immer dieser Ort heißen mag.«

Zumindest gab es eine Leidenschaft, die wir teilten. Wenngleich ich mir keine nennenswerten Wetteinsätze leisten konnte. »Und haben Ihre Pferde schon etwas gewonnen?«

»Bisher noch nicht.« Sie schürzte ihre blassrosa Lippen. »Aber sie werden gewinnen, das steht fest. Außerdem« – sie warf mir eine Kusshand zu –, »haben Adlige es ja wohl kaum mehr nötig, geadelt zu werden.« Sie ließ einen Triller erklingen.

»Auf die bescheidenen Anfänge Ihres werten Vaters als Schweinehirt werde ich Sie kaum hinweisen müssen«, merkte mein Vormund an, worauf sie mit der Handfläche auf die Tasten eindrosch. »Was ist mit der anderen Figur geschehen?«

»Was?«, fauchte sie. Er zeigte auf die gelb, grün und weiß bemalte Skulptur eines Chinesen in exotischem Gewand, die vor dem Wandspiegel auf einem schwarzgoldenen orientalischen Tischchen stand.

»Sui-Dynastie aus Henan«, dozierte er. »Ich habe erst ein Dutzend dieser tanzenden Mandarine gesehen, und keinen in solch tadellosem Zustand. Keiner dieser Nobelmänner würde je ohne seine Dame tanzen, und ich kann mir schwer vorstellen, dass Sie sich die andere Figur nicht leisten konnten.«

»Ach, das alte Ding.« Miss McKay machte sich nicht einmal die Mühe, seinem Fingerzeig zu folgen. »Keine Ahnung. Papa hat auf seinen Reisen eine Menge Plunder gesammelt. Ein trotteliges Dienstmädchen hat die Dame zerbrochen. Selbstverständlich habe ich sie dafür ausprügeln lassen.«

»Sie haben Ihr Dienstmädchen verprügeln lassen?« Ich hatte mich wohl verhört.

»Sie werden wohl kaum erwarten, dass ich es selbst tue, oder?« Mit einer einzigen geschmeidigen Bewegung erhob sie sich vom Klavierhocker. »Und obendrein bereitet Thurston sein Tun doch solche Freude, und er versteht sich meisterlich darauf, keine Spuren zu hinterlassen.«

Primrose McKay war groß gewachsen und schlank, eine vornehme Blässe betonte ihre fein geschnittenen Züge, und das lange blonde Haar hatte sie so zur Seite gekämmt, dass es über die linke Seite ihres Gesichts und fast bis auf die Brust fiel. Wäre sie mir nicht ohnehin schon unerträglich gewesen, spätestens für dieses Haar hätte ich sie gehasst. Meines ist braun und kräuselt sich an den Spitzen. Ihres funkelte im Lichtschein wie Goldfäden.

Mein Vormund tat einen Schritt auf sie zu und sagte: »Der Klub des letzten Todes.« Er studierte sie aufmerksam.

»Was ist damit?« Sie griff nach ihrem Fächer.

»Wieso sind Sie eingetreten?«

Kühl erwiderte sie seinen Blick. »Warum sollte ich nicht ein wenig Spaß haben?«

»Weil es bei dieser Art von Spaß allein um Geld geht – was Sie als Alleinerbin des McKay-Vermögens gewiss nicht nötig haben – wohingegen er Sie sehr wohl das Leben kosten könnte.«

Miss McKay schlug den Fächer auf und brachte einen jadefarbenen Karpfen zum Vorschein, der unter rosa schillernden Blüten schwamm. »Es tut mir leid, Ihnen widersprechen zu müssen, Mr Grice. Der Verein hat mir jenen Lebensmut zurückgegeben, der mir mit dem Tod meines geliebten Vaters genommen wurde.« Sie schaute über den Rand des Fächers zu ihm hinab. »Zudem kann diese Mitgliedschaft schwerlich mein Hinscheiden zur Folge haben. Schließlich stehe ich ja unter Ihrem Schutz.«

»Ich bin nicht Ihr Leibwächter.«

Sie fächelte sich eine Fliege von der Stirn, und der Lufthauch hob ihr Haar. Zuerst hielt ich es für einen Schatten, doch dann erkannte ich, dass es ein Muttermal war, ein dunkler Fleck rings um das linke Auge, der sich über ihre gesamte Wange bis zum Ohr und zu ihrer Oberlippe zog.

»Dessen bin ich mir durchaus bewusst.« Ihr Ton wurde barsch. »Doch die Tatsache, dass Sie meinen Mörder mit Sicherheit fassen würden, wäre für jeden halbwegs verständigen Mann allemal Abschreckung genug.«

Ihr Haar fiel wieder zurück.

»Vorausgesetzt, der Mörder ist ein Mann und halbwegs bei Verstand«, merkte ich an, unfähig, meinen Blick von ihrem Makel abzuwenden. Sie sah aus wie eine kostbare Porzellanpuppe, die in den Dreck gefallen war. »Sie werden sich doch wohl im Klaren darüber sein, dass Ihr Tod für alle anderen Vereinsmitglieder eine profitable Angelegenheit wäre.«

Miss McKay kniff langsam die Augen zusammen, bevor sie sagte: »Mein Tod wird stets für irgendwen profitabel sein, Miss Middleton. Auch meine verabscheuenswerte jüngere Schwester konnte mein Ableben kaum erwarten, also habe ich sie einweisen lassen. Als Nächstes wäre ein Vetter aus Kanada an der Reihe gewesen, den jedoch ein angeschossener Grizzlybär in Stücke riss.« Sie hieb sich die Fliege vom Ärmel, die trudelnd in ihrem Champagnerglas landete. »Darüber hinaus« – sie wandte sich träge um, um den Todeskampf des Insekts zu studieren – »sollen die überlebenden McKays doch über mein Vermögen herfallen wie Piranhas über ein totes Pferd.«

»Sie sind reichlich jung, um Mitglied in einem solchen Klub zu sein«, stellte Sidney Grice fest. »Wieso sollten die anderen Mitglieder denken, sie könnten Sie überleben?«

Miss McKay rekelte sich gelangweilt. »Die Wände meines Herzens sind dünn wie Seidenpapier.« Sie stieß die Fliege mit der Fingerspitze unter die Oberfläche. »Schon die geringste Anstrengung könnte sie zerreißen. Die angesehensten Ärzte Londons haben mir dies mit Brief und Siegel attestiert.«

»Dann sollte es doch ein Leichtes sein, Ihnen den Garaus zu machen.« Sidney Grice schlenderte hinüber zu einem Violoncello, das mit ausgefahrenem Stachel an einem Birkenregal lehnte.

»Das könnte man wohl meinen.« Miss McKay schenkte ihm ein zuckersüßes Lächeln. »Aber ich habe mir einen klugen Plan zurechtgelegt.«

»Kluge Pläne sind selten klug.« Sidney Grice zupfte die A-Saite. »Jede Idee ist schon millionenfach gedacht worden. Und wenn Sie tatsächlich zu einem originellen Gedanken fähig wären, würden Sie Ihre Tage nicht damit vergeuden, herumzufaulenzen wie ein Seehund beim Sonnenbad.«

Miss McKays Mund strafte sich, und die rechte Seite ihrer Oberlippe erbleichte. »Ich hätte große Lust, Ihnen für diese Unverschämtheit eine Tracht Prügel verpassen zu lassen.«

»Ihr Lakai hat schon einmal versucht, mir wehzutun.« Er drehte den Wirbel und zupfte die Saite erneut. »Und es käme Ihnen gewiss ungelegen, wenn ich ihn abermals außer Gefecht setzen müsste.«

Miss McKay stierte meinen Vormund an. Er hatte die Saite auf ein B gestimmt.

»Gestatten Sie die Frage, wie Ihr Plan aussieht?«, erkundigte ich mich, während sie ihr Glas hob und den Blick zur Decke wandte. »Ich werde warten, bis alle anderen Mitglieder bis auf einen tot sind und Letzterer verhaftet ist. Wenn es in diesem Tempo weitergeht, werde ich nicht sehr lange warten müssen.«

»Einige Ihrer Vereinskollegen hatten ebenfalls geglaubt, die Sache aussitzen zu können«, wandte ich ein, »und haben für diesen Irrtum teuer bezahlt.«

»Allesamt Schafe.« Ihr Hals war lang und weiß, gleich über ihrem Kragen aber sah ich ein weiteres dunkles Mal. »Sie haben einfach nur dagesessen und sich ihrem Schicksal ergeben, doch ich, ich habe einen Pakt mit dem Wolf geschlossen.«

»Glauben Sie wirklich, dass Thurston Gates Sie beschützen wird?« Sidney Grice zupfte ein Cis und zeigte sich mit dem Ergebnis zufrieden. »Er wird Ihnen auf der Stelle in den Rücken fallen, sobald ihm jemand auch nur einen Penny mehr bietet.«

Er suchte sich einen Bogen aus und drehte an der Schraube, um das Haar zu spannen.

»Und genau hier liegen Sie leider falsch, Mr Grice«, säuselte Primrose McKay. »Ich habe Thurston so manches mehr zu bieten als nur Geld.« Sie wand sich lasziv. Mein Vormund sah sie angewidert an.

»Welche Art Vergnügen könnte Ihnen dieser Klub denn schon bereiten?«, fragte ich. Der Champagner in ihrem Glas schlug kleine Wellen.

»Es mag Ihnen, die Sie weder über gutes Aussehen, Stil noch Geld verfügen, schwerfallen, sich auszumalen, wie das Leben eines Menschen aussieht, dem all dies in die Wiege gelegt wurde. Schönheit, Reichtum, Geschmack und Verstand sind eine solche Bürde, so sterbenslangweilig.«

»Wie halten Sie das nur aus?«, fragte ich, worauf sie ohne erkennbare Ironie zurückgab: »Nun, es ist wohl meine Pflicht, aber selbst ich brauche etwas Zerstreuung, und der Tod amüsiert mich nun mal.« Sie tauchte Zeigefinger und Daumen ins Glas und fischte die Fliege heraus.

»Dann lassen Sie uns hoffen, dass Sie sich totlachen«, bemerkte ich, doch sie blies meine Worte fort, als wären sie Zigarettenqualm.

»Machen Sie sich darüber keine Sorgen, Miss Middleton. Ich habe nicht die Absicht, zu sterben.«

»Jeder stirbt«, entgegnete ich.

»Ja, aber ich bin nicht jeder.« Sie warf sich die Fliege in den Mund, kaute zweimal und schluckte sie hinunter. »Ich will nicht sterben, und was ich nicht will, das tue ich auch nicht.«

Sidney Grice legte den Bogen zur Seite und sagte, ohne die Stimme zu heben: »Sie dürfen uns jetzt hinausgeleiten, Thurston.«

Augenblicklich trat der Diener an unsere Seite, stolzierte überheblich vor uns her und wies uns den Weg. »Die hat Ihnen aber gezeigt, wo Sie hingehören«, brummte er, während er meinem Vormund die Tür öffnete.

»Wenigstens weiß ich, wo mein Platz ist«, erwiderte Sidney Grice. Thurston wurde puterrot im Gesicht.

»Oh, welch bitt'rer Niedergang«, spottete ich, als wir auf der Treppe standen. »Vom Meisterverbrecher zum katzbuckelnden Lakaien.«

Wutentbrannt hielt Thurston Gates mir einen Finger vor die Nase. »Eines Tages wirst du es sein, die katzbuckelt, Kleine!«

»Aber gewiss nicht vor Ihnen«, entgegnete ich. Dann schlug er die Tür zu.

»Es gab Zeiten, da hätte Thurston Ihnen den Hals dafür umgedreht«, sagte mein Vormund, »aber dieser Tage ist er gezwungen, sich zurückzuhalten. Ich nehme an, dass Miss McKay ihn großzügig dafür entlohnt.« Er winkte einem Kutscher, doch die Droschke hielt für zwei Männer in den karierten Röcken des Campbell-Klans. »Mit Thurston an ihrer Seite werden sich nur wenige trauen, ihr zu widersprechen.«

»Eine schreckliche Frau«, schimpfte ich, während eine ganze Reihe besetzter Hansoms an uns vorüberpolterte.

»Ausnahmsweise teile ich Ihre Einschätzung voll und ganz.« Sidney Grice reckte seinen Stock in Richtung einer freien Droschke, doch der Lenker würdigte ihn keines Blickes. »Dennoch wünschte ich, es gäbe mehr von ihrer Sorte.« Noch ein Hansom rumpelte vorbei, als wäre mein Vormund unsichtbar. »Ein Viertel aller Probleme dieser Welt werden von reichen Damen verursacht, die sich unbedingt nützlich machen wollen und dabei nur für Unruhe sorgen. Oh, verflucht, noch eine.«

Ich legte Zeige- und Mittelfinger an die Lippen und stieß einen gellenden Pfiff aus. Mein Vormund starrte mich verdutzt an. »Wieso kommt mir gerade das Wort *Waschweib* in den Sinn?«.

»Immerhin hat es seinen Zweck erfüllt«, erwiderte ich, als der Kutscher an seinen zerbeulten Bowler tippte, scharf bremste und die Droschke zu uns zurück lenkte.

26

MELTON MOWBRAY
UND LUCINDA

Ich bahnte mir meinen Weg durch überfüllte Flure zur Liston-Station des University College Hospital. Robert Liston war mir durch meinen Vater bekannt, der ihm bei seiner Arbeit zugesehen hatte: der eines Chirurgen, welcher sich rühmte, ein Bein in weniger als dreißig Sekunden amputieren zu können. Liston war ein begnadeter Selbstdarsteller, aber tatsächlich sehr fähig. Je rascher in jenen Tagen vor Einführung der Narkose operiert wurde, desto wahrscheinlicher überlebte der Patient den Schock. Ärgerlich nur, dass Liston Hygiene gering schätzte – viele seiner Patienten starben später an Infektionen.

Auf jeder Seite der langgestreckten Station standen etwa dreißig Betten, die meisten waren von Besuchern umringt. Manche Patienten aber lagen bedrückt allein da, andere schliefen und nahmen ihre weinenden Angehörigen nicht wahr.

Inspektor Pound lag im letzten Bett zur Linken unter einem Fenster. Eine Frau saß am Kopfende, und ein Mann stand mit dem Rücken zu mir.

»Miss Middleton.« Der Inspektor war grau im Gesicht. »Darf ich Ihnen meine Schwester vorstellen, Lucinda?«

Mein erster Eindruck war Griesgrämigkeit. Ich ging zu ihr, und wir schüttelten uns die Hände. »Ihr Bruder spricht sehr herzlich von Ihnen«, sagte ich. Sie zog ihre Mundwinkel kurz auseinander, eine winzige Frau mit spitzem Kinn, rosigen Wangen und streng zurückgekämmtem Haar.

»Aber Sie hat er nicht erwähnt«, entgegnete sie argwöhnisch.

»Weil es nichts zu erzählen gibt«, versicherte ich ihr und wandte mich Inspektor Pound zu. »Ich habe Ihnen etwas Whisky gegen die Schmerzen mitgebracht.«

»Sie hätten sich nicht bemühen sollen«, sagte er matt.

»Oh, von Mühe kann keine Rede sein. Hab ihn in meiner Handtasche gefunden.«

Er schnaubte belustigt. Die schmalen Lippen seiner Schwester wurden noch schmaler.

»Teufelsgebräu«, erklärte sie, und ich entschied, dass mein erster Einruck zutraf.

»Hat Christus nicht für sein erstes Wunder in Kanaan Alkohol gemacht und ihn beim Abendmahl gesegnet?«

»Ich muss jetzt gehen«, sagte der Mann. Ich schaute hinüber und erkannte Inspektor Quigley.

»Guten Morgen, Inspektor. Und worauf schließen Sie nun – Selbstmordversuch oder Messerunfall?«

Inspektor Quigley lief rot an. »Sie haben schon einen Ruf bei der Truppe weg, Miss Middleton.«

»Hoffentlich einen guten.«

»Die Hoffnung währet ewiglich.« Er nahm seinen Hut vom Bett. »Schönen Tag noch, Pound, Miss Pound, Miss Middleton.«

»Wie nett von ihm, Sie zu besuchen«, sagte ich, als Inspektor Quigley gegangen war. Inspektor Pound runzelte müde die Stirn.

»Wenn ich auch sein Ermittlungsgeschick bewundere, ist doch sehr wenig an meinem Kollegen nett.« Er legte eine Hand auf seinen Bauch und zuckte zusammen. »Er wollte sich nur vergewissern, dass ich ihm in den nächsten Wochen nicht in die Quere komme, und dürfte nun sehr erleichtert sein.«

Das Wehklagen eines Kindes zerschnitt das Stimmengewirr.

»Ich muss aufbrechen, George«, sagte Lucinda mit einem Seitenblick zu mir.

Einem jungen Mann auf der anderen Seite der Station wurde das Betttuch über den Kopf gezogen.

»Bei Miss Middleton bin ich sicherlich in guter Obhut. Wirst du morgen wiederkommen?«

»Wenn ich kann. Es gibt so viel zu tun im Haus.« Sie beugte sich vor und küsste ihn flüchtig auf die Stirn. »Auf Wiedersehen, Miss Middleton.«

Wir gaben uns die Hand.

»Seien Sie nachsichtig mit Lucinda«, sagte Inspektor Pound, als sie außer Hörweite war. »Meine Schwester musste schon mit vierzehn unserem Onkel eine Haushälterin und mir eine Mutter sein. Er war sehr fordernd und ich als Junge nicht eben einfach.«

Ich setzte mich auf den frei gewordenen Stuhl und beugte mich zu ihm vor. In dem Stimmengewirr ringsum verstand man kaum ein Wort. »Warum sollte sie Sympathien für eine Frau hegen, die ihren Bruder fast das Leben gekostet hat.«

»Den Teil habe ich ihr verschwiegen.«

»Es tut mir leid«, sagte ich. »Ich hätte wissen müssen, dass Sie Ihre Arbeit taten.«

Inspektor Pound legte einen Finger an die Lippen. »Sie haben sich zu meinem Schutz geschlagen, als Sie hätten davonlaufen können und sollen. Sie haben meine Blutung gestillt. Sie haben mich ins Krankenhaus geschafft und mir Ihr Blut gespendet.« Er fuhr zusammen. »Ich denke, damit sind wir quitt.«

»Tut es sehr weh?«

»Nicht im Geringsten.«

»Ihre Wangen haben mehr Farbe.«

»Der Arzt hat mir täglich zwei Pint Starkbier verordnet, damit mein Blut wieder zu Eisen kommt. Ein Pint Bitterbier aus dem Bull wäre mir lieber, aber es scheint seinen Zweck zu erfüllen, und das hier wird ebenfalls helfen.« Er ließ die Flasche Scotch unter der Bettdecke verschwinden.

Eine Schwester kam mit einem Napf Brühe, den ich ihr abnahm. »Ich gebe sie ihm.«

»Bitte nicht«, sagte er. »Ich wurde hierher verlegt, weil man mich fern vom East End in Sicherheit wähnt, das Essen lässt mich jedoch daran zweifeln.« Und ich sah mir die fettäugige Tunke an.

»Oh, verstehe – aber Sie müssen etwas essen.«

»Probieren Sie doch mal. Was gäbe ich für einen Pork Pie!«

»Die Judd Street runter gibt es einen Laden. Ich bringe Ihnen morgen eine Pastete mit – wenn Sie nichts gegen meinen neuerlichen Besuch haben.«

»Ich werde noch hier sein – hoffentlich.«

Der Regen prasselte gegen die Fensterscheibe.

»Ich betrachte das als förmliche Einladung.«

Eine Krankenschwester läutete eine Handglocke dermaßen energisch, dass es einen dösenden Alten fast von seinem Sitzkissen warf.

»Klingt, als wäre die Besuchszeit vorbei«, meinte ich.

Die Station leerte sich zügig. Niemand wollte Gefahr laufen, die Oberin zu erzürnen. Der Inspektor hob die Hand und räusperte sich. »Darf ich Sie um einen Gefallen bitten, Miss Middleton?« Er sprach stockend. »Sollten meine Männer je herausfinden, dass Sie mir zu Hilfe kamen oder das Blut einer Frau in meinen Adern fließt …«

»Das bleibt unser Geheimnis.« Zum ersten Mal wünschte ich, Lucinda zu sein und ihn auf die Stirn küssen zu können. »Alles Gute, Inspektor.« Ich berührte seinen Handrücken.

Am Ausgang warf ich einen Blick zurück. Seine Augen waren nach oben verdreht, seine Miene schmerzverzerrt.

»Kann man noch etwas für ihn tun?«, fragte ich die Oberin, die mir entgegenkam.

»Es wird schon alles getan«, beschied sie mich.

»Ich hab mich nur gefragt, ob das Essen …«

»Nicht einmal die Queen speist besser als unsere Patienten.«

»Kein Wunder, dass sie so mager ist.«

Ihr Unterkiefer spannte sich an. »Auf Wiedersehen.«

Ich hatte lange genug mit Sidney Grice zusammengelebt, um zu wissen, wann Widerworte sinnlos waren.

*

»Ich habe ein Schreiben von Mr White senior von White, Adams and White erhalten«, teilte mir mein Vormund über einer Pastinakensuppe mit, »worin er bestätigt, dass die Bestimmungen des Finalen-Sterbefall-Vereins vertraglich bindend sind. Aus dem Verein austreten kann nur, wer aus dem Leben tritt.«

»Dann wird es Ihre Freundin, die Baronin, wohl drauf ankommen lassen müssen.« Ich streute Pfeffer in meine Suppe, doch sie wurde nicht besser.

Sidney Grice tunkte seinen Löffel in die Schale. »Lady Foskett ist nicht meine Freundin«, beschied er mich kühl. »Ihr Mann hat mich gerettet, und sie hat mir einmal eine große Gunst erwiesen, doch ich versuche, ihnen die Schuld zu erlassen …«

Er widmete sich wieder seiner Suppe, und die Unterhaltung war beendet.

*

Edward war von seiner Schreibschatulle begeistert, und Vater und mir machte es viel Spaß zuzusehen, wie er das Geheimfach zu finden versuchte. Schließlich gab auch er auf. Vater zeigte es ihm und ließ uns dann allein. Edward und mir war ein wenig Zeit für uns zugestanden, da wir nunmehr verlobt waren.

»Den allerersten Brief werde ich an dich schreiben«, versprach Edward.

»Da halte ich aber nicht den Atem an«, sagte ich. »Du

hast drei Wochen gebraucht, um die letzte Nachricht deines Bruders zu beantworten.«

»Diesmal kannst du's ruhig tun.« Edward setzte sich an den Tisch.

»Was tun?«

»Den Atem anhalten.«

Ich holte tief Luft, stellte mich hinter ihn und spähte über seine Schulter, während er die Feder eintunkte.

»Meine liebste March«, schrieb er. »Ganz herzlichen Dank für das wunderbare Geschenk. Ich werde es stets hochschätzen, doch nicht einen Deut so sehr ...«, er tauchte die Feder wieder ein, »wie Dich.« Er sah sich nach mir um, während ich mir die Nase zukniff und rot wurde vor Anstrengung, und schloss seinen Brief, betont langsam schreibend, mit den Worten: »Von ganzem Herzen Dein Dich ewig liebender ...«, er hielt inne, während ich violett anlief, »Edward.«

Ich ließ die Luft raus und atmete tief durch. »Du Scheusal.« Er legte Löschpapier auf das Blatt. »Du hast gar keine Küsse mitgeschickt.«

»Ich dachte mir, für die hättest du nicht mehr genug Luft.« Lächelnd stand er auf. »Und ich habe nicht genug Tinte für all die Küsse, die ich dir schenken will. Im Übrigen ...«, er nahm mich in die Arme, »wollte ich sie dir persönlich geben.«

Liebe oder Glück lassen sich nicht in Worte fassen, aber in diesem Augenblick war ich so von beidem erfüllt, dass ich zu platzen glaubte.

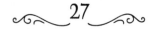

GIFT UND RAUBTIERE

In Kew war es erheblich ruhiger als während des königlichen Besuchs. Nur ein Dienstjunge, der mit einem Rutenbündel die Straße fegte, kreuzte unseren Weg, ein paar feine Damen in Kutschen, die ihre mit Pfauenfedern geschmückten Hüte zur Schau stellten, und ein Salzträger, der für die Küchenmägde der großen Häuser seine Rassel schnurren ließ, in der Hoffnung, sie mochten rasch herauskommen und ihm einen Block abkaufen.

»Wieso haben wir nicht vor dem Haus gehalten?«, wollte ich wissen, als wir am Rand des Parks entlangliefen.

»Eine Frage der Ehre.« Sidney Grice zog seinen Hut ins Gesicht. »Wir können unmöglich in einem Zweispänner dort vorfahren. Damit würden wir das edle Geblüt unserer Gastgeberin beleidigen.«

Ich stolperte über eine lose Steinplatte. »Darf ich fragen, was Rupert widerfahren ist?«

»Sie dürfen und haben es bereits.« Er blies die Wangen auf. »Rupert war ein Löwe, der an die Christen verfüttert wurde. Er schlug all meine Argumente in den Wind und ließ zu, dass seine verzweifelten Hoffnungen sein logisches Denkvermögen außer Kraft setzten und es im Morast blinden Vertrauens ertränkten.«

»Sind Sie Atheist?« Sidney Grice blieb kurz stehen.

»Wenn ich einmal die Zeit dazu habe, werde ich dieser Frage nachgehen. Falls es tatsächlich einen Gott geben sollte, werde ich ihn aufspüren. Und dann wird er sich für eine Menge Dinge zu verantworten haben. Rupert ging als Missionar in die Tropen, doch die Eingeborenen zogen es vor, weiße Männer zu verspeisen, statt sich ihre Predigten anzuhören. Wie man mir sagte, haben sie ihn zwei Tage lang lebendig über heißen Kohlen geröstet. Je lauter und länger das Opfer schreit – das besagt offenbar ihr Glaube –, desto mehr böse Geister vertreibt es.«

Er legte seine Linke über Nase und Mund.

»Umso wichtiger, dass man ihnen das Wort Gottes bringt«, versetzte ich. »Wenigstens ist er beim Versuch gestorben, dies zu tun.«

»Das ist ihm sicherlich ein enormer Trost.« Für einen flüchtigen Moment schloss er die Augen. »Ein guter Herr kümmert sich um seine Bediensteten. Man kann nicht umhin zu fragen, ob Gott ein Gentleman ist.«

»Vielleicht ist er ja eine *Sie*«, mutmaßte ich.

Wir bogen um die Ecke.

»Welch furchterregender Gedanke.« Er läutete, und augenblicklich trat Cutteridge aus den Ruinen des rechten Pförtnerhäuschens. »Allerdings würde es die Mängel der Schöpfung erklären.«

»Was glauben Sie, Cutteridge? Könnte Gott eine Frau sein?«, fragte ich, als er uns eingelassen hatte.

»Schwer vorstellbar, dass eine Frau so grausam wäre, Miss.«

»Obendrein finden sich in der Bibel weder Modetipps noch Strickmuster«, ergänzte mein Vormund, und ich musste lachen.

»Na, das war ja beinahe geistreich«, bemerkte ich, woraufhin er mir einen leicht empörten Blick zuwarf.

»Das war ein ernst gemeintes theologisches Argument.«

Auf unserem Weg durchs Unterholz blieb Sidney Grice plötzlich stehen. »Die Hunde sind unruhig.«

»Doggen sind nicht gern im Zwinger, Sir. Nachts lasse ich sie raus, damit sie das Grundstück bewachen.«

Wütendes Knurren und Kläffen brandete auf.

»Sind sie so angriffslustig, wie sie klingen?«, fragte ich, als wir um einen riesigen blütenlosen Rhododendron herumliefen.

»Ein dilettantischer Einbrecher und sein Sohn sind einmal über die Mauer an der Nordseite des Anwesens geklettert«, berichtete Cutteridge mit leichtem Schaudern. »Im Haus haben wir ihre Schreie gehört. Damals war das Personal noch vollzählig. Drei Gärtner und zwei Diener versuchten, die Hunde mit Eisenstangen fortzuprügeln, doch die gnädige Frau war die Einzige, der sie gehorchten. Bis sie geweckt war und die Hunde zum Ablassen bewegt hatte, ließ sich kaum mehr erahnen, dass das, was von dem Mann und seinem Sohn übrig blieb, einst menschlich gewesen war.«

»Und wie halten Sie die Hunde dieser Tage in Schach?« Ich tat einen Schritt zur Seite, um ein paar Disteln auszuweichen, und wäre fast auf die Überreste einer Viper getreten, die eingerollt und von Maden gespickt auf der Erde lag. Der Kopf fehlte. Was auch immer ihn gefressen hatte – ein Fuchs womöglich –, war mittlerweile gewiss ebenso tot.

Cutteridge neigte den Kopf und lauschte dem Gebell. »Überhaupt nicht, Miss. Ich öffne den Zwinger von der Spülküche aus mit einem langen Draht und werfe später Pferdefleisch hinein, um sie zurückzulocken. Vom Fenster aus hat man einen guten Blick auf den Zwinger. Einmal habe ich mich verzählt, und einer ist ins Haus gelangt und wollte die Treppe hinauf. Mir blieb keine andere Wahl, als ihm den Bidenhänder des vierten Barons Foskett durch den Leib zu bohren. Geben Sie auf Ihren Kopf acht, Miss.« Er hielt einen Dornenzweig für mich hoch. »Ihre Ladyschaft war äußerst ungehalten und zog mir die Kosten vom Gehalt ab.«

»Wie viele Hunde gibt es derzeit?«, erkundigte sich mein Vormund, als wir auf die mit Kies bedeckte Lichtung traten.

»Fünfzehn, Sir.«

Wir wandten uns erneut nach rechts, und auf einmal ragte es vor uns auf – Mordent House, groß, finster und unwirtlich. Seine Leere ergriff von uns Besitz, da wir die algengrünen Marmorstufen erklommen, beim Eintreten in die Eingangshalle raubte die modrige Luft mir schier den Atem, und sein Verfall bedrückte mich, als wir die bebende Treppe emporstiegen.

»Ist Ihnen aufgefallen, dass die Florfliege fort ist?«, fragte mein Vormund flüsternd, als betrauerte er noch immer ihr Hinscheiden.

»Sie ist womöglich gefressen worden.« Eine Stufe knarrte bedrohlich, und ich lief hastig weiter.

»Ein bemerkenswertes Bildnis.« Sidney Grice wies auf ein Gemälde an der gegenüberliegenden Wand, düster und mit dunklem Firnis überzogen. Es zeigte Aktaion, in einen Hirsch verwandelt, wie er von Dianas Hunden in Stücke gerissen wird. »Wenn man genau hinschaut, erkennt man noch immer jeden einzelnen Fleischfetzen, der aus dem Maul des ersten Hundes heraushängt.«

»Und Sie dachten, ein weiblicher Gott sei gütig«, bemerkte ich an Cutteridge gewandt, der mir aber nicht zuhörte. Mit jedem Schritt, den wir emporstiegen, schien er zu altern, und als er gegen die Eichenvertäfelung klopfte, zitterte seine Hand wie die eines Greises.

»Wenn Sie bitte hier warten würden.« Dann verschluckte ihn die Finsternis, bis kurz darauf ein Streichholz aufloderte, wieder erstarb, während sich die Kerzenflamme zu einem flirrenden Glorienschein auswuchs, gerade hell genug, um die Umrisse unserer Stühle und den mit Gaze verhüllten Kasten auszumachen.

Kaum, dass wir Platz genommen hatte, fauchte es auch schon aus dem Sprechtrichter: »Sidney, gibt es denn kein Entrinnen vor Ihnen?«

»Daran haben sich schon viele versucht«, sagte mein Vormund.

»Und vielen ist es auch geglückt«, versetzte die Baronin, und seine Züge entglitten ihm. »Womöglich mehr Menschen, als ich zählen kann; gestatten Sie mir dennoch, es zu versuchen. Thomasina Norton, *exempli causa*. Wie mir vertrauenswürdige Quellen berichten, brachte sie zwei Männer um, während sie Ihrer unvergleichlichen Obhut anvertraut war. Ihr derzeitiges Mündel hegt, so will ich hoffen, keine mörderischen Absichten.«

»Bisher nicht, aber wer weiß?«, sagte ich.

»Sie haben *esprit*, mein Kind. Aber keine Sorge, den wird er Ihnen bald austreiben, so wie er alles zugrunde richtet, was in die düstre Höhle seines Daseins gerät.«

»Ich stehe unter Mr Grice' persönlichem Schutz.«

»Demselben wie Horatio Green und Edwin Slab? Welch dürftiger Schild, um sich dahinter zu verbergen.«

»Ich habe den beiden nie meinen Schutz angeboten, Baronin.«

Aus dem Sprechtrichter erklang ein Scheppern.

»Sie langweilen mich jetzt schon – verkniffen und verkümmert bis zur geistigen Erstarrung. Warum sind Sie hier?«

»Ich sorge mich um Ihre Sicherheit, Lady Foskett. Wie es scheint, gibt es keine Möglichkeit, Sie aus den Fängen dieses Vereins zu befreien …«

»Ich habe meinen Standpunkt klargemacht«, unterbrach ihn die Stimme, blechern und heiser, »und Sie können mich unmöglich missverstanden haben. Der Klub des letzten Todes ist mein missratenes Kind, und ich werde diesen Bastard bis zu seinem bitteren Ende am Leben erhalten. Ich werde keinem Mitglied gestatten, die Übereinkunft mit mir zu lösen, noch werde ich jedwede Einmischung hinnehmen, von Ihnen oder irgendeinem anderen, den je ein Weib gebar.«

Sidney Grice' Finger zuckten auf seinen Knien. »Werden Sie wenigstens Maßnahmen zu Ihrem Schutz ergreifen?«

Es folgte ein trockenes Rascheln. »Wer sollte mir etwas zuleide tun können, wenn ich selbst es nicht vermag? Glauben

Sie etwa, Cutteridge würde einen Meuchelmörder ins Haus lassen?«

»Er ist ganz alleine«, wandte ich ein.

»Ich führe einen Titel, mein Kind. Seien Sie so nett, ihn zu benutzen.«

»Ich ebenfalls«, sagte ich. »Er lautet *Miss*. Für Sie mag ich ein Kind sein, Lady Foskett. Sie sind eine bejahrte Frau, und dennoch nenne ich Sie nicht eine Greisin.«

Die Baronin schnaufte. »Sie unverschämtes Gör!« Sie hustete vier Mal. »Aber Sie haben recht. Cutteridge allein kann kaum für meine Sicherheit bürgen, *Miss* Middleton. Doch ich habe noch meine Höllenhunde, und kein Mensch, der hier auf Erden wandelt, wird sie aufhalten können.«

»Gleichwohl sind die Mauern Ihres Hauses nicht unüberwindbar, Lady Foskett«, erklärte mein Vormund. »Zwei Mitglieder Ihres Klubs sind vergiftet worden. Wollen Sie nicht wenigstens Ihre Speisen kosten lassen?«

»Ich könnte kleine Kinder dafür anstellen!«

»Eine ausgezeichnete Idee«, kommentierte mein Vormund.

»Oh, welch unbändige Freude mir das Grauen in ihrem Blick bereiten würde, zuzuschauen, wie sie sich vor Schmerz winden und sterben ...«

»Ich hatte eher daran gedacht, sich ihrer empfindlichen Geschmacksknospen zu bedienen, um selbst kleinste Giftmengen nachzuweisen.«

Ein Stiefel ging dumpf auf dem Holzboden nieder. »Tun Sie einfach, wofür man Sie entlohnt, Mr Grice. Wenn sich meine verrottete Seele endlich davonstiehlt, um sich den verlumpten Heerscharen der Verdammten anzuschließen, wird es Ihnen unbenommen sein, mein Entschwinden mit Ihren begrenzten Fähigkeiten zu untersuchen. Doch solange der schweflige Brodem dieser geschundenen Welt noch durch meine Alveolen strömt, lassen Sie mich in meiner tristen Einöde in Frieden.«

Sidney Grice zuckte zusammen. »Lady Foskett ...«, setzte er an, wusste aber anscheinend nicht, wie er fortfahren sollte.

»Geleiten Sie sie hinaus, Cutteridge«, röchelte die Stimme, und ich spürte eine Hand auf meiner Schulter. »Hinaus ... hinaus ...« Die Stimme erstarb.

Ich konnte Lady Fosketts Umrisse erkennen, winzig und aufrecht in dem hohen Lehnsessel, in einem langen, bis über das Podest wallenden Kleid, ein dunkler Schleier über ihren verschatteten Zügen.

»Wenn ich bitten darf, Sir, Miss.«

Wir erhoben uns, und im flackernden Kerzenschein tanzten unser beider Schatten, wanden und wiegten, krümmten und streckten sich unsere Schemen in einem *danse macabre*, bis sie wieder entzweit wurden.

»Auf Wiedersehen, Baronin Foskett«, sagte ich, erhielt als Antwort aber nur ein blechernes Ausatmen.

Auf unserem Weg hinab knarrten und bogen sich die Stufen noch mehr als zuvor.

Der Himmel war verhangen, der Pfad rutschig vom Regen und voller Pfützen. »Der Wind wird immer kälter«, bemerkte ich, als Cutteridge das Tor aufschloss.

»Ein Sturm braut sich zusammen, Miss.«

Eine Krähe krächzte.

»Raubtiere.« Mein Vormund knöpfte seinen Mantel zu. »Sie sind überall.«

28

ZWEI KRANKENSCHWESTERN UND DIE MARQUESS OF SALISBURY

Bei meinem Eintreffen zogen zwei Krankenschwestern das Bett neben dem von Inspektor Pound ab.

»Netter alter Knabe«, sagte er. »Kam mit einem abgetrennten Finger und war am Ende den ganzen Arm los. Hat sich nicht mehr davon erholt.«

»Und wie geht es Ihnen?«

»So gut wie nie.«

Danach sah er nicht aus. Seine Haut war fahl, sein Gesicht schweißbenetzt und unter den Augen dunkel eingefallen. Er streckte mir seine Hand mit leichtem Tremor entgegen.

»Ich hab Ihnen einen Pork Pie mitgebracht. Er ist noch warm.« Ich öffnete die braune Papiertüte, er drehte den Kopf, konnte ihn aber nicht heben, um hineinzuschauen. »Und zwei Flaschen Bitterbier aus dem Bull, vor nicht mal zwanzig Minuten abgefüllt. Hätten Sie jetzt gern etwas Pastete? Ich habe ein Messer dabei.«

»Danke. Vielleicht später. Ehrlich gesagt, ist mir ein wenig übel – und heiß.« Ich zog die Decke nach unten und sah, dass sein Laken braun befleckt von altem Blut war und ihm das Nachthemd an den Schultern klebte.

»Das Bettzeug muss gewechselt werden«, teilte ich einer der Schwestern mit. Sie wirbelte herum.

»Hab's erst heute früh gemacht.«

»Hat sie«, bestätigte er. »Schätze, die Wunde nässt ein wenig. Zwei Fäden haben sich gelöst. Morgen kommt der Chirurg.«

»Lassen Sie sehen.«

Inspektor Pound klammerte sich an seine Bettdecke. »Moment mal, Miss Middleton.«

»Ich habe in drei verschiedenen Ländern als Krankenschwester gearbeitet.«

Inspektor Pound ließ los und schloss die Augen, als würde die Sache achtbarer dadurch, dass er nicht sah, wie ich ihn betrachtete. Ich lockerte den Verband und stellte fest, dass die Wunde eiterte. Ich drückte leicht auf seinen Bauch, und er jaulte auf. Seine Haut war heiß und von angespannten Muskeln gestrafft.

»Holen Sie mir Karbolsäure«, sagte ich zu den beiden Schwestern. »Sofort«.

»Sie können uns nicht herumscheuchen.« Sie stemmten die Hände in die Hüften.

»Ich gebe Ihnen zwei Minuten.« Die beiden Frauen eilten davon.

Der Inspektor brachte ein Lächeln zuwege. »Ein paar von Ihrer Sorte könnte ich in der Truppe gebrauchen.«

»Frauen?«

Ihn fröstelte, und ich deckte ihn wieder zu.

»So hab ich's nicht gemeint. Manchmal fällt es mir schwer, Sie als Frau zu sehen.«

Er meinte es als Kompliment, doch ich konnte mir seine Reaktion denken, hätte ich ihm gesagt, er wirke nicht wie ein Mann.

»Glauben Sie an Bazillen?«, fragte ich, als er eine Hand behutsam an seine Seite legte.

»Bin mir nicht sicher. Ich weiß, dass Florence Nightingale sie für Unsinn hält.«

»Florence Nightingale ist eine wunderbare Frau. Aber sie

glaubt an frische Luft als Allheilmittel. Wäre das der Fall, dürften dann Landarbeiter von Krankheiten hingerafft werden?«

»Durch giftige Stoffe, die mit den Ausdünstungen von Kuhdung auftreten.« Seine Stimme verlor sich, als die Schwestern mit einer blauen Flasche, einer Schüssel und Verbandmull zurückkehrten.

»Halten Sie seine Arme fest«, sagte ich. »Es tut mir leid, aber das wird jetzt brennen.« Ich zog den Korken heraus, und die Dämpfe stachen mir in die Augen, während ich den Inhalt auf seine Wunde goss. Der Inspektor bäumte sich auf.

»Elende Hölle!«

»Mäßigen Sie sich, bitte«, schalt ihn die jüngere der beiden Schwestern.

»Oh Gott!«, brüllte er und wand sich, als ich ihm die Schmiere aus der Wunde wischte.

»Es tut mir leid«, wiederholte ich und warf einen übel riechenden Mulltupfer in die Schüssel.

Er schrie erneut auf und fiel in gnädige Ohnmacht.

Die Oberin kam herein. »Was denken Sie sich eigentlich?«

»Dass Sie es hätten tun sollen.« Ich schabte so viel entzündetes Gewebe aus, wie ich konnte.

»Sie werden auf der Stelle gehen.«

Ich träufelte etwas Karbolsäure auf die Wunde. »Er braucht einen sauberen Verband«, wandte ich mich an die ältere Schwester, »und waschen Sie sich bitte vorher die Hände.«

Ich säuberte meine Finger, so gut es ging, mit den verbliebenen Tupfern. »Sie können diesem Mann beim Sterben zusehen oder versuchen, die Ursache seiner Entzündung abzutöten.«

Sie fuchtelte mir mit einem ihrer fetten Finger vor dem Gesicht herum. »Sie sind reichlich unverschämt, junge Frau.«

»Und noch dazu die Patentochter der Marquess of Salisbury«, ließ ich sie wissen. »Sie haben die Wahl.« Ich ging.

Mein Vater und ich hatten die Marquess einmal in einem Landauer unterwegs zum India Office vorbeifahren sehen, weshalb ich nur wenig übertrieb.

»Sei nicht so kindisch«, sagte ich, als du deine Hose nicht loslassen wolltest.

»Wäre ich ein Kind, könnte es mir egal sein, aber ich bin ein Mann, und das hier ist unanständig.«

»Wie du willst. Dann verblutest du eben.«

Du wolltest mir weismachen, es sei nur ein Kratzer, aber dein Hosenbein war vollgesogen. Als du mich schließlich doch die Wunde säubern ließest, fand ich deine Oberschenkelschlagader freigelegt wie durch einen präzisen Sezierschnitt. Dabei war es der leichtsinnige Säbelhieb eines Kameraden in einem gespielten Duell gewesen. Ich sah dein Leben hindurchpulsen. Keine zwei Millimeter hätten gefehlt, und du wärst tot gewesen. Man sagt, es dauert nur Sekunden. Mein Vater trat mit der Nadel an dein Bett, und du fielst prompt in Ohnmacht, was wir dir jedoch nie erzählten.

Danach hinktest du stark, ein bisschen Theater war dabei, die Männer und andere Mädchen sollten wohl auf eine Kriegsverletzung schließen, und da jedermann wusste, dass Lord Byron einen Klumpfuß hatte, war es ganz schrecklich romantisch. Mir musstest du nichts vormachen. Einen romantischeren Mann als dich hat es nie gegeben. Davon zeugt noch immer die getrocknete Rose in meinem Tagebuch. Wer sonst hätte sein Leben riskiert, weil ich für eine Blume schwärmte?

*

»Ich war bei Inspektor Pound«, teilte ich meinem Vormund mit.

»Ich weiß.« Er fummelte an den Hebeln auf einem Metallkasten herum, eine neue Erfindung.

»Woher?«

»Sie stinken nach Karbolsäure. Fast überdeckt es den Geruch nach Tabak, Gin und Parmaveilchen. Da Sie es mir offenbar unbedingt erzählen wollen – wie geht es ihm?«

»Nicht sehr gut. Seine Wunde schwärt, und er hat Fieber.«

Sidney Grice wühlte in einem Gewirr aus Drähten, Schrauben und Werkzeug auf seinem Schreibtisch und zog einen kleinen Schraubenzieher hervor. »Er ist ein kräftiger Mann.«

»Wollen Sie ihn nicht besuchen?«

Er zog zwei Schrauben an der Seite seines Apparates fest und drehte ihn auf den Kopf. »Wozu? Derzeit hat er mit keinem von mir untersuchten Fall zu tun.«

»Um zu sehen, wie es ihm geht.«

»Sie haben mir gerade gesagt, wie es ihm geht.« Er drehte eine Schraube heraus und legte sie beiseite. »Ich muss jemanden finden, der eine bessere Sprungfeder herstellt.« Er zog an einer Klappe, die eine quadratische Öffnung freigab.

»Um Ihr Mitgefühl zu zeigen«, schlug ich vor.

»Wie kann ich etwas zeigen, das nicht vorhanden ist?« Er nahm eine Zange in die Hand.

»Ist er Ihnen wirklich gleichgültig?«

»Er ist ein guter Polizist in einer Welt der Inkompetenz und Käuflichkeit, und das würde mir fehlen, aber meine Tränen an seiner Bettkante werden ihn keinen Deut rascher heilen. Richten Sie ihm meine Grüße aus, wenn Sie möchten.« Er stocherte mit der Zange in der Öffnung herum und bekam etwas zu fassen. »Alsdann«, es gab ein lautes Klicken, »wenn die Köchin das hier nach Vorschrift einsetzt, sollten wir nie wieder einen Klumpen in unserem Kartoffelbrei haben.«

»Wie ist eigentlich Ihr Besuch bei Dr. Berry verlaufen?«

»Äußerst angenehm.« Er drehte die Zange im Uhrzeigersinn. »Sie trug ein hübsches blaues Kleid, mit …«

»Ich meine die Proben.«

»Ach die. Ja, die waren alle positiv. Edwin Slab wurde eindeutig mit Strychnin vergiftet. Mit einem Rüschenkragen und passenden Ärmelbündchen. So etwas würde selbst Ihnen schmeicheln, March, legten Sie es nicht so geflissentlich darauf an, sich zu verunstalten.«

»Geflissentlich ist nichts daran«, gab ich zurück, ohne recht zu wissen, was ich damit meinte, aber mit dem Gefühl, dass es wohl vernichtend genug war, um aus dem Zimmer stürmen zu können.

29

SCHWIELEN, STRIEMEN
UND DER SCHNITTER

Ärgerlicherweise«, sagte Sidney Grice am nächsten Morgen beim Frühstück, »war ich etwas unkonzentriert. Es gibt zu viele Fäden im Geflecht dieser Morde, und ich habe zugelassen, dass sie mich in unterschiedliche Richtungen führen, wo ich sie doch alle zu ihrem gemeinsamen Ursprung zurückverfolgen sollte.«

»Ich verstehe nicht recht.«

»Ich ebenso wenig.« Gleichgültig bröselte er seinen verkohlten Toast über das Tischtuch und in seinen Pflaumensaft. »Man darf mit einiger – wenn auch nicht absoluter – Gewissheit davon ausgehen, dass zwischen dem Hinscheiden der Herren Green, Slab und Braithwaite ein Zusammenhang besteht. Horatio Green und Edwin Slab waren beide Mitglieder dieses aberwitzigen Vereins, womit Sie sich selbst zu Zielscheiben gemacht haben, aber was ist mit Braithwaite? Die einzige uns bekannte Verbindung ist die, dass er Horatio Greens Zahnarzt war. Ich habe seine dürftige Patientenakte und seinen spärlich gefüllten Terminkalender durchgesehen. Keines der anderen Mitglieder hat ihn je konsultiert. Wieso also musste er sterben?«

»Vielleicht wusste er etwas, das den Mörder belastet hätte?«, vermutete ich.

»Das wäre gewiss die wahrscheinlichste Erklärung.« Er befühlte die Teekanne und schob sie beiseite. »Wenngleich die
Tatsache, dass er uns gegenüber nichts dergleichen erwähnt
hat, vermuten lässt, dass er sich der Brisanz dieses Wissens
womöglich nicht bewusst war. Und wenn mich mein Beruf
überhaupt etwas gelehrt hat – was der Fall ist –, dann, dass
die wahrscheinlichsten Erklärungen oft die falschen sind. Vielleicht lag der amüsante Mr Quigley ja richtig – welch unerfreu-
liche Vorstellung –, und Braithwaite hat sich aus Unachtsam-
keit selbst getötet.«

»Aber was ist mit den Striemen an seinen Handgelenken?«

»Wäre es nicht möglich, dass man ihn an den Stuhl gefesselt
und erst losgemacht hat, als er bewusstlos oder tot war?«

»Die Striemen an seinen Händen waren mindestens einige
Tage alt«, erklärte er. »Vor Langem schon ist mir aufgefallen,
dass Fesselspuren eine dreischichtige Entzündung hervorrufen – eine rote Druckstelle umgeben von einer blasseren, weniger scharf geränderten Rötung und einem schwieligen Streifen außen herum. Es dauert eine Weile, bis diese Reaktionen
abklingen, je nach Schwere der Verletzung. Die Rötung und die
Schwielen waren verschwunden, doch die grelle Verfärbung im
Inneren war selbst für Ihr unzureichend geübtes Auge noch
sichtbar. Folglich können ihm die Striemen nicht unmittelbar
ante mortem zugefügt worden sein.«

»Und wie erklären Sie sich die Abdrücke?«

Er goss sich Tee nach. »Ich wüsste nicht, dass ich dazu angehalten wäre.«

»Nun, als Jenny davon sprach, Mr Braithwaite wolle Spielchen mit ihr treiben, glauben Sie denn, er …«

»Durchaus möglich.« Er öffnete sein Ei mit einem Teelöffel.
Ich ließ die Finger von meinem. Es war eiskalt. Mein Toast war
aufgeweicht, aber gerade noch essbar.

Molly kam herein, eine Ausgabe des *Manchester Guardian*
in der Hand. Ihr Dienstherr fuhr mit dem Mittelfinger über

das Titelblatt. »Die ist noch nicht gebügelt«, wetterte er. »Geh und mach dich unverzüglich an die Arbeit.«

»Ich hatte schon angefangen, sie zu bügeln«, entschuldigte sich Molly, »aber auf Seite vier ist so ein lustiges Bild von Ihnen, Sir. Also dacht ich, Sie würden's vielleicht gleich sehen wollen. Ich weiß doch, wie Sie sich über einen tüchtigen Witz freuen.«

Sidney Grice glotzte sie an wie einen Wechselbalg, blätterte raschelnd durch die Seiten und musterte verdrossen den Tintenfleck, der wie durch ein Wunder auf seine Hemdbrust gewandert war.

»Is' doch zum Piepen, oder etwa nich', Sir?«

»Ein Schilling Gehaltsabzug«, raunte er abwesend. Seine Miene verfinsterte sich, er fuhr sich mit einem Finger ans Auge und hielt Molly die Zeitung wieder hin. »Nimm die wieder mit und verbrenn sie … sofort!«

»Darf ich mal sehen?«

»Nein, das dürfen Sie nicht«, erwiderte er, doch da hatte ich Molly die Zeitung bereits entrissen. Mein Blick fiel auf eine gelungene Karikatur, unverkennbar Sidney Grice, Augenklappe im Gesicht, das verkürzte linke Bein grotesk überzeichnet. Viel schlimmer waren jedoch die zu seinen Füßen liegenden Leichname, jeder einzelne mit Namen versehen – Sarah und William Ashby, Judith Stravinskij, Sir Randolph Cosmo Napier, Alice Hawkins, Horatio Green, Edwin Slab, Silas Braithwaite und Rosie Flower. Und über ihnen allen ragte Sidney Grice auf, eine Sense in der Hand, in das Gewand des Schnitters gehüllt.

»Was in aller unheiliger Dinge Namen habe ich mit Rosie Flower zu tun?«, entrüstete er sich. »Und wie zum Teufel haben die davon erfahren?«

»Zehn Schilling Gehaltsabzug für unziemliche Sprache«, flüsterte Molly, während sie linkisch aus dem Zimmer tippelte und mein Vormund ihr seine Serviette hinterdrein warf.

»Sarah Ashby war längst tot, als ich erstmals ihren Namen hörte«, schnaubte er, »und bei William Ashby, der hier als ach so unschuldiges Opfer hingestellt wird, handelte es sich um einen von zwölf redlichen Männern in einem, nun sagen wir mal, *beinahe* gerechten Verfahren für schuldig befundenen Mörder.«

»Aber er war Ihr Klient.«

»Selbst schuld!« Bei diesen Worten holte er so schwungvoll aus, dass sein Ei in hohem Bogen in der Kohlenkiste landete. »Ashby wollte die Wahrheit, er hat sie bekommen.« Sidney Grice wischte sich die Finger an der Tischdecke ab. »Niemand kann mich dafür verantwortlich machen, dass Napier und Hawkins ihm in die Quere kamen.«

Ich ließ meinen Toast sinken. »In die Quere kamen? Ich kann kaum glauben, dass Sie das gesagt haben. Alice Hawkins war …«

»Eine Leiche«, warf er ein, »und das, noch bevor ich den Fall angenommen hatte, und Quarrel hat sie alle umgebracht – nicht ich.« Er stieß gegen seine Teetasse, fing sie aber gerade noch auf, bevor sie von der Untertasse kippen konnte. »Keiner der anderen war je mein Klient, mit Ausnahme dieses verdammten Narren Green, und schließlich bin ich gerade im Begriff, seinen Mörder zur Rechenschaft zu ziehen.«

»Was hoffentlich gelingen wird«, ergänzte ich. »Aber wer war Judith Stravinskij?«

»Ich habe sie erdrosselt«, räumte mein Vormund ein, »aber das beruhte auf einem unglücklichen Missverständnis ihrerseits.« Sein Auge wanderte zur Decke empor. »Davon abgesehen, ist es die namenlose Gestalt, die mich wirklich kränkt.«

Ich warf einen weiteren Blick auf die Zeichnung und sah in der rechten unteren Ecke einen gesichtslosen Toten, der mir zuvor nicht aufgefallen war. Darunter stand schlicht *Nächster Klient.*

»Werden Sie klagen?« Ich wusste von seiner Vorliebe, Kritiker mit Zivilklagen zu überziehen. Er schüttelte den Kopf. »Der Chefredakteur des *Manchester Guardian* weiß Dinge über mich, die ich höchst ungern in der Zeitung lesen möchte, und ich verfüge über Kenntnisse ihn betreffend, die seine Ehe ruinieren, seiner Karriere ein Ende setzen und ihn mit ziemlicher Sicherheit ins Gefängnis bringen würden. Wir wären zwei Ertrinkende, die sich gegenseitig in die Tiefe ziehen.«

Ich musste an Eleanor Quarrel und Pfarrer Brewster denken, und fragte mich, was sie wohl empfunden haben mochten, als die stürmischen Wogen sie unter sich begruben. Die Frau hatte ihre eigenen Verwandten kaltblütig ermordet, und noch so viele andere. Hatte sie Reue gezeigt im Angesicht des Todes oder nur um ihr Leben gebangt? War ihr Tod Sühne genug? Ich betete jeden Abend dafür.

»Soll ich sie verbrennen?«

»Nein«, sagte er. »Ich werde dieses verleumderische Schmierblatt aufbewahren, und wenn ich Mr Charles Prestwich Scott und seinen Scherzbold von einem Kleckser das nächste Mal treffe, werde ich sie mit Freuden dazu bringen, ihre Schmähungen zurückzunehmen – am liebsten wortwörtlich, indem ich ihnen ihre Zeitung in den Rachen ramme.« Er wandte sich wieder der verkohlten Pampe auf seinem Teller zu, und ich versuchte, die trübsinnigen Gedanken abzuschütteln.

Wie hatte sie es nur fertiggebracht, Sarah Ashby auf den Boden zu legen, auf sie einzuhacken und die samtene Haut und die warmen Muskeln dieses engelsgleichen Wesens bis auf die Knochen und Zähne aufzuschlitzen?

Sidney Grice ließ seine Serviette zu Boden fallen. »Kommen Sie, March.« Quietschend schob er seinen Stuhl zurück. »Heute werden wir dem so unerfreulich benannten Mr Piggety einen Besuch abstatten.«

30

PIGGETYS KATZEN IN
WEISSEN LETTERN

Am Euston Square war ein Feuer ausgebrochen, das die Metropolitan Brigade mit Wassertankwagen und einer ratternden Dampfpumpe bekämpfte. Der Verkehr stockte.

»Die Untergrundbahnen sollten ja unsere Transportprobleme lindern«, sagte mein Vormund, »doch argwöhne ich, dass sie lediglich zu deren Verschärfung beigetragen haben, da das gewöhnliche Herdenvieh nun nach Belieben in unsere Hauptstadt vordringen kann.«

»Das hier ist gar nichts, verglichen mit dem Chaos, das ich in Indien erlebt habe.«

Er sah weg. Feuerwehrmänner schlugen mit ihren Äxten ein Fenster ein, und schwarzer Rauch quoll heraus, brannte den Schaulustigen in den Augen und erschreckte das Pferdegespann eines Steinmetzen, dessen Wagen sich plötzlich drehte und unser Vorankommen weiter verlangsamte.

»Wir könnten übrigens noch einen anderen Ermittlungsansatz verfolgen«, sagte Sidney Grice. Das *wir* gefiel mir, obschon ich den Verdacht hegte, er meinte damit nur sich selbst. »Nämlich einfach abwarten, bis alle außer einem Mitglied tot sind, und den letzten Überlebenden verhaften. Das dürfte nicht allzu lange dauern.«

»Das kann nicht Ihr Ernst sein«, sagte ich, während wir die

Hindernisse umfuhren. »Es ist doch Ihre Aufgabe, diese Leute zu beschützen.«

Mein Vormund öffnete die Schließen seines Ranzen und holte seine patentierte Warmhalteflasche hervor.

»Im Gegenteil.« Er goss etwas Tee in seinen neu entworfenen schlanken Blechbecher mit leichter Innenwulst, die dafür sorgte, dass nichts herausschwappte. »Wenn Sie sich die Bedingungen meines Einsatzes ins Gedächtnis rufen, habe ich den Auftrag, den Tod der Mitglieder zu untersuchen, und nicht den, sie zu bemuttern. Wenn sie nicht sterben, kann ich meiner Aufgabe nicht nachkommen.«

»Aber Sie werden sie doch sicher instinktiv retten wollen?«

Er verkorkte die Flasche. »Das Vieh auf der Weide handelt instinktiv. Ich habe Verstand und muss ihn nicht über Gebühr beanspruchen, um zu erkennen, dass mich jeder weitere Tote in ein schlechtes Licht rückt. Mein beruflicher Leumund gleicht schon jetzt dem Wrack der *Deutschland*. Außerdem wäre eine hohe Sterberate keine ansprechende Lösung.«

»Es ist hilfreich, dass wir nur fünf Verdächtige haben«, sagte ich, während er seine Flasche verstaute.

»Nicht unbedingt.« Er hielt seinen Becher fest, als wir um einen Feuerwehrmann herumschwenkten, der einen alten Mann im Nachthemd wie ein Kind aus dem Haus trug. »Jemand, der kein Klubmitglied ist, könnte einen Groll auf die Mitglieder hegen. Abgesehen davon«, er legte eine Hand über den Becher, »sind Zahlen bedeutungslos. Es gab hundertdrei Verdächtige, als Granny Griggs um vier Uhr nachmittags entzwei gesägt wurde, und doch ergriff ich den Schuldigen, ehe die Viertelstunde geschlagen hatte. Umgekehrt brauchte ich vier Jahre, um Lorraine Merrylegs zu überführen, die als Einzige bei drei verschiedenen Morden zugegen war. Hätte sie sich die Zähne auch von hinten geputzt, könnte sie noch heute ihrem Treiben nachgehen.«

»Von ihr habe ich nie gehört, obwohl ich alle Groschenreißer kenne.«

»Der Justizminister bat mich inständig um Stillschweigen aus Gründen, die ich erst nach dem unrühmlichen Ausgang dieses Jahrhunderts zu benennen vermag.« Er nahm einen Schluck Tee. »Jedenfalls übersehen Sie, dass es einen sechsten Verdächtigen gibt.«

Ich dachte nach. »Wen?«

»Mich«, sagte mein Vormund. »Auf den Tod aller Mitglieder hin steht mir ein ansehnlicher Geldbetrag ins Haus.«

Ich lachte. »Sie können sich doch nicht selbst verdächtigen.«

»Man muss stets sämtliche Möglichkeiten erwägen. Allerdings verfüge ich über hinreichende Kenntnis meines Vorgehens, um mich mit einem vernünftigen Maß an Zuversicht als schuldhafte Partei auszuschließen. Sie hingegen können mich auf Ihrer Liste behalten.«

»Ich werde es berücksichtigen«, sagte ich, während wir durch ein Schlagloch rumpelten und er sich beinahe an seinem Tee verschluckte.

Wir bogen in die Euston Road ab, ohne darum zügiger voranzukommen. Zwei Männer luden Möbel ein, und unser Kutscher musste erst drohend seine Peitsche heben, ehe sie den Wagen an die Seite fuhren. Die Straßen wurden schmaler und kürzer und die Häuser kleiner und verwohnter, je weiter wir nach Osten fuhren. Die Zahl der Fußgänger nahm zu und die der Droschken ab, bis unser Hansom der einzige weit und breit war, der sich seinen Weg durch die wimmelnde Menschenmenge bahnte.

»Wie reich an Geschichte diese Gegend ist.« Mein Vormund hob die Stimme über den allgemeinen Lärm. »Dort drüben ist das Lokal The Prospect of Whitby, vormals bekannt als The Devil's Tavern. Richter Jefferies, auch Scharfrichter Jefferies genannt, ging dort ein und aus. Sein Haus steht nahebei, im Fenster hängt eine Galgenschlinge zum Gedenken an seine ruhmreiche Laufbahn. Während zweier besonders ertragreicher Tage im September 1685 verurteilte er hundertneunundvierzig Leute zum Tod.«

»Muss ein rechter Scherzbold gewesen sein.«

Die Straßen wurden etwas breiter, aber umso trister. Fensterlose Lagerhäuser, ehedem backsteinrot, nun aber rußgeschwärzt, ragten zu beiden Seiten auf, verbunden durch ein Geflecht verschieden hoher hölzerner Stege. Die Straße öffnete sich auf ein Getümmel aus Trägern und Kahnführern, die von den Kais kamen oder dorthin unterwegs waren. Viele hatten so schwere Lasten aufgebürdet, dass ihre Säcke und Kisten sie schier zu Boden drückten.

»Das Execution Dock.« Er rang darum, sich Gehör zu verschaffen. »Hier wurden früher Piraten und Meuterer ins Jenseits geschickt. Seinerzeit wusste man noch, wie man einen Mann aufknüpft. Zog der Henker nicht an seinen Beinen, konnte er fast eine Stunde lang am kurzen Seil zappeln – der *Marshall's Dance*. Mein Vater ging sich hier die letzte Hinrichtung ansehen und erzählte mir, es sei ganz herrlich gewesen.«

»Wie der Vater, so der Sohn«, sagte ich. Er strahlte.

Der Hansom kam zum Stehen. »Bis hierher fahr ich«, rief der Kutscher, und mein Vormund reichte ihm den Lohn nach oben.

»Der Rest ist für Sie und eine Guinee obendrein, wenn Sie warten.«

»Eine Stunde«, sagte der Kutscher und riss an den Zügeln, um sein Pferd aus dem Weg zu schaffen.

»Sperren Sie die Augen auf«, trug Sidney Grice mir auf. »Wir suchen Piggetys Haus. Nicht nötig. Da ist es schon.«

Ich folgte seiner Hand und sah seitlich an einen Zuckerspeicher geschmiegt einen geteerten, zweigeschossigen Holzbau mit einem sechskantigen Turm, einer Reihe Oberlichter im Dach und einem Schild an der Seite, das in riesigen weißen Lettern die Aufschrift *Piggetys Katzen* trug.

Wir zwängten uns durch eine Gruppe Schauerleute, die sich über ein Hütchenspiel beugten. Ein fetter Mann mit Holzbein saß auf dem Kopfsteinpflaster, legte einen Kiesel auf ein Tablett, stülpte einen von drei Bechern darüber und schob dann alle umeinander, während die Zuschauer darauf setzten, unter welchem Becher sich der Kiesel befand. Wir sahen eine Weile zu. Er war sehr schnell. Nie erriet ich den richtigen Becher.

»Links«, sagte Sidney Grice, und so war es. »Mitte.« Wieder hatte er recht.

Der fette Mann sah hoch. »Setz ma' was, Chef!«

»Ich wette nie«, ließ ihn mein Vormund wissen, »nicht mal auf Gewissheiten wie diese. Wieder links.«

Ich gewahrte hinter uns einen Mann in einer grünen Jacke und sah seine Hand einen hässlichen dornengespickten Knüppel umklammern.

»Zeit zu gehen, bevor ich dir deine hübsche Fratze einschlag.«

Sidney Grice schien von dem Spiel gebannt zu sein. »Mitte«, sagte er.

»Danke«, gab ich zurück. »Hübsch zu sein, wird mir nicht oft vorgeworfen.«

»Hab mit deinem Alten geredet.« Der Mann in der grünen Jacke kam dicht heran und hob den Knüppel. Ich fühlte ihn an meinem Kinn. Unwillkürlich riss ich den Sonnenschirm hoch und erwischte zufällig sein linkes Nasenloch. Es war ein ziemlich heftiger Stoß. Er ließ seine Waffe fallen und hielt sich die Nase.

»Mitte.« Mein Vormund schnellte herum, und ich hakte mich bei ihm unter.

»Lassen Sie uns gehen, Mr G«, sagte ich, als der Mann nach seinem Knüppel langte.

Sidney Grice trat danach und schickte ihn übers Pflaster. »Gewiss, Miss Middleton.« Er warf einen Blick über die Schulter. Der Mann hatte seine Waffe aufgehoben, machte aber keine Anstalten, uns zu folgen.

»Warum haben Sie mich Mr G genannt?«, fragte er, als wir an den Schuppen gelangten.

»Ich war mir nicht sicher, ob die Grobiane wissen sollten,

wer Sie sind. Wie auch immer, die Anrede gefällt mir eigentlich recht gut.«

Weiter unten, nahe der Wasserkante, floss eine Senkgrube über.

»Mir auch.« Er hob den Klopfer an. »Förmlich und formlos zugleich.« Er pochte an die Tür, die beinahe umgehend aufflog. Der Gestank schlug uns mit solcher Wucht entgegen, dass wir beide zurücktaumelten.

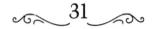

KATZEN UND KALAUER

Oh, daran werden Sie sich rasch gewöhnen.« Der Mann, der uns die Tür öffnete, war derart klein und zwiebelförmig, dass, hätte er eine gestreifte Schirmmütze auf dem Kopf getragen, ich ihn nur allzu gern gefragt hätte, wo Tweedledee abgeblieben war.

»Das glaube ich kaum.« Sidney Grice hob die Hand und bedeckte Mund und Nase.

Unser Gastgeber legte seine schwitzenden Hände aneinander. »Denken Sie einfach an den Duft des Geldes.« Der vordere Teil seines Schädels war flach und fiel nach vorne hin ab.

»In *meine* Brieftasche kommt der jedenfalls nicht«, versicherte ich ihm.

»Sidney Grice.« Mein Vormund hielt ihm seine Visitenkarte hin. »Und das ist Miss Middleton. Sie müssen ihre Eigenheiten entschuldigen.«

»Prometheus Perseus Piggety.« Er nahm die Karte und drehte sie um, als erwartete er, darauf eine persönliche Botschaft zu finden. »Einer hübschen Dame kann ich alles verzeihen«, erklärte er überaus zuvorkommend, fügte dann aber hinzu: »Aber die hier sollte ihre Zunge hüten.«

»Ich werde es ihr mitteilen«, knurrte ich, »bezweifle aber, dass sie darauf hören wird.«

Mr Piggety kniff die Augen zusammen und schob sein Gesicht dicht an das meines Vormunds heran. »Wie sehr Sie doch Ihrer Karikatur ähneln.« Sidney Grice riss ihm die Karte aus der Hand.

»Hatten Ihre Eltern eine Schwäche für griechische Sagen, Mr Piggety?«, warf ich hastig ein.

Während wir sprachen, schlurfte Mr Piggety rückwärts, wie ein Lakai im Angesicht seines Herrn.

»Ich habe sie gehasst«, sagte er, »und sie haben mich gehasst. Deshalb änderten sie meinen Namen, als ich vierzehn war. Ursprünglich hieß ich Samuel.«

»Wieso sollte Sie jemand hassen?« Ich sprühte mir etwas Parfüm auf mein Taschentuch.

»Ach, wie viele Menschen mich das bereits gefragt haben, und noch immer weiß ich keine Antwort ...« Er leckte sich die Lippen. »Schließlich gibt es in diesem unserem Land keinen liebenswürdigeren Menschen als mich.« Er verriegelte die Tür und hielt dann einen langen, eigentümlich geformten Schlüssel in die Höhe. »Der Einzige, der je geschliffen wurde« – er hatte mehrere Bartreihen, die in unterschiedlichen Winkeln vom zylindrischen Halm abstanden –, »und einer, der sich nicht nachmachen lässt. Sicherheit lautet meine Devise, mein Wahlspruch, mein Leitstern, mein ...«

»Ein Williams-Hazard-Riegelschloss«, unterbrach ihn Sidney Grice.

»Sie kennen sich mit Schlössern aus, Sir.«

»Mr Hazard hat mir einst dreihundert Guineen dafür gezahlt, dass ich versuchte, seinen Prototyp zu knacken.«

»Und ist es Ihnen gelungen?«, wollte ich wissen.

»Er gab mir weitere zweihundert, damit ich die Antwort für mich behielt.«

Wir standen auf einer Betonrampe mit hüfthoher Brüstung und blickten hinunter in einen großen, gut beleuchteten Raum. Darin befanden sich vier lange Reihen von Käfigen, je drei übereinander und auf Böcken ruhend. »In dieser Fabrik wurde früher Suppe in Konservendosen abgefüllt«, gab uns Prometheus Piggety zu verstehen, »bis die Leute begriffen, welch unnütze Idee das war.«

»Aber gewiss hält sie sich dann länger«, wandte ich ein. Prometheus Piggety begann zu kichern. Er war recht gut, wenn auch etwas schludrig gekleidet in einen flaschengrünen Rock mit abgewetzten Ellbogen und gediegene schwarze Drillichhosen, denen ein Bügeleisen gut bekommen wäre. Auf seinem Hemdkragen prangte eine Reihe grellroter Flecken mit leichtem Blaustich.

»Das schon, mein liebes Mädchen, aber wie soll man sie wieder herausbekommen?«

»Ich bin mir sicher, dass ich eine Öffnungsvorrichtung konstruieren könnte«, sagte mein Vormund halb zu sich selbst, und Mr Piggety kicherte abermals.

»Ich würde mir nicht die Mühe machen, Sir. Das ist nur eine dieser Modeerscheinungen, wie das Paraffin. Wozu sollten wir so etwas brauchen, wo es doch einen schier grenzenlosen Vorrat an Pottwalen gibt?«

Eben wollte ich einwenden, dass der Gebrauch von Paraffin günstiger, sauberer und menschlicher war, als Sidney Grice sagte: »Was für eine interessante Unternehmung Sie hier betreiben.«

»Kommen Sie, und sehen Sie selbst.« Mr Piggety marschierte voran, eine ungesicherte Eisentreppe hinab in die ausladende Halle und blieb vor dem ersten Käfig stehen. Darin lagen fünf weiße Kätzchen.

»Sind sie nicht hinreißend?« Mr Piggety öffnete die Tür, hob eines davon heraus und reichte es mir behutsam, ein winziges Knäuel mit großen grünen Augen und weichen rosa Pfötchen. Ich streichelte seinen Kopf, und es schnupperte an meiner Hand.

»Wie merkwürdig«, sagte ich. »Sie wirkt so zufrieden, und trotzdem schnurrt sie nicht.«

»Die Laute, die diese Katzen von sich geben, haben etwas sehr Sonderbares an sich«, ergänzte Sidney Grice.

»Ich höre überhaupt nichts.« Ich kitzelte das Kätzchen hinter den Ohren.

»Genau das ist ja das Sonderbare.« Mein Vormund ließ seinen Gehstock über die Gitterstäbe der Käfige rattern. Die Katzen wichen zurück, und obwohl einige von ihnen die Zähne bleckten und das Maul aufrissen, miaute oder fauchte keine einzige von ihnen.

Mr Piggety stieß einen wiehernden Ton aus. »Gut beobachtet, Sir. Sie sollten wissen, dass, wenngleich ich schon unzählige Gentlemen durch dieses Etablissement geführt habe, dieser Umstand gerade einmal zweien gewahr wurde, ehe ich sie ausdrücklich darauf hinwies.«

Das Kätzchen spielte mit einem Knopf an meinem Mantel.

»Wieso geben sie keinen Laut von sich?«, fragte ich, was Mr Piggety erneut ein Wiehern entlockte.

»Diese Katzen stammen aus einem abgelegenen Tal in Spanien, einer Region namens« – das Wiehern schwoll an – »*Ka-ter*lonien. Der ist gut, oder?«

»Nicht im Geringsten.« Sidney Grice kniete sich hin, um unter einen Käfig zu schauen.

»Habe einen ganzen Ramschposten von denen« – seine schrille Ausgelassenheit ließ einen weiteren Kalauer befürchten – »für drei *Pfoten* – äh – Pfund erstanden, doch mir ist *schnurr*stracks klar geworden, dass sie für meine Zwecke absolut perfekt sind: schneeweiß, mit wunderbar flauschigem Fell und allesamt stumm. Was will man mehr?«

»Geld«, antwortete mein Vormund, worauf Mr Piggety iahte wie ein Esel.

»Wir könnten Brüder sein«, sagte er. Sidney Grice schüttelte sich angewidert. »Die Liebe zum Mammon war es, die mich dazu gebracht hat, dieses prächtige Bauwerk zu erwerben.«

»Wie viele Katzen halten Sie hier?«, wollte ich wissen.

»Viertausendvierhundertzweiundzwanzig«, antwortete Mr Piggety, nahm mir das Tier wieder ab und steckte es in seinen Käfig. »Ich werde sie Ende kommenden Jahres auf den Markt bringen.«

»Wieso haben Sie bislang noch keine verkauft?«

»Aus zwei Gründen. Erstens müssen wir sie zu Hunderten verkaufen, damit das Geschäft rentabel ist.«

»Aber Leute kaufen doch nur einzelne Katzen.« Ich wischte mir einige Härchen vom Kragen. Mr Piggety kicherte.

»Was um Himmels willen sollte man mit einer einzigen Katze anfangen?«

Eben wollte ich es ihm sagen, als mein Vormund fragte: »Und der zweite Grund?«

»Na, um sie wachsen zu lassen natürlich.«

»Ich hätte angenommen, dass die meisten Menschen Jungtiere vorziehen«, wandte ich ein, woraufhin Mr Piggety zum wiederholten Mal in lautes Wiehern ausbrach.

»Du meine Güte, Miss, da haben Sie noch einiges zu lernen. Lassen Sie es mich Ihnen zeigen.«

Wir gingen zwischen zwei Käfigreihen hindurch. Die Tiere drückten ihre rosa Schnäuzchen gegen die Stäbe oder streckten uns verspielt ihre Pfoten entgegen.

»In jedem Käfig steht eine Schale mit frischem Wasser, und zweimal am Tag gibt es Pferdehack«, tat Mr Piggety kund.

»Sie scheinen gut versorgt zu sein«, bemerkte ich.

»Das sind sie in der Tat, Miss. Fürwahr, fürwahr«, pflichtete Mr Piggety mir bei. »Der Raum verfügt über ein Geflecht von Dampfleitungen, die im Winter als Heizung dienen, und im Sommer öffnen wir sämtliche Dachfenster, um ihn angenehm kühl zu halten. Es ist unabdingbar, die richtige Temperatur zu wahren.«

»17 Grad«, warf Sidney Grice ein und wies auf die Wand gegenüber, wo ein winziges Thermometer hing.

Mr Piggety rieb sich die Hände. »Ist es zu kalt, werden sie krank, ist es zu heiß, fallen ihnen die Haare aus, was eine absolute Katastrophe wäre. Von meiner Fabrik nebenan, wo ich Innereien einkochen lasse, wird Dampf hierher geleitet. Ich muss also keine Kohle kaufen oder irgendeinem Nichtsnutz Geld dafür geben, einen Kessel anzuheizen.«

»Was ist mit Ihrem Hemd geschehen?«, fragte ich ihn, da die Flecken sich auszubreiten schienen. Mr Piggety schaute verlegen drein.

»Ich leide an *Chromhidrose*«, offenbarte er, »einer entwürdigenden Erkrankung, bei der sich der Schweiß grün, gelb, schwarz oder – in meinem Falle – bläulich rot verfärbt.« Das sagte er so kleinlaut, dass ich mich gerade entschuldigen wollte, als Sidney Grice seine Untersuchung eines Käfigscharniers jäh beendete und fragte: »Wie viele Unternehmen besitzen Sie?«

Mr Piggety kniff argwöhnisch die Augen zusammen. »Sie schickt doch nicht etwa die Steuerbehörde?«

»Sehe ich etwa aus wie ein Staatsdiener?«, erwiderte Sidney Grice gereizt. Mittlerweile waren wir an einer Tür am anderen Ende der Halle angekommen. »Als *Diener* kann ich Sie mir wahrlich nicht vorstellen«, stellte Mr Piggety fest. »Aber wo Sie schon mal fragen, mir gehören noch drei weitere Betriebe: Fertigung und Verkauf von Aufziehtieren – hauptsächlich Mäuse und Hunde –, ein Lagerhaus für getragene Strümpfe, ferner eine Fabrik für Handprothesen – die, wieso auch immer, in Ungarn ungemein gefragt sind. Freilich gebe ich sie nicht *ungern*«, gluckste er, »aus den« – er machte ein Kunstpause – »*Händen*«.

Peinlich berührt verzog ich das Gesicht, und mein Vormund bedachte unseren Gastgeber mit einem mitleidigen Blick, während der die Tür öffnete und zur Seite trat, um uns durchzulassen. Vor uns lag ein kleinerer rechteckiger Raum. An der Decke erstreckten sich zwei Kettenbänder, die über die gesamte Länge des Raumes auf zwei große runde Emaillebottiche zuliefen. Von den Bändern baumelten große Fleischerhaken.

»Wenn das alles voll funktionstüchtig ist«, führte Mr Piggety aus, »sollten vier Mann in der Lage sein, in einer Stunde zweihundertvierzig Katzen hindurchzubekommen. Und hiermit«, er hob einen schweren Holzknüppel, »werden wir vorgeben, sie zu töten.«

»Einen Moment mal«, unterbrach ich seinen Redefluss, »wieso wollen Sie denn nur *vorgeben*, sie zu töten?«

Mr Piggety kreischte vor Freude. »Neinnein, Miss. Wir werden nicht vorgeben, sie zu töten – wir werden nur vorgeben, sie mit *Knüppeln* zu töten.«

»Lassen Sie mich überlegen«, sagte mein Vormund, ging zu einem der Bottiche und wieder zurück, wobei er auf halbem Wege stehenblieb, um eine Reihe von Rädchen und Hebeln zu studieren. »Sie haben also vor, die Katzen an die Haken zu binden.«

»Gewiss, aber nur mit diesen Seidenbändern, um ihnen ja keinen Schaden zuzufügen.«

»Aber ich verstehe noch immer nicht …«, setzte ich an, doch Sidney Grice fuhr unverdrossen fort.

»Offenbar werden Sie die Bottiche mit heißem Wasser füllen.«

Mr Piggety klatschte in die Hände. »Ganz genau, Sir. Die Katzen werden von hier aus in steter Folge zu den Bottichen befördert und dort vollautomatisch hinabgesenkt.«

»Und wie lange werden sie untergetaucht?«, hakte Sidney Grice nach.

»Den Experimenten nach zu urteilen, die ich bisher durchgeführt habe, etwa eine Minute«, sagte Mr Piggety. »Als Faustregel warten wir einfach, bis das Wasser nicht mehr schäumt.«

»Sie haben also vor, lebende Katzen in kochendes Wasser zu werfen?« Ich hoffte, dass ich ihn missverstanden hatte.

»Ganz recht, Miss«, sagte Mr Piggety stolz. »Die Prügel sind nur dazu da, um die Bedenken scheinheiliger Weichlinge von der Royal Society for the Prevention of Cruelty to Animals zu zerstreuen, sollte man vorhaben, uns zu beehren. Ich habe den Raum sogar schalldicht machen lassen, was ich mir freilich hätte sparen können, hätte ich gewusst, dass mir solch wunderbar stumme Geschöpfe in die Hände fallen würden.

Es gibt heute ja diese lächerlichen neuen Gesetze, die auf der abstrusen Vorstellung beruhen, Tiere würden auf die gleiche Weise leiden wie wir Menschen. Nun, diese Katzen können ja nicht mal quietschen, und es gilt medizinisch als verbürgt, dass Taubstumme keinen echten Schmerz empfinden.«

»Aber wieso betäuben Sie die Tiere nicht wenigstens?«, fragte ich.

»Ach, Ihr Frauen.« Mr Piggety zwinkerte zuerst mir und dann meinem Vormund zu.

»So weichherzig. Drei Gründe, sie nicht zu erschlagen, Miss. Erstens kostet es Zeit, zweitens läuft man Gefahr, das Fell zu ruinieren, und drittens sitzt die Haut bei einer lebenden Katze lockerer, und durch das Strampeln lässt sie sich später umso besser ablösen. Obendrein ist so das Fleisch zarter, das wir zu einer Delikatesse für kulinarisch anspruchsvolle Hundebesitzer verarbeiten wollen.«

»Kulinarisch anspruchsvolle Hundebesitzer essen kein Katzenfleisch«, gab Sidney Grice zu bedenken.

»Vielleicht möchten Sie noch einen Blick in den Abhäuteraum werfen?«

Mir wurde flau. »Was sind Sie nur für ein widerlicher Mensch«, entfuhr es mir.

»Ich frage mich, ob Sie wohl auch dann noch eine solch kindische Rührseligkeit an den Tag legen, wenn Mr Grice Ihnen Weihnachten einen herrlichen weißen Pelzmantel schenkt«, gab er aufbrausend zurück.

»Sie sind …«

Mein Vormund trat zwischen uns. »… Mitglied im Klub des letzten Todes.«

»Dessen, was davon übrig ist«, stimmte Mr Piggety freudig zu.

»Sie sind sich hoffentlich darüber im Klaren, dass – da einige der Mitglieder bereits ermordet wurden – Sie zum Kreis der Verdächtigen gehören?«, fragte mein Vormund, was Prometheus Piggety lediglich ein nasales Kichern abrang.

»Verdächtigen Sie mich ruhig, soviel Sie wollen«, sagte er. »Sie sollten Ihre Zeit aber besser damit verbringen, den wahren Mörder zu finden.«

»Ich bedauere keineswegs, Ihnen mitteilen zu müssen, dass Sie sterben werden, Piggety«, erklärte Sidney Grice, »qualvoll und sehr bald. Wenn Sie nicht der Mörder sind, wird man Sie umbringen, und wenn Sie es sind, werde ich mit erheblicher Schadenfreude dabei zusehen, wie man Sie hängt.«

»Aber natürlich. Wie ich höre, haben Sie einen Hang dazu, unschuldige Klienten hinrichten zu lassen«, höhnte Mr Piggety.

Sidney Grice' Hand ballte sich um den Griff seines Stocks.

»Oh, Sie …«, setzte er an, doch ich fiel ihm rasch ins Wort: »Beunruhigt es Sie denn überhaupt nicht, dass die anderen Mitglieder ermordet werden?«

»Ob es mich beunruhigt?« Prometheus Piggety nahm seine Goldrandbrille von der Nase und hauchte auf die Gläser. »Entzückt ist der richtige Ausdruck. Schließlich bringt mich jeder Todesfall einem beträchtlichen Vermögen näher.«

Sidney Grice erlangte seine Fassung zurück und bemerkte: »Man benötigt keine überbordende Phantasie, um zu wissen, dass es wahrscheinlich der Mörder selbst ist, der von den Taten profitiert.«

»Ebenso wenig wie für die Erkenntnis, dass, wenn nur noch zwei von uns übrig sind, ich das andere Mitglied dem ersten Polizisten ausliefern werde, der mir über den Weg läuft. Oh, ich hoffe so sehr, dass es der Pfarrer ist. Liebend gern würde ich einen Pfarrer baumeln sehen.«

»Aber was, wenn er Sie nicht als letztes Opfer auserkoren hat?«, wollte ich wissen.

»Mein liebes Mädchen.« Er zog einen Gamslederlappen hervor, polierte seine Brille und hielt sie empor. »Mir ist nicht entgangen, wie sehr Sie mich schon jetzt ins Herz geschlossen haben, aber bitte machen Sie sich meinetwegen keine Sorgen. Ich habe eine Versicherung abgeschlossen, die mir garantiert, dass

Mr Grice alles in seiner Macht Stehende tun wird, um mich am Leben zu halten. In der morgigen *Times* erscheint eine Anzeige, die klarstellt, dass ich unter seinem Schutz stehe.«

Sidney Grice strich sich mit dem Handrücken über die Wange. »Dann werde ich eine noch größere Anzeige aufgeben, die unmissverständlich klarstellt, dass dem nicht so ist.«

Mr Piggetys Finger zuckten, als würde er sie fürs Klavierspiel aufwärmen. »Das wird nichts ändern, Sir. Als ich fünfzehn war, habe ich mir von einer alten stinkenden Zigeunerin aus der Hand lesen lassen, und sie hat mir eine ganze Reihe von Dingen richtig prophezeit; zum Beispiel, dass ich für Angehörige des zarten Geschlechts unwiderstehlich sein würde – machen Sie sich jetzt nicht die Mühe, es zu leugnen, Miss –, aber auch, dass ich vor meinem achtzigsten Geburtstag in der Badewanne sterbe, weshalb mich der Sensenmann erst in vielen, vielen Jahren beehren wird.« Er schob sich die Brillenbügel über die Ohren.

»Sie glauben doch wohl nicht im Ernst, dass irgendwer in der Lage ist, die Zukunft aus den Falten Ihrer Hand zu lesen. Wenn das ...«, begann ich, doch Prometheus Piggety fiel mir ins Wort: »Professor Stone zufolge, der in Cambridge Mathematik lehrt, treffen Handleser und Wahrsager mit ihren Vorhersagen häufiger ins Schwarze als Ökonomen und Meteorologen.«

»Was die Frage nahelegt, wer denn nun der Blindeste im Land der Blinden ist«, merkte Sidney Grice an. Prometheus Piggety gackerte.

»Wie mir zu Ohren gekommen ist, sollen Sie selbst halb blind sein, Mr Grice.«

Mein Vormund erblasste und legte einen Finger an sein Glasauge. »Ich frage mich, ob Ihre Zigeunerin Ihnen auch erzählt hat, was für ein blasierter, hohlköpfiger, abstoßender kleiner Mann Sie einmal sein würden. Vielleicht hat sie's einfach bleiben lassen, weil schon damals all diese Eigenschaften unverkennbar vorhanden waren.«

»Klein?« Mr Piggety hielt sich an einer Tischkante fest. »Wie können Sie es wagen, Sir? Sie kommen hier hereingeplatzt mit Ihrer ... mausgrauen, hasengesichtigen ...«

»Kein Wunder, dass Ihre Eltern Sie nicht mochten«, fuhr ich dazwischen. »Es erstaunt mich lediglich, dass Sie überhaupt Eltern hatten.«

Mr Piggety richtete sich zu seiner vollen Größe auf, doch auch so war er noch zehn Zentimeter kleiner als ich.

»Ich muss Sie ersuchen, meinen Grund und Boden auf der Stelle zu verlassen.«

»Nicht nötig«, versetzte ich und machte auf dem Absatz kehrt, eifrig bemüht zu verbergen, dass selbiger gerade in einem Gitter steckengeblieben war. »Es wird uns eine Freude sein.«

»Ich werde diese Fabrik bis Ende der Woche schließen lassen«, sagte Sidney Grice. Mr Piggety warf ihm nur einen abschätzigen Blick zu.

»Das glaube ich kaum, Sir. Einige hochrangige Kabinettsmitglieder haben beträchtliche Summen in dieses Vorhaben investiert«, rief er uns hinterher, während wir die Stufen emporstiegen.

»Ein grauenvoller Gedanke, dass wir von solchen Leuten regiert werden«, klagte Sidney Grice, als wir uns erneut dem Strom der Hafenarbeiter anschlossen.

»Sollte das Empire in tausend Jahren noch bestehen, wird dies als seine erbärmlichste Stunde gelten.«

»Tag, Mr Grice.«

Ich fuhr herum und erblickte einen Gassenjungen, der auf einem algenbewachsenen Dalben hockte. Mein Vormund wandte nicht einmal den Kopf, sondern erwiderte mit starren Lippen: »Solltest du mich jemals wieder in der Öffentlichkeit grüßen, kannst du dir mitsamt deiner verlausten Bande in Wandsworth eine Tracht Prügel abholen«, und schnippte dem Jungen im Vorbeigehen einen Schilling zu

*

»Gestern hat mir Dr. Berry etwas Bemerkenswertes berichtet«, sagte Mr G, als wir in sein Studierzimmer gingen. »Tags
zuvor sei sie auf dem Weg zu einem Patienten nachmittags am
Tavistock Square vorbeigekommen. Und als sie emporblickte,
habe sie eine Frau aus dem Fenster schauen sehen.« Er blätterte seine Post durch. »Und raten Sie mal wo?« Sidney Grice
griff sich ein kleines, teuflisch scharfes Stilett, eben jenes – so
hatte er mir versichert –, mit dem Jimmy Makepeace seinem
Vater einst die Kehle durchgeschnitten hatte, und öffnete einen
Umschlag.

»Silas Braithwaites Wartezimmer«, rief ich aus. Er nickte,
und ich sann weiter nach. »Es kann auch eine Putzfrau gewesen sein, die im Auftrag des Maklers das Haus geputzt hat, oder
eine Verwandte, die sich nur umschauen …«

»Dr. Berry war sich nicht ganz sicher«, er warf den Brief über
die Schulter geradewegs in den Papierkorb, »aber sie glaubte,
auf der linken Seite ihres Gesichts einen dunklen Fleck erkannt zu haben.«

»Primrose McKay.«

»Das zu erraten erfordert keine große Kombinationsgabe.« Er
beförderte zwei weitere Briefe in den Müll, ungeöffnet. »Und
sie hatte das Gefühl, die vermeintliche Miss McKay würde sie
beobachten, allerdings kennen Sie ja meine Einstellung Gefüh-
len gegenüber – sie gehören ins Reich der Mythen und Phan-
tasmen.«

»Aber wieso sollte Miss McKay dorthin gehen?«

Er riss einen Brief entzwei und inspizierte eine Hälfte unter
seiner Schreibtischlampe. »Sie geben sich doch so gern Speku-
lationen hin?«

»Vielleicht, um sicherzugehen, dass dort keinerlei Hinweise
auf sie zu finden sind – ihr Name in den Akten, ein Brief von
ihr oder ein Eintrag in seinem Kalender.«

»Liebe Güte, was sind Sie heute wieder kreativ!« Er musste
niesen.

»Sollten wir Miss McKay vielleicht einen Besuch abstatten?«

»Gehen Sie ruhig, wenn Ihnen danach ist.« Er schnäuzte sich. »Ich teile nicht Ihre Begeisterung für unnütze Ausflüge. Wie oft muss ich denen das noch sagen?« Er hielt mir ein dickes Schriftstück vor die Nase. »Ich will nicht Präsident von ...«. Der Rest des Satzes ging im nächsten Niesen unter.

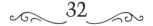

DIE CHOREA UND
DER WALFISCH

Die Schreie hallten von den Wänden wider. Keiner der Besucher hob den Kopf. Schmerz war ein allzu alltäglicher Teil der Behandlungen, die ihn eigentlich lindern sollten.

Die Oberin ließ sich nicht blicken, als ich die Liston-Station betrat. Inspektor Pounds Augen waren geschlossen, sein Atem ging flach, und seine Haut glänzte wächsern. Ich fühlte ihm den Puls, der schwach war und raste. Ich schlug die Bettdecke zurück. Immerhin sah das Laken sauber aus.

Die beiden Krankenschwestern kamen herein. »Verraten Sie es nicht der Oberin, sonst verlieren wir unsere Arbeit und bekommen nie wieder welche«, flehte die ältere der beiden, »aber wir haben ihn mit dem Karbol gereinigt, so wie Sie es uns gesagt haben.«

»Und Sie haben das Bettzeug gewechselt.«

»Die Wunde sieht viel besser aus«, sagte die Jüngere.

»Dann will ich sie in Ruhe lassen.« Ich deckte ihn wieder zu. »Ist er schon lange bewusstlos?«

»Den ganzen Tag«, antwortete die Jüngere. »Er hatte etwas von der Pastete gegessen, konnte aber kaum etwas bei sich behalten.«

Sein Schnurrbart war feucht und zerzaust.

»Wer ist der Chirurg?«

»Mr Sweeney«, sagte die ältere Schwester. »Er ist Ire, aber sehr gut. Einmal sah ich ihn einen lebenden Säugling unverletzt rausschneiden, und die Mutter hat überlebt.«

Ein alter Mann rief irgendetwas über Lord Raglan. Fünf Mal wiederholte er den Namen, jedes Mal schwächer, zuletzt murmelnd. Ich sah zu, wie er sich mühselig aufzusetzen versuchte, doch eine Schwester drückte ihn zurück in sein Kopfkissen.

»Kommt er heute vorbei?«

»Gewöhnlich ist er in etwa einer halben Stunde auf Visite, falls er nicht in der Chirurgie aufgehalten wird, aber Sie dürfen nicht hier sein, wenn er kommt.«

Ich nahm eine Karte aus meiner Handtasche – ein Rotkehlchen war darauf gedruckt – und legte sie auf den Beistelltisch.

»Wie erkenne ich ihn?«

Die jüngere Schwester kicherte. »Den können Sie nicht übersehen. Er füllt beinahe den Flur aus und hat Koteletten wie Ligusterhecken.«

»So spricht man nicht von einem Arzt«, schalt die ältere Schwester. »Uns erwähnen Sie nicht, oder, Miss?«

»Nein. Und danke für Ihre Hilfe.«

Nachdem die beiden gegangen waren, stand ich noch eine Weile da, ordnete sein Haar und beugte mich gerade vor, um ihn auf die Stirn zu küssen, als sich eines seiner Lider einen Spaltbreit öffnete.

»Lass das Gewese, Lucinda«, murmelte er, und sein Lid sank wieder herab.

Sie verhüllten das Antlitz des alten Mannes, als ich aufbrach. Ich betrat die Kapelle, ließ mich hinten nieder und betete für den Mann, den ich nicht kennengelernt hatte, und denjenigen, den ich neuerlich kennenzulernen hoffte. Ein Ehepaar kam herein.

»Gott sei Dank«, sagte der Mann. Lächelnd steckten sie Geld in den Opferstock und gingen. Ich legte mein Gesicht in die Wölbung meiner Hände.

»Gib mir etwas, wofür ich dir danken kann«, flüsterte ich durch meine Finger. Die meisten Menschen feilschen mit Gott. Sie versprechen ihm, gut zu sein oder Almosen zu geben oder den täglichen Kirchgang, aber womit konnte ich schachern?

Ich schlug eine Bibel auf und blätterte vor zur Erzählung vom Zenturio, der Jesus um Hilfe bittet. *Sprich nur ein Wort, so wird mein Knecht gesund.* Früher fand ich die Worte beseelend, nun aber wirkten sie hohl. Ich suchte nach etwas anderem, schlug willkürlich Seiten auf. Nichts spendete mir Trost. Die Zeit verstrich, und ich ging wieder die Treppe hinauf.

Die Krankenschwester hatte nicht übertrieben. Mr Sweeney war unmöglich zu übersehen. Er war ein Mann von wahrlich gewaltiger Masse. Stampfend und schwankend bewegte er sich fort, das Gesicht nahezu verborgen unter Stoppelgestrüpp. In seinem Gefolge: eine Schar Studenten und Nachwuchskräfte.

»Auf ein Wort, Mr Sweeney?«

Er stampfte weiter. »Ich bespreche mich nicht mit Angehörigen.« Seine Stimmte dröhnte wie bei einem Opernbass.

»Ich weiß, wie schwer beschäftigt Sie sein müssen. Mein Vater war Chirurg.«

Er hielt inne, schwankte jedoch weiter. »Wie war sein Name?«

»Colonel Geoffrey Middleton.«

»Nie von ihm gehört.«

»Er arbeitete als niedergelassener Arzt und bei der Armee. Er hat als Erster Middletons Chorea beschrieben.«

»Hat er das, beim Jupiter?«

»Ich bin Inspektor Pounds ...«, meine Gedanken überschlugen sich, »... Verlobte.« *Freundin* hätte frivol klingen können, und vielleicht war er der Schwester des Inspektors schon begegnet. »Ich frage mich, ob Sie ihm wohl etwas mehr Blut geben könnten.«

Er wieherte auf und rief über die Schulter: »Und was meinen Sie, wie ich das anstellen soll – ihm ein Glas voll einschenken?«

Sein Gefolge kicherte.

»Durch Transfusion.« Er hörte auf zu schwanken. »Ich habe meinem Vater viele Jahre lang assistiert und weiß daher etwas darüber.«

»Dann werden Sie auch wissen, dass bei einer Blutübertragung drei Viertel aller Patienten einen akuten Kreislaufschock erleiden und daran sterben. Guten Tag, Miss Middleton.«

»Ich habe im London Hospital Blut für ihn gespendet ohne schädliche Folgen für uns beide.«

Mr Sweeney hob eine Braue. »Tatsächlich? Beim Jupiter!«

»Ja, und mir war nicht bewusst, dass das University College so weit hinterherhinkt.«

Die Studenten stöhnten in einer Weise auf, die dem letzten Akt einer griechischen Tragödie alle Ehre getan hätte, wäre ihnen nur eingefallen, zugleich die Hände hochzuwerfen. Mr Sweeneys gewaltiger Körper neigte sich unheilvoll, und er sah mich prüfend an. »Sie sind eine höchst anmaßende junge Dame.«

»Das höre ich oft. Doch in diesem Fall maße ich mir womöglich treffende Unterstellungen an. Ich habe unterstellt, Sie seien einer der besten Chirurgen Londons. Sie haben vielleicht nie von meinem Vater gehört, er aber hat nur in den höchsten Tönen von Ihren Beiträgen im *Lancet* gesprochen. Aber vielleicht waren *seine* Unterstellungen unzutreffend.«

Ich hätte schwören können, dass zwei Nachwuchskräfte die Hände hochwarfen, war aber zu sehr damit beschäftigt, den Blick seiner wässrigen blauen Augen zu bannen.

»Sehe ich aus wie ein Fisch?« Er hob die andere Braue.

Eher wie ein Walfisch, wollte ich sagen, beließ es aber bei einem »Nicht sehr.«

Die Studenten gaben sich Mühe, ihre Belustigung zu bändigen. Er kehrte sich ihnen zu, und es gelang ihnen.

»Sie glauben, mir den Köder Eitelkeit zuwerfen und mich einfangen zu können?«

»Ich habe an Ihren Berufsstolz appelliert.«

Er brummte leise. »Wie viel Blut haben Sie gespendet?«

»Nur rund einen halben Liter. Ich habe also noch reichlich übrig.«

Mr Sweeney schnaubte: »Ich bin viel zu beschäftigt für diesen ganzen Unsinn«, und stampfte weiter. »Kommen Sie in einer Stunde wieder.«

Er war rasch und gründlich und ich ziemlich erleichtert, dass er mir nur einen weiteren halben Liter abzapfte. Ich hätte mehr gespendet, fühlte mich aber schon reichlich benommen.

»Halten Sie die Wunde mit Karbolsäure sauber«, trug er der Oberin auf, als er die Nadeln herauszog.

Im Gehen neigte er sich mir abermals zu. »Middletons Chorea gibt es nicht, und ich habe nie etwas zu diesem Machwerk *The Lancet* beigetragen.«

»Irgendwas musste ich doch sagen«, entgegnete ich.

»Hoffen wir, dass Ihre Notlügen ein Leben gerettet haben.«

Inspektor Pound fröstelte.

Der Regen hatte sich verflüchtigt, und die Sonne bahnte sich müde ihren Weg durch das Graubeige, das die Londoner Himmel nannten.

33

TOTE HÜBEN WIE DRÜBEN

Auf der Elm Road herrschte Hochbetrieb. Der Mann mit den Backkartoffeln wetteiferte mit dem Crumpet-Verkäufer lautstark um die Gunst der Kunden, ein Junge zog auf einem Handwagen einen Block Eis hinter sich her, und der Milchmann schob eine riesige Kanne zu einer Kellertreppe.

Wir bogen links in die Plane Road ein. Fast augenblicklich erstarb die Geschäftigkeit. Hier gab es keine Händler mehr, nur einen Schweinezüchter, der in einem stattlichen Eckhaus um Futtersuppe ansuchte. Ich streichelte sein Pferd, das sein Maul in meine Handtasche zu schieben versuchte.

Die Straße war aufgerissen. Man hatte ein paar Bretter über zwei tiefe Gräben gelegt, doch die Erde türmte sich überall so hoch, dass unser Schuhwerk im Nu völlig verdreckt und der Saum meines Kleides von Schlamm durchtränkt war. Die Arbeiter legten gerade eine Pause ein, standen in schweren Mänteln und auf ihre Schippen gelehnt am Straßenrand. Nur einer war in Hemdsärmeln.

»Der muss doch frieren«, bemerkte ich, Sidney Grice jedoch spähte unverwandt in den Graben hinab.

»Wenn das mit all diesen unterirdischen Eisenbahnen, Tunneln, Kellern, Leitungen und Kabeln so weitergeht, wird der Großteil Londons bald nicht mehr über, sondern unter der Erde liegen.« Mr G versuchte, seine Sohlen am Bordstein zu säubern.

Ich ging ein paar Schritte weiter. »Da wären wir.«

Vor uns erhob sich eine Kirche – graue Steine, die vor drei Jahrhunderten oder mehr aufeinander geschichtet worden waren. Auf einem uralten Kirchhof zu beiden Seiten des Weges lagen Gräber, die Steine umgestürzt, von Frost und Flechten derart mitgenommen, dass man die Inschriften kaum noch entziffern konnte.

»An jedem dieser Gräber hat einst jemand geweint«, sagte ich. »Und heute weiß man nicht einmal mehr, wer dort liegt.«

Mein Vormund hieb mit seinem Stock einen Zweig beiseite. »Nur wenige sind des Erinnerns wert.«

»Sie alle haben und wurden geliebt«, wandte ich ein.

Er blieb stehen und betrachtete einen Fußabdruck am Wegesrand. »Sonderlich geistreich ist das nicht. Jeder flohverseuchte Köter ist dazu in der Lage – und verdient womöglich mehr Zuneigung als die meisten Menschen.«

Wir erreichten das Eingangsportal mit einer großen, mit pyramidenförmigen Eisennägeln beschlagenen Eichentür, die in klobigen schwarzen Angeln an den Granitsäulen festgemacht war. »Verschlossen.« Sidney Grice packte den Türzieher und drehte ihn im Uhrzeigersinn.

»Wie ernüchternd, wenn man sich überlegt, dass es in der blutgetränkten Geschichte dieser Insel nur sechs Zeiten gab, in denen man meinte, Kirchen verriegeln zu müssen. Und wir leben in einer davon.« Dreimal hintereinander klopfte er rasch mit dem Knauf seines Stocks gegen die Tür.

»Ich frage mich, wer sich wohl an mich erinnern wird.«

»Niemand«, sagte mein Vormund, »es sei denn, Sie verwenden Ihre Tagebücher zu etwas Nützlichem und veröffentlichen einen Bericht über Ihre Zeit an meiner Seite.«

Ich wollte ihm gerade entgegnen, dass ich hoffte, jemandem einmal mehr als das zu bedeuten, als sich eine kleine Klappe im Holz nach innen öffnete und hinter einem kunstvoll vergitterten Kasten das Gesicht eines Mannes erschien.

»Mr Grice?«, sagte eine hohe Stimme.

»Reverend Jackaman?«

»Wenn Sie tatsächlich Mr Grice sind, dann beweisen Sie es, indem Sie Ihr Auge herausnehmen.«

»Steigen Sie zuerst von der Kniebank herunter.«

Der Mann blinzelte. »Woher wissen Sie, dass ich auf einer Kniebank stehe?«

»Weil ich Sidney Grice bin.«

Der Mann schien nachzudenken. »Also gut. Ich *bin* Reverend Jackaman, und jetzt bitte ich Sie zu gehen.«

»Ich bin Miss Middleton«, sagte ich. Fassungslos starrte er mich an.

»Sie mögen kaum älter als ein Kind sein«, entgegnete der Reverend, »trotzdem sollten Sie wissen, dass sich eine Lady einem Gentleman nie selbst vorstellt.«

»Wenn ich einem begegne, werde ich daran denken. Sie sollten wissen, dass es weder höflich noch christlich ist, einer Lady die Tür zu weisen, wenn sie Einlass in ein Gotteshaus begehrt.«

»Dafür entschuldige ich mich«, sagte er. »Aber wenn Sie jetzt bitte gehen würden.«

Mein Vormund beugte sich vor, worauf die Luke prompt zufiel. »Wovor fürchten Sie sich, Reverend Jackaman?«, rief er.

»Vor Ihnen«, erklang es gedämpft. »Ich lese schließlich Zeitung. Jede Menschenseele, die Sie bisher wegen dieses verfluchten Vereins befragt haben, ist einen furchtbaren Tod gestorben.«

»*Eines* furchtbaren Tod*es*«, verbesserte ihn Sidney Grice, worauf die Luke sich wieder öffnete.

»Henry Alford hätte Ihnen da wohl kaum recht gegeben.«

»Henry Alford hat nie irgendjemandem recht gegeben«, konterte mein Vormund. »Er war ein Ausbund an Liebenswürdigkeit, aber einer der unangenehmsten Menschen, die mir je begegnet sind, wenn es um linguistische Feinheiten ging.«

»Wer war Henry Alford?«, erkundigte ich mich.

»Oh, welch kärgliche Ausbildung die jungen Leute doch erhalten, und welch winzigen Teil sie davon behalten«, lamentierte der Reverend. »Sie sind viel zu beschäftigt, Tanznachmittage zu besuchen und diesen *Glee*-Sängern zu lauschen.«

»Und sich den Kopf mit Byron und ähnlichem Schund vollzustopfen«, pflichtete mein Vormund ihm bei. »Henry Alford war, neben vielem anderem, Professor am Trinity College, Gelehrter und Exeget.«

»Und wieso sprechen wir über ihn?«

»Sie würden sich wohl lieber über Schleifchen und Zierknöpfe unterhalten«, wetterte Jackaman. »Ich sehe solche Mädchen ständig in meiner Kirche, Mr Grice. Sie flüstern und kichern während der Predigt. Sie stecken sich Zettel zu. Sie kommen nur her, um ihre neuen Rüschen zur Schau zu stellen.«

»Zum Verzweifeln. Was soll nur aus dem Empire werden?«, seufzte Sidney Grice. »Aber wir schweifen ab.«

»Ach wirklich?«, brummte ich.

»Aber mit *mir* können Sie doch reden, Reverend.«

»Das könnte ich, werde es aber nicht«, erwiderte Jackaman. »Wo andere auf Grice vertrauen, vertraue ich auf Gott. In meiner eigenen Kirche begebe ich mich ganz in seine Hände.« Die Luke schloss sich wieder.

»Wenn Sie sich unserer Hilfe verweigern, könnten Sie Ihrem Schöpfer früher gegenübertreten, als Sie glauben«, brüllte Mr G.

»Was geht hier vor sich?« Wir fuhren herum. Ein junger Mann in einem umwerfenden karierten Anzug mit gelber Krawatte winkte uns von der Straße aus zu. Rasch kam er zu uns herüber und sprang dabei behände über einen alten Mann, der auf dem Pflaster schlief. »Belästigen Sie jetzt auch noch Geistliche, Mr Grice? Was haben Sie als Nächstes vor? Säuglinge in den Armen ihrer Mütter metzeln?«

»Der Herr ist mein Hirte«, hörten wir den Pfarrer beten. »Mir wird nichts mangeln …«

»Verflucht!«, knurrte mein Vormund. »Das ist dieser Armleuchter vom *Evening Standard*. Schenken Sie ihm keine Beachtung, March.« Aber ich konnte meine Augen nicht von ihm abwenden.

Er trug eine weiße Nelke im Knopfloch und weiße Gamaschen über seinen schwarzen Lackschuhen. »Und wer ist diese entzückende Dame? Halt, sagen Sie es mir nicht. Ich möchte schreiben können: *Sidney Grice ertappt mit geheimnisvoller dunkelhaariger Begleiterin.*«

Ich lachte und sagte: »Ich bin March Middleton, Mr Grice' Mündel.«

Mein Vormund stöhnte auf, woraufhin der junge Mann seinen schmucken Bowler mit dem Silberknauf seines Stocks zurückschob und dunkles, von Makassar-Öl glänzendes Haar zum Vorschein brachte.

»Und ob ich schon wanderte im finstern Tal«, tönte es aus dem Kircheninneren.

»Eine enttäuschend unverfängliche Erklärung«, verlautete der Neuankömmling. »Waterloo Trumpington, zu Ihren Diensten, Miss.« Er nahm meine Hand und schlug wie ein preußischer Gardeoffizier die Hacken zusammen.

Ich lachte abermals. »Heißen Sie wirklich so?« Waterloo Trumpington zeigte schöne weiße Zähne. Seine Züge waren sanft und jungenhaft.

»Heißt denn heutzutage überhaupt noch jemand, wie er heißt?«

»Ich schon.«

»Lassen Sie das Palaver.« Sidney Grice stand gebannt lauschend an der Tür. »Hören Sie das?« Alles, was ich hörte, war der Verkehr auf der Elm Road und die Stimme des Pfarrers im Inneren von St Jerome.

»… werden mir folgen mein Leben lang.«

»Reverend Jackaman«, rief Sidney Grice mit angespannter Miene. »Hören Sie mir zu. Sie befinden sich in Lebensgefahr.« Er zog und rüttelte am Türring, vergebens. »Um Himmels willen, machen Sie auf.«

»Und ich werde bleiben im Hause des Herrn. Was? ... Wer sind Sie? Wie sind Sie hier hereingekommen? Was? ... Nein!«

Das letzte Wort war ein langgezogener kläglicher Schrei, der schließlich jäh erstarb.

Geräusche wie bei einem Handgemenge waren zu hören, dann: Stille.

34

KERZENSTUMMEL UND
STRAFENDE ENGEL

Waterloo Trumpingtons Miene verwandelte sich im Nu. Eben noch war er ein sorgloser Dandy gewesen, nun aber war sein Grinsen schmallippiger Entschlossenheit gewichen.

Sidney Grice bedeutete uns, still zu sein. Ein dumpfes Geräusch, leises Stöhnen, dann rumste es, als schlüge jemand auf einen Tisch.

»Nein«, rief Reverend Jackaman. »Um Jesu Christi unseres Erlösers willen.«

Ich hörte Metall auf Metall treffen und einen Schrei und sechs dumpfere Schläge, gleichmäßig, jeder von neuerlichem Aufkreischen begleitet.

Sidney Grice trat zurück und schaute zum Fenster hoch.

»Schlagen Sie's ein«, schlug Waterloo Trumpington vor. Seine Stimme war seltsam ruhig.

»Womit? Es ist zu weit oben und vergittert.«

Ich drosch mit der Faust auf die Tür ein und schrie: »Öffnen Sie!« Die Antwort war ein metallisches Klirren und ein weiterer Aufschrei.

»Allmächtiger Herr, schick deinen strafenden Engel ...« Die Worte verloren sich in heftigem Schluchzen.

Die Kirche wurde von zwei Häusern flankiert.

»Das«, Sidney Grice zeigte auf das linke Haus, »ist das Pfarrhaus. Gehen Sie fragen, Miss Middleton, ob es einen Seiteneingang gibt. Schnell.«

Das Hämmern und Schreien setzte erneut ein, ein Schrei kläglicher als der andere.

Zwischen Kirchhof und Pfarrgarten verlief eine Mauer mit einer Pforte darin. Ich rannte über den Friedhof, möglichst ohne auf Grabsteine zu treten. Das hölzerne Tor war verschlossen, hakenschlagend lief ich zurück. Sidney Grice wühlte in seinem Ranzen, während ihn Waterloo Trumpington, lässig auf seinen Gehstock gestützt, beobachtete. Mein Vormund brachte ein verdrehtes Metallstück zum Vorschein und rammte es ins Schlüsselloch.

»Einbruch in ein Gotteshaus?«, spöttelte Waterloo Trumpington. »Das wird ja immer besser.«

»Tun Sie was!«, rief ich.

»Mach ich ja.« Der Reporter grinste. »Ich mache meine Arbeit und lasse Ihren Vormund seine tun.«

»Für so was fehlt mir die Zeit.« Ich lief den Pfad zurück und rief über die Schulter: »Der *Evening Standard* wird sich sehr dafür interessieren, wie Sie einen Mann Gottes untätig sterben ließen.«

Ich wartete keine Antwort ab, sondern stürzte voran und verfluchte mein hinderliches Kleid, als ich durch ein niedriges Gatter zur Vorderseite des Pfarrhauses stürmte. Keuchend zerrte ich am Glockenstrang. Es läutete fröhlich im Hintergrund, und ich zog erneut. Zehn Mal klingelte ich, aber niemand kam.

Ich spähte durchs Fenster, sah aber nur einen düsteren Salon, darin ein Klavier mit Kerzenstummeln in den Messinghaltern. Wieder läutete ich, rüttelte dermaßen am Griff, dass ich glaubte, ihn gleich in der Hand zu halten, und rief: »Hallo. Ist da jemand?« Und dann hörte ich es, klar und laut aus der Kirche.

»Hilfe … So hilf mir wer … Nein! Sakrileg. Bitte, Gott, nein!«

Und dieses *Nein* stieg als Wehklage gen Himmel, nichts als Schrecken und Schmerz.

Ich rannte zurück. Sidney Grice drehte seinen Dietrich hektisch im Schlüsselloch herum.

»Jetzt!«, rief er, und Waterloo Trumpington krachte mit den Stiefeln voran gegen die Tür und landete, als sie aufbrach, äußerst behände auf den Füßen. Er sah nach seiner Ansteckblume, dann über die Schulter meines Vormunds, und das Blut wich aus seinem Gesicht. Seine Finger flogen an seine Wangen, und er trat, nein, stolperte zurück.

»Verdammt«, sagte er leise.

»Bleiben Sie draußen, March«, rief Sidney Grice, ohne sich nach mir umzudrehen. »Und diesmal ist es mir ernst.«

Grund genug, hineinzugehen, dachte ich und wünschte dann zum ersten Mal, seit ich nach London gezogen war, auf ihn gehört zu haben.

»Sakrileg«, flüsterte ich. Es war das Echo von etwas, das ich vor Langem einmal gehört hatte, damals, als ich noch glaubte, die Bedeutung dieses Wortes zu kennen.

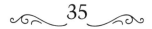

BLUT UND WASSER

Für einen kurzen Moment sah das Innere von St Jerome völlig normal aus – ein kleiner schmuckloser Bau im normannischen Stil mit vier Bankreihen, einer zentralen Apsis, zwei Seitenschiffen und einem Marmoraltar, der mit silbernen Kerzenleuchtern geschmückt war, und etwas derben Buntglasfenstern, die den Innenraum von beiden Seiten erhellten. Doch Sidney Grice bewunderte nicht die Architektur. Sein Blick lag auf einer schweren eichenen Trennwand vor der Orgel und auf dem, was daran festgemacht war.

Ich schluckte schwer und hielt mich an einer Kirchenbank fest. Der Anblick, der sich mir bot, war eine Groteske, ein Zerrbild des Menschen und seines Erlösers. Da hing Reverend Jackaman, bis auf die blutgetränkten Baumwollunterhosen entkleidet – gekreuzigt. Man hatte ihn an beiden Handgelenken festgenagelt und einen längeren Stift durch die über Kreuz gelegten Füße getrieben. Der Kopf hing ihm auf die Brust, und in seiner Kopfhaut steckten Dutzende von Hutnadeln, deren Enden an der Stirn teils wieder hervortraten. Aus seiner Flanke ragte ein grober Holzpflock, dem man ihm in den Brustkorb gerammt hatte.

»Und alsbald floss Blut und Wasser heraus«, murmelte ich und bekreuzigte mich, doch mein Vormund schien mich nicht zu hören. Er stand nur reglos da, das rotgefärbte Licht der Glasengel auf dem Gesicht, und starrte auf dieses Etwas, den Priester, der zum Inbild von Perversion und Leid geworden war.

»Oh, mein Gott.« Waterloo Trumpington trat neben mich. Doch statt des Ekels, den ich erwartet hatte, funkelten seine Augen vor Erregung, bis er sie bedeutungsschwer zusammenkniff und ein seltsamer Ausdruck über seine Züge huschte.

36

COURCYS KRAWATTE UND SAUGLÄUSE

Sidney Grice widmete sich ganz dem ungeheuerlichen Anblick. Er klemmte sich seinen Zwicker auf die Nase, beugte
sich vor und setzte ihn wieder ab. Sieben Mal pfiff er leise
durch die Zähne und ging in die Hocke. Er kam wieder hoch,
schritt auf und ab, ohne die Augen von der Leiche zu nehmen,
bis er sich umdrehte, sich drei Schritte weit entfernte und he-
rumwirbelte, als wäre er ein Kind, das Ochs am Berg spielte
und davon ausging, dass der Pfarrer sich bewegt hatte. Doch
Reverend Enoch Jackaman sollte sich in dieser Welt nie wieder
aus eigenem Antrieb bewegen.

»Möge Gott deiner Seele gnädig sein«, sagte ich. Mein Vormund schaute verdutzt drein.

»Meiner?« Er sprach wie im Halbschlaf.

»Der Reverend Jackamans.«

Er hob eine Braue und setzte seinen Zwicker wieder auf, um
den Reverend näher zu betrachten.

»So hast du's also angestellt«, murmelte er.

»Es dürfte doch offensichtlich sein, wie er getötet wurde«,
meinte ich, doch mein Vormund schnalzte mit der Zunge.

»Die Wahrheit ist selten offensichtlich und die ganze Wahrheit ist es nie. Schauen Sie in Ihrem Buch nach«, er deutete
auf einen Stapel Bibeln, »und dann reden wir noch einmal darüber.«

»Die Bibel enthält mehr Antworten, als Sie denken.« Ich glitschte durch eine dunkle Pfütze. »Sollten Sie nicht den Mörder jagen?«

Sidney Grice wirkte etwas gekränkt. »Genau das tue ich.« Er ging um die Trennwand herum. »Courcys Krawatte«, sagte er, als er wieder auftauchte.

»Sie sollten herausfinden, wie er entkommen konnte.«

Sidney Grice zog leicht an seinem Unterlid, um sein Auge herausfallen zu lassen. »Mein liebes Kind ...«

»Nennen Sie mich *nicht* Kind.«

Er presste die Lippen zusammen. »Dann benehmen Sie sich nicht wie eines. Sie denken wohl, Sie könnten einfach für ein paar Monate in mein Leben hineinplatzen und mir vorschreiben, wie ich meine Arbeit zu tun habe?«

Ich versuchte, mich zu beruhigen. »Tut mir leid. Ist nur so ...« Doch mein Vormund brachte mich mit einer sanften Geste zum Schweigen.

»Ich weiß, wie die Mörder entkamen. Sie nahmen den Ausgang an der Seitenkapelle und liefen durch den Pfarrgarten und die Hinterpforte zur Mulberry Street, wo sie umgehend von der Menge verschluckt wurden, die donnerstags den Spielzeugmarkt besucht. Sollten sie eine Spur hinterlassen haben, wird ihnen Ihr neuer Freund dicht auf den Fersen sein. Waterloo Trumpington haftet zuweilen wie eine Sauglaus an mir. Sobald er aber eine Fährte verfolgt, wird er zum Schwein im Gemüsebeet. Dann wühlt er alles auf, bis er die eine Rübe gefunden hat.«

»Warum *die* Mörder?«

»Weil ein einzelner einen widerspenstigen Pfarrer nicht gleichzeitig festhalten und durchbohren kann.« Sidney Grice kniff sich in die Narbe an seinem Ohr. »Es braucht schon beide Hände, um einen Nagel einzuschlagen.«

»Und Sie wären froh, wenn Waterloo Trumpington sie fängt?«

Sidney Grice schnäuzte sich. »Ich wäre entzückt, sollte

Trampel Trumpington auf die Mörder stoßen, da ich keinen Zweifel habe, wer den Schaden davontrüge. Bilden Sie sich ernstlich ein, die hierfür Verantwortlichen ließen sich von einem hochnäsigen, verleumderischen Schmierfink übertölpeln?« Er hielt ein Papierknäuel in der Hand und schüttelte einen Schleimpfropfen ab. »Das war in seinen Mund gestopft.«

»Was steht drauf?«

Er glättete das Papier, bis ich halbwegs entziffern konnte: *Eloi, El* – ein Blutfleck – *hani.*

»*Eli, Eli, Lama Sabachthani*«, sagte ich. »Mein Gott, mein Gott, warum hast du mich verlassen?«

»Umständehalber eine zulässige Frage«, bemerkte mein Vormund.

Ich sah mich in der leeren Kirche um mit ihren klobigen Pfeilern, den kalten Standbildern, und versuchte, meine wirren Gedanken zu ordnen. Ein mannshohes Kruzifix lag zerschmettert in einer Ecke. »Was meinten Sie mit *Courcys Krawatte?*«

»Jean-Claude Courcy war ein Kriegsveteran mit einem Hass auf die Grande Armée. Eine Kugel im Rückgrat hatte ihn von der Taille abwärts gelähmt, doch er war kurz vor seiner letzten Schlacht in der Kantine des Diebstahls überführt worden und hatte seine Pension verwirkt. Uniformiert in seinem Rollstuhl umherstreifend, brachte er vier Offiziere um. Blieb ein Offizier stehen, um ihm ein Almosen zu geben, sprach er so leise, dass sich sein Opfer zu ihm hinunterbeugen musste. Courcy hatte eine Seilschlinge an einem Stock befestigt, die er seinen Opfern über den Kopf warf, um dann die Schlinge zuzuziehen. Wer stranguliert wird, verliert in weniger als einer Minute das Bewusstsein. Manchmal spielte Courcy mit ihnen, indem er die Schlinge ein wenig lockerte, damit sie wieder zu sich kamen, und dann wieder zuzog. Ein Hauptmann, den er tot geglaubt hatte, erholte sich und berichtete davon. Courcys letztes Opfer entkam, weil der Mann eine sehr große Nase und ebensolche Ohren hatte, und es Courcy nicht gelang, dem Mann die Schlinge überzustreifen.«

Mir war sehr warm und übel, trotzdem zwang ich mich vorzutreten.

»Ich kann das Mal vom Seil um seinen Hals sehen.«

»Und unter seinem linken Kieferwinkel?«

»Eine kreisförmige Druckstelle.«

Er ging in die Knie, um ein verirrtes Laubblatt umzudrehen. »Vom Ende des Stocks.« Er schnellte hoch. »Das war das erste Röcheln, das wir hörten. Die Schlinge saß gerade eng genug, um Jackaman außer Gefecht zu setzen. Dann wurde er wie ein streunender Hund zum Wandschirm geführt. Der Stock wurde durch ein Loch geschoben und auf der anderen Seite festgekeilt. Dann hat man die Schlinge gelockert. Jackaman sollte sich vollkommen bewusst sein, was mit ihm geschah.«

Ich schloss die Augen in vergeblichem Bemühen, das Bild vor mir auszulöschen. »Wie kann man Menschen nur so hassen?«

Sidney Grice ging in die Hocke, um eine Blutlache zu untersuchen, die eine lateinische Inschrift auf einer Gedenkplatte im Boden weitgehend unleserlich machte. Er holte eine Pipette aus seinem Ranzen, sog ein dunkles Quäntchen in den Balg, nahm ein Reagenzglas in die Linke, entfernte mit seinem kleinen Finger geschickt den Stöpsel, ließ die Flüssigkeit ins Röhrchen fließen und verkorkte es wieder.

»Womöglich haben sie Jackaman überhaupt nicht gehasst.« Er verstaute Pipette und Reagenzglas. »Es könnte auch um mich gehen.«

Es war nicht zum Aushalten. »Warum muss alles immer mit Ihnen zu tun haben?«

Er kniete sich hin und kroch, die Nase fast am Boden, in großem Bogen um die Lache herum. »Aha.« Er holte einen Umschlag hervor und löffelte etwas Schmutz damit auf.

»Weil«, sagte er schlicht, »dem immer so ist.«

Mehr konnte ich nicht ertragen – das abscheuliche Leiden des Toten, den abscheulichen Hochmut desjenigen, der alles als Knobelaufgabe betrachtete, die nur zu seiner Erbauung gestellt wurde. Ich ging nach draußen, wo wenigstens die Toten ihren Frieden hatten.

Angelica, deine jüngste Schwester, der Liebling deiner Eltern, war zu Hause in Shropshire an Scharlach gestorben. Du warst sehr niedergeschlagen und sehr betrunken, sonst hättest du mir nicht vom Krieg erzählt. Dass nämlich beim Afghanistanfeldzug die Stammeskrieger im nordwestlichen Grenzland einen christlichen Soldaten gefangennahmen, ihn kastrierten, am Boden liegend festbanden, ihm mit einem Stock den Mund aufsperrten und die Frauen sich über ihn hockten und ihn in ihrem Urin ertränkten.

Ich weiß nicht, ob du diese Geschichten geglaubt hast, ich tat es sicherlich nicht. Ich konnte mir nicht vorstellen, dass jemand so abscheulich grausam wäre – bis jetzt.

Ich saß auf einer Steinbank und betrachtete einen Grabstein zu meiner Linken. Eine ganze Familie lag dort, Eltern und fünf Kinder, allesamt tot binnen dreier Jahre bis 1785. Fast ein Jahrhundert lang lagen sie nun schon da und harrten ihrer leiblichen Wiederauferstehung. Eine Seele konnte ich mir nicht vorstellen, und doch wusste ich, dass wir alle eine hatten. Ich gierte nach einer Zigarette, aber das schien mir despektierlich. Ich schloss die Augen im Gebet, bis ich Schritte nahen hörte. Waterloo Trumpington kehrte zurück. »Keine Spur von ihm«, rief er atemlos.

»Sehen Sie in der Kirche nach. Da gibt es reichlich Spuren.« Dann konnte ich nicht mehr an mich halten und schluchzte hemmungslos. »Es tut mir leid.« Er gab mir sein Taschentuch. Ich wusste, wie sehr Tränen Männer in Verlegenheit brachten, doch Waterloo Trumpington ließ sich nur Sorge anmerken.

»Was Sie jetzt brauchen«, er berührte mich am Arm, »ist ein kräftiger Schluck. Was ist so komisch?«

»Ich dachte nur gerade«, ich wischte mir die Tränen ab, »wie schön es ist, wenn ein Mann nicht noch *Tee* anhängt.«

37

GROSSE SEESCHLACHTEN
IM HINTERZIMMER

Das »Black Boy« lag gleich um die Ecke. Der Pub war verraucht und laut, zum Bersten gefüllt, und an der Theke trieb ein wilder Haufen Straßenhändler seine derben Scherze.

»Kommen Sie mit nach hinten«, sagte Waterloo Trumpington. »Dort wird man Sie nicht angaffen, es sei denn, natürlich, Sie ziehen es vor, angegafft zu werden.«

Es hätte mir nicht das Geringste ausgemacht, doch ich sagte: »Dann gehen wir ins Hinterzimmer.« Wir gelangten in einen getäfelten Raum mit drei umgedrehten Bierfässern, die als Tische dienten, und einem Kamin mit kalter, festgebackener Schlacke auf dem Rost. »Es tut mir leid, dass ich geweint habe.«

Waterloo Trumpington schürzte die Lippen. »Wissen Sie, warum Männer nie weinen? Weil sie eine Heidenangst davor haben. Frauen sind eben mutiger als Männer.«

»Wir ziehen nicht in den Krieg.«

Er wischte den Gedanken beiseite. »Weil ihr vernünftiger seid.«

»Sie haben eine sehr gute Meinung von meinem Geschlecht.«

»Ich mag Frauen. Meine Mutter war eine.« Er klatschte in die Hände. »Was möchten Sie trinken? Port? Sherry?«

»Ein Brandy wäre großartig.«

»So ist's recht.« Er ging zur Theke. »Zwei große Boneys, Süße, und einen für dich.« Dann kehrte er mit zwei sehr großen Gläsern Weinbrand an unseren Tisch zurück.

»Hoffentlich tötet der Alkohol die Bazillen ab.« Der Rand des Glases glänzte schmierig.

»Der Fusel hier tötet so ziemlich alles ab«, beschied Waterloo Trumpington mich freudig. »Prost!«

Wir stießen an. Ich nahm einen großen Schluck und behielt den Brandy einen Moment im Mund, bevor ich ihn die Kehle hinabrinnen ließ. Ich blinzelte. »Ich glaube, Sie haben recht, Mr Trumpington.«

»Meine Freunde nennen mich Traf«, sagte er, »und ich würde mich freuen, wenn auch Sie das täten.«

»Ist das wirklich Ihr Name?«

»Waterloo Trafalgar Agincourt Trumpington meldet sich zum Dienst, Ma'am«, verkündete er schneidig und salutierte. »Mein alter Herr war sehr patriotisch.«

»Traf ist gewiss ein wenig knapper«, lachte ich. »Und nennen Sie mich bitte March.«

»Dann also March. Stört es Sie, wenn ich rauche?«

»Nicht, wenn Sie mir eine abgeben.«

Er lächelte anerkennend. »Sind ein echter *twist*.« Und als er mein Unverständnis sah, erklärte er: »*Twist and twirl – girl –* Cockney-Reim.«

»Wie *Adam and Eve – believe*«, sagte ich schmunzelnd.

»Na, wenn wir aus Ihnen nicht noch ein richtiges Cockney-Girl machen, March. Wie lange kennen Sie Mr Grice denn schon?«

»Erst ein paar Monate«, antwortete ich. »Es kommt mir aber schon viel länger vor.«

»Das glaub ich gern, wenn man mit dem alten Scheusal zusammenleben muss.«

»Sie beide mögen sich nicht besonders, habe ich recht?«

Traf lehnte sich zurück. »Unser Sidney hasst die Welt, und die Welt erwidert das Kompliment.«

»Ich glaube nicht, dass er alle Menschen hasst. Kürzlich haben wir eine Frau kennengelernt, die als Arzt arbeitet, und ich glaube, dass er eine hohe Meinung von ihr hat.«

Er stürzte seinen Weinbrand hinunter. »Ein weiblicher Arzt?«, fragte er ungläubig.

Ich nickte. »Dr. Berry.«

»Na klar, von der alten Furie hab ich gehört.«

»Dr. Berry ist weder alt noch eine Furie. Sie ist sogar recht jung und hübsch, und ich finde wunderbar, was sie alles erreicht hat. Aber die meisten Menschen scheinen ihm tatsächlich ein Graus zu sein. Haben Sie irgendeine Ahnung wieso?«

»Da müssen Sie schon den alten Sidney selbst fragen. Habe gehört, er soll mal verliebt gewesen und fürchterlich enttäuscht worden sein.« Waterloo Trumpington schnaubte. »Ich kann mir gar nicht vorstellen, dass er sich überhaupt verlieben kann, außer in den Hass selbst.«

»Und wieso hat er es auf Sie abgesehen?«

»Zwei Seiten derselben Medaille, Sid und ich. Wir schnüffeln in andrer Leute Sachen rum, decken Skandale auf und bringen Dinge ans Licht, die viele gern unter den Teppich gekehrt wüssten. Er trägt eben bloß die Nase so hoch und wird ungern daran erinnert.« Wir rauchten eine Weile schweigend. »Hat ein paar klitzekleine Problemchen mit seinem neuen Auftrag, wenn ich's recht verstehe, oder?«

»Ach, wirklich?« Ich trank meinen Brandy aus.

»Noch mal das Gleiche? Ohne eine Antwort abzuwarten, griff sich Waterloo Trumpington unsere beiden Gläser.

»Ich habe nichts dagegen, dass Sie mich betrunken machen wollen«, sagte ich, als er wiederkam. »Ich hätte sogar nichts dagegen, wenn es Ihnen gelänge. Aber Sie werden mich nicht dazu bringen, über Sidney Grice zu reden.«

Waterloo Trumpington musterte mich amüsiert. »Sapperlot, sind Sie eine harte Nuss.«

»Was hat Sie denn hierher geführt?«

»Ein Pastor in einem Todesverein, dessen Mitglieder sterben wie die Fliegen.« Sein Stuhl knarrte, als er sich zu mir vorbeugte. »Konnte nicht schaden, ihm ein paar Fragen zu stellen. Mit so etwas hatte ich freilich nicht gerechnet.«

Ich nahm einen letzten Zug von meiner Zigarette, leerte mein Glas und stand auf. »Danke für die Einladung. Ich muss jetzt wieder an die Arbeit.«

Traf hob anerkennend sein Glas. »Ich weiß, wann ich mich geschlagen geben muss.«

»Ich kann mir nicht vorstellen, wie man *Sie* schlagen sollte.« Ich warf den Zigarettenstummel zu Boden, trat ihn aus und ging.

Die Höker hatten sich wieder auf den Weg gemacht und nur eine Handvoll alter Männer zurückgelassen, die verloren dahockten und vor leeren Humpen ihres Schicksals harrten. Es nieselte. Sidney Grice stand auf dem Friedhof. Er rümpfte die Nase. »Sie waren in einem Gasthaus.«

»Dem Black Boy.«

»Hautfarbe, Geschlecht oder Alter sind mir gleich. Sie haben ohne Begleitung eine Schankwirtschaft besucht?«

»Nein. Traf … Mr Trumpington hat mich begleitet.«

Mein Vormund fasste sich abrupt ans Auge. »Was haben Sie ihm erzählt?«

»Nichts.«

»Was hat er Sie gefragt?«

»Wie lange ich Sie schon kenne. Dann wollte er mich über diese Mordfälle aushorchen, aber ich habe ihm nichts gesagt.«

»Gut. Was haben Sie ihm sonst noch erzählt?«

»Nichts.«

»Sind Sie sicher?«

»Absolut.«

Sidney Grice grunzte. »Es ist so gut wie unmöglich, diesen Aasgeiern von der Fleet Street irgendetwas zu verheimlichen. Die würden selbst einen Taubstummen zum Reden bringen. Wie auch immer, wir werden früh genug sehen, welche Verleumdungen er aus dem Stelldichein fabrizieren wird. Jemand muss die Polizei rufen.«

»Wenigstens wird Inspektor Quigley diesmal kaum behaupten können, dass es sich um Selbstmord handelt – oder einen Unfall.«

»Da wäre ich mir nicht so sicher«, widersprach mein Vormund, »doch Quigley wird nicht kommen. Er wird tunlichst vermeiden, sich in einen solchen Fall verwickeln zu lassen. Nein, March, er wird einen Untergebenen schicken oder, wenn er gerissen ist, einen Konkurrenten.«

Eine füllige Frau mittleren Alters, die Arme voller Blumen, kam auf uns zu.

»Verzeihen Sie, Madam«, sagte ich. »Aber die Kirche ist geschlossen.«

»Unsinn. Ich sehe doch von hier, dass sie offen ist«. Sie schob mich beiseite. Sidney Grice wich nicht von der Stelle.

»Einen Augenblick, bitte.« Er langte in seinen Ranzen und kramte darin herum wie eine Frau in ihrer Handtasche. »Da hätten wir sie ja.« Dann richtete er einen kleinen Revolver mit herrlich gearbeitetem Elfenbeingriff auf sie und sagte freundlich: »Wenn Sie nicht binnen neun Sekunden kehrtmachen, werde ich Ihnen eine Kugel in Ihr verkümmertes Hirn jagen.«

»Was erlauben Sie …« Die Frau presste sich die Blumen an die Brust, als befürchtete sie, beraubt zu werden.

»Sieben Sekunden.«

»Das ist ja ungeheu…« Sie wich zurück, trat wieder auf den Gehsteig und keifte über die Schulter. »Ich werde die Polizei rufen.«

»Ich bitte darum«, entgegnete Sidney Grice und spannte den Hahn. »Und sagen Sie denen, sie sollen sich beeilen.«

»Das war ein wenig drastisch«, gab ich zu bedenken, während sie davonwatschelte.

»Da bin ich anderer Meinung.« Er löste den Hahn und steckte den Revolver weg. »Es war *äußerst* drastisch. Aber an ihrem glasigen Blick erkannte ich bereits, wie schwer von Begriff sie war, und auf herkömmlichem Wege hätten wir für dasselbe Ergebnis vermutlich eine halbe Stunde gebraucht.«

Wir warteten, bis die Polizei eintraf – vier Konstabler, ein uniformierter Sergeant und ein Kriminalbeamter in Zivil, die mir sämtlich unbekannt waren.

»Miss Middleton hat weniger gesehen als ich«, ließ mein Vormund die Männer wissen. »Ich werde nicht zulassen, dass sie befragt wird.«

»Ich befrage, wen ich will«, entgegnete der Kriminalbeamte. Seine Worte schienen von einem Ort weit hinten in seiner Kehle zu kommen. »Bleiben Sie hier«, wies er mich an.

Ich saß auf dem Friedhofsmäuerchen und ließ die Beine baumeln. Auf einem Grabstein neben meinen Füßen konnte ich die Worte *John* oder *Joan* entziffern, gefolgt von einem *Ge…*, vermutlich die ersten Lettern von *Geliebte* oder *Geliebter*, und die Worte aus dem ersten Buch Mose kamen mir in den Sinn: *Im Schweiße deines Angesichts sollst du dein Brot essen, bis dass du wieder zu Erde werdest, davon du genommen bist. Denn du bist Erde und sollst zu Erde werden.* Und das war alles? Konnte Gott nicht einmal seinen eigenen Diener beschützen, der ihn um Hilfe anflehte? Ich hatte gedacht, selbst die Haare auf unserem Kopf wären gezählt.

Dann hörte ich etwas scheppern, schlug die Augen auf und sah meinen Vormund aus der Kirche kommen.

»Sie nehmen ihn jetzt herunter.« Er packte meinen Arm. »Kommen Sie, March, das ist kein Ort für Sie.«

»Das ist kein Ort für irgendwen, der nicht in der Hölle schmort.«

Wir kehrten den Toten den Rücken.

»Sie zittern ja«, sagte mein Vormund. »Was Sie jetzt brauchen, ist ein kräftiger Schluck«, er griff meine Hand, »Tee … Was ist so komisch?«

»Nichts«, antwortete ich. »Gar nichts.«

Im Vorderraum von Baileys Antiquariat gab es eine hübsche Teestube, und obwohl es kurz vor Ladenschluss war, führte die Betreiberin uns freudig an einen Tisch unter einer riesigen Schusterpalme. Sidney Grice griff hinter sich, um sich ein Blatt vom Leib zu halten, das ihn am Kopf kitzelte.

»Haben Sie sonst noch etwas herausgefunden?«, fragte ich, während er samt Stuhl von der Pflanze abrückte.

»Zwei Hinweise.« Jetzt schmiegte sich das Blatt an seine Wange.

»Einer davon materiell, der andere immateriell.« Er holte eine braune Papiertüte aus seinem Ranzen und aus der Tüte eine speckige Stoffmütze, die er zur Begutachtung in die Höhe hielt.

»Der materielle Hinweis?«

»In der Tat.« Er legte die Mütze auf den Tisch. »Ich habe sie im Garten gefunden, sie hatte sich im Ast eines Herz-Birnbaums verfangen.«

»Vielleicht ist sie dem Mörder bei der Flucht vom Kopf gerissen worden«, mutmaßte ich.

»Ich kann mir kaum vorstellen, dass sie dem Pastor gehört hat«, schloss er, »und jeder andere hätte kehrt gemacht, um sie sich wiederzuholen – es sei denn, derjenige war in höchster Eile.« Der Ast hing nur einen Meter dreißig über der Erde, allerdings …« Er warf mir einen fragenden Blick zu.

»Beim Rennen beugt man sich gewöhnlich vor.«

»Eben.« Gereizt schlug er das Blatt weg.

Eine Bedienung brachte uns Tee in einer weißen Porzellankanne und passende Tassen. »Soll ich die für Sie aufhängen, Sir?« Sie beäugte die Mütze angewidert.

»Rühren Sie sie nicht an. Das ist nicht meine Kappe.«

Sie stob von dannen, und ich griff mir die Mütze. »Der Besitzer hat schwarzes Haar und verwendet keine Pomade«, stellte ich fest. Ich zupfte eine Strähne aus dem Futter.

»Oder rotes Haar.« Mr G deutete auf einige Haare an der Unterseite des Schirms.

»Einer der Straßenarbeiter hatte rotes Haar und keine Kopfbedeckung«, fügte ich an.

»Und wie, glauben Sie, ist er in der kurzen Zeit ums Haus herum und in die Kirche gelangt?« Er stieß das Blatt erneut zur Seite, es federte zurück. »Außerdem hätten wir überall Dreck finden müssen, von seinen Stiefeln, seiner Kleidung.«

»Ich habe nicht behauptet, dass er es war. Ich habe lediglich festgestellt ...«

»Überlassen Sie die Feststellungen bitte mir.« Mr G lehnte sich zurück und riss das Blatt ab.

»Haben Sie vor, mir auch noch den immateriellen Hinweis zu zeigen?« Er stöhnte auf.

»Als ich durch das hintere Tor auf den Spielzeugmarkt trat, war keiner Menschenseele etwas aufgefallen. Mal abgesehen von Trumpington, der kopflos hin und her flitzte wie ein läufiger Windhund.«

»Wie enttäuschend.« Ich goss mir Tee ein, ein weiterer Brandy wäre mir lieber gewesen – irgendetwas, das die Bilder und Geräusche in meinem Kopf vertrieben hätte.

»Ganz im Gegenteil.« Sidney Grice tauchte den Löffel in seinen ungesüßten, milchlosen Tee und rührte kräftig im Uhrzeigersinn. »Das ist einer der wichtigsten Hinweise, auf die ich bislang gestoßen bin.«

»Das verstehe ich nicht.«

Ein banger Ausdruck trat in Sidney Grice' Gesicht, und seine Hand schoss in die Luft. »Bedienung. Ich hatte Tee bestellt und nicht die Bleistiftspäne der vergangenen Woche.«

*

Ich besuchte Inspektor Pound. Er war noch immer nicht bei Bewusstsein, doch sein Atmen ging kräftiger und regelmäßiger. Die jüngere Krankenschwester kam und wusch ihm mit einem Waschlappen das Gesicht.

»Heute Morgen ist er kurz aufgewacht«, teilte sie mir mit,

»und hat etwas über das Rotkehlchen auf einer Karte und seinen Onkel gesagt, aber es hat nicht viel Sinn ergeben.«

»Das war nur ein alberner Scherz. Sein Onkel war einer der ersten berittenen Polizisten Londons, und die trugen damals rote Westen.« Ich berührte Inspektor Pounds Stirn. »Das Fieber ist gesunken«, stellte ich fest. »Vielen Dank, dass Sie sich um ihn kümmern.«

Die Schwester senkte den Kopf. »Ist ein anständiger Kerl, der Inspektor«, sagte sie. »Hat mal meinen Bruder verhaftet und ihn nicht mal verprügelt.«

38

OHRFEIGEN UND PAPIERFETZEN

Wir mussten nicht bis zum Morgen warten. Alle Abendzeitungen brachten die Nachricht in fetten Schlagzeilen.

GRAUENHAFTER MORD AN
REVEREND ENOCH JACKAMAN,
PFARRER AN ST-JEROME-KIRCHE

Aber es sollte noch schlimmer kommen.

FLUCH ÜBER GRICE ERFÜLLT SICH WIEDER

Und:

SIDNEY GRICE, PRIVATER ERMITTLER,
WIRD ZEUGE VON SCHRECKLICHEM MORD
AN EIGENEM KLIENTEN

»Persönlicher, persönlicher, persönlicher«, leierte Sidney Grice. »Ich bin *persönlicher* Ermittler. Es gibt derzeit nichts im Entferntesten Privates an meiner Tätigkeit.«

Wir lasen die Artikel beim Tee in seinem Studierzimmer.

»Ihr neuer Freund widmet Ihnen eine ganze Spalte«, sagte mein Vormund und reichte mir den *Evening Standard.*

DIE WAHRHEIT ÜBER SIDNEY GRICE
VON SEINER GEFÄHRTIN

Am Nachmittag des Mordes, da der Leichnam Reverend Jackamans noch immer am Kreuze hing, nahm die dunkelhaarige und dunkeläugige Miss March Middletone den jungen Reporter in eine der vielen von ihr besuchten Schankwirtschaften mit, wo sie Tabak rauchte und sich große Mengen Branntwein einverleibte. Erst als sie in einer Verfassung war, die keiner Dame gut zu Gesicht steht, erklärte sie sich zu einem Interview bereit. Miss Middletone machte keine Angaben über ihre Beziehung zu Mr Grice, an dessen Adresse sie wohnhaft ist.

»Das ist ja widerlich«, sagte ich. »Ich werde klagen.«

Sidney Grice musterte mich streng. »Was hat er Unwahres geschrieben?«

»Nichts, aber er hat angedeutet …«

»Er wird einwenden, dass allein Ihr verderbter Geist etwas Anstößiges in diesen Artikel hineinliest.«

Ich las weiter. »Ebenso wenig leugnete sie, dass seine Anteilnahme nicht immer von solchem Wesen war, wie man es von einem vorgeblichen Vormund erwarten darf.«

»Das habe ich nicht geleugnet, weil ich nicht danach gefragt wurde«, sagte ich, »und was heißt hier *vorgeblich*? Sie *sind* mein Vormund.«

»Kein gesetzlicher«, sagte Sidney Grice leise. »Es hat nie einen Gerichtsbeschluss gegeben, der Sie meiner Obhut unterstellt.«

»Sollte ich diesen Mann je wiedersehen, werde ich ihn ohrfeigen.«

»Oh, den werden Sie wiedersehen«, versicherte mir mein Vormund, »und er hätte es liebend gern, dass Sie ihn angreifen, am besten in aller Öffentlichkeit.«

»Noch dazu hat er meinen Namen falsch geschrieben.« Ich

faltete die Zeitung zusammen. »Diesen Unrat werde ich nicht lesen.«

»Lesen Sie ihn später. Sie können sich nur gegen Anfechtungen wehren, die Sie auch kennen.«

Ich ließ die Zeitung neben meinen Sessel fallen. »Welche Sorte Mann schreibt nur solche Sachen?«

»Die Sorte Mann, mit der Sie trinken gehen.«

Die Zeit schien reif, das Thema zu wechseln.

»Woher wussten Sie, dass Reverend Jackaman auf einer Kniebank stand?«

»Wenn Sie aufpassen würden, wüssten Sie noch, dass ich Ihnen sagte, ich sei Jackamans Bruder einmal auf der Überfahrt nach Calais begegnet. Er hat fünfschwänzige Katzen exportiert.«

»Meinen Sie nicht neunschwänzige?«

»Nein. Diese galten als schonender beim Auspeitschen von Kindern.«

»Er muss sehr weichherzig gewesen sein.«

Vorsichtig riss er einen Streifen von seiner Zeitung ab und legte ihn umgedreht auf den Tisch. »Gegenwärtig geht es mir eher um seine Statur. Jackamans Bruder war eins sechzig groß, ehe sich sein Rücken krümmte, und erzählte mir, er sei der Größte in seiner Familie, daher muss Jackaman auf etwas gestanden haben, um durch die Öffnung zu spähen.«

»Warum kein Stuhl?«

»Weil ich, anders als der Rest der Menschheit, meinen Verstand gebrauche. Ich hörte, wie ein Holzmöbel geschleift wurde. So schwer wie eine Kirchenbank war es nicht. Ein Stuhl wiederum wäre zu hoch gewesen, um darauf zu stehen, zum Knien aber zu niedrig. Es war offenkundig. Jeder Einfaltspinsel hätte diesen Schluss ziehen können.«

»Habe ich aber nicht.«

Mein Vormund gestattete sich ein leises Schmunzeln. »Sehr richtig.« Er griff zum *West London Recorder*.

»Sie wirken sehr gelassen bei alledem«, sagte ich.

»Ich bin selten, was ich zu sein scheine.« Sidney Grice verschränkte die Arme und lehnte sich in seinem Sessel zurück. »Außerdem«, fuhr er fort, »bin ich zum ersten Mal in meinem Leben zu wütend, um wütend zu sein. Ich habe gelernt, mit Verleumdungen zu rechnen, ebenso wie mit Morddrohungen, Übergriffen und Eigentumsschäden. Berufsrisiko. Dieser Mann aber hat widerliche Andeutungen über ein Mädchen – eine junge Frau – in meiner Obhut gemacht, und das ist unerträglich. Das eine weiß ich sicher, dass nämlich Waterloo Trafalgar Trumpington den Tag bereuen wird, an dem er seinen Namen unter diese unflätigen Zeilen gesetzt hat.« Er zerknitterte den *Recorder*, und seine Stimme hob sich. »Wie oft muss ich es denen noch sagen? Ich beschütze diese Leute *mitnichten*.« Er zerknüllte die Zeitung, um sie dann in einer scheinbar unwillkürlichen Bewegung zu zerreißen. »Vielleicht«, Grice betrachtete die Fetzen, »bin ich doch nicht zu wütend, um wütend zu sein.«

Ich blätterte die *Hampstead Times* durch und hatte es nach einem Bericht über den Raubüberfall auf einen Ebenholzhändler in der Heide nicht mehr weit, ehe ich las:

DIE AFFÄREN VON SIDNEY GRICE

Unser Reporter wurde Mitwisser intimer Einzelheiten einer Beziehung zwischen Privatermittler Mr Sidney Grice und Dorma Berry, einer verheirateten Frau und vorgeblichen Ärztin in …

Ich schloss die Augen.

»Was ist los?«

Ich reichte meinem Vormund die Zeitung, und er lief rot an. »Rasend vor Eifersucht gab Mr Grice' augenblickliche Gefährtin preis, eben jener habe starke Gefühle für Mrs Berry entwickelt, von denen wir nunmehr Grund haben anzunehmen, dass sie nicht«, seine Stimme wurde lauter, »erwidert werden.« Er warf die Zeitung von sich und verteilte dabei die Bögen über das Teetablett. »Anscheinend halte ich Dr. Berry für wunderbar, will Ihnen gegenüber aber nicht von ihr sprechen.«

»Noch mehr Lügen«, sagte ich.

»Was *genau* haben Sie diesem raffgierigen, wahrheitsverzerrenden, wortverdrehenden Stinktier gesagt?«

»Nur, dass ich glaube, Sie mögen sie.«

»Mögen?« Seine Lippen formten das Wort, als wäre es schmutzig. »Mögen? Sie haben ihm gesagt, ich *mag* sie?«

»Ja.«

»Sie haben diesem skabrösen, exkrementalen –«

»Ich habe ihm gesagt, Sie mögen sie, das war alles.«

»Alles?« Er griff nach der Zeitung. »Hier heißt es, ich hielte Mrs Berry für wunderbar und bildschön. Wie erklären Sie sich das, *Miss Middletone*?«

»Ich habe gesagt, dass *ich* glaube, sie habe Wunderbares geleistet und sei hübsch.«

»In drei Teufels Namen, March. Warum sind Sie nicht gleich damit rausgerückt, ich unterhielte eine ungebührliche Beziehung zu Dr. Berry? Sie haben den guten Namen dieser Frau in den Dreck gezerrt.«

»Es hat Ihnen weniger ausgemacht, als *meine* Ehre angefochten wurde.«

Er fing sein Auge im Fall auf und schloss die Faust darum. »Falls Ihr Name beschmutzt wurde, so haben Sie selbst dafür gesorgt. Ich befahl Ihnen …«

»Niemand befiehlt mir irgendetwas.«

»Umso bedauerlicher. Ich habe Ihnen untersagt, mit diesem aufgeblasenen Blender zu reden, und was taten Sie? Sie liefen mit ihm davon und vertrauten ihm in einer schäbigen Spelunke an, was Sie für meine privaten Gefühle hielten.«

»Ich habe nur …«

Sidney Grice stand auf. Noch nie hatte ich ihn so erzürnt gesehen. »Nein, March. Sie haben mich mutwillig mit einem Mann hintergangen, der mein eingeschworener Feind ist. Sie haben den Namen einer Unschuldigen mit Kot beschmiert, die nichts weiter getan hat, als Ihr abstoßendes Benehmen jedes Mal zu verteidigen, wenn ich darüber klagte.«

»Sie haben mich verunglimpft?«

»Ich suchte Rat, wie mit Ihrem Eigensinn zu verfahren sei, und sie empfahl Duldsamkeit. Und wie wird ihr diese Güte vergolten? Sie haben ihr Leben in eine Monstrositätenschau verwandelt.« Sein Gesicht verzog sich. »Was Sie dieser Frau angetan haben, ist unverzeihlich.« Er griff sich an die Augenhöhle, und ich trat zu ihm.

»Tut es sehr weh?«

»Nicht im Geringsten. Mich schmerzt nur Ihre Undankbarkeit.«

Hätte er mich geohrfeigt, ich wäre weniger verletzt gewesen. »Ich war Ihnen immer dankbar, dass Sie mich bei sich aufgenommen haben.«

»Und so zeigen Sie Ihre Dankbarkeit?« Er tupfte sich die Augenhöhle mit seinem Taschentuch, und die Baumwolle bekam gelbe und rote Flecken.

»Soll ich es mir ansehen?«

Er drehte den Kopf weg. »Ich will nicht, dass Sie es sich ansehen, und ich will Sie nicht ansehen müssen.«

Ich wich zurück.

»Dann erlöse ich Sie jetzt von meinem Anblick.«.

»Verflucht«, sagte er, als ich das Zimmer verließ und nach oben zu meinen Erinnerungen lief.

Sie räucherten eure Unterkunft aus – ein allmonatlicher vergeblicher Kampf gegen die Kakerlaken, Tausendfüßler, Ameisenkolonnen und unzähligen anderen Geschöpfe, die über jede Fläche in jeder Stube krabbelten und darunter auch. Unsere Häuser standen sämtlich auf Holzstößen, was ein wenig half, und nur die Griffins – so wurden die Neuankömmlinge genannt – legten Teppiche aus, unter denen sich Grässliches vermehren konnte. Sehr früh lernte ich, meine

Schuhe vor dem Überstreifen auszuschütteln. Trotzdem stach mich einmal ein Skorpion ganz gemein in den großen Zeh, und Wochen vergingen, ehe ich meinen rechten Stiefel wieder fest zuschnüren konnte. Ich solle mich glücklich schätzen, meinte mein Vater zu mir. Die Frau eines Hauptmanns war in ein Sitzbad gestiegen, nur damit ihr eine Schlange hinterherglitt.

Du brachtest ein paar Sachen zur Aufbewahrung in unseren Bungalow. Nach dem letzten Besuch der Kammerjäger auf deiner Stube hatte ein Taschenmesser gefehlt. Die Arbeiter beharrten darauf, du müssest es verloren haben, du aber warst dir sicher, es auf den Nachttisch gelegt zu haben, und gewöhnlich gingst du achtsam mit deinen Sachen um.

Deine Schreibschatulle war leicht verschrammt, und als du einmal auf Eberjagd warst, beschloss ich, sie aufzupolieren. Das Wachs hatte sich in der Hitze verflüssigt, und etwas davon tröpfelte durch die Ritzen. Da ich fürchtete, es könnte deine Briefe verkleben, öffnete ich den Deckel.

Ich bin schon immer neugierig gewesen, aber nicht im Verborgenen. Nie hätte ich deine Taschen durchsucht oder einen Brief über Dampf geöffnet. Doch dieser fiel auf den Boden, und als ich mich bückte, um ihn aufzuheben, konnte ich nicht anders als diese Worte sehen.

Hinsichtlich Deiner in Aussicht gestellten Verlobung vermögen Deine Mutter und ich uns nur schmerzlich betroffen zu zeigen ob Deiner Wahl, Dich mit einem Mädchen zu verbinden, dem wir nie begegnet sind und von dessen Herkommen wir so wenig wissen. Du kannst Hester Sandler nicht vergessen haben, die so geduldig und treu auf Deine Rückkunft wartet und mit der Du längst ein Einvernehmen gefunden hast. Um Deinetwillen hat sie sämtliche Anwärter abgewiesen, und es ist nur rechtens, wenn …

Was Edwards Vater für rechtens hielt, konnte ich nicht sehen, es war aber nicht schwer zu erraten. Ich legte den Brief zurück in die Schatulle und ging zu meinem Vater ins Krankenhaus.

»Geht es dir gut?«, fragte er. Ich gab keine Antwort.

39

ORIENTALISCHE PANTOFFELN
UND MAUDY GLASS

Ich fuhr nach Parbold. Das Grange war noch immer nicht verpachtet. Der Makler Mr Warwick gab mir die Schlüssel, und ich stieg den Hügel hinauf, während George Carpenter, der alte Wildpfleger, mein Gepäck mit dem Karren beförderte. Ich konnte Onion, seinen uralten Esel, hinter mir schnaufen hören. Es waren zwei Meilen, und der Weg gehörig steil. Als wir oben anlangten, verschwand die Sonne gerade hinter der Ashurst-Warte und tauchte das Tal des Douglas in schwelende Glut.

Zwei Tage lang streifte ich durch Haus und Garten, ohne je zur Ruhe zu kommen. Ich saß in der Bibliothek meines Vaters, starrte seine verstaubten Bücher an und konnte mich nicht überwinden, auch nur eines davon aufzuschlagen.

Maudy Glass kam zu Besuch. Als Kinder waren wir die Feenschlucht hinabgesaust oder über die Wiesen getollt, um in Jackson's Pit Stichlinge zu angeln. Doch nun war Maudy verheiratet und schwanger mit ihrem zweiten Kind.

»Glaubst du, dass du je Kinder haben wirst?«, fragte sie mich.

»Eine Zeit lang dachte ich das, früher einmal«, sagte ich. »Wollen wir Abendessen machen?«

Wir kochten zusammen auf dem altertümlichen Herd – di-

cke Lammsteaks mit Pellkartoffeln und Minze aus dem über-
wucherten Kräutergarten meines Vaters –, und im Keller fand
ich eine Flasche Wein. Doch dann kam mir Sidney Grice'
Überzeugung in den Sinn, dass sich das Fleisch von Tieren
nicht von unserem unterscheide, und seine Schilderung, wie
die Kannibalen Rupert verspeist hatten, und ich brachte keinen Bissen hinunter.

Wir räumten das Geschirr weg, erledigten den Abwasch und
setzten uns in unsere Sessel.

*Eines Abends, als wir an diesem Kamin saßen, fragte ich
meinen Vater, ob er es mir übelnehme, dass ich seine Frau
umgebracht hatte, und er sagte: »Ganze zwei Minuten lang,
bis ich dich sah – ein zerknautschtes purpurfarbenes Un-
getüm, das sich verzweifelt mühte, seine Windeln fortzu-
strampeln. Was blieb mir da anderes übrig, als dich zu lieben!«. Dann rührte er an einem Scheit, die Funken sprühten
hinaus in die Nacht. »Und ich habe nie damit aufgehört.«*

*»Auch damals nicht, als ich aus Versehen mein Schlafzim-
mer in Brand steckte.«*

*»Auch damals nicht.« Er tätschelte meine Hand. »Davon
abgesehen warst nicht du es, der deine Mutter umgebracht
hat. Ein ungewaschener Schlächter, der sich als Arzt ausgab, war's. Ich möchte ihn nicht mal einen Metzger nennen.
Die Metzgerei ist ein Handwerk, das Können erfordert, er
aber besaß nichts dergleichen. Wenn du nicht zappelnd und
schreiend in meinen Armen gelegen hättest, ich hätte ihn
womöglich totgeprügelt.«*

»Ach, das muss furchtbar aufregend sein, mit dem berühmten
Sidney Grice zusammenzuarbeiten«, schwärmte Maudy. Ich
rieb mir erschöpft die Augen. Sie plapperte unverdrossen weiter. »Weißt du noch, als wir klein waren? Da sind wir immer
hoch auf den Dachboden geklettert und haben Spion gespielt.«

»Wir haben uns Umhänge aus alten Vorhängen gemacht«,

entsann ich mich, »und aus Lampenschirmen Hüte mit tiefer Krempe. Wie lächerlich wir ausgesehen haben müssen.«

Maudy lachte, und für einen Augenblick lichteten sich die Schatten. »Und in dem Astloch der alten Eiche hinterließen wir geheime Botschaften für den anderen. Die hat der Sturm letztes Jahr umgeweht – aber warum erzähle ich dir das überhaupt? Du bist ja erst seit wenigen Monaten fort, aber es kommt mir vor wie ein halbes Leben. Ich werde wohl nie aus Lancashire rauskommen.«

»Ich dachte immer, du wärst hier glücklich.«

Ihre Miene verdüsterte sich. »Gewiss, Jethro ist ein guter Mann ...«, sagte sie sehr leise und stieß dann aufgeregt hervor: »Du hast doch gewiss schon so manches spannende Abenteuer erlebt.«

»Oh, Maudy, wenn du wüsstest ... was ich alles gesehen habe.«

»Du hast ein solches Glück.«

»Schreckliche Dinge ...«, flüsterte ich.

Trotz ihrer Müdigkeit fuhr Maudy Glass in ihrem Sessel hoch – in freudiger Erwartung einer fesselnden Geschichte. Ich konnte nicht darüber reden, wie ich Horatio Green im Studierzimmer sterben sah oder Silas Braithwaite tot aufgefunden hatte, wie ich Rosie Flower am Strick um ihren Hals hinabgelassen oder den gekreuzigten Reverend Jackaman erblickt hatte, also erzählte ich ihr vom Ashby-Fall und davon, wie die quirlige und wunderschöne Eleanor Quarrel ihr Ende fand – ertrunken, als ihr Schiff sank, und alles nur meinetwegen. Vielleicht würden die Wunden heilen, wenn ich darüber sprach, aber es riss sie nur weiter auf.

»Aber du hast doch stets in bester Absicht gehandelt«, beruhigte mich Maudy, während ich mich am Feuer wärmte und an meinem Gin nippte. Obwohl der Doktor es ihr verordnet hatte, wollte Maudy keinen Alkohol trinken. Ihr würde übel davon, sagte sie. Auf mein Drängen hin ließ sie sich schließlich zu einem großen Glas Sherry überreden.

»Gut gemeint ist allzu oft schlecht gemacht«, sagte ich oder dachte ich zumindest, aber Maudy war bereits eingenickt, wohlig in jenen Sessel geschmiegt, in dem einst mein Vater gesessen hatte.

»Du hättest Edward gemocht«, wisperte ich sanft, »und er hätte dich gemocht, Maudy. Ihr hättet einander zum Lachen gebracht. Ich habe dir nie von ihm erzählt. Wie hätte ich das gekonnt?«

Sie fing an zu schnarchen – recht laut, so wie Bobby, der alte Retriever, den wir einmal gehabt hatten.

»Ich habe ihn angelogen, Maudy.« Ich goss mir noch ein Glas ein, nahezu randvoll. »Ich habe ohne Skrupel gelogen. Und als ich glaubte, er hätte mich hintergangen, habe ich ihn in die Hölle geschickt.«

Ich hob mein Glas und blickte hindurch, doch die Welt erschien mir keinen Deut besser.

»Ich habe alle angelogen. Es war meine Idee, und mein Vater spielte das Spiel mit. Den Soldaten war die Anwesenheit einer jungen Frau ohnehin ein Dorn im Auge. Ein halbes Kind, wie ich eines war, hätte man dort niemals geduldet.« Ich trank aus und stellte mein Glas zurück auf den Tisch, etwas schwungvoller als gewollt, worauf Maudy kurz aufschreckte, dann aber weiterschlief. »Ich war sechzehn, als ich Edward kennenlernte, und als wir uns verlobten, gerade einmal siebzehn, er aber glaubte, ich wäre schon zwanzig. Die Lüge zerfraß mich wie ein Gift. Ich wusste nicht, wann es zu meinem Herzen gelangen würde, oder ob es ein Gegenmittel gab. Nur er hätte mir das sagen können.«

»Was hättest du sagen können?«, murmelte Maudy schlaftrunken und schlug die Augen auf.

Was das betrifft, lüge ich noch immer. Es ist der einzige Weg, zumindest etwas ernst genommen zu werden – und meistens glaube ich es sogar selbst. Manchmal fühle ich mich wie eine alte, alte Frau – kein Wunder bei dem, was ich erlebt habe – doch tief in meinem Herzen hege ich nur einen Wunsch: zu tanzen, mich mit dir unter dem indischen Mond im Walzer zu drehen, dich fest an mich zu drücken, die zahllosen Sterne zu zählen und so glücklich zu sein, dass es schmerzt.

Ich löschte das Feuer, schob das Funkenblech vor den Kamin und ging zu Bett. Doch ich konnte kein Auge zutun, also stieg ich die Holztreppe hinab in den Keller, ging durch die tropfenden Gewölbe, vorüber an den Weingestellen bis dorthin, wo Sarah Ashby auf mich wartete. Sie lächelte freudig und trat vor, um mich zu grüßen, doch hinter ihr tauchte ein Schatten auf, Eleanor Quarrel, ein Messer in der Hand, die schaurig blitzende Klinge, der brünierte Stahl zur todbringenden Spitze verjüngt, die Schneide wellenförmig, hauchdünn. Ich versuchte zu schreien, doch die Hand, die sich über Sarahs Mund legte, raubte auch mir den Atem, und ich sah, wie die Klinge hervorschnellte und emporfuhr, sich in Sarahs Brust bohrte und den Schwall schwarzen Blutes aus ihrem geborstenen Herzen, und auch ich krümmte mich vor Schmerz, als Eleanor Quarrel fauchend auf mich losging, sich in meinem Haar verkrallte und versuchte, mir die Augen auszukratzen.

Ich schreckte im Bett hoch und tapste ans Fenster, um den Mond über Hunger Hill zu betrachten. Dieses Land hatte meinem Vater gehört, war seit drei Jahrhunderten in Familienbesitz, und was hatte ich damit angefangen? Mein Herz hämmerte noch immer wie wild, also genehmigte ich mir einen weiteren Gin. Ich musste im Sessel eingenickt sein, denn plötzlich schrillte die Türklingel, und als ich öffnete, stand da der junge Sam Vetch und hielt mir keuchend ein Telegramm hin.

MARCH KOMMEN SIE SOFORT ZURÜCK STOPP
ICH BRAUCHE SIE STOPP SIDNEY GRICE

Ich fand Papier und Bleistift und schrieb: *Treffe morgen ein Stopp March.* Doch da mir dies ohnehin kaum Zeit gelassen hätte, meine Entscheidung zu überdenken, strich ich *morgen* wieder durch und schrieb *heute* darüber.

Und so wiederholte ich, nur vier Tage, nachdem ich gen Lancashire aufgebrochen war, die gesamte Prozedur in entgegengesetzter Richtung – George Carpenter und Onion, Schlüsselübergabe an Mr Warwick, Zugfahrt, Umsteigen in Wigan, Ankunft in Euston. London war mir damals noch recht fremd – die größte und reichste Stadt der Welt, das Herz des großartigsten Imperiums, das es je gegeben hatte. Einmal mehr überwältigte mich die lärmende Betriebsamkeit, als ich zügig Richtung Gower Street lief.

Ich sah ein Mädchen, kaum älter als zehn Jahre, nur Haut und Knochen, das einen hohlwangigen Säugling in einem Tuch vor der Brust trug. Die Kleine hockte in der Gosse und puhlte an einem vergammelten Fischkopf herum, steckte sich die Fetzen in den Mund und gab ihrem Geschwisterchen dann den Brei. Ich ging hinüber, um ihr ein paar Münzen zuzustecken. Als sie mich kommen sah, nahm sie Reißaus und sprang auf die Ladefläche eines Kohlekarrens, bis der Fuhrmann ihrer gewahr wurde und sie mit einem Peitschenhieb fortprügelte.

In der Gower Street war es ruhiger. Zwei Männer trugen einen groben Kiefernsarg aus dem Universitätskrankenhaus über die mit Holzklötzen abgesperrte Straße ins Anatomiegebäude – noch eine arme Seele, die niemandem ein Begräbnis wert war und als Leiche mehr ärztliche Fürsorge erhalten würde als in ihrem ganzen Leben. Ich bekreuzigte mich und ging weiter.

Molly ließ mich ein.

»Oh, Gott sei Dank!« Sie war verschnupft und hatte schwarze Schuhwichse an den Händen. »Ich hab mir ja solche Sorgen um ihn gemacht, Miss, immerzu ganz allein da oben in seinem Zimmer, wo er wahrscheinlich seinem heimlichen Laster frönt.«

»Was ist denn nun sein heimliches Laster?«

»Ach, Miss, es ist so geheim, das ich mich frage, ob Mr Grice es selber weiß, dabei weiß er ja eigentlich alles.«

»Ist er noch oben?«

Molly blickte zur Decke hoch, als müsste sie erst nachsehen.

»*Noch* ist gut«, erwiderte sie, »hab seit Ewigkeiten keinen Mucks von ihm gehört, und, Miss, er hat schon tagelang nichts mehr gegessen. Er muss schrecklich hungrig sein.«

»Zumindest muss er sehr verzweifelt gewesen sein. Dass er mir dieses Telegramm geschickt hat …«, sagte ich.

»Nun ja …«, setzte Molly an.

»Welches Telegramm?« Sidney Grice erschien auf dem Treppenabsatz.

Er trug seinen Paisley-Morgenmantel, orientalische Pantoffeln und einen roten Samt-Fez mit schwarzer Quaste.

»Ich bin zurück«, rief ich empor.

»Wieso?« Er rückte seine Augenklappe zurecht. »Wo sind Sie denn gewesen?«

Ich starrte erst ihn und dann Molly an, die dabei war, ihre Schürze zu einem schwarzen Knäuel zu kneten.

»Nirgendwo von Belang«, sagte ich, woraufhin mein Vormund grunzte und verschwand. Ich hörte die Schlafzimmertür zufallen und dann das Poltern aller vier Riegel, mit denen er sich stets verbarrikadierte.

Mollys Gesicht hatte einen modischen Mauveton angenommen.

»Du«, sagte ich. Sie zwinkerte.

»Und die Köchin.« Sie griff sich an die Haube und hinterließ vier schwarze Fingerabdrücke darauf. »Sie hat mir beim Buchstabieren geholfen.«

»Ich hätte nie gedacht, dass du derart gerissen sein könntest«, sagte ich. Molly grinste nur. Mittlerweile hatte sie auch Schuhcreme an der Nase.

»Oh, danke schön, Miss.« Dann versuchte sie sich an einem Knicks und eilte davon.

40

FRANZÖSISCHES BLUT UND KOMMODORE BRACELET

Ich bekam Sidney Grice nicht mehr zu sehen – wobei ich ihn einmal laut aufschluchzen zu hören meinte –, bis er sich mir beim Abendessen zugesellte. Er trug seine Augenklappe und einen Hausrock.

»Molly war Ihretwegen in großer Sorge«, erzählte ich ihm, »weil Sie sich eingeschlossen hatten.«

»Nur so kann ich etwas Frieden finden.«

»Aber Sie haben nichts gegessen.«

»Es ist schon lange eine meiner Gewohnheiten, zeitweise zu fasten. Um die Leber zu entschlacken und mithin den Verstand.«

»Aber heute Abend essen Sie etwas?«

Mein Vormund rieb sich die Hände. »Allerdings. In Ihrer Abwesenheit ließ ich die Köchin wissen, dass Sie unserer üblichen Kost überdrüssig seien, was sie ebenso verdutzte wie mich. Gleichwohl hat sie eine besondere Köstlichkeit zu Ehren Ihrer Rückkehr zubereitet.«

»Da bin ich gespannt«, sagte ich zögerlich und fügte hinzu: »Ich dachte, Sie würden mein Fehlen gar nicht bemerken.«

Er zog seine Serviette aus ihrem Ring, einem aufwendig geschnitzten Stück Oberschenkelknochen des erstes Mannes, den er an den Galgen gebracht hatte. »Haben Sie ernstlich angenommen, mir entginge, wer in meinem eigenen Haus zugegen ist und wer nicht, oder dass die Dienstboten ein Telegramm verschicken könnten, ohne dass ich davon Kenntnis bekäme?«

»Eigentlich nicht. Hat es irgendwelche Entwicklungen gegeben, während ich fort war?«

»Herzlich wenige.« Er faltete seine Serviette auseinander. »Doch ich bin nicht gänzlich untätig gewesen. Nach Ihrem Aufbruch habe ich drei Besuche absolviert. Der erste galt Horatio Greens Apotheke, wo ich zweiundsechzig Beobachtungen machte, von denen drei bedeutsam sein könnten. Die Regale sind ziemlich weit oben angebracht, wohl damit keine Flaschen aus Versehen herabgerissen werden. Zweitens weist das Giftbuch den Verkauf von Strychnin am Tag vor seinem so leichtfertigen Tod aus, der Name des Käufers ist jedoch eindeutig erfunden.«

»Wie können Sie da so sicher sein?«

Mr G schüttelte die Serviette energisch auf. »Wenn sich Leute Namen ausdenken, neigen sie zu übertriebenem Schöpferdrang. Oft verleihen sie sich Ritterwürden oder gar Adelstitel. Der Betreffende war etwas weniger ehrgeizig und ließ es mit einem Posten bei der königlichen Marine bewenden. Es gibt keinen aktiven oder pensionierten Kommodore Bracelet im Flottenverzeichnis.«

»Und drittens?«, erkundigte ich mich.

»Mr Green hielt keine Blausäure vorrätig. Also wird er sie sich kaum versehentlich selbst verabreicht haben. Im Übrigen war es hier sehr ruhig.« Er breitete die Serviette über seinen Schoß. »Vielleicht sind Sie es und nicht ich, die Unheil anzieht.«

»Durchaus möglich.« *Ganz sicher habe ich es über dich gebracht, mein geliebter Edward.* »Wohin führte Sie Ihr zweiter Besuch?«

»Zum Pfarrhaus von St Jerome.« Er rückte sein Besteck gerade. »Und dort befragte ich Reverend Jackamans alte Haushälterin – eine entzückende Dame, die mit einer ausgezeichneten Tasse Tee aufwartete. Sie erzählte mir, das Pfarrhaus sei eine Stunde vor unserem Eintreffen wegen einer Gasleckage bei den Straßenarbeiten geräumt worden.

Molly kam, das Gesicht noch immer beschmiert, die Treppe hochgeschnauft, öffnete den Speisenaufzug und holte zwei zugedeckte Teller heraus.

»Kann ich dableiben und zusehen?« Sie setzte mir scheppernd meinen Teller vor.

»Natürlich.«

»Nein«, sagte ihr Brotherr. Sie schlurfte davon. Ich sah mein Gesicht breitgewalzt auf der Haube. »Sind Sie nervös?«

»Ja.« Wir lupften die Hauben, und ich nahm das Gebotene in Augenschein. »Sieht für mich wieder sehr nach Gemüseeintopf aus.«

Tatsächlich lächelte Sidney Grice. »Worauf angerichtet?«

Mit der Gabel strich ich etwas von dem graugrünen Brei zur Seite. »Reispudding.«

Er wartete. »Sie wissen noch immer nicht, was es ist?«

»Gemüseeintopf auf Reispudding.«

»Curry.« Er rieb sich die Hände. »Wir dachten, das würde Sie an Ihre Zeit in Indien erinnern.«

Daran muss ich nicht erinnert werden. Ich trage Indien in mir wie dein ungeborenes Kind.

»Curry enthält Gewürze.«

»Ganz genau.« Er stach in den Haufen auf seinem Teller. »Darum hat die Köchin Pfeffer und Muskat hineingetan.« Genüsslich mampfte er eine Gabelvoll. »Und ich schmecke eine großzügige Prise Senfpulver. Langen Sie zu!«

Ich spießte einen schlaffen Karottenstreifen auf. »War sicherlich gut gemeint.«

»Dr. Berry meinte, Sie hätten abwechslungsreichere Kost nötig.«

»Damit hat sie recht. Sind Sie ihr begegnet, seit …«'

Er ließ einen Matschhaufen vor seinem Mund kreisen. »Sie suchte Rat betreffs der Verunglimpfung ihres beruflichen Könnens. Aber da hat sie schon üblere Verleumdungen ertragen. Sie wollte mir einreden, ich hätte Sie grob behandelt.«

»Ist mir schleierhaft, wie sie darauf kommt.« Wie immer war meine Ironie vergeudet.

»Genau das habe ich auch gesagt.« Der Matsch landete auf dem Teller. »Sie haben gar nicht nach meinem dritten Besuch gefragt, doch das soll mich nicht davon abhalten, Ihnen davon zu berichten.« Erneut belud er seine Gabel. »Am Morgen Ihrer Flucht suchte ich das letzte Mitglied des abstoßenden Vereins auf, den trefflich benannten Mr Warrington Tusker Gallop.«

»Und haben Sie etwas herausgefunden?«

»Ich finde stets etwas heraus.« Braune Soße tropfte zähflüssig von den Zinken auf den Teller. »Angeblich ist Mr Gallop gerade in Frankreich«, beim letzten Wort kräuselten sich seine Lippen, »um seinen Schnupftabakladen zu bevorraten. Seiner Haushälterin zufolge hat er unser Gestade einen Tag vor Mr Greens Tod verlassen. Finden Sie das verdächtig?«

»Nicht unbedingt.« Ich roch an meinem Essen und hätte es lieber nicht getan. »Wobei er vielleicht umgebracht wurde, oder er ist untergetaucht, um derweil die Morde zu verüben, und die vorgebliche Reise dient ihm als Alibi.«

Er schluckte. »Wissen Sie was, March? Ihr Ausflug scheint Ihnen bekommen zu sein. Sie haben einen vollständigen Satz rein aus vernünftigen Überlegungen gebildet.«

»Sie sind der einzige mir bekannte Mann, der ein Lob in eine Beleidigung verwandeln kann.«

Er schien ziemlich erfreut über meine Bemerkung zu sein, wischte sich den Mund ab und sagte: »Ich bin immer auf der Hut vor allem und jedem mit Verbindungen zum Land der Revolution, kindischen Malerei, schlechten Küche und schludrigen Schneiderei und daher vorläufig eher geneigt, Gallop als Täter denn als Opfer einzustufen.«

Ich lachte. »Weil Sie die Franzosen nicht mögen?«

»Weil von dort nichts Gutes mehr kam seit Charles le Grice anno 1066.«

»Dann fließt französisches Blut in Ihren Adern?«

Mr G fuhr zusammen. »Normannisches Blut, ehe es durch Unzucht mit den Franzosen verunreinigt wurde.« Er schmatzte genießerisch. »Ich teile durchaus nicht die moderne Marotte, Essen mit Aroma zu versehen, aber ich werde die Köchin ganz sicher dazu anhalten, dieses Gericht noch einmal zu machen.«

Ich nahm eine Kostprobe und wünschte, ich hätte das Lammsteak in Lancashire gegessen.

41

LANZEN UND TELEGRAMME

Als ich am nächsten Morgen herunterkam, saß Sidney Grice bereits am Frühstückstisch, tief versunken in den ersten Band von Clarkes *Physiognomie der kriminellen und geistesschwachen Klassen*, und schnaubte vor sich hin.

»So ein Unsinn.« Er riss eine Seite heraus, zerknüllte sie und warf sie zu Boden. »Mumpitz.« Er ließ eine weitere folgen. »Diese Leute glauben tatsächlich, man könne einen Mörder an der Form seiner Ohren und seiner Nasenlänge erkennen. Richard Batty sah aus wie Adonis persönlich, was ihn jedoch nicht davon abhielt, die Brautjungfern auf seiner eigenen Hochzeit mit einer Lanze zu durchbohren.« Er riss zwei Seiten auf einmal heraus, warf rasch einen zweiten Blick darauf und schleuderte sie in hohem Bogen fort. »Wenn diese Scharlatane, die sich als Wissenschaftler ausgeben, recht behielten, bräuchte ich kaum mehr als ein handelsübliches Maßband, um sämtliche Tunichtgute Londons dingfest zu machen, und das, noch bevor sie auf den Gedanken kämen, etwas auszufressen. Molly ist heute übrigens in Höchstform – nur achtundzwanzig Sekunden, bis sie an der Haustür war.«

»Wie können Sie das so genau sagen?« Weder hatte ich die Türglocke schellen hören, noch hatte er seine Uhr herausgeholt.

»Weil ich über ein eingebautes Uhrwerk verfüge.«

»Tickt es auch?«

»Gewiss.« Er ignorierte mein Gewitzel. »Und es enttäuscht mich, dass Sie es nicht gehört haben. Die Uhr ist in dem Schrank dort drüben.«

»Oh«, entfuhr es mir. »Das hatte ich ganz vergessen.«

»Es hat keinen Zweck, Dinge zu beobachten, wenn Sie sich später nicht an sie erinnern.«

Molly kam herein, die Hände und Ärmel mit Ruß bedeckt. »Ein Telegramm, Sir.« Sie hielt ihm das Tablett hin.

»Nimm das Tablett herunter«, befahl ihr Dienstherr. »Heb' es wieder hoch.« Er setzte seinen Zwicker auf und studierte die Unterseite. »Wieso ist es voller Kratzer?«

»Na ja, irgendwo muss ich die Asche ja drauftun.«

»Was sprach gegen das Kehrblech?«

»Eigentlich nichts, Sir. Außer, dass es im Erdgeschoss war und ich oben.«

Sidney Grice riss sich den Zwicker von der Nase und knurrte: »Dieses Tablett ist auf dem freien Markt mehr wert als du!«

»Vielleicht möchte es sich dann dazu bequemen, das Teegeschirr hoch und runter zu schleppen, die Betten zu machen und die Diele zu schrubben«, sagte ich. »Womöglich kann es auch die Haustür öffnen.«

»Und die Treppe fegen«, soufflierte mir Molly in einer Art Bühnenflüstern.

Sidney Grice schnappte sich das Telegramm und riss es auf.

»Sag dem Boten, dass wir nicht antworten werden.«

Molly hielt sich die Hand vor den Mund. »Oh, Verzeihung, Sir. Ich habe ihm schon gesagt, dass er gehen kann. Wollen Sie, dass ich ihm hinterherlaufe und ausrichte, dass er nicht zu warten braucht?«

Ihr Dienstherr starrte sie unverwandt an. »Damit hast du meine Haltung zum Frauenwahlrecht wieder einmal voll und ganz bestärkt«, erklärte er. Sie lächelte.

»Herzlichen Dank, Sir. Ich tu mein Bestes.«

Er öffnete die Lippen, doch ich kam ihm zuvor: »Du solltest jetzt lieber gehen, Molly«, sagte ich, worauf sie verdruckst davonschlich.

»Was halten Sie davon?« Mein Vormund reichte mir das Fernschreiben.

Ich wischte mir die Finger an der Serviette. »Es ist von …«

»Natürlich«. Er schob seinen Teller von sich. »Aber ich meine den Inhalt. Was, glauben Sie, soll es bedeuten?«

Ich las.

MR GRICE ES FEHLEN IHNEN WICHTIGE NEU-
IGKEITEN KOMMEN LIEBER FABRIK EXAKT DREI
BEI MIR ERHALTEN ANWEISUNG NUR GEWISS IN
NAECHSTER SENDUNG HEUTIGEN TAGES UNVER-
ZUEGLICH IST DIE NACHRICHT AUFZUMACHEN
IHR SCHLUESSEL HEUTIGER NACHRICHT RAN-
GEFUEGT LINKER EINGANG VERSCHLOSSEN
RECHTER AUCH HABE SICHER ABGESCHLOSSEN
NUR NICHT FEST DRUECKEN SIE ALSO BEFUGT
LEICHT AUFZUMACHEN SIE MUESSEN OEFFNEN
ICH BITTE SIE INSTRUKTION MEINERSEITS NICHT
ZU IGNORIEREN KEINE CHIMÄRE SCHLUESSEL
HUNDERTPROZENTIG MITBRINGEN VERLASSE
MICH ERGEBENST AUF REDLICHKEIT IHRERSEITS
LIEBER SICHER OEFFNEN SONST RISKANT PRO-
METHEUS ERLAUCHTER PIGETTY NATURALIEN-
FABRIKANT

Ich löffelte mir etwas Zucker in den Tee. »Es wirkt äußerst wirr, aber es hat den Anschein, dass Mr Piggety will …«

Er hob die Hand. »Wie können Sie irgendwelche Mutmaßungen darüber anstellen, was der abstoßende Mr Piggety will oder nicht will?«

»Nun, dieses Telegramm …«

Sidney Grice schlug mit der Faust auf den Tisch. »Hören

Sie auf, March. Sie bereiten mir Kopfschmerzen. Vorausgesetzt, Sie erhalten ein Telegramm, das mit den Worten ›König des Mondes‹ unterzeichnet ist, gehen Sie dann auch davon aus, es stamme tatsächlich von Seiner kosmischen Exzellenz?«

»Nein, aber …«

Er fasste sich an die Stirn. »Nein, da gibt es kein *Nein-aber*. Das Letzte, was man tun sollte, ist anzunehmen, dass ein beliebiges Telegramm von eben jener Person geschrieben wurde, die es vorgeblich verfasst hat. Punkt drei meiner Ermittlungsregel Nummer sechzehn. Was ist das mit Abstand Auffallendste an diesem Telegramm?«

»Nun, es ist sehr lang …«, begann ich, und mein Vormund klatschte spöttisch in die Hände.

»Na, endlich«, sagte er. »Mit einundachtzig Wörtern das drittlängste Fernschreiben, das ich je erhalten habe. So manche Kriegserklärung ist knapper ausgefallen. Und welches Wort macht es einzigartig?«

»Erlauchter«, sagte ich. Er warf die Arme in die Luft.

»Genau. Ich erhalte im Durchschnitt dreizehn Telegramme pro Tag, das beläuft sich summa summarum auf …«

»Viertausendsiebenhundertundfünfundvierzig im Jahr«, fiel ich ihm ins Wort und bemerkte mit Genugtuung, wie er anerkennend eine Braue hob. Ich erzählte ihm natürlich nicht, dass ich das Ergebnis längst kannte, weil ich für meinen Vater früher die Buchhaltung versah und einer seiner Pächter dreizehn Pennys pro Tag zu entrichten hatte.

»Und dies ist das erste Mal, dass jemand diese Formulierung in einem Telegramm benutzt. Wieso sollte man auch nur einen Penny mehr für solch unnützen Zierrat ausgeben? Wie würden Sie die Nachricht zusammenfassen?«

»Also, zunächst einmal könnte er auf Ihren Namen verzichten«, sagte ich. So ginge es auch: *Habe wichtige Neuigkeiten Stopp kommen Sie Punkt drei zur Fabrik Stopp werde Ihnen Schlüssel schicken Stopp.*«

»Was einundvierzig Wörter kürzer und vier Schillinge und

zwei Pennys billiger wäre«, ergänzte Sidney Grice. »Kam Ihnen Piggety wie ein Mensch vor, dem Geld nichts bedeutet?«

»Mein Eindruck war, dass er damit ebenso achtsam umgeht wie Sie«, erwiderte ich.

Sidney Grice zermahlte seinen Toast bis zur Unkenntlichkeit. »Und welches Wort haben Sie zweimal verwendet, das der vermeintliche Piggety nicht ein einziges Mal benutzt hat?«

»*Stopp*«, sagte ich. »Wieso sollte jemand dermaßen verschwenderisch mit Wörtern umgehen, um dann an der Interpunktion zu sparen?«

»Ich denke, wir dürfen davon ausgehen – auch wenn ich nur ungern mutmaße –, dass die Kosten keine Rolle gespielt haben.« Er griff sich ein Messer und rührte die Toastkrümel in seinen Pflaumensaft. »Aus irgendeinem Grund waren die *Stopps* der eigentlichen Botschaft im Wege. Wer also könnte der Verfasser sein?«

»Ein Geisteskranker oder ein Trunkenbold«, sagte ich, während er mit der Spitze seines Zeigefingers ein Stück Rinde untertauchte.

»Im Gegenteil.« Er wischte sich den Finger an der Serviette ab. »Ich würde sagen, dass hier ein überaus geordneter Geist am Werk war. Das Telegramm enthält Anweisungen, verschleiert aber seine tiefere Bedeutung.« Er hielt seinen Löffel gegen das Licht. »Es ist ein Rätsel, verpackt in einem Rätsel.«

Ich hob die Teekanne, doch sie war leer. »Das Telegramm wurde in der Copper Lane aufgegeben. Soll ich hinfahren und fragen, ob sich dort jemand an den Absender erinnert?«

»Oh, die werden sich gewiss entsinnen.« Er schwenkte sein Saftglas. »Keiner der Beamten wird eine solche Nachricht rasch vergessen. Was wiederum folgenden Schluss nahelegt?«

»Wer auch immer der Absender sein mag, möchte, dass man sich an ihn erinnert«, sagte ich.

»Oder?«

»Er hat das Telegramm jemand anderen an seiner Stelle aufgeben lassen.«

»Ganz recht. Mir ist allerdings etwas unwohl bei dem Gedanken, Sie ganz allein in ein solches Viertel zu schicken.«

»Ich wüsste nicht, dass Sie sich je um mich gesorgt hätten«, versetzte ich spitz.

»March, wie können Sie nur daran zweifeln? Sie wissen doch, dass ich mich immer um Sie sorge«, entgegnete er mit sanfter Stimme. »Kaum auszudenken, wie mein Ruf leiden würde, wäre ich nicht einmal in der Lage, mein eigenes Mündel zu beschützen.«

Ich stand vom Tisch auf. »Und was werden *Sie* tun?«

Er ließ von seinem Frühstück ab und erhob sich ebenfalls. »Ich werde mich in mein Studierzimmer zurückziehen und meine Kartei zum Muttermord mit Querverweisen versehen – was stets meine Nerven beruhigt –, während ich die Tragweite dieses redseligen Fernschreibens überdenke und der Ankunft des prophezeiten Briefes mit dem Schlüssel harren werde. Sie werden sich eine Droschke nehmen, den Kutscher warten lassen und auf direkten Wege wieder nach Hause fahren. Versprechen Sie mir das, March!«

»Ich werde mich vorsehen«, sagte ich.

»Ich habe Sie um etwas anderes gebeten.«

»Auf Wiedersehen, Mr G«, verabschiedete ich mich, trat in die Diele und drehte am Messingrad, um die Fahne zu hissen.

42

MOOSGRÜNER SAMT
UND SCHWARZER SCHNEE

Ich warf meinen altgedienten moosgrünen Samtumhang über, setzte eine neue Ardith-Haube auf, mit grünem Besatz und passender Kinnschleife, und nahm mir einen Sonnenschirm. Eine Droschke war schon vorgefahren. Das Pferd versuchte, an das Wasser im Rinnstein zu reichen, doch der Kutscher zog immer wieder die Zügel an.

»Warum lassen Sie es nicht trinken?«, fragte ich, als ich einstieg.

»Ein durstiger Gaul rackert mehr«, gab er knapp zurück und fuhr los, noch ehe ich Platz genommen hatte.

Die Luft an jenem Tag war grau und von gelben Schwaden durchzogen. Dicke schwarze Flocken aus Ruß hingen darin und legten sich mir auf Ärmel und Aufschlag. Ich wollte eine fortschnippen, verschmierte sie aber nur.

Eine Horde Gassenjungen hatte mich erspäht, rannte dem Hansom hinterher und sang dazu:

»*Siddie Grice in der Gower Street,*
hatte 'ne Kundin, die er nicht liebt'.
Eine andere verlor er im Nu,
meuchelte Tochter und Mutter dazu.«

Früher hätte ich vielleicht darüber gelacht, aber die Todesfälle der letzten Monate hatten nichts Heiteres an sich. Ich warf den Kindern ein paar Pennys zu.

Wir fuhren durch Holborn und weiter nach Newgate, ehedem Standort eines von sieben römischen Toren, als London noch einen Stadtwall hatte. Nun war das eindrucksvollste Bauwerk dieses Viertels ein abweisendes, massiv gemauertes Gefängnis.

»Wollense Ihren Vater besuchen?«, rief der Kutscher von oben herab.

»Wenigstens weiß *ich*, wer mein Vater war.« Er gab dem Pferd die Peitsche.

Auf Cheapside, von Dickens als geschäftigste Hauptstraße der Welt beschrieben, herrschte einiger Betrieb, und doch war es hier seltsam still. Die Luft war zum Schneiden dick und von beißendem Rauch erfüllt. Selbst das Rumpeln und Hufgeklapper der Kutschen und Karren klang gedämpft, und als wir Wapping erreichten, war kaum noch etwas zu erkennen. Die Themse schien als Ganzes aus ihrem Bett emporzusteigen, über die Stadt hinwegzukriechen und auf ihrem Weg den Dreck in der Luft zu binden.

Der Wagen hielt. »Vier Schillinge.«

»Das erscheint mir ziemlich viel.«

»Vier Schillinge.«

Ich öffnete meine Handtasche. »Ich würde Ihnen ja gern ein Trinkgeld geben«, sagte ich und wurde beim Aussteigen mit dem Anblick schiefer faulender Zähne belohnt. »Aber ein durstiger Mann rackert mehr.« Ich warf ihm zwei Zweischillingstücke zu.

Er riss an den Zügeln und schwenkte so scharf herum, dass ich schon glaubte, die Droschke könnte umkippen und mich unter sich begraben.

Ich sah mich um. Die Gebäude verschwammen im trüben Licht, kaum dass sich ihre schemenhaften Fassaden vom Dunst absetzten. Vorsichtig überquerte ich die Straße und fand mich vor dem Telegrafenamt wieder. Der Nebel hatte darin vor mir Einzug gehalten und schluckte beinahe alles Gaslicht. Schließlich fand ich den Schalter.

»Ich habe heute früh dieses Telegramm erhalten.«

Die Frau hinter dem Tresen schrieb etwas in eine längliche rote Kladde. »Das hätten Sie nich' tun sollen.« Sie hörte auf zu schreiben. »Das ist an den Detektiv Mr Sidney Grice adressiert, und wenn der das rauskriegt, bringt er Sie um, genau wie all die anderen.«

Sie trug einen braunen Hut, der ihr viel zu klein war.

»Ich bin Mr Grice' Assistentin«, teilte ich ihr mit.

»Nie nich'«, sagte sie. »Sidney Grice seine Assistentin ist groß und dunkelhaarig. Hab ich in *Das Ashby-Gemetzel* gelesen. Schön und geheimnisvoll ist die und kein so 'n gerupftes Huhn wie Sie da. Nichts für ungut.«

Ein junger Mann saß gelangweilt hinter ihr, einen Finger reglos auf einer Morsetaste, ein Stück Stollen in der anderen Hand.

»Dann muss ich wohl seine andere Assistentin sein. Haben Sie dieses Telegramm abgeschickt?«

»Und was, wenn? Hab ihm gesagt, dass es voller Fehler is'.«

»Also war es ein Mann?« Ich nahm das Papier wieder an mich.

»Bengel, Treibgutsammler. Hat gesagt, ihm wär aufgetragen, drauf zu achten, dass es ganz genau wie geschrieben rausgeht.«

»Ich funke sie immer ganz genau wie geschrieben raus.« Der junge Mann spuckte beim Sprechen Krümel auf seinen Schreibtisch.

»Sagte er, wer ihn geschickt hat?«

»Zum Henker, nee. Und hab ich danach gefragt? Zum Henker, nee.«

»Wie sah er aus?«

»Wie 'n Treibgutsammler halt.« Sie reckte sich, um über

meine Schulter zu sehen, und rief »Nächster«, obwohl weit und breit niemand zu sehen war.

Es klackerte in rascher Folge. Der junge Mann nahm schlagartig Haltung an. Er ließ seinen Stollenrest fallen und durchwühlte die Papiere auf seinem Schreibtisch. »Mein Bleistift. Wo steckt mein blöder Bleistift?«

»Hinter deinem schmuddligen Ohr«, sagte die Frau, ohne den Kopf zu wenden.

»Oh, stimmt ... Ach zum Kuckuck, die Mine ist Bruch.« Er wühlte verzweifelt in einer Schublade herum. Das Klackern hörte auf.

»Sein Hirn ist Bruch, wenn Sie mich fragen.« Die Frau tunkte eine Schreibfeder in ihr Tintenfass.

»Na ja«, sagte er. »Ging bloß drum, dass die Mutter von irgendwem im Sterben liegt. Lässt sich eh nichts mehr dran ändern.«

Ich wedelte mit dem Telegramm unter ihrer Nase. »Haben Sie hierzu noch die Vorlage?«

Wie ein schreiender Esel schürzte die Frau die Lippen. »Na sicher. Ich rahm doch jeden Wisch ein und häng in meinem Palast die Wände damit voll.« Sie wies auf den Kaminofen. »Irgendwie muss man sich ja warm halten. Nächster.«

Ich wandte mich zum Gehen.

»Nicht mal 'n Sechser für meine Zeit«, brummte sie dem jungen Mann zu, als das Klackern wieder einsetzte.

»Und dass Sie ja nicht versuchen, uns was anzuhängen«, rief er mir hinterher. »Ich habe Freunde an hoher Stelle.«

»Affen in Bäumen?«, erkundigte ich mich höflich in der Tür.

Der Nebel hatte sich etwas gelichtet, und die geisterhafte Mannschaft eines gespenstischen Clippers zog, Seesäcke aus Leinwand über den Schultern, im Gänsemarsch die Gasse hinunter zum Hafen. Nicht einer der Männer sagte etwas oder schaute woanders hin als geradeaus nach dem Schiffsjungen, der vorneweg eine Petroleumlampe in die Höhe hielt. Ich folgte ihnen und fand mich, als sich das Ende der Gasse verbreiterte, auf einem Kai wieder, wenige Meter entfernt vom dräuenden Umriss eines langen Holzbaus mit einem sechseckigen Turm darauf.

43

MEERJUNGFRAUEN
UND VERMUMMTE

Ich bin mir nicht mehr sicher, ob ich tatsächlich vorhatte, Piggety einen Besuch abzustatten. Ich dachte lediglich, dass sich unten an den Docks gewiss leichter eine Droschke auftreiben ließe als im Gewirr aus Wegen und Gässchen, die davon wegführten. Und da ich schon mal dort war, wäre es eine Schande gewesen, hätte ich nicht wenigstens kurz vorbeigeschaut.

Am Kai angekommen, sah ich, wie einem dunstverhangenen Hansom der Schemen eines Gentlemans entstieg, und hastete hinüber.

»Können Sie kurz hier warten, derweil ich die Fabrik dort drüben besuche? Ich werde Ihre Zeit vergelten.«

»In Ordnung.« Der Kutscher war ganz in einen langen Umhang gehüllt, trug lederne Stulpen an den Händen und eine lederne Schirmmütze. Ein Tuch verdeckte sein Gesicht.

»Versprechen Sie es mir?«

»Ich sagte *In Ordnung*.« Er legte sich seine klobige Taschenuhr in den Schoß.

Sein Pferd schien gut genährt und gepflegt, also beschloss ich, ihm zu vertrauen. Ich wand mich durch ein Labyrinth aus Holzkisten und zwang mich dann zwischen zwei Bergen aufgetürmter Säcke hindurch. Ein paar Mädchen spielten

Himmel und Hölle. Sie warfen mit Steinen an die Schuppentür und rannten fort, als ich ihnen auf dem glatten Pflaster entgegenschlitterte. Schließlich stand ich vor der Tür – und zögerte. Der Absender des Telegramms hatte Sidney Grice ausdrücklich untersagt, vor drei Uhr zu erscheinen, doch von mir war nirgends die Rede gewesen. Also klopfte ich und wartete. Zwei Schauermänner kamen vorüber, die ein riesiges Fass, triefend und schillernd vor schwarzem Öl, den Hang hinaufrollten.

Ich klopfte erneut, konnte aber wegen des Lärms ringsum nichts hören. Ein Mann mit einem Tablett auf dem Kopf stiefelte vorbei und pfiff den Schlager *My Mother Was a Mermaid in the Sea*. Ich legte mein Ohr an die Tür und meinte etwas zu hören – ein Knarren? ein Husten? –, ich konnte nicht sagen, was genau es war.

Ich drückte gegen die Tür und fand sie, ungeachtet Prometheus Piggetys wortreicher Versicherungen, unverschlossen. »Hallo? Mr Piggety?«, rief ich, erhielt aber keine Antwort, tat einen Schritt hinein, hielt aber sogleich wieder inne, wusste ich doch, dass Mr G wütend werden würde, wenn er von meinem Alleingang erfuhr. Zudem hatte ich kaum darüber nachgedacht, was ich überhaupt sagen würde. Und dann hörte ich mit Gewissheit etwas. Bis heute kann ich nicht sagen, was genau es war. Vielleicht ein Rascheln oder ein Klackern, wie von einem Stiefel, der über ein Metallgitter gezogen wurde. Ich hatte das untrügliche Gefühl, dass jemand hinter der Tür stand und sich vor mir versteckte. Plötzlich packte mich die Angst. Ich machte kehrt und preschte davon, und als ich mich umblickte, um sicherzugehen, dass mir niemand folgte, glaubte ich zu sehen, wie die Tür geschlossen wurde.

»Hab ich dich!«

Ich war so damit beschäftigt, zurückzuschauen, dass ich geradewegs mit einem Mann zusammenstieß, der mich am Handgelenk packte und festhielt. Ich blickte hoch. Es war der Kerl in der grünen Jacke, der vor unserem letzten Besuch bei Mr Pigetty mit einem Knüppel auf uns losgegangen war.

»Lassen Sie mich los.« Erfreut stellte ich fest, dass seine Nase noch immer tüchtig zerschrammt war.

Er grinste. Sein Atem roch nach gammligem Fleisch. »Glaubst wohl, ich wär dein Watschenmann, oder was? Na, diesmal kommste mir nich' so leicht davon, du Fischgesicht.«

»Lassen Sie mich augenblicklich los.«

»N' doller Fang biste ja nich gerade.« Seine Lippen waren aufgesprungen und blutig. »Und ich hätt nich' übel Lust, dich zurück ins Wasser zu schmeißen.«

Ich erinnerte mich an etwas, das Inspektor Pound mir über die Gegend erzählt hatte, richtete mich zu voller Größe auf und sah ihm direkt in seine trüben Augen.

»Haben Sie die leiseste Ahnung, mit wem Sie reden? Ich bin Mick McGregors Nichte.«

Der Mann packte noch fester zu. »Na, wenn schon. Mick McGregor hatte letzte Woche 'nen kleinen Unfall. Is 'ne Runde baden gegangen und nich' wieder aufgetaucht. War bestimmt dein Lieblingsonkel, was? Komisch, wo er doch gar keine Brüder oder Schwestern hatte.«

»Die Polizei weiß, dass ich hier bin«, versuchte ich es erneut.

»Prächtig.« Ich spürte seinen Speichel in meinem Gesicht. »Dann wird's ja nich' lang dauern, bis sie dich wieder rausfischen.« Er nahm mich erneut scharf in den Blick. »So 'ne Schande, bei 'nem hässlichen Vogel wie dir. Würd 'nen Schilling drauf wetten, dass du noch nie geküsst worden bist.«

»Von einem aus dem Mund stinkenden Bastard wie Ihnen bin ich wahrlich noch nie geküsst worden«, keifte ich, »und ich habe auch nicht vor, jetzt damit anzufangen.«

Kurz überlegte ich, es erneut mit dem Schirm zu versuchen, doch er schlug ihn mir aus der Hand.

»Wie ungezogen.« Dann hob er den Arm, um mich zu ohrfeigen. Flugs sank ich zu Boden, als würde ich ohnmächtig werden und schnellte, just als der Mann sich vorbeugte, um nach mir zu sehen, wieder empor. Meine Schädeldecke krachte von unten gegen sein Kinn, und meine Zähne schlugen schmerzhaft aufeinander. Ich jaulte auf. Stöhnend ließ er von mir ab und torkelte zwei Schritte zurück. Ich packte meinen Schirm und schoss los, ohne mich noch einmal umzuschauen. Als Kind war ich eine gute Läuferin gewesen, nun aber aus der Übung. Außerdem war ich damals nicht in mehrere Lagen damenhaften Plunders eingeschnürt. So schnell ich irgend konnte, preschte ich den gewundenen Pfad entlang und schob mich wieder zwischen den Kisten hindurch. Plötzlich tauchte ein junger Chinese vor mir auf, schwarz gewandet und mit einem Reisstrohhut auf dem Kopf. An einer Stange auf den Schultern transportierte er zwei Körbe. Ich machte einen Schlenker, um ihm auszuweichen, und wäre dabei fast von einer umgekippten Blechwanne zu Fall gebracht worden, konnte sie aber mit einem beherzten Satz gerade noch überspringen.

Auf dem Pflaster hinter mir hörte ich eisenbeschlagene Stiefel. Es war noch eine gehörige Strecke bis zum Hansom, doch als ich den Kopf hob, sah ich den Wagen zügig auf mich zu fahren. Ich legte einen Schlussspurt hin und sprang aufs Trittbrett. Aus dem Wageninneren kam eine Hand hervor, doch gerade, als ich sie ergriffen hatte, spürte ich, wie mich jemand am Kleid packte und zurückriss. Ich trat nach hinten, spürte meinen Stiefel auf etwas Hartes stoßen, doch mein Verfolger fluchte nur und hielt unbeirrt an mir fest.

»Runter da!«, gellte der Kutscher, ließ seine Peitsche auf den Angreifer niedergehen und trieb sein Pferd mit einem zweiten Schlag stramm vorwärts, während ich durch die Klappen ins Innere stürzte und mich in den Sitz fallen ließ.

»Vorsicht! Fast hätten Sie meine Teeflasche zertrümmert.«

»Was tun Sie denn hier?«

Ich richtete mich kurz auf, und Sidney Grice raffte seinen Mantel, auf den ich mich versehentlich gesetzt hatte. »Sie haben doch nicht allen Ernstes geglaubt, dass ich Sie hier allein herumirren lasse?«

»Und wieso sind Sie dann nicht eher gekommen?«

»Bei dem Nebel konnten wir nicht erkennen, was vor sich ging. Ich wollte gerade aussteigen, als sich der Schleier etwas lichtete und Gerry sah, wie Sie sich mit einem Ganoven prügelten.«

Der Kutscher zog sein Tuch herunter und grinste breit.

»Ich würd selbst gegen Gipsy James Mace jederzeit 'nen Fünfer auf Sie setzen, Miss. Ted Gallagher jedenfalls haben Sie's ganz schön gezeigt.«

»Sie kennen ihn?«

»Hatte ihn schon ein paarmal am Schlafittchen, Miss. Hab ihm mal drei Jahre Zwangsarbeit verpasst. Hier in der Gegend gibt's einige Burschen, die nicht gut auf mich zu sprechen sind. Deshalb verdecke ich mein Gesicht.«

»Gerry hieß früher mal Polizeiobermeister Dawson«, ergänzte mein Vormund.

Wir bogen in ein Gässchen ein, so schmal, dass die Räder fast an den Häuserwänden kratzten. »Bis ich dem Fusel verfallen bin«, sagte unser Fahrer. »War außerdem Kapitän der Cricketmannschaft – vermiss ich mehr als die Arbeit, das können Sie mir glauben. Aber Mr Grice hat ein gutes Wort für mich eingelegt, damit ich die Stelle hier kriege, hat mir sogar …«

»Ihren Hut hat das Handgemenge aber arg in Mitleidenschaft gezogen«, unterbrach ihn Sidney Grice lauthals.

»Oje.« Ich nahm ihn ab und sah, dass er oben völlig zerdrückt war. Dann befühlte ich meinen Kopf und entdeckte auf dem Scheitel eine ansehnliche Beule. Die Droschke kam zum Stehen, und wir scherten in eine breitere Straße ein.

Mühselig schob eine alte Frau einen eiernden Kinderwagen voller Lumpen vor sich her. Ich lehnte mich vornüber, warf ihr den Hut zu, den sie behände und mit einem breiten Zahnfleischgrinsen auffing. »Vergelt's Gott, Kleine«, rief sie uns hinterher und setzte ihn sich auf den Kopf.

»Steht ihr besser als Ihnen«, merkte mein Vormund an.

279

In diesem Punkt hättest du ihm gewiss widersprochen. Du mochtest es, wenn ich Hüte trug, und hättest dich beinahe mit Harry Baddington überworfen, als er auf der Hochzeit seines Bruders sagte, ich sähe damit aus wie eine Stehlampe. Damals riet ich dir, die Sache zu vergessen, weil er dein bester Freund war, doch du sagtest, nein, das sei nicht er, sondern ich – und beharrtest darauf, dass er sich bei mir entschuldigte. Ärgerlich nur, dass ich im Vorbeigehen einen Blick in den Spiegel warf und dachte, dass er womöglich recht hatte.

Ich frage mich, wie du wohl auf die Prügelei an den Docks reagiert hättest – wahrscheinlich mit einer Mischung aus Besorgnis und Belustigung. Vielleicht wärst du aber auch ein wenig stolz auf mich gewesen.

»Schmerzt Ihr Kopf sehr?«, erkundigte sich Sidney Grice, und erst da fiel mir auf, dass ich seufzte.

44

DER NEUNTE SINN

*S*MOLLETS FISCHBEIN-KORSETTS *für den gepflegten Herrn*, las ich laut vor. Wir steckten hinter einem Lieferwagen fest. Das Reklameschild am Heck verkündete in kleinerer Schrift: *Unsichtbare Verschlankung der Taille, für jede Gelegenheit*. Ein zweiter Lieferwagen, der uns entgegen kam, pries die Vorzüge von *Dr. Crambones Lebertropfen – und Gallenleiden ade!* an. Die Straße bot kaum Platz für einen der beiden Wagen. Es ging nicht vor und nicht zurück.

»Alsdann.« Sidney Grice entkorkte seine Teeflasche, hatte aber wie stets keinen zweiten Becher zur Hand, um auch mir einen Schluck anzubieten. »Was haben Sie entdeckt – abgesehen von der vornehmen Kunst des Kopfkeilens?«

»Das Telegramm wurde von einem Treibgutsammler aufgegeben.« Ich rieb mir behutsam den schmerzenden Schädel. »Ein Junge. Ansonsten wussten sie im Amt nichts über ihn. Die Vorlage haben sie verbrannt.«

»Und dann?« Er rammte den Korken wieder hinein.

Ich wappnete mich. »Bin ich zu Mr Piggetys Fabrik gegangen.« Ich erwartete einen Wutausbruch, doch mein Vormund nippte nur an seinem Tee und sagte: »Alles andere hätte mich auch erstaunt. Was geschah dann?«

»Ich klopfte an, und als niemand kam, drückte ich die Klinke und fand die Tür unversperrt.«

Die Finger um seinen Becher wurden weiß. »Und dann?«

»Schieb los mit deinem verdammten Klepper und deinem schimmligen Schrotthaufen, du verfluchte Sacklaus«, dröhnte Gerry Dawson, »sonst mach ich Zündholz aus deinem Schild und steck die Späne deiner Mutter in die …«

»Eine Dame ist zugegen!«, rief Sidney Grice nach oben.

»… Nasenlöcher«, murmelte der ehemalige Sergeant.

»Ich glaubte, jemanden hinter der Tür zu hören, bekam es mit der Angst und lief davon«, sagte ich. »Wahrscheinlich reine Einbildung.«

»Nicht unbedingt. Nach meiner Überzeugung wohnt dem Menschen und vielen anderen Lebewesen etwas inne, das sie vor Gefahren warnt, die sie mit geläufigeren Mitteln nicht erkennen können – ein neunter Sinn vielleicht –, und Sie waren gut beraten, diesem Etwas Beachtung zu schenken.«

Ich bemühte mich gar nicht erst, nach den übrigen mir unbekannten Sinnen zu fragen, sondern sagte: »Ich ließ die Tür offen stehen, aber als ich mich umschaute, war sie geschlossen worden.«

Sidney Grice legte die Warmhalteflasche auf seine Knie. »Das ist höchst bemerkenswert. Entweder hatten Sie einen Anfall hyperthermer femininer Hysterie, oder es stand tatsächlich jemand hinter der Tür.« Ihm schauderte. »Wäre Ihnen etwas zugestoßen, March, hätte ich mir selbst die Schuld daran geben können. Was jedoch ein mir wesensfremdes Maß an Selbstkritik voraussetzen würde.«

»Na endlich, verdammt«, rief unser Kutscher. Dr. Cranbone setzte zurück, Smollets Korsetts zwängten sich durch die entstandene Lücke Richtung King William Street, und wir folgten ihnen dicht auf den Fersen, ehe die Lebertropfen wieder vorstießen. »Die behindern den Verkehr, damit mehr Leute ihre Reklame lesen.«

»Und ihr Erzeugnis hassen«, bemerkte ich.

»Das sollte man meinen«, sagte Sidney Grice, »doch als sich einmal eine Werbetafel für Winstons Zahnpulver drei Stunden lang am Mortimer Market verkeilte, verdreifachte sich die Woche drauf der Verkauf dieses ätzenden Putzmittels.«

Wir kamen erneut zum Stehen.

»Gut festhalten«, warnte uns Gerry, als wir schon scharf nach links scherten, ein Rad den Bordstein hochsprang und ich auf dem Schoß meines Vormunds landete.

»Herrgott noch mal, Mann«, brüllte Sidney Grice nach oben. »Das kostet Sie noch die Zulassung.«

Ich löste mich gerade rechtzeitig von ihm, um eine elegante Dame und ihre sehr adretten Kinder wie Fasane auseinanderstieben zu sehen.

»Sie wollten doch vor Weihnachten zu Hause sein, oder?«, erwiderte Gerry lachend und rumpelte mit uns zurück auf die Straße.

Eine fuchsrote Katze sprang aus dem Weg, als unser wieherndes Pferd einer Aalbude auswich.

»Hätte er mir nicht das Gegenteil versichert, ich würde ihn wieder für betrunken halten«, sagte mein Vormund. »Aber Gerry ist einer der wenigen Männer, auf deren Wort ich mich verlassen kann.«

»Sind Sie mir nicht böse?«, fragte ich.

»Ich war selber schmerzlich zu tun versucht, was Sie taten, aber es hat keinen Sinn, sich auf einen Ball zu schleichen, ehe das Orchester aufspielt.«

»An meinem ersten Tag in der Gower Street sagten Sie, Metaphern seien Ihnen nicht lieb.«

»So ist es.« Er schüttelte die letzten Tropfen aus seinem Becher. »Doch ich sehe in ihnen ein brauchbares Mittel zur Verständigung mit Menschen von minderer Geisteskraft.«

»Womit Sie alle Menschen meinen.«

»Aus Gründen der Bescheidenheit schweige ich still.«

Gerrys Stiefel fingen auf dem Dach zu tanzen an.

»Was ist mit Chigorin?«

»Der russische Schachspieler? Schon denkbar, dass er mir das Wasser reichen kann, beim Schachspiel.«

Gerry pfiff ein Liedchen.

»Mein Lebtag habe ich keinen so hochmütigen Mann kennengelernt«, sagte ich.

»Wirklich?« Er setzte den Becher wieder auf seine Teeflasche. »Mir war gar nicht bewusst, dass Sie Chigorin kennen.« Gerry sang in einem satten Bariton *I'll Tell Me Ma*.

»Er ist nicht mal Ire.« Mein Vormund rollte mit dem Auge.

»They pull my hair and they steal my comb«, trällerte Gerry und ließ die Zügel schnalzen, und das Pferd schüttelte seine Mähne und hob den Kopf, während es die Seitenstraße hinunterklapperte.

*

Nach einem späten Mittagessen begab ich mich zum Krankenhaus. In einem der Operationssäle hatte es gebrannt. Äther war aus einem der Anästhesieapparate gewichen, und ein elektrisches Licht hatte Funken geschlagen.

»Ist jemand verletzt worden?«, fragte ich einen Studenten, der einen halb verkohlten Tisch forttragen half.

»Nur eine Schwester. Sie wird die Nacht nicht überstehen.« Noch während er sprach, wurde sie herausgekarrt, eine kleine verschmorte Gestalt, kaum noch als Frau zu erkennen. Ein Schluchzen entfuhr ihr, als sie seine Worte hörte.

»Er weiß nicht, was er sagt«, sagte ich zu ihr. »Hoffentlich hat er recht«, röchelte sie, während man sie fortbrachte.

Inspektor Pound war bei Bewusstsein. »Miss Middleton, ich stehe wohl erneut in Ihrer Schuld.«

»Sollte ich jemals Blut brauchen, werde ich mich an Sie wenden. Immerhin weiß ich nun, dass sich unser beider Blut miteinander verträgt.«

Er lächelte schwach. »Oh, das weiß ich schon eine ganze Weile.« Bevor ich mir eine Antwort überlegen konnte, sprach er weiter: »Wie es aussieht, bin ich glimpflich davongekommen. Sie wollten mich heute in den Operationssaal bringen, um die Wunde zu reinigen, aber sie heilt so gut ab, dass man davon Abstand nahm.«

Er verlagerte sich immer wieder.

»Haben Sie starke Schmerzen?«

»Überhaupt keine.« Seine Miene überzeugte mich nicht. »Und wie schlägt sich Mr Grice?«

Ich nahm seine Hand und drehte sie, um ihm den Puls zu fühlen.

»Mühselig.« Ich erzählte ihm vom Klub des letzten Todes und den Morden.

»Zum ersten Mal bin ich froh, dass ich hier bin«, sagte er, als ich fertig war. »Kann mir vorstellen, wie meine Vorgesetzten mir im Nacken säßen. Wie kommt Inspektor Quigley mit alledem zurecht?«

»Indem er die Morde als Selbstmorde oder Unfälle hinstellt.«

Der Inspektor fuhr hoch. »Manchmal frage ich mich, warum der Mann Polizist geworden ist, außer aus reinem Ehrgeiz ... Tut mir leid, das hätte ich nicht sagen sollen. Zweifellos wird er seine Beförderung bekommen, und ich werde ihn mit Sir anreden müssen.«

»Ich hätte Sie nicht beunruhigen sollen«, sagte ich.

»Nein.« Er bewegte sich unbehaglich. »Ich muss doch wissen, was im Revier vor sich geht.« Er dämmerte weg, gab sich dann aber einen Ruck. »Klingt so, als würde sich eine weitere Befragung von Miss McKay lohnen – eine denkbar unangenehme Person. Als Sergeant nahm ich sie mal wegen etwas fest, das man nur als gemeinen und gewalttätigen Angriff auf ihre Haushälterin bezeichnen kann. Das Opfer war willens auszusagen, und in der Köchin hatten wir eine unabhängige Zeugin. Miss McKay versuchte nicht einmal, das Vergehen zu bestreiten, und ich rechnete fest mit einer harten Strafe. Nur hatte ich meine Rechnung ... Ich hatte meine Rechnung ohne ihren Vater gemacht. Plötzlich wurden alle Anschuldigungen fallengelassen, und das geschah – wie ich später herausfand – beileibe nicht zum ersten Mal.«

»Das ist ja widerlich.« Seine Hand umklammerte mein Gelenk.

»Da reichte ich meine Kündigung ein. Aber sie deuteten an, dass ich Aussichten auf eine Beförderung hätte, und ich sagte mir, in der Truppe könnte ich mehr Gutes tun als ...« Wir hielten uns noch immer bei den Händen, als er einschlief.

Ich holte eine Schere aus meiner Handtasche und stutzte ihm den Schnurrbart, was schwieriger war als erwartet. Ich verstaute meine Schere wieder, überzeugte mich davon, dass niemand zusah, und küsste ihn auf die Stirn. Ein Lid klappte auf, und er murmelte: »Wasser.«

Auf dem Weg hinaus begegnete ich der jüngeren Krankenschwester. Sie war dunkelrosa im Gesicht und hatte geweint. »Oh, Miss, ich habe gerade Furchtbares erfahren. Hilary Wilkinson ...

»Hilary?«

»Die Krankenschwester, mit der ich meist zusammenarbeite.«

»War sie diejenige im Feuer?« Sie kaute auf ihrer Unterlippe, gab aber keine Antwort. »Hoffentlich kommt sie durch«, sagte ich.

Sie brach in Tränen aus. »Ich glaube nicht daran.«

Ich nahm ihre Hand. »Es tut mir sehr leid.«

»Verflixt, da ist die Oberin. Wenn sie mich so sieht, bin ich dran.«

»Gehen Sie auf die Station, und kehren Sie ihr immer den Rücken zu.«

Die Oberin kam den Flur heruntermarschiert, und ihre Miene verdüsterte sich bei meinem Anblick.

»Schmeichelei«, erklärte mir mein Vater, »ist wie Schminke – billig und falsch –, aber wenn du sie gebrauchen musst, trag sie dick auf, sonst wirst du sofort durchschaut.«

»Auf ein Wort, Schwester Oberin?«

»Was ist schon wieder?«

»Ich habe in mehreren Heereslazaretten gearbeitet, und wir waren immer stolz auf unsere Tüchtigkeit.«

Ihre Augen funkelten. »Und?«

»Ich wollte Ihnen nur sagen, dass mir noch nie eine so gut geführte Station untergekommen ist.«

Ich hoffte, dass sie sich nicht von mir verspottet fühlte. Sie brummte bloß, und ihre Züge entspannten sich. »Das freut mich, aber bitte entschuldigen Sie mich jetzt. Ich muss mit Schwester Ramsey sprechen. Sie hing sehr an Schwester Wilkinson.«

Ich erstarrte. »Hing?«

Die Oberin verkniff den Mund und bewahrte Fassung.

45

KOHLESTAUB, FINGERABDRÜCKE UND TODESFALLEN

Wir stocherten gerade in aufgewärmtem Kohl und kalten Kartoffeln, als Molly hereinstürmte, die Ärmel hochgekrempelt, die Arme über und über mit Mehl bedeckt. »Ein Eilbrief, Sir.« Sidney Grice ließ die Gabel sinken, um einen dicken weißen Umschlag vom Tablett zu fischen.

»Wieso ist er denn so eilig?« Er hielt ihn an einer Ecke hoch.

Sie blickte suchend zur Decke, als wäre die Antwort dort zu finden. »Ich glaube, weil der Bursche gesagt hat, dass er's ist.«

»War es denn ein echter Postbote?«, fragte ich.

»Nein, Miss. War nur ein Gassenjunge – ein ganz verlauster, hat gekeucht und gespien. Er …«

»Raus«, raunte ihr Brotherr, und Molly lief rot an.

»Aber …«

»Sofort.«

»Ja, Sir«, murrte Molly beleidigt.

»Und kein Schmollen«, sagte er, ohne aufzublicken, als sie aus dem Zimmer wackelte. »Kommen Sie, March. Untersuchen wir dieses sehnlichst erwartete Schreiben in meinem Studierzimmer, dem Hirn und Herzen dieses Hauses.«

Wir gingen hinunter und stellten uns an seinen Schreibtisch.

Sidney Grice schüttelte den Umschlag. »Hört und fühlt sich an wie der Schlüssel.« Dann hielt er ihn gegen das Licht. »Sieht aus wie der Umriss eines Schlüssels und ist somit aller Wahrscheinlichkeit nach ein Schlüssel. Schlichter weißer Umschlag ohne Aufschrift und keinerlei Abdrücke, die darauf hindeuten würden, dass etwas darauf geschrieben wurde. Kein Siegel, aber auch kein billiges Papier. Vier Fingerabdrücke und …«, er setzte sich den Zwicker auf die Nasenspitze. »Was halten Sie davon, March?«

Ich trat neben ihn. »Es sind Kinderfinger, aber die Kuppen sehen seltsam aufgedunsen aus.«

»Und was könnte die Ursache dafür sein?« Er zog eine Taschenlupe hervor.

»Ein solches Phänomen kann infolge einer Lungenerkrankung auftreten. Ich habe so etwas bei Menschen gesehen, die in Minen oder Baumwollfabriken arbeiten, aber noch nie bei einem Kind.«

»Könnte auch Ruß dafür verantwortlich sein?«

»Er müsste schon eine Menge davon eingeatmet haben – der Kletterjunge eines Schornsteinfegers vielleicht?«

»Oder ein ehemaliger Kletterjunge«, merkte Sidney Grice an. »Es haftet kein bisschen Ruß daran, und selbst Molly hätte einen Schornsteinfegerlehrling als solchen erkannt.«

»Womöglich ist er zu krank zum Arbeiten. Ich habe gesehen, wie man Vierjährige den heißen Kaminschacht hochgeschickt hat. Am ganzen Leib verbrannt und mit versengten Lungen sind sie wieder herausgekrochen. Dabei ist es eigentlich verboten. Man sollte etwas dagegen unternehmen.«

»Scheint, als hätte ich mir eine Sozialreformerin ins Haus geholt«, merkte mein Vormund an. »Schauen Sie sich das an. Sehen Sie, wie klar der Abdruck ist? Wenn ich die Zeit dazu finde, werde ich eine Studie zu den Rillen an Fingerspitzen verfassen. Ich bin mir so gut wie sicher, dass nur sehr wenige Menschen die exakt gleichen Muster aufweisen.« Er nahm einen Brieföffner, schnitt den Umschlag behutsam auf und roch an der Lasche. »Dieses Kuvert ist vor nicht mal einer Stunde versiegelt worden. Ich kann die Gummierung deutlich riechen, und der Klebstoff ist noch feucht. Was haftet da am Kleber?« Er nahm eine Pinzette zur Hand. »In der zweiten Schublade von oben finden Sie einen Bogen schwarzen Karton ... Legen Sie ihn hier auf das Löschpapier.« Er legte seinen Fund behutsam auf die schwarze Unterlage: ein langes weißes Haar.

»Sieht aus wie eins von Piggetys Katzen«, befand ich. »Auf meinem Mantel sind noch immer welche.«

»Dann gehen Sie rasch und holen mir eins.«

Als ich wiederkam, hatte er bereits den großen runden Tisch ans Fenster gezogen und justierte sein Mikroskop. Er nahm mir das Haar ab, spannte es neben dem anderen zwischen zwei Glasplatten und befestigte sie auf dem Objekttisch. »Ich habe die Zahlen eins und zwei auf die Platten geritzt.« Er linste durch das Okular. »Sodass es selbst Ihnen nicht gelingen dürfte, die Proben zu vertauschen.« Er stellte es am Rädchen scharf und legte die Platten nebeneinander. »Interessant.« Plötzlich fuhr er in die Höhe. »Nun, sagen Sie schon, welche Unterschiede Sie erkennen.«

Ich verstellte das Objektiv um einen winzigen Dreh, um besser sehen zu können. Bei zweihundertfacher Vergrößerung wirkten die Haare längst nicht mehr so glatt, überall standen Fasern hervor. Als ich die Platten berührte, hüpften die Haare aus meinem Blickfeld. »Ich kann keinen Unterschied erkennen.«

»Schauen Sie genauer hin.«

Ich schob die Haare zurück über die Öffnung im Objekttisch. »Sie haben exakt dieselbe Dicke und Farbe.«

»Strengen Sie sich an. Benutzen Sie Ihre Augen.«

Ich probierte es abermals, wobei ich die Glasplatten diesmal um ein paar Grad drehte.

»Für mich sehen sie immer noch haargenau gleich aus.« Ich gab auf.

»Gut«, sagte Sidney Grice. »Auch ich vermochte keinerlei Unterschiede zu erkennen, und wenn ich etwas nicht sehen kann, ist es nicht zu sehen. Was lässt sich daraus folgern?«

»Dass das Haar im Umschlag von einer der Katzen aus Piggetys Fabrik stammt«, sagte ich.

»Unsinn.« Er strich sich mit der Hand über den Kopf. »Das Einzige, was sich daraus folgern lässt, ist, dass die beiden Haare bei der vorliegenden Vergrößerung nicht zu unterscheiden sind und wir folglich nicht mit hinreichender Sicherheit sagen können, dass sie von verschiedenen Katzenrassen stammen, falls es sich *überhaupt* um Katzenhaare handeln sollte. Falls nötig, werde ich Professor James Beart Simonds vom Königlichen Veterinärinstitut hinzuziehen. Er war mir eine große Hilfe beim *Silver Beard*-Ziegentausch-Skandal.«

Wir gingen zurück zum Schreibtisch, wo er tief in den Umschlag schaute, ihn umdrehte und über dem Karton ausklopfte. »Kein Staub.« Er zog einen Brief heraus, roch daran und hielt ihn gegen das Licht, bevor er ihn auf dem Löschpapier auseinanderfaltete. Es war ein dreifach gefaltetes Blatt Kanzleipapier von rund siebzig mal vierzig Zentimetern Größe. Auf der Vorderseite war in Zeitungsschnipseln folgende Nachricht aufgeklebt:

HIER ZUHANDENER SCHLUESSEL
UNSERERSEITS GRICE
SCHLIESST DIE
PFORTE AUF
ANDERSHERUM
ALS EINE
UHR TICKT
PIGGETY

»Die Hausschrift der *Hackney Gazette*«, erklärte Sidney Grice.

»Diese Botschaft ist ebenso merkwürdig wie die letzte«, sagte ich. »Ich werde nicht schlau daraus. Wieso sollte man erklären, wozu der Schlüssel dient, wenn wir doch schon wissen, dass er auf dem Weg ist? Und was soll diese Anweisung, wie er zu benutzen ist?«

»Was uns als das Einfältigste erscheint, ist manchmal das Gerissenste«, sinnierte er.

Ich sah mir die Rückseite des Blattes an. Der Kleber war durchgesickert, ansonsten schien es völlig makellos. »Davon abgesehen, werden Sie beide nur noch mit Ihren Nachnamen genannt, und Mr Piggety hat sein Erlauchtsein eingebüßt.«

»Das Vorhandensein beziehungsweise Nichtvorhandensein dieses Wortes ist fraglos von überragender Bedeutung.« Er rieb sich unter seiner Augenklappe.

»Wollen Sie hingehen?«, fragte ich.

»Gewiss. Sie wirken beklommen.«

»Ich weiß, was Sie jetzt sagen werden, aber ...«

»Sie *wissen* niemals, was ich sagen werde.«

Ich wusste es ziemlich oft, enthielt mich aber eines Kommentars und versuchte es erneut. »Ich *vermute,* dass Sie jetzt sagen werden, ich läse zu viele Schauerromane, trotzdem: Falls Mr Piggety tatsächlich der Mörder ist, könnte es eine Falle sein.«

»Ein einziger Schauerroman ist schon einer zu viel.« Sidney Grice betrachtete die Rückseite des Briefes. »Aber Sie könnten recht haben, March, und ich hoffe es sogar. Es ist nun fast sechs Monate her, dass irgendjemand mir nach dem Leben trachtete, und das war ein beleidigend stümperhafter Anschlag. Man beginnt ja fast an sich zu zweifeln, wenn niemand versucht, einen zu ermorden.«

»Wenn Sie schon hingehen müssen, warum dann nicht früher, um ihn zu überraschen?«

»Nein, und zwar aus zwei Gründen.« Mein Vormund nahm die Platten vom Mikroskop und wickelte Gummibänder darum. »Erstens: Versuche nie einer Falle zu entkommen, bevor sie überhaupt gestellt wurde. Grice' zwölfter Leitsatz.«

»Und zweitens?«

Er warf einen Blick auf seine Uhr. »Wir haben noch nicht unsere Tasse Tee zu uns genommen. Klingeln Sie, March, und bis es so weit ist, werde ich Ihnen die anderen neununddreißig Leitsätze erläutern.«

46

DER TOD IN
LANGEN REIHEN

Sidney Grice drückte gegen die Tür.
»Tja, jetzt ist sie abgeschlossen.« Er schob den Schlüssel
ins Schloss und drehte ihn. »Halten Sie Abstand, March.« Er
trat beiseite. »Als ich das letzte Mal einem rätselhaften Aufruf
folgte, wartete Princess Cristobel of Gladbach im Dunkeln
auf mich, mit einer geladenen Muskete.« Er stieß mit seinem Gehstock die Tür auf, holte einen kleinen rechteckigen
Spiegel an einer Stange aus seinem Ranzen und prüfte damit
den Eingangsbereich. »Sieht sauber aus.« Er steckte den Kopf
durch die Tür und zuckte beinahe sofort zurück. »Taschentuch.« Seines presste er sich auf die Nase, und ich tat es ihm
gleich.

Der Gestank auf der Schwelle zu Mr Piggetys Fabrik war
noch schlimmer als zuvor, feuchtheiße Luft schlug uns entgegen. Sidney Grice streckte eine Hand aus.

»Bleiben Sie hinter mir.« Über das Krachen von Brettern
hinweg, die draußen aus einem Frachter ausgeladen wurden,
konnte ich ihn kaum hören.

Wir betraten die Rampe. Zu unseren Füßen erstreckten sich
die Käfigreihen.

»Hallo«, rief er und rüttelte an den Gittern, aber es kam
keine Antwort. »Hallo«, rief er noch lauter.

Wir warteten einen Augenblick, ehe wir hinuntergingen und uns umgehend klar wurde, dass die Dinge dort tatsächlich aus dem Ruder gelaufen waren. Die Katzen im ersten Käfig, etwa ein Dutzend, waren allesamt tot. Wir gingen zum nächsten Käfig, wo sich uns der gleiche Anblick bot.

»Lieber Gott«, flüsterte ich. Erst im fünften Käfig sah ich ein Lebenszeichen. Ein winziges Kätzchen lag auf der Seite, hechelte matt, mit weißlich getrübten Augen. Dann atmete es nicht mehr. »Du armes kleines Ding!«

»Das Wasser ist abgestellt worden«, sagte mein Vormund.

»Und die Heizung aufgedreht.«

Sidney Grice berührte mich am Arm. »Hören Sie.« Aus dem Hintergrund drang schriller Lärm. Zuerst glaubte ich an eine Kreissäge, doch dafür war das Geräusch zu hoch und schwankend im Ton.

»Der hintere Raum«, sagte mein Vormund. »Sie warten hier.« Rasch humpelte er zum jenseitigen Ende. Dort hielt er inne und zog seinen Stockdegen blank. Ich eilte ihm hinterher, und er rollte mit dem Auge. »König Knut hatte mehr Erfolg, die Flut zu bannen.«

Das Geräusch wurde lauter und schriller.

Ich drückte die Klinke und stieß die Tür auf. Durch ein kleines Oberlicht fiel nur wenig Licht in den Raum, und es dauerte eine Weile, bis ich mich an das Dunkel und die mit dicken Wassertropfen geschwängerte Luft gewöhnt hatte und erkannte, dass wir einen Schrei vernommen hatten, der aus einem der emaillierten Bottiche kam. Es platschte und spritzte gewaltig. Vielleicht unternahm Mr Piggety einen Probelauf mit einem Sack voll Katzen. Ich öffnete meinen Sonnenschirm.

»*Bloß* nicht schütteln.« Sidney Grice wich zurück.

»Ich werde mir alle Mühe geben.« Ich hielt den Schirm wie einen Schild vor uns. Das Platschen hörte auf, und der Schrei erstarb, doch der Mechanismus surrte weiter, als ich um die Fransenborte herumlinste. Da sah ich einen Kopf aus dem blubbernden Wasser ragen, der sich im gleichen Augenblick drehte. Es war eine fast unkenntliche Fratze aus schwellenden Blasen, doch die fliehende Stirn erkannte ich wieder.

Prometheus Piggety starrte mich durch die Schlitze seiner geschwollenen, scharlachroten Augenlider an. Die Zeit war wie versteinert. Kein Laut drang mehr aus seinem klaffenden Mund. Zwei zu Ballons gedunsene gefesselte Hände durchbrachen die Wasseroberfläche, streckten sich flehentlich nach mir aus. Dann ging der Kopf unter, der Mund füllte sich mit kochendem Wasser und wollte es ausspucken, doch das Wasser stieg die Nase hoch, und der Bottich wurde zum schäumenden Hexenkessel, als das Wasser über Piggety zusammenlief.

Ich rief etwas aus. Was es war, das weiß ich nicht mehr. Wahrscheinlich rief ich zu Gott. Aber da war nur Sidney Grice, der hinter mir klackend Schalter umlegte und an Hebeln zog. Es gelang ihm, den Motor anzuhalten und den Rückwärtsgang einzulegen, und da erst fielen mir die schlaff in den Bottich hängenden Ketten auf. Nun strafften und spannten sie sich, und der Motor surrte und rumpelte, ehe er stehen blieb. Er war stark genug gewesen, um Piggety abzusenken, hochziehen konnte er ihn nicht.

Sidney Grice lief um den Bottich herum und drehte ein waagerechtes Messingrad. Ein Gurgeln wurde laut, und der Wasserpegel begann zu sinken. Am Boden des Bottichs lag ein verbrühter Batzen Fleisch, mit silberfarbenen Bändern verschnürt und ordentlich an einem Haken unter der Laufkette festgemacht.

Sidney Grice versenkte seine Klinge und richtete mit dem Gehstock Prometheus Piggetys Kopf auf, der aber keine unterscheidbaren menschlichen Züge mehr aufwies außer den Zähnen, die noch immer in wortloser Qual aus einer aufgequollenen, vollgesogenen violetten Masse hervorbleckten. Als er den Stock zurückzog, riss er einen langen Streifen Fleisch mit.

»Die Zigeunerin hatte recht: Er ist vor seinem achtzigsten Geburtstag im Bade gestorben«, sagte ich.

»Und in einem hatte auch Piggety recht«, bemerkte er düster. »Bei lebendigem Leib gekocht zu werden, löst tatsächlich die Haut vom Leib.«

EIN MEER VON STERNEN

Rund zwei Meter vor dem Bottich befand sich eine Lache mit Erbrochenem. Sidney Grice kniete nieder.

»Hammel, Bratkartoffeln, Möhren, Erbsen und etwas, das wie Plumpudding aussieht.«

Ich wandte mich ab. »Ist das wirklich von Bedeutung?« Meine Stimme bebte.

»Jeder Befund ist von Bedeutung. Wie wichtig er ist, wird sich zeigen. Falls das von ihm stammt, hat Piggety sein Essen nicht sehr gründlich gekaut. Entweder aß er immer so, oder er war heute in Eile.« Er sog das Aroma ein, als handelte es sich um einen seltenen Trüffel. »Keine Spur von Wein, Bier oder Branntwein. Folglich handelt es sich nicht um eine Eskapade in bezechtem Zustand.« Er nahm eine Zigarrenhülle aus seinem Ranzen, schraubte sie auf und brachte ein in Wolle gehülltes Fieberthermometer zum Vorschein. Er wickelte es aus, schüttelte das Quecksilber hinab, kontrollierte den Messwert und pflanzte das Thermometer in einen fettigen Klumpen Hammelfleisch. Dann zog er seine Taschenuhr hervor und ließ den Deckel aufschnappen. »Als Kind hatte ich einmal Scharlach«, erzählte er, »und durfte mehrere Wochen nicht zur Schule gehen.«

»Eine umsichtige Maßnahme«, merkte ich an, bemüht, ja nicht daran zu denken, was hinter mir in dem Bottich lag.

»Als die Krankenschwester mir mit einem Thermometer zu Leibe rückte«, fuhr er fort, »habe ich, wie ich gestehen muss, das Ergebnis vorsätzlich verfälscht.«

»Gewiss haben Sie es angewärmt, um länger schulfrei zu bekommen«, riet ich. Er runzelte die Stirn.

»Ganz im Gegenteil. Ich habe es gekühlt, damit ich wieder hingehen durfte. Ich sorgte mich, dass die Lehrer meine Mitschüler unterrichten würden, ohne dass ich sie verbessern konnte.«

»Ihre Lehrer müssen Sie geliebt haben«, antwortete ich mechanisch, froh über alles, was mir Ablenkung verschaffte.

»Ich darf mit Fug und Recht behaupten: Das stimmt« – er ließ den Uhrdeckel zuklappen – »nicht.« Er bückte sich tiefer hinunter. »Alles Erbrochene hat bereits eine hochinteressante thermische Reise hinter sich. Unser Essen ist zunächst wärmer, oder bei einer Köchin wie der meinigen etwas kühler, als unser Körper. Dann gleicht es sich der Temperatur des Magens an, die leicht über dem Normalwert von 36,9 Grad liegt. Sobald es ausgestoßen wird, kühlt es sich auf Zimmertemperatur ab, wobei die Zeit, die es dafür benötigt, von drei Faktoren abhängt – Temperaturunterschied, Luftbewegung und den Dämmeigenschaften der verschluckten Substanz. Diese hier weist Zimmertemperatur auf und wurde folglich vor mindestens einer Stunde ausgestoßen.« Er wischte das Thermometer sauber und verstaute es wieder. »Was ist das?«

Tausende von Sternen funkelten auf dem Holzboden. Ich hockte mich hin. »Zerriebenes Glas.«

»Welche Art von Glas?«

»Wie viele Arten Glas gibt es denn?« Ich streckte meinen Finger aus.

»Zweiundzwanzig. Nicht anfassen!« Er trat zu mir herüber. »Das Glas meines Auges unterscheidet sich erheblich von dem eines Whiskyglases, eines Hausfensters, eines Kirchenfensters, einer Brille und so weiter und so fort.« Er kniete sich neben mich und steckte sich seinen Zwicker auf die Nase. »Und so weiter«, murmelte er gedankenverloren. »Beachten Sie die Linie hier.« Nur mit Mühe konnte ich etwas erkennen – ein schwacher bogenförmiger Abdruck. »Sehen Sie, das Glas ist auf der konkaven Seite viel feiner zermahlen als auf der konvexen. Und daraus folgt?«

»Dass das Glas zersprungen ist und anschließend von etwas Gebogenem zermahlen wurde.«

»Zum Beispiel?«

»Einem Stiefelabsatz.«

»Ganz recht.« Er zog ein Metalllineal hervor und legte es an. »Nicht Mr Piggetys Schuhgröße. Er hatte auffallend große Füße, und diese hier sind klein genug, um Damenstiefel ...«

»Primrose McKay«, stieß ich hervor. »Sie hätte so etwas genossen.«

»Die Krümmung legt nahe, dass der Träger dem Förderband zugewandt und etwa einen Meter davon entfernt stand.« Er nahm das Lineal und schabte das zerstoßene Glas beiderseits des Abdrucks in zwei Kuverts, die er zusammenfaltete, mit vier Gummiringen verschloss und mit einem Bleistiftstumpf beschriftete. »Wo schauen Sie denn hin?«

Ich bückte mich. »Direkt hinter Sie. Sieht aus wie Blutspritzer.«

Er fuhr herum. »Gut beobachtet. Sie sind dort im Schatten nicht leicht zu erkennen. Wenngleich ich sie auch selbst gesehen hätte. Dreiunddreißig Tröpfchen, das größte davon drei Millimeter, in einem scheinbar willkürlichen Muster über ...«, er hielt sein Lineal darüber, »einer Fläche von dreiundsiebzig mal achtundfünfzig Zentimetern.« Er berührte einige davon mit der Fingerspitze. »Und gerade erst geronnen. Zweifelsohne von einer kleinen Wundblutung und darum von größter Bedeutung. Sie dürfen diesen Fund gern in Ihrem Tagebuch vermerken – als erstes Indiz, das Sie selbst entdeckt haben. Um seine Bedeutung zu ermessen, bedarf es aber natürlich meines messerscharfen Verstands.«

»Natürlich.«

»So.« Er hielt sich beim Aufstehen an der Wand fest. »Was nun?« Voller Schrecken fiel es mir wieder ein.

»Die Katzen«, rief ich aus und stürzte zurück in die Halle.

»Ich habe die Heizung abgedreht«, sagte mein Vormund, doch der Geruch war noch immer so erdrückend, dass ich mir rasch wieder mein Taschentuch vor die Nase hielt. »Wenn Sie sich auf die Suche nach dem Wasserhahn machen würden, öffne ich derweil die Oberlichter.«

Ich rannte den Gang hinunter, fand einen Hahn und drehte. Ein helles Zischeln erklang, und sämtliche Schüsseln in den Käfigen füllten sich mit Wasser.

»Ich fürchte, wir sind zu spät«, bemerkte mein Vormund.

»Es wundert mich, dass Sie das kümmert.«

»Ich hege eine gewisse Achtung vor Katzen. Sie töten, um zu fressen und aus Vergnügen. Sie machen da keinerlei Unterschied und beschönigen ihre Grausamkeit nicht mit Gefühlsduselei.«

»Das trifft sich gut«, erwiderte ich. »Sollte also eine überlebt haben …«

»Nein, March.«

»Sie würde die Mäuse fangen.«

»Sie könnte uns ebenso gut welche ins Haus schleppen.«

Ich marschierte den Gang auf und ab. In einem der Käfige regte sich ein flauschiges weißes Knäuel und kroch träge zu seiner Wasserschüssel. Es gelang ihm, den Kopf zu heben und ihn über den Rand zu schieben, und gerade, als ich glaubte, die Anstrengung habe das Tierchen überfordert, sah ich, wie ein rosa Zünglein vorzuckte und sich einrollte, um die Flüssigkeit gierig aufzulecken. Es trank noch vier weitere Male, bis es sich mühselig auf die Beine hievte.

»Ich habe eine Freundin, die sich ein Haustier wünscht«, sagte ich. »Ich werde die Kleine mitnehmen.«

»Woher wollen Sie wissen, dass es ein Weibchen ist?«

In einer Ecke fand ich eine Kiste mit etwas Stroh. Behutsam legte ich das Kätzchen hinein.

»Weil sie«, erklärte ich, »Mumm hat. Vielleicht wird meine Freundin sie *Spirit* nennen.«

»Spirit«, wiederholte Sidney Grice nachdenklich. »Was für ein kindischer Name. Nun denn …« Er griff in seinen Ranzen und kniete nieder, um mit einer kurzen Pinzette etwas vom Boden aufzuklauben. »Wen haben wir denn hier?«

Ich blickte auf die blasse, schlüpfrige Kreatur, die sich zwischen den Zangen krümmte und wand. »Eine Made«, versetzte ich angewidert.

»Und was für ein prächtig fettes Exemplar obendrein.« Er ließ sie in ein Glasröhrchen plumpsen.

Ich griff mir eine Schüssel mit Wasser und stellte sie in die Kiste. »Was tun wir jetzt?«

Er verkorkte das Röhrchen. »*Ich* werde die Polizei verständigen. Sie gehen nach Hause. Die Droschke wartet noch vor dem Eingang.«

»Aber ich könnte hier behilflich sein.«

»Wem wollen Sie helfen? Für Piggety kommt jede Hilfe zu spät.« Er legte seine Hand auf meinen Arm. »Fahren Sie heim, March. Ich werde hier warten. Dies ist kein Ort für zartfühlende Menschen.«

»Und was ist mit Ihnen?«

»Mit mir?« Er geleitete mich die Treppe hinauf. »Ich bin in meinem Element. Dies ist der mit Abstand vorzüglichste Mord, den ich seit drei Jahren erlebt habe.«

»Dann helfe Ihnen Gott«, seufzte ich.

»Das darf er gern versuchen.« Wir schritten hinaus ins Freie, und der Gestank der Senkgrube kam mir vor wie eine frische Brise.

48

SCHMAROTZER, UNGEHEUER
UND FETTE HENNEN

Mein Vormund begleitete mich über die Mole zu unserer Droschke. »Du da«, rief er einem kleinen Jungen zu, der hinter einem Ankerspill hervorlugte. »Ich hab dich bezahlt, damit du Ausschau hältst.«

Der Junge humpelte auf uns zu und gebrauchte dabei einen langen Holzscheit, um sich auf den krummen Beinen zu halten. »Sorry, Mister. Hamwer gemacht, wiese gesagt ham. Drei war'n die ganze Zeit am Aufpassen, aber dann isser gekommen und hat uns verjagt.«

»Wer hat euch verjagt?«, fragte ich.

»Das Ungeheuer, Miss. Grauslich war's, wie Frankenstein, kein Scherz.«

»Und warum bist du zurückgekommen?« Sidney Grice hob seinen Gehstock. »Wolltest du dir eine Tracht Prügel abholen?«

Der Junge wich unbeholfen zurück und rutschte beinahe auf dem nassen Pflaster aus. »Hab einen Penny verloren und dachte, vielleicht isser hier.«

»Da hast du ihn.« Ich griff in meine Handtasche. »War aber ein Sixpencestück.« Seine Hand war mit Warzen übersät.

»Schmarotzer allesamt.« Sidney Grice klopfte seine Taschen ab, als der Junge davonhoppelte. »Sehen Sie sich vor,

303

sonst bluten die Sie aus. So wie sie der Nation den Lebenssaft aussaugen.«

Er half mir in die Droschke.

»Ein paar Krümel können wir wohl noch erübrigen«, sagte ich.

Die Heimfahrt war lang, doch ich nahm kaum Notiz von den Dingen um mich herum. Ich schüttelte den Kopf, aber Erinnerungen lassen sich nicht abschütteln wie Ameisen von einem Apfel. Sie klammern sich an den Verstand, graben sich ein, brüten darin, und manchmal glaube ich, dass sie ihn vergiften. Ich schloss die Augen, drückte mir die Daumen auf die Ohren und hielt mir die Finger vors Gesicht, doch das Gesehene und Gehörte verstärkte sich nur, und ich wurde mir nicht einmal bewusst, dass wir angehalten hatten, bis sich der Kutscher herabbeugte und mit dem Peitschenstiel meine Schulter anstupste.

»Geht's denn, Miss? Oder wollen Sie noch 'ne Runde drehen? Ist Ihr Zaster.«

Ich bezahlte ihn und ging die Stufen über dem Kellergraben hinauf ins Haus, wo Molly träge einen Staubwedel schwenkte.

»O Miss, Sie sehen furchtbar aus, noch furchtbarer wie Sie's sonst tun. Sie sehen aus, wie als hätten Sie eine Phantagasmie gehabt.«

»Schlimmer«, flüsterte ich. »Viel schlimmer.«

Ich kehrte ihr den Rücken zu, aber sie konnte mein Gesicht im Spiegel sehen. »Nicht weinen, Miss.« Ich wirbelte zu ihr herum. »Warum nicht? Einer muss es doch tun, in diesem gottverlassenen Haus.« Ich lief an ihr vorbei und hinauf in mein Zimmer, den einzigen Ort, den ich jetzt mein nennen konnte.

Ich goss mir einen Gin ein und behielt ihn im Mund, doch er konnte den üblen Geschmack nicht fortspülen und mich, als ich ihn hinunterschluckte, nicht wärmen.

Was hättest du getan? Wie hättest du mich trösten können? Diese Welt war schrecklicher als jede Schlacht in deinen Träumen. Du wenigstens hättest gewusst, gegen wen du an-

kämpfst. Du wenigstens glaubtest an deinen Sieg und konntest von Ruhm träumen. O Edward, ich danke Gott dafür, dass du meine Träume nie geträumt hast.

Du hättest mich gehalten, aber mir nicht helfen können. Wer konnte mir helfen? Niemand. Ein jeder von uns geht seinen eigenen Weg ins Jenseits, und manchmal bleibt nur die Hoffnung, dass die Welt dort drüben eine bessere ist. Halt verspricht allein der Glaube, der Glaube mit seinen glatten Felsnasen.

Ich ging ins Badezimmer, riss mir die Kleider vom Leib, setzte mich auf den Schemel und wartete, dass sich die Wanne füllte. Doch das Rauschen und der Dampf ängstigten mich, und ich drehte die Hähne zu, zog den Stöpsel und stellte mich ans Becken, um mich zu waschen, aber der Gestank des Todes ließ sich nicht abschrubben. Ich nahm mein Fläschchen Fougère, tupfte mir einen Tropfen Parfüm aufs Gesicht und einen anderen auf den Hals, sprenkelte es in die hohle Hand und verrieb es auf meinem unberührten, unberührbaren Körper.

Zurück auf meinem Zimmer zog ich das schwarze Kleid an, das mir mein Vater gekauft hatte für die Begegnung mit Prinzessin Beatrice und das ich stattdessen zu seiner Beerdigung getragen hatte. Ich trank noch einen Gin, trat zurück auf den Flur und stieg zum Dachboden hoch, wo nur Molly wohnte. Ein Oberlicht diente als Notausstieg. Ich hängte die Leiter ein, kletterte aufs Dach, setzte mich auf die Brüstung, rauchte eine Zigarette und sah dem Verkehr zu, einer Reihe Omnibusse mit lauten jungen Männern auf dem Oberdeck, die einander und die Fußgänger mit Apfelkerngehäusen bewarfen, betrachtete die geschäftigen Menschen, die an den Straßenhändlern vorbeihasteten, ohne auf ihre Marktschreie zu achten – *Hübsche Hutnadeln für die Dame, Kauft meine fetten Hennen.* Ein Messerschleifer zerrte seinen Pedalsteinkarren am Straßenrand entlang. *Heraus mit euren Klingen, euren Scheren und Äxten.*

Ich drückte meine Zigarette in der breiten Regenrinne aus und wünschte, ich hätte meinen Flachmann mitgenommen und dass ich woanders wäre, nur nicht in dieser brodelnden, nach Schwefel stinkenden Stadt.

Hätte ich Zeit zum Nachdenken gehabt, wäre ich die Dinge wohl geschickter angegangen, aber du musstest zu einem Regimentsessen gehen, weshalb ich dich an jenem Abend nicht sah, und am nächsten Morgen warst du auf Patrouille. In den drei Wochen, die du fort sein solltest, hätte ich mich wieder beruhigt. Wahrscheinlich hätte ich mit meinem Vater über den Brief gesprochen, aber du kamst kurz vorm Abmarsch ins Krankenhaus, um dich zu verabschieden.

Ich hatte zu tun und war verstimmt, weil die Dieberei überhandnahm und gerade eine Lieferung Verbandsstoff verschwunden war. Ich ging zu dir nach draußen.

»Ich wollte dir nur sagen ...«

Ich schnitt dir das Wort ab. »Was?«

»Auf Wiedersehen«, sagtest du wachsam.

»Ist das alles?«

»Nun ... ja.«

»Dann auf Wiedersehen.«

Du wolltest mich küssen, aber ich drehte mich weg.

»March, was ist los?«

»Ich hoffte, du würdest mir das sagen.«

Du schautest verwirrt drein. »Ich weiß beim besten Willen nicht, wovon du redest.«

»Dein Vater«, sagte ich, und da ging dir ein Licht auf. Es war eines der seltenen Male, dass ich dich wütend sah, und das einzige Mal, dass sich dein Zorn gegen mich richtete.

»Du hast das Schreiben meines Vaters gelesen?«

Und ich fühlte mich schuldig. »Ich konnte nicht anders.«

»Du konntest nicht anders als meine Schreibschatulle öffnen, den Brief herausnehmen und ihn lesen? Es gibt Dinge, March, die sind privat.«

»Wir haben keine Geheimnisse voreinander.«

Harry Baddington stolzierte über den Gehweg auf uns zu. »Eddy«, tönte er. Ich konnte es nicht leiden, wenn er dich so nannte. »Die Männer warten.«

»Ich muss gehen. Wir werden nach meiner Heimkehr darüber sprechen.« Du beugtest dich vor, und ich wandte mich ab und bekam einen flüchtigen Kuss auf den Hals.

»Auf Wiedersehen, March.«

»Edward«, rief ich, ehe du drei Schritte getan hattest. Ich wollte dir sagen, dass ich dich liebte, dass du dich in acht nehmen solltest, und sagte: »Wer ist Hester Sandler!«

»Wir werden nach meiner Rückkehr darüber sprechen.«

Wie stattlich du aussahst, als du mit großen Schritten davongingst, deine polierten Stiefel den Staub aufwarfen, dein Helm weiß im Sonnenlicht leuchtete und dein Säbel an deiner Seite schaukelte. Ich habe dich wohl davonreiten sehen, doch ich hatte Staub und Tränen in den Augen.

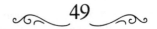

49

DER SCHLAF DER UNGERECHTEN

Sidney Grice saß aufrecht in seinem Sessel. Er hatte sein Auge herausgenommen und knetete mit schmerzverzerrter Miene die Haut ringsum.

»Früher bin ich auch oft aufs Dach gestiegen«, teilte er mir mit, ohne die Lider zu öffnen, »und habe diese meine Stadt bestaunt.«

»Ihre?«

»In meiner Welt ist alles mein.« Seine Lider hoben sich. »Setzen Sie sich, March.« Dort, wo sonst das Glasauge saß, war die Haut violett verfärbt, die Klappe lag auf seinem Knie. Er rieb sich das gesunde Auge und schaute mich an. »Kein Mensch sollte sehen, was Sie heute gesehen haben.«

»*Sie* verkraften es.«

»Wer sonst sollte dafür sorgen, dass diese Dinge aufhören?«

»Das könnte ich auch sagen.« Ich nestelte an einem Knopf meines Kleides herum.

»Sie sind eine junge Frau, und Frauen haben zartere Empfindungen als Männer.«

»Und meine zarten Empfindungen sagen mir, dass ich helfen kann. So leicht lasse ich mich nicht aus Ihrem Haus vertreiben, Mr G.«

»Ich habe keineswegs versucht, Sie auf die Straße zu setzen, ich wollte Ihnen lediglich die Tür aufhalten.«

»Ich schlage vor, Sie schließen sie wieder, bevor wir beide uns noch den Tod holen.«

Sein Mund zuckte leicht. »Na schön, March, aber Sie sagen mir, wenn Sie genug haben. Das müssen Sie mir versprechen.«

»Ich werde genug haben, wenn keine Verbrechen mehr geschehen«, erwiderte ich.

»Was nie der Fall sein wird.«

»Eben.«

Er legte sich seine Klappe auf und verschnürte sie hinter dem Kopf. »Wenn Ihre Mutter Sie doch heute sehen könnte.«

»Erzählen Sie mir von ihr.«

Mein Vormund zog die Stirn kraus. »Es gibt eine Charakterschwäche, die Sie gemeinsam haben: den Sinn für Humor. Ihre Mutter konnte eine ganze Abendgesellschaft mit ihrem Witz betören, leider. Ansonsten ähneln Sie ihr nicht im Geringsten. Sie haben das grobe Äußere Ihres Vaters geerbt, Ihre Mutter war der Liebreiz in Person.« Er legte einen Finger auf das Grübchen in seinem Kinn und kniff sanft hinein. »So heißt es jedenfalls.« Er griff nach hinten, um zu läuten. »Quigley war hier. Unfalltod, selbstverständlich. Unserem guten Inspektor zufolge hat Piggety seine eigene Anlage testen wollen und sich dabei in den Seidenbändern verfangen.«

»Niemand verfängt sich irrtümlich in etlichen perfekt geschnürten Knoten«, gab ich zu bedenken.

»Das weiß er ebenso gut wie Sie und ich.« Mein Vormund polierte seine Fingernägel am Hosenbein. »Ein Glück, dass nächste Woche die Beförderungen bekanntgegeben werden. Der Mann war mir noch nie eine große Hilfe, aber nun ist er geradezu ein Hemmschuh.«

»Wie findet er nachts überhaupt noch Schlaf?«, fragte ich, derweil Mr G weiter seine Nägel begutachtete.

»Man spricht bekanntlich vom Schlaf der Gerechten.« Er zupfte sich am Ohrläppchen. »Doch es sind die Übeltäter, die am besten schlafen. Wen haben sie schon zu fürchten, außer sich selbst?« Er krümmte einen Finger. »Übrigens haben Sie in der Fabrik etwas vergessen.« Er deutete auf eine Teekiste neben dem Schreibtisch.

Ich sah, wie sich etwas darin bewegte. »Spirit! Wie konnte ich dich nur vergessen?« Als ich sie hochnahm, öffnete sie die Äuglein und schien tonlos zu miauen.

»Ich hoffe, Ihre Freundin wird sich besser um sie kümmern«, sagte Sidney Grice.

»Welche Freundin?«

»Die, der Sie die Katze schenken wollen.«

»Ah ja.«

»Die einzige Überlebende«, sinnierte er.

Ich kraulte sie unterm Kinn, und Spirit schmiegte ihre Nase in meine Handfläche.

Du bekamst einen Brief von deiner Mutter und brachst in Tränen aus. Dabei enthielt er keine schlechten Nachrichten, nur Familienklatsch und Weihnachtsgrüße. Ich musste schwören, dass ich es niemandem erzählen würde. Ich hätte dich niemals vor deinen Kameraden bloßgestellt. Schließlich habe ich auch niemandem erzählt, wie der Brigadier weinte, als sein Kanarienvogel gestorben war. Er hatte ihm gerade beigebracht, God save the queen *zu sagen, als Dinah, meine Katze, ihn erwischte. Mein Vater konnte den Brigadier gerade noch davon abhalten, sie auf der Stelle hinzurichten.*

Drei Tage später verschwand Dinah, und alle, mit Ausnahme des Brigadiers, suchten nach ihr. Aber sie war wie vom Erdboden verschluckt.

Sechs Wochen später brachtest du mir eine Katze, ein herrliches Tier mit Schildpattzeichnung und einer schwarzen Pfote. Du hattest sie dem chai wallah, *deinem Teeträger, abgekauft, der von meinem Verlust erfahren hatte und sie sich, wie er sagte, unter immensen Kosten extra aus England hatte schicken lassen und dich entsprechend zur Kasse bat.*

»Natürlich wird sie Dinah nie ersetzen können«, sagtest du, »aber mir scheint, sie sieht ihr recht ähnlich.«

Ich hob sie aus dem Korb und nahm sie auf den Arm.

»Schau her. Sie mag dich.«

»Edward, du Schuft, das ist Dinah.«

»Nun, da bin ich überführt.«

»Das bist du in der Tat«, sagte ich und küsste dich auf die Nasenspitze.

DREIFINGERFAULTIERE UND
HAUPTMANN DUBOIS

»Wir wollen uns einmal ausmalen«, sagte Sidney Grice und machte es sich in seinem Sessel bequem, »was sich in dieser ekelhaften Katzenfabrik zutrug. Und mit *ausmalen* meine ich, das Geschehen logisch zu rekonstruieren. Fühlen Sie sich also nicht eingeladen, Ihrer grellen Einbildungskraft freien Lauf zu lassen. Allem voran: Wer hat das Telegramm geschickt?«

»Entweder Mr Piggety oder der Mörder.«

»Und wie wollen Sie herausfinden, welcher von beiden es war?«

»Ich?«

»Ja. Sie jammern doch in Ihren Aufzeichnungen ständig, ich würde Ihnen keinerlei Verantwortung übertragen.«

»Haben Sie wieder in meinem Tagebuch gelesen?«

»Selbstverständlich.«

»Aber ich habe es doch versteckt, und den Schlüssel trage ich immer bei mir.«

»Es ist unmöglich, etwas vor mir zu verstecken«, erwiderte mein Vormund. »Und was Schlösser anbelangt ...« Er machte eine wegwerfende Geste. »Ein dreifingriges Faultier könnte das durchschnittliche Tagebuchschloss mit einer Pastinake öffnen. Fahren Sie fort.«

»Mein Tagebuch ist Privatsache.«

»Mitunter viel zu privat«, sagte Sidney Grice. »Fahren Sie fort.«

Ich ließ die Sache fallen. »Die Frau im Telegrafenamt habe ich schon befragt, wie Sie ja wissen.«

»Und wie viel haben Sie ihr bezahlt?«

»Na, gar nichts.«

»Nichts?« Er wäre nicht minder verblüfft gewesen, hätte ich mich für Kardinal Newman ausgegeben. »Niemand mit einem Jahreseinkommen von unter fünfhundert erinnert sich unentgeltlich an irgendetwas. Eine Telegrafistin benötigt einen Schilling, um ihrem unterentwickelten Schädel auf die Sprünge zu helfen. Das verkümmerte Gedächtnis von Bahnhofsgepäckträgern lässt sich für einen Schilling Sixpence anregen und das von Schaffnern für einen Florin. Steht alles in Beckhams *Finanzielle Anreize für die Unterschichten*, wenngleich seine Zahlen teils überholt sind. Er listet drei uns dienstbare Klassen auf, die für einen Viertelpenny reden, wiewohl ich noch nie etwas von Relevanz für weniger als einen Penny gehört habe.« Molly kam mit dem Teetablett herein. Ihre Kleidung war erstaunlich sauber. »Bring in vierundzwanzig Minuten eine Kanne frischen Tee.«

»Gewiss, Sir.«

»Das muss ihr eineiiger Zwilling gewesen sein«, witzelte ich, als sie ging, und mein Vormund sann über die Bemerkung nach.

»Hoffentlich nicht«, sagte er. »Mercy – nie ist ein Kind grausamer falsch benannt worden – büßt eine Freiheitsstrafe von unbestimmter Dauer in der geschlossenen Anstalt von Broadmoor ab.«

Ich legte ein Sieb auf seine Tasse. »Was hat sie getan?«

»Nur einen Bruchteil dessen, was sie zu tun vorhatte.«

Ich sah ihm an, dass er nicht mehr verraten würde, und sagte daher: »Soll ich ins Amt zurückgehen und der Beamtin Bestechungsgeld anbieten?«

»Schmieden ist zwecklos, wenn das Eisen kalt ist und entfernt wurde.« Er glättete den Zucker mit einem Teelöffel. »Das erwähne ich nur für künftigen Gebrauch. Somit …« Er ließ den Teelöffel behutsam in den Zucker einsinken. »Somit haben wir zwei Möglichkeiten. Die erste wäre, dass uns Mr Piggety tatsächlich etwas mitteilen wollte.«

»Doch warum uns anweisen, bis drei Uhr zu warten, wenn es von so großer Wichtigkeit ist?«

»Die Frage erübrigt sich, was uns argwöhnen lässt, dass die andere Möglichkeit wahrscheinlicher ist«, er versenkte den Teelöffel bis zum Stiel, »nämlich dass der Mörder uns eben rechtzeitig dorthin lockte, um Zeugen des Verbrechens zu werden, aber zu spät, um es zu verhindern.«

»Wie sollte jemand heute früh genau wissen, wann Piggety sterben würde?«, fragte ich. Mein Vormund schürzte die Lippen.

»Was glauben Sie, wie lange es gedauert hat, bis diese Katzen gestorben sind?«

»Da bin ich mir nicht sicher.« Ich schenkte uns Tee ein. »In dieser Hitze und ohne Wasser vielleicht zwei Tage.«

Sidney Grice rückte das Tablett gerade. »Der Hauptmann der französischen Fremdenlegion François Dubois hat diesen Sachverhalt während des für seine Landsleute typisch dilettantischen Einfalls in Mexiko erforscht. Er sorgte sich um die Auswirkungen von Hitze und Wassermangel auf seine Männer und stellte Versuche mit Hunden in Käfigen in der prallen Sonne an. Er staunte, wie rasch sie eingingen, manche binnen zwei Stunden. Nun sind Katzen zäher als ihre kriecherischen hündischen Gegenstücke, außerdem dauert es trotz Wärmedämmung und Heißwasserversorgung eine ganze Weile, bis ein so großer Raum sich aufheizt. Meinem Quecksilberthermometer zufolge war das Wasser achtundneunzig Grad heiß, die Rohre haben fünfundzwanzig Zentimeter Durchmesser und sind, da sie sämtliche Käfigreihen auf- und ablaufen, vierundsiebzig Meter lang – der Raum muss –«, er sah sich um, als befänden wir uns immer noch darin –, »zweihundertvierundzwanzig

Kubikmeter fassen. Die Raumtemperatur war zuvor auf sechzehneinhalb Grad eingestellt und stieg auf vierzig Grad. Dauern würde es also …?« Er schnippte mir mit den Fingern zu.

»Vier oder fünf Stunden«, riet ich.

»Nicht übel.« Sidney Grice schaute verhalten beeindruckt drein. »Wenn wir somit annehmen, dass die Katzen weitere vier bis fünf Stunden unter diesen Bedingungen überlebten …?« Er zeigte auf mich.

»Kommen wir zu dem Schluss, dass sich der Mörder dort irgendwann zwischen sechs und acht Uhr heute Morgen einfand«, sagte ich. »Warum aber sollte er die Heizung aufdrehen, wenn …«

»Halt«, widersprach mein Vormund mit schmerzlicher Miene. »Drei Ungereimtheiten in siebenundzwanzig Wörtern, und Sie haben Ihren Satz noch nicht einmal beendet. Das ist mehr, als ein Mensch ertragen kann.«

»Ich habe lediglich Mutmaßungen angestellt, genau wie Sie eben«, sagte ich. Er zuckte zusammen.

»Ich habe zwölf Mutmaßungen in vier Minuten angestellt, einige davon unausgesprochen. Nur nehme ich diese falschen Freunde für das, was sie sind, Sie aber halten Vermutungen für Tatsachen. Erstens können wir nicht wissen, ob der Mörder die Heizung aufgedreht hat, zweitens können wir nicht wissen, ob sie im Augenblick seines Eintreffens aufgedreht war, und drittens wissen wir nicht, ob der Mörder ein Mann war. Der Einfachheit halber wollen wir jedoch übereinkommen, den Mörder fürs Erste mit *er* zu bezeichnen.«

Ich löffelte zwei Häufchen Zucker in meinen Tee. »Je länger ich darüber nachdenke, umso mehr bin ich überzeugt, wir sollten *sie* sagen.« Ich goss etwas Milch dazu und rührte um. »Die Grausamkeit seines Todes und das sinnlose Sterben all dieser Katzen – das Ganze riecht für mich nach Primrose McKay.«

»Hoffentlich.« Mr G nieste. »Es wäre erfreulich, diese junge Dame in eine Todeszelle zu stecken, aber vorläufig bleibe ich bei *er*.« Er schnäuzte sich. »Um fortzufahren – es war nicht schwierig, ins Gebäude zu gelangen. Er könnte einfach angeklopft haben und eingelassen worden sein. Vielleicht kannte oder erwartete Piggety ihn. Und als der Mörder ging, schloss er ab und ließ mir den Schlüssel zukommen.«

»Mr Piggety hatte nur einen Schlüssel«, erinnerte ich mich.

»Und sofern man nicht mit den Herren Frankie Zammit oder George Henderson bekannt ist, kann man sich keinen Schlüssel für ein Williams-Hazard-Riegelschloss anfertigen lassen außer bei den Herstellern, und das lässt sich leicht überprüfen.«

»Der Schlüssel traf hier kurz nach zwei ein, und die Fahrt dauert gut eine halbe Stunde, also ...« Mir kam ein Gedanke. »Der Mörder war wahrscheinlich am Werk, als ich ankam. Aber warum hat er die Tür nicht abgeschlossen?«

Sidney Grice kostete von seinem Tee. »Dafür kann es zwei naheliegende Gründe geben. Entweder wollte er eben gehen, oder er wartete auf Sie.«

»Aber warum sollte er mit meinem Erscheinen rechnen?«

Mr G drehte seine Untertasse. »Sie haben schon mal von Pandora gehört?«

»Natürlich.« Ich langte nach dem Milchkännchen. »Ihr war aufgetragen, nicht in eine Büchse zu sehen. Sie öffnete sie und entfesselte alles Übel in der Welt.«

Er drehte die Untertasse um ein Geringes zurück. »Trage einer Frau auf, etwas zu unterlassen, und was wird sie tun?«

»Sehr häufig das Gegenteil«, räumte ich ein.

Er schnäuzte sich erneut. »Trage somit einer Frau auf, unter keinen Umständen vor drei einzutreffen?«

»Und sie wird vermutlich vor drei dort sein.« Ich bekleckerte mich mit Milch. »Doch dann hätte er sich stundenlang hinter dieser Tür verstecken müssen – auf die vage Aussicht hin, dass ich aufkreuzen würde.«

Er reichte mir eine Serviette, um meinen Ärmel abzutupfen. »Vielleicht ist er ein sehr geduldiger Mann, wahrscheinlicher aber ist, dass er von jemandem gewarnt wurde – einem Komplizen womöglich.«

»Die Kinder«, sagte ich. »Da waren Mädchen, die Steine an die Mauer warfen. Das könnte ein Zeichen gewesen sein … Bloß warum sollte er …« Ich legte eine Hand über den Mund.

»Es gibt dort zwei Bottiche.« Die Miene meines Vormunds war ernst.

51

TASCHENDIEBE UND
KÖNIGLICHE GARTENPARTYS

Es dauerte eine Weile, bis ich begriff, welchem Schicksal
ich entgangen war – entkleidet, gefesselt und neben Prometheus Piggety aufgehängt zu werden, langsam dahinzuglei-
ten, den Schrecken in Piggetys Augen, die ersten siedenden
Spritzer auf der Haut, das verzweifelte Strampeln des anderen,
zu wissen, dass das Gnädigste, worauf ich hoffen durfte, eben
das war, was ich am meisten fürchtete – den Tod.

Insgeheim fragte ich mich, ob dieser Gedanke meinen Vormund ebenso erschütterte, doch der summte nur beschwingt
vor sich hin, trommelte unrhythmisch auf seinem Bein, das
sehende Auge ebenso tot wie das gläserne.

Mit wackligen Knien erhob ich mich, schwankend. Er
schnellte aus seinem Sessel hoch, um mich aufzufangen. Doch
ich wollte nicht in seine Arme sinken wie das hilflose Schul-
mädchen, für das er mich hielt. Ich streckte ihm die Hand entgegen und sank, so würdevoll es ging, wieder auf den Stuhl.

»Sie sehen krank aus, March. Haben Sie auch genug Gemüse
gegessen?« Er musterte mich besorgt. »Was ist so amüsant?«

»Genug?« Mein Lachen war lauter, als ich beabsichtigt hatte.
»Seit ich in dieses Haus gekommen bin, habe ich nichts anderes als Ihr erbärmliches Gemüse gegessen.«

»Mäßigen Sie bitte Ihre Ausdrucksweise!«

»Aber es *ist* erbärmlich«, beharrte ich. »Es ist fade, matschig und kalt. Außerdem ist überhaupt nichts Schlimmes an dem Wort.«

»Sie sagen es, als wäre es ein Schimpfwort, und eine Dame sollte nie etwas von sich geben, das nur im Entferntesten wie ein Schimpfwort klingt. Ich hatte eine Cousine, die das Wort *leutselig* einmal auf eine solch derbe Art und Weise aussprach, dass sie nie wieder auf ein königliches Gartenfest eingeladen wurde.«

»Wieso sprechen wir auf einmal über königliche Gartenfeste?«

Sidney Grice wischte sich eine unsichtbare Fluse von der rechten Schulter. »Damit Sie aufhören zu zittern. Vorsätzliche verbale Ablenkung ist eine Kunst, derer sich gemeinhin nur Trickbetrüger, Politiker der Whigpartei und erstklassige Taschendiebe bedienen, aber sie kann eine sehr nützliche Technik sein. Als Maximilian Hurst mir nach dem Leben trachtete, verwickelte ich ihn in eine Unterhaltung über die Vorzüge der elektrischen Beleuchtung, die ich über eine Stunde im Gange hielt, bis endlich die Polizei eintraf.«

»Bei einer Frau hätte das niemals funktioniert«, sagte ich.

»Maximilian Hurst *war* eine Frau«, erklärte er, »was sich jedoch erst herausstellte, nachdem sie von einem weißrussischen Erschießungskommando hingerichtet worden war.«

»Glauben Sie wirklich, ich wäre bei lebendigem Leib gekocht worden?« Der Gedanke wollte mir einfach nicht aus dem Kopf gehen.

Mr G gähnte. »Nicht auszuschließen, dass der Mörder es versucht hätte, aber ich hätte Sie wahrscheinlich gerettet.«

»Nur wahrscheinlich?«

»Höchstwahrscheinlich.«

Ich hob den Deckel der Teekanne und linste hinein, sah aber nur einen Haufen aufgeweichter Blätter. »Warum sollte mich irgendjemand töten wollen?«

»Um mir zu schaden.«

Ich war nicht in der Stimmung, diesen Gedanken weiter-
zuspinnen. »Als der Mörder das Telegramm heute Morgen
vor acht abgeschickt hat, musste er die Todeszeit also schon
errechnet haben«, sagte ich. »Er muss sich äußerst sicher gewesen sein, dass das Förderband funktionieren würde, sonst
hätte er Mr Piggety nicht zurückgelassen – und er wusste haargenau, wie lange alles dauern würde. Hätte er uns zu früh ein-
bestellt, hätten wir Piggety retten und der den Täter identifi-
zieren können.«

Mein Vormund dachte kurz nach, sprang auf und ging zum
Schreibtisch hinüber, wo sich die gesammelten Kuverts des
Tages stapelten. Er öffnete eines und leerte den Inhalt auf das
Löschpapier. Ich trat neben ihn. Ein Häuflein feiner Glasscher-
ben. Er breitete sie mit der Kante seines Lineals aus und schob
eins der größeren Stücke beiseite.

»Sehen Sie sich das an.« Er reichte mir seine Lupe. »Eine
leichte, aber erkennbare Rundung.«

Er griff sich ein anderes Kuvert und schüttete den Inhalt daneben. Es enthielt noch feineres Glas.

»Sie sind ein Mädchen und folglich wie vernarrt in Puz-
zles ...«

»Ich habe in der Tat äußerst gern gepuzzelt – als Mädchen«,
sagte ich, »aber jetzt bin ich eine Frau.«

Mein Vormund lehnte sich zurück, um mich zu mustern.
Dann hielt er sich seinen Zwicker vor die Augen und ließ
ihn am Band wieder hinabpurzeln. »Eine Raupe mag sich als
Schmetterling bezeichnen«, erklärte er, »doch weder verfügt
sie über dessen Anmut noch kann sie fliegen.« Er legte das
Lineal auf das Löschblatt. »Vorausgesetzt, Sie frönten wieder
diesem Steckenpferd Ihrer Kindheit und würden diese Scherben zu einer Scheibe zusammenfügen, welchen Durchmesser
würde diese wohl besitzen?«

»Schwer zu sagen.«

»Wenn es einfach wäre, hätte ich Molly gefragt.«

»Fünf Zentimeter«, riet ich.

»Und was trage ich bei mir, das aus Glas ist und einen Durchmesser von fünf Zentimetern hat?«

»Ihr Auge?«, erwiderte ich, und er rollte mit dem gesunden.

»Mein Auge ist keine flache Scheibe und obendrein viel kleiner. Schließlich bin ich kein Pferd. Denken Sie nach, March. Werfen Sie den gefühlsduseligen Ballast, mit dem Sie Ihr Hirn vollstopfen, über Bord, und konzentrieren Sie sich.«

»Ihr Uhrenglas.«

»Na endlich.« Sidney Grice strich sich das Haar zurück. »Nun, auf Grundlage dieser Hypothesen sollten wir in der Lage sein, die Folge der Ereignisse mit einem erheblichen Maß an Genauigkeit zu eruieren, doch zunächst haben wir uns einer dringlichen Angelegenheit zu widmen. Diese nichtsnutzige Göre hat uns keinen neuen Tee gebracht.«

Er durchquerte das Zimmer und zog an der Klingelschnur.

DER EWIGE SCHREI

Sidney Grice hatte die Schnur noch in der Hand, als die Tür aufflog und Molly mit hüpfender Haube und tropfender Teekanne hereinplatzte, um hastig das Tablett auf dem Tisch in der Zimmermitte abzustellen.

»Tut mir furchtbar leid, Mr G«, sagte sie. »Aber …«

Er fuhr empört in die Höhe. »Solltest du mich noch einmal so nennen, verlässt du umgehend dieses Haus.«

Molly wich zurück. »Entschuldigung, Sir, aber Miss Middleton hat Sie so genannt. Ich dachte, Sie mögen das.«

»Wenn du mein Mündel bist, darfst du mich auch so nennen. Aber keinen Sekundenbruchteil eher.«

Mollys Augen leuchteten. »Oh, wann ist das so weit, Sir? Gewiss eines baldigen Tages. Ach, ich werde höllisch froh sein, mit dieser garausigen Arbeit aufzuhören. Es sind so viele Stunden, und der Lohn ist so schlecht. Und Miss Middleton und ich werden wie Schwestern sein. Wir werden uns gegenseitig die Haare kämmen, und ich werde sie *March* nennen.«

»Ach du meine Güte.« Sidney Grice setzte sich hin.

»Mr Grice wird dich nicht zu seinem Mündel machen, Molly.« Ihr Kopf flog herum, als hätte etwas sie gestochen. »Er wollte dir nur sagen, dass du ihn nicht so nennen sollst.«

»Dann wird er …«

»Ich fürchte, nein«, sagte ich.

»Auch gut.« Sie kratzte sich energisch den Arm. »Sonst müsste ich aufhören, zu fluchen und Sachen aus der Küche zu stehlen, und beides tue ich doch so gern.«

»Warum hast du so lange gebraucht?«, fragte Sidney Grice, und Molly verzog das Gesicht.

»Sir, es war so grauenreich. Die Köchin hing mit dem Ohr in dem automisierten Stampfkartoffelmacher fest. Den, wo Sie erfunden haben.«

»Wie das?«, erkundigte ich mich.

»Sie wollte hören, ob irgendwas da drin war.«

»Und, war da was?«

»Nur das Ohr, Miss«

»Geh jetzt«, sagte Sidney Grice.

»Was? Für immer?«

Er erhob sich halb. »Du ...«

»Bis du wieder gerufen wirst«, warf ich hastig ein. »Der Köchin geht es gut?«

Molly zog die Nase kraus. »So gut wie es wem gehen kann mit einem zerwürgten Ohr und einem halben Finger.«

»Was ist mit dem Finger passiert?«

»Sie wollte ihr Ohr zurückholen.«

»Braucht sie einen Arzt?«

»Ja«, schnauzte Sidney Grice. »Einen Irrenmedikaster.«

»Einen was, Sir?«

»Einen Arzt, der glaubt, er könne Verrückte heilen, und folglich wahnhafter ist als seine Patienten«, erwiderte er. »Raus jetzt ... Sofort ... und denk nicht mal dran, zu knick-sen ... Gch.«

»Danke, Sir.« Molly erstarrte mitten in der Bewegung und verließ das Zimmer.

Er betrachtete das Tablett. »Haben Sie zwei halbwegs gute Gründe, mich davon abzuhalten, dieses räudige Faultier hinauszuwerfen?«

»Molly mag reichlich Stroh im Kopf haben ...«

»Von *mag* kann keine Rede sein.«

»Aber sie rackert sich ab und ist Ihnen treu ergeben. Sie würde für Sie sterben.«

Er grunzte. »Damit könnte sie sich ruhig ein wenig beeilen.«

»Außerdem würde niemand sonst Ihr Verhalten erdulden.«

Er zupfte sich am vernarbten Ohrläppchen. »Das ist wahr. Einmal habe ich sechs Dienstboten in einer Woche verschlissen.«

Ich richtete eine umgekippte Teetasse auf. »Was ist denn nun Ihrer Meinung nach bei Mr Piggety geschehen?«

»Darüber kann ich augenblicklich nur ausnehmend scharfsinnige Vermutungen anstellen«, sagte er, während ich einschenkte. »Höchstwahrscheinlich«, er betrachtete kummervoll seinen Tee, »ist der Mörder oder sind die Mörder ...«

»Weshalb die Mehrzahl?«

Es juckte mich unter der rechten Fußsohle.

»Dazu komme ich noch, werde aber einstweilen die Einzahl verwenden.« Er kostete seinen Tee. »Gar nicht so übel ... Der Mörder kommt zu Piggetys Katzenfabrik. Er erlangt mühelos Zutritt. Also kannte oder erwartete Mr Piggety ihn, oder der Täter hat sich hineingeschwatzt. Die beiden durchqueren die Katzenzucht und betreten den Kesselraum.«

Ich wackelte mit den Zehen, doch es juckte nur noch heftiger.

»Könnte er durch den Enthäutungsraum eingedrungen sein?« Mir schauderte beim bloßen Gedanken an einen solchen Ort.

Mr G schlug die Beine übereinander. »Ich habe mich dort umgesehen, nachdem Sie aufgebrochen waren. Es gibt keinen Zugang außer die Tür zum Tötungsraum.«

Ich drückte meine Stiefelsohle an die Kaminkante und bewegte den Fuß auf und ab. »Die beiden gehen also durch den Kesselraum. Was dann?«

»Mr Piggety zieht sich aus.« Mein Vormund kräuselte die Lippen. »Die Kleider wurden ihm nicht vom Leib gerissen – sie sind unbeschädigt. Sie lagen säuberlich gefaltet da, und seine Jacke wurde an einen Haken gehängt. Wie bringt man nun einen Mann dazu, sich zu entkleiden?«

»Durch Verführung«, schlug ich vor, und er errötete.

»Was für ein schmutziger Gedanke, aber wir müssen ihn in Betracht ziehen«, Mr G stellte die Beine nebeneinander auf, »und, wie ich glaube, verwerfen. Ein Mann im – wie es wohl heißt – *Zustand der Erregung* legt seine Hüllen nicht wie ein Tuchhändler aus.«

Der Juckreiz wollte nicht nachlassen. »Unter Waffengewalt.« Ich stampfte mit dem Fuß auf.

»Contenance, Miss Middleton!«, sagte er abwesend. »Womöglich, doch dann würde er sich noch weniger um Etikette scheren.«

»Darum hat er sich wohl auch sonst nicht sonderlich geschert.« Ich dachte an Mr Piggetys Jacke mit den glänzenden Ellbogen, sein fleckiges Hemd und die verknitterte Hose.

»Nebenbei bemerkt«, Sidney Grice fand jähes Interesse an seiner Handfläche und fuhr mit einem Finger über die Linien, »hätte der Täter die Waffe ablegen müssen, um Piggety zu fesseln. Und in diesem Augenblick hätte der sich zur Wehr gesetzt.«

»Woher wissen Sie, dass er's nicht getan hat?« Ich kitzelte meine Handkuhle, um mich von dem juckenden Fuß abzulenken, doch meine Hand wollte nicht kribbeln, und mein Fuß fühlte sich an, als stünde ich in einem Ameisenhaufen.

»Weil die Knoten sauber und ordentlich geknüpft wurden, weshalb wir die Möglichkeit erwägen müssen, dass es einen zweiten Täter gab – einer hält die Waffe, der andere fesselt das Opfer. Was mich zu der ziemlich beunruhigenden Annahme führt, dass die vier Morde wenigstens drei verschiedene Verbrecher einschließen: einen Giftmörder für Horatio Green – Giftmörder verfallen nur selten auf Gewaltmaßnahmen – und zwei weitere Täter bei Slab, Jackaman und Piggety.«

Der Schemen eines Omnibusses glitt durch das Zimmer, und die Fahrgäste auf dem Oberdeck bewegten sich wie Puppen eines Schattenspielers über den Bücherschrank. »Und Braithwaite«, warf ich ein.

»Nicht mein Fall.« Er verschränkte die Arme.

Ich legte das Sieb erneut über meine Tasse. Allerdings war inzwischen mehr Tee auf dem Tablett als in der Kanne. »Bei diesem Tempo übersteigt die Zahl der Mörder bald die der Opfer.« Ich stand auf, um ein hölzernes Lineal von seinem Schreibtisch zu holen.

»Das kommt vor. Der Großteil dieses seltsamen Volkes hat einst Karl I. ermordet.«

»Wenn er nun bewusstlos geschlagen wurde?«.

»So könnte es gewesen sein, aber ich bezweifle das. Schlägt man einen Mann mit einem Hieb gegen den Kopf bewusstlos, läuft man Gefahr, dass er das Bewusstsein nicht wiedererlangt. Er könnte sogar daran sterben, und wer immer Mr Piggety getötet hat, wollte ihm kein schnelles Ende bereiten, sonst wäre Piggety geradewegs in dem Bottich gelandet. Vielmehr war sich Mr Piggety völlig im Klaren, was ihm widerfuhr, und das wahrscheinlich über mehrere Stunden. Deshalb entleerte er sich.«

»Doch wer würde Mr Piggety dermaßen hassen, um ihm solch ein grausames Ende zu bereiten?« Ich schob das Lineal seitlich in meinen Stiefel, bekam es aber nicht dorthin, wo es dem Juckreiz hätte abhelfen können.

»Jeder Mann hat Feinde. Womöglich ein Katzenliebhaber, der von Pigettys Vorhaben wusste und ihm von seiner eigenen Arznei zu kosten gab. Wahrscheinlicher aber hasste er ihn überhaupt nicht. Ich bin zusehends davon überzeugt, dass der Mörder wirklich nur eine Person hasst.« Er malte mit dem Zeigefinger in einer Teelache herum. »Mich.«

»Wieso nehmen Sie es persönlich? Das nächste Opfer hätte ohne weiteres ich sein können.«

»Ich nehme Dinge nur dann persönlich, wenn sie es sind.« Er legte den Kopf behutsam in den Nacken, als hätte er einen steifen Hals. »Und jeder Schritt, der ergriffen wurde, scheint darauf ausgerichtet zu sein, meine Karriere und folglich mich zu vernichten. Denn niemand ist mehr als sein Tun, und die meisten sind beträchtlich weniger. Was in aller Welt treiben Sie da?«

Ich zog das Lineal aus dem Stiefel. »Es juckt mich.«

Mein Vormund sah mich angewidert an. »Eine Dame juckt es *niemals*.«

»Was hat unsereins doch für ein Glück.« Ich legte das Lineal mit übertriebener Sorgfalt auf den Tisch. »Sie meinen demnach, jemand hat vier Männer derart grausam getötet, nur um Ihnen zu schaden?«

Er griff sich das Lineal. »Diese Möglichkeit muss ich in Betracht ziehen.«

»Aber das ist unmenschlich«, sagte ich, während mein Vormund seine Hand vermaß.

»Leider ist es allzu menschlich. Ich kenne kein Tier, dessen Grausamkeit der menschlichen auch nur nahekommt, und Mr Piggetys Tod war einer der abscheulichsten, denen beizuwohnen mir je vergönnt war.«

»Sie betrachten es als Privileg?«

»Der Tod ist ein Geheimniskrämer. Es ist stets eine Ehre, ihn bei der Arbeit zu beobachten.«

Ich schloss die Augen. »Dann habe ich dieses Privileg schon viele Male genossen … wäre es mir doch bloß bewusst gewesen.« Ich schlug die Augen auf, um meinen Vormund an meiner Seite stehen zu sehen. Er streckte seine Hand aus, und ich hob meine. Er ergriff sie unbeholfen wie ein lediger Onkel, dem ein Säugling gereicht wird.

»Der Verlust eines Angehörigen ist niemals ein Privileg«, sagte er, »aber bei ihnen zu sein, wenn sie scheiden, ist eines.«

»Nicht immer«, warf ich ein.

»Hätten Sie Ihre Angehörigen allein sterben lassen wollen?« Er sprach mit sanfter Stimme, und seine Hand schloss sich um meine, doch ich zog sie zurück.

»Es tut mir leid«, flüsterte ich, als ich mich zum Gehen erhob.

Sidney Grice zuckte zusammen und trat beiseite. Ich lief die Treppe hoch, warf mich aufs Bett und vergrub das Gesicht im Kissen, um den Aufschrei zu ersticken. Aber ein Schrei ist wie ein Ozean, er lässt sich nur durch einen weiteren schlucken, und Leid lässt nicht nach, nur weil man seiner überdrüssig ist.

Was ging dir durch den Kopf, als ich ihn das letzte Mal in Händen hielt? Liebtest du mich noch? Fühltest du dich von mir betrogen? »Gott segne dich«, sagte ich, und dein blutiger Mund formte meinen Namen.

Mein Vater stand neben mir. »O Gott.«

»Tot.« Ich sprach das Wort lautlos, als wäre es so weniger wahr. »Ich habe dich getötet.« Meine Lippen konnten den Satz nicht bilden, mein Verstand konnte ihn nicht verneinen. Ich nährte ihn und ließ ihn wachsen, vier Worte, die meine Geburt waren und mein Leben wurden.

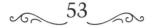

KANINCHEN UND DER MARQUIS DE SADE

Ich wusch mein Gesicht mit Wasser und Rosenseife, rauchte am Fenster eine Zigarette, trank ein großes Glas Gin, lutschte eine Veilchenpastille und stieg gerade die Treppe hinab, als mein Vormund mir entgegenkam. Er sagte nichts, und auch ich verlor kein Wort.

Wir saßen uns an den entgegengesetzten Enden des Tisches gegenüber und lauschten dem quietschenden Speisenaufzug, der sich von der Küche emporquälte. Mr G stand auf, holte unsere Teller und stellte mir eine khakifarbene Pampe hin.

»Ich fürchte, Sie sind zu erschüttert, um weiter zu ermitteln. Es ist gewiss nicht leicht, dem schwachen Geschlecht anzugehören.«

»Woher sollte ich das wissen?«, entgegnete ich. »Als Frau.« Er sah mich verdutzt an. »Wie dem auch sei«, fügte ich hinzu, »fahren Sie bitte mit Ihrer Rekonstruktion fort.«

»Prometheus Piggety wird nackt mit Seidenbändern verschnürt und am ersten Haken der Förderkette befestigt. Dann füllt der Mörder den Bottich mit kochendem Wasser und schaltet den Motor an. Vermutlich ist dies auch der Moment, in dem das Trinkwasser für die Katzen abgestellt und die Heizung hochgedreht wird.«

»Der Mörder konnte unmöglich wissen, wie alle Armaturen

funktionieren. Der Tod der Katzen war womöglich ein Versehen«, mutmaßte ich, mehr aus Hoffnung denn aus Überzeugung.

»Und woher wussten Sie, mit welchem Hahn sich das Wasser anstellen lässt?« Sidney Grice polierte seinen Zwicker.

»Er war beschriftet«, antwortete ich.

»Womit sich dies erlegt hätte. Also, wir haben es hier nicht mit netten Leuten zu tun, March. Das Leiden anderer Geschöpfe wird ihnen Lust bereitet haben. Ich werde meine Lippen nicht mit dem Namen dieses französischen Strauchdiebs besudeln, der ihnen als Vorbild diente.«

»Ich bin mit der Geschichte des Marquis de Sade vertraut«, sagte ich.

»Wie konnten die zarten Seelen unserer Jugend nur so verdorben werden?«

»Wieso verwechseln Männer Unwissenheit stets mit Unschuld?« Er legte die Stirn in Falten.

»Weil jemand, der nichts von einem Laster weiß, kaum in Versuchung gerät, sich diesem hinzugeben.«

»... sich deshalb aber umso leichter in Versuchung führen lässt«, fügte ich hinzu.

»Meiner Erfahrung nach ist das In-Versuchung-Führen eher Frauensache«, entgegnete er. »Doch wie immer lenken Sie mit Ihren Albernheiten vom Thema ab.« Er rieb sich die linke Wange. »Wo war ich?«

»Beim Aufdrehen der Heizung.«

»Ah ja. Lassen Sie mich überlegen.« Sidney Grice kritzelte einige Zahlen auf die Tischdecke. »An jedem Förderband hingen zwanzig Haken.« Laut *Bridlingtons Statistikalmanach* wiegt eine durchschnittliche ausgewachsene Katze eintausendvierhunderteinundfünfzig-Komma-fünf Gramm, was sich auf eine Gesamtlast von rund dreißig Kilogramm beläuft. Piggety muss etwa dreiundsechzig Kilo gewogen haben, was etwa das Doppelte jenes Gewichts darstellte, für das die Anlage konzipiert war. Wohlgemerkt, einer der Gründe, wieso der elektrische Motor nie den Dampfantrieb ersetzen wird, ist sein schwaches Drehmoment. Bei jeder zehnprozentigen Erhöhung der Last arbeitet der Motor zwanzig Prozent langsamer. In Anbetracht von Piggetys Gewicht muss sich das Band unfassbar langsam fortbewegt haben. Doch wie berechnet man, wie langsam genau?«

»Sie messen die Zeit, die es für eine gewisse Strecke benötigt.«

»Mr Piggety mag ein unerquicklicher Mensch gewesen sein, aber er war gewiss nicht dümmer als der Durchschnitt. Er wird gewusst haben, was ihm bevorstand. Was tut er also?«

»Er strampelt, tritt um sich und schlägt die Uhr, mit der sein Mörder die Zeit stoppt, zu Boden.«

»Wahrscheinlicher noch: Er erwischt seinen Peiniger an der Nase – was die Blutspritzer erklären würde. Der Täter lässt die Uhr fallen und zertritt das Glas.«

»Der Mörder berechnet also, wann Mr Piggety den Bottich erreichen wird, überlässt ihn seinem Schicksal, sperrt ab und schickt Ihnen ein Telegramm und den Schlüssel«, folgerte ich. »Aber wieso lässt er Ihnen Telegramm und Schlüssel nicht gemeinsam mit demselben Boten zukommen?«

»Er schickt das Telegramm zuerst, um sicherzugehen, dass ich es erhalte, und den Schlüssel später, damit ich zunächst hier darauf warte und nicht zu früh in der Fabrik erscheine.« Mr G begann geräuschvoll zu kauen.

»Wäre es nicht langsam an der Zeit, auch dem letzten Mitglied des Vereins einen Besuch abzustatten?«, schlug ich vor und fragte mich, was es eigentlich zu zerkauen gab.

»Ach natürlich, Mr Warrington Tusker Gallop.« Er nahm einen Schluck Wasser. »Wir werden ihn in Kürze und ohne Vorwarnung in seinen Geschäftsräumen behelligen. Zum Glück arbeitet er ganz in der Nähe …« Er zuckte zusammen.

»… in der Charlotte Street«, warf ich ein, während er seine Finger vor dem Gesicht zusammenkrallte.

»Dieses vermaledeite Ding.« Er holte sein Auge heraus.

»Vielleicht sollten Sie es ein paar Tage draußen lassen, damit die Entzündung nicht schlimmer wird«, sagte ich. »Ich könnte Ihnen helfen, einen neuen Abdruck zu machen.«

Mein Vormund hob abwehrend die rechte Hand und sagte: »Halt. Den Schmerz kann ich ertragen, die Vorstellung indes, dass Sie mich bemitleiden, ist mir unerträglich.«

Mir fehlten die Worte. Ich wollte meine Hand nach ihm ausstrecken, doch Sidney Grice war, wie immer, unerreichbar.

Harry Baddington war am Boden zerstört, als er von deinem Tod erfuhr. Er half, wo es ging, wusste jedoch nicht, dass ich an allem schuld war. All deine Sachen kamen in eine Überseekiste. Harry sorgte dafür, dass mir das Schreibkästchen blieb. Der Brief deines Vaters lag noch immer darin und ein zweites Blatt, deine Antwort. Verzeih mir, Edward, es war falsch von mir, sie zu lesen, aber ich konnte nicht anders. In zornig hingeworfenen Schwüngen hattest du geschrieben:

Teurer Vater,
ich habe nie begriffen, wieso du und Mama euch noch immer in dem Glauben wähnt, zwischen mir und Hester Sandler bestünde ein wie auch immer geartetes »Einvernehmen«. Wenngleich Jugendfreunde, waren wir doch nie ein Paar, und ich habe ihr nie Anlass zu der Hoffnung gegeben, dass ich mehr für sie empfände. Wenn ich auf dem letzten Ball mit ihr getanzt habe, so nur, weil wir einmal Freunde waren und weil du mich darum batest.

So ging es noch einige Absätze weiter. Du hast diesen Brief nie zu Ende geschrieben. Ich zerriss ihn zusammen mit dem Schreiben deines Vaters, gab die Fetzen in eine Nierenschale und zündete sie an. Seine Missbilligung und deine letzten geschriebenen Worte für immer verloren – so wie auch ich.

54

KRAFTBRÜHE UND DER KRANKENHAUSGEIST

Bei meinem Besuch am nächsten Morgen saß Inspektor Pound, von drei Kissen gestützt, aufrecht im Bett und nippte lustlos an einem Becher Kraftbrühe. Seine Miene hellte sich auf, als ich ihm die Fleischpasteten und Bierflaschen zeigte, die ich ihm besorgt hatte.

»Einer meiner Männer kam heute früh mit einem Beutel Tee. Was in aller Welt soll ich damit anfangen?« Er hustete und hielt sich den Bauch. »Die Konstabler haben für eine Tüte Äpfel zusammengelegt. Im günstigsten Fall hasse ich Äpfel, und diese hier wimmeln von Würmern. Was an diesem Ort«, wieder hustete er, »einer Frischfleischeinlage noch am nächsten kommt.«

»Hat Ihre Schwester Ihnen nichts gebracht?«

Unter seinen Kissen holte er eine in Leder gebundene Ausgabe der King-James-Bibel hervor. »Sie hat meinem Vater gehört.«

»Lesen Sie darin?«

Er hielt sich eine Hand vor den Mund beim Versuch, den nächsten Hustenanfall zu unterdrücken. »Verraten Sie es meinen Männern nicht, sonst hängt es mir ewig nach, aber ich versuche, einen Abschnitt täglich zu lesen.«

Der Mann im Nachbarbett zwinkerte mir zu, was ich geflissentlich ignorierte. »Ich glaube kaum, dass Mr Grice an Gott glaubt.«

»Ich bin zu viel Bösem in meinem Beruf begegnet, als dass ich die Existenz des Teufels bestreiten könnte, und wenn es einen Teufel gibt, wie könnte es da keinen Gott geben?« Der Inspektor leerte seinen Becher. »Mr Grice würde mehr Antworten in der Bibel finden, wenn er sie gelegentlich aufschlüge.«

»Ich werde es ihm ausrichten.«

»Mir wäre lieber, Sie ließen das.«

Die Oberschwester kam. »Mr Sweeney ist sehr beeindruckt von den gesundheitlichen Fortschritten Ihres Verlobten.« Inspektor Pound verbarg seine Verblüffung hinter neuerlichem Husten. »Bitte schonen Sie ihn.«

»Ich bleibe nur einen Augenblick«, versicherte ich ihr, da war er bereits eingeschlafen. Ich strich ihm die Haare aus der Stirn und beugte mich vor, um ihn auf die Wange zu küssen. »Adieu, mein Schatz.«

Die Oberschwester zog mich fort und fügte hinzu: »Er hat unlängst mit einem anderen Chirurgen in Edinburgh korrespondiert, der große Erfolge mit Karbolsäure hatte und sehr für ihren Einsatz ist. Die Schwestern mögen es Ihnen nicht danken, dass Sie uns darauf aufmerksam gemacht haben, schließlich brennt die Säure abscheulich in den Augen, aber« – ihre Stimme wurde sanfter –, »ich glaube, dass wir diese Woche drei Leben gerettet haben.«

»Ich danke Ihnen«, sagte ich, »für seines.«

Sie berührte meinen Arm. »Danken Sie mir nicht zu früh. Sein Husten könnte schwindsüchtig sein, und seine Lunge können wir nicht in Antiseptika baden.«

»Ich weiß, dass Sie Ihr Bestes tun.«

Ich ging die langen weißen Flure entlang und hatte eben das Treppenhaus erreicht, als ich sie sah, eine geisterhafte, mir durch die Nachtluft entgegenschreitende Gestalt.

»March?«

Ich schnellte herum.

»Dachte ich mir doch, dass Sie es sind.«

»Oh, Dr. Berry.«

»Aber March, Sie sehen ja aus, als hätten Sie ein Gespenst gesehen.«

Einen Augenblick lang war mir tatsächlich so gewesen. »Entschuldigung. Ich habe geträumt.« Dann hängte ich unbeholfen an: »Was tun Sie hier?«

Sie lachte, während ich um Fassung rang. »Aber, March, ich arbeite hier – jedenfalls wöchentlich zwei Schichten. Als wäre es nicht schon empörend genug, dass dort Juden ausgebildet werden, beschäftigt das University College nun auch noch einige wenige Frauen, wenngleich unentgeltlich. Und ich bin eine der Glücklichen.«

Ich wollte sie umarmen, nahm aber bloß ihre Hand. »Ich habe einen Freund besucht.« Ich erzählte ihr von dem Angriff auf Inspektor Pound.

»Blutübertragung«, sagte sie. »Davon habe ich gehört. Das war mutig von Ihnen.«

»Es war alles meine Schuld.«

Dr. Berry drückte meine Hand. »Das dürfen Sie sich nicht anlasten. Ich werde nachher einen Blick auf ihn werfen – wenn ich mich an der Oberin vorbeistehlen kann.« Sie zögerte. »Darf ich Sie morgen Abend besuchen kommen?«

»Aber ja. Mr Grice wird sich freuen, Sie zu sehen – und ich natürlich auch.«

Mir war etwas fröhlicher zumute, als ich weiterging.

*

Sidney Grice klebte einen Zeitungsausschnitt in ein dunkelblaues Sammelalbum.

»Ein ungewöhnlicher Fall im East End.« Er strich die Luftblasen mit einem Lineal heraus. »Ein Mann wurde aus der Themse gefischt. Er hatte keine Arme, und seine Beine waren in Eisen gelegt.«

»Chas.« Ich verkrallte mich in meiner Handtasche und versuchte, mein Zittern zu beherrschen. »Charles Sawyer.«

»Sie kennen ihn?« Ich nickte matt. »Nun, es wird Sie interessieren«, fuhr Mr G fort, »dass er überlebt hat, weil er seine Zähne in ein Schiffstau schlug und davon nicht abließ, bis ihn die Wasserpolizei herauszog.«

»Gott sei Dank.«

»Welche Vergeudung öffentlicher Mittel.« Mein Vormund schnaubte. »Ein armloser Mann ist der Gesellschaft doch bloß eine Bürde.«

»Wir könnten ein paar mehr solcher Bürden sehr gut gebrauchen.« Ich sank in meinen Sessel. »Er hat mich vor dem Mann gerettet, der auf Inspektor Pound einstach.«

Mein Vormund legte die Stirn in Falten und schlug das Album wieder auf, um mit Bleistift etwas unter dem Artikel zu vermerken.

»Zweifellos spekulierte er auf eine üppige Belohnung«, grummelte er, »wie dieser Rothaarige, der vorbeikam und behauptete, er habe Pound geholfen. Ich habe ihm gesagt, er soll zur Polizeiwache Marylebone gehen, wenn er Geld haben will, doch die Vorstellung schien ihn nicht sonderlich zu reizen.«

»Aber ich habe es ihm versprochen. Das war der Schankwirt im Boar's Head, der den Inspektor ins Krankenhaus trug.«

»Woher sollte ich das wissen?«, murmelte er, als er das Zimmer verließ.

Ich sah mir an, was er geschrieben hatte.

Aktennotizen:

1. *Rothaarigen finden und ihm Dienst vergüten.*
2. *Beinahe-Mörder von Charles Sawyer ihrer Strafe zuführen.*

Und auf dem Löschblatt entzifferte ich schließlich: *3 Guineen täglich + Arztkosten.*

SCHOKOLADE UND SEETANG

Nach dem Mittagessen spazierte ich hinüber zur Huntley Street, schellte dreimal kurz und wartete, dass man mir öffnete. Ein streunender Hund trottete herbei, setzte sich neben mich und winselte, doch mehr als ihn zu streicheln, konnte ich ihm nicht bieten.

Die grüne Tür öffnete sich erst einen Spaltbreit, dann ganz, und eine schlanke Dame mittleren Alters in einem langen roten Kleid trat hervor. »Eve«, rief sie mit ausgebreiteten Armen. Wir alle verwendeten falsche Namen. Damenklubs wurden von den Behörden überaus argwöhnisch beäugt und von den meisten Männern für abartig befunden.

»Hallo, Violet.«

Sie scheuchte den Hund fort und gab mir einen Kuss.

»Wir haben dich ja Ewigkeiten nicht mehr hier gesehen.« Ihr struppiges schwarzes Haar kratzte mich im Gesicht. »Seit diesem Mordfall bist du eine wahre Berühmtheit.«

Nach Ruhm hatte ich nie getrachtet, und schon gar nicht wollte ich in einem Atemzug mit so vielen grässlichen Morden genannt werden. Ich riss mich zusammen und küsste sie flüchtig auf die Wange. »Ist Harriet da?«

Violet musste förmlich in Kölnisch Wasser gebadet haben.

»Ich glaube, sie spielt gerade Besik mit der Komtess von Bromley.« Die *Komtess* betrieb einen Tabakladen in Biggin

Hill, und ihr Diadem war selbstgemacht. Sie hatte ebenso wenig Anspruch auf einen Adelstitel wie ich, aber niemand missgönnte ihn einer Frau, die vierzehn Kinder geboren und alle in einem einzigen Winter verloren hatte. »Wieso kommst du nicht erst einmal mit in den Salon? Ich lasse sie wissen, dass du hier bist.«

Ich setzte mich auf das Chintzsofa, nahm mir eine Ausgabe von *Myra's Journal of Dress and Fashion* und stellte gerade bestürzt fest, dass ich eine 45-Zentimeter-Taille bräuchte, um irgendetwas auch nur annähernd Modisches zu tragen, als Harriet hereinkam. Ich sprang auf und stürzte ihr in die Arme.

»March, jedes Mal, wenn wir uns treffen, bist du eleganter. Wo hast du nur dieses Kleid her? Damit könntest du einen Kolonialkrieg vom Zaun brechen. Ich dachte schon, heute Morgen hätte sich am Bahnhofsschalter in Rugby der eine oder andere Kopf nach mir umgedreht, aber neben dir komme ich mir nachgerade bäurisch vor.« Sie füllte zwei Gläser mit Bombay-Gin, während ich zwei Zigaretten ansteckte. »Oh, diese grässliche, aufgeblasene Frau. Es ist geradezu obszön, so viele Asse in ein Blatt zu stecken. Hat mir drei Schillinge und Sixpence abgeknöpft, aber sag um Gottes willen Vi nichts davon. Glücksspiel in diesen Räumlichkeiten! Sie würde uns auf die Straße setzen, ehe wir uns zuprosten könnten.« Sie hob ihr Glas.

»Cheerio«, sagte ich. Wir machten es uns auf dem Sofa gemütlich. »Ich weiß, dass du für gewöhnlich am ersten Dienstag des Monats hier bist und war mir nicht sicher, ob ich dich heute antreffen würde.«

Harriet nahm einen großen Schluck Gin. »Oh, in letzter Zeit bin ich jeden Dienstag hier, und an manch anderem Tag dazwischen.«

»Und Mr Fitzpatrick hat nichts dagegen?«

Harriet zog an ihrer Zigarette und ließ drei perfekte Ringe aufsteigen. »Um ehrlich zu sein, March, würde es meinem Gatten wohl nicht einmal auffallen, wenn ich das ganze Jahr hier verbrächte – zumindest so lange nicht, bis es daheim zu einem echten Notfall käme, etwa, wenn er seinen *Wisden-Cricket-Almanach* nicht finden könnte. Letzten Monat war ich wegen eines kaputten Türgriffs auf dem Dachboden eingesperrt und die ganze Nacht dort gefangen – und es war die längste, kälteste Nacht seit der Eiszeit. Ich habe wie ein Regimentsfeldwebel gebrüllt und mit dem Bettziegel seiner Tante Helen auf den Boden gehämmert wie ein tollwütiger Affe, bis mein jüngster Spross Sebastian, der einzige, der mir im Entferntesten ähnlich sieht, der Sache nachging und mich befreite. Ich eile also die Treppe hinab, schmutziger als ein Köhler nach seiner Schicht und mit mehr Spinnweben behangen als Miss Havishams Hochzeitstorte, das Haar im Gesicht wie Seetang am Sirenenfelsen, stammelnd und in einer Flut von Tränen aufgelöst, und Charles eist sich gerade mal eine Sekunde von seiner Zeitung und seinem Kedgeree los und sagt: ›Du musst wirklich mal ein ernstes Wörtchen mit den Nachbarn sprechen, Harry. Deren Handwerker haben mich die halbe Nacht wachgehalten mit ihrem Gehämmer.‹ Und, meine liebe March, das wirklich Erschreckende daran ist: Wir schlafen im selben Bett!«

Sie stürzte ihren Gin hinunter, und ich füllte unsere Gläser wieder auf.

»Manchmal entgeht uns etwas, aber das bedeutet nicht, dass es uns gleichgültig wäre.« Ich ergriff ihre Hand. »Mein Vater hat einmal meinen Lieblingsstuhl verschenkt, und es dauerte zwei Tage, bis …«

»Das ist es«, fiel Harriet mir ins Wort. »Genau das ist es. Ich bin für ihn nicht mehr als ein Möbelstück. Vermutlich sollte ich froh sein, dass er mich nicht als Fußbank benutzt. Weißt du, March, dieser Mann hat mir zwei Jahre lang den Hof gemacht, mir wahrlich nachgestellt. Hat mir ganze Wagenladungen voll Blumen und kistenweise Pralinen geschickt und mich mit wohlüberlegten Geschenken überhäuft. Kunstvoll formulierte Gedichte für mich geschrieben und Liebesbriefe, die vor Verehrung nur so barsten. Hat meiner Mutter geschmeichelt und meine Schwester betört, damit sie ein gutes Wort für ihn einlegten, und meinen Vater hat er mit seiner Hartnäckigkeit schier in den Wahnsinn getrieben, bis dieser ihm schließlich zermürbt gestattete, seine Belästigung zu ihrem schlimmen Ende zu bringen. Er rief mich an wie eine Heilige, doch sobald ich ihn erhört hatte, gab er mir ein Haushaltsbuch mit einem knausrigen Taschengeld und verschwand fürs nächste Vierteljahrhundert in seinem Zimmer, aus dem er nur hervorkroch, um seiner Arbeit nachzugehen, zu essen und, äußerst selten, um mich mit seinen allzu unschuldigen Begierden zu behelligen.«

Ich musste lachen. »Oh, Harriet, du bist unverbesserlich, aber so schlimm wird es doch gewiss nicht sein.«

»Nein, meine Liebe. Ich habe es sogar noch beschönigt, nett verpackt und mit Schellack überzogen.« Sie beugte sich zu mir vor. »Hör auf die grausige Stimme der Erfahrung, March. Weißt du, weshalb in diesem Land nie Sklaven gehalten wurden? Weil es hier bereits zehn Millionen gibt, wir nennen sie *Frauen*. Sollte dir ein Mann je mit einer Hand einen Ehering und mit der anderen einen Schierlingsbecher anbieten, nimm das Gift. Das Ergebnis ist dasselbe, nur dass es bei Ersterem länger dauert. Aber March, Liebling, was in Gottes Namen ist mit dir? Ich schwatz daher wie eine Elster, und du blickst drein, als hättest du einen Geist gesehen.«

Nie hatte ich ihr von meiner Verlobung erzählt, und auch über Horatio Green wollte ich nicht reden. Ich war hergekommen, um mich abzulenken.

»Ich bin nur müde«, log ich. »Liebste Harriet, du bist mein einziger Quell der Frivolität in dieser barbarischen Welt.«

Wir rauchten unsere Zigaretten zu Ende.

»Sag schon, wie lebt es sich mit dem berühmten Sidney Grice?«, erkundigte sie sich. »Wenn man der Presse glauben darf, hat er sich von einem Racheengel zu einem Engel des Todes gewandelt.«

»Er untersucht Morde«, erwiderte ich. »Er begeht sie nicht.«

Eine Weile saßen wir schweigend da, bis Harriet sich jäh aufrichtete und munter hervorstieß: »Apropos Geister – ich hätte schwören können, einen gesehen zu haben. Als ich am Dienstag letzter Woche über die Bahnsteige sauste, um den Halbfünfzug zu erwischen – der um Viertel nach ist immer so grässlich überfüllt, vor allem in den Raucherabteilen –, da sah ich eine äußerst gut gekleidete Dame am gegenüberliegenden Gleis aussteigen, und einen Augenblick lang hätte ich schwören können, dass sie es war.«

»Wer?«, fragte ich, aber aus irgendeinem Grund wusste ich bereits, was Harriet sagen würde.

»Diese fürchterliche Frau, die Mörderin. Nach allem, was du mir erzählt hast, muss ich sie wohl Eleanor Quarrel nennen.« Sie drückte ihre Zigarette im Aschenbecher aus. »Wahrscheinlich war es nur ein Produkt meiner überreizten Phantasie, wie Charles es zu nennen pflegt. Ich habe sie nur flüchtig gesehen, aber wie du weißt, beschleicht einen manchmal so ein Gefühl. Selbst, als ich mich abgewandt hatte, glaubte ich, ihre Blicke auf mir zu spüren. Es ist mir kalt den Rücken hinabgelaufen, aber als ich mich wieder umdrehte, war sie nicht mehr da – einfach verschwunden. Vielleicht ist sie zurückgekehrt, um uns heimzusuchen. Ach, und apropos Heimsuchen, einer unserer Hausvorsteher hatte letztens höchst unerwarteten und unwillkommenen Besuch.«

Sie kam auf einen Scheidungsskandal in Rugby zu sprechen, doch ich war kaum in der Lage, ihr zu folgen. Ein Bild schwirrte in meinem Kopf herum, hatte von meinem Geist Besitz ergriffen – Eleanor Quarrel, die verwesend aus den Fluten auferstand, ein Messer in der Hand, bereit zu morden.

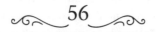

DER FUCHS UND
DER SPATZ

Wir hatten soeben ein ungewohnt schmackhaftes Abendessen aus Bratkartoffeln und gekochten weißen Bohnen in Tomatenpüree beendet, als ein Telegramm für Sidney Grice eintraf.

»Gütiger Himmel.« Eine Ader trat an seiner rechten Schläfe hervor. »Dr. Baldwin zufolge liegt meine Mutter im Sterben und wird die Nacht wohl nicht überstehen.« Er leerte sein Glas Wasser.

»Oh, das tut mir leid«, sagte ich. »Wissen Sie, was ihr fehlt?«

Er ließ seine Serviette auf den Fußboden fallen. »Es scheint, als hätte sie sich eine gewaltige Menge Heroin verabreicht.«

»O Gott.« Ich schob meinen Teller beiseite. »Wogegen sollte sie es einnehmen?«

»Langeweile.« Er stand auf. »Sie weiß so wenig mit ihrer Zeit anzufangen, seit sie nicht mehr im Gefängnis ist.«

Ich sah ihn ungläubig an. »Ihre Mutter war im Gefängnis?«

»Sie war Vorsitzende der Gesellschaft für Körperstrafen.« Er löste seine Augenklappe. »Ist dann aber zurückgetreten, als die Einführung von Brandzeichen für wiederholtes Plündern abgelehnt wurde.«

»Hoffentlich geht es ihr halbwegs passabel.« Er betrachtete mich geringschätzig.

»Selbst Sie sollten wissen, dass es Sterbenden selten *halb-wegs passabel geht*.«

»Ich meinte ...«

»Ja, bitte?« Er fuhr sich mit der Hand an die Stirn. »So was auch. Das kommt äußerst ungelegen.« Er humpelte die Treppe hinunter, um eine Droschke zu rufen. »Sehen Sie zu, dass der Kirschbaum nicht in Flammen aufgeht«, sagte er, als ich nach draußen ging, in den Garten hinter dem Haus, um eine Zigarette zu rauchen.

Ich hatte kaum einen Zug genommen, als Molly herausgestolpert kam.

»Ach, Miss, könnt ich doch Zigaretten rauchen und ...«

»Hättest du gern eine?«

Molly stellte ihre Füße über Kreuz. »Für mich nicht, danke, Miss. Ich meinte, könnte ich doch Zigaretten rauchen und mir keine Sorgen machen, dass es undamenhaft ist.« Dazu strahlte sie wie in Erwartung, dass ich ihr beipflichtete.

»Möchtest du mir etwas sagen?«, fragte ich so geduldig, wie es eben ging, und lehnte mich an den Kirschbaum, um ihrem Verstand bei der Arbeit zuzusehen.

»Da ist ein Droschkenkutscher an der Tür«, verriet sie mir schließlich.

»Und was will er?«

»Wo Sie das jetzt fragen ... Wir haben ausgiebig geplaudert, und er will sich zur Ruhe setzen und eine kleine Schenke am Meer kaufen. Er will einen kleinen Gemüsegarten haben und eine kleine ...«

»Weshalb ist er hier?«

»Er ...« Sie zog die Nase kraus. »Er hat eine Nachricht zu vermitteln.«

Ich drückte meine Zigarette aus. Gerry stand auf der obersten Stufe, als ich die Haustür öffnete.

»Miss Middleton.« Er tippte sich an die lederne Schirmmütze. »Molly sagt, dass Mr Grice nicht da ist.«

»Kann ich etwas ausrichten?«

Gerry zauderte. »Während wir im Hafen auf Sie warteten, haben wir von diesem – entschuldigen Sie den Ausdruck – Miststück McKay gesprochen. Vor fünf, sechs Jahren habe ich mal gegen sie ermittelt. Ich dachte mir, es könnte ihn interessieren, dass sie sich anscheinend gerade aus dem Staub macht. Ihre Kutsche steht hinter dem Haus auf Monday Row. Und ihre Dienstboten haben ihr ganzes weltliches Gut hineingeladen, als ich vor zwanzig Minuten vorbeifuhr.«

Ich langte nach meinem Mantel. »Bringen Sie mich hin, Gerry.« Doch Gerry hob beide Hände.

»Geht nicht, Miss.«

»Ich werde Ihre Taxe verdoppeln.«

Gerry drehte die Handflächen nach oben. »Das ist keine Frage von Moneten, Miss. Old Pudding würde mich umbringen.«

Ich musste lachen. »Warum nennen Sie ihn so?«

»G-reispudding«, erläuterte Gerry. »So nennen ihn alle bei uns im Polizeidienst. Verraten Sie ihm das um Gottes willen nicht.« Er blickte beschämt drein. »Tut mir leid, Miss, aber Mr Grice hat zu mir gehalten, als ich geschasst wurde. Er würde die Wände hochgehen, wenn ich Sie in Gefahr brächte.«

»Das verstehe ich.« Ich hängte meinen Mantel wieder auf. »Danke, Gerry.«

Ich wartete zwei Minuten, ehe ich am Griff drehte, um die Flagge zu hissen, und drehte noch immer daran, als es an der Tür klopfte.

»'schuldigensen Geruch«, rief der Fahrer, als ich in den Hansom kletterte und er sich aufs Dach schwang. »Der letzte Herr hatte vier Windhunde mit, und die war'n nich' wählerisch, wose hingemacht ha'm. Hab's rausgespült, aber's geht nich' gleich weg.« Wohl wahr, doch inzwischen hatte ich mich damit abgefunden, in einer stinkenden Stadt zu leben. Beinahe beneidete ich Mr G um seine verstopfte Nase.

Die Straßen waren noch belebt, zahllose Vergnügungssuchende Richtung West End unterwegs. Liebend gern hätte ich

344

mir *The Corsican Contessa* im Criterion angesehen – einige Lieder hatte ich die Notenblattverkäufer auf der Straße grölen hören –, aber mein Vormund hätte meinen Aufenthalt in einem solchen Etablissement niemals gebilligt. Ich hätte mich ja amüsieren können.

Monday Row war eine schmale Straße, die im rechten Winkel vom Fitzroy Square abzweigte. Wir kamen langsam voran, während sich unser Pferd seinen Weg durch die Schatten suchte. Eine einsame Flamme schimmerte in der Ferne.

»Halten Sie hier an«, flüsterte ich vernehmlich.

Als sich meine Augen an die Dunkelheit gewöhnt hatten, sah ich im Zwielicht einer Straßenlaterne etwa zehn Meter voraus einen geschlossenen Zweiachser mit zwei Pferden und den Umriss eines Stallknechts auf dem Kutschbock. Eine Tür öffnete sich und warf einen Korridor aus Licht auf die Szene. Allem Anschein nach trugen gerade zwei Frauen, eine groß, die andere klein, einen Schrankkoffer zum Wagen.

»Weiß ja nich', was Sie vorhaben«, sagte mein Kutscher leise. »Aber wir kehr'n jetzt am besten um.« Sein Pferd trat unruhig auf der Stelle.

»Ich mache nur selten, was am besten ist«, erklärte ich – in diesem Punkt wäre Mr G ganz meiner Meinung gewesen – und stieg aus.

Die Straße war uneben gepflastert, von altem Stroh und Pferdeäpfeln bedeckt und breiten Rinnsteinen gesäumt. Ich rutschte und platschte durch eine unerwartet tiefe Pfütze. Das Paar blickte auf. Im Näherkommen sah ich, dass es ein Mann und ein Junge waren. Sie hatten die Truhe auf einem Anleinpfosten abgesetzt und schüttelten ihre Arme aus.

»Kann ich Ihnen helfen, Miss?«, erkundigte sich der Mann, aber während er noch sprach, sah ich sie – Thurston, der aus der Tür trat und zwei prall gefüllte Reisetaschen trug, gefolgt von Primrose McKay in einem langen Fuchsfellmantel.

»Miss Middleton«, begrüßte sie mich beim Näherkommen. »Ist Ihr Lehrherr nicht bei Ihnen?«

»Ich habe keinen Herrn. Mr Grice ist zu einer dringenden Angelegenheit gerufen worden.«

»Falls Sie auf Kundenfang sind, dürfte es draußen vor King's Cross besser laufen«, riet sie, »wobei Sie wohl am besten im Schatten stünden.«

Thurston wieherte. »Mit einem Sack überm Kopf.«

»Damit ich Ihre Mutter nicht wiedererkenne?«, fragte ich, und er hob den Handrücken.

»Ist schon gut, Thurston. Ich sorge dafür, dass du ihr eines Tages sehr weh tun kannst.«

»Seine bloße Existenz tut mir weh«, murmelte ich. »Machen Sie Ferien, Miss McKay?«

Sie wedelte gelangweilt mit der Hand. »Mein ganzes Leben ist ein einziger langer Urlaub, Miss Middleton.«

Etwas raschelte im Rinnstein. Eine Ratte? Ich trat beiseite.

»Darf ich fragen, wohin es geht?«

Der Mann und der Junge mühten sich ab, den Schrankkoffer auf das Kutschdach zu wuchten.

»Was für ein neugieriges Kind Sie doch sind.« Sie schnalzte tadelnd mit der Zunge. »Nur fürchte ich, Ihre Neugier wird unbefriedigt bleiben müssen. Ihr Lehrherr wirkte nicht sonderlich beeindruckt von meiner Absicht, das Ganze auszusitzen, darum habe ich ein weiteres Vorhaben ersonnen. Ein ebenso einfaches, aber noch gerisseneres. Schauen Sie mich gut an, Miss Middleton, und erfreuen Sie sich an meiner hinreißenden Schönheit. Gut möglich, dass es für lange Zeit das letzte Mal sein wird, denn ich werde heute Nacht ...verschwinden.«

»Es verschwindet sich ziemlich leicht«, meinte ich zu ihr. »Das Wiederauftauchen könnte Ihnen etwas schwerer fallen.«

Das Rascheln wurde lauter, und sie sah nach unten. »Was ist das?« Der Junge flitzte herüber und ging in die Hocke. »Ein Vogel, Miss.«

»Gib ihn mir.« Sie nahm den Vogel entgegen. »Ein Spatz. Scheint verletzt zu sein.« Sie barg ihn in der Rechten, sodass sein Kopf zwischen Daumen und Zeigefinger hervorlugte und seine Füße unten herausbaumelten. »Armes kleines Ding.« Sie blies ihm einen Kuss zu, und der Vogel öffnete den Schnabel, doch der Schnabel blieb offen stehen, und die Füße verkrümmten sich, und er piepte, und ich sah sie die Faust schließen.

»Aufhören«, rief ich, doch sie lächelte nur, und seine Augen traten hervor, während ihre Finger weiß wurden, und ich hörte ein widerwärtiges Knacken, und eine schwarze Flüssigkeit wurde aus dem Schnabel des Spatzen getrieben, ehe sein Kopf erschlaffte.

»Da.« Primrose McKay öffnete die Hand und ließ ihn zurück in den Rinnstein fallen.

»Sie widern mich an«, entrüstete ich mich.

»Such mir einen Lumpen«, trug sie dem Jungen auf. »Ah, nicht nötig, ich habe einen.« Sie streckte den Arm aus und wischte ihre Handfläche an der Vorderseite meines Mantels ab. »Warum sind Sie hier, Miss Middleton?«

Sie trat an mir vorbei an den offenen Kutschschlag.

»Ich weiß immer gern, was unsere Verdächtigen vorhaben«, sagte ich.

»Verdächtigen?«, wiederholte sie verächtlich. »Nun, Miss, Sie können Ihrem Lehrherrn dies sagen: Wenn der Klub des letzten Todes seine Konten schließt, wird nur noch ein Mitglied am Leben sein, und das bin ich. Daraus mag er nach Belieben seine Schlüsse ziehen, er wird mir nie etwas nachweisen können.«

»Aber wofür brauchen Sie all das Geld?«

»Für die Bedürftigen«, entgegnete sie. »Ich werde diese siebzigtausend Pfund auf die Straße tragen und vor ihren Augen verbrennen.«

Thurston schloss lachend den Kutschschlag. Er drehte sich zu mir um. »Sie wird sie alle töten«, krähte er, »und weder du noch dein halbblinder, im Dreck wühlender Krüppel werden was dran ändern.«

»Ich bete darum, dass Sie Beihilfe leisten. Mr Grice würde liebend gern eine Doppelhinrichtung sehen.«

»Eines Tages«, er blies mir seinen Whiskyatem ins Gesicht, »werde ich dich wie den kleinen Vogel da mit bloßen Händen zerquetschen.« Er trat in einen Dunghaufen und schüttelte wütend den Fuß.

»Sehen Sie zu, dass Sie das wieder loswerden. Sie wollen doch auf der Anklagebank den bestmöglichen Eindruck machen.«

Thurston schabte seinen Stiefel am Bordstein ab und bestieg die Kutsche. Der Stallknecht ließ seine Peitsche schnalzen, und die Pferde setzten sich in Gang.

Ich eilte zu meiner Droschke. »Folgen Sie dem Wagen.«

Doch der Kutscher schüttelte den Kopf. »Wird wohl nichts, Miss. Das ist Bloodthirsty Gates. Ich kenn ihn dem Ruf nach. Und mehr will ich lieber nicht wissen.«

*

Bei meiner Rückkehr brannten alle Lampen. Mr G durchstöberte seinen Aktenschrank.

»Soeben habe ich einen Mord mittels Eiszapfen gefunden«, teilte er mir freudig mit, als ich das Studierzimmer betrat.

»Ich dachte, Sie wären bei Ihrer Mutter.«

»Ach, das.« Er schob einen Zeitungsausschnitt in eine Mappe. »Anscheinend hatte sie Kopfschmerzen. Sie hatte noch nie zuvor welche gehabt und nahm das Schlimmste an.« Er stempelte eine Ziffer auf den Umschlag. »Also falscher Alarm ...«, er legte die Mappe ab, »leider.«

»Das ist nicht Ihr Ernst.«

»Und wie es das ist.« Er setzte seine Zwicker ab. »Es ereignete sich in Norwegen.«

»Ich erzählte ihm, was sich zugetragen hatte.

»Und der Grund, ihr nachzustellen, war ...?«, erkundigte er sich höflich.

»Zu sehen, was sie im Schilde führt.«

Er riss eine Seite aus einer Zeitschrift. »Sie dürfte schwerlich *irgendwas* im Schilde führen, solange Sie ihr über die Schulter schauen. Also wirklich, March.« Er legte ein Lineal an und riss die Seite fein säuberlich entzwei. »Für mich standen vier verschiedene Kutschen bereit, dieser Frau zu folgen, ehe sie von Ihnen gewarnt wurde.«

»Hätten Sie mir das vielleicht vorher gesagt …«

»Was dann?« Er knallte sein Lineal hin. »Dann wären Sie nicht vorgeprescht wie ein Dragoner beim Manöver?«

Ich war zu müde, um mich mit ihm zu streiten. »Sie hat einen Vogel getötet.«

»Dem Himmel sei Dank.« Er schloss die Schublade. »Beim Anblick Ihres Mantels dachte ich, Sie wären es gewesen.«

57

KIESEL UND ICENER

Die Charlotte Street lag nur zehn Minuten zu Fuß entfernt. Mit einer Droschke dauerte es an den meisten Tagen ganze zwanzig. Wir entschieden uns für die Droschke.

»Man vermutet«, sagte Sidney Grice, »dass die marodierenden Horden der Icener bei ihrer Erstürmung Londiniums mit einer Geschwindigkeit von dreizehn Stundenkilometern durch die Stadt zogen. Heute kann man von Glück reden, wenn man es in einem Nachmittag über den Oxford Circus schafft.«

Es schwankte so stark, dass seine Warmhalteflasche nach wenigen hundert Metern bereits geleert war.

»Halten Sie es für möglich«, ich traute mich kaum, den Gedanken in Worte zu fassen, »dass Eleanor Quarrel noch am Leben ist?«

Ich wartete, dass mein Vormund die Idee in Bausch und Bogen verwarf, aber er schob bloß den Korken wieder in die Teeflasche und fragte: »Wie kommen Sie darauf?«

»Meine Freundin Mrs Fitzpatrick, die Eleanor Quarrel aus dem Klub in der Huntley Street kannte, glaubt, sie am Bahnhof von Euston gesehen zu haben.«

Ein Mann jonglierte mit drei lebenden Hühnern, als wären sie Tennisbälle. Hoch über seinem Kopf schlugen sie gackernd und protestierend mit den Flügeln.

»Wann?«

»Am Dienstag letzter Woche, etwa um halb vier.«

Zum Finale schleuderte der Mann sämtliche Hühner auf einmal in die Luft, doch eines davon fiel aus der Reihe und trippelte unter einen Wagen.

»Hat sie mit ihr gesprochen?«

»Nein, sie stieg gerade aus, während Harriet einen anderen Zug bestieg, aber Harriet ist sich sicher, Eleanor habe sie angesehen. Sie hielt sie für einen Geist.« Mr G schnaubte abschätzig. »Würde auch nur ein Bruchteil solcher Sichtungen stimmen, könnte man auf der Metropolitan Line nie wieder einen Platz ergattern. Sämtliche Sitze wären von Gespenstern besetzt. Ja.«

»Was, ja?«

Ein Wachtmeister kam herbeigelaufen, ruderte brüllend mit den Armen und gemahnte jemanden, zurückzusetzen.

»Ja, ich halte es durchaus für möglich, dass Eleanor Quarrel noch am Leben ist. Der Gedanke kam mir schon, als ich las, dass die *Framlingham Castle* mit der gesamten Besatzung und allen Passagieren untergegangen sei.« Er verstaute die Flasche wieder in seinem Ranzen. »Ich hielt diese Vorstellung für zu optimistisch.«

Ich blickte ihn verständnislos an. »Aber Sie haben sie doch gehasst. Wieso wünschen Sie ihr nicht den Tod?«

»Oh, gewiss wollte ich sie sterben sehen, aber doch nicht auf diese Weise – bei einer Art Badeunfall.«

Unser Hansom ruckte jäh vorwärts. »Sie hätte vor meinen Augen nach Luft japsend und zappelnd am Strang baumeln sollen. Man hätte sie den Anatomen zum Sezieren vermachen sollen. Nachdem Corder für die *Red-Barn*-Morde gehängt wurde, gerbte der Arzt seine Haut und fertigte daraus einen Bucheinband. Stellen Sie sich das vor: Ihr Bericht des Falles, gebunden in Mrs Quarrels Leder. Wäre das nicht was?«

»Was für eine abscheuliche Idee.« Er zuckte nur mit den Schultern.

»Was sie den Lebenden angetan hat, war weit schlimmer

als alles, was man tot mit ihr hätte anstellen können.« Er schnallte seinen Ranzen zu.

»Es gibt vier denkbare Szenarien. Erstens: Eleanor Quarrel ist mit dem Schiff untergegangen. Zweitens: Sie ist von Bord gegangen, bevor es das offene Meer erreichte, höchstwahrscheinlich mit dem Lotsen. Das ließe sich leicht überprüfen. Drittens: Sie hat die Katastrophe überlebt und wurde, als sich der Sturm gelegt hatte, von einem vorbeifahrenden Schiff herausgefischt. Wobei man davon vermutlich gelesen hätte.« Er stockte kurz. »Und viertens: Sie befand sich beim Auslaufen des Schiffes gar nicht an Bord. Nummer eins und vier sind am wahrscheinlichsten, und bei einer ganzen Reihe von Möglichkeiten die wahrscheinlichsten auszuschließen, macht die unwahrscheinlichen keinen Deut wahrscheinlicher. Sobald dieser Fall gelöst ist, werde ich der Sache nachgehen. Doch im Augenblick haben wir Mörder zu fassen, die mit absoluter Sicherheit nur allzu lebendig sind.«

Ein abgemagerter Junge rannte uns vor den Wagen. Ein dürres Mädel stürzte ihm kreischend hinterher und rief: »Halt, du Dieb!« Beide waren sie fast nackt.

»Was sollte man ihr schon stehlen können?«, fragte ich mich.

»Jeder besitzt etwas«, erwiderte Sidney Grice, »eine Münze oder einen Becher Wasser, oder sei es nur eine Idee. Wer verzweifelt ist, prügelt sich selbst um einen Kiesel.«

Die Charlotte Street war recht wahllos angelegt, doch wo sie die Eleganz der Gower Street vermissen ließ, machte sie dies durch eine ganze Palette unterschiedlicher Gebäude wett, die von imposanten Prunkbauten bis zu ausgemachten Verschrobenheiten reichte. An der Ecke stand das Prince-of-Wales-Theater, dessen einst so prachtvolle Fassade reichlich ramponiert war.

»Scher dich fort!«, knurrte mein Vormund eine ansehnlich gekleidete Dame an, die mit einer Blechbüchse für das örtliche Waisenhaus sammelte. Selbst für seine Verhältnisse war er an diesem Nachmittag äußerst übellaunig. »Sie können es genauso gut aus dem Fenster werfen«, grummelte er, als ich ein Sixpence-Stück in die Dose warf.

Wir fuhren gerade an Henry Sass' Kunstakademie vorüber, als eine blasse junge Frau in einem braunen Wollmantel, der kaum ihre nackten Waden bedeckte, vor die Tür trat, worauf sich Sidney Grice so entsetzt abwandte, wie ich ihn beim Anblick einer zerstückelten Leiche nie erlebte hatte.

Eine Polizeikutsche polterte vorüber. Eine alte Frau spähte heraus, die sich, eine Tonpfeife im zahnlosen Mund, mit einer Hand an den Stäben festhielt und mit der anderen Gott und der Welt zuwinkte.

Das schmale Erkerfenster von Gallops Schnupftabakhandel stand voller Gläser und bunter Gefäße, die sich so hoch türmten, dass kaum Licht in den Laden fiel. Seitlich hinter dem Tresen stand ein kleiner Mann mit gebeugtem Rücken, der uns seltsam schief den Kopf entgegenneigte. Er trug einen grauen Kinnbart, der ihm bis über die Brust hing. »Guten Morgen Sir, Miss.«

»Mr Gallop?«, fragte mein Vormund.

»Warrington Tusker Gallop, zu Ihren Diensten, Sir«, bestätigte er freudig. »Wie kann ich Ihnen …«

»Wer ist da im Hinterzimmer?«, wollte mein Vormund wissen.

»Nun, niemand.«

»Runter!«, brüllte Sidney Grice.

»Ich stehe gar nicht auf …«, Mr Gallops Kopf zuckte zur Seite. »Autsch.« Er fuhr sich mit der Hand an den Hals.

Ich hörte etwas rascheln, spähte hinüber und sah gerade noch, wie ein dünnes Rohr in einem Astloch der Tür hinter ihm verschwand, dann Schritte, die sich rasch entfernten und das Schlagen einer Tür.

»Ein Blasrohr«, stieß mein Vormund hervor und hechtete auf den Tresen, ohne sich um die Pyramide aus Schnupftabakdosen und die Stapel verzierter Humidore zu scheren, die dabei zu Boden prasselten. »Kümmern Sie sich um ihn.« Er sprang auf der anderen Seite hinunter, riss die Tür auf und war verschwunden.

»Ach herrje!«, sagte Mr Gallop, die Hand am Hals, und zog, ehe ich ihn davon abhalten konnte, etwas heraus, das wie ein Bratspieß aus Bambus aussah. Seine Hand war blutüberströmt. »Meine Güte, wie das brennt.«

Ich hob die Klappe und eilte hinter die Theke. Hinter ihm stand ein Stuhl, und ich half ihm hinauf. Ich kramte nach meinem Taschentuch, um das Blut zu stillen, das ihm ohne Unterlass den Kragen hinabrann. Als ich mich ihm wieder zuwandte, war Warrington Tusker Gallop tot.

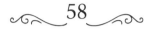

AFFENJAGEN

Nicht berühren.« Sidney Grice war zurück. »Er wurde sicher vergiftet.« Der Spieß war noch immer in der Hand des Toten.

»Aber von wem?«

»Er war hinten hinaus, ehe ich in den Raum gelangte, und hat die Tür von draußen verriegelt. Mittlerweile könnte er schon durch die halbe Stadt sein.« Mein Vormund setzte seinen Zwicker auf und beugte sich vor. »Dieser Pfeil ist ausgehöhlt.« Er schnalzte nachdenklich mit der Zunge. »Ich habe Eingeborene im Amazonasbecken Blasrohre zum Affenjagen verwenden sehen und davon gehört, dass sie auch bei Stammeskriegen eingesetzt werden, aber dies ist wohl der erste Fall hierzulande.«

»Welch eine Trophäe für Sie«, entgegnete ich säuerlich.

»Allerdings.« Sein falsches Auge glühte, als er am Fenster vorbeiging, vor dem ein roter Glaskrug stand. Er sperrte die Eingangstür zu und zog das Rollo herunter. Durch den blauen Stoff las ich in schwarzer Spiegelschrift *Geschlossen*. »Kommen Sie.« Ich folgte ihm zum Durchgang hinter der Theke, wo wir stehen blieben. »Zum Glück war Mr Gallop zu knausrig, um eine Putzkraft zu beschäftigen.« Dichter Staub bedeckte den Fußboden. »Was sehen Sie?«

»Schuhabdrücke und Schleifspuren.«

»Die Schuhabdrücke vor der rechten Wand sind meine, aber was verraten Ihnen die Schleifspuren?« Er deutete mit seinem Gehstock darauf.

Ich betrachtete die länglichen Schlieren. »Etwas wurde über den Boden gezogen.«

»Unsinn.« Sein Stock zeichnete die Umrisse nach. »Die gebogene Kante vorn ist ein Knie und der Schweif dahinter ein Hosenbein.«

»Wir wissen also, dass wir es mit einem Mann zu tun haben.«

»Oder einer als Mann verkleideten Frau – doch wahrscheinlich mit einem Mann. Sehen Sie dort die Abdrücke?«

»Eine Schuhspitze rechts vor dem Knie und weniger deutlich eine weitere hinter der Hosenspur.«

»Wusste ich's doch, dass Ihre Augen Ihnen eines Tages noch etwas nützen würden.« Er hielt sich am Türpfosten fest und beugte sich vor. »Wenn ich die Hand spreize, sind es genau zwanzig Zentimeter zwischen den Kuppen meines kleinen Fingers und meines Daumens, folglich suchen wir nach einem großen Mann mit kleinen Füßen.«

»Wie der Abdruck in den Glassplittern bei Piggety.«

»Möglich. Allerdings war der Absatz dort ein anderer. Der Täter hat also die Stiefel gewechselt, wenn es denn derselbe ist.« Er hob den Blick, sah sich um und richtete sich auf. »Ich denke, wir können die Spuren jetzt verwischen. Heben Sie Ihre Röcke, soweit es der Anstand zulässt, und gehen Sie vor.« Er entließ mich in einen fensterlosen Lagerraum mit niedriger Decke und halbleeren Regalen zu beiden Seiten – ein paar alte Flaschen fanden sich darauf, mehrere Stoffballen, einige Rechnungsbücher, alles von Schmutz bedeckt und in Spinnweben gehüllt. »Die ersten Eindrücke?«

»Hier riecht es stark.«

Er atmete durch die Nase ein. »Ich kann's gerade noch wahrnehmen. Parfümierter Schnupftabak?«

»Nein. Eher ein Toilettenartikel, aber schwierig zu sagen

bei der modrigen Luft – irgendein Kölnischwasser, möchte ich meinen. Vielleicht war es doch eine Frau.«

»Oder ein Ausländer«, murmelte Mr G. »Schauen wir jetzt mal in den Raum, wie es der Mörder getan haben muss.« Er zog die Zwischentür zu. »Was hören Sie?«

Ich lauschte. »Sehr wenig.« Und wartete auf eine beißende Bemerkung, doch er sagte nur: »Was daran liegt, dass wenig zu hören ist – außer den beiden bellenden Hunden und den Rufen eines Lumpensammlers und dem Verkehr.«

»Ich glaube, ich kann die Hunde hören und den Mann, aber nicht den Verkehr.« Vier kreisrunde und zwei schlitzförmige Lichtstrahlen drangen vom Laden her durch die Bretter.

»Weil er weit entfernt ist, mithin führt die Hintertür auf eine kleine Gasse.« Er ging in die Knie und setzte eines auf den Abdruck. »Sehen Sie mal, die Schuhspitze liegt viel weiter hinten als meine.«

»Gut fünf bis sieben Zentimeter.«

»Überdies würde ich ein Blasrohr durch dieses untere Loch schieben und durch das darüber spähen, der Mörder aber hat die beiden oberen benutzt. Er muss mindestens eins achtundsiebzig messen. Von hier aus habe ich den Laden gut im Blick, aber die Seite, auf der Gallop stand, liegt etwas verdeckt. Der Mörder hätte viel leichter auf mich oder Sie schießen können, hatte es also ganz klar auf Gallop abgesehen.«

Er holte eine kleine Grubenlampe aus seinem Ranzen. Jäh blendete mich ihr gelber Strahl. Ich beschirmte meine Augen, wandte mich ab und sah eine alte Packkiste.

»Auf der muss er gesessen haben.«

Sidney Grice kam herbei, um sie zu untersuchen. »Und das eine ganze Weile lang, nach dem vielen Herumrutschen und dem Gescharre zu schließen ... und was entnehmen Sie diesen Fußstapfen?«

Er bückte sich, hielt die Lampe dicht über den Boden.

»Der rechte Fuß ist leicht einwärts gedreht.«

»Gut ... und sein Umriss ist weniger deutlich, was zeigt, dass er etwas nachzieht. Der Täter humpelt also, aber nicht stark, eher wie bei einem verstauchten Knöchel als einer Lähmung in Knie oder Hüfte.« Er ging zur Hintertür.

»Was, glauben Sie, ist passiert?«, fragte ich.

»Der Mörder trat durch diese Tür ein.«

»Oder er war Mr Gallop bekannt und kam durch den Laden.«

»Sie müssen sich abgewöhnen, Sachen zu sagen, weil Sie denken, ich wolle sie von Ihnen hören. Dafür könnte ich auch die Köchin mitnehmen. Schauen Sie einfach auf das Muster der Abdrücke.«

»Es war die Hintertür.«

»Doch wie hat er Zutritt erlangt?«

»Vielleicht war sie unverschlossen?«

Er zischelte spöttisch. »Wer lässt in dieser Weltstadt einen Eingang unverschlossen? Gebrauchen Sie Ihre Augen.«

Am Boden vor der Hintertür fanden sich weitere Spuren, vier davon mit langen geraden Kanten, die sich überlappten. »Zeitungspapier«, sagte ich. »Hab ich als Kind selber so gemacht. Man schiebt es unter der Tür durch, drückt mit einem Stück Draht den Schlüssel raus, damit er auf die Zeitung fällt, und zieht sie zurück.«

Sidney Grice rieb sich die Hände. »Bei Ihrer Geschwindigkeit werde ich Ihnen zum Jahresende das Geschäft übergeben und mich auf mein Anwesen in Dorset zurückziehen. Und als Nächstes?«

»Er hockte sich auf die Kiste. Dann schlich er …«

»Woher wissen Sie, dass er schlich?« Seine Hand strich über einen Fleck an der Wand.

»Schuhabdrücke eng beieinander und sehr ausgeprägt – kleine, bedachte Schritte.«

»Was dann?«

»Er linste durch ein Astloch in den Laden, schob sein Blasrohr durch das andere Loch und schoss auf Mr Gallop. Entweder wollte er niemanden außer Mr Gallop töten, oder Ihr Beisein schreckte ihn auf, und er floh in Panik.«

Mein Vormund blies die Lampe aus, und wir kehrten in den Laden zurück, wo Warrington Tusker Gallop noch immer mit schiefem Kopf auf seinem Stuhl saß. Sidney Grice versuchte, den Kopf des Toten zu drehen, und drückte seine Schultern nach unten, und Mr Gallop kippte zurück. »Die Rückgratverkrümmung war keinesfalls vorgegaukelt«, sagte er. »Somit kann er die anderen Morde weder selbst begangen noch nennenswerte Beihilfe geleistet haben.« Er schob die Laterne in ein Asbestfutteral, damit sie seinen Ranzen nicht ansengte, und zog dem Toten mit einer Pinzette den Pfeil aus der schlaffen Hand. »Der ist nicht vom Amazonas. Er wurde mit einem Rasiermesser geschärft und mit den Federn einer männlichen *Turdus philomelos* oder Singdrossel befiedert. Wie ist er gestorben?«

Die Augen standen noch offen und hafteten auf mir. »Beinahe sofort, schmerzlos, abgesehen von der eigentlichen Verwundung und frei von Atemnot oder Krämpfen.«

Er schnalzte mit der Zunge. »Die Eingeborenen, denen ich begegnete, verwenden Curare, das zum Erstickungstod führt. Wäre es hier eingesetzt worden, hätte sein Tod dem Horatio Greens geähnelt.« Er ging in die Hocke und trommelte mit einem Finger auf den Boden. »Blut«, stellte er fest.

»Mr Gallop hat ja auch ziemlich stark geblutet, als er den Pfeil herauszog.«

»Beschreiben Sie die Blutung.« Er musterte die Dielen durch seinen Zwicker.

»Erst kam ein Schwall, dann floss es gleichmäßig. Also wurde keine Schlagader getroffen.«

»Da sind Blutströpfchen.« Er schnellte in die Höhe und sah von einer Seite zur anderen. »Wo kommen die her?«

»Na, gewiss von Mr Gallop.«

»Unsinn.« Er wischte sich den Finger an einem Tuch ab. »Ich habe Ihnen eben gesagt, Sie sollen auf Muster achten. Die Tröpfchen bilden einen flachen Kegel mit der Basis nahe Gallops Füßen und der Spitze vor der Tür zum Lagerraum.«

»Dann hat der Mörder Blut durch sein Rohr gepustet«, sagte ich. »Vielleicht hatte er eine offene Wunde im Mund oder ein schweres Lungenleiden wie Schwindsucht.«

»Vielleicht«, räumte mein Vormund ein. Er sammelte eine Kanne auf, die bei seinem Hechtsprung über die Theke in Stücke gegangen war, und hielt seine Nase hinein. »Kommen Sie«, sagte Mr G. »Ich werde dem unnachahmlichen Inspektor Quigley eine Nachricht schicken.« Er hielt auf der Schwelle inne. »Ich hatte eben einen wichtigen Gedanken.«

»Über den Mörder?«

»Himmel auch, nein. Aber mir will scheinen«, er kniff sich in sein Kinngrübchen, »dass etwas Schnupftabak, eine Mentholmischung womöglich, zur Befreiung meiner Atemwege beitragen und meinen bemerkenswerten Geruchssinn vollends wiederherstellen könnte.« Er trat nach draußen. »Wobei ich mir jetzt natürlich einen anderen Lieferanten suchen muss.«

»Wie unliebsam auch.« Die Glocke schepperte kraftlos, als ich die Tür schloss.

Auf der Straße herrschte kein Mangel an Droschken. Als wir eine erklommen, drang matter Sonnenschein durch die Wolken und die verpestete Luft.

»Ich hatte einen Besuch bei Lady Foskett erwogen«, sagte er, »aber zu dieser Stunde wird sie mich niemals empfangen.«

Unser Pferd machte einen lebhaften Eindruck, ein rotes Federbüschel wippte fröhlich auf seinem Kopf.

»Möchten Sie wissen, wie es mit Inspektor Pound vorangeht?«

»Nicht unbedingt.«

Ein Bündel leerer Säcke fiel vom Wagen vor uns, wir holperten darüber hinweg, und schon stürzte sich ein Haufen Kinder darauf.

»Heute früh hab ich Dr. Berry getroffen.«

»Ach, wirklich?« Er zurrte einen Riemen an seinem Ranzen fest.

»Sie schlug vor, uns heute Abend aufzusuchen.«

360

»Ich werde wohl außer Haus sein.« Er polierte mit dem Handschuh seinen Gehstockknauf. »Ich muss mir eine zweite Flasche anfertigen lassen. Sonst muss ich auf Rückfahrten grundsätzlich auf meinen Tee verzichten.«

Doch einen Augenblick später pfiff er etwas durch die Zähne, was als Beethovens Fünfte gemeint sein mochte, aber ebenso rein gar nichts sein konnte.

59

GUMMISTIEFEL UND KÜSSE

Als Dr. Berry hereinkam, war sie klatschnass.
»Ich dachte, ich könnte vom Krankenhaus herlaufen, doch Zeus hat wohl mit einem riesigen Kübel Wasser hinter einer Wolke auf mich gewartet.« Sie wand sich aus ihrem triefenden Cape und reichte es Molly. »Sie haben einen recht kindischen Humor, diese griechischen Götter.«

»Wie die meisten Männer«, gab ich zurück.

»Mr Grice ausgenommen.« Molly hängte das Cape an den Garderobenständer, und auf dem Fliesenboden bildete sich sofort eine Pfütze. »Er ist zu schlau, um überhaupt einen Sinn für Humor zu haben.«

»Ich fürchte, er ist gerade nicht zu Hause, sollte aber bald zurück sein.« Ich führte Dr. Berry ins Studierzimmer, bot ihr meinen Sessel an und zog mir selbst einen Stuhl vom Tisch herbei.

»Wieso nehmen Sie nicht den anderen Sessel?«

»Der gehört Mr G.«

Sie legte die Stirn in Falten. »Es ist bestimmt nicht einfach, mit ihm zu leben.«

»Er hat seine Marotten, aber ich gewöhne mich allmählich daran. Haben Sie nach Inspektor Pound gesehen?«

In ihrer schwarzen Jacke und der weißen Bluse machte sie einen geschäftsmäßigen Eindruck.

»Seine Genesung scheint gut voranzugehen. Ich habe ihm ein Tonikum gebraut.« Sie zog ein braunes Fläschchen hervor, das zu zwei Dritteln mit einer Flüssigkeit gefüllt war. »Aber erzählen Sie bitte niemandem davon. Wir Ärzte können äußerst besitzergreifend sein, und wenn Mr Sweeney herausfände, dass ich mich eingemischt habe … nun ja, ich bin dort ohnehin nur geduldet.« Sie blickte mich an. »Sie wirken aufgewühlt, March.«

»Wir sind heute erneut Zeuge eines Mordes geworden.« Ich berichtete ihr von Warrington Gallops Tod. »Jetzt sind nur noch zwei Mitglieder übrig.«

»Ach, du meine Güte.« Dr. Berry fuhr sich durchs Haar. »Ich mache mir ernstlich Sorgen um Sie, March. Das ist kein Beruf für ein junges Mädchen.«

»Ich bin nicht so jung, wie ich scheine, Dr. Berry.«

»Nennen Sie mich Dorna, und seien Sie mir bitte nicht böse.«

Ich verrückte meinen Stuhl, sodass ich ihr direkt gegenübersaß. »Gerade Sie sollten mich verstehen. Sie müssen ähnliche Gräuel gesehen haben wie ich, und ich glaube, dass ich durch mein Studium der Kriminalwissenschaften beitragen kann, Leben zu retten – so wie Sie als Arzt. Natürlich wäre es mir lieber, wenn niemand ermordet würde, wie auch Sie es gewiss lieber sähen, wenn Ihre Patienten nicht in Fabriken verstümmelt oder von Krankheiten dahingerafft würden.«

»Aber Sie bringen sich in solche Gefahr.« Sie hielt sich die Hand vor die Augen.

»Ach, Dorna, was haben Sie denn?«

»Oh, March, mir ist so leer zumute.« Sie zog ein Taschentuch aus ihrer Handtasche. »Als Sie mich zum ersten Mal besuchten, hielt ich Sidney Grice für einen der unangenehmsten Männer, die mir je begegnet sind. Und ich habe in meinem Ringen um Anerkennung schon mit einigen unangenehmen Männern zu tun gehabt.«

»Und was ist passiert?«

Sie entfaltete ihr Taschentuch. »Als wir uns besser kennenlernten, offenbarte sich mir eine andere Seite.« Sie schnäuzte sich. »Und ich fühlte mich mehr und mehr ... zu ihm hingezogen.«

»Aber Dorna, das ist doch großartig.«

»Nein, March. Das ist es nicht.«

»Er hat fraglos eine ausgezeichnete Meinung von Ihnen. Sie hätten sehen sollen, wie ihn diese Zeitungsmeldungen aus der Fassung gebracht haben.« Ich blickte zu Boden, und Dorna ergriff meine Hand.

»Ich verehre Sidney zutiefst, March. Er ist der wohl klügste Mensch, den ich je getroffen habe. Auf einigen Gebieten der Medizin ist er gar bewanderter als ich, und ich mag ihn ausgesprochen gern. Doch Sidney liebt nur drei Dinge im Leben: Seine Arbeit ...«

»Das können Sie ihm nicht verübeln.«

»Ich verüble ihm überhaupt nichts.«

»Und zweitens?«

Sie knüllte ihr Taschentuch zusammen. »Er würde mich nie so lieben können, wie er seine Vergangenheit liebt.«

»Das verstehe ich nicht.«

Dr. Berry stand auf. »Es gibt Dinge, die Sie wissen sollten, March, aber es ist nicht an mir, sie Ihnen zu erzählen.«

Ich erhob mich ebenfalls. Sie reichte mir die Hand und streichelte mir über die Wange.

»Was ist denn so Schreckliches geschehen, dass man es mir nicht sagen kann?«

Sie legte zwei Finger an die Lippen. »Oh, meine liebe, süße March. Sie haben so ein gutes Herz. Es ist nicht allein Sidney, den ich liebgewonnen habe.« Sie strich mir mit der Linken durchs Haar. »Sind Sie je geküsst worden?«

»Ja, gewiss.«

»Ich meine einen echten Kuss, lang und zärtlich, wie dieser?«

»Seit einer Ewigkeit nicht mehr«, sagte ich und erwiderte ihren Kuss.

*Vergib mir, Edward, aber einen Wimpernschlag lang, als ich
die Augen schloss, glaubte ich fast, dass du es warst, den
man mir heil, schön und lebendig wiedergegeben hatte und
ich von all dem Leid, dem Schrecken und meiner Schuld
erlöst wäre.*

Ich öffnete die Augen.

»Oh, March.« Ihr Gesicht war errötet. »Fassen Sie mich an.«

»Ich weiß nicht, ob ...« Sie ließ ihre Fingerspitzen sanft über
meine Lippen gleiten, ergriff mit ihrer Linken meine rechte
Hand und presste sie sich an die Brust.

»Spüren Sie, wie schnell mein Herz schlägt, nur für Sie?«

Ich fühlte den Baumwollstoff und darunter einen Anhänger
und ihren Pulsschlag. Ihr heißer Atem streifte meine Wange.

»Jemand könnte hereinkommen.«

Dorna seufzte auf, wich zögerlich zurück und drückte ihre
Finger fest in die Augenwinkel.

»Ich bin gekommen, um Ihnen mitzuteilen, dass ich vielleicht fortgehe, March. In Edinburgh hat man mir eine feste
Stelle angeboten, und eine solche Chance wird sich mir kaum
noch einmal bieten.«

»Und wann werden Sie abreisen?«

»Ende des Monats, falls ich zusagen sollte. Wir werden uns
womöglich nicht wiedersehen, March.«

Mir schauderte. »Die letzte Frau, die mir auf diese Art Lebewohl gesagt hat, war eine Mörderin.«

Sie nahm mein Kinn in die Hand, hob es an und blickte mir
in die Augen. »Sorgen Sie dafür, dass Inspektor Pound seine
Medizin bekommt.«

»Was war die dritte Sache, die Mr G liebt?«, hakte ich nach,
und ihre Hand sank herab.

»Sie natürlich.«

Ich lächelte bedrückt. »Er duldet mich höchstens.« Sie
steckte mir eine störrische Haarsträhne hinters Ohr.

»Er hält so große Stücke auf Sie, befürchtet aber, Sie könnten sich etwas darauf einbilden. Er liebt Sie mehr als jeden anderen Menschen auf der Welt.«

Sie klappte ihre Tasche zu. »Wären Sie so nett und würden Ihrem Vormund von meinen Plänen erzählen?«

»Aber Sie werden doch gewiss kurz warten können, um es ihm selbst zu sagen.«

»Mir was sagen?« Ich fuhr herum und sah meinen Vormund. »Guten Abend, Dr. Berry. Ich hoffe, es geht Ihnen gut.«

Dorna Berry errötete. »Ach, ich habe Sie gar nicht gehört.«

»Es lag mir fern, Sie zu erschrecken, aber Molly hatte die Haustür schon geöffnet, um sie zu putzen, und ich war dabei, meine neuen Stiefel auszuprobieren.« Ich blickte an ihm hinab und sah, dass er zwei klobige schwarze Klumpen an den Füßen trug. »Sie sind aus Gummi«, sagte er, »was bedeutet, dass für die Herstellung kein einziges Rind geschlachtet oder gehäutet werden musste. Obendrein sind sie vollkommen wasserdicht und, wie ich soeben demonstriert habe, viel leiser als die aus Nägeln und Leder zusammengeschusterten Ungetüme, in denen man für gewöhnlich umherstapft.«

»Entschuldigen Sie mich bitte.« Ich drängte mich an den beiden vorbei und stob die Treppe hinauf. Ich brauchte einen Gin.

Sie würde nie deinen Platz einnehmen – wieso sollte ich das zulassen, und wie in Gottes Namen könnte sie das überhaupt – doch ich war so hungrig nach Liebe. Sie ist so selten in dieser Welt, dass ich für einen Augenblick dachte, ich hätte sie erhascht.

Ich rauchte eine Zigarette am Fenster. Es war meine letzte. Der Tabakhändler würde bald schließen, aber ich traute mich nicht hinunter. Ich wollte ihr nicht begegnen und fürchtete mich davor, ihn zu sehen. Er hätte wie ein Mensch wirken können.

60

RÄTSEL UND RACKER

Die Nacht war klamm, aber Sidney Grice fror nur selten.
Wir saßen zu beiden Seiten des kalten Kamins.

»Mein Vater sagte immer, ein Sack Kohle hält einen das
ganze Jahr lang warm«, sinnierte er. »Sobald es einen fröstelt,
geht man ihn aus dem Keller holen, und hat man ihn erst mal
die Treppe hochgezerrt, ist einem warm genug, um ihn wieder
runterzubringen.«

»Warum sprechen Sie von Ihrem Vater in der Vergangenheits-
form?«

Mein Vormund rieb sich die Schulter. »Ich habe seit neun
Jahren und drei Wochen kein Wort mehr mit ihm gewechselt.«

Ich legte mir einen Schal um. »Aber warum bloß?«

»Wir sind einander nicht wert.« Er verschränkte die Arme.
»Sie haben Dr. Berry gebeten, mir etwas zu sagen, als ich ins
Zimmer kam. Was war es?«

»Sie hat Ihnen nichts gesagt?«

»Nichts von Bedeutung.«

»Sie hatte Neuigkeiten, aber es ist nicht an mir, darüber zu
sprechen.« Ich zog den Schal enger um mich. »Ich habe über
diese Botschaften nachgedacht.«

»Und zu welchem Schluss sind Sie gelangt?«

»Es ist vielleicht gar nichts …«

»Das ist so gut wie sicher.« Er zupfte sich ein Staubkorn vom Aufschlag.

»Mir fiel auf, dass sich beide Schreiben wie Worträtsel lesen.«

»Wie das?« Ein Rußplacken fiel herunter und zerplatzte auf der Feuerstelle.

»Tja, ich kann mich nicht mehr genau an den Wortlaut erinnern ...«

»Ich habe sie hier.« Wir gingen an seinen Schreibtisch, wo das gefaltete Telegramm in McHugs *Sprengvorrichtungen, ihr Aufbau, ihre Tarnung nebst mannigfaltigen Mitteln ihrer Auffindung und anschließenden Entschärfung* einlag. »Es ist zweifellos ein Code, den ich mich bislang außerstande sehe zu knacken.«

Er breitete das Papier aus.

MR GRICE ES FEHLEN IHNEN WICHTIGE NEUIG-
KEITEN KOMMEN LIEBER FABRIK EXAKT DREI
BEI MIR ERHALTEN ANWEISUNG NUR GEWISS IN
NAECHSTER SENDUNG HEUTIGEN TAGES UNVER-
ZUEGLICH IST DIE NACHRICHT AUFZUMACHEN
IHR SCHLUESSEL HEUTIGER NACHRICHT RAN-
GEFUEGT LINKER EINGANG VERSCHLOSSEN RECH-
TER AUCH HABE SICHER ABGESCHLOSSEN NUR
NICHT FEST DRUECKEN SIE ALSO BEFUGT LEICHT
AUFZUMACHEN SIE MUESSEN OEFFNEN ICH
BITTE SIE INSTRUKTION MEINERSEITS NICHT ZU
IGNORIEREN KEINE CHIMÄRE SCHLUESSEL
HUNDERTPROZENTIG MITBRINGEN VERLASSE
MICH ERGEBENST AUF REDLICHKEIT IHRERSEITS
LIEBER SICHER OEFFNEN SONST RISKANT PRO-
METHEUS ERLAUCHTER PIGETTY NATURALIEN-
FABRIKANT

»Früher haben wir uns Briefe geschrieben, in denen der erste Buchstabe jedes Worts andere Wörter ergab.«

Er brummte und begann, kleine Druckbuchstaben zu schreiben, die ich kaum lesen konnte.

MGEFIWNKLFEDBMEANGINSHTUIDNAISHNRLEV
RAHSANNFDSABLASMOIBSIMNZIKCSHMVMEARIL
SOSRPEPN

»Das scheint wenig Sinn zu ergeben.«

»Wenn wir es nun umkehren?«, schlug ich vor. »NPEPR ... Nein, so geht es nicht. Manchmal haben wir den Buchstaben davor oder dahinter im Alphabet benutzt.«

»Es könnte auch zwei oder drei Buchstaben vor oder zurück sein.« Er probierte ein paar Kombinationen aus, während ich mir erneut die erste Buchstabenreihe ansah, und da sprang es mir jäh ins Auge.

»MEIN LEBEN«, sagte ich, und er schaute darauf.

»Natürlich. Was sind Sie nur für ein Dummerchen gewesen. Es geht um den ersten Buchstaben jedes zweiten Worts.« Er schrieb alle nieder.

Mein Leben ist in Ihrer Hand, also bin ich verloren.

»Und in dem Begleitbrief zum Schlüssel stand doch ...« Er hatte den Brief in einer Ausgabe des Anzeigenblatts *Exchange and Mart* verwahrt. Die Mitteilung, dass der Schlüssel zur Außentür passe und zum Öffnen gegen den Uhrzeigersinn zu drehen sei. Sidney Grice runzelte kurz die Stirn und schrieb die Druckbuchstaben HSGDA ab.

»Nein, das führt zu nichts.«

»Versuchen Sie es mal mit dem zweiten Wort als Anfang.«

»Wollte ich gerade.« Darauf schrieb er ZUSPÄT. »Die spielen mit mir, March. Glauben Sie immer noch, ich bildete mir das alles ein?«

Wir setzten uns wieder in unsere Sessel.

»Mehr steckt nicht dahinter«, fragte ich, »als ein Spiel?«

Mein Vormund schloss die Augen und ließ zwei Halfpence in seiner Linken umherklacken, indes die Rechte seine Stirn knetete. Ich sah ihm zwanzig Minuten lang zu, während mir der Kopf schwirrte auf der Suche nach einer Lösung. Dann, ohne die Augen zu öffnen, schleuderte er die Münzen in die Luft, fing sie auf und verkündete: »Heute früh habe ich um eine weitere Unterredung mit Baronin Foskett nachgesucht, aber sie will mich nicht empfangen.«

»Mir scheint, sie sieht sich nicht in Gefahr«, sagte ich.

»Wer«, mein Vormund schlug die Augen auf, »ist durch wen in Gefahr?«

Wir hörten ein dumpfes Geräusch, drehten uns danach um und sahen Pferdedung am Fenster kleben. »Zudringliches Pack.« Er blinzelte, Blut trat aus seiner Augenhöhle. »Für so was wäre eine zehnschwänzige Katze noch zu gut.«

61

SCHOTTISCHE KÖNIGE
UND BELOHNUNGEN

Sidney Grice legte stets Wert auf elegante Garderobe. An diesem Abend hatte er sich selbst übertroffen: Er trug einen vornehmen Frack mit weißer Fliege und darüber einen langen, mit roter Seide gefütterten Umhang.

»Gehen Sie in die Oper?«, fragte ich, und seine Miene verfinsterte sich.

»Fast so schlimm.« Er wählte einen Gehstock. »Dorna hat mich ins Theater eingeladen, irgend so ein Shakespeare-Unfug, und die Karten bereits erworben, sodass ich keine Möglichkeit sah, mich herauszuwinden. Sie wissen ja, wie ungern ich die Gefühle anderer verletze.«

»Eher würden Sie sich umbringen«, fügte ich hinzu.

»Und die Welt meiner Genialität berauben? Niemals.« Er tauschte den Stock gegen einen anderen.

»Welches Stuck sehen Sie sich an?«

Er trat vor den Spiegel und zupfte seine Fliege zurecht.

»*Hamlet* oder etwas ähnlich Einschläferndes – *Macbeth*, glaube ich.«

»Da fällt mir ein, ich habe über dieses Zitat nachgedacht …«

»Gewiss, gewiss«, brummte er abwesend und strich den Felbel seines Zylinders glatt. »Ihren Ansichten über keltische Königsmörder, die unter der Fuchtel ihrer Gattinnen stehen, können wir uns gerne widmen, wenn es uns auf eine einsame Insel verschlägt und uns alle anderen Gesprächsthemen ausgegangen sind. Wo ist meine Droschke? Ich werde sogar noch später kommen, als ich gehofft hatte.«

»Ja, aber apropos *Hamlet*, als ...«

»*Macbeth*, March. Passen Sie doch auf!« Es klopfte vier Mal durchdringend an der Tür, und Sidney Grice öffnete. »Na, endlich.«

Auf der Treppe stand ein Kutscher in zu kurzer Wolljacke und mit abgewetztem Bowler auf dem Kopf. Er hob einen Arm vor die Augen. »Mensch, Mr Grice, da hammse mich ja fast geblendet. Fahr'n wohl los, um die Königin zu verhaften, wie?«

»Ich weiß ja nicht, wo *Sie* hinfahren«, entgegnete mein Vormund, »*ich* fahre zur Ermordung eines schottischen Königs.«

»Potz Blitz! Können Sie das nicht verhindern?«

Mein Vormund schnaubte. »Da bin ich wohl zweihundertsechsundsiebzig Jahre zu spät.«

»So spät bin ich gar nicht dran«, protestierte der Kutscher. »Ach, und ich soll Sie fragen, ob die Belohnung noch steht.«

»Bis auf weiteres, ja.«

»Woran sollen wir die andere erkennen?«

»Sie hat ein großes braunes Muttermal auf der linken Gesichtshälfte.«

»Das hat mein Windhund auch«, knurrte der Fahrer und stiefelte zu seinem Hansom.

»Bleiben Sie meinetwegen nicht auf.« Sidney Grice stieg die Stufen hinab. »Ich werde zu niedergeschlagen sein, um mich zu unterhalten.«

»Sie hat falsch zitiert«, rief ich ihm hinterher. Er wandte sich um.

»Wer hat was falsch zitiert?«

»Die Baronin. Sie sagte ›Wie schal, ekel und flach und unersprießlich scheint mir das ganze Treiben dieser Welt!‹, zitierte ich. Es hätte heißen müssen: ›Wie ekel, schal und flach *et cetera*.‹ Wahrscheinlich hat es nichts zu bedeuten.«

372

Ich sah, wie seine Wange zuckte. »Ist Ihnen das schon bei unserem ersten Besuch aufgefallen?«

»Nun, aufgefallen schon, aber es schien mir nicht wichtig.«

»Nicht wichtig?« Der Wind erfasste seinen Umhang und wickelte ihn um seine Beine. »Jeder Hinweis ist wichtig.«

»Ich wusste nicht einmal, dass es ein Hinweis war.«

»Herrgott noch mal!«, murrte der Kutscher auf seinem Bock.

»Natürlich wussten Sie das nicht.« Sidney Grice mühte sich verzweifelt, seine Beine zu befreien und gleichzeitig den Zylinder festzuhalten. »Deshalb werden Sie es nie zur Ermittlerin bringen.«

Ich trat zwei Schritte zurück und knallte die Tür zu, so fest ich konnte.

»Mach ich auch immer«, sagte Molly, die hochgerannt war, um zu sehen, was vor sich ging. »Wenn Sie beide fort sind und Klienten vor der Tür stehen. *Hörnse bloß auf, ihn verzubelästigen*, sag ich immer. *Er hat jetzt schon zu viel Kummer, um den er sich den Kopf zerbrechen muss.*«

»Erzähl das lieber nicht Mr Grice.« Molly rümpfte nur die Nase, während sie darüber nachdachte.

»Den Rat werd ich annehmen«, beschloss sie schließlich und stolperte wieder die Kellerstufen hinab.

Ich hastete hinauf, um Spirit ins Studierzimmer zu holen. Wir spielten mit den Fransen eines Kissens, bis sie müde wurde und einschlief. Dann versuchte ich, Jane Austen zu lesen, doch alles drehte sich nur um dümmlich lächelnde Mädchen, deren einziges Lebensziel darin bestand, zu heiraten. Das Nächste, woran ich mich erinnere, ist, dass Sidney Grice mich an der Schulter rüttelte.

»Sind Sie wach?«

»So gut wie.« Mein erster Gedanke war, Spirit zu verbergen, doch sie stand bereits auf den Hinterbeinen, eifrig bemüht, den Saum seines Umhangs zu erhaschen. Zu meinem Erstaunen schenkte er ihr keinerlei Beachtung.

»Sie sollten nicht im Sitzen schlafen. Es hemmt die Blutversorgung des Gehirns.«

Er legte seinen Hut auf den Tisch.

»Es tut mir leid, dass ich das fehlerhafte Zitat der Baronin nicht schon früher erwähnt habe«, sagte ich, doch er pfiff nur vor sich hin.

»Vielleicht hat es nichts zu bedeuteten.« Mein Vormund knöpfte seinen Umhang auf. »Vielleicht hat es eine ganze Menge zu bedeuten. Wie auch immer, ich werde es herausfinden.«

»Glauben Sie, sie wollte uns damit etwas mitteilen?«

Er schnaufte. »Ich bin mir nicht einmal sicher, ob sie noch zurechnungsfähig ist.«

»Und wie war das Stück?«

»Unsäglich ermüdend«, stöhnte er. »Immerhin haben wir den Anfang verpasst, weil Dorna ihren Handschuh nicht finden konnte.«

»*Macbeth* ist noch eins der kürzeren Stücke. *Hamlet* ist viel länger, wenngleich Sie den Mordfall womöglich etwas ...«

Mr G sah mich scharf an. »Etwas was?«

»... origineller gefunden hätten«, wisperte ich.

»Würden Sie vielleicht die Güte besitzen, mir zu sagen, was Sie da faseln.«

»Mein Gott«, stieß ich hervor. »Wie konnte ich nur so dumm sein?«

»Sie sprechen mir aus der Seele.«

»Wissen Sie, wie Hamlets Vater ermordet wurde?«

»Ich wurde in diesem Fall nicht konsultiert, aber ich vermute, Sie werden es mir gleich sagen.«

»Mit Gift«, sagte ich, »im Ohr.«

Seine Züge verhärteten sich. »Und das wussten Sie?«

»Natürlich wusste ich das.«

Er legte seinen Schal ab. »Und haben es mir nicht erzählt?«

»Sie können es doch nicht leiden, wenn ich über Gedichte oder Theaterstücke spreche. Obendrein ist es womöglich ...«

Sidney Grice warf Umhang und Schal über die Sessellehne, woraufhin Spirit unter den Schreibtisch huschte. »Woran krankte Green denn sonst noch – außer an Unausstehlichkeit und Zahnweh?«

»Ohrenschmerzen.« Ich richtete mich auf. »Glauben Sie denn im Ernst, irgendjemand könnte ihm Blausäure ins Ohr geträufelt haben?«

»Nein.« Sidney Grice sah Spirit gedankenverloren an, als sie mit einem Papierknäuel zwischen den Pfötchen unter dem Schreibtisch hervorrollte. »Ich glaube, *Mr Green* hat Blausäure in Mr Greens Ohr geträufelt. Erinnern Sie sich an den Pfarrer mit demselben Leiden, dem er seine Medizin empfohlen hat? Und die Burschen, die seinen Laden stürmten? Der einzige Grund, wieso ein Gossenbengel einen Laden verwüsten würde, ohne das Geringste zu stehlen, ist der, dass er auf strikte Anweisung handelt und bereits dafür entlohnt worden ist. Der Mörder wollte nicht riskieren, dass einer von ihnen mit Diebesgut ertappt würde. Ein Handlanger wird stets mit dem Finger auf seinen Herrn deuten.«

»Apropos Finger«, sagte ich. »Was ist mit Ihrem passiert?«

Auf seinem rechten Zeigefinger prangte eine weißgeränderte Beule. Er betrachtete den Finger, als wunderte er sich selbst darüber. »Ach, das. Ich habe mich verbrannt. Wo war ich stehengeblieben? Oh, ja. Was könnte leichter sein, als in all dem Durcheinander eine vergiftete Kapsel in seine Pillendose zu schmuggeln?«

»Aber wie sollte irgendjemand wissen, welche davon er tags darauf schlucken würde?«

»Nichts einfacher als das. Die Kapseln bestehen aus weichem Wachs. Man muss sie nur leicht zusammendrücken, sodass sie aneinanderkleben, und die vergiftete obenauf legen.« Er läutete nach Tee. »Nach einem Schlummertrunk mit Dr. Berry habe ich bei der Pfarrei von Sankt Agatha vorbeigeschaut.«

»Ich möchte wetten, man war hocherfreut über Ihren Besuch. Es ist weit nach Mitternacht.«

»Nun, da müssten Sie Ihrem Einsatz aber Lebewohl sagen.«
Er setzte sich auf die Armlehne seines Sessels. »Man war zutiefst verdrossen und drohte mir mit dem Jüngsten Gericht. Allerdings, und das ist das Wichtigere, konnte man mir glaubhaft
versichern, dass dort kein Reverend Golding wohne und auch
nie gewohnt habe.«

Ich dachte einen Moment darüber nach. »Aber angenommen,
es wäre tatsächlich Blausäure aus einer Kapsel in Mr Greens
Ohr getropft, dann hätte er doch furchtbare Schmerzen gelitten.«

»Diesen Punkt werde ich, wenngleich weitaus wortgewand-
ter, mit Dorna erörtern müssen. Es ist anzunehmen, dass Horatio Green sein Ohr seit Jahren mit Nelkenöl behandelt, und
es das war, was Sie gerochen haben und nicht etwa die Folgen
seiner Zahnbehandlung.«

»Ich habe auch das Lachgas gerochen«, erwiderte ich, bis-
siger als beabsichtigt. Obwohl ich wusste, wie kindisch es
war, missfiel mir die Vorstellung, dass er unseren Fall mit
einer anderen Frau besprach. Scheinbar ungerührt fuhr er fort.
»In welchem Falle das Öl schon vor langer Zeit die meisten
Nervenenden des Ohres und der Eustachischen Röhre verätzt
haben muss. Zudem wird er sich vor seinem Besuch bei unserem verstorbenen und kaum betrauerten Silas Braithwaite zur
Linderung seiner Zahnarztangst wie auch seiner Schmerzen
wohl Laudanum verabreicht haben. Obendrein lassen manche Zahnärzte ihre Patienten wegen deren analgetischer Wirkung mit Kokainlösung gurgeln, sodass er kaum etwas gespürt
haben wird, bis das Gift in seine Kehle gelangt und ihm die
Speiseröhre hinabgeronnen war.« Er setzte sich in seinen Sessel, direkt auf seinen Schal. »Ich bin mir noch immer nicht
sicher, ob der Mörder gewusst haben kann, dass die Kapsel sich
während seines hiesigen Besuchs auflösen würde, oder ob es
sich um reinen Zufall handelte«, sinnierte er, derweil Spirit
ungeachtet meiner Warnzeichen wie wild neben ihm herum-
sprang.

Ich ließ meine Finger knacken, und er verzog das Gesicht. »Als Sie Mr Green geboten, mit dem Gewäsch aufzuhören«, erinnerte ich mich, »wollte er Ihnen, wie ich glaube, gerade erzählen, dass er die Kapseln nach dem Frühstück genommen hatte, um …«

Er kitzelte Spirit am Ohr. »Die erste Tasse Tee, die er danach zu sich nahm, würde heiß genug sein, um das Wachs zum Schmelzen zu bringen.« Er holte seine Taschenuhr heraus und ließ sie an der Kette hin und her baumeln, sodass Spirit damit spielen konnte. »Und, erstaunlich genug, der Tee an jenem Morgen war tatsächlich dampfend heiß.«

»Hätten Sie ihn also nicht unterbrochen …«

»Welch ein entzückendes Geschöpf«, fiel Mr G mir ins Wort und ließ den Anflug eines Lächelns erkennen. »Schaffen Sie es aus dem Haus.«

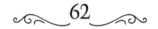

HENGSTE, STÖCKE
UND BELEGTE BROTE

Ich ging auf mein Zimmer, legte mich aufs Bett, sah hoch zum Spinnennetz aus Rissen rings um einen alten Leuchtenhaken und war viel zu müde, um an Schlaf auch nur zu denken.

Du saßt auf einem schwarzen Hengst. Er bäumte sich auf, und ich fürchtete, er würde dich abwerfen oder mir mit seinen Eisenhufen den Schädel einschlagen, du aber hast bloß gelacht, hast das Tier beruhigt und mich hochgehoben, als wöge ich nichts, um mich hinter dich auf den Sattel zu setzen, und ich schlang die Arme um deine Taille und schmiegte das Gesicht an deinen breiten Rücken. Ich fühlte deinen Degengriff an meinem Schenkel und die feuchte Wolle deines Waffenrocks an meiner Wange, und riechen konnte ich sie auch – wie frisch gemähtes Gras. Der Hengst bäumte sich wieder auf, aber jetzt war ich in Sicherheit. Du würdest mich nie fallen lassen. Doch selbst in meiner Glückseligkeit wusste ich, dass ich dich verraten würde und du dich mir in gesichtslosem Entsetzen zuwenden würdest und der Alptraum wieder von vorn begänne. Ich rief etwas.

»Edward!«

Molly schüttelte meinen Fuß und sagte: »Aufwachen, Miss, sonst geht Seine Gnaden ohne Sie.«

Ich streckte mich. »Geht?«

»Ohne Sie.«

Ich zwang meine Lider, sich zu öffnen. »Geht wohin?«

»Baronin Fostick.«

Ich setzte mich auf. »Gib mir fünf Minuten, und lass ihn ja nicht ohne mich gehen. Halt ihn zur Not bei den Knöcheln fest.«

Molly sah mich fragend an. »Bin mir nicht sicher, ob er das gern hätte, Miss.«

Ich stieg aus dem Bett. »Sag ihm einfach, dass ich komme.«

Sidney Grice holte mit der Kurbel die Flagge ein, und Molly eilte mit seiner Teeflasche durch die Diele, als ich die Treppe hinunterlief. Er sah zu mir empor. »March.« Er hatte sein Auge wieder eingesetzt, und seine Züge wirkten geglättet. »Ich dachte schon, Sie würden den ganzen Tag im Bett zubringen.«

»Wie spät ist es?« Ich warf einen Blick auf die Uhr, als ich die unterste Stufe erreichte. »Aber es ist ja kaum sieben.«

Er zog seine Taschenuhr hervor. »Sechs Uhr achtundvierzig und fünfzehn Sekunden.«

»Haben Sie gefrühstückt?«

»Ich habe mich mit Toast und Pflaumensaft beschieden und einer Kanne sehr guten Tees. Für ein Ei war leider keine Zeit.«

Ich griff nach meinem Mantel. »Aber ich habe nichts gehabt.«

»Sie sind selber schuld, wenn Sie unbedingt Ihr Leben verschlummern müssen.« Er nahm sich einen Gehstock und schwang ihn mit dem Griff nach unten, wie um einen Golfschlag zu üben.

»Ich hatte nicht mal drei Stunden Schlaf.«

»Drei Stunden!« Molly schlug die Hände über dem Kopf zusammen. »Welche Luxusierung. Mich hat er die halbe Nacht auf Trab gehalten, um Tee zu kochen und Brote zu schmieren.«

Sidney Grice summte unmelodisch vor sich hin, während er die Arme in seinen Ulster schob.

»Aber wir frühstücken sonst immer um acht.« Ich griff nach meinem Umhang und schüttelte mich wach. »Ist etwas geschehen?«

»Um sechs kam es zu einer möglichen Sichtung.« Er wählte eine Melone aus.

»Primrose McKay?« Ich hakte die Kragenspange ein. Er nickte.

»Der Kutscher war sich nicht sicher, meinte aber, sie sei von Richmond aus nach Norden unterwegs.«

»Denken Sie, ihr Ziel könnte Kew sein?«

»Was ich denke, ist unerheblich. Was geschehen könnte, ist von Belang.« Er machte eine grimmige Miene. »Mutmaßlich nimmt die Baronin meinen telegrafierten Bericht ernst. Sie ist einverstanden, uns umgehend zu empfangen.«

Es klopfte heftig an der Tür, und Molly öffnete sie einem beleibten Kutscher mit scheckigem Gesicht in einem langen Kutschermantel. »Wollten Sie diesen Hansom heute oder nächstes Jahr?«

»Das ist eine äußerst alberne Frage, falls Sie darüber nachdenken wollen, was ich nicht tue«, teilte ihm mein Vormund mit. »Wenn Sie dann so weit wären, Miss Middleton ...« Er ließ die Flasche in seinen Ranzen gleiten. »Ihren lukullischen Ausschweifungen können Sie nach unserer Rückkunft frönen. Einstweilen müssen wir einen Mörder fangen.«

*

Cutteridge erwartete uns, und wir hatten seine Laterne bitter nötig, obgleich die Sonne schon hoch am Himmel stand. Abermals ging es durch eine Waschküche, und selbst das Knurren der Doggen wurde von der dicken Luft gedämpft.

»Die Hunde sind sehr unruhig gewesen«, sagte er, »zumal Sie mir auftrugen, sie nicht zu füttern, Sir.«

»Sie werden früh genug zu fressen kriegen.« Sidney Grice zündete seine Grubenlampe an. »Wie still es ist. Als würde uns die ganze Welt belauschen.«

»Letztes Mal hab ich dort eine tote Natter gesehen«, sagte ich, und Sidney Grice blieb stehen.

»Wie ist sie verendet?«

»Ich weiß nicht. Sie war verwest und ihr Kopf abgebissen.«

»Du lieber Gott«, murmelte er, indes wir die Lichtung erreichten.

Mordent House lag an jenem Morgen verloren im dichten Nebel. Auf der obersten Treppenstufe hielt Cutteridge inne. »Sind Sie gekommen, um Ihre Ladyschaft zu retten, Sir?«

Mein Vormund nahm seinen Hut ab. »Wenn die Baronin gerettet werden kann, werde ich eben dies heutigentags tun, doch ich fürchte, es könnte schon zu spät sein.«

Der alte Butler schaute erschrocken drein.

»Wurde sonst noch jemand vorstellig?«, fragte ich ihn. »Eine Dame mit langem goldblonden Haar und einem Mal im Gesicht?«

»Niemand, Miss.« Er warf einen furchtsamen Blick auf Sidney Grice.

»Könnte sie irgendwie an Ihnen vorbeigelangt sein?«, fragte ich weiter, als wir die Halle betreten hatten. Sie erschien mir düsterer denn je.

»Nur über meine Leiche.«

Wir hörten ihn die schiefe Treppe erklimmen und zugleich das ganze Haus bedrohlich ächzen.

Mr G trat ans Fenster, zog den Vorhang zurück und ging in die Knie, als wollte er durch die untere Glasscheibe spähen. »Nicht nur die Florfliege wurde entfernt, sondern das ganze Netz ersetzt.«

»Welch erstaunliche Wendung.«

»Verstehen Sie nicht?« Er fuhr mit einem Finger am Spinn-

381

gewebe entlang. »Ich sagte *ersetzt*, nicht *erneuert*. Dieses Netz wurde von einer anderen Spinne gewebt – von derselben Art, aber mit unversehrten Beinen.«

»Vielleicht ist ihr Bein verheilt«, legte ich nahe, während er am staubbedeckten Boden umherscharrte. »Sie könnte es sich nur verstaucht haben, als sie mit einem Tablett voller Getränke das Geländer runterrutschte.«

»Nein. Hier ist sie.« Er hielt die zerdrückten Überreste hoch.

»Mir war nicht klar, dass Sie ihr so zugetan waren.«

Doch Sidney Grice hörte nicht zu. Er war zurück ans Fenster geschlurft und damit beschäftigt, das Netz auseinanderzuzupfen. »Du lieber Gott«, sagte er neuerlich, während er sich den Zwicker auf die Nase klemmte. »Ich fürchte, der Mörder ist bereits im Haus.«

Er ließ den modrigen Satin wieder vor das Fenster fallen und erhob sich.

»Dann müssen wir auf der Stelle hinaufgehen.«

Mr G stand aufrecht und starrte zum Garten hinaus. »Im Gegenteil, wir müssen warten.«

»Auf was?« Ich dachte über meine eigene Frage nach. »Aber die Baronin kann sie doch gewiss nicht alle umgebracht haben, oder?«

»Ich bin ein Narr gewesen, March.« Er schnellte herum. »Baronin Foskett ist die gutherzigste und sanftmütigste Frau, der ich je begegnet bin.«

Ich hustete. »Das ist nicht die Baronin Foskett, die ich kenne.«

Er kehrte mir den Rücken. »Dann kennen Sie sie vielleicht gar nicht.«

»Vielleicht sehen Sie die Baronin so, wie sie früher einmal war.«

Er knallte die Spitze seines Gehstocks auf den Fußboden, und es dröhnte in der leeren Halle und den Gängen, das Geräusch wanderte hoch zur vertäfelten Decke und durch die verlassenen Zimmer. »Lady Foskett brach das Herz über das Verschwinden ihres Sohns und den Tod ihres Gemahls, doch sie wandte sich der Wohltätigkeit zu. Sie gab ihr Vermögen für barmherzige Zwecke aus, von denen Sie bloß schwafeln, und als ihre Mittel erschöpft waren, hüllte sie sich in unüberwindlichen Kummer.«

»Aber warum reden wir jetzt darüber? Warum versuchen wir nicht, sie zu beschützen?«

»Die Zahlen stehen gegen uns«, sagte mein Vormund.

Cutteridge war zurück. »Ihre Ladyschaft wird Sie jetzt empfangen, Sir, Miss.« Und mein Vormund seufzte. »O Cutteridge, Sie guter, treuer Diener, ich hoffe bloß, Sie sagen die Wahrheit.«

Der alte Mann versteifte sich. »Ich würde Sie nie anlügen, Sir.«

Sidney Grice tätschelte seinen Arm. »Und ich habe nie an Ihrer Aufrichtigkeit gezweifelt.«

»Ich muss Sie bitten, Ihr Licht zu löschen, Sir.«

Mr G tat wie geheißen und schob die Lampe in ihr Futteral, ehe wir die schwankende Treppe emporschlichen. Der Korridor im oberen Geschoss war von derart dunklem Schwarz erfüllt, dass die Laterne es kaum durchdringen konnte, als Cutteridge sie auf den Dielen abstellte.

Cutteridge klopfte einmal, bevor er die Tür aufstieß und den im Kerzenschein wabernden Raum freigab. Wir nahmen auf den beiden Stühlen Platz, wie beim letzten Mal.

»Sidney Grice«, zischte es aus dem Sprechtrichter. »Welchem Umstand verdanken wir diese vermeintlich unaufschiebbare Zudringlichkeit?«

»Die Zeit ist gekommen«, sagte mein Vormund. »Dies große Fürstenhaus schwankt auf seinen verfaulten Fundamenten und steht im Begriff einzustürzen.«

»Sie maßen sich an, mir zu drohen, Sie verzogener ...«

»Die Geschichte meiner Familie beginnt vor eintausend Jahren, und sollte mir der Sinn nach einer Fortsetzung stehen, wird sie ein weiteres Jahrtausend überdauern. Die Fosketts ertrinken in ihrem eigenen Unflat.«

»Wie können Sie es wagen ...«

»Ich höre Sie nicht.«

»Ich sagte ...«

»Ich habe etwas vernommen«, warf mein Vormund ein. »Laut und deutlich. Aber ich höre die Stimme dahinter nicht.«

Es roch noch stärker nach Weihrauch als bei unserem letzten Besuch.

»Ich verstehe nicht, was Sie meinen.«

Sidney Grice beugte sich vor. »Spricht jemand durch ein Sprachrohr, hört man dessen Stimme *und* deren verstärkten Schall. Ich höre nur den Schall.«

»Sie drücken sich unklar aus.« Es trat eine lange Pause ein. »Meine verätzten Stimmbänder sind sehr schwach.«

»Fünfzehn Komma zwei-zwei-fünf-neun-sechs-sechs«, sagte mein Vormund.

»Was reden Sie da?«

»Das ist der Logarithmus des heutigen Datums auf die ersten sechs Nachkommastellen. Sie müssen sehr früh aufgestanden sein, um den ins Fenster zu ritzen, Baronin«, sein Ton wurde spöttisch, »Lady ... Parthena ... Foskett.« Und während er sprach, löste er die Riemen um seinen Ranzen.

»Mr Grice«, sagte Cutteridge, »ich muss Sie bitten, Ihrer Ladyschaft mit Respekt zu begegnen.«

»Darauf können Sie sich verlassen.« Es gab ein schwaches Scharren, und Sidney Grice sprang auf. Cutteridge griff ins Leere und schleuderte den Stuhl beiseite, während mein Vormund zum Gazekasten stürzte.

»Rette mich, Cutteridge.«

Mein Vormund wirbelte herum. Er hielt einen Revolver in der Hand. »Sofort stehen bleiben.«

Cutteridge hielt jäh inne. »Ich weiß nicht, warum Sie das tun, Sir – ich kann nur vermuten, dass Sie verrückt geworden sind. Aber Sie müssen wissen, dass mich nichts abschrecken wird, meine Pflicht zu tun.«

Sidney Grice trat zwei Schritte zurück und der alte Diener zwei vor. Mein Vormund zielte. »Zwingen Sie mich nicht dazu, Cutteridge.« Cutteridge musterte ihn fragend.

»Ich hab Sie auf der Schaukel angeschubst, Master Sidney. Hab Sie auf meinen Schultern reiten lassen.«

»Ach, hol's der Teufel«, sagte mein Vormund und warf die Waffe auf den Boden. Ich hechtete von meinem Stuhl, doch Cutteridge war schneller als ich. Er sah putzig aus in seiner großen linken Faust, dieser kleine metallene Todbringer.

»Gehen Sie weg, bitte, Sir.« Er hob den Revolver, und mein Vormund trat einen weiteren Schritt zurück. Jetzt stand er neben dem Kasten. »Gehen Sie weg.«

»Erschieß ihn, Cutteridge«, erklang es aus dem Sprechtrichter. »Er wird mich töten.«

Mein Vormund streckte langsam den Arm aus und griff nach dem Vorhang, als der Majordomus den Hahn spannte. Ich rannte auf Cutteridge zu, der mich jedoch zur Seite schleuderte. »Bitte entschuldigen Sie, Miss.«

»Obacht. Ich trage niemals Schutzkleidung«, teilte Sidney Grice ihm mit. Die Waffe zeigte geradewegs auf meinen Vormund, als Cutteridge abdrückte.

Der Blitz blendete mich, dennoch sah ich den Einschlag in Sidney Grice' Mantel gleich über seinem Herzen und wie seine Hand sich vor dem Loch verkrampfte. Der Knall zerfetzte fast mein Trommelfell, dennoch hörte ich den Vorhang in seiner geballten Faust zerreißen und das Krachen, als Sidney Grice über dem Tisch zusammenbrach, ihn umstürzte und die Kerze im Flug verlosch. Und ich hörte das dürre Gegacker aus dem Sprechtrichter, obwohl ich gellend schrie.

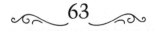

FINSTERNIS

Nun war es stockfinster.

»Sie haben ihn umgebracht!«

Hinter und über mir erklang eine Stimme. »Ich habe nur meine Pflicht getan.«

»Oh, Grundgütiger!« Ich kroch hinüber zu der Stelle, wo ich meinen Vormund hatte fallen sehen und ertastete den umgeworfenen Tisch. »Machen Sie Licht! Er könnte noch am Leben sein.«

»Das glaube ich kaum, Miss. Ich war schon immer ein ausgezeichneter Schütze.«

»Machen Sie Licht!«

Ich vernahm ein Kratzen. Der Schein eines Streichholzes erhellte Cutteridges hagere Züge, als er sich zur Kerze hinabbeugte, um sie mit zittrigen Händen zu entzünden.

»Mylady …«, begann er, hielt aber, indes er die tanzende Flamme mit der hohlen Hand beschirmte, verstört inne.

Der Gazestoff war zerrissen, und Baronin Foskett saß völlig reglos auf ihrem hohen Lehnstuhl, das schwarze Kleid sorgfältig über das Podest drapiert, der Mund zu einem grimmigen Lachen erstarrt.

»Holen Sie die Laterne.«

»Auf der Stelle, Miss.«

Die Kerze erlosch, als er die Tür öffnete. Endlich erreichte ich Mr G. »Wagen Sie es ja nicht, tot zu sein, Sie griesgrämiger alter Mistkerl«, wimmerte ich, als Cutteridge mit der Laterne zurückkam. Das Gesicht meines Vormunds war wächsern, seine Augen waren geschlossen. Ich schob einen Ärmel hoch, um seinen Puls zu fühlen.

»Oh, Mylady«, flüsterte Cutteridge, während ich die Weste meines Vormunds aufknöpfte.

»Autsch«, jaulte Sidney Grice, stemmte sich auf einen Ellbogen und rieb sich die Brust.

»Wie um alles in der Welt ...?« Ich ließ sein Handgelenk los.

»Nur eine Platzpatrone, aber der Aufprall des Kugelpflasters ist reichlich wuchtig.« Er rappelte sich auf und blickte an sich herunter. »Es hat mir meinen liebsten Ulster durchlöchert.« Dann schüttelte er sich den Schmutz von den Kleidern.

»Ein Glück, dass Sie ihn angezogen haben.«

Dann wandten wir uns dem Kasten zu.

»Mylady«, keuchte Cutteridge.

Das Haar der Baronin war mit einem silbernen Kamm zurückgesteckt und ihre bis auf einen Goldring an der Linken völlig schmucklosen Hände ruhten auf den Armlehnen ihres Throns. Mit leicht zurückgelegtem Kopf starrte sie aus weißen, milchigen Augen unverwandt ins Leere. Ihre Haut war grau, fleckig und von dunklen Adern durchzogen, das Gesicht eine groteske, runzlige Fratze, die weißen Zähne in stummer Freudlosigkeit gebleckt.

»Ist Ihre Ladyschaft ...« Cutteridge vermochte den Satz nicht zu beenden.

»Tot«, sagte Sidney Grice. »Und das schon eine ganze Weile. Die Mumifikation hat bereits eingesetzt.«

»Dieses Parfüm«, sagte ich. »Das ist Myrrhe.«

Sidney Grice blickte mich an. »Sie haben es schon zuvor gerochen und mir nicht gesagt?«

»Ich dachte, Sie ...«

»Sie wussten doch, dass ich durch einen Schnupfen beeinträchtigt war. Wenn ich gewusst hätte ... Verflixt noch mal,

Miss Middleton. Ich dachte, selbst Sie wüssten, dass man Myrrhe zur Konservierung von Leichen benutzt.«

Cutteridge stellte die Laterne scheppernd auf den Boden. »Aber …«

»Der Sprechtrichter ist mit diesem Messingrohr verbunden«, mein Vormund fuchtelte mit seinem Gehstock durch die Luft, »das unter dem Stuhl verläuft und in diesem Loch in der Holzvertäfelung verschwindet. Wieso klopfen Sie an, bevor Sie eintreten, Cutteridge?«

Cutteridge schaute mich verdutzt an. »Weil Ihre Ladyschaft es mir befohlen hat, Sir.«

»Dienstboten klopfen nie an«, fiel mir ein. »Es sei denn, die Person im Zimmer möchte vorgewarnt werden.«

Sidney Grice hob die Stimme. »Du kannst dich jetzt zu uns gesellen, Rupert.« Fast augenblicklich klappte eine Holzplatte an der Rückwand des Kastens auf, und ein Mann trat heraus. Er war groß gewachsen, hatte graumeliertes, schütteres rotes Haar und musste leicht den Kopf einziehen, um unter dem Sturz hindurchzugelangen.

»Hallo, Sidney.« Seine Stimme klang heiser und matt. »Ich konnte nie damit aufhören, diese Zahlen einzuritzen. Meinen Vater hat es fast zur Weißglut getrieben.«

»Wir dachten, Sie wären den Kannibalen zum Opfer gefallen«, sagte ich.

»Ach, wenn's doch so wäre«, versetzte er. »Etwas weit Schlimmeres als das nagt heute an mir. Ach, Sidney, du hast keine Vorstellung, wie es dort unten war.«

»Die habe ich sehr wohl. Ich habe dich gesucht.«

»Du wusstest, dass ich am Leben war?«

»Nein.« Mr G sah ihn mit starren Augen an. »Ich wollte deine sterblichen Überreste heimholen und wähnte mich schon fast am Ziel, als ich an Malaria erkrankte und man mich gegen meinen Willen zurückbrachte.«

»Malaria? Oh, du Glücklicher«, stieß Rupert verächtlich hervor. »Du hättest Schlimmeres verdient, Sidney. Deinetwegen hat es mich doch überhaupt erst in diesen Höllenpfuhl verschlagen. Ich besaß alles – einen Adelstitel, Vermögen –, ich war einer der begehrtesten Junggesellen im ganzen Königreich, und du hast mich glauben machen, dass alles dem Untergang geweiht war.« Eine braune Flüssigkeit rann an Ruperts Kinn herab. »Ich begab mich auf die Suche nach Gott und hoffte, ihn zu finden, indem ich sein Wort verbreitete.«

»Und haben Sie ihn gefunden?«, fragte ich. Ein tiefer Seufzer entrang sich seiner Brust.

»Ich habe ihn wieder verloren – oder besser gesagt, er hat mich verlassen –, und man kann nicht von etwas verlassen werden, das gar nicht existiert. Als er mich im Stich ließ, wusste ich, dass ich ihn gefunden hatte.«

»Das ist die haarsträubendste Pervertierung eines logischen Schlusses, die ich je …«, begann mein Vormund, doch Rupert krümmte sich plötzlich vor Husten.

»Halt den Mund«, kreischte Rupert, als er sich etwas erholt hatte. »Ich hasse dich.«

Mr G fuhr zusammen. »Es ist nicht meine Schuld, dass es keine Gewissheiten gibt, an die du dich klammern kannst.«

»Fordere keine Beweise. Du wirst sie nicht erlangen.«

»Wenn das wahr wäre, hätte ich schon längst keine Arbeit mehr«, entgegnete Sidney Grice trocken, während Rupert nach Luft rang.

»Also gut, wie wäre es hiermit als Beweis?« Er hob den Kopf. Zunächst hielt ich es für eine optische Täuschung. Seine Haut war grellweiß und seine Nase derart zerfressen, dass die Muschelknochen hinter den wenigen verbliebenen Hautfetzen deutlich zum Vorschein traten. Auch sein linkes Unterlid fehlte gänzlich.

»*Cochliomyia*«, sagte Sidney Grice schockiert. Rupert ließ ein hohles Lachen erschallen.

»Vortrefflich diagnostiziert, Sidney. Die meisten würden mich wohl für einen Aussätzigen halten, und in jeder anderen Bedeutung des Wortes bin ich das auch. Wie die Dinge liegen, bin ich ein moderner Herodes, reich und mächtig, und dennoch werde ich von Würmern zerfressen, Schmeißfliegenmaden, die sich durch mein faulendes Fleisch bohren.«

»Kann man nichts dagegen tun?«, fragte ich. Er schenkte mir ein schauerliches Grinsen.

»Als es anfing, sagte man mir, ich könne sie mit einer Pinzette rausziehen. Manchmal kommen sie raus, um Luft zu schnappen, dann erwischt man sie. Aber dafür sind es längst zu viele – kaum vorzustellen, dass alles mit einem Insektenstich begann. Die Ärzte versuchten, die Würmer herauszuschneiden, doch die neuen Wunden halfen ihnen nur, sich noch tiefer hineinzufressen. Ich habe in Quecksilber gebadet, habe mich in Paraffin einweichen lassen. Bin geschröpft und zur Ader gelassen worden. Die teuersten Ärzte Englands erwiesen sich als ebenso unnütz wie die Hexereien der Medizinmänner, die ich an jenem verwunschenen Ort über mich ergehen ließ. Jetzt sind sie in mir. Sie bohren sich durch meine Eingeweide und legen Eier in meiner Lunge. Ich keuche sie hervor in Tropfen schäumenden Blutes. Sie zerfressen mein Gesicht. Ich war solch ein gutaussehender Bursche, hab ich nicht recht, Sidney?«

Mein Vormund antwortete nicht. Rupert packte sich an den Kopf und schrie: »Sie sind in meinem Gehirn. Ich kann sie spüren.« Er schnappte nach Luft. »Meine Mutter verbarg mich. Dieses Haus wurde mein Gefängnis, mit Cutteridge als Wärter. Die Welt sollte nicht wissen, was aus dem letzten Baron Foskett geworden war, und ich verspürte nicht den Wunsch, von der Gesellschaft begafft zu werden, voller Ekel und Mitleid. Sie pflegte mich. Jeden Penny, den sie besaß, warf sie Quacksalbern und Betrügern in den Rachen. Allein achttausend Pfund zahlte sie einem Mann, der einen Maharadscha geheilt und diesen gar hergebracht hatte, aber beide entpuppten sich als Expedienten aus Southampton. Das Vermögen der Fosketts wurde an Scharlatane und Spinner verschleudert.«

Sidney Grice sagte: »Und deswegen hast du diesen mörderischen Verein gegründet.«

»Er war gar nicht so mörderisch gedacht«, meinte Rupert. »Du solltest das verhindern.«

»Oh, Rupert.« Mein Vormund zog sich die Manschetten gerade. »Jeder deiner Züge zielte doch nur darauf ab, mich zu zerstören.«

Rupert hustete. »Davon weiß ich nichts. Das einzige Vergehen, dessen ich mich schuldig gemacht habe, war, den Tod meiner Mutter zu vertuschen. Hätte man von ihrem Ableben erfahren, wäre der Preis einem anderen Mitglied zugefallen.«

Rupert kniff sich in die Wange und hielt uns eine aufgedunsene, hakenköpfige, sich windende Larve entgegen, bevor er sie fortwarf. »Seht ihr, was in meinem Fleisch gedeiht? Meine Mutter umsorgte mich. Stunde um Stunde brachte sie damit zu, mir dieses widerliche Gewürm mit Nadeln aus dem Leib zu stechen, aber es waren einfach zu viele, und sie saßen zu tief. Solange keine der Fliegen schlüpfte, wähnte ich sie in Sicherheit – unser Klima bekommt ihnen nicht –, doch einige überlebten, und sie wurde gestochen. Als sie es bemerkte, war es bereits zu spät. Kannst du dir das vorstellen, Sidney – die letzten Angehörigen eines der großartigsten Geschlechter Englands sitzen da und lausen sich wie die Affen im Zoo? Am Schluss war sie völlig blind und griff sich verzweifelt in die Augen, während die Würmer sich hinter ihren Lidern entlang fraßen. Wir konsultierten Dr. Simmons, seit Ewigkeiten Hausarzt der Familie. Zumindest wussten wir um seine Verschwiegenheit, aber auch er war machtlos. Schlimmer als das: Er spritzte ihr Ätznatron unter die Haut und in den Magen. Sie starb unter grässlichen Qualen, von Sinnen vor Schmerz. Ich hätte den Mann umbringen können. Er kam mir zuvor und richtete sich mit seiner Völlerei selbst zugrunde. Und da stand ich nun, mittellos und allein. Nur Cutteridge war noch da.«

»Also haben Sie dieses Sprechrohr ersonnen, damit es so schien, als wäre die Baronin noch am Leben«, folgerte ich.

Cutteridge war wie erstarrt. »So habe ich also einem Geist gedient.«

Rupert kicherte. »Ich habe sogar überlegt, Drähte an ihren Handgelenken zu befestigen, um sie bewegen zu können, doch ich fürchtete, du würdest sie entdecken.«

Cutteridge bückte sich und hob einen langen Stab auf, der auf dem Boden des Podests gelegen hatte. »Und darf ich fragen, wozu dieser Enterhaken diente, Sir?«

»Beim ersten Besuch der beiden hatte ich versucht, ihren Kopf damit zu drehen, doch er verursachte zu viel Lärm.«

Cutteridge atmete schwer aus.

»Aber wie wollten Sie das Geld einfordern?«, wollte ich wissen.

»Nach dem Ableben aller anderen Mitglieder sollte Dr. Simmons öffentlich erklären, dass er mich im Verborgenen behandelt habe und beeidigen, dass meine Mutter eines natürlichen Todes gestorben war. Doch dann starb er.«

»Wie rücksichtslos von ihm«, spottete mein Vormund. »Doch was würde dir Geld in deinem Zustand nutzen?«

»Ich werde mir damit meine Heilung erkaufen können. Es gibt jetzt ein Mittel, Sidney, aber es ist sehr teuer.«

»Kurpfuscher verlangen stets mehr als echte Ärzte.« Mr G musterte seinen alten Freund. »Tritt vor, Rupert.«

»Wie bitte?«

»Nur einen Schritt, für die Dame ... Vielen Dank. Wie ich sehe, hinkst du noch immer etwas. Der Knöchelbruch von damals.«

»Was ist damit?«

»Sie benutzen eine Menge Kölnischwasser«, merkte ich an.

»Es überdeckt den Gestank der Fäulnis und tötet womöglich sogar ein paar Würmer.« In Ruperts Hand klaffte ein tiefes Loch, wie ein unheiliges Stigma.

»Jedenfalls hält es die Biester davon ab, an die Oberfläche zu kriechen.«

»Das könnte der Grund sein, weshalb wir in Mr Gallops Lagerraum keine gefunden haben«, sagte ich.

»Obendrein habe ich eine Sturmhaube getragen, um weniger Aufmerksamkeit zu erregen.« Er ließ jenes keuchende Lachen erschallen, das ich so lange für das seiner Mutter gehalten hatte.

»Kaum zu glauben, dass ich mich einst nach Aufmerksamkeit verzehrt habe. Wie ich mich immer bemüht habe, dich zu beeindrucken, Sidney …«

»Als ich nach dir suchte, sah ich die Eingeborenen Blasrohre benutzen«, erklärte Sidney Grice. »Den Fußspuren in Warrington Gallops Lagerraum zufolge musste sein Mörder ein groß gewachsener Mann mit kleinen Füßen sein, der leicht hinkte.«

»Glaubst du im Ernst, irgendeine Jury würde einen Adligen wegen einer solch lückenhaften Ansammlung von Beweisen verurteilen?«, brachte Rupert hervor.

»Oh, ich habe mehr Beweise als diese. Zeig mir deine Uhr, Rupert.«

Rupert lachte nur. »Ich habe keine Ahnung, wovon du redest. Und wie gedenkst du, wieder hier herauszukommen? In dem Moment, als ihr das Haus betratet, habe ich die Hunde freigelassen.«

Cutteridge räusperte sich. »Ich empfinde es als meine Pflicht, Ihnen mitzuteilen, dass ich die Zwingertür heute Morgen verriegelt habe. Der Haken ist verrostet, und ich wollte nicht, dass ein Unglück geschieht, wenn wir Besuch haben.«

»Das wird Gerry kaum freuen«, sagte mein Vormund. »Dann hätte er noch eine gute Stunde weiterschlafen können.«

Rupert hustete eine Gischt schwarzen Blutes in seine zerfetzte Hand.

»Deshalb die Bluttröpfchen auf dem Boden von Mr Gallops Geschäft«, fügte ich hinzu.

»Genau.« Mr G wischte sich übers Gesicht. »Aber sag mir, Rupert, wie wolltest du das Geld aufteilen?«

»Aufteilen?«

»Du glaubst doch nicht, du könntest mir weismachen, du

393

hättest all diese Taten ganz allein verübt.« Sidney Grice stieß einen Finger durch das Loch in seinem Mantel.

»Wir wollten heiraten.« Rupert lächelte reumütig, und für einen Moment sah ich die Überreste eines schüchternen jungen Verliebten. Doch mein Vormund machte bloß eine verächtliche Geste.

»Glaubst du tatsächlich, deine sogenannte Ehe würde euer Hohnbild einer Hochzeit länger als vierundzwanzig Stunden überdauern?«

»Sie liebt mich.« Rupert fuhr sich mit dem Hemdärmel über die Nase und blickte zu Boden, als würde er sich des Irrwitzes seiner Worte jäh bewusst.

Sidney Grice war leichenblass. »Du wirst hängen, Rupert, und deine reizende Komplizin neben dir.«

»Ich fürchte, das kann ich nicht zulassen, Sir.« Cutteridge leckte sich über die rissigen Lippen. »Es wird Ihnen gewiss nicht entfallen sein, dass Sie nicht der Einzige hier mit einer Waffe sind, nur dass meine geladen ist. Mit echter Munition, Sir.« Er zog einen Revolver hervor. Sidney Grice machte einen Schritt auf ihn zu. »Sie wissen, dass ich davon Gebrauch machen werde, Sir.«

Sidney Grice hielt inne.

»Wollen Sie mich ebenfalls töten?«, fragte ich und stellte mich schützend vor meinen Vormund.

»Gehen Sie aus dem Weg, March«, befahl mir Sidney Grice.

»Nein.«

»Ich kann nicht umhin, Ihnen für Ihre Ergebenheit Respekt zu zollen, Miss Middleton«, erklärte Cutteridge, »handelt es sich doch um eine Eigenschaft, die ich zeitlebens zu kultivieren trachtete. Und Ihr Vormund ist ein Mann, der mir größte Bewunderung abringt, doch Sie müssen verstehen, dass meine Treuepflicht zuvorderst jenem Hause gilt, dem ich von Kindesbeinen an gedient habe, wie schon mein Vater vor mir.«

»Und für dieses widerwärtige Geschöpf würden Sie Unschuldige ermorden?«, fragte ich.

»Als Baron Rupert fünf Jahre alt war, habe ich mich, ohne selbst schwimmen zu können, zu seiner Rettung in die sturmumtosten Fluten bei Calais gestürzt.«

Cutteridge schluckte. »Ich werde tun, was mir meine Pflicht gebietet, Miss. Bis zum Schluss.«

»Das werde ich ebenfalls.« Ich richtete mich auf und spannte die Muskeln an, um mein Zittern zu unterdrücken.

»Wieso schützen Sie diesen Mann, March?«, höhnte Rupert.

»March, bitte …«, stieß Sidney Grice hervor.

»Weil er mich beschützt.«

»Bitte treten Sie zur Seite, Miss.« Cutteridge stützte den Revolver mit seiner Rechten und legte an.

»Er ist alles, was ich habe«, platzte ich heraus, als mich mein Vormund an den Schultern packte.

64

DAS NETZ UND DER KÄFIG

Sie werden niemals aus London herauskommen, geschweige denn aus England«, sagte Sidney Grice. Der alte Diener runzelte fast unmerklich die Stirn.

»Wie dem auch sei, ich kann den letzten Baron Foskett nicht wie einen gewöhnlichen Verbrecher hängen lassen.« Er behielt uns im Blick, während er zurückwich.

»Diesmal hab ich dich, Sidney«, krähte Rupert und trat vom Podest herab. Nun sah ich, wie es sich unter seiner geschwärzten Wangenhaut wand. »Du fandst dich ja immer gescheiter als ich.«

»*Mich*«, berichtigte ihn mein Vormund. »Gescheiter als *mich*. Wenn du dich schon zum Esel machst, kannst du's ebenso grammatisch korrekt tun.«

»Du ...«

»Davon abgesehen«, führte Mr G weiter aus, »schien mir dein Verstand immer sehr beachtlich.« Rupert bleckte seine Zahnstummel, ehe mein Vormund hinzufügte: »Für einen Nicht-Grice.«

»Ich hatte dich im Visier, Sidney. Hätt' ich dich doch mit einem Pfeil gespickt, als ich's konnte.«

»Nur aus Interesse«, sagte Sidney Grice, »gehe ich recht in der Annahme, dass du Viperngift benutzt und den Pfeil ausgehöhlt hast, um eine größere Dosis darin zu bergen?«

»Die tote Natter«, entsann ich mich.

»Die Sie seinerzeit mir gegenüber zu erwähnen versäumten.«

»Ich seh schon, was ihr beide da treibt.« Rupert spuckte Blut in ein schmutziges Taschentuch. »Ihr wollt mich ablenken, doch das wird euch nichts nützen.« Er wandte sich Cutteridge zu. »Sie werden Alarm schlagen, wenn wir sie zurücklassen. Werd sie los, Cutteridge. Schieß ihnen in den Bauch, damit sie langsam sterben.«

Der alte Mann hob die Brauen. »Wissen Sie noch, als Sie sechs Jahre alt waren? Da benutzten Sie die große Silberschale als Rodelschlitten und verbeulten sie, und ich nahm die Schuld auf mich, obwohl mich Ihr Großvater mit seiner Reitpeitsche verdrosch. Ich habe stets alles mir Mögliche getan, um Sie zu beschützen, und könnte ich Ihren Platz einnehmen, würde ich es tun, aber das hier übersteigt mein Vermögen.« Er schluckte. »Es tut mir so leid.« Er riss den Enterhaken in die Höhe und versenkte ihn mit einem lauten Schmatzen in der Schulter seines Herrn. Rupert wich unwillkürlich zurück und heulte auf. »Sie werden feststellen, dass es weit weniger schmerzt, wenn Sie sich nicht wehren, Mylord.«

Rupert zwang sich zum Stillhalten. »Cutteridge, was tust du da?«

»Sie haben ein Puppenspiel aus meiner Herrin gemacht, der edelsten Frau, die diese Welt je zierte, Lady Parthena Baroninwitwe Foskett. Sie haben ihren Leib geschändet.«

»Sie war meine Mutter«, höhnte Rupert, »nicht deine.«

Cutteridge drehte den Haken, und Rupert kreischte auf und griff sich an die Schulter.

»Sie sollten mich lieber nicht ermutigen, Ihnen so weh zu tun, wie Sie es verdienen«, sagte Cutteridge. »Bitte nehmen Sie die Laterne hoch, Mylord. Wir werden sie benötigen.«

Rupert bückte sich behutsam und tat wie ihm geheißen, und Cutteridge ging rückwärts aus dem Zimmer, um Rupert wie einen Stier bei seinem Nasenring zu führen.

Wir warteten mit gespitzten Ohren. Ich hörte die Stufen knarzen, Rupert vor Schmerzen jaulen und Cutteridges Stimme: »Es tut mir leid, Sir, aber wenn Sie mithalten, tut es nicht so weh.«

»Sie bleiben hier«, flüsterte Sidney Grice und rollte mit dem Auge, als er merkte, dass ich das nicht tun würde. »Dann bleiben Sie hinter mir.«

Er holte seine Grubenlampe aus dem Ranzen und zündete sie an. Ich sah mich nach Baronin Foskett um, als wir den Raum verließen. War diese Hülle wirklich alles, was von der schönen, reichen, intelligenten Frau geblieben war, deren Portrait den Ballsaal schmückte, die ihren geliebten Mann verloren hatte und bei der Pflege ihres ungeheuerlichen Sohnes gestorben war? Die schmalen, anmutigen Hände, die ihr Kind gehätschelt haben mussten, waren nun ledrige Klauen.

Mr G hob seinen Revolver hoch und schob ihn in den Ranzen.

»Warum haben Sie ihn hingeworfen?«

»Ich wusste, dass Cutteridge mich zu erschießen bereit wäre im Glauben, so seine Herrin zu beschützen.« Wir durchquerten den Korridor. »Und das ließ ich ihn lieber mit einer Platzpatrone tun.«

»Haben Sie gar keine scharfen Patronen?«

»Doch, aber ich werde Cutteridge nicht erschießen.«

»Weil er uns am Leben gelassen hat?«

Mein Vormund prustete. »Sie sollten inzwischen wissen, dass Dankbarkeit meinem Wesen fremd ist.« Licht fiel in die Halle, als wir über das Geländer spähten. »Aber ich habe noch nie einen Unschuldigen absichtlich getötet.«

»Die Haustür steht offen«, sagte ich, als wir die bedenklich schwankende Treppe betraten.

»Aber da sind sie nicht hinausgegangen. Das Spinngewebe dort im Türbogen ist gerissen.« Wir hasteten hinunter und in den Durchgang. Ein modriger Samtvorhang war mit etwas zurückgebunden, das einst eine goldfarbene Kordel gewesen sein musste. Der Vorhang zerfiel in staubige Fetzen, als ich ihn mit der Schulter streifte.

»Wohin geht es hier?«

»Zu den Dienstbotengemächern.« Er rannte. Sein Körper sackte ruckartig unter dem verkürzten Bein ab. Fensterlos und unbelüftet, fiel der Durchgang mit jedem Meter weiter ab. »Mehr zerrissene Spinnweben.«

In der Ferne schien ein Licht, auf das wir zustürzten. Wir platzten in eine alte Küche, die von einem langen Tisch aus Kiefernholz und einem riesigen Kochherd beherrscht wurde, auf dem leere Kupfertöpfe standen.

Ich berührte eine Stuhllehne. Ein Rinnsal frischen Blutes klebte daran. »Sie müssen hier durchgekommen sein«, sagte ich.

»Sie verblüffen mich.« Eine offene Seitentür führte in einen anderen Korridor. Wir liefen weiter, bis wir zu einer steinernen Treppe gelangten. Mein Vormund hielt seine Lampe ausgestreckt. »Hier entlang sind sie nicht gegangen. Die Stufen sind voller toter Käfer, und nicht einer davon ist zerdrückt.«

»Was ...«

»Horchen Sie.« Sidney Grice legte den Kopf schräg, und ich hörte das Kläffen der Hunde durch die Gänge schallen.

»Etwas hat sie erregt«, sagte ich. »Wo kommt dieser Luftzug her?« Er leckte sich den Finger und reckte ihn in die Höhe.

Mein Vormund flitzte nach links. »Der Hinterausgang ist offen.«

Das Bellen rückte näher und wurde ungestümer.

Nun war der Durchgang von Tageslicht erhellt, und von draußen wehte eine Brise herein und mit ihr das Hundegebell und ein alles durchdringender Schrei. Sidney Grice lief schneller und zog den Revolver aus seiner Tasche, als wir in einem umfriedeten Garten anlangten mit rechteckigen, nesselüberwucherten Hügeln, die einst Kräuterbeete gewesen sein mussten. Die seitliche Pforte stand angelehnt, und als wir um die

Beete herum darauf zu eilten, wurde ein Rasseln und Klappern und dann das Quietschen rostiger Räder laut.

»Cutteridge. Ich bin Baron Foskett, der Herr, dem zu dienen du geschworen hast.«

Wir stürzten durch die Pforte auf einen kopfsteingepflasterten Weg. »Hier lang.« Mein Vormund rutschte auf dem feuchten Moos aus, als er nach links und um die Ecke bog.

Rupert war in ein eisernes Laufgitter gepfercht, das vom Hundezwinger in den Garten führte und an beiden Enden von Toren versperrt wurde. Er stand gebückt; aus seiner Schulter ragte noch immer der Enterhaken. Hinter ihm drängte sich eine Meute schwarzer Doggen, die ihre massigen Körper unter wütendem Jaulen gegen das innere Tor warfen und nach der Sperre schnappten, die sie von ihm trennte.

»Ich schwor, Ihrem Vater und Ihrer Mutter zu dienen«, verkündete Cutteridge, während er an einem korrodierten Eisenrad drehte, das an einem Draht zerrte, der wiederum an einem schweren Bolzen am Innentor befestigt war.

»Um Ihrer Mutter willen war ich Ihnen zu Diensten, aber niemand könnte mir Gehorsam befehlen, der meine Herrin in eine Obszönität verwandelt hat.«

Der alte Mann brachte unter großer Anstrengung eine letzte Vierteldrehung zuwege, und der Bolzen schnappte zurück. Als das Tor unter dem Ansturm der geifernden Tiere aufflog, warf Rupert sich auf das äußere Tor, doch der erste Hund war im selben Augenblick bei ihm, da er an das Schloss reichte. Rupert rüttelte an der Klinke, aber sie gab nicht nach, und die ganze Meute preschte hinterher und riss an seinen Beinen und Armen.

»Sidney!«, flehte er, wild um sich schlagend. »Rette mich.« Und ich sah, wie mein Vormund eine Kugel in die Kammer seines Revolvers schob, vortrat und sorgfältig aus einem halben Meter Entfernung zielte.

Rupert sank auf die Knie, und die größte Dogge fiel den anderen Hunden in den Rücken und stakste über sie hinweg. Ganz oben auf dem wütenden Pulk fasste das Tier Tritt, beschnüffelte Ruperts Haar und leckte ihm dreimal das Ohr, ehe es seine Wange zwischen die Vorderzähne nahm und abriss. Sidney Grice machte einen weiteren Schritt, sodass der Lauf seiner Waffe durch das Gitter ragte. Ruperts blutige Hand langte hindurch und klammerte sich an sein Hosenbein. Ihr fehlten drei Finger. Eine der Doggen rammte ihren Kiefer zwischen die Stangen und bekam den Mantelsaum zu fassen, und Sidney Grice versuchte, sich loszureißen.

»Loslassen, du dreckiges Viech.« Wieder hob er die Waffe. Dieses Mal feuerte er. Und dann trat eine Stille ein, wie ich nie zuvor eine erlebt hatte. Die Hunde erstarrten im Angriff, ein schwarzes Loch öffnete sich auf Ruperts Stirn, und eine Ewigkeit schien zu vergehen, ehe sein Schädel aufplatzte.

Die Stille brach, als ein Hund hinter Rupert aufjaulte und zurückwich. Die Übrigen hoben den Blick, senkten ihn wieder und schnappten mit blutigen Kiefern zu, balgten sich um Ruperts verwurmtes Fleisch.

Sidney Grice hob neuerlich seine Waffe, atmete langsam aus, senkte sie wieder und löste den Hahn.

»Dreckiges Viech«, sagte er noch einmal und wandte sich ab. »Und so verendet der letzte Baron Foskett genau wie der erste. Von einer Hundemeute zerfetzt. Kommen Sie, March.«

Ich sah mich um. »Wo ist Cutteridge?«

»Ist wieder hineingegangen und hat die Tür versperrt. Wir müssen außen herum.«

Unser Fortkommen wurde von dornigem Brombeergestrüpp behindert, doch Sidney Grice schien kaum Notiz davon zu nehmen.

»Welche Rolle spielte das Zitat aus *Hamlet*?«, fragte ich ihn.

Er knickte einen Schössling um, der uns im Weg stand. »Die Baronin war eine bedeutende Shakespeare-Gelehrte. Da sie den Fehler niemals versehentlich gemacht hätte, wollte sie uns entweder etwas damit sagen oder …«

401

»Es war gar nicht sie.«

»Ganz genau.«

Mehrmals musste ich stehen bleiben, um mein Kleid von den Dornen loszureißen, doch mein Vormund marschierte entschlossen voran, bis wir auf die geschotterte Lichtung gelangten. Er legte den Revolver in seinen Ranzen.

»Die Tür steht noch offen«, sagte ich. »Glauben Sie ...«
Meine Frage ging in lautem Hämmern unter.

Wir liefen die Stufen hoch und gelangten gerade noch rechtzeitig ins Innere, um die große Treppe von der Wand wegkippen und für einen Augenblick verharren zu sehen, ehe sie gewaltig stöhnend in die Halle krachte. Oben stand Cutteridge, eine Axt in der Linken, umhüllt von einer Staubwolke, die Laterne zu seinen Füßen.

»Er hat es nicht verdient, von seinen Qualen erlöst zu werden«, rief er. »Er hätte erleben müssen, wie ihm das verfaulte Herz aus der Brust gerissen wird.«

»Kommen Sie runter, Cutteridge«, rief mein Vormund. »Von mir wird die Polizei nicht erfahren, was Sie getan haben.«

Cutteridge legte den Kopf schräg. »Sie waren immer schon ein ehrlicher Bursche, Sir, und sind jetzt ein wahrer Gentleman, aber meine Herrin braucht mich ein letztes Mal. Ich kann sie nicht allein verbrennen lassen.«

»Verbrennen?«, fragte ich, und Cutteridge verneigte sich.

»Es tut mir leid, Sie ruppig behandelt und Ihnen gedroht zu haben, Miss.«

Noch immer stieg Staub empor, als er die Axt nach hinten schwenkte, sie scheinbar achtlos wieder nach vorn schwingen ließ und die Laterne über den Rand des Treppenabsatzes geflogen kam, um in leuchtendem Bogen durch die Düsternis zu stürzen, auf den Holztrümmern aufzuschlagen und ihr Öl in der ganzen Halle zu verspritzen. Es schien einen Moment lang, als wäre das Licht gelöscht, dann trat ein bläulicher Herd hervor, von dem ein Dutzend gelbe Zungen in alle Richtungen leckten. Bald loderte ein riesengroßes Feuer in der Halle. Die

Gemälde warfen Blasen, und die Wandteppiche qualmten und entzündeten sich.

Cutteridge stand einen Augenblick lang da und starrte auf sein Werk.

»Setzen Sie bitte nicht Ihr Leben aufs Spiel beim Versuch, über die Hintertreppe heraufzukommen«, rief er. »Ich habe die Türen oben zugesperrt.«

»Gehen Sie an ein Fenster«, übertönte ich das Knistern der Flammen. »Sie können am Efeu runterklettern.« Cutteridge legte sich ein Taschentuch über Mund und Nase.

»Mein Platz ist hier. Bitte entschuldigen Sie, dass ich Sie nicht hinausgeleite. Der Schlüssel zum Tor ist im linken Pförtnerhaus. Leben Sie wohl, Sir, Miss. Gott segne Sie.« Er verschwand in dichtem Rauch.

Die Decke hatte schon Feuer gefangen, und der Fußboden war heiß unter unseren Füßen, als wir das Haus verließen. Auf der Lichtung blieben wir stehen und blickten zurück. Flammen züngelten hinter den berstenden Fenstern im Obergeschoss. Langsam, gebannt vom Anblick des lichterloh brennenden Mordent House wichen wir auf dem Pfad zurück. Da hörten wir es – gedämpft, aber unverkennbar –, einen Schuss.

Im Torhäuschen fanden wir den Schlüssel, wie Cutteridge gesagt hatte, und steckten ihn ins Schloss, wie Cutteridge es so oft getan hatte.

Mir schauderte. »Sollen wir die Feuerwehr rufen?«

»Wozu?« Sein Glasauge war heraus, und die Höhle nässte, auch sein rechtes Auge tränte. Sein Blick war auf die Feuersbrunst geheftet. Es krachte ohrenbetäubend, dann noch einmal, und das ganze Gebäude erzitterte. Er schnellte herum und schlug mit seinem Gehstock auf einen Pfeiler. Wieder und wieder drosch er damit auf die alten Ziegelsteine ein. Der Stock splitterte und krümmte sich, sein Stahlkern verbog sich unter den wütenden Hieben. »Verdammt seiest du zu ewiger Verdammnis!« Ein letztes Mal hob er den Arm und schleuderte die Trümmer ins Unterholz. Ich erblickte die Fratze einer befremdlichen, erschreckenden Leidenschaft. »Nichts ...« Er rang um Selbstbeherrschung. »*Nichts* kann jetzt noch das Haus Foskett retten.«

DURCHWEICHTE BOTSCHAFTEN UND DAS ST. LEGER

Auf der Heimfahrt durch Wind und Nieselregen wechselten wir kaum ein Wort.

»Eigentlich bin ich zu einem Besuch bei Dr. Berry angemeldet«, sagte Mr G, nachdem er seine Uhr geöffnet hatte, »doch ich fühle mich heute nicht ganz so geistreich wie sonst. Sobald wir zu Hause sind, werde ich ihr eine Nachricht zukommen lassen.«

Plötzlich fiel mir etwas ein. »Was meinten Sie damit, dass Gerry enttäuscht sein würde?«

Er blickte zu mir herüber. »Da Rupert sich kurz vor der Entlarvung wähnen musste, hatte ich damit gerechnet, dass er die Hunde freilassen würde, und Gerry angewiesen, sein ganzes Cricket-Können aufzubieten und vier Dutzend vergiftete Lammkoteletts über die Mauer und so weit wie möglich in den Garten zu werfen. Was ich allerdings nicht vorhersehen konnte – denn, so sehr meine Fähigkeiten dem Übernatürlichen nahekommen mögen, bin ich nun mal kein Hellseher –, war, dass Cutteridge das Tor des Zwingers verriegelt hatte.«

Wir bogen um eine Ecke. Ich verlor das Gleichgewicht und fiel gegen ihn. Ich war mir nicht sicher, wo wir uns gerade befanden. Wegen einer geborstenen Gasleitung waren drei Straßen gesperrt.

»Es tut mir leid, dass Sie einen Freund verloren haben.« Ich richtete mich wieder auf.

»Wenn ich Sie, wie so oft, daran erinnern darf: Ich habe keine Freunde.« Seine Mundwinkel sanken herab. »Wie könnte ich auch, wo ich doch so ein *griesgrämiger alter Mistkerl* bin?«

Ich musste lachen. »Das tut mir leid.« Er strich mir über die Hand.

»Ich habe Rupert vor neunzehn Jahren verloren.« Er betrachtete den zerrissenen Saum seines Ulsters. »Was Sie heute gesehen haben, war ein Zerrbild. Das war nicht der Rupert, den ich einmal kannte.«

»Halten Sie es für möglich, dass die Maden tatsächlich schon in seinem Gehirn waren?«

Sidney Grice zupfte an einem hervorstehenden Faden. »Höchst unwahrscheinlich. Das wäre eine viel zu gefällige Erklärung für seine moralische Zerrüttung, und Gefälligkeit in all ihren Erscheinungsformen ist mir zutiefst zuwider. Trauen Sie niemals etwas Reizvollem, sofern der einzige Grund für dieses Vertrauen in ebendiesem Reiz besteht.«

»Und wie finden wir nun Miss McKay?«

»Wir werden sie nicht suchen müssen.« Der Faden begann sich aufzudröseln. »Es ist niemand übrig, den sie umbringen müsste, und wenn sie sich nicht aus der Deckung wagt, wird sie ihren Gewinn nicht einstreichen. Sie weiß nur allzu gut, dass wir kaum etwas gegen sie in der Hand haben.«

Ich blickte hinaus auf die zerlumpten Menschen, die durch die tristen Straßen schlichen, teilnahmslos herumstanden oder auf Treppenstufen hockten. Wie viel mehr durften sie vom Leben erwarten als etwas zu essen und ein Dach über dem Kopf, und das bloß, um ihre Seelen noch länger im Kerker ihrer ungestalten Leiber gefangen zu halten?

»Ich habe heute etwas anderes verloren«, stieß mein Vormund plötzlich hervor.

»Ihren Glauben an Gott?«, fragte ich. Er brummte mürrisch. »Ihren Glauben an das Gute im Menschen?«

»Den habe ich nie gehabt.«

»Ihren Glauben an sich selbst?«

»Wie könnte ich je an mir zweifeln?« Er riss den Faden ab. »Nein, March. Ich bin mir nicht sicher, was es war, oder wohin es entschwunden ist, aber ich bezweifle, dass ich es je wiederfinden werde. Und ich werde mich für den Rest meines Lebens etwas ärmer fühlen.«

»Aber doch gewiss keine Empfindung?«, hakte ich nach, doch er starrte nur aus dem Fenster.

Ich erkannte die Edgware Road und wandte mich gerade nach einem neuen Hutladen um, als die Luke aufgerissen wurde und der Kopf des Kutschers erschien, dem sein strähniges Haar tief ins Gesicht fiel.

»Bevor ich's vergesse«, sagte er. »Soll Ihnen von Joe Dubbins ausrichten, dass er einen von Ihren Leuten heut' Morgen aufgegabelt hat.«

»Wen?«

Der Fahrer kniff Augen und Mund zusammen. »Die mit dem fleckigen Gesicht«, antwortete er.

»Primrose McKay«, warf ich dazwischen.

»Wann hat er sie gefahren, und wohin?«, fragte Mr G.

»Keinen Schimmer. Hat's aufgeschrieben, aber ich hab als Bub beim Bücherlesen gefehlt, weil ich mit Nierenfieber im Bett lag.«

»Geben Sie schon her, Mann.« Mein Vormund fuhr sich ans Auge, derweil ich mich schwankend vorbeugte, um dem Kutscher die gefaltete Notiz aus den behandschuhten Fingern zu ziehen.

»Der ist ja triefnass.«

»Lassense uns Plätze tauschen, und dann schaunse mal, wie trocken Ihre Taschen bleiben«, beschwerte sich der Fahrer, indes Sidney Grice versuchte, das Blatt zu entfalten.

»Absurd«, grollte er. »Wie sollte das noch irgendjemand lesen können?« Er zog seinen Zwicker hervor. »Verdammt, die Gläser sind beschlagen.«

»Bryanston«, las ich. »Da steht Bryanston.«

Er wienerte seinen Zwicker voller Hingabe mit einem Taschentuch. »Dr. Berrys Haus.«

»Was könnte sie da wollen?«, fragte ich, aber der furchtbare Gedanke hatte bereits von mir Besitz ergriffen.

»Dorna ist der einzige Mensch, der Miss McKay zweifelsfrei mit einem der Tatorte in Verbindung bringen kann.«

»Tavistock Square.« Ich wagte kaum, meine Schlussfolgerung in Worte zu fassen. »Erst wenn sie Dorna aus dem Weg geräumt hat ...«

Sidney Grice sprang auf und hämmerte gegen das Dach. »Bryanston Mews und zwar schnell.«

»Jetzt entscheiden Sie sich mal, Meister.«

»Einen Sovereign für Sie, wenn Sie uns noch vor der vollen Stunde hinbringen«, rief ich.

»Von Ihrem Geld, nicht von meinem«, raunte Sidney Grice. Der Kopf unseres Pferdes wurde jäh nach rechts gerissen. Unversehens fuhren wir nur noch auf einem Rad, wobei ich unsanft auf dem Schoß meines Vormunds landete. »Geben Sie bitte auf meine Flasche acht, March.«

Das Heck eines Omnibusses schoss plötzlich auf uns zu. Es gelang uns gerade noch, an ihm vorbeizuziehen.

»Für wen hältste dich eigentlich? So 'nen beschissenen Fred Archer?«, bellte der Fahrer uns hinterdrein.

Unser Kutscher lachte auf. »Wenn ich's wär, würd ich bestimmt nich' auf dieser ollen Karre hocken.« Er blickte hinab auf meinen Begleiter.

»Wetten Se auch auf die Hottehüs, Meister?«

Polternd setzte unser linkes Rad wieder auf dem Boden auf.

»Ich könnte mir kaum Langweiligeres vorstellen«, grummelte Sidney Grice, zurrte seinen Ranzen auf und schaute hinein.

»Beim St. Leger habe ich für Silvio fünf zu zwei bekommen«, erklärte ich, und mein Vormund blitzte mich zornig an.

»Sie reden wie eine Strauchdiebin.«

Ich verschwieg, dass ich den Tipp von einem Barkeeper im Bull bekommen hatte, und wieder schwenkten wir halsbrecherisch über die Straße – wobei wir diesmal fast einen Einspänner umgeworfen hätten –, bollerten die Bryanston Road hinunter und in die davon abgehende Gasse.

Als wir unser Ziel erreicht hatten, läuteten gerade die Kirchenglocken, und unser Pferd warf stolz den Kopf zurück, als hätte es gerade die Ziellinie in Doncaster überschritten.

»Ich glaube nicht, dass Dr. Berry wirklich in Gefahr schwebt«, meinte ich, als der Kutscher uns die Klappe öffnete. Wir hatten wenige Schritte vom Haus entfernt gehalten, wo ein Kohlekarren die Straße blockierte. »Womöglich nicht.« Sidney Grice half mir heraus. »Aber ...« Er packte meinen Arm und ich tat einen Schritt nach vorn, um besser sehen zu können.

Die Haustür stand einen Spaltbreit offen, und als wir auf sie zu eilten, erblickte ich in der Diele eine Frau. Sie lag mit dem Gesicht nach unten auf dem Boden.

66

DER SCHÜRHAKEN UND
DAS FLEISCHERBEIL

Sidney Grice ließ meinen Arm los und lief voraus. Ich reichte dem Droschkenkutscher seinen Lohn und folgte meinem Vormund. Er stand bereits vor der Tür und machte mir Zeichen, Abstand zu halten. Ausnahmsweise gehorchte ich und sah zu, wie er zurücktrat und die Tür weit aufstieß.

»Es ist nur eine Bedienstete«, rief er und ging hinein. »Freie Bahn.« Ich fand ihn über den hingestreckten Körper einer Hausgehilfin gebeugt. »Kümmern Sie sich darum.« Er stand auf und rief: »Hallo? Dorna?« Dann hastete er ins Sprechzimmer.

Ich kniete mich neben das Hausmädchen. Ihre Hand war heiß, um ihre Finger war eine zerrissene Kette gewickelt, daran ein goldenes Kreuz. Lebenszeichen konnte ich keine feststellen. Ihr Gesicht war mir zugekehrt, die Augen offen und noch glänzend, der aufgesperrte Mund ließ ihre kleinen grauen Zähne sehen. Ich berührte ihr Lid, aber es reagierte nicht. Ihr Kopf lag in einer feuchten Blutlache, aber unter ihrer eingedrückten, fleckigen Haube und dem dichten schwarzen Haar konnte ich keine Wunden ausmachen.

»Nur eine Bedienstete«, flüsterte ich, als ich ihr die Augen schloss und mich erhob.

Neben der Leiche lag ein Schürhaken. Er war an seinem Ende verbogen und blutverkrustet, ein Haarbüschel klebte daran.

Mein Vormund kam zurück. »Da ist sie nicht, und auf ihrem Schreibtisch liegen keine Nachrichten.« Er sah sich um. »Gut. Sie haben nichts verändert – außer ihren Augen.«

»Sie kann noch nicht sehr lange tot sein.«

»Und eine wahrscheinliche Tatwaffe liegt füglich zutage.« Als er die Haustür schloss, schlug eine andere Tür zu. »Was zum …« Wir liefen vorbei an der Treppe und durch eine offene Tür in den hinteren Teil des Hauses, bis zu einer geschlossenen Tür, die Sidney Grice aufwarf, um eine kleine Küche mit einem blank geschrubbten Tisch zum Vorschein zu bringen. Zugleich hörten wir ein Krachen, schwenkten herum und sahen neben einer Anrichte aus Kiefernholz Dr. Berry am Hals von der Decke hängen.

»Dorna!«, rief ich aus.

Ihre Hände zerrten an der Henkersschlinge, ihre Augen waren unnatürlich weit aufgerissen und verzweifelt auf mich gerichtet, die Pupillen klein wie Stecknadelköpfe. Ein umgekippter Holzschemel lag unter ihr. Sidney Grice riss ihn hochkant, kletterte hinauf und suchte Halt an einer hohen Geschirrschranktür. Dornas Füße reichten in eine aufgezogene Besteckschublade. Er ging in die Knie, legte ihr seine Arme um die Taille und richtete sich auf, um den Strick zu entspannen.

»Aufknoten«, befahl er. Meine Augen folgten dem Strick von ihrem Hals zu einem Fleischerhaken unter der Decke, um den er sich schlang, um darauf in einem Winkel von etwa dreißig Grad zur Senkrechten hinunter zu einem Eisenring an der Wand bei der Hintertür zu führen. »Schnell, March.«

Ich rannte hinüber und zerrte am Knoten. »Er ist zu fest.«

Dorna würgte, ihr Gesicht war dunkel angelaufen, und ich sah, dass mein Vormund Mühe hatte, sie hochzustemmen und auf dem wackligen Schemel das Gleichgewicht zu halten. Ich schnappte mir ein Schlachterbeil von seinem Gestell und hackte drei Mal so kräftig ich konnte nach dem Knoten, schlug in die weißgetünchte Wand hinein, zerfetzte die letzten fransigen Stränge und stürzte zurück, um den Schemel festzuhalten.

Ihre Augen waren geschlossen, als wir Dorna Berry auf den Fußboden legten, und sie atmete nicht, aber ihre Finger zwischen Strick und Kinn hatten den Großteil des Drucks abgefangen, und kaum dass wir die Schlinge lockerten, holte sie geräuschvoll Luft.

»Sie sind außer Gefahr«, sagte er und hob ihren Kopf, um den Strick wegzuziehen.

Dornas Gliedmaßen zuckten heftig. »Gott sei Dank«, keuchte sie heiser. »Gott sei Dank, dass Sie gekommen sind.«

67

DER SCHÜRHAKEN
UND DER STRANG

Schon nach wenigen Minuten gelang es Dorna, sich aufzusetzen. Mein Vormund half ihr auf einen Stuhl. Ich goss ihr
ein Glas Wasser ein, doch als sie es nahm, zitterte ihre Hand
so heftig, dass sie nicht trinken konnte.

»Ich dachte wirklich ...« Sie rieb sich sachte den Hals. »Ich
dachte wirklich ...« Dann brach sie in Tränen aus.

»Versuchen Sie, nicht zu reden«, riet ich ihr, doch mein Vormund winkte nur erbost ab.

»Versuchen Sie's, wenn Sie können.« Er stützte ihre Hand,
und sie schaffte es, einen Schluck zu trinken.

»Wenn Sie beide nicht rechtzeitig gekommen wären ...« Erneut begann sie zu schluchzen, und ich ergriff ihre Hand. »Es
tut mir leid.«

»Was ist geschehen?« Sidney Grice zog den Schemel heran
und setzte sich neben sie.

»Ich weiß es kaum. Da war jemand an der Tür.«

»Hat er geläutet oder geklopft?«

Sie schluckte. »Was? ... Geklingelt, glaube ich ... Ja, ein Läuten, nur ein einziges. Emily ging hin, um aufzumachen.«

»Wo ist Ihr Hausmädchen?«, erkundigte ich mich.

»Jane hatte den ganzen gestrigen Tag und heute Vormittag frei. Emily kam von einer Stellenvermittlung. Ich habe

ihre Dienste schon früher einige Male in Anspruch genommen.«

»Haben Sie gesehen, wie sie zur Tür ging?«, fragte mein Vormund.

»Nein. Ich war in meinem Sprechzimmer, bei geschlossener Tür. Doch ich hörte Schritte im Flur und wie die Haustür geöffnet wurde und sie jemanden bat zu warten. Dann ...«

»Wie viele Besucher?«, fragte er jählings, und sie griff sich an die Stirn.

»Um Gottes willen! Dorna ist gerade dem Tod entronnen.«

»Und ihre Erinnerung wird nie frischer sein«, blaffte er zurück, fügte, an sie gewandt, aber hinzu: »Falls Sie dazu in der Lage sind, würde uns das wirklich sehr helfen.«

»Ich will mich bemühen.« Dorna Berry zwickte sich mehrmals in die Stirn. »Das konnte ich zu diesem Zeitpunkt noch nicht sagen, da ich außer Emilys *Warten Sie bitte hier* keine anderen Stimmen vernommen hatte. Dann war da ein Geräusch, ein dumpfer lauter Schlag, und ihr Aufschrei – keine Worte, nur ein Schrei der Verwunderung oder des Schmerzes, und ein Poltern, als wäre sie gestürzt, und danach drei weitere dumpfe Schläge. Sie folgten sehr schnell aufeinander. Als würde jemand einen Teppich ausklopfen.«

Ich nahm ihre Linke und barg sie in meinen Händen. »Sind Sie sicher, dass Sie weitermachen können?«

Sie ließ ihre Rechte auf meine sinken. »Wenn es dazu beiträgt, die Mörder zu ergreifen ...«

»*Die* Mörder?«, stieß Sidney Grice hervor. Sie nickte.

»Ich öffnete die Tür, und da erblickte ich sie. Diese Frau – die ich am Fenster gesehen hatte. Ich bin mir ganz sicher, dass sie es war – die mit dem Muttermal.«

»Primrose McKay«, platzte ich heraus, und sie nickte abermals.

»Sie allein?«, wollte mein Vormund wissen.

»Zunächst schon. Dann sah ich Emily. Sie lag mit dem Gesicht nach unten auf dem Boden, der Haustür zugewandt, und diese McKay stand direkt hinter ihr«, sie reckte die Faust empor, »mit einem Schürhaken in der Hand, wie eine Waffe.«

»Woher könnte der Haken stammen?«, fragte ich. In der Diele befand sich kein Kamin. Dornas Faust öffnete sich wieder.

»Jane bewahrte ihn im Schirmständer auf …« Sie lachte bitter. »Zu unserem Schutz. Nachdem ich diese Frau im Tavistock Square gesehen hatte, fürchteten wir, sie könnte kommen, um mir etwas anzutun.«

Sidney Grice fing sein Auge auf. »Das haben Sie mir nie erzählt.«

Sie wiegte ihren Körper sachte hin und her. »Ich dachte, Sie könnten mich für töricht halten. Woher sollte sie wissen, wer ich bin oder wo ich wohne?«

Mein Vormund berührte sie sanft an der Schulter. »Sie weiß, wo ich wohne, und könnte uns zusammen gesehen haben. Die ganze Welt kennt mein Domizil. Es wäre ein Leichtes gewesen, mir zu folgen. Es tut mir leid, falls ich sie zu Ihnen geführt habe.« Irgendetwas an seiner Entschuldigung klang seltsam hohl in meinen Ohren. Vielleicht lag es nur daran, dass ich es nicht gewohnt war, ihn um Verzeihung bitten zu hören. »Was geschah dann?«

»Ich trat in die Diele.«

»Das war sehr mutig von Ihnen«, erklärte ich.

»Mutig oder töricht? Ich traute meinen Augen nicht. Es war wie in einem dieser schlechten Rührstücke, in denen ich meinen Pflegeeltern zuliebe immer die Dorfschönheit geben musste. Und in diesem Moment wurde ich attackiert – ein Mann packte mich.«

»Thurston Gates …«, setzte ich an, aber Mr G hieß mich schweigen.

»Bitte fahren Sie fort.«

»Er muss hinter der Tür gestanden haben. Er schlang von hinten die Arme um mich und hob mich hoch, als wäre ich leicht wie eine Feder. Ich versuchte zu schreien, aber er hielt mir seine Pranke über den Mund. Ich versuchte, ihn zu schlagen, aber er schien es nicht mal zu bemerken, und dann trat diese Frau auf mich zu, hob den Schürhaken, und ich dachte ...« Sie schlug die Hand vor den Mund, und ihre Augen füllten sich mit Tränen. »Ich dachte, sie würde mir den Schädel einschlagen, und das Einzige, woran ich noch zu denken vermochte« – sie räusperte sich –, »war, dass ich Sie, Sidney, wohl nie mehr wiedersehen würde.«

»Das wäre gewiss ein Segen gewesen.« Sidney Grice zog ein blaues Baumwolltuch hervor und polierte sein Auge. Dorna schüttelte den Kopf.

»Es war der einzige Gedanke, den ich nicht ertragen konnte.« Sie legte ihre Hand auf seine. »Ich habe den Tod schon so oft gesehen, dass ich glaubte, ihn nicht mehr zu fürchten ... Dann trug der Kerl mich den Gang hinunter bis hierher. Ich trat um mich und versuchte, ihm in die Finger zu beißen, aber er hatte meinen Kiefer zu fest gepackt. Er hielt mir die Nase zu, sodass ich keine Luft bekam, und ehe ich mich versah, stand ich auf einem Schemel, während er einen Strick an diesem Ring dort an der Wand festknotete.«

»Wo hatte er den Strick her?«, fragte ich.

Plötzlich brauste sie auf und schrie: »Woher soll ich das wissen? Wahrscheinlich hatte er ihn mitgebracht.«

Nur mit Mühe gelang es ihr, sich wieder zu beruhigen. »Er legte mir die Schlinge über den Kopf, zurrte sie fest und« – sie schloss die Augen – »trat den Schemel um. Ich fiel nur wenige Zentimeter. Entweder hatten sie sich verrechnet, oder sie wünschten mir einen langsamen Tod. Verzweifelt packte ich den Strick und versuchte, ihn zu lockern, ihn mir irgendwie vom Hals zu halten.«

»Ich frage mich, wieso man Sie nicht gefesselt hat«, merkte ich an.

»Vielleicht, um meinen Todeskampf zu verlängern.« Sidney Grice zog seine Lider auseinander und drückte das Glasauge in die wunde Höhle. Er atmete scharf ein, tat meinen besorgten Blick aber mit einer Handbewegung ab und fragte: »Was dann?«

»Sie stand da und sah mich an. Mein Gott, Sidney, dieser Ausdruck schierer Lust auf ihrem Gesicht. Noch nie habe ich solch unverhohlene Bösartigkeit erblickt.«

Dorna tat einen tiefen Atemzug. »Dann sind Sie beide gekommen. Die anderen beiden sahen einander an, zuckten mit den Schultern und gingen gemächlich hinaus in den Garten. Sie wandte sich um und sah mich ein letztes Mal an, noch immer lächelnd, fast schon belustigt, warf mir eine Kusshand zu und verschwand ... Dann war es still. Und ich dachte, dass, wer auch immer gekommen war, bei Emilys Anblick wohl wieder fortgerannt sein musste, um einen Polizisten zu holen – und mich hier sterben ließ.« Sie raffte den Kragen ihres Kleides zusammen, wie um das Gesagte zu illustrieren. »Die Schublade war halb geöffnet, und es gelang mir, sie mit den Füßen herauszuziehen und mich hineinzustellen, um mich abzustützen.«

Ich reichte ihr mein Taschentuch. »Damit haben Sie große Geistesgegenwart bewiesen.«

»Aber ich konnte meine Finger nicht aus der Schlinge ziehen und bekam keine Luft.« Sie brach abermals in Tränen aus. »Niemand kam, und ich bekam keine Luft.«

»Ich glaube, das reicht«, sagte ich, und mein Vormund nickte zustimmend.

»Hätten Sie gerne etwas Richtiges zu trinken?«, fragte ich.

»Dort im Schrank steht etwas Sherry. Die Köchin wollte heute einen Trifle zubereiten.«

»Wo ist die Köchin?« Sidney Grice sprang auf, und Dorna sah sich suchend um, während er zur Hintertür lief.

»Sie glauben doch nicht ...«, setzte Dorna an, als er die Tür öffnete und hinaustrat.

Er beugte sich über eine bäuchlings hingestreckte Gestalt.

»Tot«, erklärte er bei seiner Rückkehr. »Sie liegt im Rosenbeet – von hinten erschlagen. Aller Wahrscheinlichkeit nach mit jenem Fleischerbeil, das noch immer in ihrem Hinterkopf steckt.«

»Gütiger Himmel«, hauchte Dorna. »Wird das denn nie ein Ende finden?«

»Doch.« Mein Vormund schloss die Tür. »Es wird alles ein Ende finden, und das noch heute. Bleiben Sie bei Dorna, March. Ich gehe nach nebenan, Hilfe rufen.«

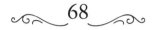

EINSATZ EINES LEBENS

Ich setzte mich zu Dorna Berry, trank Sherry mit ihr und sprach wenig, während Sidney Grice die Leichen untersuchte. Er ging in der Diele auf und ab und dann in den Garten, wo er anscheinend Erdproben nahm und Schuhabdrücke ausmaß, ehe er sich uns wieder zugesellte.

Die Polizei kam: zwei Konstabler, ein grauhaariger Sergeant und Inspektor Quigley.

»Lassen Sie mich nicht allein«, bat Dorna. Ich legte meine Hand auf ihre Schulter.

»Na, heute *haben* Sie sich selbst übertroffen«, hörte ich Quigley sagen, als mein Vormund den Männern entgegenging. »Zwei brutale Morde zum Preis von einem, und beinahe ein dritter obendrein.«

»Sie scheinen zu vergessen«, erwiderte Mr G, »dass es mir mitnichten obliegt, diese Leute zu beschützen, Inspektor, während Sie dazu verpflichtet sind.« Er senkte die Stimme. »Diese Frauen waren keine Klienten, und ich bin allein Dr. Berry zu Gefallen hier.«

Ich schloss die Tür, konnte aber noch immer die gedämpften Stimmen hören, unterbrochen von einem kurzen Wortgefecht zwischen Sidney Grice und dem Inspektor. Eine Weile trat Schweigen ein, indes die beiden Zankhähne zur Haustür hinaus und durch die Seitenpforte gegangen sein mussten, da ich sie wenig später im Garten hörte, wo ihr Ton zorniger wurde, bis die Hintertür aufflog und alle fünf Männer in die Küche kamen.

Quigley nahm die Schlinge von der Anrichte und hielt sie Dorna entgegen. »Zeigen Sie mal, wie sie um Ihren Hals lag.« Ich riss ihm den Strick aus der Hand.

»Lassen Sie Dr. Berry in Frieden. Sehen Sie nicht, dass sie einen schweren Schock erlitten hat?«

Quigley lief rot an vor Entrüstung. »Ich muss sie doch vernehmen.«

»Sicher«, pflichtete Mr G ihm bei. »Aber nicht heute.«

»Dann wird sie morgen auf die Wache kommen.«

Dorna vergrub das Gesicht in beiden Händen, während die Konstabler herumstöberten, Schubladen aufzogen und wieder schlossen, aber wenig Interesse an ihrem Inhalt zeigten. Der Sergeant hob den Kessel von der Herdkante. »Ob wohl ein Tässchen drin wäre?«, fragte er hoffnungsvoll.

»Keinesfalls«, beschied ich ihn, und die Konstabler grummelten enttäuscht.

»Die Toten werde ich ins Leichenhaus bringen lassen«, kündigte Quigley an, als Mr G und ich ihn in die Diele begleiteten.

Er setzte seine Melone auf, klopfte sie fest und ging mit einem forschen Abschiedswort aus dem Haus. Die Konstabler trugen die Leichen auf Decken in den hinteren Teil eines schwarzen Kastenwagens und fuhren mit dem Sergeant davon.

»Darf ich jetzt saubermachen?«, fragte ich, und Mr G zuckte die Achseln und ging zurück zu Dorna. Ich fand einen Mopp und einen Eimer, und als die Blutflecken verschwunden waren, führte mein Vormund Dorna in ihr Sprechzimmer.

Jane, das Dienstmädchen, fand sich ein, und ich setzte mich mit ihr ins hintere Wohnzimmer, um ihr alles zu erzählen. Sie schwankte auf ihrem Stuhl, dass ich einen Augenblick lang glaubte, sie würde sich erbrechen, fing sich dann aber, wiewohl ihr Gesicht weiß wie Kerzenwachs blieb.

»O Miss, wenn es nicht mein halber freier Tag gewesen wäre ...« Sie musste ihren Satz nicht beenden. Wir wussten beide, welchem Schicksal sie entgangen war.

Ich goss ihr einen Sherry ein und mir ausnahmsweise keinen weiteren. Sidney Grice trat ein. »Ach, Jane, ich habe deine Herrin überzeugt, dass sie etwas essen muss. Sie fühlt sich einem Schinkenbrot gewachsen.« Ich funkelte ihn böse an, und er erwiderte meinen Blick. »Ich weiß wohl, was Sie denken, Miss Middleton, aber jetzt ist nicht der Zeitpunkt, ihr anständige Kost zu predigen.«

»Nein.« Ich stand auf. »Noch der Zeitpunkt, Rücksicht auf Janes Gefühle zu nehmen.«

»Oh.« Er winkte leichthin ab. »Dafür wird nie der Zeitpunkt sein. Es ist schon mühselig genug, meinen eigenen Bediensteten so viel Aufmerksamkeit widmen zu müssen. Ich bekomme dann drei geschälte Mohrrüben.«

Er ging davon.

»Ich kümmere mich drum«, sagte ich, »wenn du mir sagst, wo der Fliegenschrank ist.«

Jane kam mühsam auf die Beine. »Nein, Miss. Ich kann nicht rumsitzen und Ihnen bei der Arbeit zusehen. Es wäre nicht recht.«

»Falls du dich zum Bleiben außerstande fühlst, kann ich mich an die Agentur wenden.«

»Mein Platz ist hier, bei Ihnen.«

Ich versuchte, mich mit Brotschneiden nützlich zu machen, aber Jane schob meine ungeschlachten Kloben beiseite, begradigte den Laib und säbelte vier wohlgestalte dünne Scheiben ab.

»Und wir trinken dann Kaffee.« Mein Vormund erschien wieder. »Ich habe versucht, Dr. Berry zu überreden, auf einige Tage in die Gower Street zu kommen, aber sie will nichts davon wissen.«

»Werden Sie und ich zu ihrem Schutz hierbleiben?«, fragte ich, und er warf sein Haar mit einem Kopfrucken zurück.

»Sie ist entschieden dagegen.«

Jane hielt sich an der Tischplatte fest.

»Aber wenn sie nun wiederkommen, Sir?«

»Ich habe deiner Herrin mein Wort gegeben, und du hast es auch, dass sie das nicht werden.«

Jane richtete sich auf und ließ den Tisch los. »Sie sind ein Gentleman, Mr Grice, Ihr Wort genügt mir.«

Mein Vormund durchquerte den Raum, um sein Spiegelbild im blank polierten Boden einer aufgehängten Pfanne zu betrachten. »Sei beruhigt.« Er richtete seine Krawatte. »Ich versichere es bei deinem Leben.«

SALZ UND DIE RACHE DES SOHNES

Ich leistete Jane Gesellschaft, während sie Sandwiches, Möhren und Kaffee zubereitete, und prüfte auf ihren Wunsch hin, dass die Hintertür auch fest verriegelt war, bevor sie das Tablett ins Wohnzimmer trug.

Dorna schien besserer Dinge zu sein. Sie erhob sich, schloss Jane in die Arme und flüsterte ihr etwas ins Ohr, worauf das Dienstmädchen entgegnete: »Sie haben mich eingestellt, als mich kein anderer auch nur vorsprechen ließ. Ich werde Sie nicht im Stich lassen, Miss.«

»Das werde ich dir nicht vergessen, Jane.«

»Ich benötige Salz«, meinte mein Vormund, und als das Hausmädchen gegangen war, erklärte Dorna: »Es ist eine erbärmliche, aber, wie ich fürchte, nur allzu geläufige Geschichte. Der älteste Sohn des Hauses hat versucht, sich an ihr zu vergreifen, und als sie ihn zurückwies, erzählte er seiner Mutter, es sei andersherum gewesen. Jane wurde ohne Empfehlung entlassen, und ihre einstige Herrin erzählte überall herum, Jane habe sich mehreren Gästen gegenüber ungebührlich verhalten. Nachdem man ihr einen Monat lang nichts mehr angeboten hatte außer schierer Prostitution, steckte sie den Kopf in den Gasherd, wurde aber gerettet und ging wegen versuchten Selbstmords für drei Monate ins Zuchthaus. Danach war ihre Lage hoffnungslos.«

»Wie gut von Ihnen, sich ihrer anzunehmen«, stellte ich fest.

»Oder gut*gläubig*«, brummte mein Vormund, doch Dorna fuhr unbeeindruckt fort und sagte zu mir gewandt: »Sidney hat mir von Ihrem Morgen berichtet. Wie es scheint, sind wir alle heute nur knapp dem Tod entronnen und dürfen Gott danken, dass niemand von uns zu Schaden gekommen ist.«

Wir saßen um einen niedrigen rechteckigen Tisch in drei gepolsterten Lehnstühlen, wobei Dr. Berry ihren immer näher an den meines Vormunds heranrückte. Der Gummibaum hinter ihnen welkte traurig dahin.

»Ich fürchte indes, dass *ich* keineswegs unbeschadet davongekommen bin«, sagte mein Vormund. »Obschon ich nie dafür bezahlt wurde, die Mitglieder des Vereins zu beschützen, wird ebendies in der Öffentlichkeit angenommen, und sämtliche daran beteiligten Personen haben ein unzeitiges und gewaltsames Ende gefunden. Und sollte Primrose McKay gehängt werden, wird niemand außer mir von ihrem Tod profitieren. Wer weiß, ob ich sie nicht allesamt getötet habe, um mich persönlich zu bereichern?«

»Ach, das ist doch Unsinn«, sagte ich. »Ich war die ganze Zeit bei Ihnen.«

»Sie würden vor Gericht wohl kaum als unabhängige Zeugin gelten.«

»Bedienen Sie sich doch bitte, March. Hier sind Milch und Zucker.« Dorna goss aus einer hohen Kanne drei Tassen Kaffee ein. »Aber es kann doch keinen Zweifel an Miss McKays Schuld bestehen, Sidney. Im Fenster des Zahnarztes mag ich sie nicht sofort erkannt haben, heute verhielt es sich ganz anders.«

Sidney Grice räusperte sich. »Leider steht Ihr Wort gegen Miss McKays, und ich hege keinen Zweifel, dass sie in der Lage wäre, sich ein Dutzend Zeugen aus den besten Kreisen zu erkaufen, die alle schwören würden, sie die gesamte Woche und rund um die Uhr in Penzance gesehen zu haben.«

»Aber was ist mit dem Goldkreuz an der Kette?«, fragte

Dorna. »Sie haben mir doch erzählt, wie gern sie so etwas trägt.«

Ich nahm mir die Zange mit den Klauen. »Daran kann ich mich nicht erinnern.«

»Nehmen Sie sich doch noch ein Sandwich, March.« Mein Vormund hielt mir den Teller unter die Nase. »Sie wird behaupten, dass es so ziemlich jedem hätte gehören können. Nein, Dorna, was wir tun müssen, ist, eine Beweiskette gegen Primrose McKay aufzubauen, in der Ihre Aussage nur eine Art Schüsselglied darstellt.«

»Aber wie stellen wir das an?« Dorna wirkte von Minute zu Minute gelassener.

»Lassen Sie uns den ganzen Fall einmal logisch nachvollziehen«, sinnierte Sidney Grice, als Jane mit dem Salz hereinkam. »Es ist schon lange meine feste Überzeugung, dass sämtliche Taten – mit Ausnahme des Mordes an Warrington Gallop – von mindestens zwei Personen verübt wurden. Wenn wir einstweilen von dieser Prämisse ausgehen, wie auch davon, dass es sich bei einem der Mörder um Rupert handelte, wer sonst – abgesehen von der jungen Primrose McKay – hätte daran mitwirken können?«

»Vielleicht hat Cutteridge ihm geholfen, weil er glaubte, die Baronin habe es ihm befohlen«, sagte ich. Mein Vormund hob abwehrend die Hand.

»Cutteridge hat Mordent House seit Jahren nicht verlassen. Er wusste nicht, dass Trivet's Tea Shop bereits vor acht Jahren abgerissen worden war, und die Blätter am Haupteingang waren schon vor Wochen herabgefallen, aber von niemandem plattgetreten worden, bis wir bei unserem ersten Besuch darüberliefen. Ich hatte damals bereits erwähnt, wie bemerkenswert ich sie fand, und ich muss March wohl kaum daran erinnern, wie spöttisch sie reagierte.« Er nahm das Salzfässchen und blies hinein.

»Nein, das müssen Sie nicht«, pflichtete ich ihm bei, »wiewohl Sie es eben getan haben.«

Er kratzte sich den Handrücken.

»Was ist mit diesem Katzenfabrikanten, von dem Sie mir berichtet haben – Mr Piggety«, fragte Dorna. »Könnte er nicht Ruperts Komplize gewesen sein, bis dieser ihn umbrachte?«

»Was in der Tat erklären würde, wieso Rupert das letzte Verbrechen allein verübte«, ergänzte ich, aber Sidney Grice schüttelte nur den Kopf.

»Um Piggety zu töten, waren zwei Personen nötig.«

Ich nahm mir drei Stücke Zucker. »Was geschieht mit dem Geld, wenn Miss McKay hingerichtet wird?«

»Ein müßiger Punkt«, sagte er. »Ich schätze, dass der Streit darum die Gerichte über Jahre beschäftigen wird. Jeder noch so entfernte Verwandte wird aus seinem Loch hervorkriechen und Forderungen anmelden. Aber keiner von ihnen sollte sich der Illusion hingeben, alles zu erben. Die Satzung des Vereins hat die Anwälte dazu verpflichtet, eine Liste aller Anspruchsberechtigten zu erstellen – für den unwahrscheinlichen Fall, dass die beiden letzten Mitglieder zeitgleich dahinscheiden sollten. Und das Resultat ist ein äußerst verschlungenes Dickicht weit verzweigter Stammbäume.«

Er hob seine Tasse und ließ den Kaffee darin kreisen. »Was ich oftmals tue, wenn ich vor einem solchen Rätsel stehe, ist, den Hergang der Geschehnisse im Geiste zu rekonstruieren. In der Vergangenheit habe ich mich dabei gern Marchs Hilfe bedient, doch sie ist ein hoffnungsloser Fall.«

»Herzlichen Dank auch«, knurrte ich.

»Sie sind die viertintelligenteste Frau, die mir je begegnet ist, Dorna. Vielleicht wären Sie so freundlich, mir diesmal zu assistieren?«

»Und wo stehe ich auf Ihrer Liste?«, fragte ich.

»Sie stehen nicht drauf«, sagte er, worauf Dr. Berry hinüberlangte und ihre Hand auf seine legte.

»Ich werde Ihnen behilflich sein, wo immer ich es kann.«

»Gewiss werden Sie das.« Er strich ihr zärtlich über die Finger.

Ich starrte die beiden an. »Möchten Sie, dass ich gehe?«

»Oh, March«, erwiderte mein Vormund. »Ich weiß, dass Sie mal wieder grundlos gekränkt sind, aber dieses eine Mal müssen Sie Dorna gestatten, die Mörderin zu sein.«

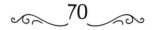

SPIEL IM GARTEN

Dorna lachte, wie es noch vor einer halben Stunde unmöglich erschienen wäre. »Aus Ihrem Mund klingt es wie ein Spiel.«

»Das Leben *ist* ein Spiel«, sagte Sidney Grice, »und endet stets in Tränen.«

»Vielleicht wird dieses glücklich ausgehen.« Sie rang sich ein Lächeln ab. »Und Sie sind sich bitte nicht zu schade mitzumachen, March.«

»Danke, aber ich würde lieber draußen spielen gehen«, erwiderte ich.

»Schmollen gehört zu Ihren weniger anziehenden Eigenschaften«, er hielt sich den Kaffee unter die Nase und würdigte das Aroma, »ist aber Ihren unbeholfenen Scherzen vorzuziehen.«

»Seien Sie nicht so streng mit March«, Donna rutschte vor, und ihre grünen Augen funkelten. »Wie fangen wir an?«

»Wir wollen mit dem zweiten Mord beginnen, dem an Horatio Green, dem Apotheker, der in meinem Studierzimmer verstarb.« Er trank von seinem Kaffee und schob ihn vorm Schlucken im Mund herum. »Wie haben Sie ihn umgebracht?«

Dorna legte die Stirn in Falten. »Sie haben mir doch erzählt, er sei mit Blausäure vergiftet worden.«

»Allerdings wurde er das, mittels einer der Wachskapseln,

die er in sein Ohr einführte. Doch wie ist die Kapsel ausgetauscht worden?«

»Das weiß ich nicht, mein Lieber.«

Obwohl ich wusste, dass sich Dorna etwas aus Sidney Grice machte, wäre mir nie eingefallen, sie könnte ihn *mein Lieber* nennen. Es wirkte wie ein Angriff auf seine Großspurigkeit, als würde man Ihre Majestät mit *Schatz* anreden. Ihn jedoch schien der Kosename keineswegs zu bekümmern.

»Durch den Mann, der sich als Reverend Golding ausgab«, sagte ich, ehe die beiden einträchtig zu raunen begannen. »Als die Bengel Mr Greens Laden auseinandernahmen.«

»Wer könnte besser einen Geistlichen spielen als ein anderer Geistlicher?« Er löste seine Hände von ihren und hakte den Deckel seiner Schnupftabakdose auf. »Erinnern Sie sich, March, wie Green uns erzählte, dass der Pfarrer Sachen aufhob und ihm zum Einräumen gab? Vielleicht konnte der Pfarrer nicht selber an die Regale reichen.«

»Und Reverend Jackaman war ein sehr kleiner Mann«, sagte ich. »Während sie das also taten, legte Goldings vorgebliche Tochter die vergiftete Kapsel in Greens Pillenschachtel. Wer aber war die Tochter?«

»Ja, wer?« Mein Vormund nahm eine Prise Schnupftabak. »Jackaman hatte keine Kinder.«

»Nehmen wir somit an, dass ich – Primrose McKay – mich als die Tochter ausgebe«, sagte Dorna. »Wenn jedoch Reverend Jackaman der Mörder war, wer hat dann ihn ermordet?«

»Das hat mich lange Zeit beirrt.« Er zog die Nase kraus. »Zunächst konnte ich nicht verstehen, wieso er es hätte tun sollen. Die einfache Erklärung lautet, um ein anderes Mitglied des Vereins loszuwerden, doch wie wurde aus einem derart skrupellosen Mörder ein so leichtes Opfer?« Sidney Grice stopfte sich eine weitere Prise Schnupftabak ins rechte Nasenloch. »Dann aber überlegte ich, wenn nun Enoch Jackaman gar nicht wusste, dass er Mr Green umzubringen half, und glaubte, lediglich einen Schülerstreich zu unterstützen, vielleicht um einen Jux zu vergelten, den der berüchtigte Scherzbold Horatio Green mit Miss McKay angestellt hatte?«

»Reverend Jackaman hat nicht den Eindruck eines Spaßvogels gemacht«, hob ich hervor. »Und warum ist er nicht zur Polizei gegangen, als er die Folgen seines Handelns begriffen hatte?«

»Wer hätte ihm eher als der entzückenden und mächtigen Primrose McKay geglaubt?« Sidney Grice förderte ein großes blaues, weißgepunktetes Taschentuch zutage. »Ich beging den Fehler zu überlegen, was Jackaman durch sein Tun zu gewinnen hatte. Ich hätte überlegen müssen, was er zu verlieren hatte.«

»Erpressung«, sagte ich.

»Genau.« Er wandte sich an Dr. Berry. »Haben Sie dazu etwas anzumerken?«

Sie faltete ihre Serviette auseinander. »Vielleicht verleitete ich ihn zu ungehörigem Verhalten – beispielsweise dazu, einen Brief an mich zu schreiben. Würde das öffentlich gemacht, könnte es einen Geistlichen erledigen.«

»Ich kann mir keine bestrickendere Verführerin denken.« Er tupfte sich die Oberlippe.

»Mir ist etwas schwummrig«, sagte ich.

»Ist der Kaffee zu stark?«, erkundigte sich Dorna.

»Nicht der Kaffee.« Ich nahm noch einen Schluck, um den üblen Geschmack loszuwerden. »Somit hat Primrose den Reverend in eine verfängliche Lage gelockt und dazu überlistet, ihr bei einem Mord zu helfen. Was jetzt?«

Er faltete sein Taschentuch und steckte es ein. »Gehen wir zum dritten Todesfall über. Silas Braithwaite.«

»Der Zahnarzt?«, fragte Dorna. »Ich meine, Sie sagten mir, er sei nicht einmal Vereinsmitglied gewesen.«

»Sein Fall hat mich am meisten verwirrt«, sagte Sidney Grice, »zumal sein Tod wahrscheinlich Selbstmord war.«

»Aber Sie sprachen doch von einem Unfalltod«, wandte ich ein, und er schnalzte spöttisch mit der Zunge.

»Ich sagte, es *könnte* ein Unfall gewesen sein. Er wurde nicht von seinem Dienstmädchen aus Shropshire getötet. Es braucht einen kühlen Kopf, um ein solches Verbrechen zu verüben, aber als ich ihre Kaltblütigkeit auf die Probe stellte, fiel sie sofort in Ohnmacht. Die Unglücksvermutung hätte mich leidlich zufriedengestellt, zumal ich seinen Tod auch gar nicht untersuchte« – er drehte das Tablett und zog es etwas näher zu sich, genau auf Tischmitte –, »bis Sie, Dorna, Miss McKay in seinem Haus sichteten. Stellen wir uns vor, dass Silas Braithwaite in den Mord am Tierpräparator Edwin Slab verstrickt war und außerdem unter Zwang handelte. Vielleicht wurde er unter Druck gesetzt, damit er einen weiteren Mord beging. Es gibt zwei Arten von Erpressern. Gewöhnlich sind sie auf eine Belohnung aus, zuweilen – wie soll ich mich ausdrücken? – in Form persönlicher Dienste, häufiger aber eines Entgelts, und üblicherweise steigern sie ihre Forderungen, bis sie ihre Opfer finanziell ausgepresst haben. Die gewiefteren Erpresser setzen in Gang, was ich in meinem Aufsatz *Eine kurze Geschichte verbrecherischer Erpressungstechniken in der modernen Gesellschaft* als *Kaskade* beschreibe. Zunächst wird das Opfer in ein kleines Vergehen verwickelt oder dazu verleitet. Es muss nicht einmal gesetzwidrig sein. Dessen Aufdeckung aber könnte hochnotpeinlich werden und das Opfer gesellschaftlich vernichten. Dann wird es mittels angedrohter Entlarvung zu einer Tat genötigt, die strafbar *ist*. Fortan ist das Opfer in einer Abwärtsspirale von Delikten gefangen. Je mehr es tut, umso mehr ist es gezwungen zu tun, und wird es erst einmal in einen Mord hineingezogen, dann ist es dem Erpresser auf Gedeih und Verderb ausgeliefert. Sein ganzes Geld auszuhändigen, wäre noch seine geringste Sorge. Sie, Dorna …«

»In meiner Rolle als Primrose McKay«, warf sie ein.

»Ich dachte, darin besteht Übereinkunft.« Allmählich ging mir ihre Zimperlichkeit auf die Nerven.

Sidney Grice fuhr fort, als hätte keine von uns gesprochen. »… überredeten Silas Braithwaite, Beihilfe zum Mord an Edwin

Slab zu leisten. Gut möglich, dass er nicht wusste, worauf er sich einließ, ehe es zu spät war, aber jemand hat Mr Slab festgehalten, als er abgespritzt wurde.«

»Vielleicht hat Miss McKay Silas Braithwaite gegenüber behauptet, Mr Slab nur unter Betäubung setzen zu wollen, um unterdessen nach belastenden Briefen zu fahnden«, mutmaßte ich.

»Was zu meinem Befund passen würde, wonach das Arbeitszimmer durchsucht worden war.« Er rollte die Mohrrüben auf seinem Teller herum, bevor er die ebenmäßigste auswählte.

»Dann kehren sie in den Werkraum zurück, wo Silas entsetzt feststellt, dass Mr Slab einen tödlichen Herzanfall erlitten hat«, sagte ich. »Also hilft er, Mr Slab in das Becken mit Formaldehyd zu kippen im Glauben, so sähe es wie ein Unfalltod aus, und macht sich nicht bewusst, genau das Gegenteil zu bewirken, da Slabs Lunge keinerlei Flüssigkeit aufnehmen wird.«

»Und Primrose McKay sorgt dafür, dass es nach Fremdeinwirkung aussieht, indem sie die Spritze am Boden liegen lässt und die Leiter vom Becken fortrückt«, er stippte seine Mohrrübe ins Salz, »ohne zu ahnen, dass die senile Haushälterin Rosie Flower die gründlichste Vernichtung von Beweismitteln beaufsichtigen wird, die mir je untergekommen ist.«

»Hätte ich nicht Verdacht geschöpft, wären sie vielleicht damit davongekommen«, sagte Dorna.

Mr G streckte den Rücken gerade. »Es ist unwahrscheinlich, dass irgendein Mörder meinen Ermittlungen entrinnen könnte.«

»Und Silas Braithwaite graut so sehr davor, was er getan hat, oder fürchtet sich dermaßen, zu einem weiteren Mord getrieben zu werden, dass er sich umbringt«, dachte ich laut.

»All das ist bloße Unterstellung.« Dorna leerte ihre Kaffeetasse. »Was bringt Sie darauf, dass Silas Braithwaite überhaupt beteiligt war?«

»Seine Hose.« Mr G wedelte mit seiner Mohrrübe herum, als dirigierte er das Gespräch. »Erstens war sie mit einer Bleiche bespritzt worden, die sehr nach Formaldehyd roch, wobei mir das Bedeutsame daran seinerzeit nicht klar war.«

»Aber warum hat er sie nicht gewechselt?«, fragte ich.

»Weil, wie uns sein Dienstmädchen Jenny mitteilte – wenn Sie mal zuhören und nicht davon tagträumen würden, einsam wie eine Wolke umherzuwandern oder ähnlichen Unsinn –, seine übrigen Kleider in der Wäscherei waren, wo sie als Pfand einbehalten wurden.«

»Und zweitens?«

»Als ich daran herumzupfte, fand ich Spuren eines weißlichen Pulvers, das Dr. Manderson von der chemischen Fakultät des University College als Aluminiumkaliumsulfat-Dodecahydrat analysiert hat, besser bekannt als Alaun, und das von Präparatoren zum Gerben von Tierhäuten eingesetzt wird.«

»Außerdem wird es von skrupellosen Müllern zum Mehlpanschen verwendet, und Jennys Vater war Müller.« Noch als ich darauf hinwies, wurde mir klar, dass es sich um einen bedeutungslosen Zufall handelte.

Wieder schnalzte er mit der Zunge. »Ich fürchte, March pflegt immer gleich zu sagen, was ihr gerade durch den Kopf geht.«

»Da lag doch ein Sack weißes Pulver auf dem Boden des Werkraums, in dem er starb«, erinnerte ich mich und wurde mit einem »Ganz recht, endlich haben Sie mal etwas Nützliches geplappert« belohnt.

Dorna stellte geräuschvoll ihre Tasse ab. »Sie ist kaum mehr als ein Kind. Müssen Sie so grob zu ihr sein?«

»Nein, aber ich ziehe es vor«, sagte er. »Sie ist schon reichlich unnütz, wenn ihr kein Honig um den Mund geschmiert wird.«

Ich war mir nicht sicher, ob mich ihre unabsichtliche oder seine absichtliche Beleidigung mehr verletzte, doch in meinem

Kopf rumorte noch etwas anderes, auf das ich einfach nicht kam.

»Wer aber läutete die Schelle, auf die Rosie Flower öffnen ging, ehe sie Mr Slabs Leiche fand?«, fragte ich.

»Na, das war ich, um Sidney zu ärgern.« Dorna schmunzelte. »Sie wissen doch, wie ungern er sich necken lässt.«

Mr G zischelte abfällig. »Ein sinnloses Unterfangen. Als wollte man den Franzosen das Kochen beibringen.«

Dorna und ich schauten einander an und verdrehten die Augen, während er das Tabletttuch glattzog.

»Ein paar Tage nach Mr Braithwaites Tod haben Sie doch in seinem Haus jemanden gesehen«, sagte ich.

»Vielleicht war es ein Patient, der jede Verbindung zu ihm tilgen wollte«, spekulierte Dorna, »um noch dem Anflug eines Skandals vorzubeugen.«

»Oder es waren Sie auf der Suche nach dem Abschiedsbrief eines Selbstmörders, der Sie des Verbrechens bezichtigt«, sagte ich.

»Mich?«, wunderte sich Dorna. »Meine Güte, was ich alles getan habe.« Sie fasste sich an die Bluse, und mir fiel das eine Mal ein, da wir allein im Studierzimmer meines Vormunds gewesen waren. »Vielleicht war es sein Geist.«

»Bitte fangen Sie nicht an, welche zu sehen«, flehte Mr G. »March hat Freunde, die sie allenthalben sichten.«

»Und im Krankenhaus glaubte ich, den Geist von Eleanor Quarrel zu sehen«, gab ich zu, und Dorna fröstelte.

»Na, hoffentlich taucht sie nicht noch einmal auf. Für heute habe ich genug Mörderinnen zu Gesicht bekommen, glaube ich.«

»Obacht, March.« Mein Vormund reichte mir seine Serviette. »Sie haben Ihren Kaffee verschüttet.«

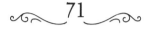

GASLECKS UND KRUMEN

Dorna reichte mir zwei Servietten. »Hoffentlich ist nichts auf dem Teppich gelandet.« Ich tupfte mein Kleid ab.

»Machen Sie sich keine Sorgen.« Sie goss uns allen noch einmal ein.

»Sollen wir fortfahren?« Sidney Grice blickte auf seine Uhr.

»Wo waren wir stehen geblieben?«, fragte Dorna.

»Nun, bislang«, ich zählte sie an den Fingern ab, »haben Sie Edwin Slab mithilfe von Silas Braithwaite getötet, Horatio Green mithilfe von Reverend Jackaman, Silas Braithwaite in den Selbstmord getrieben und sein Haus durchsucht.«

Dorna lachte, eine Spur zu laut. »Als Mörderin scheint man ja ein geschäftiges Leben zu haben.«

Sidney Grice schnaubte. »Bemühen Sie sich bei dieser Sache bitte um Ernsthaftigkeit.«

Sie erschauerte, und ich stand auf, um ihr meinen Schal umzulegen.

»Wenn *ich* das alles getan hätte, müsste ich ein Jahr lang das Bett hüten.« Ihre Stimme klang nun wieder zerbrechlich.

»Können Sie weitermachen?« Ich nahm wieder Platz, und sie nickte stumm. Mein Vormund biss die Spitze seiner Mohrrübe ab. »Widmen wir uns dem eigentümlich grausamen Tod des zwerghaften Reverend Enoch Jackaman.«

»Nun«, Dorna schüttelte sich, »Sie haben mir berichtet, wie er gestorben ist, aber habe ich ihn ganz allein umgebracht oder mit einem weiteren Komplizen?«

»Einen Augenblick.« Wir sahen ihm wortlos dabei zu, wie er seine Karotte abermals einstippte und genüsslich weiterknabberte. »Köstlich.« Er tupfte sich den Mund ab. »Und die kommen den ganzen weiten Weg aus Lincolnshire, wenn ich mich nicht irre«, erklärte er und ließ die Möhre sinken. »Hier darf man wohl von einer glücklichen Fügung sprechen. Sie finden einen Mann, der gierig, völlig skrupellos und bar jeden Mitgefühls ist.«

»Prometheus Piggety«, sagte ich.

»Der Mann mit den Katzen?« Dorna tauchte ein Stück Zucker in ihren Kaffee und öffnete die Zange, um es hinabsinken zu lassen.

»Ebender.« Sidney Grice verdrillte seine Kette und ließ die Uhr herumwirbeln. »Es wird keiner großen Überredungskünste bedurft haben, ihn zur Teilnahme an einem Mord zu bewegen, der für ihn hochprofitabel gewesen wäre. Wenn es ihm gelänge, sich des Pfarrers und Warrington Gallops zu entledigen, wären nur noch Miss McKay und die Baronin Foskett übrig. Wer auch immer den Zweikampf zwischen Prometheus und Primrose für sich entschied, könnte womöglich die Hände in den Schoß legen und seelenruhig auf das natürliche Ableben der Baronin warten. Schließlich war sie eine greise Dame, und sie zu töten, hätte den oder die Überlebende zum einzigen Verdächtigen gemacht.«

»Und wie beseitigen wir nun den Pfarrer?« Dorna rührte um und klopfte den Löffel am Tassenrand ab.

»Sie sagen das, als wäre er ein Kübel Unrat«, wandte ich ein.

»Vielleicht war er auch nicht mehr als das – für Mr Piggety jedenfalls«, merkte sie bedrückt an.

»Die größte Schwierigkeit besteht darin, in die Kirche zu gelangen«, sagte Sidney Grice. »Die Vordertür ist abgesperrt, doch das Schloss der Hintertür ist kaputt und unbrauchbar.

Das dürfte Jackaman nicht übermäßig beunruhigt haben, da sie in einen hoch ummauerten Garten führt, der obendrein über ein robustes, fest verriegeltes Tor verfügt, das zur Mulberry Street hinausgeht. Der andere, gleichwohl verschlossene Eingang führte durch das Pfarrhaus, wo seine getreue Haushälterin wachte. Sie aber ist das schwächste Glied seines Bollwerks. Es verlangt schon ein außergewöhnliches Maß an Können, am helllichten Tag auf einer belebten Straße unbeobachtet von vorne in ein Haus einzusteigen – selbst mir ist dies erst zwei Mal geglückt. Doch Dienstboten sind fast ausnahmslos geistig minderbemittelt. Sonst wären sie ja wohl auch keine Diener, oder?«

»Vielleicht genießen sie nur nicht unsere Privilegien?«, gab ich zu bedenken.

Ein Möbelkarren hielt vor dem Fenster, beraubte uns kurz des Tageslichts und setzte dann zurück.

»Gewiss tun sie das nicht«, räumte er ein, »vor allem nicht unser größtes Privileg: unseren Verstand. Erinnern Sie sich an die Stoffmütze, die ich gefunden habe? Piggety, in einen alten Mantel gehüllt, mit hochgestelltem Kragen, die Mütze tief ins Gesicht gezogen …«

»Die musste er diesem rothaarigen Straßenarbeiter abgekauft haben«, warf ich dazwischen. »Schon damals habe ich gesagt, dass der …«

»Piggety läutet also an der Tür des Pfarrhauses«, fuhr Mr G gereizt fort, »und erzählt der Haushälterin, dass bei den Straßenarbeiten eine Gasleitung beschädigt worden sei und sie mitsamt der Köchin und aller Dienstmädchen umgehend das Haus räumen und in der nahegelegenen Kirche von St Michael Schutz suchen müsse, bis man ihr die Rückkehr erlaube.«

»Er muss ihr gesagt haben, dass ihr Herr bereits dorthin unterwegs sei. Sonst wäre sie wohl kaum gegangen«, mutmaßte ich.

»Natürlich«, bejahte Sidney Grice. »Nun, wo war ich? Piggety sagt ihr, er müsse hereinkommen, um die Gasversorgung zu überprüfen. Sie verschwindet und überlässt ihm das Haus. Er lässt Sie hinein. Sie beide gehen durch das Pfarrhaus in den Garten, dringen durch die Hintertür in die Kirche ein und begehen die Tat – derweil wir hilflos auf der anderen Seite der Kirchentür stehen. Sie legen Jackaman eine Schlinge um den Hals, führen ihn zum Wandschirm, nageln ihn daran fest, spicken seinen Schädel mit einer Nadelkrone und rammen ihm einen großen Span des geborstenen Kruzifixes in die Seite.«

Dorna schluckte schwer. »Im Laufe meines Berufslebens habe ich einige schreckliche Verletzungen gesehen, doch handelte es sich stets um Fabrik- oder Verkehrsunfälle. Noch nie habe ich von etwas derart Unmenschlichem gehört.«

Sidney Grice ergriff ihren Arm. »Wäre es Ihnen lieber, wenn wir aufhören?«

»Nicht, solange meine Hilfe gebraucht wird. Diese Frau muss zur Rechenschaft gezogen werden.« Sie schlug die Augen nieder. »Und wer weiß, ob sie nicht ein weiteres Mal versuchen wird, mich umzubringen?«

Mein Vormund berührte sie sacht am Kinn, hob es an und blickte ihr in die Augen. »Bestimmt nicht. Dafür verbürge ich mich.« Sie lächelte schwach.

»Wie sind sie wieder herausgekommen?«, wollte ich wissen.

»Piggety floh durch das Gartentor.« Mr G ließ die angebissene Möhre einfach liegen und nahm sich eine neue. »Er warf seine blutbefleckte Verkleidung ins Gestrüpp und lief zur Mulberry Street, wo er, selbst wenn man ihn erkannte, keinerlei Verdacht erregen würde. Schließlich ist er dort Inhaber eines Standes, wo man *was* feilbietet?« Er richtete die Mohrrübe auf mich.

»Aufziehbare Mäuse und Hunde«, antwortete ich.

»Eben diese. Zwar wird er den Stand nicht persönlich betrieben, ihn aber zweifelsohne regelmäßig besucht haben. Er gehörte kaum zu den Leuten, die ihren Angestellten blind vertrauen. Entsinnen Sie sich noch, wie er uns damals erzählte, dass er einen Heizungsschlosser nie unbeaufsichtigt arbeiten lassen würde?«

»Aber wie ist Primrose McKay entkommen?«, fragte Dorna. »Ich würde annehmen, dass sie auf einem Spielzeugmarkt gewiss aufgefallen wäre.«

»Durch das Pfarrhaus«, sagte ich, »entweder als wir wieder fort oder noch immer in der Kirche waren.«

»Was bringt Sie überhaupt dazu, Mr Piggety zu verdächtigen?«, wollte Dorna wissen.

»Drei Dinge.« Mr G ließ seine Uhr pendeln wie ein Hypnotiseur. »Erstens gibt es nur eine begrenzte Anzahl möglicher Täter, und er gehört dazu. Zweitens: Ich habe eine Probe des Drecks auf dem Kirchenboden genommen. Die Klumpen wiesen eine längliche Form auf, und ich wollte sie aufbewahren, für den Fall, dass sie mit dem Stiefelabdruck eines Verdächtigen übereinstimmten. Doch als ich sie mir später vornahm, waren sie bereits getrocknet und zerbröselt, sodass ich im Umschlag nur noch ein kleines weißes Haar fand, das darin verborgen gewesen war.«

»Wie die Katzenhaare?«, fragte ich.

»Äußerst ähnlich«, bestätigte er. »Und drittens: Ich war so darauf bedacht, die herausgerissene Bibelseite zu untersuchen, die man dem Pfarrer in den Mund gestopft hatte, dass ich dem Buch, aus dem sie stammte, kaum Aufmerksamkeit schenkte. Als ich es später anschaute, fand ich etwas, das ich zunächst für blutige Fingerspuren hielt, jedoch einen merkwürdigen Blaustich aufwies.«

»Und Mr Piggety litt unter farbigem Schweiß«, entsann ich mich, während er seine Uhr wieder wegsteckte.

»Chromhidrose.«

»Habe ich Ihnen nicht gesagt, dass die Bibel noch immer so manche Antwort bereithält?«, sagte ich.

»Tun Sie bloß nicht so, als wäre es das gewesen, was Sie im Sinn hatten.«

»Die Wege des Herrn sind unergründlich«, zitierte Dorna.

»Der Kaffee ist kalt. Lassen Sie mich nach frischem läuten.«
Sie stand auf und ging hinüber zur Klingelschnur. »Oh, March,
für nichts in der Welt würde ich Ihre Arbeit tun wollen.«

»Stellen Sie sich vor, Sie könnten Ihren Patienten die Krebs-
geschwüre herausschneiden«, erwiderte ich. »Die Operation
mag schmerzhaft und blutig sein, aber Sie würden es dennoch
tun. Um Leben zu retten. Auch ich hoffe, Leben zu retten,
indem ich die Welt von etwas ebenso Heimtückischem wie
Krebs befreie, kaltblütigen Mördern.«

»Ach, March«, säuselte mein Vormund, »so wie Sie es sagen,
klingt es fast, als wär's der Mühe wert.«

72

VIER MINUTEN UND
ACHTUNDVIERZIG SEKUNDEN

Jane kam und räumte das Tablett ab.

»Geht es dir gut?«, fragte Dorna, und Jane wandte den Kopf.

»Ja, danke, Ma'am.« Sie war sichtlich den Tränen nahe.

»Ich weiß, dass es ein schwerer Schock gewesen ist«, äußerte ihre Dienstherrin mitfühlend. »Möchtest du, dass ich Polizeischutz anfordere?«

Jane schaute zu meinem Vormund, der bestimmt erwiderte: »Das ist nicht nötig.«

Ein unbehagliches Schweigen folgte, bis Dorna sagte: »Dann wirst du heute Nacht bei mir schlafen.«

»Danke, Ma'am.«

»Warum kommen Sie nicht in die Gower Street?«, drängte ich. »Wir können Sie gewiss beide unterbringen.«

»Das ist ein liebenswürdiges Angebot, aber Sie wissen ja selbst am besten, dass wir nicht hilflos sind, bloß weil wir Frauen sind.«

»Aber ich habe Angst um Sie«, platzte ich heraus, und Jane sah uns alle an.

»Bring uns ein frisches Tablett«, trug ihr Dorna auf.

»Ja, Ma'am.« Sie knickste und ging davon.

Sidney Grice reckte die Arme in die Höhe, als wäre er im Begriff zu tauchen. »Schlaf kann ziemlich süchtig machen.

Kaum eine Nacht vergeht, da ich ihn nicht in der einen oder anderen Form herbeisehne, und letzte Nacht fand ich keinen.« Er ließ die Arme sinken und rotierte die Schultern. »Da Sie jedoch nicht hilflos sind, wollen wir uns dem vorletzten Mord zuwenden.«

Dorna hielt sich den Kopf. »Helfen Sie mir auf die Sprünge, mein Lieber.«

»Mr Piggety«, sagte ich. »Vermutlich war es eine Art höherer Gerechtigkeit. Ihm ist widerfahren, was er Tausenden unschuldigen Tieren antun wollte, aber selbst wenn er Reverend Jackaman umgebracht haben sollte – diesen Tod wünsche ich keinem Menschen.«

»Sein Sterben verlief auf ausgesprochen unliebsame Weise«, räumte mein Vormund ein, »und ist der bislang beste Beweis, dass die Todesarten dazu vorgesehen waren, mich zu necken.«

»Die verschlüsselten Nachrichten schienen kaum einen anderen Zweck zu haben«, sagte ich, »außer dem, sicherzustellen, dass wir zur rechten Zeit eintrafen. Glauben Sie, dass Rupert sie geschrieben hat?«

»Wahrscheinlich.« Er stellte seine rechte Ferse auf dem linken großen Zeh ab. »Während sich nur die wenigsten der Rechenleistung des letzten Foskett ebenbürtig zeigten, war seine dichterische Begabung verhältnismäßig bescheiden, weshalb ich so lange zu ihrer Entschlüsselung brauchte. Ich erwartete etwas Trickreiches, dabei waren sie derart schlicht gestrickt, dass selbst March sie entziffern konnte.«

»Selbst?« Ich schäumte.

»Schmollen Sie bitte nachher.«

»Keine Sorge, das werde ich.«

Dorna rieb sich unbehaglich den Nacken. »Mutmaßlich war ich also auch für Mr Piggetys Tod verantwortlich.« Eine Haarsträhne fiel ihr ins Gesicht, aber sie strich sie nicht zurück. »Hatte ich einen Komplizen? Thurston Gates vielleicht?«

Mr G schüttelte den Kopf. »Rupert«, sagte er.

»Wie können Sie sich da sicher sein?«, fragte ich, und Sidney Grice schaute auf die Mohrrübe in seiner Hand, als wäre er überrascht, sie dort vorzufinden.

»Ganz einfach, weil er gesehen wurde oder vielmehr sich absichtlich gezeigt hat.«

»Den Jungs, die aufpassen sollten«, erinnerte ich mich. »Er verscheuchte sie, indem er sich als Ungeheuer gab.«

»Und nur wenige Männer waren ihrem Aussehen nach ungeheuerlicher als Rupert.« Er legte die Mohrrübe auf den Tisch, als wäre sie ein Ausstellungsstück.

»Oder ihrem Handeln nach«, ergänzte ich.

Mein Vormund zupfte sich am Ohrläppchen. »Und während er die Bengel zum Teufel jagte, haben Sie, Dorna, einer Schar Gossenmädchen Geld gegeben, damit sie Sie vor nahenden Leuten warnen.«

»Was sie auch taten, als ich aufkreuzte«, sagte ich.

»Allein?« Dorna schaute erschrocken drein. »Sie haben doch wohl March nicht allein hingehen lassen?«

Mein Vormund legte seinen Mittelfinger an sein Auge und drehte es etwas. »Ich hatte es ihr untersagt, aber wie Ihnen sicher bewusst ist, hat March zwar nicht viel im Kopf, dafür aber einen sehr eigenen.«

»Warum sind Sie immer so grob zu mir?«, fragte ich.

»Mich trifft keine Schuld, wenn die Wahrheit Sie beleidigt.« Er drehte sein Auge in die andere Richtung.

»Sidney würde nicht mal lügen, um seine eigene Mutter zu retten«, sagte Dorna.

»Und täte ich's, würde sie mich als Erste verurteilen. Überdies war ich so umsichtig, nahebei mit einer Droschke und einem stämmigen ehemaligen Polizisten zu warten.« Jane kehrte mit einem Tablett Kaffee und einem Teller Butterkeksen zurück. »Vier Minuten achtundvierzig Sekunden«, bemerkte er, als sie gegangen war. »Wir haben Glück, wenn Molly in der doppelten Zeit unseren Tee bringt, und wenn ich sie noch so sehr anfahre.«

443

»Vielleicht bringt Ihr Geschimpfe sie ja durcheinander«, erwog Dorna.

»Unsinn. Sie lässt sich gern schurigeln.«

»Das stimmt wahrscheinlich«, gab ich ihm recht.

»In dem Fall werde ich es ab sofort unterlassen«, sagte er. »Zufriedene Dienstboten sind faule Dienstboten. Wo war ich gleich?«

Dorna berührte die Kaffeekanne, schenkte aber nicht ein. »Sie wollten mir gerade erzählen, wie ich Mr Piggety umgebracht habe.«

»Nichts leichter als das.« Er trommelte mit den Fingerspitzen auf der Armlehne. »Sie läuteten die Türklingel. Entweder erwartete er Sie, oder Sie mogelten sich irgendwie hinein. Jedenfalls gehen Sie hinunter in seinen Tötungsraum. Einer von Ihnen richtet eine Waffe auf Piggety und fordert ihn auf, sich auszuziehen. Der andere fesselt ihn – Rupert wahrscheinlich nicht, der verstand noch nie etwas von Knoten –, hängt ihn an einen Haken, dreht das heiße Wasser auf und stellt den Motor an. Eine Weile lang nehmen Sie bei seinem Vorankommen die Zeit. Piggety strampelt wie wild, tritt Rupert die Taschenuhr aus der Hand und zerschlägt sie, und einer von Ihnen tritt auf das zerbrochene Glas. Irgendwann taucht March auf, wahrscheinlich als Sie im Gehen begriffen sind, da das Gebäude unverschlossen ist. Sie bekommt es mit der Angst zu tun, läuft weg und wird im Hafen in einen Faustkampf verwickelt. Sie schreiben ein Telegramm und lassen es einen Gassenbengel überbringen. Später schicken Sie Brief und Schlüssel durch einen weiteren Jungen. Sie zahlen gut und jagen ihnen einen Schrecken ein, damit Ihre Anweisungen auch ja befolgt werden.«

Ich prüfte die Kanne, doch sie war noch zu heiß. »Wie können wir sicher sein, dass Rupert das Ungeheuer war? In dieser Stadt mangelt es nicht an monströs aussehenden Männern.«

Er kratzte sich die Wange. »Würden Sie sagen, dass Piggety ein gepflegter Mensch war?«

»Nein. Er hatte etwas Verlottertes an sich.«

»Welcher Mann faltet schon sorgfältig seine Sachen, wenn er sich unter Zwang auszieht, ganz zu schweigen von einem Mann, dem seine Erscheinung gleichgültig ist. Rupert hingegen war ein zwanghafter Mensch. Abgesehen von seinem Trieb, Zahlen aufzuschreiben, war er wie besessen ordentlich. Den Anblick eines Kleiderhaufens hätte er nicht ertragen. Somit ...« Er erhob sich und holte seine Taschenuhr hervor. »Schlagen Sie sie mir aus der Hand – was nicht als Einladung zu Gewalttätigkeit gemeint ist.«

Ich stand auf und patschte ihm die Uhr aus den Fingern. Sie fiel fünfzehn Zentimeter tief, baumelte dann an ihrer Kette, und er ließ den Deckel aufspringen.

»Unbeschädigt«, sagte ich. »Warum ist die Uhr des Mörders dann am Fußboden aufgeschlagen?«

»Rupert konnte Uhrketten nicht ausstehen.« Er klappte den Deckel zu. »Sie verheddern sich und klimpern, und es trieb ihn in den Wahnsinn, ständig die Glieder geradezuziehen.« Mr G steckte seine Uhr weg. »Zuletzt beschloss er, auf die Kette zu verzichten, und hätte man ihm dann die Uhr aus der Hand gerissen, wäre sie zu Boden gefallen. Ich bat ihn, mir seine Uhr zu zeigen – die schon seinem Vater gehört hatte –, und wollte gerade darauf drängen, als sich Cutteridge einmischte. Außerdem fand ich dies.« Er hob seinen Ranzen hoch und holte ein Reagenzglas heraus.

»Die Made«, rief ich.

»Und nicht irgendeine Made, die es reichlich in dieser Welthauptstadt gibt, sondern ein Exemplar der *Cochliomyia*. Bei uns sind sie nicht heimisch, aber in seinem fortgeschrittenen Stadium hat Rupert sie in großer Zahl abgesondert.«

»Und der letzte Mord?«, fragte Dorna.

»Warrington Gallop, der Schnupftabakhändler«, sagte ich.

»Gallop wurde von Rupert allein getötet.« Sidney Grice verstaute das Reagenzglas. »Es gab nur eine Sorte Schuhabdrücke in dem Raum, aus dem der Pfeil abgeschossen wurde, und

das waren die eines leicht humpelnden Mannes mit blutge-
schwängertem Atem. Der verwendete Pfeil ist in der Gegend
gebräuchlich, in der Rupert seine christlichen Lehren verbreitete, und wäre Mordent House nicht dem Erdboden gleichge-
macht worden, hätten wir zweifellos sein Blasrohr gefunden.
Rupert konnte es nicht ertragen, irgendetwas fortzuwerfen.
Seit seinem vierten Lebensjahr bewahrte er jeden seiner ab-
geschnittenen Finger- und Fußnägel auf – das alles und vieles
mehr in etikettierten Schachteln. Er ordnete ungemein gern
seine Akten.«

»Mir ist ein Rätsel, weshalb er Ihr Freund war.« Ich bediente
mich bei den Keksen.

»Wer je mein Freund zu sein vorgab, hat mich noch immer
verraten.«

Dorna streckte eine Hand nach ihm aus. »Armer Sidney,
aber gewiss …«, sagte sie, und er lächelte bitter.

»Samt und sonders«, sagte er, »ohne Ausnahme.«

73

DIE ASCHE VON MORDENT HOUSE

Dorna errötete. »Aber ich habe niemals ...«

Er brachte sie mit einem strengem Blick zum Schweigen. »Ihre Besorgnis würde mir mehr schmeicheln, wenn ich nicht wüsste, dass Sie mich bereits hintergangen haben.« Sie starrte ihn verdutzt an.

»Aber was ...«, setzte ich an.

»Ich habe versucht, bei Harrington's eine Kopie Ihrer Schreibfeder in Auftrag zu geben«, unterbrach er mich, »aber dort sagte man mir, solch eine Spezialanfertigung sei überhaupt nicht nötig.« Er griff in seinen Mantel und warf ein Dutzend Schreibfedern auf den Tisch. »Sie produzieren sie bereits.«

Dr. Berry nahm eine in die Hand. »Sie sind meiner sehr ähnlich.«

»Identisch«, sagte er.

»Oh, Sidney«, flötete sie, »als wir uns kennenlernten, gaben Sie sich so anmaßend, so respektlos. Das Einzige, was Ihnen Bewunderung abzuringen schien, war mein Federhalter. Und als Sie mich dann fragten, wer ihn entworfen habe, platzte ich gedankenlos heraus, dass ich selbst es gewesen sei. Es war nur ein harmloses Flunkern.«

»Das ist ein Widerspruch in sich«, beharrte er. »Jede Unwahrheit fügt irgendwem Schaden zu, und sei es demjenigen, der sich durch ihre Verbreitung selbst herabwürdigt.«

Es tut mir leid, dass ich dich getäuscht habe. Zu Beginn war es kaum mehr als ein Spaß.

»Jeder schwindelt einmal«, sagte sie.

»Ich nicht«, brummte er.

»Sie haben einer aufgebrachten Meute mal erzählt, man hätte Ihnen das Auge herausgeschnitten«, widersprach ich ihm.

»Das habe ich nicht. Ich sagte ihnen lediglich, dass es ein Verbrechen sei, dies zu tun.«

»Es tut mir leid. Das war töricht von mir.« Dorna wurde noch röter.

Mein Vormund beugte sich vor und sammelte die Federn wieder auf, indem er sie sich mit der Kante der einen Hand in die Handfläche der anderen fegte.

»Wenn das Ihre einzige Täuschung wäre, ich könnte es womöglich verzeihen. Schließlich behandelt auch March die Wahrheit nicht selten wie ein Spielzeug, das man einfach kaputtmachen und wegwerfen kann, wann immer man seiner überdrüssig wird.«

»Vielleicht vermag ich ja Abbitte zu leisten, indem ich Kaffee einschenke«, grummelte ich.

»Sie dürfen gerne einschenken, aber es wird Sie nicht erlösen«, spöttelte er.

»Es tut mir leid«, murmelte Dorna Berry und brach das betretene Schweigen. »Ich hoffe, wir können weiter Freunde bleiben.«

Sidney Grice musterte sie eingehend. »Wenn sich nur über all Ihre anderen Lügen so leicht hinwegsehen ließe.«

Dorna fuhr erbost auf. »Welche Lügen? Ich habe nie …«

»Sie erzählten mir, Ihre Eltern wären Schauspieler gewesen, doch ich habe Jonathon Furbish konsultiert, den führenden Theaterhistoriker Europas, und er konnte nichts über sie finden.«

»Dann bitten Sie ihn, gründlicher zu suchen. Sie traten unter dem Künstlernamen Marlowe auf, nach dem Bühnendichter.«

»Wann und wo wurden Sie geboren?«, stieß er hervor.

»In Paris, am ersten April 1850. Ich nehme an, dass sämtliche Dokumente bei der Niederschlagung der Kommune zerstört wurden.«

Er blinzelte. »Wie praktisch.«

»Ja, das ist es in der Tat, denn für gewöhnlich mache ich mich ein paar Jahre älter, damit man mich ernst nimmt.«

»Dieses Vergehens sind wir wohl beide schuldig«, ergänzte ich.

Dorna tupfte sich mit einer kleinen dreieckigen Serviette den Mund ab. »Wenn Sie mir also die Schwindelei mit den Federn vergeben können, werde ich in Betracht ziehen, Ihnen diesen ungebührlichen Angriff auf meine Herkunft zu verzeihen.«

Sidney Grice blies die Wangen auf und atmete langsam aus. »Mit Ihrem Talent zur Gegenrede würden Sie der Oxford Union alle Ehre machen.« Er studierte sie kühl. »Wieso haben Sie mir nie gesagt, dass Sie Rupert Fosketts ärztliche Betreuerin waren?«

Sie hielt mir ihre Tasse hin, damit ich ihr eingoss. »Bis zum heutigen Tag wusste ich ja nicht, dass Sie sich überhaupt für Baron Foskett interessieren.«

»Und warum haben Sie es nicht erwähnt, als wir eben von ihm sprachen«, fragte ich sie, worauf sie mir einen traurigen Blick zuwarf.

»Oh March, lassen Sie bloß nicht zu, dass Sie ebenso bitter werden wie Ihr Vormund, nur, weil Sie bei ihm leben. Erstens wollte ich Ihren Bericht nicht unterbrechen, und zweitens musste ich die Werte meines Berufsstandes wahren. Schließlich bin ich verpflichtet, mein Wissen über Patienten streng vertraulich zu behandeln. Der Eid des Hippokrates besagt …«

»Was ich bei der Behandlung sehe oder höre oder auch außerhalb der Behandlung im Leben der Menschen, werde ich, soweit man es nicht ausplaudern darf, verschweigen und solches als ein Geheimnis betrachten«, zitierte Sidney Grice. »Seit der

Entscheidung Harkness gegen die Krone gilt jedoch, dass diese Verpflichtung mit dem Tode des Patienten erlischt, was Ihnen durchaus bewusst zu sein scheint, da Sie sich in unserem Gespräch über Edwin Slab weit weniger verschwiegen gaben.«

»Ich hätte es Ihnen ja erzählt, wenn Sie mir die Möglichkeit dazu gegeben hätten«, fauchte sie. »Woher wissen Sie überhaupt davon?«

»Ich benutze mein Auge«, beschied er sie. »Als Cutteridge oben auf der Treppe seine Laterne abgestellt hat, entdeckte ich in der Staubschicht einen Abdruck – vier Beeren in den Winkeln eines Rechtecks. Dasselbe Muster, das sich an den Füßen Ihrer Arzttasche befindet. Wenn ich mich recht erinnere, meinten Sie damals, es wäre ein *Spaß* gewesen.«

»So schien es auch«, sagte sie. »Dann nennen Sie mir jetzt doch bitte die Namen all Ihrer Klienten, sodass ich *Ihnen* vorwerfen kann, mir etwas zu verheimlichen, falls es irgendwelche Übereinstimmungen geben sollte.«

Sidney Grice nippte nachdenklich an seinem Kaffee. »Ich habe Ihnen gar nichts vorgeworfen«, sagte er, »bis jetzt.« Er nahm einen größeren Schluck. »Was mir allerdings erheblich mehr Sorgen bereitet, Dr. Berry …«

»Dr. Berry? Seit wann so förmlich?«

Er stellte seine Tasse zurück, als handelte es sich dabei um eine filigrane Kostbarkeit. »Ich bin stets förmlich bei der Befragung einer Verdächtigen.«

»Nun werden Sie aber schroff«, fuhr ich dazwischen, und Dorna Berrys Tasse schepperte auf ihrem Untersatz, als sie sich mühte, sie ruhig abzustellen. »Befragung? Verdächtige?«

»Diesmal sind Sie zu weit gegangen, *Mister* Grice.« Sie erhob sich von ihrem Stuhl. »Ich fürchte, ich muss Sie bitten, mein Haus zu verlassen.«

Mein Vormund lachte freudlos auf. »Das ist das Letzte, was Sie befürchten müssen. Wenn Sie es vorziehen, nicht mit mir zu reden, sehe ich mich gezwungen, meine Erkenntnisse mit Inspektor Quigley zu teilen, der die Angelegenheit gewiss nur allzu gerne ausführlich mit Ihnen besprechen möchte – und zwar in der trauten Umgebung der Polizeiwache von Marylebone.«

Sie erstarrte. »Drohen Sie mir etwa?«

Ein Lächeln huschte über seine Züge. »Aber natürlich.«

So anmutig wie möglich nahm Dr. Berry wieder Platz. »Nun gut. Bringen wir es hinter uns, und dann verlassen Sie mein Haus«, sagte sie mit bebender Stimme, »für immer«.

Sidney Grice lehnte sich zurück. »Dass Sie Ruperts Ärztin waren, besorgt mich nicht allzu sehr.« Er schlug die Beine übereinander. »Immerhin hatte er medizinische Hilfe bitter nötig, obwohl es für ihn gewiss besser gewesen wäre, wenn Sie Professor Stockton hinzugezogen hätten – den führenden Experten auf dem Gebiet der tropenmedizinischen Parasitologie, welcher, wie Sie sicher wissen, keine zweihundert Meter entfernt wohnt.«

»Baron Rupert verbot mir, den Fall mit irgendwem zu besprechen«, verteidigte sie sich.

»Uns hat er erzählt, sein Arzt habe die Meinung sämtlicher Spezialisten eingeholt«, warf ich ein.

»Er war verwirrt.«

»Was mich mehr beunruhigt …«, mein Vormund zog seine Schnupftabakdose hervor, »ist die Tatsache, dass Sie folglich auch seine Mutter behandelt haben müssen, die Baronin.«

»Na und?« Sie strich ihr Kleid glatt.

»Zu welchem Zeitpunkt haben Sie Cutteridge davon in Kenntnis gesetzt, dass sie tot war?«

Zornesröte stieg ihr ins Gesicht. »Seit wann erörtert ein Arzt den Gesundheitszustand seiner Patienten mit deren Dienstboten?«

»Seit wann lässt ein Arzt die Dienstboten im Glauben, sie erhielten Anweisungen von ihrer toten Herrin, und lässt diese Täuschung wochenlang geschehen?«, fragte ich, womit auch ich ihren Groll auf mich zog.

»Ach, wie verändert Sie doch sind. Als wir uns das letzte Mal sahen, barsten Sie vor Zuneigung, und nun schnappen Sie wie ein kleiner Kläffer nach meinen Waden. Meine erste Sorge galt meinem lebenden Patienten, Rupert.«

»Einen Tod zu verschleiern, ist ein ernstes Vergehen«, drohte Sidney Grice, »insbesondere für Mitglieder Ihres Berufsstandes.«

»Ich habe einen Totenschein ausgestellt. Er verglimmt womöglich in der schwelenden Asche von Mordent House.«

»Ihre Antworten sind äußerst ... *gefällig*«, erwiderte Mr G scharf, und sie schaute verletzt drein.

»Weil sie wahr sind.« Sie betrachtete ihn über die Ecke des Tisches hinweg. »Ihre Augenhöhle nässt noch immer. Sie müssen mich sie reinigen lassen, bevor Sie gehen.«

Er schloss beide Augen und rieb sich das gesunde. »Oh, Dorna«, seufzte er. »Warum mussten ausgerechnet Sie es sein?«

Sie stellte ihre Tasse ab, langte hinüber und fasste ihn am Handgelenk, worauf er die Augen aufschlug und sie durchdringend ansah.

»Und warum mussten ausgerechnet *Sie* es sein?«, fragte sie. Er hob die Linke, ließ sie auf ihre sinken und schloss die Hand, um ihre sanft zu drücken.

»Ich bin diese Spielchen leid«, sagte er. Sie schenkte ihm ein ermutigendes Lächeln.

»Das bin ich auch, mein Lieber. Erzählen Sie mir, was Sie wissen.«

74

MUSCHELN UND DER
FOSKETT'SCHE DAUMEN

Es ist eine einfache Geschichte«, sagte Sidney Grice, »wenn auch keine erfreuliche. Sie geht in großen Teilen auf Muscheln zurück – die Abermillionen, die zu Kalk versteinern, und eine schlechte Auster. Der Ehrenwerte Rupert Foskett erlitt eine religiöse Glaubenskrise, als ich darlegen konnte, dass etliches des von ihm für wahr Befundenen tatsächlich unbeweisbar war. Zweifel wurden schon gestreut, als Geologen Kalk zu behauen anfingen und Fossilien fanden, und seine Überzeugungen unterhöhlte weiter, dass die Historiker sich dazu hinreißen ließen, ihre Bibelforschung auf Vernunft zu gründen.

Rupert konnte eine mögliche Sterblichkeit der Seele unmöglich hinnehmen und beschloss, sich in Missionarsarbeit zu vertiefen, vermutlich in der Hoffnung, wenn er andere zur Heilslehre bekehrte, würde es ihn selbst von ihrer reinen Wahrheit überzeugen, worauf er in die Tropen aufbrach. Anfangs lief es gut. Er schrieb Briefe voll überschwänglicher Zuversicht an seine Eltern und an mich. Er erkrankte an Dschungelfieber, erholte sich aber schnell. Er wollte tiefer ins Landesinnere vorstoßen, um Eingeborene zu bekehren, die noch nie einen Weißen gesehen, geschweige denn von Jesus Christus gehört hatten, und dann blieben die Briefe aus.

453

Zunächst war niemand übermäßig besorgt. Der Postweg war lang und beschwerlich. Ein Bote kann ums Leben kommen oder sich schlichtweg nicht um seine Aufgabe scheren, ein Kanu kann kentern, zahllose Briefe werden von Ratten gefressen, ehe sie die Küste erreichen, doch aus den Wochen wurden Monate. Zwei Jahre verstrichen ohne Nachricht.

Auf Bitten der Familie und wegen meiner Freundschaft zu Rupert fuhr ich ihn suchen. Es war kein einfaches Unterfangen. Die Überfahrt verlief fürchterlich, und als das Schiff in den Hafen einfuhr, waren Hitze und Luftfeuchtigkeit beinahe unerträglich. Ich stellte eine Mannschaft aus Trägern und einem Führer zusammen und zog in den Dschungel. Der Pfad war überwuchert, und zu allem Übel ereilte mich eine besonders bösartige Form der Malaria. Anscheinend habe ich eine Zeit lang wie ein Wahnsinniger getobt.«

»Nur eine Zeit lang?«, erkundigte ich mich, doch er fuhr ungerührt fort.

»Als ich hinreichend genesen war, drangen wir weiter vor, überwanden Flüsse und von Lianen durchflochtene Schluchten, bis wir schließlich ein verwahrlostes Dorf erreichten, wo mir mitgeteilt wurde, Rupert sei bei lebendigem Leibe gebraten und dann verzehrt worden. Ich neigte zu der Annahme, Menschenfleisch schmecke ganz ähnlich wie Schwein, dessen Geruch ich seither nicht mehr habe ertragen können.«

»Sind Sie deshalb Vegetarier geworden?«, fragte ich.

»Es ist einer von neun Gründen«, bestätigte er. »In dieser stinkenden Siedlung wurde mir ein Gegenstand gezeigt, den ich als Ruperts Siegelring erkannte, und sein Daumenknochen, wie mir versichert wurde. Daran zweifelte ich nicht, da er einen knöchernen Fortsatz aufwies, wie er für die männliche Linie der Fosketts kennzeichnend war. Ich erwarb beides – gegenwärtig sind sie in der Familiengruft aufbewahrt – und schiffte mich nach England ein, um nach einer weiteren scheußlichen Seereise fast auf den Tag genau ein Jahr nach meinem Aufbruch dort einzutreffen.«

Er nahm sich einen fingerförmigen Keks. »Wie uns jedoch allen bewusst ist, war ich getäuscht worden. Und sehe mich nunmehr genötigt, mir ein klein wenig zusammenzureimen: Während meiner Überseereise kehrte Rupert heimlich nach Mordent House zurück, gespickt mit Schmeißfliegen und von Fieber zerrüttet. Seine Eltern verbargen ihn. Der Gedanke, die Welt könne erfahren, Rupert, ihr edler Sohn, der letzte einer alten und vornehmen Sippe, diene nur mehr als Futter für Maden, erschien ihnen unerträglich. Ihre einzige Unredlichkeit hatte darin bestanden, einen Clipper zu mieten, um mit dem Knochen eines Vorfahren und Ruperts Ring mein Schiff zu überholen, und die Eingeborenen zu bestechen, damit sie ihn für tot erklären.«

»Aber warum haben sie Ihnen nicht die Wahrheit gesagt, Sidney?«, fragte Dorna. »Die Fosketts müssen doch gewusst haben, dass sie Ihnen vertrauen konnten.«

»Genau darum eben. Sie konnten darauf vertrauen, dass ich nie lügen würde, während ihr Leben inzwischen gänzlich auf Täuschung fußte.« Mr G brach seinen Butterkeks entzwei und verstreute Krümel über sich und den Tisch. »Baron Reginald Foskett hatte ein schwaches Herz – weil er nämlich als Kind geturnt hatte – und starb bald nach der Rückkehr seines Sohnes. Seine Gattin, die ihn vergötterte, war ebenso am Boden zerstört wie entschlossen, alles in ihrer Macht Stehende für ihren Sohn zu tun. Sie suchte jeden sogenannten Spezialisten auf, den sie finden konnte. Sie nahmen ihr Geld und überließen ihnen Sohn der Verwesung. Ihre Fürsorge war so vorbehaltlos, dass sie selbst schließlich befallen wurde. Dr. Simmons, der Hausarzt der Familie, war mehr als nutzlos. Es ließe sich – im Verein mit Rupert – sagen, dass er den Tod Ihrer Ladyschaft durch seine Unfähigkeit beschleunigt habe und jener qualvoller verlaufen sei, als es der Fall gewesen wäre, hätte er sie in Ruhe gelassen. Kommen wir auf die Muscheln zurück.

Dr. Simmons war ein Gierschlund mit einer besonderen Vorliebe für Austern. Er verspeiste sie mit solcher Leidenschaft, dass er nicht einmal innehielt, um ihre Frische zu überprüfen, und starb an Lebensmittelvergiftung. Seine Praxis wird von einer ehrgeizigen jungen Ärztin namens Berry übernommen. Sie freut sich über die Maßen, eine Baronin auf ihrer Patientenliste zu haben, wiewohl sie über Baron Rupert Stillschweigen geloben muss. Tun kann sie nur wenig, dies aber auf eine beruhigende Art, die Rupert Hoffnung gibt. Er könne geheilt werden, teilt sie ihm mit, doch seien die erforderlichen Arzneimittel selten und sehr teuer. Das den Fosketts verbliebene Vermögen ist an ihre Besitzungen gebunden, aber Dr. Berry entwirft einen Plan. Die Fosketts müssen nur einen Finalen-Sterbefall-Verein gründen und gewährleisten, dass die übrigen Mitglieder vor der Baronin verscheiden. Darauf würde die Baronin an ihrer Ansteckung sterben und Rupert in Erscheinung treten und sein Erbe einfordern.«

»Wie aber würde er erklären, wo er gewesen war?«, fragte ich.

»Indem er die Wahrheit sagt. Es ist keine Straftat gewesen, ihn zu verbergen. Die Fosketts hatten Rupert nicht offiziell für tot erklärt oder Versicherungsansprüche geltend gemacht. Weder versteckte Rupert sich vor Gläubigern noch entzog er sich der Justiz.« Er klimperte in der Linken mit seinen Halfpennys. »Seine Krankheit beschämte seine Familie. Sie machte den Letzten in der Linie heiratsunfähig, der aber geheilt werden kann, wenn er erst sein Erbe hat. Und wen Besseres gäbe es zu heiraten als die schöne junge Frau, die ihn von seinem Leiden befreit hat, die er liebt und von der er glaubt, dass sie ihn liebt – Dr. Berry.«

Dorna hob die Brauen. »Aber Sidney, Sie verschwenden Ihre Begabung für schaurig-schöne Gruselgeschichten ja geradezu an Ermittlungen.«

»Ein guter Ermittler braucht Vorstellungskraft«, er warf die Münzen in die Luft und fing sie wieder auf, »aber nur, um sich die Wahrheit vorzustellen. Haben Sie noch etwas Geduld mit mir. Ich bin fast am Ende. Irgendwann stirbt Baronin Foskett. Was höchst bedauerlich ist, denn wenn nicht sie die letzte Überlebende des Vereins ist, geht der Gewinn an den unerfreulichen Mr Piggety oder den krummbuckligen Mr Gallop oder wer sonst noch am Leben ist. Zum Glück für unsere Verschwörer ist Lady Foskett eine Einsiedlerin. Wer sollte von ihrem Tod wissen außer ihrem letzten Bediensteten? Rupert bleibt nichts weiter zu tun, als sie in Gewürzen einzubalsamieren. Vielleicht versicherte er sich der Hilfe Edwin Slabs, andererseits hätte das die Gefahr der Aufdeckung erhöht. Es ist dann ein Leichtes, sie in ein verhängtes Gemach zu setzen und ihr heiseres Flüstern durch einen Sprechtrichter nachzuahmen. Angesichts der Sterberate der Mitglieder braucht die Täuschung nicht lange aufrechterhalten werden. Sobald man das letzte Mitglied beiseite geschafft hat, muss bloß noch die Unterschrift der Baronin gefälscht werden, um Anspruch auf das Vereinsvermögen zu erheben. Nach angemessener Frist wird die Baronin dann für tot erklärt.«

»Das Spiel ist mir zu albern«, sagte Dorna. »Ich möchte nicht länger dran teilhaben. Ich lasse Sie von Jane zur Tür bringen.« Sie stand auf, doch mein Vormund hielt sie beim Arm fest. »Ihr Löschblatt«, sagte er. »Es ist mit der Tinte von acht Briefen und einer Sterbeurkunde befleckt.«

Dorna machte eine wegwerfende Handbewegung. »Na und?«

»O Dorna«, sagte er leise, »die Urkunde ist auf Baronin Lady Parthena Foskett ausgestellt und mit heutigem Datum versehen.«

»Rupert hat mich benachrichtigt, dass seine Mutter gestorben sei. Ich hatte keine Zweifel an der Todesursache und habe ohne Bedenken einen Vordruck ausgefüllt. Ich wollte später am heutigen Tag noch nach Mordent House fahren.«

»Aber sie starb schon vor Wochen«, hielt ich dagegen.

»Ich hatte sie seit Wochen nicht mehr gesehen.«

»Wann waren Sie zuletzt in Mordent House?«, ging Mr G sie an.

»Ich weiß nicht ... etwa vor einem Monat. Es war ...«

»Gestern Nachmittag«, sagte er, »um Viertel nach drei.«

Dorna erbleichte. »Sie haben mich verfolgen lassen?«

»Das war nicht nötig.« Er ließ ihren Arm los. »Ich habe verbreitet, dass jedem Kutscher für die Nachricht, wohin er Sie oder Primrose McKay gebracht hat, eine Guinee gezahlt werde.«

»Na bitte. Für eine Guinee würden die mich überallhin gebracht haben wollen.«

»Ein weiterer Kutscher machte Meldung, Sie gut eine Stunde später dort abgeholt zu haben.«

»Die steckten unter einer Decke, um beide zwei Guineen zu verdienen.«

Sidney Grice erhob sich, um ihr gegenüberzutreten. »Der zweite Kutscher war ein Mr Gerry Dawson. Er war in der Gegend, weil ich an jenem Nachmittag Lady Foskett zu besuchen vorhatte und wollte, dass er sich nötigenfalls um die Hunde kümmerte, doch wir wurden durch den Mord an Warrington Gallop aufgehalten, und als sich Gerry aufzubrechen anschickte, bekam er einen Fahrgast – Sie.«

»Gerry ist ein pensionierter Polizist«, unterrichtete ich sie, »und sein Wort wird vor Gericht einiges Gewicht haben.«

Dorna fasste sich an die Stirn. »Jetzt fällt es mir ein. Ich war gestern doch zu Besuch, aber nur, um mich um Rupert zu kümmern. Er teilte mir mit, seine Mutter schlafe und wünsche nicht gestört zu werden.«

Sidney Grice hob eine Braue. »Sie sind schlagfertig, meine Liebe. Bei so viel Schwung treffen Sie sich noch selbst.«

Dorna lachte höhnisch auf. »Was haben Sie für Beweise? Den Abdruck meines Arztkoffers auf einem Fußboden, der in Flammen aufgegangen ist? Löschpapierflecken, die ich erklärt habe? Den Umstand, dass ich meinen Patienten aufgesucht habe? Das Geschwafel eines toten, verwurmten, verrückten Barons? Geschworene verurteilen ungern schöne Frauen wegen Mordes, und wie Sie selbst sagten, *bin* ich schön.« Sie fuhr mit den Fingern unter seinem Kinn entlang. »Niemand kann meinem Zauber widerstehen.« Sie wandte sich mir zu. »Nicht wahr, March?« Sie blies mir ein Küsschen zu.

Aufgeblasen, dachte ich. Und dann fiel mir ein, wann sie das Wort zum ersten Mal gebraucht hatte – im Studierzimmer meines Vormunds. »Wessen Ring tragen Sie um den Hals?« Ich stand auf, um ihr in die Augen zu sehen.

»Was?«

»Als Sie mich küssten …«

»Als *ich Sie* küsste?«

»Als wir uns küssten …«, hob ich erneut an.

»Was zum Teufel ist da vor sich gegangen?« Mein Vormund starrte uns beide an, und alle drei setzten wir uns hin.

»Ich fühlte einen Ring an einer Kette«, fuhr ich fort. »Er hatte eine eigenartige Form – vielleicht wie die eines Tiers.«

»Ich weiß nicht, wovon Sie reden.«

»Zeigen Sie uns den Ring, Dr. Berry«, sagte Sidney Grice. »Oder ich rufe die Polizei, um Sie zwangsweise durchsuchen zu lassen.«

Dornas Augen füllten sich mit Tränen. »Derart würden Sie mich nicht demütigen.«

»Drei Frauen leben in meinem Haushalt«, sagte er. »Würde ich irgendetwas aufs Flennen geben, müsste ich mittlerweile in einer Irrenanstalt einsitzen.«

Dorna langte unter ihren Kragen und zog ein feingliedriges Goldkettchen hervor.

»Ein Schakal«, sagte er. »Das Abzeichen der Fosketts.«

»Rupert bat mich, darauf aufzupassen«, verwahrte sie sich. »Er hatte Cutteridge im Verdacht zu stehlen.«

»Er hat ihn seiner toten Mutter vom Finger gezerrt«, sagte Mr G.

»Ich weiß nicht, woher er ihn hat.«

Sidney Grice sah sich um, als suchte er nach einer Eingebung.

»Das Tonikum«, rief ich. »Sie haben Tropfen für Inspektor Pound angemischt, die ich ihm aber noch nicht gegeben habe.«

»Und was werden wir finden, wenn es analysiert wird?«, fragte Mr G, und sie sprang auf.

»Zur Hölle mit Ihnen«, fluchte sie. »Zur Hölle mit Ihnen und Ihrem naseweisen Mädchen.« Sie schnellte seitwärts zur Tür, aber wir kamen ihr zuvor.

»O Dorna«, sagte Sidney Grice sanft. »*Du* bist es, die zur Hölle fährt.«

75

DIE ÖKONOMIE DER HOFFNUNG

Wollen wir nicht wieder Platz nehmen?« Sidney Grice drehte ihre beiden Stühle so, dass sie sich direkt gegenüberstanden, und geleitete Dorna Berry zurück zu ihrem. Dann setzte er sich und nahm ihre Hände. »Wieso Inspektor Pound?«, fragte er.

Dorna erzitterte. »Können Sie es denn nicht erraten?«

»Wie ich sehe, hegen Sie einen Groll mir gegenüber – wenngleich mir noch immer schleierhaft ist, weshalb. Und obwohl Sie keinerlei Vorstrafen haben, scheinen Sie auch mit der Polizei zu hadern.«

»Ich hatte einen perfekten Plan«, sagte sie. »Ich wäre wohlhabend und adlig gewesen und hätte Rupert nicht lange erdulden müssen. Die Maden hatten seine Körperhöhle erreicht, und es war nur eine Frage der Zeit, bis sie die lebenswichtigen Organe befallen hätten.«

»Haben Sie denn überhaupt etwas für ihn empfunden?«, wollte ich wissen, erntete aber nur ein Schnauben.

»Er war ein wehleidiges, zwanghaftes Kind. Er konnte stundenlang über Zahlen reden.«

»Rupert war ein mathematisches Genie«, entgegnete mein Vormund. »Er stand kurz davor, den Satz des Pythagoras zu widerlegen, bevor er sich entschloss, seine Zeit mit Religion zu vergeuden.«

461

»Und, Gott, wie er Sie dafür gehasst hat, dass Sie ihn zweifeln ließen, Sidney. Wenn die Rede auf Sie kam, konnte er stundenlang Gift und Galle speien. Fast hätte er Warrington Gallop verschont, wie er mir sagte, und den Pfeil auf Sie verwandt, doch er wusste, wie wütend ich geworden wäre – und wie dringend er das Geld brauchte.«

»Für ein Heilmittel, das nicht existierte«, sagte ich.

»Ich war sein Heilmittel.« Sie hob den Kopf. »Ich gab ihm etwas, das er nie zuvor gekannt hatte – Hoffnung.«

»Falsche Hoffnung«, sagte ich.

»Ich gab im etwas, für das es sich zu leben lohnte.«

»Sie gaben ihm etwas, für das es sich zu morden lohnte«, entgegnete Sidney Grice, »und zu sterben. Am Ende hatten Sie ihn grässlicher verstümmelt, als es diese widerlichen Würmer in all den Jahren vermocht hatten.«

»Sie haben das alles nicht für sich getan«, sagte ich.

»Jetzt reden Sie aber Unsinn. Ich weiß nicht, wieso Sie dieses einfältige kleine Luder an Ihren Nachforschungen teilhaben lassen, Sidney. Kein Wunder, dass Ihr Ruf gelitten hat, seit sie bei Ihnen im Haus ist.«

Sidney Grice sah mich prüfend an. »Fahren Sie fort.«

»Haben Sie Dr. Berry gegenüber jemals Eleanor Quarrel erwähnt?«, wollte ich wissen.

»Niemals«, versicherte er mir. »Das ist kein Fall, auf den ich stolz bin.«

»Ich ebenso wenig«, meinte ich, »und dennoch …«

»Ich habe über sie gelesen.« Dorna zog ihre Hände zurück.

»Wo?« Sie rang nach Worten.

»Eleanor Quarrel ist niemals in irgendeiner Zeitung genannt worden«, sagte ich. »Sie wurde nie für ihre Verbrechen verurteilt, und erst, nachdem sie verschwunden war, erfuhren wir ihren wirklichen Namen.«

»Nachdem sie auf der Flucht vor *Ihnen* gestorben war.«

Sie machte eine ausladende Armbewegung, um zu zeigen, dass sie uns beide meinte. Ich stand auf.

»Welch entzückende grüne Augen Sie haben«, stieß ich hervor, und sie blickte tief in meine. Und in diesem Augenblick wusste ich es. »O Dorna, haben Sie das wirklich alles getan, um Ihre Mutter zu rächen?«

»Gibt es denn einen besseren Grund?« Sie fuhr empor, um mir ins Gesicht zu sehen. »Mrs Marlowe war eine schwachsinnige, eitle Säuferin, und ich hasste sie. Ich hatte keine Eltern, und dann, vor etwa einem Jahr, fand mich meine wirkliche Mutter. Sie war wunderschön und geistreich, und wir hatten gerade begonnen, uns richtig kennenzulernen, als Sie beide sie mir genommen haben.«

»Sie starb auf der Flucht, als sie sich ihrer gerechten Strafe entziehen wollte«, erklärte mein Vormund.

»Gerecht?«, spie sie bitter aus. »Wann ist ihr je Gerechtigkeit widerfahren? Um Himmels willen, als sie noch ein halbes Kind war, warf man sie ins Gefängnis, nur, weil sie sich den Zudringlichkeiten eines Polizisten wiedersetzt hatte.«

»Sie hat ihn womöglich dazu ermutigt«, höhnte Sidney Grice, und ich verlor die Fassung.

»Wie können Sie nur so etwas Schamloses sagen?«

Dorna beruhigte mich. »Alle Männer sind niederträchtig, March – ganz gleich, wie sie sich geben.«

»Ich halte Inspektor Pound für einen herzensguten Mann. Sie aber haben den Operationssaal in Brand gesteckt und versucht, ihn zu töten«, stieß ich hervor.

Sie blickte mich geringschätzig an und sagte: »Jetzt machen Sie sich aber lächerlich. Und selbst wenn Sie können es nicht beweisen.«

»Machen Sie weiter.« Sidney Grice lehnte sich in seinem Stuhl zurück und betrachtete sie.

»Ich habe meinen Abschluss gemacht, eine Anstellung gefunden, und mit meiner eigenen Praxis ging es voran, und als dann auch noch meine Mutter in mein Leben trat, war ich überglücklich. Ich habe sie vom ersten Augenblick an geliebt, und sie hat mich geliebt.«

»Sie hat nie jemanden geliebt«, sagte ich, »und Sie tun es ebenso wenig.«

Sie funkelte mich verächtlich an. »Sie wissen gar nichts über die Liebe.«

Ich enthielt mich eines Kommentars.

»Aber spätestens, als Sie erfuhren, was sie getan hatte, werden Sie doch gewiss ...«

»Was hatte sie denn schon getan?«, schrie sie aufgebracht. »Außer eine unschuldige Figur in einem schmutzigen Spiel zu sein! Meine Mutter hat mir erzählt, wie sie sich Ihren Hass zuzog, weil sie Sie als Schwindler enttarnte, als Stümper, der einen Unschuldigen an den Galgen gebracht hatte. Und wie Sie und die Polizei ihr nun nach dem Leben trachteten. Am Tage, da ich von ihrem Tod erfuhr, habe ich mir geschworen, Sie alle zu vernichten. Und das am besten auf eine Art, die mich reich und unangreifbar machen würde. Zunächst hatte ich angenommen, dass auch Pound auf den Fall angesetzt würde, doch leider wurde er mit anderen Ermittlungen betraut. Sie ließ ein grimmiges Lächeln aufblitzen. »Oh, wie ich frohlockte, als er mir plötzlich in die Hände fiel, hilflos wie ein Säugling. Ich hätte ihn an Ort und Stelle ersticken können, ohne den geringsten Verdacht zu erregen, doch warum sollte ich ihn friedlich im Schlaf dahinscheiden lassen, wenn er auch qualvoll sterben konnte? Und das von Ihrer Hand, liebe March.«

»Hassen Sie uns denn wirklich so sehr?«, fragte ich.

»Um ehrlich zu sein, habe ich Sie beide in den letzten Wochen sogar recht lieb gewonnen, doch da war das Räderwerk bereits in Gang gesetzt.« Sie blickte sich im Zimmer um. »Ach March, wenn Sie sie nur so gekannt hätten, wie ich sie kannte. Wir waren uns so ähnlich. Dabei meine ich nicht das Äußere – sie meinte, ich ähnele meinem Vater ...«

»Hat Sie Ihnen denn erzählt, wer Ihr Vater war?«

»Er war ein Gardehauptmann, der sie heiraten wollte, sobald sie mündig wäre, doch dann wurde er nach Übersee versetzt, wo er starb.«

»Liebe Dorna«, sagte Sidney Grice. »Wie können Sie nur so kindisch sein, so etwas zu glauben.«

Wutentbrannt ging sie auf ihn los. »Was denn? Wollen Sie mir etwa erzählen, er sei Unteroffizier oder Gefreiter gewesen? Es ist mir völlig gleich, was er war.«

»Dorna.« Ich trat zu ihr hinüber und fasste sie an der Schulter, doch sie schob meine Hand weg. »Ihr Vater war Ihr Großvater.«

Sie zuckte zusammen. »Sie reden Unfug.«

»Ich wünschte, dem wäre so.«

Sie stand auf, suchte dann aber an der Stuhllehne Halt. »Kein Wunder, dass sie mir nie seinen Namen nennen wollte. Oh, meine arme Mutter. ... Sie war *dreizehn*.« Sie hielt sich die freie Hand über den Mund.

Sidney Grice nahm ihren Ellbogen. »Setzen Sie sich bitte, Dorna.«

Fügsam ließ sie ihn gewähren, wirkte auf einmal sehr klein und verletzlich. Ich kniete mich vor sie. »Es gibt noch etwas, das ich Ihnen sagen muss.«

Sie wirkte verwirrt. »Haben Sie ihn gefunden? Wenn es so ist, will ich ihn nicht sehen.«

»Nein«, beruhigte ich sie. »Ihr Vater ist schon vor sehr langer Zeit gestorben, aber Ihre Mutter ist nicht tot.«

Ihre Züge zerfielen zu einer grotesken Fratze, einem einzigen Wort, so hassverzerrt, dass ich es kaum verstehen konnte. »Lügnerin!« Dann schnellte sie plötzlich in die Höhe und stand über mir.

Im Aufstehen sagte ich ganz langsam: »Eine Freundin von mir, eine Lady, die Ihre Mutter recht gut kannte, hat sie vor einigen Tagen am Bahnhof von Euston einen Zug besteigen sehen.«

Dorna stierte mich entgeistert an. »Aber ich habe sie doch gerächt.«

»Und jetzt hätte sie ebenso gut tot sein können, denn Sie werden sie nie wiedersehen«, sagte Sidney Grice. »Sie hat Sie im Stich gelassen, Dorna.«

465

Sie verbarg ihr Gesicht, und wir schwiegen eine Weile. Als sie die Hände fortnahm, hatte sie die Fassung wiedererlangt. Sie ließ ihre Tasche aufschnappen und holte ein Duftfläschchen heraus.

»Wollten Sie mich auf diese Art vernichten? Indem Sie mich dazu brachten, den Inspektor zu töten?«, fragte ich, und sie legte den Kopf zur Seite.

»Dadurch und hiermit.« Sie zog den Stöpsel heraus. »Obgleich ich vorhatte, es nachts zu tun – wenn Sie mich nicht sehen würden.«

»Parfüm?«, wunderte ich mich, als ihre Hand zurückfuhr. Sidney Grice betrachtete sie neugierig, machte aber keinerlei Anstalten einzugreifen.

»Schwefelsäure.« Ihre Hand schoss nach vorn und kippte mir den Inhalt ins Gesicht.

Schreiend riss ich meine Hände vor den Kopf, wandte mich verzweifelt ab, doch es war zu spät. Ich spürte, wie der erste Schwall mir in die Augen spritzte und mir mit jedem folgenden die Flüssigkeit über Hände, Wangen und Hals rann.

76

DAS VORKOMMEN STILLSCHWEIGENDER VERWUNDERUNG

Sidney Grice schnellte auf die Beine und zog meine Finger fort.

»Nehmen Sie das.« Er drückte mir etwas in die Handfläche. »Keine Sorge. Machen Sie die Augen auf.«

Ich zwang mich dazu und stellte fest, dass ich das weiße Taschentuch, das er mir gegeben hatte, tadellos sehen konnte.

»Es brennt nicht.« Ich kämpfte meine Panik nieder.

»Aber ich hab es doch selbst gefüllt.« Dorna schnüffelte verdutzt an der Flasche.

Ich tupfte mich trocken.

»So ist es«, sagte er. »Doch als wir gestern Abend ins Theater gingen – wohin Sie mich nur um des Anscheins willen mitnahmen –, habe ich Ihren Handschuh versteckt und, während Sie Emily einen anderen finden halfen, in Ihre Handtasche geschaut.

Mein Misstrauen wurde geweckt, als ich ein Fläschchen Fougère sah. Ich weiß nicht, welches Parfüm Sie tragen – denn dieses Wissensgebiet muss ich noch eingehend erforschen –, aber March verwendet Fougère, und Ihr Duft ist ein gänzlich anderer. Ich schüttelte das Fläschchen und berührte den Rand.« Er hielt einen Finger hoch, dessen Spitze immer noch wund war. »Hätte keine Wasserkaraffe auf Ihrem Schreibtisch gestanden, um meinen Finger hineinzustoßen, wäre ich die Kuppe losgeworden. Ich dachte mir, vielleicht führten Sie es zur Selbstverteidigung mit, da Sie manchen sehr finsteren Winkel betreten, sah dann aber die kleine Pistole und entschied, das sei Absicherung genug. Um Gewissheit zu erlangen, goss ich die Säure in Ihren Blumentopf, spülte die Flasche aus und füllte sie aus der Karaffe auf.«

»Hab mich schon gewundert, was dem Gummibaum zugestoßen ist«, sagte ich.

»Stillschweigende Verwunderung ist selten bei jungen Leuten«, sagte er, »aber nahezu immer willkommen. Außerdem nahm ich bei der Gelegenheit die Patronen aus Ihrem ziemlich niedlichen Revolver. Ich verkehre nicht gern mit Menschen, die über Mittel verfügen, mich zu töten.«

»O Sidney«, widersprach sie. »Wie konntest du je annehmen, ich wollte dir echtes Leid zufügen?«

Er setzte sein Auge wieder ein. »Abgesehen von den ausgesprochen grausamen Morden, die Sie begingen, oder Ihren Versuchen, meinen Leumund, mein Mündel oder meinen Polizeikollegen zu vernichten – kann ich mir beim besten Willen nicht denken, was mich Ihren Absichten so misstrauen lässt.«

»Aber Sie werden mich nicht der Polizei übergeben«, sagte sie, »nach allem, was wir füreinander waren.«

»O Dorna.« Sidney Grice fuhr sich mit den Fingern durchs Haar. »Das fußte doch alles auf Lüge und falschen Federn.«

UHREN UND EIN FUNKEN ANSTAND

Danach blieb nicht mehr viel zu sagen. Mr G läutete nach Jane, und Dorna hob die Hand.

»Noch immer bin ich die Herrin dieses Hauses.« Als Jane kam, trug Dorna ihr auf, die Polizei zu rufen, ohne den Grund dafür zu nennen.

»Inspektor Quigley von der Polizeiwache Marylebone«, befahl mein Vormund einem jungen Konstabler, der zehn Minuten später eintrat. »Mr Sidney Grice erbittet sein baldmöglichstes Kommen.«

Gut eine halbe Stunde saßen wir schweigend da und lauschten dem Ticken der Uhr. Ich wagte kaum, die anderen anzublicken, doch wann immer ich es tat, hatte Dorna die Augen niedergeschlagen, derweil Sidney Grice sie mit merkwürdiger Entschlossenheit anstarrte. Schließlich konnte ich es nicht mehr ertragen.

»Aber wieso haben Sie Emily und Ihre Köchin getötet und dann so getan, als hätte man Sie erhängt?«, stieß ich hervor.

»Habe ich das?«, antwortete sie, ihre Miene reglos wie eine Maske.

»Teils, da sie Zeugen jener Farce waren, die Dr. Berry aufzuführen gedachte, und teils, um Miss McKay zusätzliche Opfer anzulasten«, beschied mich mein Vormund. »Würde man ihr bei alldem noch einen Funken Anstand zugestehen wollen, dann den, dass sie zumindest gewartet hat, bis Jane ihren freien Tag hatte und stattdessen jemanden erschlug, den sie kaum kannte.«

»Vielleicht war es ja bloßer Zufall, dass Jane gerade frei hatte«, vermerkte Dorna Berry achselzuckend.

»Nicht mal einen Funken also.« Er zwickte sich ins Ohrläppchen. »Die Morde an den Bediensteten und das vorgetäuschte Erhängen waren samt und sonders dazu gedacht, Primrose McKay an den Galgen zu bringen, sobald sie sich aus der Deckung wagte, um ihren Gewinn einzustreichen. Dornas Wort hätte gegen ihres gestanden, wobei Miss McKay jedes erdenkliche Motiv für die Morde gehabt hätte und Dorna scheinbar kein einziges.«

Zu seinem sichtlichen Missfallen ließ ich meine Finger knacken. »Aber was ist mit Thurston, ihrem Diener?«

»Wenn Sie ein Mann wären, was Sie in mancherlei Hinsicht beinahe sind« – mein Vormund zog seinen mechanischen Mordan-Bleistift hervor –, »wen würden Sie als Gespielin vorziehen, die hypochondrische und krankhaft sadistische Erbin eines ruinösen Wurstimperiums …?«

»Ruinös?«, heischte ich, worauf er mir belehrend den Bleistift entgegen reckte.

»Habe ich Ihnen nicht geraten, die Wirtschaftsseiten zu lesen? Seit der Tod dem alten McKay vor acht Jahren das Firmenruder aus der Hand geschlagen hat, sind die Würste so minderwertig geworden, dass sich der Kurs von McKay Sausages in freiem Fall befindet. Dies und der unkluge Ausflug seiner Tochter in die Welt des Pferdesports haben die Firma an den Rand des Bankrotts getrieben. Es überrascht mich, dass Sie sich nicht wenigstens für diesen Aspekt ihrer Geschäfte interessiert haben – vierundachtzig Pferde, die Miss McKay wohl gewinnbringender in ihren Wurstwaren untergebracht hätte. Ja, selbst bei der Mandarin-Statue handelt es sich um eine billige Kopie. Das Originalpaar hat sie zusammen mit einigen kostbaren Gemälden letztes Jahr versteigern lassen. Sie brauchte das Geld. Warum sonst sollte sie dem Verein beigetreten sein? Und Thurston konnte sich entscheiden – zwischen ihr und einer betörenden jungen Ärztin, die in Kürze einen der ältesten Adelstitel des Landes tragen würde.«

»Welch schmutzige Phantasie Sie doch besitzen«, schnaubte Dorna verbittert.

»Die Welt, in der ich mich bewege, mag schmutzig sein, doch ich bleibe rein«, entgegnete er. »Falls es Sie interessieren sollte: Sie haben heute Morgen drei große Fehler begangen.«

Sie lehnte sich auf ihrem Stuhl zurück und schloss die Augen. »Mein einziger Fehler bestand darin, Ihnen zu vertrauen. Diesem McKay-Flittchen sollten Sie all diese Vorhaltungen machen, nicht mir.«

Sidney Grice rollte den Bleistift in den Fingern, als würde er sich eine Zigarette drehen. »Zuallererst der Strick – zum Glück musste March ihn durchschlagen, sodass ich seine Länge zentimetergenau messen konnte. Er war viel zu kurz. Wenn Sie auf dem Schemel gestanden hätten, hätte die Schlinge über Ihrem Kopf gehangen. Erst als Sie in die Schublade gestiegen sind, konnten Sie ihn sich um den Hals legen.«

»Er hat mich hochgehoben.«

»Uns haben Sie erzählt, er habe den Schemel unter Ihren Füßen weggetreten«, erinnerte ich sie.

Sie atmete schwer aus, ehe sie erwiderte: »Ich war durcheinander. Ich frage mich, wie gut Sie sich wohl entsinnen könnten, während man Ihr Hausmädchen grausam hingemetzelt und Sie um ein Haar ermordet hätte.«

»Der Knoten war überaus bemerkenswert, wie es Knoten oft an sich haben.« Sidney Grice ließ den Stift sinken, um ihn wie einen Dolch auf sie zu richten. »Ein doppelter Kreuzknoten.«

Sie blickte ihn gleichgültig an. »Na und?«

»Dieselbe Art Knoten wie bei Piggety.«

»Und?«, brachte sie unter demonstrativem Gähnen hervor.

»Auch als ›Chirurgenknoten‹ bekannt.«

»Ich bin Ärztin. Keine Chirurgin.«

»Selbst ich weiß, wie man eine Wunde näht«, sagte ich. Sie funkelte mich grimmig an.

»Und schließlich« – mein Vormund nahm den Bleistift herunter – »das goldene Kreuz an der Kette im Flur. Primrose McKay hat nie eins getragen.«

Dorna riss die Augen auf. »Aber Sie haben es mir doch erzählt.«

»Ich lüge niemals.« Er sah sie an, den Bleistift auf Armeslänge von sich gestreckt, als hätte er vor, sie zu porträtieren. »Ich erkundigte mich lediglich vor ein paar Tagen, ob March denn erwähnt hatte, dass Miss McKay gern kleine goldene Kruzifixe trägt. Und wie durch einen merkwürdigen Zufall findet sich ein solches in Emilys toter kalter Hand. Ein Indiz zu viel, Dr. Berry, und womöglich der letzte Nagel zu Ihrem Sarg.«

Endlich traf Quigley ein. Mr G nahm ihn im Flur beiseite, bevor er ihn ins Zimmer führte.

»Auf Gesuch dieses Gentleman werde ich davon absehen, Ihnen Handschellen anzulegen«, verlautete der Inspektor.

»Das ist eine Unverschämtheit«, protestierte Dorna, folgte ihm aber widerstandslos zur Tür.

»Schauen Sie sich noch einmal gut um, Dr. Berry, solche Annehmlichkeiten werden Sie nie wieder genießen.«

Sie rang sich ein angespanntes Lächeln ab. »Oh, ich werde zurückkehren«, drohte sie, doch Sidney Grice winkte ab.

»Liebe Frau Doktor« – er knabberte geräuschvoll am letzten Stück Möhre –, »die letzte Person, die Sie zu Gesicht bekommen, wird der Mann sein, der Sie für ein Handgeld von zwei Guineen aufknüpft.«

Dann drehte sie sich um und ließ sich von Inspektor Quigley hinaus und in eine Gefängniskutsche führen.

»Sehen Sie«, erklärte mein Vormund, »habe ich nicht gesagt, dass Sie dieses eine Mal Dorna gestatten müssen, die Mörderin zu sein?« Er kletterte zu den anderen auf das Fuhrwerk. »Ich schicke Ihnen eine Droschke.«

»Noch nicht«, sagte ich und wandte mich um. »Jemand muss mit Jane reden.«

*

Es war fast Mitternacht, als Sidney Grice nach Hause kam, das Gesicht grau vor Erschöpfung.

»Ich möchte heute Abend nicht darüber sprechen.« Er nahm zwei Prisen Schnupftabak, schloss die Augen und warf den Kopf in den Nacken. Schließlich beugte er sich vor, und ich sah ihm eine Weile zu, wie er reglos dastand und in die Schnupftabakdose starrte, als erwartete er, dass irgendetwas passiere. »Sie sollten zu Bett gehen.«

»Wir beide sollten das.«

Mein Vormund tätschelte mir linkisch die Schulter und mir war, als schauderte ihn.

Und als ich an jenem Abend in meinem Bett lag und hinausblickte in den sternlosen Nachthimmel, dachte ich über diesen Schatten auf dem Antlitz meines Vormunds nach. Jene Schwermut, die es barg, seit jenem Tag, da ich in sein Haus gekommen war, und die nie wieder schwinden sollte.

*

Als ich tags darauf ins Krankenhaus kam, waren die Vorhänge um Inspektor Pounds Bett zugezogen, und mein erster Gedanke war, dass etwas Furchtbares passiert sein müsse, doch die Schwester berichtete mir, er habe Besuch und spiele Karten, und man wolle nicht, dass die Oberin es sehe.

»Na, dann muss es ihm ja besser gehen«, sagte ich, und als ich mich dem anderen Ende des Ganges näherte, hörte ich eine fremde Stimme kichern und sagen: »Diesmal hab ich Sie gekriegt, Baker.«

Ein anderer grunzte und meinte: »Hat sich Ihre Verlobte denn heute schon blicken lassen, Pound?«

»Im Grunde ist Miss Middleton gar nicht meine Verlobte«, vernahm ich die noch immer matte Stimme des Inspektors. »Das hat sie der Oberin bloß erzählt, damit sie mich besuchen kann.«

Woraufhin ein anderer loslachte, nun jedoch mit galligem Unterton. »Lass ihn in Frieden, Kumpel. So verzweifelt ist er auch wieder nicht.« Und die Männer brüllten vor Lachen, wobei sich einer von ihnen zurücklehnte, den Vorhang ein Stück beiseiteschob und den Blick auf Inspektor Pound freigab, der aufrecht im Bett saß. Er lachte zwar nicht, sagte aber auch nichts, und als er die Augen hob, trafen sich unsere Blicke.

Ich fuhr herum, als hätte er mich geohrfeigt, und fast wünschte ich, er hätte es wirklich getan.

»Das ging aber schnell«, sagte die Schwester.

»Mir ist gerade etwas eingefallen«, stotterte ich.

Ich hob meine Rockzipfel – wie mein Vormund sich darüber echauffiert hätte – und rannte davon.

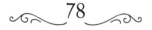

DER PROZESS

Das Verfahren gegen Dr. Dorna Berry war keine langwierige Angelegenheit. Zu wenige Zeugen waren noch übrig. Sidney Grice und ich teilten dem Gericht mit, was wir wussten, und Inspektor Quigley erschien, um bei diesem Fall noch einige wenige Lorbeeren einzuheimsen. Mein Vormund hatte den Anklagevertreter gut beraten. So tapfer die Verteidigung auch versuchte, alle Schuld auf Baron Rupert Foskett zu schieben, konnte sie doch keine überzeugende Darstellung abliefern.

Dornas Antworten fielen rasch und bestechend aus, brachen aber unter dem Gewicht der Gegenbeweise in sich zusammen.

Ein einziges Mal schien sie Schwäche zu zeigen, nämlich als bekannt wurde, dass Ruperts Vetter, der Earl of Bocking, unlängst kinderlos gestorben war und Rupert über die Baronin sein gesamtes Erbe hinterlassen hatte. Hätte Dorna sich damit beschieden, lediglich Rupert zu verführen und zu heiraten, wäre sie in den Genuss zweier Adelstitel und eines beträchtlichen Vermögens gelangt.

Die Geschworenen berieten sich lange Zeit, fraglos verzweifelt bemüht, ihr zu glauben. Wie Dorna Berry schon gesagt hatte, wollte niemand eine schöne Frau zum Tode verurteilen. Der Richter zeigte allerdings keine derartige Abneigung.

*

Es kam zu keinerlei Siegeseuphorie, wie ich sie bei Sidney Grice nach William Ashbys Verurteilung erlebt hatte. Er blieb die ganze Zeit sitzen, klimperte mit seinen Halfpennys und scherte sich nicht um die Aufmerksamkeit der Presse. Ich hatte eigentlich mit Waterloo Trumpington gerechnet, doch er war anscheinend nach Derbyshire geschickt worden, um über eine Explosion in einer Gasanstalt zu berichten.

»Ich habe eine Verabredung im Patentamt«, teilte mir Sidney Grice seltsam tonlos mit. »Ein betrügerischer Amerikaner behauptet, das Grice-o-phon vor mir erfunden zu haben – als blödsinnige Vorrichtung mit Wachswalzen.«

Er begleitete mich zu einer Droschke und ging tief in Gedanken versunken davon. Ich ließ mich vom Kutscher am Tavistock Square absetzen, um Silas Braithwaites leeres Haus zu beobachten. Einmal glaubte ich, eine Frau im Wartezimmerfenster wahrzunehmen, und der irrsinnige Gedanke schoss mir durch den Kopf, dass Dorna vielleicht doch die Wahrheit gesagt und jemanden darin gesehen hatte. Dann bewegte sich die Gestalt, und ich erkannte das Spiegelbild eines Bierkutschers.

Langsam ging ich zur Gower Street 125 zurück, ohne meiner Umgebung oder der vorbeiströmenden Menschenmenge Beachtung zu schenken.

Molly ließ mich ein und sah mir in die Augen. »O Miss«, sagte sie bestürzt, während sie mir Hut und Umhang abnahm. Sie berührte meinen Arm.

»Danke, Molly«, gab ich zurück und stieg die Treppe hoch zu meiner Vergessen spendenden Flasche.

Nicht eine Stunde vergeht, ohne dass ich wiederholt an ihn denke. Edward, so jung und mutig und fürsorglich und töricht. Lieber Gott, wie sehr wir uns liebten.

Er stellte mich auf kein Podest, sondern nahm mich in seinen Blick, und ich sah mich – bei all meiner Schlichtheit – liebenswerter darin, als menschenmöglich ist.

Edward war nicht stattlich. Er war schön. Er wurde rot, als ich ihm das sagte, doch es stimmte. Er war wunderschön.

Er war Subalternoffizier in Indien. Es hatte in der Nähe einigen Ärger gegeben, und er ging auf Patrouille, er und elf andere. Ich glaubte ihn meilenweit entfernt und in Sicherheit, aber wir hatten diesen Streit gehabt, und er wollte mich sehen. Daher überredete er seinen Vorgesetzten, sich der Gruppe anschließen zu dürfen, die zu unserem Lager zog ... Sie gerieten in einen Hinterhalt. Vier von ihnen starben auf der Stelle, und vier wurden schwer verwundet, doch ihren Kameraden gelang es, sich durchzukämpfen und sie mitzunehmen.

Es war übliche Praxis, Offiziere vor den Mannschaften zu behandeln, doch ich hatte meinem Vater, unserem Lagerchirurgen, die Erlaubnis abgerungen, Verwundete danach zu sichten, wer den größten Nutzen aus vorgezogener Behandlung zöge.

Sein Gesicht war von einer Musketenkugel zerfetzt worden. Ich hielt ihn für einen hoffnungslosen Fall und dachte, wir täten besser daran, uns um seine Untergebenen zu kümmern. Ich erkannte ihn nicht und überließ ihn dem Feldgeistlichen. Er war unkenntlich, sagte mein Vater, doch er war ständig bei mir, der Gedanke – hätte ich wahrhaftig geliebt, hätte ich ihn durch einen Berg hindurch wiedererkannt. Und eine Stimme in der Nacht flüsterte mir zu: »Die ganze Zeit hast du gewusst, dass er es war. Du hast ihn nicht mehr haben wollen, weil er nicht mehr schön war.«

»Lügner«, schrie ich. »Du verdammter, kranker, abartiger Lügner.« Und schweißgebadet wachte ich auf, von meinem Vater bei der Schulter geschüttelt. Zum ersten Mal umarmte er mich, und ich schluchzte, bis ich nicht mehr schluchzen konnte. Wie falsch ich doch war. Aber falsch wurde ich schon geboren.

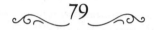

DIE GÄNGE DER VERDAMMNIS

Dorna Berry war schlicht gekleidet. Sie trug ein schwarzes Kleid mit weißer Spitzenborte, das Haar ordentlich zurückgesteckt, und wirkte auf den ersten Blick so vergnügt und unbeschwert, als träfen wir uns zum Nachmittagstee im Hyde Park. Doch ihre Umgebung hatte nichts Elegantes an sich: ein steinernes Grab, so feucht, dass es von den Wänden tropfte, erhellt nur durch ein hohes Gitterfenster. In der offenen Tür stand ein Wärter.

»March«, flötete sie voll beißender Ironie, »wie reizend.« Sie wies mit einer einladenden Geste aufs Bett, und wir nahmen Platz, drei, vier Handbreit voneinander entfernt, und als wir uns einander zuwandten, sah ich ihre dunklen Augenringe und wie fahl ihre Haut geworden war.

Ich zögerte. »Ich wusste nicht, ob Sie mich empfangen würden.«

»Mir bleibt wenig anderes, womit ich mir die Zeit vertreiben könnte.« Die Finger ihrer Linken zitterten in ihrem Schoß. »Und ich war neugierig, wieso Sie mich besuchen wollten.«

»Um zu fragen, ob es irgendetwas gibt, das Sie benötigen.«

Sie fuhr zusammen, und mit einem grimmigen Lächeln antwortete sie: »Eine Schiffsfahrkarte nach Amerika wäre nett.«

Ich betrachtete ihre Finger. »Benötigen Sie irgendetwas, das ich Ihnen besorgen kann?«

»Nein. Ist das alles?«

In ihrer rechten Wange sah ich ein seltsames Zucken. Es glitt unter ihrer Haut dahin wie eine von Ruperts Maden. Ein kalter Schauer überkam mich, und es brach aus mir heraus: »Oh, Dorna, warum haben Sie das bloß getan?«

Sie atmete scharf ein. »Ich kam von ganz unten, March, und ich war niemand. Die Marlowes schleiften mich durch jedes Schmierentheater, jede verlauste Herberge in jedem verrottenden europäischen Fürstentum. Noch bevor ich sprechen konnte, zwangen sie mich auf die Bühne. Ich habe es gehasst, und ich habe sie gehasst. Meine frühesten Erinnerungen ranken sich darum, wie man mich vorführte wie einen Preisochsen, wie ich ausgelacht wurde, wenn ich stolperte und mir den Kopf stieß, ausgebuht wurde, wenn ich meinen Text vergaß, verhöhnt, wenn die Marlowes mir zu singen befahlen.«

Ihr Arm zitterte. »Ich weiß nicht, wie oft wir uns vor Sonnenaufgang aus Gasthäusern stahlen, weil sie die Rechnung nicht bezahlen konnten, oder man uns wegen Schulden ins Gefängnis warf. Ich wuchs in einem Pfuhl des Unrats auf, aber ich habe mich am eigenen Schopf herausgezogen, mit aller Macht und Entschlossenheit für mein berufliches Weiterkommen gekämpft und wurde selbst dann noch zurückgewiesen. Ein einziges Krankenhaus bot mir gelegentlich Beschäftigung an, und selbst das nur, weil ich unentgeltlich arbeitete.«

Sie erschauerte. »Und dann bot sich mir die Chance, mich über alle zu erheben. Rupert verliebte sich in mich. Stellen Sie sich das vor, March. Ich hätte Baronin werden können. Wer weiß, wer mir alles zu Füßen gelegen hätte? Und dann fand mich meine Mutter. Der Verein war ihre Idee gewesen.«

»Das wundert mich nicht«, sagte ich.

»Als ich von ihrem Tod erfuhr, fühlte es sich an, als hätte alles, was ich mir gewünscht hatte, seinen Sinn verloren. Es war Rupert, der vorschlug, Sidney Grice mit den Ermittlungen zu betrauen. Wieso nicht reich werden und zugleich Rache üben? Er hasste Sidney dafür, dass er ihm das Kostbarste genommen hatte, was ein Mensch besitzen kann – den festen Glauben an die Unsterblichkeit der Seele –, aber es ist stets ein Fehler, Geschäft und Vergnügen zu vermengen.«

»Vergnügen?«, wisperte ich, und ein Funkeln trat in ihre Augen.

»Oh, March, Sie haben ja keine Vorstellung, welch erlesenen Genuss es bereitet, einem Menschen das Leben zu nehmen, langsam und gezielt – dieses Gefühl der Macht und der Erbarmungslosigkeit.«

Ich rückte etwas von ihr ab.

»Sie sind ein Monstrum.«

Ein sanftes Lächeln umspielte ihre Lippen. »Sie sind das Monstrum, March, – Sie, die Sie menschliches Leid unter dem Mikroskop sezieren, jedes schaurige Detail auskosten und dann so tun, als wären Sie schockiert. Wir sind uns ähnlicher, als Sie glauben, Sie und ich.«

»Nein«, protestierte ich. »Ich wollte das alles verhindern.«

»Wollten Sie das wirklich?« Ihre Stimme tönte tief und spöttisch. »Na, dann hätten Sie sich wohl mehr anstrengen sollen. Wir haben Hinweise verstreut wie Reis bei einer Trauung. Oder haben Sie unsere Taten bloß mit grausiger Faszination verfolgt?«

»Nein. Ich habe um diese armen Männer geweint.«

»Arme Männer?«, wiederholte sie. »Etwa diese *armen Männer*, die so bereitwillig zur eigenen Bereicherung gemordet haben und förmlich darum rangen, verführt zu werden?«

»Wie konnten Sie sich nur so billig herschenken?«, wollte ich wissen. Doch sie lachte nur glucksend auf.

»Ich habe mich niemals einem Mann hingegeben. Ein hungriger Mann, der eine Mahlzeit riecht, ist viel gefügiger als einer, der bereits gegessen hat.«

»Das ist abscheulich.«

»Ach, March«, hauchte sie, »ich kenne die Leidenschaft Ihrer Küsse.«

Der Wärter hüstelte, entweder aus Verlegenheit, oder um uns an seine Anwesenheit zu erinnern.

»Warum haben Sie nur mir und nicht Mr Grice erzählt, dass Sie nach Edinburgh wollten?«, fragte ich, während sie sich ein loses Haar von der Wange zupfte.

»Damit Sie keinen Verdacht schöpfen würden, wenn ich fortginge. Die Sache spitzte sich zu, und ich wusste, dass Sidney bald eins und eins zusammenzählen würde. Ihm habe ich nichts davon erzählt, weil er mich sofort mit Fragen überhäuft hätte. Sie jedoch, March, Sie sind ein argloses Kind.«

»Und gleichwohl hätten Sie mir Säure ins Gesicht geschüttet?«

Sie schnaubte verächtlich. »Es wäre womöglich zu Ihrem Besten gewesen.«

»Niemals bin ich so hässlich gewesen, wie Sie es geworden sind«, entgegnete ich barsch, worauf der Wärter vortrat.

»Keinen Streit, Ladys.«

Dorna brach in Gelächter aus. »Meine Besucherin und ich bekriegen uns, seit wir uns zum ersten Mal begegnet sind.«

»Und ich dachte die ganze Zeit, Sie wären meine Freundin.«

»Der Mörder und der Detektiv haben eines gemeinsam«, bemerkte sie. »Sie haben keine Freunde. Sie sind stets nur Opfer oder künftige Opfer.«

Mich fröstelte. »Als ich Sie im Krankenhaus in der Scheibe sah, hielt ich Sie für den Geist Ihrer Mutter.«

Dornas Lid zuckte. »Selbst meine Mutter ist noch nicht ihr eigener Geist.« Nun bemächtigte sich der Tic ihrer Wange. »Und jetzt werde ich sie nie wieder sehen. Sie wird mich wohl kaum hier besuchen kommen.«

»O, Dorna«, seufzte ich, »gewiss hatten Sie einmal vor, Menschen zu heilen, statt sie zu töten?«

»Und Sie?« Sie verbarg ihre geballte Linke in der Rechten.
»Was hatten Sie denn ursprünglich vor?«

»Zu lieben und geliebt zu werden.«

Dorna warf den Kopf zurück und sog die dicke, feuchte Luft ein.

»Das ist mehr, als ich je zu hoffen wagte, March.«

»Das ist die Hoffnung, die mich am Leben hält.« Ich erhob mich. »Ich werde für Sie beten, Dorna.«

Ganz langsam ließ sie den Kopf sinken und sagte dabei: »Vergeuden Sie nicht Ihre Worte. Es ist zu spät für mich, und es war schon immer zu spät für Sidney Grice. Beten Sie für sich selbst, March, solange noch jemand da ist, für den es sich zu beten lohnt.«

Ich wandte mich zum Gehen.

»Sie werden mich nicht hängen«, brüllte sie, von plötzlicher Leidenschaft gepackt. »Ich bin einfach zu schön. Können Sie es sich vorstellen? Wie ich höre, hat der Innenminister schon Gnadengesuche erhalten. Er ist Sidney einige Gefallen schuldig, und Sidney wird sich für mich verwenden. Ich werde Ocker hacken, bis mir die Nägel bluten. Vielleicht wird man mich nach Übersee verbannen, doch zuletzt wird man mich begnadigen. Ich werde überleben und wieder von vorn beginnen.«

»Von vorn?« Ich brachte es kaum heraus.

»March.« Dorna drückte mir etwas in die Hand. »Geben Sie ihm das.«

Ich musste nicht fragen, wen sie meinte. Der Gefängniswärter besah sich, was sie mir gegeben hatte, doch ich konnte mir den Blick sparen, befühlte nur das harte Metall, das mir in die Finger schnitt.

Der Wärter trat zur Seite, um mich durchzulassen.

»Ich habe Sie gemocht, Dorna. Ich habe Sie so sehr gemocht«, stieß ich gerade noch heraus, bevor die Tür klirrend zufiel. »Wir beide, Sidney und ich.« Das Schloss schnappte zu, und ich ging, wandelte wie im Traum durch diese Gänge der Verdammnis, die Tore, die sich für Dorna Berry nie wieder auftun würden, und hinaus in jenes berstende Leben, das man in ihr bald zum Erlöschen bringen würde.

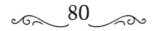

ACHT MINUTEN

Sidney Grice wurde zur Hinrichtung geladen und wohnte ihr mit einer gewissen Eilfertigkeit bei, war er doch stets erpicht, sein Werk vollendet zu sehen, kehrte aber schweigsam davon zurück.

»Noch nie habe ich eine Frau mutiger dem Tod entgegentreten sehen.« Er knetete sein Auge. »Ihrer Haltung nach hätte sie auch auf der Bond Street promenieren können. Sie wollten ihre Knöchel zusammenbinden, aber sie winkte sie fort und sagte, *ich werde schon nicht weglaufen*. Sie entdeckte mich in der Menge und rief aus, *ich* ...« Hier wurde seine Stimme etwas brüchig. »*Ich habe dich geliebt*. Natürlich eine schändliche Lüge ... Dann zogen sie ihr die Kapuze über den Kopf und legten die Schlinge um ihren Hals. Ich hatte mich mit dem Scharfrichter besprochen und ihn überredet, es mit einem langen Fall zu versuchen, um ihr sofort das Genick zu brechen, doch als er am Hebel zog, sprang Dorna beiseite, vermutlich um ihren Tod zu beschleunigen.« Er hielt inne, formte etwas lautlos mit den Lippen und räusperte sich. »Doch ihr Fuß verfing sich an der Plattformkante, und der Sturz brach ihr das Bein – ich hörte das Knacken. Das verlangsamte ihren Fall. Ihr Todeskampf währte acht Minuten.«

Ihn fröstelte, und er erhob keinen Einwand, als ich das Feuer anzünden ging, außer: »Das sollte Molly tun.«

»Ich mache es gern.« Ich schenkte ihm Tee ein, holte den Flachmann meines Vaters hervor, aber mein Vormund legte seine Hand über die Tasse.

»Nur ein Löffelvoll, nur dies eine Mal«, sagte ich, doch er behielt die Hand an Ort und Stelle.

Er trank seinen Tee langsam und schweigend, und das Feuer flackerte im Schakalring an seiner Uhrkette.

»Haben Sie sie sehr geliebt?«, fragte ich, und er schielte mich an, als wäre ich eine neu entdeckte Tierart.

»Wozu in aller Welt sollte ich das tun wollen?« Er nahm sein Auge heraus. Die Höhle war noch immer rot entzündet.

»Die Menschen können sich nicht aussuchen, wen sie lieben.«

»Warum treiben sie dann überhaupt den Aufwand? Liegt es daran, dass sie einfältig und undiszipliniert sind?« Er stürzte seinen restlichen Tee hinunter und starrte auf den Bodensatz. »In der Anrichte steht eine Karaffe. Ich halte sie dort für übermäßig erregte Klienten bereit.«

Ich holte sie mitsamt zwei Gläsern heraus und goss uns beiden großzügig Weinbrand ein.

»Sie schienen sich viel aus ihr zu machen.«

»Ich gewann ihr Vertrauen.« Er hob sein Glas zu einem wortlosen Trinkspruch. »Wie konnten Sie annehmen, ich würde eine Frau lieben, die solche Verbrechen begangen hat?« Er legte seine schwarze Augenklappe an. »Du lieber Himmel, March – sie hatte Kaffee lieber als Tee.« Seine Miene erstarrte, und seine Lippen bebten. Sein Schweigen konnte das Aufheulen seiner Seele nicht ersticken.

»Sie war so liebreizend«, sagte ich, und das Leben selbst schien aus ihm zu schwinden.

»Branntkalk.« Sein Blick schweifte durch den Raum. »Jetzt liegt sie in Branntkalk.«

Er hob das Glas an den Mund, nur um es mit jähem Schwung in den Kamin zu schleudern.

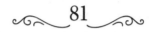

HEXEREI, TEE
UND CRUMPETS

Zwei Tage nach der Hinrichtung hielt eine schwarze Kutsche mit verhängten Fenstern vor der Gower Street Nummer 125. Es war derselbe froschgesichtige Kammerdiener, den mein Vormund erst vor wenigen Wochen so entrüstet fortgeschickt hatte.

Wieder bot ich ihm an, sich zu setzen, doch er zog es vor zu stehen, während Sidney Grice sich mit auf dem Tisch überkreuzten Beinen in seinem Sessel lümmelte.

»Mein Dienstherr hat mir aufgetragen, Ihnen seine tiefe Dankbarkeit zu entbieten, Mr Grice, und möchte sich mit dieser Kleinigkeit erkenntlich zeigen.« Er reichte meinem Vormund ein samtüberzogenes Kästchen. »Die Fotographie befand sich in der Tat genau dort, wo Sie sie vermuteten.« Der Kammerherr grinste. »In früheren Jahrhunderten hätte man Sie womöglich als Hexer verbrannt. Doch in diesen unseren aufgeklärten Zeiten zollen wir Ihrem Genius ehrfürchtig Tribut, und mein Herr möchte Sie ergebenst bitten, Sie zu seinem offiziellen Privatdetektiv ernennen zu dürfen.«

»*Persönlichen Ermittler*«, knurrte Sidney Grice. »Richten Sie Ihrem Herrn aus, dass ich ihm mit Freuden zu Diensten bin – wenn ich gerade keine anderen dringenden Verpflichtungen habe.« Als wir wieder allein waren, klappte er den Deckel auf, und ich spähte hinein. Es war der größte Rubin, den ich je gesehen hatte.

»Aber woher wussten Sie, wo das Bild sein würde?«, fragte ich. Er verzog spöttisch die Lippen.

»Meine Bemerkung war lediglich ironisch gemeint gewesen, da es sich um denselben Ort handelte, wo ich schon Ende letzten Jahres einen seiner kompromittierenden Briefe fand. Selbst einem Hohlkopf wie ihm hätte ich nicht zugetraut, dasselbe Versteck zu benutzen oder zum zweiten Mal zu vergessen, dass er dort etwas verborgen hatte.«

An jenem Nachmittag gab es Tee, Crumpets, Muffins und Früchtebrot. Wir hatten die Sessel nah ans lodernde Feuer geschoben. Seit ich in dieses Haus gekommen war, hatte ich keinen größeren Luxus genossen.

»Mir ist noch nicht ganz klar …«

»Das ist es niemals.«

Ich sah über die Beleidigung hinweg. »… weshalb die Neuen Chartisten eine solche Gefahr darstellen sollen.«

Sidney Grice rekelte sich genüsslich. »Bei den Neuen Chartisten handelt es sich um eine phantasielose Erfindung unseres werten Freundes Inspektor Quigley. Er hatte vor, ein paar harmlose Möchtegern-Revoluzzer festzunehmen, sie nach Übersee zu verschiffen und dann zu verkünden, er habe das Empire gerettet.«

»Hat Inspektor Pound etwa versucht, ihre Organisation zu unterwandern? Ich hätte nicht geglaubt, dass er bei einem so schändlichen Komplott mitmachen würde.«

Mein Vormund gähnte. »Nein. Pound musste es dagegen mit echten Verbrechern aufnehmen. Es hielten sich hartnäckige Gerüchte über einen geplanten Überfall auf die Coutts Bank, und er war drauf und dran, sich in die Bande einzuschleichen.«

»Und ich habe es ihm vermasselt.«

Mit Bedacht pickte sich Mr G einen Muffin heraus, obwohl sie für mich alle gleich aussahen. »Ganz im Gegenteil, die Bande wähnte sich aufgeflogen, und da man sie nun obendrein wegen des versuchten Mordes an einem Polizisten suchte, flohen die Mitglieder nach Kanada und Australien, wo man ihre kriminellen Gepflogenheiten gewiss zu würdigen weiß.« Er mümmelte seinen trockenen Muffin. »Wie es scheint, haben Sie dem Inspektor mit Ihrem grobschlächtigen Einschreiten seine Arbeit abgenommen.«

»Ich glaube kaum, dass er mir dafür danken wird.« Ich sah seinen angewiderten Blick, als ich mir Butter auf meinen Crumpet strich, und sagte: »Ich wusste gar nicht, dass Sie an Malaria erkrankt waren.«

»Noch immer ereilen mich gelegentliche Anfälle. Dies ist einer der Gründe, weswegen ich mich einsperre.«

Ich halbierte meinen Crumpet. »Beim nächsten Mal werde ich Sie pflegen.«

»Ich brauche so ein Gewese nicht.«

»Vielleicht brauche ich es ja.«

Er knetete seine Stirn. »Ich werde es mir überlegen.«

»Und während Sie überlegen, lassen Sie mich Ihr Auge reinigen.«

Er wischte sich die Finger sauber. »Ja, Schwester.«

»Das klingt schon besser. Nun, hätten Sie denn gern das letzte Stück Früchtebrot?«

»Nein«, sagte Sidney Grice. »Lassen Sie uns teilen – wir haben noch zu arbeiten.«

»Wir?« Ich schnitt das Stück in zwei Hälften. Er hob eine Augenbraue.

»Sie können Ihr Leben nicht damit vergeuden, hier herumzusitzen und sich Herausputzen, wenn Sie einmal die erste persönliche Ermittlerin Londons werden wollen.«

»Glauben Sie, dass ich das könnte?«

Sidney Grice lehnte sich gemächlich zurück und sah mich prüfend an. »Das wird sich zeigen«, sagte er, und über seine Züge huschte beinahe so etwas wie ein Lächeln.

NACHWORT

Primrose McKay tauchte erst nach der Hinrichtung wieder auf, wiewohl sie einen Brief schrieb mit der Bitte, ihr beiwohnen zu dürfen. Sidney Grice bekam seine dreitausend Pfund für jeden Mord, das übrige Vermögen fiel an Miss McKay. Und welchen Nutzen sie davon hatte! In atemberaubender Verirrung heiratete sie ihren Diener, den berüchtigten Thurston Gates, und brach sich binnen vier Wochen das Genick bei einem unbezeugten Reitunfall.

Die Affäre Foskett war Geschichte und die stillschweigende Anerkennung Sidney Grice' in höfischen Kreisen ungemein hilfreich dabei, seinen beruflichen Stolz und Status wiederherzustellen. Eine Angelegenheit schien sich jedoch nur schwer aus der Welt schaffen zu lassen – bis ich einen Brief erhielt.

An jenem Abend kehrte ich ins University College Hospital zurück und hatte noch nicht einmal die Liston-Station erreicht, als ich ihn sah – Inspektor Pound auf den Arm von Schwester Ramsey, weit mehr aber auf einen Gehstock gestützt.

»Dürfen Sie schon das Bett verlassen?«, fragte ich. Er sah noch immer abgezehrt aus. Sein Anzug hing schlaff an seinem Körper, und er trug das Hemd offen und ohne Kragen.

»Nein, darf er nicht.« Sie versuchte, erbost zu klingen, während sie ihn im Gleichgewicht hielt. »Sie können hier hineingehen, in diesen Nebenraum – aber lassen Sie sich nicht zu viel Zeit, sonst bekomme ich Ärger.«

Sie setzte ihn auf einen Holzstuhl und ließ uns beide allein.

»Sie sehen schon viel besser aus«, sagte ich.

»Seit sich mein Schnurrbart erholt hat.« Er lächelte.

»Tut mir leid.«

Wir schwiegen betreten. Dann sagte er: »Sie wollen mich in ein privates Landkrankenhaus in Dorset verlegen. Sie meinen, die frische Luft würde mir guttun, wobei ich mir nicht sicher bin, ob meine Lunge etwas damit anfangen kann.«

»Können Sie sich das denn leisten?« Er schüttelte den Kopf.

»Bei drei Guineen täglich zuzüglich Arztkosten? Für so was stehe ich auf der falschen Seite des Gesetzes«, bemerkte er säuerlich. »Anscheinend hat sich ein Gentleman, der ungenannt bleiben will, für die Rechnung aufzukommen erboten, aber ich wüsste schon gern, bei wem ich in der Schuld stehe.«

Ich konnte es mir sehr gut denken, sagte aber nur: »Jedenfalls bin ich froh, Sie dort weiterhin besuchen zu können.«

»Das würde mir fehlen«, gab er zu.

»Kann ich Ihnen etwas Gutes tun?«

Der Inspektor schüttelte den Kopf und räusperte sich. »Ich glaube, Sie haben das Gerede meiner Kollegen mitangehört.« Er rang nach Worten.

»Ich war bei der Armee«, erinnerte ich ihn. »Ich weiß, wie Männer reden.« Ich holte langsam Luft. »Nicht was ich gehört habe, hat mich verletzt.«

Inspektor Pound ließ den Blick sinken und rieb sich die Bartstoppeln. »Hätte ich etwas gesagt, hätten die Sie verspottet, und das wollte ich mir nicht antun.«

»Ich soll also glauben, dass Sie mich nicht in Schutz nahmen, um mich in Schutz zu nehmen?« Meine Stimme schwankte.

»Ich war schwach, und das tut mir leid.«

Ich dachte an einen Brief und an einen Mann, der durch den Staub davonging und mit ihm meine letzte Chance, ihm zu verzeihen.

»Sie haben dem Tod ins Angesicht gesehen«, sagte ich.

»Das ist keine Entschuldigung.« Der Inspektor hustete. »Das nächste Mal werde ich denen klar sagen, was ich empfinde.«

»Mir wär's lieber, Sie würden es mir sagen.«

Seine Arme fielen schlaff herab. »Sie sind eine bemerkenswerte Frau, die ich zu achten und zu ... bewundern gelernt habe.« Behutsam legte er eine Handfläche auf seine Wunde. »Miss Middleton ...«

»Nennen Sie mich March.«

»March«, er betrachtete seine Hände, »es gibt einen Gefallen, um den ich Sie bitten muss.«

»Ich werde mein Bestes tun.«

»Das weiß ich.« Er verlagerte sein Gewicht. »Ich trage den Ehering meiner Mutter um den Hals und befürchte, dass er mir im Schlaf gestohlen wird. Es geht hier zu wie in einem Taubenschlag.«

Ich kaute auf meiner Unterlippe. »Warum fragen Sie nicht Ihre Schwester?«

Er nestelte an den Knöpfen seiner Jacke. »Dann würde ich ihn nie zurückbekommen. Lucinda ist der Meinung, er sollte lieber verkauft werden, um unsere Lage zu verbessern.«

»Nicht wenn er so viel bedeutet.«

»Mir bedeutet er eine Menge.« Er langte unter sein Hemd und zog eine schwarze Schnur mit einem schlichten Goldring daran hervor. »Ich frage mich« – er sah mir in die Augen, seine waren dunkelblau –, »ob Sie einverstanden wären«, wieder räusperte er sich, »ihn für mich zu tragen?«

Er senkte den Blick.

»Um den Hals?«, fragte ich. Er sah mich wieder an, und auf einmal belebten sich seine Züge.

»Fürs Erste.«

»Legen Sie ihn mir um.« Ich beugte mich vor, und er schob die Schnur über meinen Kopf, und mein Haar streifte seines.

Inspektor Pound erschauerte. »Wie wunderschön Sie sind«, flüsterte er. »Sind Sie jemals geküsst worden?« Ich schloss die Augen, und als ich sie wieder öffnete, verschränkten sich unsere Blicke.

*

Bei meiner Rückkehr lagen zwei Briefe für mich auf dem Schreibtisch, einer von Mr Warwick, dem Grundstücksmakler. Er hatte einen Mieter für das Grange gefunden. Ich war froh, dass sich jemand um das Haus kümmern würde, verabscheute aber den Gedanken an fremde Bewohner.

Der andere hatte einen schlichten braunen, stark verknickten und schmuddeligen Umschlag ohne Briefmarke. Die Handschrift war klein und flüssig, und ich traute mich kaum, sie zu erkennen, als ich die Lasche aufriss und mich in meinen Sessel setzte.

Mr G war in eine Zeitung vertieft und grunzte abwesend, um meine Gegenwart zu würdigen.

Meine liebe March,

ich weiß, ich habe kein Recht, Sie so anzureden, kann Sie aber anders nicht nennen, denn ich habe Sie in der kurzen Zeit, die wir hatten, in mein Herz geschlossen.

Ich kann Sie nicht zwingen, gut von mir zu denken, aber bitte glauben Sie mir, dass ich mein ganzes Leben Heilung gesucht habe, ehe ich dieser Frau begegnete. Vielleicht war es Ihr Glück, Ihre Mutter nie gekannt zu haben, denn dass ich meine kennenlernte, hat mich diesen furchtbaren Weg einschlagen lassen.

Ich mache keine Ausflüchte und bitte nicht um Verzeihung, doch wenn jemand Eleanor Quarrel zur Rechenschaft ziehen kann, dann sind Sie es.

Ich füge nicht »und Ihr Vormund« hinzu, denn wenn ich noch einen Wunsch habe, ehe sie mich von hier in den Schuppen des Scharfrichters bringen, dann dass Sie denjenigen in ihm sehen, der er ist.

Dies ist der letzte Brief, den ich je schreiben werde, und ich werde ihn nicht an müßige Worte vergeuden.

Seien Sie stark, March, wie ich es zu sein versucht habe. Seien Sie aufrichtig, wie ich es einst selbst war. Vor allem aber, hüten Sie Ihr Herz.

Ich habe Angst um Sie, March. Sie müssen dieses Haus verlassen. Verlassen Sie es noch heute, sonst wird Sidney Grice Sie vernichten, wie er mich vernichtet hat – so gewiss, wie er Ihre Mutter ermordet hat.

Ich werde an Sie denken, wenn ich mein Leben aushauche. Stets die Ihre,

Dorna

Ich starrte auf den Brief und las ihn noch zwei weitere Male.

»O Dorna«, flüsterte ich und ließ das Papier fallen. Es schien eine Weile zu schweben, ehe es davonsegelte, über der Feuerstelle hin und her glitt und mit der Schriftseite nach oben hinabsank auf die glühenden Kohlen. Die Mitte wurde dunkel, die Ränder kräuselten sich, das Blatt hob sich etwas, ehe es – schwarz wie die Wörter darauf – zurückfiel. Die Flammen krochen gelb herum, schossen rot hindurch mit weißen, dann blauen Zungen und stiegen hoch empor in die Schatten, die über der Tragödie des Hauses Foskett zuckten.

Ich hatte den Brief vernichtet, doch jene Worte konnten niemals getilgt werden: So gewiss, wie er Ihre Mutter ermordet hat.

Sidney Grice ließ seine Zeitung sinken.

»Ist alles in Ordnung?«, fragte er.

DER AUTOR

Martin R. C. Kasasian, aufgewachsen im englischen Lancashire, hat in Fabriken und Restaurants gearbeitet, auf dem Rummelplatz, beim Tierarzt und als Zahnarzt, bevor er zu schreiben begann. Die Sommermonate verbringt er mit seiner Frau in Suffolk, im Winter lebt das Paar auf Malta.